新中国 70 年 70 部
长篇小说典藏

陈　彦
(1963—　)

当代作家,陕西镇安县人。曾获中宣部"五个一工程"奖、第十届茅盾文学奖。

新中国 70 年 70 部
长篇小说典藏

装 台

陈 彦 —— 著

学习出版社
人民文学出版社

图书在版编目（CIP）数据

装台/陈彦著.—北京：人民文学出版社：学习出版社，2019
（新中国70年70部长篇小说典藏）
ISBN 978-7-02-015508-8

Ⅰ.①装… Ⅱ.①陈… Ⅲ.①长篇小说—中国—当代 Ⅳ.①I247.5

中国版本图书馆CIP数据核字（2019）第157659号

责任编辑　孔令燕　于文舲
装帧设计　刘　静
责任印制　任　祎

出版发行　人民文学出版社　学习出版社
社　　址　北京市朝内大街166号
邮政编码　100705
网　　址　http：//www.rw-cn.com

印　　刷　河北新华第一印刷有限责任公司
经　　销　全国新华书店等

字　　数　344千字
开　　本　680毫米×960毫米　1/16
印　　张　29.75　插页2
印　　数　1—5000
版　　次　2019年9月北京第1版
印　　次　2019年9月第1次印刷

书　　号　978-7-02-015508-8
定　　价　78.00元

如有印装质量问题，请与本社图书销售中心调换。电话：010-65233595

出 版 说 明

为庆祝中华人民共和国成立70周年,全面展现中华民族的文化创造能力和文学发展水平,深入揭示新中国70年来的伟大历程、辉煌成就和宝贵经验,激励人们为实现"两个一百年"奋斗目标、中华民族伟大复兴的中国梦而不懈奋斗,我们策划出版了这套"新中国70年70部长篇小说典藏"丛书。为将该丛书打造成思想精深、艺术精湛、制作精良的精品丛书,我们成立了丛书评审专家委员会,成员均为密切关注和深刻了解我国长篇小说创作动态的资深评论家。委员会从历史评价、专家意见和读者喜好等方面对新中国成立70年来众多优秀长篇小说进行综合评定,从中选出70部描写我国人民生活图景、展现我国社会全方位变革、反映社会现实和人民主体地位、弘扬社会主义核心价值观和讴歌中华民族伟大复兴中国梦的精品力作。这些作品,大多为曾获中宣部"五个一工程"奖、"茅盾文学奖"等重大国家级奖项的长篇小说,政治性、思想性和艺术性高度统一,代表了中国文坛70年间长篇小说创作发展的最高成就。

我们致力于"把提高作品的精神高度、文化内涵、艺术价值作为追求"的使命任务,通过这套丛书的出版,在讲好中国故事、传播中国声音、阐释中国精神、展现中国风貌的同时,倡导精品阅读,引领和推动未来的中国文学原创出版。

"新中国70年70部长篇小说典藏"
评审专家委员会名单

评审专家委员会主任：李敬泽

评审专家委员会委员（按姓氏笔画排序）：

丁　帆　　白　烨　　朱向前　　吴义勤　　何向阳
应　红　　张　柠　　张清华　　陆文虎　　陈思和
孟繁华　　胡　平　　南　帆　　贺绍俊　　梁鸿鹰
董保生　　董俊山　　谢有顺　　臧永清　　潘凯雄

项目统筹：吴保平　　宋　强

一

　　这几天给话剧团装台,忙得两头儿不见天,但顺子还是叼空,把第三个老婆娶回来了。

　　顺子也实在不想娶这个老婆,可神使鬼差的,好像不娶都不行了,他也就自己从风水书上翻看了日子,没带一个人,打辆出租车,就去把人接回来了。

　　接回老婆那天,大女儿菊花指桑骂槐地在楼上骂了半天,还把一盆黄澄澄的秋菊盆景故意从楼口踢翻,一个倒栽葱下来,连盆带花,四分五裂地解体在小小的天井院中,吓得正眯瞪的断腿狗一骨碌爬起来,汪汪叫着,跑回房里,去寻找自己唯一的保护伞顺子去了。

　　那阵儿,顺子的第三任老婆蔡素芬,正蹲在院子角落的厕所里小解,一个迸碎的陶片噌地穿过半截布帘飞进来,擦过她的小腿,差点没击中要害处,吓得她急忙撸起裤子,拔腿跑出来,顺着墙根儿溜回了房里。

　　断腿狗正颤巍巍地把屁股塞在顺子腿弯下,头向外汪汪叫着,那条断腿轻轻踮在地上,还惶悚得一抽一抽的,蔡素芬就失脚慌忙跑回来,看看顺子,想他能有个硬扎态度。谁知顺子嘴里只嘀咕了一句:"惯得实在没样子了,狗东西!"就再没下文了。

　　菊花已经骂半天了,蔡素芬一直希望顺子能管管,可顺子就是生闷气,最多也就嘟哝一句:"啥东西!"连门都没敢出,还别说上楼

1

管人了。蔡素芬也不好明说，毕竟这婚姻是自己找上门来的，顺子一直都在来回着，最终能把自己接回来，也算是顺子硬了头皮、下了狠心的，太不容易。可没想到刁菊花有这么厉害，她才回来第一天，就觉得这日子是没法往下过了。

蔡素芬用被子捂住头哭了起来，顺子就偎到床边哄，手里剥了根香蕉，硬要朝蔡素芬嘴里塞，还被蔡素芬抬手打掉了半截，他急忙从枕头上捡起来，塞在了自己嘴里。

顺子嘴笨，过来过去就那几句话："女儿迟早是要嫁的，你跟我过，又不跟她过，怕啥？家家经都难念，忍忍就过去了。"

这话还算管用，蔡素芬渐渐不哭了，只用枕巾盖着哭红的眼睛和大半个脸，留着嘴和鼻子，在外面呼呼地出气。顺子就又把香蕉剥了一根，在蔡素芬嘴边慢慢揉磨着，蔡素芬突然张大嘴，美美地咬了一口，连香蕉带顺子的大拇指一起咬了进去，顺子哎哟一声，蔡素芬就顺势把他挽拢到了床上。

晚上九点多，顺子就灭了灯。

断腿狗看到顺子和那个女人在床上翻动，又早早灭了灯，就有些着急，对着床汪汪叫个不停，顺子骂："没良心的东西，见不得别人锅里米汤起皮，难道也见不得我米汤锅里沁点油花花？"把蔡素芬惹笑了，扑哧扑哧的，如放了气一般绵软无力。

正在他们享受着人的那点要命的快活时，菊花已经下楼来了，她先是上了趟厕所，然后又在水龙头接水，故意把水开得很大，冲得满池子噼啪噼啪地响，像是老天在行风暴走。顺子和蔡素芬吓得大气都不敢出，就那样定格在一个姿势上，静静等待着。谁知菊花就在快要上楼的一刹那，又撂出一句狠话来，像是一支毒箭，直接穿过窗户，射在了他们的心窝里："尾巴一揭，只要是母的，都能领上床,哼,贱种!骚货!"

顺子这回是真的忍无可忍了,他猛地翻起来,就要发飙。

蔡素芬却一把搂住他的腰,把脸紧紧贴在他的后背上说:"忍忍吧,忍忍就过去了。"

顺子觉得这回是严重伤害了自己做父亲的自尊,这个没良心的东西,我是咋样把你拉扯大的,你就敢说亲生父亲这样的坏话,今天无论如何,是得给她点颜色看看了。

可蔡素芬咋都没让他下床。蔡素芬就那样死死把他的腰搂着,直到他唉声叹气的,又慢慢把身子溜了下去。

可这晚上,顺子也再耍不起做男人的威风了。

断腿狗看床上再没啥动静,也就舔了舔那条断腿,早早安寝了。

大概是睡到半夜时分,素芬突然说浑身痒痒,问:"是不是家里有虱子?"

顺子迷迷糊糊地说:"瞎说,早都没见过那玩意儿了,先前有。"

"哎哎哎,都爬到我身上了,还说没有。"

顺子就开了灯,一看,是蚂蚁,还不是一个两个,越找越多,个头都一般大小,是跟猪鬃差不多粗细的那种小黑蚁。这些家伙,单个行走几乎不容易发现,一旦集体行动起来,就是一种牵连不断线的浩荡大军。

顺子顺着蚂蚁行走的方向一看,说:"是蚂蚁搬家。咱这村子,蚂蚁多,不稀奇,小时我们经常看见蚂蚁搬家哩。"他看蚂蚁都是从房门底下钻进来的,就打开门一看,果然,月光下,一支黑色大军,正以五寸宽的条形队列,从他家院墙东头翻进来,经过七弯八折,最后消失在了西墙脚的一个窄洞里。这些小家伙,多数都用两个前螯,托举着比自己身体笨重得多的东西,往前跑着。而跑进卧房的这些,估计都是出来找东西,或者是开小差跑散了的。素芬问咋办,顺子说:"它搬它的家,咱睡咱的觉,估计天亮就搬完了。"顺子说着,把床上的被子拿起来抖了抖,素芬就用脚把跌在地上的蚂蚁朝死里踩。顺子急忙制止说:"别踩!"他用扫帚把那些蚂蚁都扫进灰斗里,然后拿到蚂蚁队伍前,轻轻倒了进去。

素芬就笑了,说:"你是吃斋念佛的呀?"

"唉!都可怜,还不都是为一口吃的,在世上奔命哩。"

早上起来,那浩浩荡荡的队伍果然不见了踪影,只有它们行进过的路线上,丢下了不少米粒、虫卵和其他小动物的尸首。当然,也还有些散兵游勇在四处奔走着,形不成阵仗的小东西们,就免不了要被人无意踩在脚下了,连顺子自己一脚下去,也踩死了好几只。

素芬就在后边说:"你也把蚂蚁踩死了。"

顺子说:"唉,那就是它们的命了。我不是故意的。"

二

顺子新婚,只在家耽误了一天一晚上,就赶到舞台上去了。十几个伙计早都来了,不过都袖笼着双手,散落在后台门口扯咸淡。大吊正说顺子今天肯定爬不起来了,让那个蔡素芬抽干了,顺子就蔫蔫歪歪地走过来了。虽然平常顺子就是这副神气,扁扁脑袋还有点偏,走路两腿总是撑不直,往前移动着的像是两截走了气的老汽车内胎,但今天这两截内胎好像格外缺气似的,越发地拖拉着,就把大家都惹笑了。

猴子先蹦了句怪话:"完了完了,顺子好像连蛋都让人夹碎了。"

连年龄最小的墩子也眯缝着小眼睛说:"顺子哥都过五十的人了,还娶个三房,真个是不要命了。"

"你懂个萝卜,人家过去有钱人,老了老了还娶几房,图的就是养生哩。顺子他太爷就娶过好几房呢,这家伙是学他太爷哩。"大吊话还没说完,顺子就已经走到跟前了。

"狗贼都说我啥坏话呢?"顺子问。

"说你金刚钻硬,能揽瓷器活儿。"大吊说。

大家又哄地笑了。

一直趴在一个道具"龙椅"上的猴子说:"说你肾功能好,能咥哩,都过三房了。不过双腿也都快软成棉花套子了。"

顺子照猴子尻门子踢了一脚:"我就知道你狗嘴里吐不出象牙来,你没看都啥时候了,非等着我来才装呀。一早瞿团长就来电话了,说今晚台必须装起,人家明天有重要接待演出呢。"

"尽弄这急煞火的事,尿的,前天昨天,连着两天两夜给话剧团装台,今晚再给秦腔团装一夜,几天都没睡过囫囵觉了,还不把人挣失塌了。"

"猴子,你甭扰乱军心,咱就吃的这碗装台饭,不想熬夜了你喝风屙屁去。都少撂干话,快上台。"顺子说着先进后台了。

猴子在后边还嘟哝说:"那中午给大家一人加个鸡腿吧。"

顺子说:"我还给你加个鸡巴要不要。"然后就吩咐了起来,"墩子,你几个吊软硬片景。大吊,你四个还装灯,瞿团长说了,要按去北京调演的灯位装,六十四台电脑灯,一百二十个回光,一个都不

5

能少。"

大吊说："这么短的时间,肯定装不起来。"说着,大吊还把一个灯箱狠狠踢了一脚。顺子回过头来,冲着大吊说："装不起也得装,人家加了钱的。猴子,上去放吊杆。"说完,自己先驮起一个灯箱,往耳光槽走去。那灯箱至少也有百十斤重,他双腿明显有些打闪,但还是颤巍巍地驮到耳光槽里去了。大伙也就跟着嘟嘟嚷嚷地干了起来。

顺子是这十几号人的老板,但从来也没人叫过他什么老板。顺子有个口头禅:咱就是下苦的。谁能下苦,谁就跟咱干,下不了苦,就趔远。这世上七十二行里,还不包括装台,装台是新兴行业,如果能列进第七十三行,在顺子们看来,大概就算最苦的一行了。基本上没明没黑,人都活成鬼了,人家演出单位基本都是白天上班排练,舞台就得晚上装好。到了白天,你也闲不下,还得在一旁伺候着,那些导演们基本都是脏嘴开口骂人就跟家常便饭一样,连女的都是那样一副德行,有时直接还给你个中指:"啧!"不过说的都是极其标准的普通话而已。好多装台的,不仅受不了苦,而且也受不了气,干着干着,就去寻了别的活路,唯有顺子坚持下来了,并且有了名声。现在,整个西京城,只要有装台拆台,给文艺团体装车卸车的活儿,全都找到他顺子头上了,别人想插手都插不进去。这样,自己身边就聚集了一堆吃饭的人。也有不少人建议,让他成立个文化公司什么的,他也到工商部门办了执照,但从来不让人喊他经理老板什么的,一喊,他就说是糟践他呢,他说他就是个下苦的。

顺子手下也没有中层这些架构,就是相对固定的几个招呼人,分几个组,管管灯光,管管软硬片景,多数时候是老王打狗,一起上手。反正啥他都带头干,账也分在明处,人家剧团给多少钱,大伙心里其实都明得跟镜一样,活儿都是靠他的名头揽下的,他多分几个,大家也都觉得是情理中的事。何况顺子也不贪,总说有钱大家挣,因此,跟着他的人,有好多也都是七八上十年的老人手了,他们把这一行干得精到,连使一个眼色,都知道是要钳子还是要锤子,是上吊杆还是下吊杆。瞿团长老说:"我看顺子这帮人手,个个都能评高级舞台技师了,比咱团里那帮不吃凉粉占板凳的人强多了。"顺子害怕引起团里那些人的嫉恨,就赶忙打圆场说:"咱们就是下苦的,这点手艺,也还都是人家团上那些老师手把手教下的。反正啥事都只是下苦干,不抢人家任何人的风头。"瞿团长就常常笑着说:"你别看顺子,也算是天底下第一号滑头了。"顺子也总是笑着回应:"下苦,咱就是个下苦的。"

他们刚吊了几片软景,灯光还都没运到位,瞿团长就来了。行话说:要怄气,领班戏。剧团领导多数就长了个挨骂的相,活脱脱一个受气包。但瞿团长这个人有些例外,不仅在大面上没人敢胡来,就是在背后,顺子他们也很少听到有人骂他,最多说他"耳朵根子软","爷"多、"奶"多、"姨"多而已。所谓"爷""奶""姨",就是那些难缠的男女主演,行里叫角儿。这些人物,不光是瞿团长缠不直,搁在哪个领戏班的人手上,也不好缠。瞿团长是个作曲家,团里好多戏都是他写的曲子,据说他对外写一本戏的曲子,能挣二三十万,但自他当了团长以后,就只给本团写,再没接过外面的活儿,并且也没拿过团里的稿酬,大家也由此对他有了一分敬意。

剧团人有个习惯,爱把所有领导职务后边的"长"字都简化掉,比如刘科长叫刘科,南队长叫南队,赵股长叫赵股,瞿团长自然就叫瞿团了。好像这样平等一些,大概也是亲切一些吧,顺子也就跟着这样叫了。

瞿团对艺术要求很严，虽然戴着眼镜，文文气气的，但有时急了也会骂娘。有一回，顺子就亲眼看见瞿团摔了正讲话的话筒，不过多数时候，还是一副心平气和的样子。顺子跟他已经打了多年交道了。

顺子记得第一次见瞿团，是在他刚上任的时候，有一次剧团要到南方演出，带的是《游西湖》和《周仁回府》，两个戏也都是演了多年的老戏，可就是因为演得多了，演"油汤"了，舞台灯光布景也极不讲究，南方演出公司来审看节目的人，反复要求团里要提高质量，害怕去演砸了。当时瞿团才上任，对团里情况两眼一抹黑，很多工作推不到前面去，有些人也故意等着看他的笑话。那天，顺子趁没人时，凑到了瞿团跟前，直截了当地说："瞿团，这回我恐怕得去。"瞿团一头雾水地问："你，干啥的？"顺子以为以他的知名度，瞿团是应该知道的，更何况这几天加工排练，他一直都在现场，并且故意在瞿团面前绕来绕去过很多次，没想到瞿团竟然不知道他，更别说懂得他的重要性了，这实在让他有些失落。他就简单把自己情况介绍了一下，最后反复强调说："这么重要的演出，您瞿团又是新官上任，您看这团上的情况，都成一盘散沙了，牛曳马不曳的，见晚上演出都捅娄子，我不去，这台上台下谁给您盯着呀？只怕连个浑全台都装不起来哟。"瞿团当时很不以为然地乜斜了他一眼说："团上光舞美队就三十几号人，还需要你去盯着？该弄啥弄啥去。"直到那次演出回来，为装台拆台让瞿团费尽了心力，并且灯光布景出了好几次事故，观众连倒掌都鼓上来了，瞿团才搞明白团上舞美队里错综复杂的矛盾。不过也就从那次起，瞿团深深记住了刁顺子。一来二去的，两人几乎成了好朋友。团上人都爱跟他开玩笑说："顺子伢是瞿团的红人。"他还是那句老话："啥红人，咱就是个下苦的。"

瞿团一来就喊顺子："哎,顺子,你们装快点噢,晚上灯光师就要进来对光,明天早上八点,演员乐队准时进场三结合。误了时间,可拿你是问哟。"

顺子从灯光楼里溜下来,弄得满身的灰尘,连头发都沾满了蜘蛛网。他拍拍灰手,把灰头土脸抹了一把后说:"瞿团,您也都看见了,弟兄们干得连放屁的时间都没有。"

"你就吹,放屁和干活有关系吗?"

"嘿嘿,打个比方嘛。不过瞿团,今天这活儿真的有点重,你看噢,平常就装二十几台电脑灯,四十几个回光,有些还是现成的,这回全是从外地演出拉回来的,连上个螺丝的工夫都省不下。弟兄们都骂我呢,说跟我干活儿,算是皇上娘娘拾麦穗,就图混了心焦了。"

"啥意思嘛?"瞿团好像没听明白似的。

顺子笑着说："嘿嘿,挣不下钱嘛。"

"你少来这一套噢顺子。"瞿团好像有些严肃了。

顺子就急忙改口说:"不敢,咱就是个下苦的,瞿团。我这×嘴也就是好嘟嘟。"

"我可听办公室讲,装这个台,是给你加了钱的。"瞿团又笑着说。

"加是加了,也就加了一千块,大家都骂我哩。"

瞿团当下就问:"哎,你们谁骂你顺子老板了?"

猴子急忙举手:"我骂了。"

墩子也举手说:"我也骂了。"

大家就笑了。

顺子说:"你看你看。难弄得很,都钻到钱眼里了,你还指望这一伙万货给你学雷锋哩。"

"我给你说顺子,明晚是公益演出,我们一分钱也不挣,大家的演出补贴,我还不知道到哪儿要去呢。行了,办公室能给你加一千块,已经是破例了,你就知足吧。赶快干活儿。"说着,瞿团就要离开。

顺子又拿出了那种死缠硬磨的劲儿说:"瞿团,您看大家都说您从不亏待下苦的,加钱不说了,那中午给大家盒饭里一人加一个鸡腿成吗?您老亲自来一趟,总得犒劳一下三军嘛。"

"你这个刁老板哪!不说了,中午一人加一个鸡腿、两个鸡翅,外加一包奶。活要是干不好,顺子,我可让办公室在工钱里扣除噢。"

"您放心,瞿团,咱还得顾咱的脸哩。"

瞿团长走了。

墩子带头鼓了几下掌说:"哥,哥,晚上你还这样说,让他加个肉夹馍,再一人加瓶啤酒。"

顺子:"再给你尻子夹个萝卜。"

正说笑着,顺子的手机响了,是蔡素芬打来的。蔡素芬不说话,只在里面号啕大哭。任他再说忙,那边都不回音,并且越发哭得厉害了。顺子想,素芬可能是跟女儿刁菊花干上了。无论如何他都得回去看看。他跟大吊交代了几句,就急忙出了后台。

三

装台的地方离顺子家不远,蹬着三轮回去,也就十几分钟的路程。这条街叫尚艺路,省上和市上有不少文艺团体都集中在这条路上。要不然,顺子也不会选择了装台这个职业。

顺子家还算是尚艺路的老门户。据说二十世纪五十年代,这里还是枪毙人的地方,到处都是没人认领的乱葬坟。一些文艺团体从延安军转下来,就圈了成片的地,盖了成片的房子,慢慢就形成了尚艺路这条街道。而顺子的爷爷,原来是在城墙里面住的高门大户,西京解放的时候,他太爷因为窝藏国民党的要员,被镇压了,据说也枪毙在这块乱葬坟里,当时也没人敢收尸,家产也被没收了,他们就从城里出来,在这里做了菜农。顺子爷爷是个精明的生意人,就倒腾瓜果蔬菜,还是把家倒腾发了,死时给儿子留下了好几万块钱,不过不是存在银行里,而是悄悄用油布包了,塞在尿桶底的夹层里,才没被人发现。但自己却一直活得跟"吊颈鬼"一样寒酸。改革开放初,尚艺路第一个盖起小洋楼的人,就是顺子他爹。顺子他爹有三个儿子,顺子是老幺。那栋小洋楼在顺子爹还没死的时候,就让顺子他大哥、二哥败完了。大哥赌博,二哥抽大烟,房完了,二哥福子也被大烟抽死了。但大哥刁大军一直还在赌,赌就是他的职业,整整赌了三十多年,在这个行当里,真正是门门清、门门精,可再精明还是把家败完了,连老婆都被人拐走了。那段时间,刁大军称之为他的"革命低潮时期",他一直租住在一个连路灯都没有的破筒子楼里,十天半月能回去睡半晚上,其余时间基本都战斗在西京城的各个场子上,据说,中途还被讨债的拉到长安县活埋了一次。可十年前,刁大军的"革命高潮时期"终于来临了,也不知咋的,手就红得闭起眼睛都揭"炸弹",几乎场场赌,场场赢,以至于都没人敢跟他一起玩了。再后来,他就去了澳门,当"职业赌博家"去了。

顺子现在这点房产，是他在十几年前一点点盘下来的，那时他还在贩菜，每天早上三点爬起来，蹬着三轮出城，到菜地把新鲜蔬菜低价买回来，然后在尚艺路加价卖出去。眼看家里那栋小洋楼，被他大哥、二哥败掉了，他就多了个心眼，早早动手，用倒腾蔬菜的钱，给自己置了这点房产。这房是个小二层，当时很便宜，没有门面，四周都被别的楼房挡着。他一直也想加一两层，可别人先盖上去了，那空间就成人家的了，你再动，不是遮了别人的窗户，就是挡了别人的阳台，都难说话得很。他也没时间跟人闹腾，加之钱也不够，就先放下了。

　　现在楼上住着两个女子，一个是大女儿菊花，一个是二女儿韩梅。大女儿是他和第一个老婆生的，二女儿韩梅是第二个老婆带过来的。韩梅前年考上商洛学院，除了放寒暑假，基本不回来。楼上其实就住着菊花一个人。菊花快三十岁了，一直嫁不出去，一来人也长得丑些，随了他的相貌，脸上到处都显得有些扁平，菊花也花钱修理过几次，可到底还是底板弱了些，加之钱少，只能是小修小补，尖额头咋都拉不宽展，短下巴也抻不长，那钱也就越看越花得有些冤枉了。二来菊花脾气古怪，谁也摸不透，前几年还能与人相处，这几年跟他这个亲生父亲也处不到一块儿了，动不动就摔东西，就骂人，连亲爹都不当一回事了，还有谁能说得下呢？跟蔡素芬结婚的事，他是提前给菊花打了招呼的，那天，菊花跟他要钱，说是要买手机，他本来不想给，手机好好的，偏说现在流行苹果了，她这个老款的已经拿不出手了。他本来想说她几句，可毕竟有事要求着女儿，就咬着牙给了她几千块，顺便把蔡素芬的事半遮半掩地说了一下。他见菊花眼睛一愣，凶了一句："你没病吧？"噎得他半天说不出话来。好在菊花还有后边一串话："你哪怕再娶十个，跟我有啥关系,你只要养得活。"说完就再没跟他搭过腔。这边素芬又催得紧,他就稀里糊涂把人接回来了。没想到,一接回来,这锅就炸了,昨晚闹腾半夜,今天还不知道又闹出了啥新花样,弄得他把三轮蹬到门口,连腿都软得有些下不来了。

顺子轻轻推开门,见满院子都是从楼上扔下来砸碎了的花盆、碗碟和瓶瓶罐罐,连菊花最喜欢的光屁股大卫石膏像,都摔成了八瓣,那段没有遮住的下体,端直飞到了一个也被砸损了口面的仙人掌花盆里。

顺子一进院子,就听见蔡素芬在哭。他一眼看见院子中间摔碎了一个瓷碗、两个荷包蛋,还有几截泡涨的麻花飞溅得到处都是。他先看了看楼上,好像已经没啥动静了,菊花的房门关着。说实话,这个世界上,现在他最害怕的就是这个女儿了。从什么时候开始,他已经不记得了,反正是越来越害怕,有时一听到楼上摔东西,他的头发就直往起竖,好在他在家的时候极少,一年四季,不分昼夜地跟舞台打交道,家反倒成了旅馆。女儿菊花倒更像是开旅馆的老板娘。

他轻轻推开门,见蔡素芬正趴在床上抽泣,走近一看,半个枕头都是湿的。那条狗卧在墙角,仍独自舔着它的那只断腿,见顺子回来,才一瘸一拐地跑过来,前后跟着乱窜起来。

"咋了?"顺子问。

素芬仍只是哭,不搭话。

顺子坐了下来,用手扳了扳素芬的身子,素芬就哭得越发伤心了。

"咋了嘛?"

"你问你女儿咋了。"

顺子就不好再答话了,他也不知道菊花又干出了啥事,肯定是和那碗摔碎的荷包蛋有关,并且一定很过分,要不然,素芬也不会气成这样。在接素芬回来以前,他是专门跟素芬交代过的,说女儿大了,蹲在家里,找不下婆家有些心烦,要她别计较。素芬是满口答应了的,说她过去在老家,婆婆和小姑子都很难缠,但她都能跟她们过到一起,保证能处好。谁知才一天一夜时间,就闹成这样,顺子心里就突然觉得连一点底都没有了。

"到底咋了嘛?"顺子用枕巾帮素芬擦了擦眼泪。素芬哭得更厉害了,哽咽着说:"你女子……咋恁恶的,我早上……好心,打了两个荷包蛋,还专门出去给她……买了两根麻花,我……我……轻狂的,给她端上楼,她……她……端直给我来了个滚……滚出去,还骂我……得是得了……得了淫疯病了……"素芬激动得说不下去了。

顺子急忙摩挲着素芬的后背说:"甭跟她计较,啥东西,太不像话了。甭跟她计较,啥东西……"顺子连着恶狠狠地说了几个"啥东西"。

素芬接着控诉道:"……我没跟……跟她计较,我把荷包蛋……放在她桌上,我刚下楼,她……她就从楼上……把碗砸下来了,碗离我头……不到一尺……一尺远,我……我差点都没……没命了哇……"

"啥东西!"顺子还是那句硬茬茬的话,"啥东西!"不过语调比先前高了许多。

"……就这……我都忍了,我没说一句话。可她……还骂,把我骂得猪狗不如,还……让我滚……"

"啥东西!"顺子说这句"啥东西"的时候,已经气得站起来脱了

14

外衣,一副要动手打人的样子。蔡素芬看顺子有了这么明确的立场和态度,心里的气也就消了许多,有点撒娇地说:"也怪我贱,咋要跟你刁顺子……你看吧,要是过不成,我……我就走了算了。"说着猛擤了一把鼻涕,就要起身的样子。

刁顺子的血好像突然给点着了一样,一把抓住蔡素芬的手说:"你给我安生待着,我是她老子,不信她还反了天了,啥东西。"说着,就准备朝楼上冲。

蔡素芬不冷不热地说:"人早出去了。"

"啊,啥东西!等她回来再说,啥东西!"顺子的后一句"啥东西",明显把声音提高了八度,楼上要是有人,一定能听得真真的。

素芬嘟哝说:"我看你也就是个门背后的霸王。"

顺子本来还想再逞一下强,让蔡素芬看看,谁知手机响了,是大吊打来的,催他快去,说舞台上有好多事等着他呢,还说猴子又不好好干活了,就吊在半空里说怪话。顺子就有些气不打一处来地对着手机吼起来:"我要是死了,你们好像就不挣钱吃饭了。"不知大吊在里面又说了句啥,顺子更上气地喊起来:"我一会儿不在,天就要塌了是吧?我马上来。都啥尿东西!"顺子放下电话,对素芬说:"我还得马上过去,那边摆一河滩着哩。"

"那你走了我咋办呀?"素芬一下拉住顺子,故意把脸贴得很近地摇晃着顺子的瘦肩膀。顺子在一刹那间,嗅到了一股特别温馨的女人气息。他突然觉得这个女人是三个女人中最漂亮的一个,虽然也快四十的人了,可脸上、脖子上还光滑得很少有皱褶,难怪大吊他们要说他是娶了个小媳妇。这个女人也确实比他小了十多岁,看着她哭得跟红桃子似的双眼,他心疼地把她往怀里揽了揽。

"你就在家待着,该弄啥弄啥,她吃不了你。"

"我不,我害怕。"素芬故意朝他怀里钻了钻说,"我也去舞台上给你帮忙吧。"

"你能帮个啥忙,装台都是技术活,你能插上手?"

"哎呀,看是造飞机造大炮呀,我插不上手。你就让我跟你去吧。"

顺子想了想,也只好这样了。今天特别忙,留她在家里,一会儿要是再跟菊花干起来,他还真是分不开身呢。

顺子无奈地把素芬带到舞台上去了,那条断腿狗也闹得不行,顺子就把它也放在了三轮车里。素芬说:"去了谁招呼呀,它不跑了?"

"嗯,你看它跑了,要真跑了倒好了。"

四

顺子把蔡素芬带到舞台上时,弟兄们都乐了,正吊在半空绑吊杆的猴子美美吹了一声口哨:"还黏糊上了。顺哥,你干脆回去伺候嫂子算了,要是急了,这舞台上可没床。"

从来都不开玩笑的三皮,也突然蹦出一句来:"哎,哥,哥,这舞台拐角还有张'龙床'呢,皇上睡妃子的,哥和嫂子上去,我给咱绑个幔帐挡着,保证露不了馅儿。"

墩子笑得把手中正绑着的一个"海水朝阳"硬片景嘭地扣在了地上。

"都操你的闲心去,看把活儿干成啥了,到现在网子网子没吊上去一个,硬片子硬片子没吊上去一片,灯才上了七八只,烂嘴倒是都能掰掰得很。都喊着叫我来咋了？咋了？"

大吊想说啥，看了看猴子，没吱声。

猴子说："都在卖力干着呢，别听有人瞎嘈嘈。"

大吊没好再说猴子的不是，就端直说起了另外的事："哎，弟兄们有意见哩，他们团上搞剧务的，没按你和瞿团说的办，中午盒饭还是没有鸡腿，也没有鸡翅，更没奶，只有一些水煮白菜豆腐和两个肉丸子，说是肉丸子，其实大多是淀粉，吃不出一点肉味来。你得给瞿团说一声，免得底下办事的老亏人哩。"

"就这事还值得在电话里嚷嚷半天，我以为是天塌了呢。是都操心干活儿哩，还是都只操心吃喝哩？"

大吊说："这么重的活儿，总得让大家吃好嘛。再说，既然他瞿团吐出这话了，还能吞回去不成？"

顺子也觉得瞿团既然把话说了，不会不兑现的，瞿团不是那样的人。筋到底扭在哪里，他也说不清。他想给瞿团打电话，又觉得不合适。都说他和瞿团关系好，可他心里清楚，瞿团是什么人物，自己又是什么角色，不敢给脸不要脸，反正迟早都得拿捏好分寸。在西京城吃装台饭，主要还得靠秦腔团哩，其他剧团基本都是有一下的没一下，可秦腔团几乎天天都有演出，并且分了好几个队，几摊子都闲不下，这里才是他们真正的衣食父母。无论怎么别扭，都不能跟秦腔团弄僵了。有时跟底下人搞好关系，比跟上边人搞好关系更重要。一顿鸡腿、鸡翅不吃，一包奶不喝，要不了命，要是为这点事，把哪个环节弄散黄了，以后不让咱装台了，那才叫真正断了财路呢。顺子说："都别为这点小事计较了，听了让人笑话。回头我请大家吃一顿火锅，该行了吧？"

大吊说："你本来就欠大家一顿着哩，把嫂子娶回来，还没让弟兄们喝喜酒、闹洞房哩。"

顺子笑着说："都是老房子旧家具的,还喝的啥子喜酒,闹的啥子洞房。"

猴子在上面说："那可不成,迟早得让弟兄们撮一顿。"

顺子说："那你们都行礼了吗？我让你们撮一顿。你们只要行礼,我把礼金全拿出来撮了。"

"啬皮痂痂,人家哪个当老板的一年不请员工撮几顿,就顺子啬,吃虱子连腿都舍不得给大伙儿掰一根。"三皮在幕布后嘟哝着。三皮本名叫胡波,每次领钱打条子,把"波"字的三点水与皮字拉得很开,三点水又几乎写成了三横,看上去很像"三"和"皮"两个字,因此,大家就把这个外号给叫开了。三皮心细,装台主要是做些零敲碎打的细活儿,平常话也少,大伙几乎注意不到他的存在,因此,他再从幕后说出几句干话来,就格外有效果。

顺子说："三皮,有屁到前台来放来。我啬？人家当老板的,逢年过节,哪个员工敢不随礼上供,你们给我一分了？狗日的抽烟都还要抢我的,我还请你撮一顿,拿尻板子给你撮一顿。"

猴子说："顺哥得亏没当官,要是当了,准比和珅还贪。"

"少皮干,快干活。"顺子说着,扛起一个电脑灯,就上面光槽了。

跟顺子一起走进舞台的素芬一直站在侧台,没敢朝舞台中间去。顺子让她就在侧台待着,先看一看再说,现在舞台上是一个萝卜一个坑,听着都喊累,都嫌活儿干不完,可一份工就是一份钱,谁也不想再插进一个人手来,擀薄了自己的那张饼。素芬闲坐了坐,有些坐不住,她看三皮的有些活儿可以插手帮着干,就去帮忙绑起了幔帐。谁知三皮一脸不高兴地说："嫂子你歇着,我一个人能

18

行。"素芬知道三皮的意思,急忙说:"我闲着也是闲着,就帮帮你,不分工钱的。"这话反倒弄得三皮有些不好意思了,说:"不是这个意思,我是说,嫂子是客人,来转转看看就行了,哪里用得着你动手。"蔡素芬说:"图好玩哩。"

这里的一切对于蔡素芬来说确实特别新鲜,她过去在乡下看过戏,但那些布景、道具都特别简单,不像这里,一切都做得几乎跟真的一样,只是不敢近看,一看,又觉得是那样的虚假、好玩。她甚至觉得顺子真是有一份特别好的工作,天天跟演戏打交道,在舞台上晒不着、淋不湿的,也算是身在福中了。

"瞿团来了。顺子,瞿团来了。"三皮对舞台上喊了一声。

瞿团长给三皮点了点头,就从侧台进了前台。

三皮低声给蔡素芬介绍说:"这就是这儿的头儿,跟顺子还行。"

蔡素芬就听前台有人向高处喊:"顺子,瞿团来了。"

"我马上下来了。"

那个吊在半空的猴子突然说:"瞿团,我们中午可没吃上你说的鸡腿、鸡翅噢,奶更不知道让谁喝了。"

"咋回事?"瞿团问。

接着,大家就七嘴八舌地把中午的盒饭数落了个一无是处。等顺子从面光槽下来,该数落的都数落完了。顺子一句也没听见,只连忙汇报说:"你放心,瞿团,晚上十一点准时给灯光师交舞台。"

"不能再提前了?"瞿团问。

"确实不行,大伙绝对尽力了。"

瞿团什么也没说,就走了。

谁知过了不到十几分钟,这个剧组的剧务就气势汹汹地来了,还没走到前台,就大声骂起来:"顺子,我日你妈倒好的,你狗日的还告我的黑状呢。×嘴馋了是不是,我啥时说不给你弄了?团长早上啥时候说的,你看还来得及弄不?盒饭早都订好的,一直就是这个标准,你他妈的嘴还馋得很,要吃鸡翅,看还要鲍翅不?啥万货,还告我黑状哩。不想干了滚,外面想来装台的还一溜一串的。你狗怂记住,以后我再叫你装台了我就不姓寇。"剧务叫寇铁,是那种说话做事都特别狠的角色,等顺子丈二和尚摸不着头脑地再次从面光槽下来时,寇大剧务已经扬长而去了。

顺子就问咋回事,大吊把刚才瞿团来时猴子咋说、大伙咋数落的事说了一遍,气得顺子狠狠骂了一句:"你这些×嘴真的太贱了。我不管,反正没台装了都别挣钱。看为了过那点嘴瘾划得来划不来。"

顺子又驮起一个电脑灯,往舞台上边爬去,手里还不闲着,挽了一圈沉甸甸的皮线。那个梯子壁陡壁陡的,几乎是贴着墙壁九十度端上端下的。蔡素芬看见他爬上梯子一半时,身子晃了晃,但很快就稳住了,然后继续向上爬。原来装台也是这样辛苦而又危险的活儿啊,当顺子攀爬到看不见的地方时,蔡素芬才发现自己的手心已经捏出一把汗了。

蔡素芬突然想起了那条断腿狗。他们刚来时,是把它放在外边三轮车上了。顺子说:"狗不能进舞台,它自己知道,不会往进跑的,过去跑过几回,挨了几回打,就记住了。"蔡素芬有些好奇,狗能这么听话吗?它能在三轮车上待这半天?她走出后台看了看,断腿狗果然还在三轮车里卧着,顺子怕它冷,还专门把三轮车放在了太阳下。狗见素芬过来,就立马站起来给她摇起了尾巴。她记得顺子好像是把狗叫"好了"的,她也叫了声好了,好了的尾巴就越发

20

摇得欢了。她有些爱怜地把好了抚摸了几下,把顺子放在三轮车上的狗食给它喂了点儿,只听后台又有人骂了起来,她就急忙折身回后台了。

五

原来是那个姓寇的剧务,让街上摆熟食摊子的把鸡腿、鸡翅还有奶都拿来了,是用两个纸箱子胡乱放在舞台中间的,他用脚踢了踢说:"顺子,来吃,吃死你,免得再乱告状。还没见过你个烂装台的还反了天了。"

在面光槽弄了一脸灰尘的顺子,用别在腰上的毛巾擦着汗说:"寇主任,我顺子绝对没有给瞿团说什么,弟兄们也没有告你状的意思,咱都是下苦的,生意也都靠你寇主任照应着,咱咋能忘恩负义,背后说你的坏话呢。刚有几个嘴贱的,问人家瞿团要吃要喝哩,我都骂过了,回头我会专门上门给你道歉的。还望寇主任大人不计小人过,不跟咱下苦的一般见识。"

"去去去,甭来这一套,得了便宜还卖乖。反正在我手上,你们就装这一回台了,快吃吧,吃了装完台立马给我滚!滚远些!"寇主任凶巴巴地走了。

听寇主任的脚步声远了,猴子又在云梯上叨咕起来:"凶尿呢,不就是个破剧务嘛,他还以为他是'爷'、是角儿、是团长哩。"

"猴子,你把你那张烂嘴能不能夹紧些,你不说话别人不会说你是哑巴。你是嫌钱挣得烧手了是吧?每次都是你烂嘴一翻,惹下一摊子事,让我去给你擦尻子。都快麻利干活儿,咱这不是广播电台,靠嘴顶屎用。"顺子驮起又一台电脑灯,刚往楼梯上爬呢,就听身后大吊和猴子吵了起来。

"大吊,好像你是领导似的,我就皮干了,咋了?"猴子在云梯上朝下喊叫。

正在后灯光槽安装地排灯的大吊冲半空中的猴子嚷道:"你能,你再多皮干些,把人都得罪完,你就有台装了,有钱挣了。"

"就这破钱,好像是谁想挣似的,老子早就不想干了,还轮着你皮干。"猴子一边骂骂咧咧的,一边把云梯升杆升降得一片山响。他就跟耍杂技似的,在上面左右翻转着。猴子在这帮人里技术是最好的,但凡高空作业,都非他莫属,因此,在这里面工钱是仅次于大吊的。也就这一点,让猴子最不服气,大吊就凭比自己干这活儿早了一年半载的,就把自己打扮得跟个二掌柜似的,顺子有时不在,他简直就能拿着鸡毛当令箭了。每到这时,猴子就会故意消极怠工,并且满嘴怪话,逗得那些新来的笑得满地打滚,他就是要杀杀大吊那点总想承头的野心和威风。这摊子,他猴子就认一个顺子,其余谁也别想戳到他前边指手画脚。方才就是顺子刚骂完猴子,大吊就跟着叨咕了几句,嫌他"话比屎多",虽然声音不大,猴子还是听见了,就立马上了火,劈头盖脸地从半空中倒下一堆狠话来,呛得大吊没了声音。

顺子也知道,猴子和大吊为啥爱死掐,他也懒得理,反正掐一掐就过去了,不影响装台挣钱就行,爱掐让他们掐去。这么个摊摊,搞了这么多年,他积累下的经验就两个字:下苦。啥事自己都带头下苦,就没有装不起来的台。每次给半空灯光槽运灯最苦,他就带头运灯,自己也是五十开外的人了,驮一百多斤重的铁疙瘩,还能行。他最怕的就是有一天驮不动了,这个队伍就带不成了。

只要能驮，他都尽量去驮，他驮着最重的东西，就是发言权，就是管理。

到晚上十一点的时候，虽然还有好多地方没有收拾完，但灯光确实都到位了。灯光师进场的时候，所有灯都亮了。顺子知道灯光师的脾气，要是他进场时还有灯没装到位，他会扭身离去，连瞿团也是叫不回来的。据说这个姓丁的灯光师在全国名气可大了，人家请他做一台戏的灯光设计，就一口价："税后十五万。"最多也就耗个三天两晚上的，现款一清就走人了。有时全国调演多了，他能一手捂几家的活儿，今晚在海南，明晚能跑到新疆。用丁大师自己的话说，他每小时至少价值半万。人家的钱就那么好挣，十五万几乎得顺子挣一年多，何况人家有时十天半月的，就挣好几个十五万呢，馋得顺子们只有咂舌头的份儿了。丁灯光师是认识顺子的，不过他不常在团里，总在天上飞着，满世界跑着，团里也就重点戏才能把他请来设计一下，因此，就不像团上其他人那样，跟他顺子熟悉得狗皮袜子没反正了。在顺子的印象中，丁大师好像从来就没正眼瞅过他一次，每每都是自己主动上去跟人家搭讪。在装台这行里，人家大师给上一两句肯定表扬的话，比什么都管用。不过顺子也是有眼色的，在台装得令大师满意的时候，还有就是看到大师情绪好的时候，才凑上去讨个示下，一旦看到大师变了脸，连瞿团都不在眼里放时，他就死活都不抛头露面了，此时唯有猴子能应对自如。在丁大师的法眼里，好像猴子还有那么一丁点儿位置。

今晚的灯光装得好像大师是满意的。大师是穿了一身运动装进来的，据说刚从健身房出来。大师的头发已经脱落得仅剩后脑勺一圈了，先前是毛茸茸地披着，有些像贝多芬。不过现在越来越稀疏了，自己说是熬夜熬成秃鹫了，就扎一条辫子，老鼠尾巴一样拖在后边。他的助理紧跟着,一手拎着一个黄牛皮包,一手拿着一个茶杯,茶杯像一发炮弹,大得能装一暖壶水。寇主任也跟来了,手里提着一塑料袋炒黄豆。顺子知道,这是丁大师的工作习惯,一边对光,一边下意识地去摸炒黄豆,一粒一粒地细嚼慢咽着。有人说是学林彪的,不管学谁的,反正大师要是半夜把手伸进塑料袋,没了黄豆,就是再紧火的事都立马说困了,任谁也劝不回头地休息去了。因此,剧务们总是为他准备了最充足的黄豆,哪怕加完班还剩一多半呢。

丁大师一坐下,助理就给他铺开了剧本和灯光布位图。瞿团给他说了几句什么,然后寇主任就发话说:"舞台上其他都不要动了,开始对光了。那个谁还在动片子景,先放下,放下,对光开始。"

顺子见丁大师情绪还不错,就慢慢凑到跟前,汇报了几句:"丁老师,我们都是按您的灯位图装的,您看还有啥不合适的地方,我们都伺候在这里,随时给您调整。"

丁大师只顾翻剧本,没有理睬顺子。顺子就那样一直戳着。过了一会儿,大师问了一句:"那个叫什么来着,就瘦瘦的那个那水……"

"您说的是猴子,在台上伺候着呢。猴子,猴子,丁老师叫你。"

顺子话没落地,猴子就从后台走到前台了。灯光射得有些看不见台下,猴子用手遮着往下看了看。

顺子说:"还不快下来,丁老师叫你呢。"

猴子正要往台下蹦,丁大师发话了:"不下来了,咱们开始对光。你先把一顶那十五个灯头统统都向下压十五厘米,然后调二顶、三顶。把四十三号吊杆上的那八只背逆光,往四十五杆上调,上场口二道幕条侧面,再加六只回光。下场口三道幕条前侧,加两只柔光,不,四只。"说完,大师打开炮筒茶杯,倒出一杯茶来,啜了一口,然后慢吞吞地嚼起了黄豆。

顺子气得说不出话来,明明都是按他的灯光布位图装的灯,说变就变了一河滩,这一夜又不得安生了。无论心里怎么想,顺子嘴上还是一连声地说:"立马变,丁老师您放心,我们立马变。"他又专门走到瞿团跟前,表了表决心:"您放心,瞿团,立马按丁老师吩咐的变。"不过他把话也说得话里带话的,"我们都是按丁老师要求装的。变就变吧,就是多出些力嘛,咱就是下苦的嘛,有力也出不完。您放心瞿团,给您干活儿哩嘛,我顺子啥时还讲过条件,只要您瞿团心里有着咱下苦的就行。"瞿团长说:"快去吧。"顺子没有忘了,还专门绕到剧务寇铁面前,又表了几句忠心:"寇主任,您都看到的事,我们都是按丁老师灯光图装的,人家丁老师又有创作灵感了,怪不得我们……""哎去去去,快忙你的去。"寇主任连瞅都没瞅他一眼,只用手把他往一边扇。他没有表现出任何生气的样子,仍回话说:"寇主任还生我的气呢,大人不记小人过嘛,我回头就到家里给您赔不是去。"寇主任不屑理他地把脸转向一旁了。

顺子上到侧台时,大吊正在悄声骂人:"锤子灯光师,那嘴是嘴嘛还是尻子,胡乱一张,就让我们返半夜工。"

顺子急忙阻止地:"你悄着。咱就是下苦的,多出点力,挣不死你。快挪灯去。"说着,自己先提着两个回光灯,上了天桥。

大吊故意把一个灯箱子一脚踢得滑出老远,没想到,灯箱子最终撞倒了一个流动灯,灯架倒地,嘭的一声,一个灯泡立马爆裂。台下立即传来了寇主任的喊声:"咋了?后台咋了?"

大吊急忙回应:"没事。"

大吊知道,自己背运了,这个灯泡是进口的,价值三百二十元,自己这趟台，基本是白装了。见没人时，他又狠狠踢了一脚进口音箱，差点没把前脚掌踢得翻转过来，痛得当下就窝了下去。

一直在侧台帮三皮干活的蔡素芬，半个晚上也只跟顺子对了几眼，多数时候，都见顺子是两脚不着地地爬高上低着。底下人开始喊对灯光时，舞台上就五颜六色地变幻起来，让蔡素芬觉得有了许多神秘感，她不停地朝舞台上张望着，三皮就让她下去看稀罕。蔡素芬下到观众池子，悄悄找了一个偏僻角落，把身子缩到几乎让人看不见的地方，静静看着舞台上变来变去的"戏法"。后来，就睡着了。再后来，有人给她身上盖东西，她才醒来，一看是顺子在给她盖大衣。舞台上还是在变着灯光戏法，不过装台的人几乎都下到池子，找地方窝下丢盹了。素芬问几点了，顺子说早上五点，天快亮。素芬问："都装好了？"顺子说："灯都到位了，光也对得差不多了。我得眯一会儿，早上八点导演进来，才麻缠呢。""那你把大衣盖上，我不冷。""我不盖，人家随时都会叫的，一盖一揭的，反倒容易感冒。"顺子说着，就挪到离灯光师近的地方窝下了。

那个脑后留着一条小辫子的灯光大师，在蔡素芬眼里，有些像乡下那些不务正业的懒汉二流子，可人家在这里却是说一不二的人物。都快六点了，他突然发话说："把一顶上的十五只灯头，再向上调整十五厘米，把四十五杆上的八只背逆灯，仍然调到四十三杆上。快，别磨磨蹭蹭的，时间来不及了。"

蔡素芬看见蒙蒙眬眬爬起来的顺子，走路有些两面倒，但还是坚持上台去了。

26

六

  菊花也是在外边待了一晚上，天快亮才回家的，她已习惯了父亲几乎很少回家睡觉的日子。一年四季，他就给三轮车里放个烂军大衣，多数时候，都是在舞台前后，跟狗一样地卧一会儿，回家睡觉基本在天亮以后，并且很少能摸着规律。因此，这个家基本是她一个人守着。现在她也很少守了，晚上要么在外面打牌，要么到歌厅唱歌。她也没想到，这个已经过了五十岁的老爸，还能把第三个老婆娶回来，她以为只是说说而已，谁知人家还动真格的了。尤其让她不能接受的是，这个女人只比自己大了八九岁，并且还颇有几分姿色，平心而论，不是颇有几分，而是很有几分。应该说比上一个女人更年轻、更漂亮、更风骚，特别是那忽闪得不停的大胸脯，好像随时都想把外衣撑破后冲决而出一般，大得有些夸张、有些冒犯、有些咄咄逼人。她甚至听见村里有人撂话说：顺子娶回来的是菊花的姐呀，还是妹子呀？因此，这只浑身散发着强烈骚性的母狗的进门，就成为她人生中一件不能轻易退让与放下的大事了。

  在短短十几个小时里，她几乎把楼上该扔的东西都扔了，该砸的东西也都砸了，可这女人脸厚，还要给她做早点，并且亲自端上来献殷勤。那阵儿，这只骚母狗的靠山装台去了，她就把人世间最恶毒的话语都利箭一般放了出来，唯恐哪支箭伤人不毒、不深。终于，她听到了哭声，然后，她就哼着歌出去了。她和几个嫁不出去的剩女先到电影院看了两场电影，然后就到歌厅唱歌、喝酒，快天亮时才各自散去。

她回家时，门是锁着的，她想是不是毒箭起了作用，把骚货射走了？

那碗从楼上砸下来的荷包蛋泡麻花，还干翘翘地散落在院子中间。她向顺子的房子睒了一眼，窗帘是大开着的，床上空无一人。那骚货是被气走了？她故意把房门踢了几脚，连那条断腿狗都不在。她就想到，骚货可能是被她男人接到装台的地方去了。

菊花突然觉得，进门前浑身别着的那股准备继续战斗的激情一下给泄了，上楼双腿都有些发软，勉强走上去，开开门，一下就软溜在榻榻米上。她随手取过镜子看了看，昨天出去时化的妆，已经残得有点惨不忍睹了，她突然就砸了镜子，放声大哭起来。她也不知道想哭什么，反正觉得自己一切都很惨，比昨晚在一起同病相怜的所有剩女都还要惨出许多许多来。

菊花记事起，她爸就在给人家剧团出门演出时装车，回来了卸车。那时候装台，还都是剧团人自己干的事，那是搞艺术呢，岂能在街道上随便找几个人，就把舞台装了。她爸除了给剧团装车卸车，也给街上的货摊子拉货，给别人搬个家、送个煤气什么的。菊花那时特别喜欢坐她爸的三轮车，她爸蹬得飞快，有时都能撵上汽车。菊花尤其喜欢她爸给剧团拉道具、拉布景，还有装车卸车，那些好玩的东西全都摆了出来，她可以尽情地看、尽情地摸、尽情地玩。有时大人们都去吃饭了，让她看摊子，她还能借机把戏里的帽子戴一戴，把各种道具拿出来，比画戏里的动作呢。在她的记忆中，她妈每天都是很晚才回家，有时会给她捎一个热狗或糖葫芦回来，睡到第二天大中午，就又化了妆，出去了，并且每次把嘴都画得血红血红的。在她六岁的时候，有一天放学回来，她爸突然抱起她，哭着说："你妈跟人跑了。"菊花问："我妈为啥要跑呀？"她爸说：

"嫌你爸穷,嫌你爸没出息,是个烂蹬三轮车的嘛。"任她再哭,她妈都再也没有回来,后来,也就慢慢习惯了没有妈的日子。

菊花一直跟她爸相依为命,平常上学,一到节假日,就随着她爸一起到几家剧团里去玩。后来剧团人自己不干装台的活儿了,晚上她爸给人家装台,她一个人在家里害怕,就跟着她爸,在侧台睡觉。因此好多剧团人,甚至包括家属娃,都跟她特别熟悉,都知道她是顺子的女儿。到大一些了,人家再说起她是顺子的女儿时,她就好像听明白了里面的意思,就不再跟人家来往,也不到剧团去了。

菊花的后妈是在菊花上初中时娶回来的,她爸把她后妈娶回来时,提前是跟她说过几回的,她爸说:"得给你找个妈回来做饭洗衣服。爸顾不上,得在外面挣钱哩。"不久,后妈就娶回来了。后妈还带了一个女儿,叫韩梅,把她叫姐,她们没几天就混熟了,在一起玩得很开心。可后来,她高中没考上,妹妹却上了高中,并且考上了大学,她们的关系无形中就疏远了。后妈是五年前得子宫癌死的。后妈死时,她也是披麻戴孝了的。

菊花咋都不能接受的,就是这个叫蔡素芬的女人,无论如何,这个家都不能有她容身之地,说啥都得把她赶走。虽然这会儿很伤老爸的心,但她也顾不了许多了。自那个与这个家既不沾亲也不带故的妹妹考上高中后,她心里就对一直深爱着的父亲产生了怨怼情绪,疏的比亲的还亲呢,哼。尤其是在后妈死后,他竟然还供她到商洛去上了大学,并且见人就夸自己女儿怎么怎么有本事,也在大学念书哩。呸,山沟沟里的大学也叫大学?人家拖油瓶拖过来的,也叫你闺女?有一回,顺子又对人吹牛,气得她差点没吐到他身上。反正她现在是越来越见不得这个见人就点头哈腰的父

29

亲了，一副奴才相，真是让她受够了。连她快三十岁了找不下对象，也都觉得与老爸这副奴才相有关。尤其是这次娶了这个骚货回来，更是让她内心跟他彻底拜拜了。管他喜欢不喜欢，乐意不乐意，她都坚定着，必须把这个骚货扫地出门。

菊花哭着、想着，就睡着了。在梦中，那个叫蔡素芬的女人像戏里一样坐着轿子，父亲穿着马褂，摇着马鞭，把她接了回来。那女人一回来，父亲就跟灌了迷魂汤一样，整天黏糊在一起，并且要她立即搬出去住。在她出门时，那个女人拿起一碗滚烫的荷包蛋，里边还泡着麻花，端直就泼在了她的后背上。菊花脑子嗡的一下醒了，她直挺挺地坐起来，望着墙壁发呆。

她脑子里滚动着一系列驱逐骚货的计划。

七

早上八点，顺子他们把舞台准时交给了导演。

导演是个五十多岁的女人，体重在二百斤以上，她在舞台上坐的椅子都是特制的。导演倒是不摆谱，来时自己端着剧本和一个大茶缸子，缸子上面还有红漆喷的字，斑斑驳驳的，"知识青年上山下乡好"的字迹依稀可辨。

导演上得台来，随便把舞台扫了几眼，就先喊顺子。顺子急忙跑到了她跟前。

导演姓靳，都喊她靳导。顺子自然也喊靳导，不过，顺子在靳导后面还加了个"老师"，以示尊敬。

靳导说："顺子，赶快把第三道梅花网子朝第四道吊幕后边移，太靠前了,都穿帮了。"

"靳导,靳老师,您放心,立马移到位,不误您排戏。"顺子说完,就带人上天桥了。

蔡素芬迷迷糊糊在池子里睡一半醒一半的,到早上八点多,导演和演员们都陆续来了,她才从椅子上坐起来。又过了一会儿,池子里星星点点地散落了一百多号人,有人喊了几次,要求朝一块儿集中,才有人懒懒散散地朝中间靠了靠,但终归是一张撒得太开的网,再喊都没能收揽到一起。

那个叫瞿团的,先说了几句话,有些蔡素芬还听不大懂,大概意思好像是:今晚演出很重要,看演出的是几个外国人,好像是戏要好了,人家要是看上了,就能到外国演出。几个省都在竞争呢,很激烈。这回真的不是洋下乡,是要进欧洲几个国家的大剧院,是真正去展示艺术。蔡素芬就听坐在她附近的两个男人嘀咕:"一天就爱听外国人瞎忽悠,这几年让人家来,就跟妇产科医生一样,把咱旮旯拐角查了个遍,也没见生出几个出了国的娃。"

瞿团讲了,那个叫靳导的大胖子女人又接着讲,蔡素芬尽管还不懂靳导是干啥的,但看那神气,好像挺拿事的。靳导的第一句话就是:"这几年我可是没少遭这些外国演出商强奸。"蔡素芬还以为是自己耳朵听岔了,只听大家哄地笑了一声,靳导又来了第二句:"他们又来了,听瞿团说,还是那几个挺性感的大胡子,这回说是真的要选艺术品进皇家大剧院了,但愿不是又一次对本民女施暴来了。"靳导几乎每讲一句,都有笑声,甚至掌声、口哨声,蔡素芬虽然听不懂那里面的机趣、幽默,但还是立即被这个胖女人的感染力吸引住了。紧接着,大家就分头开始准备排练了。

只见顺子先上了舞台,用手遮了遮直射下来的面光,大声问:

"靳导,靳老师,您看梅花网子这样行不?"

靳导来了声:"OK!"

顺子又说:"网子上可没光了噢,昨晚这网子是用一顶的光给的,现在一顶够不着了,只有拿二顶给了。"

底下就有人笑了。

顺子急忙补了一句:"这是人家丁大师、丁老师的事,咱是胡建议哩。"

只听靳导大声说:"建议得好。瞿团,我看可以给顺子评个灯光师的职称了。丁白,把梅花网子的光处理一下。"

已经熬得连黄豆都抬不起来的丁大师,迷迷糊糊地说:"就用二顶扫一下。"

有人就鼓起了掌说:"顺子的设计方案通过了,丁大师让用二顶扫。"

顺子有些不好意思地挠了挠后脑勺,急忙退到后台去了。

排练正式开始了。顺子和其他装台人这阵儿倒是都能清闲一会儿了。顺子从侧台下来,走到蔡素芬跟前,给素芬递了几个包子。素芬不好意思吃,说不饿,顺子就狼吞虎咽地给自己肚子填塞了几个。他也不好坐得离蔡素芬太近,怕剧团人拿他开涮,就在前几排找了个位置坐了下来。顺子几乎是刚一坐下,就睡着了,任乐队、演员怎么吵闹,他都再听不见了。

蔡素芬要不是亲眼看顺子装了一天一夜台,还真不知装台有这么辛苦。说实话,她是咋都撑不下来的,昨晚她好歹还眯瞪了几小时,虽然睡不踏实,但毕竟还是睡了,可顺子几乎是连轴转着的。她想把顺子昨晚给她盖的大衣给顺子拿去盖上,但又不好意思,这里的人好像眼睛都很贼,嘴也很利索,又都特别爱开顺子的玩笑,搞不好就又开上了,她可不想引起这些人的注意。正说不想引起注意呢,那个叫靳导的胖女人就喊上了:"停停停停,停一下。顺子,顺子。"顺子咋都醒不来,蔡素芬想喊,见所有眼光都集中到她这一块儿了,就急忙勾下了头。

"哎,顺子咋睡得那么死的,得是梦见天使了,谁摇一下。"

靳导还没说完,猴子就在旁边说起了干话:"结婚结日塌了。"

"谁结婚了?顺子又结婚了?"

"都三房了,你不知道?"

"哈哈,这家伙可是没看出,挓了这大的活,装台还装出土豪来了。"

"三房是谁?"

猴子贼眉鼠眼地指了指蔡素芬。

只听有人说:"顺子的审美眼光还蛮不错的嘛,好像还是下一代吧?"

大家哄堂大笑起来。

蔡素芬恨不得有个地缝能钻进去。

顺子浑然不觉,直到被人摇醒过来,就急忙向靳导请示:"靳导,啥事您吩咐。我没睡着,一直伺候您着的。"

大家又笑了。

靳导就说:"顺子,你行呀,看着蔫不唧唧的,都娶三房了,也不给大家发个喜糖啥的,小心身体着。"

"见笑,见笑。"顺子急忙应承着,看了一眼素芬,蔡素芬已经羞得起身向外跑去了。

大家更是笑成一团了。

靳导说:"知道你累,可活还得干,立马把梅花网子还是调到原

33

来的位置,景太后了,影响演员表演。这是我的错噢,对不起,让你们返工了。"

顺子心里虽然有一千个不愿意,但面部和嘴里还是表现出了极大的情愿,顺子说:"看靳导说的,咱就是下苦的嘛,这多挪一次,有力又出不完。靳导是为艺术哩嘛,咱还能不好好跟靳导、靳老师配合吗?立马挪。"说着,顺子就又上了舞台。

蔡素芬从舞台里跑出来,也不知道往哪里去,就到三轮车旁看了看狗。这已是深秋季节,早上特别冷,好了钻在顺子为它准备的一堆破絮子里,睡得很是安生。见蔡素芬来,它从絮子里爬起来,抖了抖身子,给蔡素芬摇起了尾巴。蔡素芬见好了对自己特别亲热,又怜惜着那条一跛一跛的断腿,就抱在怀里摩挲了摩挲。过了一会儿,顺子出来了。蔡素芬有些不好意思地埋怨说:"这些人咋恁怪的。"顺子说:"唱戏的都爱开玩笑,习惯了就好了。你还是进去看戏吧,这儿怪冷的,小心凉着。"素芬说:"咋进去嘛,都怪兮兮地看人哩。""你管它的,你看你的戏。连排一完,咱基本就没事了,现在走不开嘛。"素芬说:"你忙你的,我转一会儿再进去。"

顺子还从来没有在这么晴朗的早晨仔细看过蔡素芬,尽管耗了一夜,可蔡素芬脸上还是油光水滑的。除了眼角,脸上几乎还看不到一点皱纹。狗日的大吊和猴子都说素芬的奶大得很,她侧面站着,看上去还真是大得要命,大得甚至有点假,可他知道那全是真的。这就是自己的女人了,尽管素芬已经跟自己办了证,进了门,可顺子还是觉得一切都虚飘得很,尤其是菊花这么大闹着,他对这次婚姻就有点麻绳系骆驼的感觉。

顺子第一次见蔡素芬,是在离他家不远的那个劳务市场。顺子每天都要骑着三轮车从这里经过,几乎不太注意晃动在这里的人群。虽然大吊、猴子、墩子、三皮这些伙计也都是他从这里带走的,可现在他已不缺任何人手。在这里,你哪怕不经意把人多看一眼,也会迅速招来成群蜜蜂恋花般的麻烦。也就是在这里,顺子只多看了一眼,蔡素芬就把他黏上了。

那天早晨,天气很晴朗,顺子装了一夜台,头昏脑涨地骑着三轮车回家,脑子稍恍惚了一下,车轮就端直碰到了迎面而来的蔡素芬身上,幸亏他刹车及时,没有把蔡素芬撞倒。他害怕蔡素芬找他的麻烦,这年月,你哪怕动了人家一根头发丝,搞不好都是要引起很大麻烦的,何况车轮是真的撞到人家腿上了,人家要是跛子拜年——就地一歪,你还真没办法。可蔡素芬没有卧下,更没有发脾气,甚至还羞涩地笑了一下,因为轮子是撞在了蔡素芬两腿之间的地方。她只用手拍了拍大腿上的灰尘,轻声说:"没事。"顺子的心立马就被感动了。"对不起!"顺子从车上下来,连连给人家道歉。蔡素芬还是一连声地说没事,他就多看了这个女人几眼。也许就是这几眼看出了麻烦,以后每经过这里,都要用目光搜寻一番。一旦不见这个女人,他甚至会觉得失落,并且会掉过车头,把劳务市场再篦梳一遍,直到确实篦不出人来,才怏怏离去。不过大多数时候,他都能碰上这双热辣辣的眼睛。那时他真的没有想过要谈婚论嫁,就是觉得这个女人好,多看一眼心里舒坦,仅此而已。没想到,看着看着,就把麻烦看大了。一天,他装完台回来,老天爷正下着大雨,劳务市场等待活计的人,都一坨坨地聚集在一个个街沿坎下避雨,他有心想扫一眼那个女人,可雨太大,连几米开外的人都瞅不清,他就猛加一把脚力,径直往家门口的小巷子蹬去了。谁知他刚蹬到小巷口,恰有一个人穿巷而过,他一下就把人家给撞翻在地了。他急忙下车搀扶那人,一看竟然是她。那时他还不知道这个女人姓甚名谁。女人浑身上下被泥水滚得失了形色，腿被车子撞得也有点站立不住，他问要不要上医院，女人说不用，但他感到女人身体明显在颤抖，这儿离家最近，他就端直把那女人抱上三轮车，拉回家去了。

那几天，女儿菊花跟几个人去青海湖游玩了，要是菊花在，他还真没胆量把一个女人生生拉回家呢。事后他想，也怪自己当时心贼，怕到医院这检查那检查的，少说也得花上千块，再鼓捣住几天院，那就把钱他妈的口袋烧漏底了。把人领回家，说说哄哄，顶多管一顿饭，也就过去了。后来他也想过，是不是这个女人给自己下的套，但反复想来想去，又不像，那么大的雨，一眼看不出两三米远的距离，她就怎么有那么严丝合缝的猜断呢？看来这就是人的命，天注定了。

那天他把那个女人拉回家，急忙上楼找了菊花不穿的衣服，又烧了热水，让那个女人洗。女人洗完后，浑身还抖，他就又说上医院，但女人还是说没事，说过一会儿就好了，不花那冤枉钱。这些通情达理的话，把顺子说得心里暖和极了。他就急忙给人家做饭，还特意用上了火腿肠、午餐肉，这些都是装台时人家剧团当夜餐发的，他舍不得吃，拿回家想跟菊花一块儿分享呢，谁知菊花却嫌这些都是垃圾食品，有太多的防腐剂，吃了得癌，他就只好留下，等女儿不在家时独自改善伙食，今天全都派上用场了。

那天他们在一起热热火火吃了饭，吃完饭，天就快黑了，外面雨比先前下得更大了。在顺子的记忆中，好几年都没下过这么大的雨了。这时，他已经知道这个女人叫蔡素芬了，并且死了丈夫，她是一个人来西京城打工的。后来蔡素芬又说腿有点疼，他就烧滚了烧酒，往蔡素芬腿上搓，搓着搓着心性就搓乱了。蔡素芬眼睛烫人,身上绵软得哪儿沾上哪儿就稀化了。顺子那双粗糙的手也在揉搓中失去了控制,逐渐扩大了治疗范围,尽管他也经过了激烈的思想斗争,害怕磨盘压住手取不离,但最终还是把持不住,犯了严重的作风错误。事后,他甚至觉得自己像个大流氓,一切都是自己主动进攻的,好几次,人家蔡素芬都是把他那不安生的手逮着往回推了又推、折了又折的,可那手就像蛇一样,偏到处胡钻,让人家扯都扯不出来。再后来,就把人家蔡素芬的扣子绷掉了,当一切都露出来时,他有些傻眼地感叹了一声:天哪,世上还有这么好的东西。

那场大雨整整下了三天三夜,西京城的好多地方都沦陷了,顺子也刚好没事,就在床上盘桓了三天三夜。三天过后,蔡素芬就提出了婚姻问题,虽然不强求,但自己已是无法拒绝,当然,也有些舍不得拒绝。事情一来二去的,一个月后,他就把人接回来了。

人他是满意的,就是女儿这一关不好过。这是他意料中的事,但没想到女儿会表现得这么激烈。

装了一天一夜台,虽然忙得双手双脚不闲,但顺子的脑子始终还在想着回家以后的事。

这会儿戏排得很顺,装台人清闲了许多,顺子到底还是把素芬从剧场外叫了回来,两人坐得很远,静静地看舞台上过戏。戏讲的是一个皇帝在宫里日子过得腻歪了,偷偷跑到民间,爱上一个村姑的故事。几经周折,皇帝把村姑弄进了皇宫,谁知村姑过不惯皇宫太讲规矩的日子,最后被皇后、公主欺负得化装成太监跑了。故事很简单,但很热闹,最后还很悲伤,戏完的时候,顺子看见素芬哭得稀里哗啦的,直到池子灯亮,人还在戏里回不过神来。有人就笑了,拿顺子开起涮来。靳导这阵儿心情也特别好,笑着说:"顺子,你可不敢让宫里人欺负你这村姑媳妇噢。"大家都笑了。靳导站起来对大家说了声:"OK！"顺子以为今天的装台任务就算圆满完成了,谁知靳导走着走着又说:"顺子,对不起,那道梅花网子景啊,还是得挪到四道幕条那儿,咋看还是放到那儿顺,你们还得返返工。"顺子从来都是说啥是啥、百依百顺的,这阵儿也没话了,他也有点想骂人,但靳导接着就垫了一句:"咋,不高兴了？瞿团,我可不管你们怎么弄,反正这道网子必须挪。"还没等瞿团说话,顺子就急忙把话接了过去:"挪,挪嘛,谁说不挪了,靳导靳老师说话了,为了艺术哩,咱能不挪？咱就只是个挪嘛。"

在挪这道景的时候,几乎所有人都是怨气冲天的,墩子还失手把一个网子角撕出了一尺多长的口子。大家都知道,装台这活儿返工也不加钱,顺子看大家都气不顺,就让大家先走了,只留下一个新来的,还有素芬,跟自己一起换好了这道梅花网子景。

当他们离开舞台时,已经是下午两三点了。顺子虽然熬得两眼昏花,但还是让素芬上了三轮车,断腿狗忽的一下就钻进了素芬怀里。台是装完了,可顺子知道,回家并不比装台轻松。他蹬着蹬着,脚下就蹬空了,几次都差点从车上栽下来。素芬立即在后面扶了扶说:"太重了,我下来吧。"

"没事,你坐稳了。"脚下再沉重,顺子还是在拼命往前蹬着。他突然想,自己在女儿面前是不是也太软弱了,竟然害怕成这样,自己毕竟还是她老子呀！他的脚下又突然来了点劲。

八

菊花终于听见楼下门响了,虽然是轻手轻脚的,但她爸放三轮车的声音还是熟悉地传进了她的耳朵。她想立即发作,但还是等了等,她觉得总得有个出气的借口。她听见楼下有了窸窸窣窣的做饭声,过了有二十几分钟,就听她爸喊叫:"花儿,下来吃饭。"她没有理睬。"下来吃饭,你姨下的鸡蛋臊子面,不麻利吃,就粘到一块儿了。"真恶心,那骚货还成姨了,她是谁的姨?呸!那股气又在上冲丹田了,但她还是没有睬。就听楼下她爸的喊声高了起来:"菊花,你听见没有?叫你下来吃饭,做好了,总不需要人上来喂吧?"她还是忍着,她得找到更好的时机。终于,她爸在下面发火了:"你倒是吃不吃,给个话。"过去她爸发火,她还当一回事,这几年早都不怕了。她知道,他是做给那个骚货看的,今天她也要做给那个骚货看一看,看看这个家到底是谁说了算。她还在忍,还在等,在等待更佳的爆发点。她听见那个骚货在下面说:"我给她端上去吧!""不端,爱吃不吃。"她还没见她爸这么强硬过。可那个骚货还是把饭端上楼来了。说她贱,就贱在这里了。既然你这么犯贱,那也就别怪我不客气了,她的气,是连带着给这个拿不出手的老爸一起发出的。

"花儿,吃饭吧。"还没等蔡素芬把碗递到跟前,她一扬手,就把一碗热汤面一下浇在了蔡素芬身上,烫得蔡素芬"哎哟哟哟哟"直叫唤。蔡素芬一看菊花那凶相,吓得转身就往门外跑,谁知菊花起身又是一脚,把那个面碗端直踢在了蔡素芬的后腿弯上。"贱货,滚,立马给我滚出去!骚货!"说着,菊花就从床头柜上操起早就准备好的藏刀,那是她在青海湖买下的,径直朝蔡素芬逼去。蔡素芬夺路而逃,下楼时,一个哧溜,整个后背着地滑了下去。看到这副吓破了胆的狼狈相,菊花突然哈哈大笑起来:"贱货,原来是这等提不起串的贱货!哈哈哈……"笑完,她砰的一声,把藏刀一下扎在

39

了韩梅的门上。韩梅在商洛上学,几个月没回来了,门上已长满了蛛网。

顺子听见楼上不对头,一口面没咽下,就放下了碗,只见素芬一块门板一样从楼上溜了下来,他扭头一看,那把藏刀已飞扎在了韩梅的门上。他操起一根木棍,直叫着:"啥东西!"就朝楼上扑,素芬还拽了一下他的裤脚,"啥尿东西!"他还是狠命扑了上去。他本想这是最大的震慑,因为菊花长这么大,他还从来没这样动过手,可菊花就那样直盯盯地站在门口,一脸轻蔑地说:"你打呀!你打呀!你今天要不把我打死,你就不是刁顺子!"连他也几乎忘了自己还姓刁,更没有人这样直呼过他的姓名,菊花竟然就这样喊上了。他几乎是怒不可遏地就要下手,可这时,蔡素芬从身后一把抱住了他,没想到蔡素芬会有那么大的力气,一把将他箍得死死的,几乎连气都出不来了。"滚!滚!滚!"菊花还在发飙,顺子脸都气歪了,可蔡素芬也把他箍死了。只听菊花突然大喊一声"妈——",哭得一头扑在了床上,抽搐得整个榻榻米都在晃动,屋里的空气顿时凝固了。

顺子也没想到菊花会来这一招,但也是这一招,让屋里所有人都下了台阶,顺子手中的棍子也被素芬顺手抽走了。

这么多年,顺子最听不得的就是菊花这声哭,一哭,任他再硬的心肠,也都被这摊泪水泡化了。菊花是六岁时跑了亲娘,都怪自己无能,那个女人是他活生生看着别人夺走的。

那个女人叫田苗,说起来,也算是这个村里有姿色的女人,就是因为有点姿色,纠缠的人就多,纠缠得多了,也就放浪开了,据说十五六岁的时候就跟人睡过。开始顺子做梦都没想到,田苗会成为他的女人。田苗压根儿也没把他当回事,顶多就把他看成一个跑腿的。田苗跟人打牌,他总爱站在后边看,田苗说顺子,去给姐买个热狗,其实她比顺子小。他会乐得屁颠屁颠地去买了热狗,还搭个冰棒。后来,田苗越来越乱了,他也很生气,就不给她跑腿了。再后来,田苗在一个宾馆做门迎,跟一个黑人好上了,还生了一个黑娃,虽然没养活,但名声就大了。家里人怕她嫁不出去,一些人就把她跟顺子联系了起来。顺子开始当然是不同意,觉得这绿帽子不是一顶,而是无数顶,是一摞摞的绿帽子,有人说,搞不好在三位数以上,并且还有黑人的,顺子就是一辈子找不下媳妇,也不能把这样丢人现眼的媳妇娶回来。可事情就那么古怪,田苗本来是瞧不上顺子的,当听说连顺子都还瞧不上她时,就略施小计,轻松把顺子拿下了。

顺子跟田苗结了婚,也就把日子当日子过了。尽管也有人耍笑他,说:"顺子,你这帽子不错哦。"其实他根本就没戴帽子,但他还是会说:"还可以。"村里有跟田苗玩过的,甚至敢当着他的面说:"顺子,田苗的钳子可是夹人得很,小心夹断了。"顺子会说:"你操心了。"虽然心里也很不是滋味,可他回家从来都不提说这事,也没给田苗发过脾气。因为这一切事先都知道,是一个愿打、一个愿挨的事,现在再跟人家翻这些烧饼,没道理。再加上他确实忙,也很累,一回来就跟死猪一样摆在床上。田苗还算心疼他,又是端茶,又是倒水,又是做饭的,他也就心满意足了。田苗自招了黑人的祸后,让她爸和她哥在家里吊起来打了个半死,自此后,她也确实安宁了几年,尤其是跟顺子结婚后,变得更本分了。可就在菊花五六岁的时候,有一个从广东来倒卖彩电的跟她黏上了,就又旧病复发,直到狠心抛下菊花,私奔而去。

顺子是在他们都勾搭上几个月后才知道的。那时他主要是给一些剧团装车、卸车，也给一些小摊小贩拉点零货，实在寻不下活了，他也会早上三四点钟爬起来，蹬着三轮出城，买下一车蔬菜，拉回来，到集市上一倒腾，也咋都要倒腾出百八十块钱来，反正一家人一天的生活就算有了着落。田苗开始几年一直在家守着，也有点不好意思出门。后来就又上了牌摊子，一打就是一夜，娃也懒得管。好在那几年，他晚上都在家，每晚基本都是他经管着孩子睡下的。再后来，他就听说田苗跟那个贩彩电的广东佬好上了，说他们是打牌打到一起的，经常到那个广东佬包的宾馆里鬼混。先是吃得讲究了，后又穿得讲究了。他也跟踪过好几次，即使抓了现行，也无济于事。他骂她不要脸，跟人睡觉，她还撑得极硬地说："睡了，咋？不行离婚就是了。"还气得他毫无办法。他是觉得菊花太小，离了苦了孩子。可最终，她还是跟那个满脸横疤子肉的广东佬跑了，一跑就再无音讯。后来有人说，田苗跟那个广东佬时间不长也分开了，并且得了艾滋病，已经死了。但顺子始终不信。他还是希望有一天能再见到田苗，她毕竟是菊花的妈呀。

　　菊花从六岁多就跟着他长大，没娘的孩子确实少了很多福分，他觉得自己亏欠了孩子许多。尤其是菊花长得随了自己，到现在找不下对象，这委实让他难过得不行。尽管菊花越来越不像话，特别是在他娶回蔡素芬后，干脆明着跟自己干了起来，这有些太驳自己的面子了，可稍一静下来想想，觉得孩子也有她应该原谅的地方，这毕竟不是一件好接受的事。加之素芬又这么通情达理，他就彻底软了下来，他想跟菊花好好谈谈。

　　可他刚在菊花对面坐下，菊花一骨碌爬起来，就又狂躁起来："刁顺子，你给我出去，这是我的房，我让你出去！"

　　顺子一下被激得不知说什么好了。他极力克制着，不想把事情再弄得不好收拾。为了生计,在谁面前都能低三下四,又咋不能在亲闺女面前做点退让呢?他咽了咽哽在喉头的话语,仍静静地坐着。

菊花还是不依不饶:"你出去,我不想再看见你。"

"我是你爸,我出去?啥东西。"

"你是我爸?你好意思说。你像个做爸的吗?找一个女人又一个女人,我们家是开窑子的是吧?"

顺子到底没有克制住,扑上去狠狠抽了菊花一个嘴巴。

菊花当下被激怒得犹如一头母狮子一般,端直扑上去,咚的一声,把顺子压倒在了墙角。一直站在门外的蔡素芬赶忙进来拉开菊花,隔挡在父女中间,菊花就劈头盖脸地给了蔡素芬几巴掌,蔡素芬也不还手,就那样直戳戳地让她打着。顺子实在看不下去了,从墙角站起来,一掌把菊花推到了榻榻米上。那一掌确实推得有点重,菊花恼羞成怒地挣扎起来,就要反抗,蔡素芬一把紧紧抱住了她,急忙说:"菊花,他是你爸,他是你爸呀,你别这样,我走,我走,行了吧?""滚,快滚,都滚!"菊花还在挣扎,并且用手脚乱踢乱打、用嘴乱咬着蔡素芬,蔡素芬痛得嘴角直咧,但仍紧紧抱着不放。顺子再也忍不下去了,就又提高了声调:"你疯了是吧?"

"你才疯了呢,你们是淫疯,淫疯病。"

"啥东西!"顺子还是想教训一下菊花,可蔡素芬左拦右挡着,他咋都近不了身。

菊花越发得意了:"来,来呀,打呀,打嘛,你们合起伙来,把我一顿打死,这个家就全是你们的了。打呀,打嘛……你在外面蔫得连鼓都打不响,回来倒是凶得很,来,打,看刁顺子多厉害,能把女儿亲手打死,打呀,你打呀……"

43

菊花说着说着，又号啕大哭起来，真是弄得顺子一点脾气都没有了。

顺子看着菊花的梳妆台，上面各种奇形怪状的瓶瓶罐罐摆得琳琅满目的，他知道，那都是值钱的东西，菊花一月光化妆品就要花他上千块，而他也只有到大冬天了，才舍得买一盒几块钱的绵羊油，擦擦炸裂了口子的手。他也不是舍不得给女儿花，而是花了还这样不省事，就让他特别伤心了。他说："你闹吧，看你想咋闹就咋闹，我反正是没本事养你这个女儿了，你看谁有本事，你就跟谁过去吧。"

"撵我是吧，接个骚货回来就撵我是吧？"

"你啥东西，你凭啥骂你姨是骚货？"

"姨？呸！骚货！"

"刁菊花，我就是把谁娶回来，也轮不到你说，我是靠一点点挣着吃的，就连把你养这么大，吃的穿的戴的花的，也都是你老子我撅起尻子挣下的。你看看光化妆品，你一月都要败糟我多少钱。我知道你瞧不起我，嫌我给你丢人了，可没办法，我只有这么大个能耐，就只会蹬三轮，只能给人家装台，挣人家一点下眼食，你要是觉得吃得不消停，花得不消停，不滋润了，你可以走，我就权当没你这个女子。你走！啥东西！"顺子终于放出了最狠的话。

"我走，我给你们这一对狗男女腾地方，我立马走，不花你的烂钱了，呸！"菊花说着，操起枕头，径直砸向了梳妆台，几个台阶上的瓶瓶罐罐一股脑儿都飞溅在了地上，刺鼻的香水味儿顿时弥漫得满屋都是。

蔡素芬急忙说："菊花，菊花，你爸也是在气头上，跟你说气话呢，你可别在意噢。"

"呸！都是你这个骚货惹的祸。"

"让她滚,啥东西!"顺子的话越放越狠了。

蔡素芬也没办法,就把胡蹩乱跳的菊花放开了。菊花又胡乱踢捣一通,嘴里不干不净的,拿起手机和一款 LV 包,愤然出门了。只听她在楼下狠狠踹了断腿狗一脚,然后把铁门摔得炸雷一般轰响起来,那声音都快把顺子的心震碎了。

素芬说:"快去撵回来吧。"

"让她滚,啥东西!"顺子的眼泪就掉下来了。

九

菊花一出门,还不知道往哪儿走,但今天必须得出来,这也是她想好的一招。她坚信,在父亲的心灵筹码上,她还是会高过那个骚货的。加之父亲心软,对外人都泥巴一样,任人捏揣,何况是对自己的亲生女儿。不过要想真的赶走这个女人,恐怕还得使出一些狠招来。

她本来想到舅家住几天,可想来想去,要是住到舅家,父亲反倒觉得安生了,有些不利于激化矛盾,倒不如干脆住在家门口的那家快捷酒店里。这家酒店老板菊花熟悉,也常在一块儿打牌,她说了声她爸会来结账的,老板就二话没说,让她住进去了。

菊花住进去后,故意极其高调地出出进进,并且逢人就说,她是被家里撵出来的。巷里巷外的,不免就有了议论声,说顺子娶了麻迷婆娘,两人合伙把亲生闺女赶在门外了,她要的正是这个效果。

那天菊花走后,素芬就说还是自己走了算了,顺子一看,素芬不仅脊背从楼上溜下来时,磨破了上尺长的皮肉,而且两只胳膊和身上,到处都是被菊花咬伤、抓伤、踢伤的地方,他看着心里一阵阵直打冷噤。他觉得这件事,素芬从头到尾都是通情达理的,反正截至目前,还没有从蔡素芬身上看到任何错处,只看到她能背亏,他不能就这样让人家不明不白地走了。更何况,这个女人还确实有味道,他也说不清是啥味道,反正他是舍不得把人放走了。他说:"你走啥,不走,就跟我过一辈子,看她敢咋?啥东西,还真个给养成了。"顺子说完,就用紫药水给素芬一点点擦伤口,有些还在渗血的地方,就用纱布和创可贴包了起来,这些都是装台人必备的东西,因此,顺子擦洗包扎起来,就特别的妥帖在行。

顺子那种就好像是痛在自己身上的体贴入微,让素芬内心很是受用。其实素芬哪里就真想走了,她是见闹得不可开交,无非是想转个圜,既然顺子都这么硬,她也就再不提说走的事了。

谁知菊花绝对不是省油的灯,到处乱说,说她是让她爸新领回来的那个骚货硬撵出来的,弄得蔡素芬一出门,就有人在身前身后指指戳戳。

顺子还是那句话:"你别管,你是跟我过哩,又不吃他谁的喝他谁的。让他们有屁尽管放去。"

顺子嘴上是这样说,其实心里也毛拉拉的,出走的毕竟是自己的亲生闺女,这个世界上,要说最亲的人,也就这个闺女了,咋能眼看着她住在宾馆不回家呢?更何况宾馆见天一两百块,搞不好还是得从自己身上拔毛,菊花哪里能生出个镚子儿来呢。果然,菊花住进去第二天,顺子从宾馆门口路过,宾馆的老板就把话撂过来了:"哎,顺子,你菊花可是赊账入住的噢,要不是看到你老哥讲信誉，宾馆可是没有赊账这一说的。"他的头嗡的一下就给大了。果然是这一招，不过他立刻回敬道："老板，这可和我顺子没任何关系噢，你爱让她住，尽管让她住去，我可是镚子儿也不会给你掏的，我一个下苦的，哪里能掏起这么贵的店钱，你就死了这条心吧。"他这话也是想说给菊花听的。但老板只是笑笑说："我不管谁掏，反正房间一开，水电得耗吧，还得上税，还得给人家服务员付工资，还得给人家连锁总公司上供。""你爱给谁上供给谁上供去，关我腿事。我还忙着哩，没时间跟你扯咸淡。"顺子说着就走了，但蹬车子的双腿明显软了许多。他都不敢细算这账，菊花要是这样住下去，他就是天天有台装、有钱挣，也都算是杨白劳了。

可现在无论如何，也不能去给菊花下话，要下话，就是先让蔡素芬滚蛋，这是咋都不能干的事，既然跟人家把结婚证领了，那就不能把人家当一件外袄，想穿了穿上，不想穿了脱下扔掉。找不到一口能喷住菊花的硬话，不谈比谈好。她现在已经不把他叫爸，而叫刁顺子了，一个蹬三轮、给剧团装台的刁顺子，能说出什么有分量的话，一下把刁菊花喷倒呢？他还真的犯难了。

还有犯难的事呢，前几天装台，把剧务主任寇铁给惹下了，还没来得及上门赔礼道歉呢。瞿团倒是不怕，怕就怕下面这些小鬼，一旦惹下，啥活儿都揽不上，啥事也都不好干了。他跟寇主任约了几次，人家都说忙着哩，有时连电话都懒得接，他就只好死皮赖脸地发短信，好不容易答应见了，他又不知买些啥东西，花多少钱合适。有时他花了冤枉钱，大伙不知道，还以为他多得了多少呢。因此，这回他专门把大吊叫来，一块儿商量，看拿多少合适。大吊说至多二百五，咱才挣多少嘛。商量来商量去，最后买了一箱奶、一箱苹果、一爪香蕉、一提兜丑八怪，总共花了三百块。他像老电影里那个偷地雷的日本人一样,偷偷摸摸地摸进了寇主任的家。人家连坐都没让坐,就那样站着说了几句话,他自然是道歉个不停,点头哈腰个不住,总之,希望人家以后还能多多关照。寇主任的老婆是个唱小旦的,顺子跟寇主任说话时,他老婆一直躺在沙发上,脸上正贴着一张湿漉漉的白纸,只露出两只眼睛和一个嘴巴来,在做美容呢。寇主任还没搭腔,她先插进话来了:"哎顺子,你行啊,都娶三房了,还真是胡萝卜调辣子,吃出看不出噢。也五十大几的人了吧,比俺家寇铁可强多了。有啥秘方,也给老寇过过招嘛。"说得顺子不好意思地说:"唉,下苦哩,老回去没口热饭热茶,也就是找个烧水做饭暖脚的。"寇主任见老婆老插嘴,就想让顺子快走,说了声"知道了",就把顺子辞出了门。刚一出门,顺子就听小旦在里面掐着小嗓子唱《思凡》。

去看了一下寇主任,还果然管用。第二天一早,寇主任就给他发了信息来:今晚演出后来拆台。

他白天又给人拉了两趟装修材料到北郊,挣了一百六十块,晚上不到十点,就把自己的手下人招呼齐了,都等在后台外面的过道里。蔡素芬也来了,她说在家闲着也是闲着,其实顺子知道,她是怕一个人在家不安全。大吊、猴子自然又少不了说些骚话,把素芬逗得脸红也不是白也不是的。倒是三皮,老给他嫂子帮腔,猴子就说,三皮是想吃嫂子的"热豆腐"了。这一伙捣伪,说"吃热豆腐",就是隔着衣服胡摸的意思,热豆腐外面是有包袱布裹着的。

戏毕了,演员们都陆续从后台撤离了,他们拆台的才进去。瞿团还在舞台上,正在跟靳导说话,顺子有意凑了上去,拱手说道:"祝贺瞿团,祝贺靳导靳老师,这回演出成功得很嘛。"靳导好像特别喜欢听这话:"你咋知道的?""观众都夸呢嘛,说靳导靳老师导得好,瞿团领导得好,一打就是胜仗嘛。"其实顺子啥也没听到,但话就得这么说,谁不喜欢听好话,谁喜欢乌鸦嘴嘛。靳导也没忘了表扬他两句:"你这回装台也立功了,这节目人家演出商可能看上了,他们在这里一待就是好几天,连着看了几晚上,帮忙拿修改方案,这在过去都是少有的事。""祝贺祝贺!"顺子一连声地道着喜,然后就急忙拆台去了。

拆台倒是比装台省了许多事,累就累在布景道具入库。库房在剧场后面的一座四层楼上,这个剧组的库房恰好在四楼。一共有近二百个铁箱子,都得运上去。楼是老楼,楼梯道不仅窄,而且低矮,箱子只能一个一个往上背。他们从晚上十一点背起,直到凌晨二点才背完。顺子总是带头背大的,素芬就提些道具包袱和软景啥的,一直跟着顺子。她看到顺子背完最后一个箱子时,累得坐在楼梯坎上,半天没起来。后来是她扶了扶,才把他扶起来。她心疼地说:"以后别背大的了,里面有小伙子嘛。""唉,我要是不坚持背大的,很快就连小的都背不动了。人是贱货,躺着的不想站起来,站起来的不想走,走的不想跑,越懒就越没成色了。"

素芬今晚咋都不坐三轮,怕顺子累,就跟着走。顺子说走着慢,还是坐上去蹬得快。素芬只好又坐上去了。素芬问拆一回台人家能给多少钱。顺子说不等,那要看活儿多少,还要看主家啬不啬皮。素芬问今晚能挣多少钱,顺子说,一人撑死一百五,他是承头的,能多拿一份。顺子说他跟大吊和猴子们都商量过了,给她算半份,也能拿个七八十块。素芬就觉得浑身特别有劲。

在路过家门口的快捷酒店时,顺子的心情又突然沉重起来,再不挣,都招不住菊花这样胡败糟啊!他嘴上说不想这事,可心里已经督乱得剑戳似的了。

十

早上是好了把顺子吵醒的,他一看,才睡了四个多钟头,可天已大亮了,他还有一车货,赶中午十一点要送到长安县。

素芬还睡得迷迷糊糊的,但她还用一条大腿故意压着顺子,撒娇地说:"嗯,再睡一会儿嘛。我还困得很。"

"你睡你的,我去给人家送货呀。"顺子说着,就硬撑着爬起来了。

素芬一下搂住了顺子的腰:"嗯,再睡一会儿,就一会儿。"

这个女人还真是有些狐媚劲儿,昨晚上回家,都快凌晨四点了,她还是惹得他又出了一身蛮力。好了不知发生了什么事,从头叫到尾。事毕了,他自己也觉得好笑,半夜背戏箱,累得差点没从四楼栽下来,结果回家还出了这一身闷劳力。他说:"这活儿比背戏箱上四楼还重。"素芬就掐他,掐得他怪痒痒的,他就觉得,这好歹是个男人过的日子了。

顺子又溜下去躺了一会儿,素芬故意到处乱捏乱掐,撩乱得他就不想起来了,他突然想起了《杨贵妃》那本戏里的几句唱:

云鬓花颜金步摇,
芙蓉帐暖度春宵。
春宵苦短日高起,
从此君王不早朝。
……

唱着唱着,他就说自己已经跟那个贪色的唐明皇一样,要荒废朝政了。说着,他说他又想背戏箱上楼了。素芬说:"谁不让你背呀,有劲了你只管背。"他就又背了一回。好了还是对着床叫得双脚直退,直叫到床上风平浪静为止。顺子说:"你个狐狸精!""我就要当你的狐狸精咋了,咋了,咋了?"顺子幸福得就想一直躺在这个床上,死了算了。可这种幸福,竟是那么的短暂,他立即又想到了还住在快捷酒店的菊花,一想到菊花,他浑身的肉就有了直往下垮的感觉。

  顺子起来了,素芬用大腿压都没压住。她也连忙起来给他打了四个荷包蛋,她跟顺子第一次在一起的那三天三夜里,就听顺子说,他一辈子要求不高,只要每早出门下苦前,能在家里吃上四个荷包蛋泡麻花,那就是幸福得不得了的日子。因此素芬一到这个家,就给他和菊花打上了荷包蛋泡麻花。

  顺子吃得香得直想掉眼泪,幸福日子竟然就这样来了,要不是菊花捣蛋,他就觉得这辈子活得太值了。

  吃完荷包蛋,他就准备出门了。素芬说她也要去。顺子咋都不让,说风呼呼的,到长安县得蹬一个多小时,再说车上也没地方,是给人家拉玻璃,坐不成。素芬就没再坚持。

  顺子打一出门就在想菊花的事,无论如何,都不能再扛下去了,再扛,都是自己倒霉。你还能赖人家酒店的账?咱成啥人了。可菊花的条件又不能答应,素芬他是咋都舍不得撵走的,再说,撵人家,一百个没道理。如果说第一天接素芬回来,菊花那一闹,他还有些后悔不该没把事情想长远。到今天,他是咋都不后悔了。他不是七老八十了,一个人凑合着过完一辈子就算了事,他才刚五十出头,力气不比那些小伙子差,他得为自己长远的日子打算。遇上这么个合心的女人也不容易,过了这村,兴许就没这店了。菊花不管咋说,迟早还是要嫁的,出了嫁,你就忍心让老爸一个人孤零零地干熬着?他越想越觉得自己没输理,但毕竟是自己的女儿,有理也没地儿跟人讲去,反正把人能劝回家完事。

这事自己还真说不成,咋都得找一个中间人,去说和说和。他把自家亲戚都想遍了,还是想不下个合适的。亲戚也嫌他,说他不该女子没出嫁就先给自己搂一个回来,让女子难堪。请他们当中人,搞不好还是火上浇油的事。想来想去,他想到了瞿团长。

瞿团长在顺子眼里,是难得的大好人。一头白发,据说就是让剧团这帮人气的,但他始终不急不躁的,把天大的事都能摆顺了。俗话说:宁领千军万马,不领一帮杂耍。瞿团把这帮唱戏的都领几十年了,啥难缠的事、难缠的人都能摆平了。顺子就想,菊花的脑子能有剧团那帮人好使?何况菊花从小就在剧团里泡着,又认识瞿团,瞿团也没少给她吃的喝的。记得有一年大年三十了,他还在装台,给娃连新衣裳都没买,瞿团就把自己闺女的新衣服给菊花拿了一套,说是小了一号,自家孩子穿不上了,但顺子和菊花永远都记着,那是瞿团买的新衣裳。他咋想,请瞿团都是合适的,但又怕高攀不上。别看人家平常爱跟自己开玩笑,大伙儿也都说顺子跟瞿团走得近,有的还说,顺子是瞿团的红人,只怕这号事去请人家,也是会蹾尻子伤脸的。但想来想去,也没有别的法儿了,还是得去冒这个险。送完玻璃,他还就真的找瞿团去了。

瞿团住在团里最老的一个单元楼里,一共五层,他还就住在五层。去年团里又盖了新楼,是专门给青年职工盖的,为了不让资历老的抢占房源,他带头没要新的,所以年轻职工都普遍拥护他。瞿团的家,顺子还从来没进过,但门还是能摸得着的。那年瞿团给菊花新衣裳,他心里过意不去,正月初六一早,专门去郊外,给瞿团拉了几样新鲜蔬菜,趁人不注意悄悄放在门口,过后才给瞿团说的。瞿团还批评了他,说他挣几个钱不容易,这样给他花,让他心里不安,并很严肃地说,以后千万别这样了。他就再没去过。他想了想,还是得给瞿团拿点啥,请人家办事呢,咋能空脚吊手的。想来想去,给瞿团也备了四样礼:一箱奶,一箱苹果,一爪香蕉,一提兜丑八怪。跟那天看寇主任的礼一样。他还生怕让人看见,自己倒是无所谓,就怕对瞿团不好,谁知刚进楼梯口,就碰上了瞿团,瞿团咋都没让往上搬,他就只好空手跟着瞿团上去了。

顺子没有想到,瞿团家里会那样简单,他是去过豪宅送东西的,有些简直豪华得让他不敢抬腿迈脚,可瞿团家里,简单得有些让他不敢相信。进门就是客厅,客厅其实很小,就能摆一张餐桌、一个冰箱。瞿团会客,是在一间比较大的房里,房里摆了一架老钢琴、一个五斗书桌,另外,就是一个老式双人沙发和一对单人沙发。瞿团把阳台打开了,和客厅连着,那里放了几个书架,书架中间,只留了一扇窗户采光,其余的空间都被书和曲谱填实了。

顺子一直站着不敢坐,他进任何人家里,都是给人家拉东西,没让坐过的。瞿团让他坐,反倒有些不习惯,瞿团又让了一次,他才把半个屁股,小心翼翼地搭在了沙发的边沿上。瞿团问是啥事,他嘟哝了半天说不出口,就又扯了几句闲话说:"瞿团,您老贡献多大呀,咋还住这么小的房子?"瞿团说:"不小了,三室,七八十平方米。女儿也出嫁了,就我两口,够住了。"这时,瞿团的夫人还给顺子泡了茶端进来,就弄得顺子坐立都不是了。瞿团的爱人在一个小学当音乐老师,也是很和气的一个人,顺子见过,但还从来没跟人家搭过话。顺子就又夸瞿团在团里威信咋高,群众咋拥护,有的说上,没有的捏上,反正好听话说了几箩筐。瞿团把话截住了,让他说到底有啥事。顺子只好如实说了,瞿团半天没搭腔。顺子就又补了一句:"我是把自己看大了,一个下苦的,还来攀瞿团这样的高枝,是有些不自量力了。不过我也是忙人无计了,瞿团可是大人莫计小人过噢,就权当我没说。"

顺子临起身了,也没忘了绵里藏针地将瞿团一军:"都编派我呢,说我是您瞿团的'红外围',还说我是您瞿团的荣誉职工,还有人糟蹋我,说我是您瞿团最得力的中干之一,我就说,咱就是个下苦的,还啥子中干不中干的,人家寇主任才叫中干哩,咱倒是中的哪门子干哪,也就是人家瞿团高看了一眼,咱还能摆不正位置,不知道自家姓啥为老几了?瞿团,您忙,我就不耽误您了。"

顺子刚起身,瞿团就说:"我去试试吧。不是不帮忙,我是想,你这事可能很难说到一起。女儿大了,有面子问题,还有很多问题,我们对问题估计不足,肯定一说就崩。"

"瞿团,这西京城的事,如果您老出面都说不转,那这事就瞎到头了。"

"你可别给我戴二尺五。我觉得这事几乎没有啥把握。"

"我可是听说,咱团里好几对离婚的,都让您重新捏合到一起了。几个家庭,打捶闹仗好多年,都让您降翻了,您只要出面,这事肯定能成。"

"你可别把我估计太高,我也就是去试试。我是怕娃赌气,在这宾馆长住下去,你挣的那几个血汗钱可是吃不消哇!"

瞿团这几句话,把顺子的眼泪都快说下来了。

顺子啥话都说不出来了,只是拉着瞿团的手一个劲儿地摇,摇着摇着,眼泪到底还是下来了,他就低头退出门了。

十一

菊花在快捷酒店眼看就住八天了，她住在临街的房子，其实每天都能看见自己的父亲路过，那个骚货常常跟在三轮车后，有时候还轻狂地坐在车上，像是很受宠似的。她小时候就一直这样坐着，并且一个劲儿地喊叫父亲蹬快些，父亲立马就加快了速度，有时甚至还能超过旁边的小车。而现在，这个位置坐着一个与自己完全不相干的女人，有一天晚上，她甚至看见这个骚货屁股长咧咧地拉在车上，双手还紧紧搂着父亲的腰，她那一截腰真的是充满了妖气、骚劲，这让她只觉得一阵阵恶心。

她从来没有这样不满意过自己的日子，想哭哭不出来，想笑笑不出来，照照梳妆台上的镜子，终于哭出来了，也终于笑出来了，但那笑，是比哭更悲痛的声音。也许是镜子本身有问题，她还没有发现，自己不穿戴打扮起来的时候，是这样的不堪入目。自己也是在这个城市长大的，父亲刁顺子也是在这个城市出生的，她在十几岁的时候，无意中曾听到剧团几个漂亮女演员讲："这娃不也是城里娃吗？咋能长成这样呢？说明这西京城的'底版'也不咋样嘛。"后来她才搞明白，剧团里的人大多来自乡下，个个长得有鼻子有眼的，却常遭城里人奚落，说她们是一帮农民。她们就自然地与城里人有些敌对，而她无形中也居然成了她们开涮的对象。

菊花记得，自己母亲是一个很有几分姿色的女人，长大后，她也听说过母亲的一些故事，甚至有很难听的话，说她母亲是个"烂货"，连母亲的亲哥都说他妹子把人丢大了，少提。但他们也瞧不起蹬三轮车、给人家装台的刁顺子，因此，连她跟舅家人的关系都很淡。她有时甚至想，自己母亲才叫活了一回人呢，反正想跟哪个男人好，就跟哪个男人好，最后还干脆跟喜欢的男人跑了。哪像自己，都快三十岁的人了，跟男人才有过一次真正的接触。那是去年夏天的事，那天父亲在装台，大概是晚上九点左右，父亲突然派一个装台的小伙子回家来取工具箱。这工具箱，平常他是会自己带去的，可那天下午，父亲给别人送了一车货，回来直接去了舞台上，就派人到家里来取了。菊花没想到，在父亲装台的队伍中，还有这么帅气的小伙子，简直不像农民工。那小子进门的时候，下身穿着特别利落的短裤，因为太热，上身只穿了两根筋的背心，背心还往上卷着，就露出了十分紧结而又性感的腹肌。见了她，尽管小伙子急忙把背心朝下拉着，但那遮掩不住的生命气息，还是让她当下就有些语无伦次了。

　　她明明知道工具箱在哪里，可就是不朝那儿指，并且假装到处乱找着。小伙子就直眉瞪眼地戳在屋中间。那晚特别热，她穿着一件睡袍，里面是一丝不挂的。她原想，来取东西的民工一定也是跟自己父亲一样，浑身抹得脏兮兮的，并且远远地就能闻到一股刺鼻汗味的。可这小伙子，汗味是有，但更浓烈的是那种背心与短裤都无法包裹住的爆裂的青春气息，她的心立马就被搅得乱鼓咚咚的了。她让人家坐着，又给人家递毛巾，让擦汗，那毛巾是她的，并且刚才一直在擦着自己的脸、脖子甚至胸脯。她的毛巾，平常是连自己父亲都不许动的，却在一刹那间，那么希望这个小伙子能用它擦一下那棱角分明的脸庞。小伙子拿着毛巾，没敢动，也没敢坐，就那样满头汗水地站立着。

　　院子里的光线很模糊，只靠着邻里的余光淡扫着。当小伙子进门时，一抹特别强的余光，正好照在脸上，犹如舞台上的雕塑光。她从小就知道这种光的把戏是怎么玩出来的，这光，一下子就把小伙子的美感特别强烈地凸显在自己面前了。她再也没有准备开其他灯，她不希望小伙子看清她的脸庞。这种朦胧的感觉，让她更有自信。她不停地问着小伙子姓啥、叫啥。刁顺子虽然是个蹬三轮的，但他毕竟还是这些装台人的头儿，虽然没人叫他老板，其实他也就是他们的老板，这阵儿，她甚至有了点老板女儿的主宰意识。她到底还是让他坐下了。本来是要找工具箱的，找着找着，连自己也不知道要找什么了。小伙子也是明白人，早就看到了她那魂不守舍的样子，但他始终没有主动做出哪怕是一丝一毫出格的事，他就那样静静地坐着，等待她越来越漫无目的的寻找。其实工具箱他早就看见了，但他也希望她再找下去，他就只咕咕嘟嘟地喝水，那是一种十分焦渴的饮水声，他把这种声音传递得一点也不含蓄。

"是不是在楼上？"她说这话，既是暗示，也是试探，但更是引诱。事后她一直想，咋都不能怪这小伙子不辞而别，但她仔细回忆细节，这小伙子也绝对不是一盏省油的灯。她说"是不是在楼上"这句话时，声音都有些发颤，那小子没接任何话，但在她上楼时，他就跟着也摸上了楼。一切都是那样默契，在她走进自己房里，回过身，几乎有些灵肉分离地胡乱问了一句："是……是要工具箱吗？""是的。"小伙子的声音比她还纤细，明明刚喝过那么多水，却又是焦渴得张不开嘴的喑哑声。她已经感到，这个高过她一头的男人，快要贴住自己的后背了，气息滚烫得一点就燃。她毕竟是女人，并且是第一次跟一个男人这样近距离在一起，她不能再有任何主动了，她在等待着他的呼应。终于，这小子假装看不见，把一只手触在了她的腰上，她羞涩地用手挡了一下，那小子就有了收手的意

57

思。她又即时释放出了并不反感的信息,小伙子就把双手都伸出来了,从松松地由背后搂着,到扳过她的身来紧紧抱住,她明显感到,是有一个过程的,这个过程,充满了试探,她又轻微反抗了一下,她甚至感到,他就有了准备松手的意思,她故意后退了一下,看似是在躲避,实际却是在找床沿,她终于被床沿绊倒了,是重重地倒在了榻榻米上,那小子,乘势就像大树一样倒塌下来。就是再想让他收手,他都没有收手的意思了。

这个小伙子叫树生。第二天中午,她跟父亲在一起吃饭时就不停地打听他的情况。父亲咋都不知家里发生了这档事。她说她想把家里收拾收拾,看能不能让树生来帮个忙。父亲并没有想到,她能看上一个下苦的农民工,就安排树生来了。谁知树生自那天来后,就人间蒸发了。连他父亲也不知是怎么回事,只说见了鬼了,小伙子连最后一回装台钱都没领,就卷起铺盖跑了。只有她心里清楚,那是树生在光天化日之下见了自己的本来面目后,悄然消失的。那天,她还特意化了妆,并且穿上了自己觉得最漂亮的衣服,谁知树生一见面,就有些发呆。那副发呆的样子,至今还深深嵌在她的脑海中。她没有想到,树生比那天晚上看上去还酷、还帅,几乎有些像她最喜欢的雕塑大卫。难怪那晚上,树生最后跟她说,他进城,本来是为唱陕北民歌来的,结果唱的人太多,就只好先装台下苦了。她没有少了给树生许多爱的暗示,并且还有点软硬兼施的意思。那天下午,父亲又给人送货去了,他们在一起待了有好几个小时,说是收拾房子,其实也没咋收拾,就是谝闲传,树生挪了几个大花盆,她还生怕树生累着,挪时,自己出的力气不比树生小。天快黑时,她几次想让树生上楼,说是想把榻榻米也挪一下,树生就支吾着,说他得出去买点东西,很快就回来。她等啊等,直等到晚上十点多父亲回来还没有等到树生的影子,她就有些生气,给父亲告了状,并且让父亲立马把树生叫来,说还有好多活儿没干完。父亲给树生打电话,关机了。又问跟他租住在一起的大吊,大吊说,树生晚上回来,急急火火收拾了行李就走了,说是家里有事。从此树生就销声匿迹了。她还去过几个陕北人开的饭店找过,都说从没听说过树生这个人。

这事让她很是痛苦了一阵,不过毕竟感情投入不深,过去也就过去了。但从此,她对自己的婚姻有了紧迫感。过去她只知道自己难找,可没有想到会这么难,连一个进城打工的农民工小子,都看不上自己,她的心真是凉透了。这事,她父亲也不是不操心,逢人就请人家给自己闺女找个家儿,帮忙找的人也不少,可都是只有上文没下文,弄得她就越发生气,也越发难堪了。她有时想,只要有合适的,哪怕四十、五十她都跟,最好是跟母亲一样,让人家领得越远越好,她在西京城,实在是活得腻烦透了。

尤其是父亲接回这个骚货后,她就越发地觉得一切都乏味、无聊、无耻、无奈、无助透顶了。她有时甚至连点一把火把那个破家烧了的心思都有。想着想着,她突然就抄起桌上的水杯,把梳妆台前那个有些变形的镜子,嘭地砸了,反正都是他刁顺子结账。

本来还说跟几个剩女晚上出去唱歌,砸了镜子,心情也就跟这破碎的镜子一样,再也好不起来了,她就回信息说,有事不去了。只有睡,独自一人睡着,外界的刺激才会来得更少些。

门铃响了,她问是谁,服务员说,有个剧团的人找,说是你叫瞿伯伯的,他在一楼大厅等你。

她半天没有答话。瞿团长找自己干什么?她立马想到,是父亲托来当说客的。但她又有些不相信,父亲哪来这大的面子,一个烂蹬三轮的,竟然能搬动瞿团长来当说客,可能吗?她说:"你就说我不在。"

可过了一会儿,又有人摁门铃:"菊花,我是你瞿伯伯,开门。我是你瞿伯伯呀!"

还真是瞿团长,这个门就不能不开了。

十二

菊花打小在剧团院子泡大,跟好多家属的孩子都玩过,可玩是玩,却咋都不能进人家的门,有时都到人家门口了,也会被嘭地关在门外。不仅家里大人不让进,孩子们相互也是不让她进的。有一回,她刚挤进一只脚,同伴就快速关门,把她脚脖子夹得肿了几天挨不得地。还有一次,疯得高兴了,她竟然跟着一群孩子,挤进了一个正准备结婚的名角儿的新房,立马,人家就把她一人揪着耳朵拎了出来。她只好把热烘烘的耳朵贴在门上,听里面孩子们争喜糖、争红包的声音,直等到大伙儿都出来了,才又混搭在一起,分享人家的快乐与喜悦。后来,她才隐隐知道,孩子们在一起玩时,总有人说把什么东西丢了,就有人怀疑是她刁菊花干的。她确实没有拿过任何人的东西,这一点,她父亲从小就教育她:哪怕是偷别人一根针,一辈子在人前都会抬不起头,说不起话的。虽然她也会像父亲那样,随手捡点纸壳子、空瓶子、塑料袋什么的,但绝对没有从别人身上偷过东西,还别说偷,有时别人落在地上的,只要是有用的,她捡了,也是会交给人家的。可不知咋的,别人就能这样无端怀疑自己。唯有瞿团长、瞿伯伯,让她在他家吃过饭,跟他女儿一起做过作业，而且还留她在家里睡过一晚上。

菊花永远都记得，那是她十二岁生日那天，父亲给剧团装台，一连三天三夜没有停歇。这是团里要参加全国调演的剧目，一切都搞得特别细。那时菊花她妈，已经跑了几年了，菊花平常在学校上学，一到寒暑假，基本都跟父亲在舞台前后混着。本来那天晚上，她也可以回去睡的，可隔壁突然死了人，吹吹打打、哭哭啼啼的，特别害怕，菊花就只好在后台一个拐角，铺了一张纸壳子，睡下了。快半夜时，顺子见瞿团长来，就说了几句表功的话："瞿团，你看三天三夜了，咱都没眨过眼皮嘛。是你在这主事哩嘛，咱得给瞿团争光哩嘛。全国调演是大事，说小了是团上的事，说大了，是省上的事嘛，咱还敢马虎吗？不是说呢，你看我菊花，今天过十二岁生日，大小也是本命年嘛，我都没顾上，可怜的，家里隔壁老了人，娃也不敢回去睡，就这样狗一样窝蜷着，我心里也不好受。瞿团，娃是个没娘的娃，我实在都对不起自己的闺女。但请瞿团你一百个放心，咱是下苦的，活儿绝对给你干好。咱啥时候给你瞿团掉过链子、丢过人嘛。明早肯定给导演交舞台，你老就把心放到肚子里好了。"

瞿团在舞台上转了一圈后，就准备把她领回家了。瞿团说："顺子，我把娃领到家里跟我女儿睡，你放心。"那阵儿，她看见父亲几乎有些傻眼，只不停地搓手说："娃浑身挏得脏的，咋好上你家的床嘛！"瞿团再没说啥，就把她领走了。她回过身，看见父亲眼里转动着泪花。从那以后，大家就都认为，刁顺子是人家瞿团的红人了。

那天晚上，菊花进到瞿团家里时，瞿团的爱人和女儿都睡下了，瞿团不知跟他爱人和女儿说了几句啥，她们就都起来了。阿姨

61

给她放了洗澡水,让她洗了澡。瞿团的女儿给她拿了干净衣服换上,然后又给她吃了好多好吃的东西,才让她睡下。瞿团的女儿叫素素,素素把一个比自己个头还高的布娃娃,让她作睡枕抱着睡,那一晚,她睡得特别香,还做了一夜梦,甚至梦见自己成了瞿团的女儿,她们姊妹俩双双穿着洁白的连衣裙,在蓝天白云下荡秋千。自那以后,她又去过瞿团家几次,不过父亲总是不让多去,说人得知趣,不敢人家给根麦秸,自己就当了拐棍使。她见素素特别爱学习,不是背英语单词就是写作业的,再就是拉小提琴。人家一岁多就开始学了,说是还参加过全国比赛,拿过一等奖呢。她们咋都玩不到一起,她慢慢就去得少了。再后来,人家就去维也纳留学去了。

瞿伯伯一家人对自己的好,她是一直记挂在心的,因此,瞿伯伯来叫,她是咋都得把门打开的。

瞿伯伯没有进房,只说让到他家里,去看看素素的照片,她就跟着去了。

菊花已经有好几年,都没来过这个家了,甚至连剧团的院子都没进过。她不喜欢这里人的眼睛,看着你,后脊梁骨都发凉。

瞿伯伯的爱人也在家,好像他们一切都是商量好了的,她一进门,阿姨把咖啡都给她冲上了,阿姨让她坐,然后就进房里,教别的孩子拉小提琴去了。阿姨业余时间还带着学生,据说一个学生每小时一百二十块,那时她多么想学呀,可父亲每天才挣几十块钱,哪能给父亲开这口呢。她记得有一次,素素也曾教她拉过几下,还夸奖她有音乐天赋呢,可素素又说,小提琴得很小的时候开始学习,大了就学不出来了。那时她十二岁,素素已经考过小提琴十级了。

瞿伯伯果然拿出了许多照片,都是素素在国外读音乐博士时照的,那种潇洒,那种自信,那种浪漫,让她只体味到四个字:自惭形秽。但她并不嫉妒素素,她觉得素素应该有这样幸福美满的人生,她只是觉得自己可怜,没有摊上瞿伯伯和阿姨这样的父母,这样的家庭教育环境。

看了一会儿照片,瞿伯伯终于开口说话了:"是不是最近跟你爸闹得不愉快呀?"

菊花没有回答,只低下头,继续翻照片。

"这事是你爸做得不对。"

菊花突然一怔,眼睛直直地盯着瞿伯伯。

"这么大的事,他应该先跟你商量好了再进行嘛,咋能这么草率呢?我已批评过他了。他也承认做得不好。"瞿伯伯说。

菊花把头又低下了。

"你要确实不能接受了,我也可以帮你做做工作,让你爸把人赶走就是了。"

菊花还是没有接话。

瞿伯伯又说:"那你现在能整天帮你爸做饭、洗衣服不?"

菊花的头更低了。前几年,她还真在家做过饭,可现在她爸的活儿越来越多,生活也越来越不规律,家里基本就很少动烟火了。她也是有一顿没一顿的,经常靠吃零食过活,有时就买一点米皮、面皮,将就着过。没心情做,也懒得做,更不喜欢油烟味。反正村里好多年轻人,现在就是这样过的,觉得做啥都没意思,前几年还热衷到网吧上网,现在连上网都觉得乏味无聊了,也就真的不知道该如何打发日子了。过去,她也给父亲洗过衣服,可父亲基本没啥衣服可洗,一年四季,都穿着一件蓝布大褂,一个月能换下来洗一次。因为装台生活特别没规律,所以,虽然在一个家,平常好几天也很难见上一面,衣服她看见时,父亲基本都洗过晾在院子了。她也懒得问,反正洗了跟没洗也没啥两样,就这皱皱巴巴、不死不活的日子。

菊花想回答,但还是没有回答。

瞿伯伯呷了一口茶,慢悠悠地说:"娃呀,你将来,总会有你自己的生活,你爸也不容易,恐怕也得给他一些生活空间哪!从做女儿的感情上,你不好接受,这个大家都能理解,可从你爸的角度想一想,他这样做,也不是没有一点道理。你毕竟不能跟他过一辈子,他也是五十好几的人了,总得有个体己的人招呼着吧。女儿伺候父亲,毕竟有不方便的地方,有了这个人,你不是更省事吗?就原谅你爸一回吧,他真的很不容易。"

菊花没有想到,瞿伯伯是以这样一种商量的口气跟自己说话的,尽管这些话对她毫无作用,但她还是静静地听着。

她原以为,瞿伯伯会就着父亲辛苦的话题絮叨下去,谁知话锋一转,却说起了她的婚姻问题,这也是她最讨厌的话题,可瞿伯伯偏偏就提起了这个不开的壶:"我听你爸说,你找对象一直也不顺?"菊花差点没把反感情绪直接表现出来,但她忍住了,瞿伯伯对自己毕竟没有恶意,可她不想回答这个问题。瞿伯伯就接着说:"跟我素素一样,她也三十岁了,也没找下,我们很纠结,可她一副满不在乎的样子。唉,你们这些孩子呀!"

几乎是在瞬间,菊花就对这位父亲般的瞿伯伯产生了绝对的好感。他是把自己和他的女儿放在一个十分平等的位置来对话的,他没有觉得自己的婚姻生活是因为家庭和自身条件惨败的缘故,而是认为,这是一个时代的痼疾,年轻人都一样,何况素素是很优秀的年轻人。她突然在这个问题上,有了一点做人的尊严感,这也让她立即就进入了谈话的接受状态,她终于开口说话了:"素素也没找?"

"没有。我们老催她,过去她总说不急。现在她说,我信奉独身主义。"

菊花终于开怀大笑了,说:"我支持素素。找什么呀找,一个人过着多自在。都什么年代了,还谈婚论嫁的,俗。"她好像突然找到了最强有力的精神支柱一样,全然从沙发上欠起了身子。

瞿伯伯却慢慢坐了下去,轻轻哀叹着说:"你们不俗了,可苦了我们这些做父母的呀!有合适的,还是应该谈婚论嫁的,当然,没有合适的,绝对不能勉强,婚姻是勉强不得的事。"

菊花万万没有想到,瞿伯伯是这样会说话,扯来扯去的,最后,还是扯到了她父亲这桩让她十分不爽的婚姻上。

瞿伯伯说:"娃呀,你对你爸现在找的这个人,到底不满意在啥地方,能给伯伯说说吗?"

这句话,还真把菊花给问住了。能说因为这个女人骚、贱吗?明显不合适,那么是什么让她不满意呢?她又真的找不出来。平心而论,这个女人自进家门之日起,都在想方设法巴结自己,连自己的父亲,也在千方百计地讨好自己,除了哪儿都不满意外,还真不知具体的不满意,到底在啥地方。

她又低头翻着影集,她无法正面回答瞿伯伯的问题。

瞿伯伯说:"那瞿伯伯给你一个建议,看能不能这样,你再容忍一段你爸的选择,要确实不行,你来找我,我们一起跟你爸谈,好不好?"

菊花还是不搭腔,只静静听着里面房的拉琴声,这是一个才学琴的孩子,大概十二三岁,也就是她当年想学琴的年龄。

瞿伯伯继续说:"我想你还是不要再住在宾馆了,那地方,也不是适合大姑娘长住的地方。如果觉得家里不方便,你也可以先住在我家里,你阿姨退休了,除了带几个学生,平常也没啥事。"

菊花急忙说:"不,不,那咋行呢。"

"娃呀,你一天住在宾馆,要消费二百多块,那是在用刀剺你爸的心哪!"瞿伯伯突然严肃了起来。

瞿伯伯说:"你爸真的不容易呀,我只给你讲一件事,你去好好想想,你该不该这样去跟你爸赌气。你记不记得去年夏天,你爸有一次,让铁钉子把脚扎了?"

她不记得了,反正父亲装台,经常都会有扎伤、划伤的时候,回家也从来没给她说过,也没听到过什么疼痛的呻吟声。

"那天我在现场,他跟人一起抬布景呢,脚扎在一根锈钉子上了,那根钉子很长,端直从脚心扎到脚背上了。我看见你爸当时就痛得满脸乌青,豆大的汗珠直往下滚。他们几个伙计急忙把他送到医院去了,我想,这下咋都该歇几天了,可包扎完伤口,你爸又一跛一跛地回来了。晚上演出,本来团里是雇他推铁架子的,就是《游西湖》里那个让鬼魂四处飘荡的铁架子,四个好劳力,有时得疯了一样地往前跑着推,往后退着拉,主演在半空中的架子上表演,铁架子推拉难度很大,也很辛苦。他脚都成那样了,有人说换下来,可他硬是不让换,你猜为啥?就那十几分钟的戏,可以挣四十块钱。把铁架子推完,你爸下来,满脚都是血水,连嘴里都咬出了血……娃呀,你忍心一天在酒店,消费他二百多块吗……"

瞿伯伯后边还讲了些什么,她就一概都没听进去了。她觉得伤心,也觉得耻辱,脑子一片嗡鸣声。她甚至不知道,现在怎么才能从这个院子走出去。她的双颊通红通红的,烧得连脖子都在发烫。她终于答应瞿伯伯,明早就从酒店搬出去。

不过,菊花从酒店撤出来,却并没有回家,她是去了她舅家。

十三

顺子开始咋都不愿去结账,人家老板见面就问,就催。后来,是素芬让他去结,他才硬着头皮去结了。菊花一共住了八个晚上,一晚上是二百四,顺子死缠活缠的,最后打了六五折,人家算是给了大面子。不过,菊花还签单,吃了八百多块钱的饭,消费了人家房间里摆的小吃、啤酒、矿泉水、巧克力,用了人家的一次性毛巾,还打了人家一面镜子,合下来也近四百块。反正算来算去,最后,人家把面子给到底,总共还是结了两千多。掏钱时,顺子的脸都快气歪了。好在人是出来了,这个无底洞,倒是堵上了,他就十分感念瞿团长。他又专门去了一趟瞿团长的家。瞿团说,这娃的这根筋,只怕是拧得厉害,还得慢慢来,让他不要着急。他急也没办法,就只好先由着她的性子去了。

就在这时,顺子又接了一宗大活儿,一个地产商在西京城东圈了一大片地,要搞一个大型答谢晚会,据说,不仅要把两岸三地的歌手明星网罗过来,而且还要请美国的摇滚歌星来助阵,舞台当然是要超一流的豪华气派了。从总体策划到整个晚会的实施,自然与顺子没有关系了,但他分到了一杯羹,并且是一杯过去不曾尝到的美味佳肴——整个晚会基础装台部分,全部由他的团队来完成,时间是半个月。总导演开会那天,顺子在场,那是在西京城最豪华的超五星酒店开的,顺子进过多次五星酒店,那都是从后门蹬三轮给人家拉东西,从正门进来,并且还堂而皇之地坐在会议室里开会,这是第一次。他甚至有一种莫名的兴奋和昂扬的斗志,觉得这回可能是要跟这台晚会一起出大名了。以后西京城提起这台晚会,台谁装的,是他顺子的班底,那岂不要做西京城装台的垄断生意了?

顺子在倾听总导演的晚会阐述时,甚至激动得浑身都有些颤抖。总导演一口京腔,据说是京城来的"金牌大导",底下也在风传,说这人跟中南海的大人物都有关系呢。总剧务在开始介绍他时,一口气说出了他执导的十几台全国著名晚会,顺子虽然一个都没听过,但那渲染、那阵仗,已使他肃然起敬得只差匍匐在地、聆听教诲的份儿了。

总导演满脸的胡子,有些像美国人抓的那个本·拉登,头顶倒是寸草不生,毛发有一种长倒了的感觉。他一边口若悬河,大肆渲染着晚会《金秋田野颂歌》的宏伟构想,一边不停地拿着一个十分精致的木梳,在一毛不拔的脑门顶上上下左右地来回梳个不停,让人看着老想发笑,但会场里,却严肃得没有人敢笑出声来。因为总导演说,这是在搞一次真正的艺术,他要让西京,甚至全国,乃至世界,永远记住这个晚会。他的口号是:令国人震撼,让世界惊奇。他要求所有工作部门,都要不为名、不为利地为艺术日夜奋战,直到取得最后胜利。顺子激动是激动,但他到底还是不能为艺术彻底改了算老婆账的毛病,听着听着,思想就抛了锚,他在算这半个月,自己到底能挣多少钱。

这趟活儿,还是寇铁给他介绍的。寇铁在这趟活儿中,也只是负责装台这一部分的剧务,人家总剧务是说京腔的。好像总剧务下面,还有一个剧务主任,寇铁就归那个剧务主任领导。他归寇铁领导。寇铁找他时,说装台部分一共是三百万,但有二百万都是租设备用的,这一部分不归他寇铁负责。剩下一百万,就是搭建舞台、安装露天池座,还有环境布置的,反正只给他顺子十万,让他弄三十个人,负责搭台子,搞临时池座,以及环境布置。他死磨硬缠的,最后寇铁又给他加了五千块。不过,却要他按三十万元签合同,寇铁说,这是剧务主任的意思,人家还要打点上边的人呢。顺子开始有些不愿意,觉得让这帮人把自己亏得太狠了,就说无论如何得加到二十万他再签,可寇铁又加了五千,就再也不加了。顺子想,各算各的账,这毕竟是自己此生装台最大的一单生意了。他毛算了一下,要是顺利,十五天下来,给大家分过后,自己可以拿到一万多,如果再让素芬加进来,他们两口子,可以分到一万五千块左右,咋都是合算的。加上这样上档次的晚会,落个名分也是值得的,他就只担心给人家把台装不好了。

总导演讲完话,顺子还是习惯性地蹭到了人家跟前,想说几句话。他是几十号人的头儿,不出这个面是不行的,他得跟所有管事的人拉熟,拉熟了,有些事就好商量,有时也能少吃好多亏。这是他多年装台的经验。

这个总导演的势毕竟是太大了,顺子蹭到人家跟前,还是有些慌张:"总、总、总导讲得太好了,到底是京城名导、大导、金牌导,高,实在是高!您老放心,我保证把台子给您搭好,并且准时交台,让您按时合成,绝不拉艺术的后腿。"

总导演有些丈二和尚摸不着头地问:"你,干吗的?"

寇铁上边的那个剧务主任急忙上前介绍说:"这是具体负责装台的。"

寇铁害怕说不清,也急忙凑到跟前说:"这是西京城最好的装台公司,他是头儿,叫刁顺子,刁经理。"

"刁德一的刁吗?"总导演似乎有些兴趣地问。

顺子急忙点头:"是的,刁德一的刁。"

"我看你演个刁小三蛮合适嘛。"总导演一说,大家都哄堂大笑起来。

顺子连忙说:"咱就是个下苦的,哪能演了刁小三,那好歹也是有名有姓的角儿啊。"

"哈哈哈,说得蛮内行的嘛。好好装,这次来的可都是顶级大腕,他们对舞台挑剔得很,可不敢有任何纰漏,要是把谁的脚崴了,腰闪了,你可是吃不了得兜着走啦。"总导演说完,看都没再看他一眼,就端直被几个助理簇拥着离开了会场。

《金秋田野颂歌》的舞台,是在一块巨大的麦田中搭建。麦田旁边有一个村办钢管厂,早都废弃了,只剩下一排空旷的破败厂房,刚好被用来作为晚会的工作场地。顺子把他的队伍全部都拉了来,住在最大的一个厂房里,连灶都是自己开,顺子让素芬和三皮做饭。一场轰轰烈烈的野外装台工程便开始了。

顺子他们的任务先是修路,得把离麦田有好几百米远的公路,直接连到舞台边,要不然,所有东西都进不来。地还算平整,可要真把路连起来,顺子他们三十个人,挖沟平坎的,就整整干了三天,最后,才勉强让卡车把钢材运到地里来。顺子是西京城的菜农,打小虽然也在地里刨食,可还没干过这么重的活儿,三天下来,累得腰都抬不起来了。先前都还觉得活儿整单的人,就有了怨气。猴子尤其贼,知道这大的场面,装台的价钱,也一定比平常高许多,就一直在打听晚会的总体费用。当得知晚会总造价三千万,光舞台部分就要花三百万时，他就跟大吊说，这里面猫腻太大。顺子被逼得没办法了，才悄悄跟猴子和大吊说了实话，看起来合同是签了三十万，但他们实际只拿到十一万。这事是哑巴吃饺子，只能心里有数，无法说出。顺子安慰说："咱们就是下苦的，只要有根骨头啃就行了，别管人家吃多少肉，那肉再多，也刨不到咱碗里。何况这回这根骨头，比平常多了不少肉呢。"他们就在一起，把账算了几个来回，不过算来算去，还都是些账，到现在，现金也才只给了一万，是让办伙食的。他找寇铁要了几次，让先给付一部分，说大家都要养家糊口呢。可寇铁去问剧务主任要了几次，都没要到，人家说天底下没有这规矩，都是装完台付账。他也只好不停地给大伙儿解释，让放心，说这个地产老板，钱多得只差点火烧了。

　　虽然是深秋季节，可塬上，中午的太阳毒得人没处躲，十几天下来，顺子的队伍就成从烧炭窑里走出来的黑鬼了。好多人的脸和胳膊都晒脱了皮。舞台总算搭起来了，灯光也吊上铁架子了，电也接通了，总灯光师都到场了。"总灯"也是一口京腔，来时是快天黑的时候，裹了一件黄军大衣，前后也跟了好几个人，顺子始终都没能看清大师的脸面。但执行灯光师是省秦腔团的丁白大师，顺子一下就知道这个"总灯"的级别了。后来听说"总灯"是丁白的老师，难怪丁白都来给他打下手了。整个灯光一亮，顺子才看出大师的气派，总共用了一千二百多只灯，灯位也布得跟舞台上完全不同，大师只指挥着对了几下光，整个塬上，就美轮美奂得如同进入仙境了。

　　素芬顾不得洗菜、捣蒜、准备夜宵，也从屋里跑出来看"西洋景"。三皮毕竟是见过一些阵仗的，就让素芬去看，他说他先擀面。那条断腿狗一直紧跟着素芬，素芬看人越来越多，怕被看热闹的人踩着了,就把好了抱在怀里,凑到了舞台底下。

顺子这阵儿在舞台上下来回跑着,这十几天,已经把他累得犯了痔疮,只有素芬清楚,顺子是在忍受着怎样一种痛苦的折磨。他走路时,明显把双腿分得很开,猴子就开玩笑说,顺子有了三房,把蛋给挣大了,腿都夹不住了。

顺子没有忘了主动到"总灯"面前报个到。他已听大伙都叫他皮总,其实这个皮总倒是长得很平易近人,要不是一帮人围着,就他这模样,在这塬上随便走走,人见了,也就以为是个贩菜的。顺子毕恭毕敬地走到皮总面前,几次想插话,又插不进去,人家一直在商量着什么。顺子看见,在皮总的临时灯光设计台上,也摆着一大钵炒黄豆,皮总不时伸手进去拈一颗,撂进嘴里,咯咯嗡嗡咬几下,慢慢咽下去,然后又再拈起一粒来。原来丁白晚上对光要吃炒黄豆,是跟他师父学的呀!吃了炒黄豆,肚子就会做气,皮总也不例外,吃着说着,底下的气也在毫不掩饰地一批一批地无序泄漏着,好像大家也都习以为常了。倒是让顺子对顶级灯光大师少了些神秘感。终于,在皮总喝水的时候,他把话插进去了:"皮总,您看灯还有啥地方装得不到位的,您老尽管盼咐,咱是随叫随到。"皮总好像没太听懂他的话,就看旁边的人,顺子又急忙变成普通话说了一遍,那个剧务主任就不耐烦了:"去去去,该干吗干吗去,怎么谁都来跟皮总汇报,这么大的晚会,这样没有层级管理意识,还不乱套了。没事都不要到总设计台来。"顺子被弄得面红耳赤地离开了设计台,他甚至看见狗日的猴子吊在一根灯杆上,正看他的笑话呢。

不把他当人也好,顺子反倒觉得身上责任轻了许多。趁他们在商量事的时候,他轻轻拍了一下素芬的肩膀,说想弄点水把痔疮那儿洗一下。素芬就跟他去了厂房。

素芬把热水端到厂房后边的塬坎上，大伙儿每晚就是在这儿冲澡的。顺子的痔疮一直在渗血，裤头早粘在上面了。素芬帮他一点点用温水往下褪着。顺子虽然痛得不行，可看着素芬对自己的好，这痛也就减轻了许多。素芬要给他洗，但他坚持要自己洗，洗完，抹了些马应龙痔疮膏，就觉得舒服了许多。

深秋的塬上，夜晚，一阵阵凉风袭来，连好了都冷得拼命把身子朝他怀里钻。素芬就自然偎在了他的肩上。

素芬突然喊了一声："你看。"

顺子问："看啥？"

"你看那儿，那么窝的一条黑带子，在动呢。"

他们就朝那条黑带子跟前凑了一下，是蚂蚁搬家。天哪，那黑带子从看不见的地方来，又七扭八歪地，飘落到看不见的地方去了。

顺子用手电照了照，发现这儿的蚂蚁，比城里的蚂蚁大、野。它们用两个前螯拼命举起的东西，也比城里蚂蚁举起的更笨、更重，有的竟然托举的是比自己大几倍的黄豆，还有的，竟然连瓢虫都举过头顶，扛着走了。有的面对重物，是扛起来，又跌下去，跌下去，又扛起来，反正死不丢弃。素芬就哀叹说："何必呢，扛不动要硬扛。"

"看你说的，也许家里还有几张嘴等着呢，不扛能行吗？"顺子说。

他们看了一会儿蚂蚁，又坐到一个土包上，看西京城。没有想到，西京城的夜景，会是这样美。其实，这十几个晚上，他们也都看见了这般景致，可唯有这阵儿，他们才是在真正地欣赏美景。他们在寻找着西京城里自己居住的那个小院儿。素芬说:"那是你的,不是我的。"顺子说:"那是我们的,不是我一个人的。"在一刹那间,顺子又想到了菊花,可立即,他命令自己不要想了,一想就头痛。这时,突然有人拿麦克风喊了起来,几乎喊得一个塬上的人都能听见:"顺子,顺子,刁顺子,日你妈,你跑到哪里去了,马上要改灯位,你人呢,你人呢……"顺子听见是寇铁的声音,就急忙答应,可人家是拿话筒喊,他是在野地里答应,那边就骂得越发凶了。他一边大声应承,一边朝舞台跟前跑,素芬让他慢些,可他哪里敢怠慢了装台呀,几乎是飞一样,连住从几个塬坎上扑了下去。素芬看见,他的双腿从最后一个小土坎上飞下去时,几乎站不起来了。可顿了顿,他还是一瘸一瘸地快步拐到舞台上去了。

十四

　　晚会如期进行,顺子和他的团队,最后两天两夜,几乎熬了个连轴转。先是对了一夜光,那个叫皮总的大师也放了一夜屁,那屁声真的很大,一波三折,几乎所有人都能听见,让人忍俊不禁。大吊悄悄说,这是个屁总。天快亮时,人家灯光部门完成了任务,一伙人围着皮总回宾馆休息去了,他们又从舞台上撤下来,接着开始收拾观众席。开头,大伙儿围绕着皮总制造的声音,还有说有笑的,干得生带劲,后来就疲乏得连嘴都懒得张一下了。猴子任你咋说,还是回厂房睡觉去了。大吊就有些不高兴,嫌顺子太惯了他。顺子就说:"猴子确实辛苦,昨晚几乎在半空中吊了一夜,睡就睡一会儿吧。"大吊就越发地没劲了。墩子给顺子建议说,让大家稍眯瞪一会儿,顺子说,这一眯瞪,就都叫不起来了。他让还是先把大场子收拾出来了再休息,免得人家中午检查的来了,咱还没弄出个大模样来。好在地已平整好,这几天也弄压路机来碾过,他们先将三千把椅子铺散开来,这其中有两千五百把是塑料的,还有五百把,是正经沙发椅,说是贵宾席。椅子一一排好后,又给每一把椅子上放一把塑料手,手里安着电池,到时候歌星一上场,大家都要把这只塑料手拿起来跟着晃动节奏。把这一切摆停当后,就开始给四周安置铁架子立柱,再然后,把楼盘喷绘绑在这些立柱上,一个方方正正的演出场地,就像模像样地围了起来。远远看去,像是空旷的原野上,突然冒出了一个比例缩小的现代城市。

说撑也就又撑了八九个钟头,当把一切都弄出了眉眼,人家来检查的也基本满意时,大伙儿才在舞台前后躺下了。晚上要彩排,还有干不完的事,所有人,几乎连回厂房的那几步路都走不动了,就原地倒下,等待导演来接台彩排。

顺子觉得自己是有些脱肛,就钻在一扇幕布背后,用手往上托了托,他拭着裤子外面,都是黏糊糊的,是血渗出来了。他想回厂房,让素芬弄热水洗一下,可身子实在挪不动,就干脆那样躺下不动算了。又过了一会儿,有人用脚踢他,好像隐隐约约说是导演来了,顺子睁眼一看,是寇铁在喊叫。他急忙爬起来,后肛门撕裂般疼,他"哎哟"了一声,寇铁问他咋了,他说没咋,就从侧台的梯子上,连滚带爬地上台去了。

原来说今晚彩排,所有明星都会到场,结果,除本省那两个唱歌的外,就是从美国请的三人组合来了,但顺子听说,这不是原来说的那三个人,这三个黑人只是那个组合的模仿秀,也就是山寨版。剧组为了节省开支,定的是让他们明天到,后天离开,谁知他

75

们前天就到了，说是没来过中国，想旅游呢。再另外，就是从广州请来的一个杂技节目，还有五六十个伴舞演员，是从山西一个舞蹈学院拉来的，说是给中央台春晚伴过舞呢。总导演也没到场，只有几个副导，在各自说着自己的那摊事。

顺子是被一个分管后台的副导演叫来的，那人也操着一口京腔，舌头好像特别短，有些话，在嘴里咕噜来咕噜去的，让顺子咋都听不清楚，但爱说"搞"字。最后还是寇铁翻译了过来，意思是说，后场这一块儿，演员通道得重新搞，现在没搞平，接缝也搞得有问题，明星都是高跟鞋，小心把脚搞崴了。难怪那导演最后还要恶狠狠地补一句："搞砸了，你负得起这责任吗？"这句狠话，他倒是听清了。顺子就急忙点头哈腰地给人家回话说："您放心，导演、老师，我们立马重搞，保证搞得让您老满意。"说完"您老"，才发现，人家不过就是个二三十岁的胖墩小伙儿。好在他的普通话，那胖墩也听不懂，就算糊弄过去了。

前台开始走台，报的是大腕的名字，但出场的，都是那几个副导演、助理什么的，主要是走位置，与灯光、舞蹈进行配合。那个总灯光师也没来，来的是丁白和几个助手。顺子和他的团队，就在后台收拾起过场通道来。谁知刚翘起几块地板，那个胖墩子就来训人了："哎哎哎，搞什么搞，谁说让你们现在搞了，你不看着前台在搞戏吗？这是在搞艺术懂不？你这后台搞得跟地道战似的，那前边还能搞艺术吗？停下，快停下，等走完台再搞。搞什么搞。"

顺子和大伙儿就停下了。顺子让大家都在舞台边就地休息，自己坐在那里，随时听用。走台倒是很快，但走完台，事情就成堆地来了。不仅后台要返工，而且灯光也有好多地方要重调。这一夜，他们就又这样熬过来了。当天大亮时，才把该搞的事情搞完。

无论如何,都得让大家搞着睡一觉了。这次有两个临时叫来的民工,昨天就闹着要结账,死活都不干了,说这活儿不是人干的,一个说自己有肾炎,熬不得夜,一个说自己血压高,已经在犯恶心了。顺子就拿自己的钱,给人家把账结了,不知底细,要真把谁撂倒在这舞台上,还是个大麻烦。倒是大吊这些跟了他十年的老装台人,皮实、耐用,蔫是都蔫得跟霜打的黄瓜一样,耷拉下了,可该干的活儿,还是在朝前磨着。装台这事,就是这颠三倒四的日子,连着熬几个通宵,是常有的事。不过这回,苦就苦在是野外,白天朝死的晒,半夜朝死的冻,活儿又重,大家的怨气就大一些。大吊甚至说,下辈子给人当"男鸡",都不装台了。猴子就说,这辈子可惜你那副好家具了。"大吊"的外号,就是猴子起的,原意是说,他做男人的本钱大。猴子说,有一次他在厕所看见,大吊的那个万货,长得顶天立地,一头顶着"茅草棚",一头端直撑在粪坑里。从此,这名字就叫出来了。不过顺子叫大吊,还是因为大吊个子大,像一座吊塔,能出力,肯背亏。墩子接话说:"大吊哥当'男鸡',打一成语——人尽其才。""你妈的个×才哟!"大吊累成那样,还照墩子尻子踢了一脚。

顺子屁股难受得不行,又是大白天,不好收拾,素芬也忙得顾不上,他就咬咬牙,忍着躺下了,反正再难受,也就一天一夜的事了。顺子做了个梦,梦见晚会十分成功,总导演、总剧务、总灯光师,还有成群的电视上见过的明星,都拥到那个大酒店,吃庆功宴去了。他是总导演亲自点的名,说是这次成功,与台装得好有极大的关系,他一定要给这些装台的师傅好好敬一杯酒,顺子、大吊、猴子、墩子们,就被寇铁推到明星中间了。几乎所有人,都上来给他们碰杯,杯里是猩红的洋酒,只几杯下肚,他就晕晕乎乎得脸比身子大了。这时,那个头顶没毛的总导演发话了:"刁小三,你们这次舞台搞得好,保证了演出的空前成功,在全国都是一个创举,我决定,给你们加钱。"他就高兴得醒了,醒来时,双手还在鼓掌。他突然一个冷噤,第一反应是,梦都是反的,莫非这钱,有了问题不成?

大伙儿都睡得跟死人一样,他再也睡不住了,就拿起手机,准备给寇铁主任打电话。今天无论如何,得把钱结一部分。可把寇铁的号码调出来,他又不敢往出拨,怕寇铁骂他,说人家这大的世事,还能少了你那几个沫沫钱。但心里一直慌乱得不行,眼皮也跳得厉害,总觉得这帮人有些不靠谱,他就从床上溜下来了。刚才睡觉前,吃了几颗麻黄素,这阵儿,精神好像也好些了,屁股的难受也似乎有些减轻,他就又一个人上了舞台。他先把前台台板,仔仔细细踩了一遍,然后又把后台演员通道,一块板一块板地踩试着,确实稳当了,才放心地从舞台里面走出来。不管咋,咱得把活儿干得不落人的把柄,顺子想。

快中午时,寇铁来了,让他们都到舞台上去摆花,说是花拉来了。顺子想,摆花用不了那么多人,结果到舞台上一看,他傻眼了,光红海棠就拉了几卡车,要求从舞台口,一直摆到大路上,鲜花夹道,中间还要铺红地毯。顺子只好把所有人都叫来,又忙活开了。

顺子心里一直惦记着劳务费的事,管寇铁喜欢不喜欢,他还是提醒了一下,要他早结比迟结好,寇铁就说他是小炉匠,挣不了大钱的主儿。这话反倒让他心里踏实了许多,反正他是从寇铁手上承包的,人又跑不了,别人靠谱不靠谱,他就不用操那些闲心了。

到下午五点的时候,军乐队也来了,腰鼓队也来了,就把一个平日寂静的土塬,闹腾得整个地皮都晃动。难怪主东前几天要让他们平整出那么大的停车场来,好家伙,仅一个多小时,临时停车场就停进了上千辆小轿车,远处,还有车流在相互摁着喇叭朝里涌。

VIP门票,一张印的2800元,普通票印1600元。据说全是老板赠送的,没有对外卖一张。收票前清场时,顺子的队伍就被全部清出来了。顺子还找寇铁说了一下,看能不能让弟兄们晚上站在边上看个热闹,寇铁请示了,说不行。前后台都是警察和戴着钢盔的保安把守,他还试着献了几下殷勤,人家根本不搭理,他是最后一个被人赶出来的。

他们装了十几天台,想着那么些大腕明星来了,没见上一面,总是有些不甘心,就一起凑到舞台外的通道口,等那些人入场时,看上一眼,饱饱眼福。结果,里三层外三层地包裹着,啥也看不见。从人缝里偶尔瞥见一个,也是戴着墨镜,竖着大领子,挡住了半个脸的主儿。顺子屁股里又发火烧一样煎熬得不行,就回去躺下了。他想好好睡一觉,演出完了,拆台还得一晚上呢。

顺子刚睡下,早上做的那个梦,就又开始了,不过这次不是在大酒店,而是在演出现场。演出结束后,观众潮水般的掌声,把明星们全都推到了前台。都在夸奖晚会成功,那个总导演就说,这次成功与这个舞台装置有很大关系,我们应该把装台人请上来跟明星们一起谢幕。顺子就和大吊、猴子们一起被拥戴上台了。总导演还是那句话,并且是当着全体观众讲的,他要嘉奖这些装台人,他说这些人,才是真正的幕后英雄,成功属于他们。舞台底下的掌声,还有塑料假手的拍打声,混成一片,用"雷鸣般的""暴风骤雨般的"这些词形容,也毫不夸张。随后,那个胖胖的副导演,就拿上来一个大红包,由大胡子导演亲自颁发给了他,他数啊数,都数到二十万了还没数完……他就又一次醒了,他老觉得梦是反的,这梦竟

79

然反复做了两次,绝不是一个好兆头。

果不其然,第二天一早,就验证了这个梦的不祥。

十五

当天晚会办得咋样,顺子没在现场,但从外面听,好像很热闹,那三千只假塑料手,被呱嗒得一片乱响。顺子后来还到塬上向里看了一下,那群假手,就跟在接受着一架机器的统一指挥一样,节奏十分匀称,摆动十分亢奋地五彩缤纷了一夜。

那天晚上,塬上的风突然比平常增大了许多,围场子的彩色喷绘,几次被撕开了缺口,要不是保安多,补救快,场子的漂亮围裙,早都让风撕烂完了。顺子屁股坐不得,就趴在一个土塬上,向下瞭望,他咋都想不通,听说这三千人里面,不少都是西京城有头有脸的人物,咋就这么乖的,不仅黑更半夜的被一齐弄到了荒塬上,心甘情愿地接受黄风扑扫,而且还都那样起劲地摇手呐喊助威,你说这人,都有啥神秘的呢?

晚会是在一阵更强劲的黄风中顷刻散场的,顺子眼看着那阵黄风从塬的西头卷过来,他就觉得这风可能要惹出麻烦,果不其然,风先是彻底撕碎了场子的所有围裙,然后,咯咯叭叭一阵乱响,一路电就被刮断了。其实节目也是最后一个了,在唱《难忘今宵》,后来就只剩下音乐,而没有人声了。观众几乎是一哄而散的。顺子就朝舞台跟前跑,这是一种本能,好像那个舞台是他的,救场如救火,这阵儿,他顺子需要在现场。

观众撤退得很快,好在整个环境是开放的,人从哪个方向都能逃离，也就没有出现混乱踩踏事件。事后，素芬倒是在现场捡到了一箩筐高跟鞋。乱都乱在那一千多辆汽车的撤退了，远远地，顺子看见那条"地龙"足足盘桓了一个多小时，喇叭也摁了一个多小时，都不让，也就都急忙走不脱身了。

总导演、总剧务、总灯光师那一摊人马，晚会一完，就跟明星们一起撤了。顺子在总导演撤走的那一刻，还是斗胆上前献了一下媚，这是他的习惯，也是一个装台人对使用舞台者的应有礼仪，他竖起大拇指说："晚会成了！高，总导实在是高！"总导演似乎已经忘记他是装台的"刁小三"了，看都没看他一眼，就跟总剧务低声咕哝着什么，行色匆匆地离开了。他们身后只传来了屁声，顺子听见，还是走在最后边的总灯光师制造的，是那种毫无顾忌的长号音。

剩下的，除了几个分守各自摊子的剧务，就是顺子的团队了。这么大的舞台，整整得拆一夜。好在风小了许多，拆台倒是很顺利。在拆台过程中，顺子才听墩子讲了晚会的一些事。原来墩子到底还是在第一次起风，把喷绘撕出一个大口子时，跟着一帮塬上的小伙子混了进去，保安拦都没拦住。但据他说，晚会基本是骗人的。说好要来的那些大腕，只来了两三个，其他都是过气了的老明星，嗓子都干巴巴地唱不上去，有的干脆放的录音。连赵本山、刘欢都是假的，是模仿秀，长得都很像，模仿得也不差，可毕竟不是真人哪。墩子说，要不是这票全是赠送的，今晚搞不好，连场子都有人能砸了。说是老板也很生气，中途就让秘书上台问总导演，这是咋回事，结束时，甩了一句恶话就走了："骗子，狗日的一帮大骗子！"

顺子一听这话就毛了，赶忙找到寇铁，问咋回事。寇铁这阵儿也有些没底了,只是脸色阴沉地不回话。顺子就说:"寇主任,你还在这儿干啥,还不快些回去结账,小心那帮人跑了。""咋可能呢?有人跟着呢。"寇铁说。顺子急了:"咋不可能,连总老板都觉得受骗了,我们还能占上啥便宜吗?"寇铁说:"这几十卡车铁架子,都是我负责租的,晚上这么乱,让人偷去了我还不赔到沟底了。"顺子说:"你就快去吧,我三十几号人,还看不住你的铁架子,当紧要钱去是正事。"

寇铁走了,可顺子心里的疙瘩,却越聚越大,半夜时,他还给寇铁打了几次电话,都说不在服务区。他们一直干到大天亮,把一切都收拾完了,顺子还没联系上寇铁。他就安排大吊负责装车,自己蹬着三轮,端直去那家五星宾馆找人了。屁股实在痛得不行,他就把身上罩的那件蓝大褂脱下来,把屁股座子包了又包,最后,屁股是半挨座位半临空地骑到宾馆的。

顺子到宾馆时,已是早上九点多了,他又给寇铁打了电话,已经关机了。他记得,寇铁好像在宾馆也有一间房子,就去前台问,人家说,晚会租的八十多间房,昨晚退了三十多间,剩下的一早全退了。他问早上几点退的,说是五点半,人全送机场了。他在宾馆大堂,孤零零地站了一会儿,实在撑不住了,才慢慢走出去。他的腿再也驾不上三轮车的屁股座了,他想把三轮车先寄存在附近的一个自行车棚里,坐公交回去找寇铁,可推过去一问,一天寄存费得二十块,他又舍不得这汗巴巴的二十块钱,再说回头还得来取,不划算。他就把车子推到路边的道沿旁,借道沿的高度,勉强爬上了三轮。他蹬啊蹬,蹬得直想哭,可哭给谁看呢?他就咬牙忍着,想着,想着那帮人,总该不会昧了他们这几个下苦钱吧?想着想着,就蹬回去了。

顺子在秦腔团的院子里,又给寇铁打了个电话,竟然通了。寇铁过了好久才接,是有气无力的声音。顺子想埋怨他不该关机,可想了想,还是没敢。就问寇主任在哪里。寇铁说在家里。他问他能不能来家一趟,寇铁说,你来吧。顺子从三轮上翻下来一看,那件包屁股座的蓝大褂上,全是血水。他是扶墙摸壁地慢慢挪到了寇主任的家门口。他就听见寇主任的那个小旦媳妇,正在骂人:"看这帮生娃没屁眼的货,都是些啥东西,还把你给耍了,告他狗日的。""悄着,悄着。"寇主任好像很不耐烦。顺子轻轻地敲了一下门,是小旦开的。顺子一进门,小旦先开火了:"哎,顺子,你说那帮王八蛋是不是人,把你寇老师竟然耍了,你寇老师是什么人哪,竟然栽在这帮王八蛋的手里了。""悄着,悄着。"寇铁烦得直摆手。

寇铁是卧在客厅的沙发上,额头上还捂着一条热毛巾。寇铁示意顺子坐下,顺子没敢坐,他知道自己屁股上的情况,害怕坐了起来不好看,就那样站着。寇铁只是叹气,顺子也不好问,也不想问,反正他已打老了主意,不管咋,我是跟你寇主任干的,我只在你这儿结劳务。

还是小旦在屋里激动得不行,一边刷牙,一边还在骂:"狗日的今天非从飞机上栽下来不可,今天栽不下来,总有一天要从天上栽下来,一群王八蛋。"

寇铁终于火了:"你安生一会儿行不?害怕院子里人不知道,得是的?把嘴夹紧。"

小旦也火了,"砰"的一下,把一个刷牙缸摔在了地上,碎瓷片飞得满屋都是,顺子的脸上跟遭了雨打一样。"你寇铁就是个门背后的霸王,让人家外地人涮了,回来跟我耍脸子,耍你妈的×,一回栽进去几十万,亏你八辈子先人了。"小旦满嘴的牙膏沫,都喷到顺子脖根上了。只听房门"嘭"的一声响,小旦骂人的声音,就关在里屋了。

顺子就那样三道弯地站着,腿一直在打战,但他努力在克制。

寇铁终于说话了:"妈的,让这帮人给耍了。"

顺子还是不说话。

寇铁说:"对不起,我也是好心,给你介绍了这趟活儿,结果,结果弄成这样。"

到底弄成了啥样,顺子还想不来结果,但他始终不愿接话,因为他是从你寇铁手上包的活儿,他只能认这个上家。你这个上家在,我的活儿就不能算白干。至于人家骗了你,那是你们之间的事。我下面还有三十几号下苦的,等着领钱呢。他刚把车子骑到路上,大吊就打来电话说,大家装完车,就等着领钱了。他说少不了大家的,让都先回去休息。没想到,事情已闹成这样了。

顺子想了想说:"寇主任,你一直是咱的恩人,帮咱着哩,反正咱就是个下苦的,我这十几天,说个丑话,不怕你见笑,大肠头子都挣出来了。底下这三十几号人,有一半还是临时找下的,只认钱,不认人,这几天一直都闹着要刀下见菜呢。不过也都是下苦的,靠几个血汗钱过活,都不容易。"反正顺子死都不提外地人的事,他得跟那帮人择离,他只跟他寇铁有关系。但他也不敢跟寇铁上硬的,因为平常,他还得仰仗着寇铁揽些活儿呢。

寇铁半天没话,他也就那样站着,是一副越发可怜的模样。寇铁就说:"你先回去吧,我再想想办法,反正没多有少,也不会让你们白干的。"

有了这句话,顺子内心的吃紧就松泛了许多。反正他寇铁又跑不了。他就从房里出来了。

顺子从楼上扶摸下来，素芬电话就来了，问他在哪里，他说他在剧团院子里。素芬问他，家里的大门，是不是换锁了？顺子说，半个月前，他俩一起出门，还没回过家呢。素芬就在电话里说，门锁换了，进不去了。顺子又勉强磨上三轮，回到家门口一看，锁果然换了，他一下想到了菊花。顺子气得就想拿三轮车上的铁锤砸锁，可还没等拿起锤子，他浑身就软成了一摊稀泥，直接从车旁溜下去了。他耳旁只听素芬惊叫："啊，你屙血了呀！"他就稀里糊涂地被素芬背进了医院。

十六

菊花回到舅家待了几天，开始也还新鲜，舅妈也把自己当客待，可住了不到一礼拜，味道似乎就不对了。菊花整夜整夜地睡不着，平常她都是早上四五点才睡着，一觉就睡到下午一两点了，可舅妈开的是鸣虫店，一早就有来买蛐蛐、蚂蚱的，晚上得早点休息。她舅常年四季在外面跑着，也不固定做啥生意，反正啥来手快，摊本小，就去挖抓一把。比如前几年集邮红火，他就去找邮局的哥儿们，在每次发行邮票时，提前给手头捏一些货，乘紧俏时，稍升点值一卖，一次赚个万儿八千的。再比如，哪儿办明星演唱会了，他也能通过内部人，给手头搞点赠券什么的，到时在门口低价一抛售，再适时地倒腾几把，一次搞个七八千元，也不在话下，有一次齐秦来开演唱会，他一回就倒腾了两万多。他说，关键是看你的判断力，看你脑子的环环够不够。不是她舅好吹牛，她舅精明得还真的没砸过，因而，头上的毛也就特别的稀疏，现在干脆刮得寸草不留，只显着两只扇风耳,像是被人拽过一般的超大,远远看上去,有些像美国科幻电影里的那些外星黑老大。她舅基本不花她舅妈卖鸣虫挣的钱,偶尔还会给家里上交一点。她舅妈对她舅的态度是,既不指望,也懒得管,反正各活各的。但他们有一点是共同的,都瞧不起蹬三轮的、装台的刁顺子。

菊花在她妈没跑以前,几乎隔三岔五的就会跟她妈回家一趟。她妈失踪后,开始一家人倒很心疼她,她一回来,总有人抱着哭,说是娃可怜,时间一长,这种心疼就消失了,有时她回来,甚至有一种故意冷淡感,她也就慢慢回来得少了。尤其是在她稍长大些以后,听她舅和舅妈说起她爸时一脸不屑的样子,她就懂得是咋回事了。她也曾多次要她爸改行,挣点别的钱,可她爸总说,他就这点本事,不蹬三轮,不给人家装台,父女俩就得喝西北风去,气得她也毫无办法。

在村里,刁顺子家都算是老门老户了,可身为西京这么个大都会的老门户,却蹬了三轮,给人家唱戏的拾了鞋带,混得还不如一些进城的农民工,自然就不被村里人待见了。村里多数人,是靠地皮过日子,一是出租房,二是靠集体卖地分账。村里过去有六百多亩地,这些年,先后卖了有三四百亩,家家都分了不少钱。尤其在二十世纪九十年代初的时候,一家能分到二三十万,娃们就再没有好好上学的了,家家都摆开了麻将摊子,菊花就是在这种环境中长大的。不过,她爸始终不会打麻将,只会蹬三轮,蹬起三轮来,连骑自行车的都撵不上。

刁家人,菊花唯一能看上眼的,就是她大伯刁大军了,那才叫活得气势呢。嘴上老叼的是古巴雪茄,前些年,手上一个指头戴一个金镏子,脖子上挂一串金链子,有小拇指粗。后来时兴戴钻、挂玉，人家一样都没落过。那些年，菊花见了她这个大伯，只要叫一声，人家随便从身上一抽，就是一两千元没乱码的票子。还有一年过年，她伯从澳门回来，端直开了辆价值六百多万的加长宾利，让村里人美美眼红了一把。年轻人都说，活就得活得跟大军哥一样潇洒撒脱，那才叫活人呢。这几年，刁大军再没回来过，有人说，人家在澳门的一个赌场都有股份了。菊花老想，亲亲的兄弟俩，怎么一个把人活成这样，一个把人就活成了那样呢？最起码，也得活得跟她舅一样，挣几个体面一点的钱吧，可她爸偏就那样一副窝窝囊囊的样子，说十几岁就在村里菜地挑大粪，菜地没了，又蹬三轮，蹬了三轮，又给人家装台，让她在村里活得连头都抬不起。最可气的是，就这样一副窝囊废相，还把女人换了一个又一个，让她越想心里那口恶气越憋得出不来。她跟舅妈念叨她爸，舅妈甚至说："你爸该没病吧，可怜成那样，还老在女人身上胡趸摸。"她虽然恨她爸，可让舅妈这样轻蔑着，她心里又有些不是滋味。

在舅妈家待几天，她发现舅妈话里总是捎着话，加之作息时间也相差甚远，有一天，舅妈甚至当着她舅的面大发脾气，说她晚上睡不好，神经衰弱得都快崩溃了。又一天，不知咋的，一下死了十几对黄金鳌蛐蛐，据说损失几千块，舅妈就哭天号地的，说是中邪、撞鬼了，要她舅在家里打药、消毒，还要烧纸钱、送瘟神的，气得她起身离开后，就再没回去。

这样长期在外流浪，毕竟不是个办法，她觉得还是得回去，只有回到那个家，才是自主自由的，才是安生的，想睡到什么时候就睡到什么时候，想砸啥就砸啥，想骂谁就骂谁，主动权本来在自己手上，又何必在一气之下拱手让人呢？看来靠出走，是吓不住刁顺子，也逼不走那个骚货的。只有回到家里，慢慢跟她磨着，不停地打消耗战,直到把她的那点希望耗尽,才可能真正达到驱逐的目的。

　　她回去了,没想到,回去一连好几天,都不见刁顺子和那骚货的影子。正纳闷呢,有一天,骚货竟然回来了,还不等她把手中正剥的香蕉皮撇到她跟前,那骚货就开口说:"你爸住院了。"她明明听见了,还是装作没听见,她不屑跟这个骚货搭腔。直到晚上,她才打听到她爸住院的地方,就去问了一下医生,说是脱肛,还有痔疮,她觉得都是些要不了命的病,加之又有骚货陪着,就再没理这茬。

　　在医院走廊里,她甚至看见那个骚货,把她爸搀来搀去的,不知她爸说了一句啥,那骚货竟然还扭了一下水蛇腰,骚情的,用屁股把她爸的腰还撞了一下,真恶心。

　　她心里有一种说不清道不明的东西在翻腾。她暗暗发誓,在这个家里,有她没我,有我没她!必须的。

十七

　　那天顺子被素芬背到医院一检查,脱肛已达五六厘米,医生说:"你们也太大意了,人都这样了才送来。"素芬也不好说什么,她真的不知道有这么严重,顺子对她一直都是半说半笑,轻描淡写的。医院做了手术后,顺子才慢慢清醒过来。素芬眼睛哭得跟红桃子似的,顺子依然是一副憨笑的样子,不过笑得很勉强,他说:"尻门子一点小毛病,还把你哭成这样,让人听了笑话。没事的。"一连几天,顺子的大便都是素芬拿手指头一点一点往出抠,顺子开始咋都不愿意，可实在憋得没辙，也就只好由着素芬抠去了。

稍好一点，顺子就在想着晚会劳务费的事。大吊打了几次电话，说临时请的那十几个人催得不行。顺子没有说自己住院的事，他不想让大家花钱来看他，都不容易，他只说家里有点事，劳务费这几天正催办着的，让大家不要急。其实他心里已急出火苗来了，下面炎症还没消下去，嘴上又起了泡。他给寇铁打了几次电话，都关机着，就又给他发信息，想他总有开机的时候。发了几回信息，见寇铁不回，他就要撑着爬起来去找，素芬硬是把他按下了。他就又发，不过这次话就写得更硬棒些了：

  尊敬的寇主任。您好。我是顺子。打电话你没开机。发信息也没回。大主任恳（肯）定是忙得狠（很）。还是说装台钱的事。三十几个人把我都快吃了。我也是（实）在是没办法了。都是下苦的。我也不敢妹（昧）人家的。我想我这几天脱岗（肛）烂沟门子。可能都是往日妹（昧）了人家啥东西的报应。寇主任你是大人。我们是小人，还望你给我们把那点下苦钱接（结）了。我顺子给你老人家磕头作一（揖）了。

信息发出去一天了，还是不见动静，顺子就再也躺不住了，晚上，趁素芬去洗衣服了，他偷偷溜出医院，雇了辆三轮，端直去了寇铁家。

寇铁不在，是那个小旦开的门，还在骂寇铁，说是活活一个窝囊废，生生让人家给骗了，锛子儿没挣下，家里还倒贴进去几十万，弄得好像是他顺子骗了寇铁似的。他本来是打了老主意，寇铁不给钱，他就坐在屋里不走，可还没等他说话，小旦就把他凶出门了，里面还在骂骗子都是些烂尻门子的货，整得他屁股还一阵阵地锥痛起来。

他也没辙,只好回医院躺下,后面明显又挣出了血,还让护士美美批评了一顿。换药时,那个碎娃护士,故意把纱布猛地一揭,他感到好像连皮都掀下来了。又躺了两天,他是无论如何都不住了,那账算得也让他害怕,五天时间,就花了四千多块,就是把那些劳务费都要回来,也快耗掉一半了,更何况这一切,还都是毫无眉眼的事。

顺子知道菊花回来了,素芬还告诉他,菊花也知道他住院着的,他以为菊花会来看他一眼,可等啊等,始终没来。晚上素芬睡着的时候,他甚至难过得眼泪都下来了,没办法,这就是自己养的女儿,整整养了快三十年,又当爹又当娘的,最后就养成了这样的仇人。他知道这一切都因素芬引起,可自打跟素芬结婚这一个多月来,他越发地觉得这个婚结得值。尤其是这次住院,要没素芬,他还不知要多遭多少罪呢。女儿家对于父亲,毕竟还有许多不方便的地方,而夫妻就是另一回事了。更何况,这个蔡素芬,是真心待他好。自从接进门那天起,她就在受气,可她一直忍着,可以说是骂不还口,打不还手,够贤惠的了。特别是这次住院,头几天晚上,她几乎就没眨过眼皮,不是伺候吃喝拉撒,就是擦洗身子,搓背、搓腿、搓脚心。说实话,前两个老婆都没这样细心照料过自己。自己毕竟也是五十多岁的人了,还能这样劳几年?有一天真的老了,不得动了,能摊上这样个女人照料着,一生也就算是有了着落。他很满意这个女人,现在任谁要撵她,他都是会不顾一切地加以保护的。

顺子终于出院了,他被素芬搀扶回院子时,菊花正在楼上听音乐,听的啥,顺子和素芬都不懂,反正声音放得很大,音箱震得楼板都在动弹。顺子躺了一会儿,气得就想上楼去喊,素芬挡了。素芬还是给顺子打的荷包蛋,也没忘了给菊花弄一碗,并且还端了上去。但菊花没开门,她就把碗放在门外的窗台上了。素芬所做的这一切,顺子都听见了,顺子心里感到很踏实,但嘴上还是说了她一声:"贱!"

顺子很少这样不为睡觉而躺在床上,醒着还躺着,咋都觉得太奢侈,不自在。

可再不自在,素芬还是让他又躺了一天,就听菊花在楼上放了一天一夜的音乐,尤其到了后半夜,她还突然把声音放大了,踢里咕咚的,像是雷公在天上拉桌子拉板凳,并且好像还拿什么东西在有节奏地敲地板,他感觉心脏都快被震出来了。他又一次想上去制止,还是被素芬摁住了身子。他气得直嘟哝:"我也不知前辈子做了啥孽哟!这深更半夜的,闹腾成这样,不让隔壁邻舍的骂咱刁家八辈子祖宗嘛。"素芬也不说啥,就搓了两个棉花球,给他一边耳朵塞一个,并一直轻轻地揉着他的耳垂和太阳穴,他才慢慢睡着。早上醒来,楼上音乐还在响,不过他也顾不上这些了,他仍操心着那笔劳务费,那可是一笔大钱哪,并且大伙儿几乎一天几个信息地催呢。他与寇铁咋都联系不上,没办法,就又想到了瞿团长。他想,也只有找瞿团,看这事能不能有个好的了断。

十八

顺子是在办公室找到瞿团的。他把整个情况给瞿团说了一遍,瞿团就给寇铁打电话,也关机着。瞿团说,这几天他也没见到寇铁。瞿团又给寇铁家里打,那小旦就在电话里喊叫说,寇铁这几天死到哪里去了她也不知道,声音很大,顺子听得清清楚楚的。瞿团就给寇铁发了信息,说团里有事,让他速回电话。瞿团让顺子先回去,说有了消息就告诉他。他都出门了,又反回身说:"瞿团,还请您别、别说是我顺子来告的状,我也是被逼得走投无路了。"瞿团说知道。直到第二天中午,瞿团才来电话让他去一趟。

顺子又到瞿团办公室,瞿团就把他知道的情况一五一十地给他说了。

昨天顺子刚走一会儿,瞿团又给寇铁发了信息,他觉得这好像是个大事,搞不好,自己的职工是卷到诈骗案里边了。到晚上的时候,寇铁把电话回过来了。瞿团问他在哪里,他说在外边一个朋友家,瞿团说有急事,让他立马回团一趟。看他有些为难情绪,瞿团就说,他出来见他也行。寇铁就和瞿团在一个茶馆见面了。

瞿团见寇铁已熬得脸瘦毛长的,人是跟筋抽了一般的萎蔫,就单刀直入地问,咋回事?寇铁就原原本本地给他说了。原来寇铁这几天,也是被那个小旦老婆骂得招架不住,出门躲避去了。

寇铁也确实被人骗了。据他说,这单生意是别的朋友介绍的。寇铁除在单位做剧务外,在外面也经常揽些演出经纪人的活儿。这几年,好多单位都时兴办晚会,有的公司成立一年就搞大型庆典,何况还有成立了几十年甚至上百年的单位。晚会可以说是此起彼伏,层出不穷。社会上好多文化公司,其实主要就是帮人策划、筹办各种晚会和论坛的。寇铁在外面也有一个公司,那是揽活儿用的,也就三两个人,并且是有活儿就聚,无活儿就散,分完钱走人,平常不养任何闲人的。这次朋友介绍的"金秋田野颂歌"晚会,开始说舞台装置部分需要垫资几十万,他就有些犹豫,可后来看人家那降狮子、吆老虎的阵势,并且,他也反复考察了主办方的实力,就回家跟小旦老婆要了二十万，一把投进去了。他的那两个同伙，一人也垫进去好几万。开始，一切进展都很顺利，可到最后，他也慢慢发现了问题，那就是原来说的那些明星，最后实际到场的几乎大部分都牛头不对马嘴。这出场费，可是有天壤之别的啊！果不其然，晚会办完后，主办方拒绝支付最后那百分之十五的款项。可搬出合同一看，人家承接晚会方，没有任何责任，合同本身就充满了文字游戏，模糊概念，策划书上一次列了五十人的明星阵容，说到时保证其中的百分之五十以上，人家也确实这样保证的，可来的这百分之五十以上，都是如雷贯耳的过气明星，有的三几万块钱就能上台唱四五首歌，还叫不下来，你能找出人家承办晚会的什么毛病呢？至于赵本山、刘欢的节目，人家上面说的就有"秀"字，不过模糊得不反复琢磨咋都看不出门道而已。主办方的老板到北京谈生意时，承办方弄了几个他一见就觉得这一生算是活得值了的女明星，打了一场牌，陪了一场酒，饭没吃完，大笔一挥，在几个女明星仰慕不已的掌声中，就出手阔绰地签了字。反正前边百分之八十五，人家已分两次拿走了，剩下百分之十五，就是支付本地人的租赁费和劳务费了。人家办完晚会，已经精明得把什么细节都考虑到了，早知会有麻烦，那帮拿事的当天下午就悄悄退了宾馆房子，晚会一毕，端直上了自己从外地带来的车，七弯八拐的，就让寇铁派去跟踪要钱的那两个伙计把人跟丢了。那天晚上，当地急着领钱的一干人在宾馆整整围追堵截了一夜，直到天亮，才知已是空城计。

寇铁与当地的几个分剧务这几天其实一直都在找主办方的老板，要那属于他们的百分之十五。老板的手下人说，他们还要打官司，准备追回上当受骗的钱呢，就一直僵在了那里。大家也试着给总导演、总剧务打过电话,人家来时,都用的是本地号码,一离开,就全停机了。他们也请了律师朋友咨询,律师说,合同签得天衣无缝,寻不下人家啥麻烦,你就是找着人家也没用。更何况,听说这些人都是有来头的,要不然,也不敢这样明目张胆地到处招摇撞骗。寇铁他们见寻人家鞭长莫及,就下决心要在当地老板身上下锯。听说老板这两千多万也不全都是他掏的腰包,好多生意朋友三百万、二百万地给了开业赞助,真正临到自己,可能也就出了几百万的血,他们就要得理直气壮了。那老板实在是被这帮人缠得没治了,也害怕这些气得要拼命的人在他的人身安全上打主意,最后答应再给百分之十,剩下那百分之五,说等追回骗款后再付。大家觉得这样精明的老板,挨了这样的闷宰,也有些同情,就答应先把百分之十领了再说。寇铁他们算是把垫资的钱,基本能弄回来,而半个多月的起早贪黑,就全然杨白劳了。

瞿团最关心的是顺子的钱咋办。

寇铁说,顺子他们挣的都是下苦钱,这他知道,但也无法按原来说的数字兑现,他最多只能再付六万,这亏欠,大家都得背一点,是遭人骗了,不是不给。他说他得把家里的本钱抽回去,要不然,他那混账婆娘,能把他生吃了。

瞿团说完,顺子半天没说话。他也知道,寇铁这回可能是真的上当受骗了,可这六万,不是让自己也亏了血本吗?如果他不从家里往出拿,这个账,是咋都没办法跟大伙了结的。他就那样低着头不说话,他没办法给那帮下苦的弟兄交代呀!

瞿团给他递过一支烟,自己也点燃一支,深深吸了一口,然后说:"顺子,我也知道你的难处,可遇上这事了,还是都让一让吧。寇铁这个人,我还是了解的,但凡有点办法,也是不会给别人下话的,既然让我给你下话,你就也帮他承担一点吧。他说以后有机会,还会帮你的。我最后也给他说了,让他无论如何,再给你加一万,他毕竟比你日子好过些。就这样吧,我也再无能为力了。"

瞿团既然把话都说到这一步了,顺子也就不好再说啥了,不管咋样,事情比他想象的还要好许多。他心里特别感念瞿团,要不是瞿团,只怕连这六七万块钱,也要打水漂了。

在出门的时候,顺子连住给瞿团鞠了三个躬。瞿团一把将他手拉着,他还是把躬鞠完了。

顺子再回家时,素芬就被菊花锁在大门外了。

十九

素芬在门口一个石坎上坐着,顺子问咋回事,素芬说,她出来倒垃圾,回来就见门锁上了,菊花可能出去了。顺子二话没说,端直从邻家借来一把锤子,素芬拦都没拦住,只哐哐当当几下,就把门锁砸开了。

素芬还有些害怕,怕菊花回来找麻烦,她是一切都想尽量避着菊花。顺子就说:"不能都由着她的性子来,还能动不动就把人锁在门外头,不说你素芬,还有他这个老子嘛,这成什么话了?"回到房里,顺子把瞿团叫他去的事,都给素芬说了一遍,他说这回赔大了。可素芬却说,吃一堑,长一智,别太把这事放在心上,舍财折灾哩,兴许这回,让你把啥大灾折过了呢。虽然素芬都是宽心话,可顺子听了,心里还是感到特别温暖。

深秋的风,从四面八方钻进了房里,寒气袭得顺子上下嘴唇直

95

打磕绊,素芬就让他偎床,说偎在床上暖和,他就又偎到床上了。素芬泡了一盆衣服,坐在屋中间,一边搓着,一边跟他说话。素芬身子一低一低的,那大胸脯的上半截,就一下一下地亮在了他面前。也不知哪股邪风,突然掀动了顺子心底的那点花草,他就要让素芬也上床来一起偎着,素芬不好意思地说:"大白天的,干啥呢。"顺子说:"我们这样闲下来的时候可不多,多数时候回家来,都累得跟死猪一样了。"可素芬就是不动,只低头搓着衣服。顺子又让她上来,她还是不上来,搓完一件,又换一件,顺子憋不住,就起身,一脚把洗衣盆踢得翻扣在门背后了。也不知哪来的劲头,一把就把素芬撂到床上了。"你好了没,使这蛮力。"素芬叨咕着。"这阵儿还能顾得后头?"顺子把手表捋下来,直接甩到那只破沙发上了。卧在沙发上的好了,见他这样疯张,就朝他汪汪叫了几声。

他和素芬都睡着了,只听铁门哐当哐当一阵猛响,是从外面朝里推的声音。素芬本能地搂了一下顺子的腰。顺子捏了一下她的胳膊,意思是别怕。他知道是菊花回来了。下午他砸了门锁,回来故意把门反插上了。这阵儿,他也不想急着开,可外面砸门的声音,就跟土匪来袭一样,素芬吓得胡乱穿起了衣服。他不想让素芬去开门,自己也穿了起来。他已做好准备,菊花进门一旦撒起泼来,他就要跟她好好说道说道,太不像话了。可当他刚把铁门吁吱吱扭扭一拉开,菊花在外面把门猛地一踢,就端直把他踢得嗵地坐在了地上。"你疯了是吧!"素芬见顺子这副恼羞成怒的样子,就急忙上前拦着。也就在这时,菊花突然定定地把她看了半天,她自己也低头一看,才发现连胸前的扣子都扣错位了,头发也是一蓬鸡窝样的乱糟,她急忙用手把乱发胡捋了两下。就听菊花骂了一声:"真不要脸!"顺子就喊叫:"谁不要脸,你骂谁不要脸?""我骂不要脸的不要脸,大白天的,鸡就上床了,呸!"菊花吐完,踩着后跟细得跟一支筷子一样的高跟鞋,咯噔咯噔上楼去了。顺子觉得,今天咋都得给她点颜色看看,可到底还是让素芬搂住腰,拖回房去了。顺子回到房里还在往外扑,他觉得无论是作为父亲还是作为一个男人,今天都不能这样轻易放下,真是太没家法了。可任他怎么火性大发,素芬都在兜头泼水,一来二去的,顺子到底还是让素芬降伏住了。

菊花在楼上,又放开了那个让顺子心脏都快要爆裂的音乐,并且还加了敲打地板的强烈节奏。顺子就哇的一声大哭起来:"我真造孽呀,我这是上辈子造了孽了呀……"素芬一个劲地在他背上摩挲。素芬说:"实在没这福分了,我还是走吧。"顺子一把搂住她说:"要走我们一起走,我就权当没这个冤孽呀!"两人相互摩挲着背,寇铁电话来了,说是让去拿钱,顺子就领着素芬出门了。

寇铁完全按瞿团说的,给了他七万。顺子见寇铁折腾得人不人鬼不鬼的,一脸昏暗相,又反过来安慰了寇铁几句。拿了钱,他就去找大吊和猴子,商量着怎么分。大吊和猴子也毕竟跟他好多年了,遇上这事,除了狠劲骂一通那帮骗子,也都帮着给大伙儿下话,捂窟窿。顺子说他一分不要,并一再说对不住大家。但大吊和猴子分到最后,还是给他留了两千,给做饭的素芬发了一千二,他就觉得,自己费心把这个摊摊箍了这些年,还是值得的。

装台这活儿,是东方不亮西方亮,这边刚歇下,那边事就找上门了。

先是俄罗斯一个歌舞团来演《天鹅湖》,接待演出的那个剧院经理打电话来,让顺子他们装台、拆台、装车、卸车包圆儿,总共给六千块。顺子缠了半天,人家又给加了五百。外国人来演出,装台都很简单,几乎没有多少布景道具,就是调整一些灯位,再简单挂几片软景就行了。这是最轻省的装台活儿,轻省得他们竟然脱了墩子的裤子,逼他"精尻子"跳《天鹅湖》。

后来听说这也是个山寨版的,人家正经班底的摊场可大了。

装完《天鹅湖》的台,河南豫剧又来了。西京城有不少河南人,顺子他们这些老西京都知道,过去西京城铁路以北的,基本都是河南人,也叫道北人。民国时遭年馑,一批一批的河南人逃难上来,先是搭个席棚,然后慢慢就发展成了一望无边的破烂街区。据说常香玉就是在西京城把戏唱红的。顺子年轻的时候,西京城里人说话还讲究关中腔与河南腔来回倒,只有在一段话里,能来回倒着说的,才能断定他是标准的西京人,不然可能就是冒牌货。这些年,河南人不知招谁惹谁了,让人贬糟的,西京人即使是河南籍也都不说河南话了。但喜欢听豫剧的人还是多,顺子就喜欢那个劲道,那个囔火,那个悠闪。顺子平常随身总是带着一个小匣子,没事了听听新闻,也听听戏。听新闻,是为了了解西京城的信息,有时就能顺藤摸瓜地联系下活儿。听戏,完全是好这一口了。也许是常年装台的原因,他不仅喜欢秦腔,喜欢豫剧,而且还喜欢京剧、黄梅戏,反正只要是在舞台上说的唱的,他都有一种亲切感。当然,喜欢,也是一种套近乎,他这个装台人,不能不爱人家所爱、亲人家所亲、喜欢人家所喜欢的东西。

豫剧团的团长一来,顺子就上去给人家夅了个大拇指,说:"好,你们的戏好,人还没来,西京城就传疯了。都说好戏来了,要票的把我的电话都打爆了。"团长就悄悄问这是谁,剧场经理说:"这是西京名人刁顺子,西京城的台,基本都是他装的,文艺圈没有不知道的。"顺子就急忙谦虚了两句:"下苦的,就是个下苦的。"

豫剧团一共演了五场戏,顺子带着他的人,整整忙了七天七夜。头两天是装灯、装台框、装第一个大戏的景,特别累。一般"破台戏"剧团都很重视,尤其是到西京城来演出,都知道这是一座文化古城,老戏骨多,台不好破。加之,这儿懂豫剧的,不比懂秦腔的少,因此,豫剧团对这场演出的舞台装置要求就特别严,甚至连半空吊的一片"云海"都返了几次工。大吊就怨气冲天地说:"一片烂尻云,挂左挂右,挂高挂低的还不是一片云,看它还能挂成一片金板来。"顺子就让大家都耐烦些,人家破台戏不容易。破台戏唱红后,后边的戏就好唱了。但每晚翻一次台,第二天白天还得对光、走台、收拾装置,几天几夜下来,人就又都疲乏得两个眼珠子都转不灵活了。

这次出来装台,素芬还是前后跟着,好了也一直卧在顺子的三轮车上。他们几乎连着几天几夜都没回过家了。实在乏得不行,素芬就在池子里的椅子上窝蜷一下。顺子倒是哪儿都能躺,只要地上垫一张纸壳子,就能呼噜几十分钟。这天晚上,都半夜四点多了,顺子正背一台电脑灯上灯光楼,突然来了信息,顺子一看,是菊花的。只有九个字:"给我卡里打三千块钱。"顺子开头没理。过了一会儿,还是回信息问了一句:"要三千块钱干啥?"信息回来说:"活命。"顺子闷了半天,想菊花一月生活费其实也不少了,每年村上给每人年终的分红是一万五,打前年,他就让村上会计把钱端直打到了菊花的卡上,自己连手都没过一下。除此以外,他每月还固定给菊花一千五,就这,还不算平常零要的,反正一年总得给她花两三万吧。一次就要三千块,到底弄啥,也不明说。从她最近的神气看,明显是想故意贬糟他的钱哩,他心里就觉得特别的挠搅。可菊花最近跟他把气赌成这样,总算开口问他要东西了,他又不能不给。他就又问了一句:"到底干啥?真需要了,爸也不是不给,我总得知道钱的去处吧。"过一会儿,菊花把信息回过来了:"骚货都能花,我不能花?"气得顺子回了一句:"啥东西!""我就这东西,咋了?"有人喊叫顺子,让把电脑灯背到二道天桥上,顺子就再没跟菊花在手机上打嘴仗了。他也不想再打了,打也打不过,何况他毕竟是父亲,打这样的嘴仗,有啥益处。反正日子就这样了,咋都得将就着往下过。他有时也特别的愧疚,觉得一年四季,光忙着装台了,心疼菊花的时候也少些。要就要吧,三几千块钱,还拿得出。

第二天一早,他就到剧场隔壁的银行里给菊花卡上划了三千块。划完,心里还是个挠搅不住。

二十

菊花要钱,也并没有明确目的,反正就是想要了,不能便宜了刁顺子。他能养起女人,就应该给自己亲生女儿多花点,不要白不要。要来就是自己的,要不来的,就都是别人的了。这个骚货,跟着刁顺子去装台,连家都不回,她想实施温水煮青蛙的系列驱赶行动,连机会都没有了。

菊花真的觉得日子是无聊透顶了,这几天,连音响也懒得开了,开了震谁?自己也听不进去,过去喜欢的那些歌儿,现在听了也突然觉得索然无味,就只好盯着天花板发呆。她不是没想过自己做点啥,几年前,就开过一个化妆品店,这是她最喜欢的职业,每天可以有很多时间,用各种化妆品美化自己。可开了五个月,亏了两万多,朋友就建议让她不要再开了,说这是美女的职业,卖化妆品，都是靠那些天生丽质的服务员的漂亮脸蛋哄顾客上当呢。连她最要好的闺蜜乌格格都说："我的花儿，赶快收手吧，咱这长相是当女将军、女牢头、搞举重、掷铁饼的料，可不是侍弄花花草草、瓶瓶罐罐的主儿，还是按自然规律发展吧，可别自己把自己的脑袋塞进门缝里，硬朝扁里夹呀！"她就处理了摊子，又跟乌格格她们一起回归日夜颠倒的打牌生活了。村里的孩子其实都这样，衣食基本无忧，上学也都是初中勉强毕业，家长就死活赶不到学校去了，找不下工作，也不想去看人脸，丢不起那人，下苦的事就更是看不上了，刁顺子就是这样被一村人贱看了的。反正就那样混着，男人们混的范围可能更广一些，比如她大伯刁大军，就混到了澳门赌城。女的大多在村里打转转，一般情况也不愿往出嫁，因为这里是寸土寸金的地皮，一年躺着睡着，哪怕是痴聋傻瓜，见人头也少不了要分一万多块，何况地皮还没卖完，谁知后边这几百亩地还能给村里人生出什么样的金娃娃来呢。因此，村里的"女光棍""女汉子"就越来越多了。菊花倒是不想永远当这"光棍汉子"，并且想嫁得越远越好，可又找不到下家，就这样荒芜着，毛躁得迟早想找个发泄对象，连路边的垃圾桶，都想一脚踢倒完事。

这天，她正无聊着，闺蜜乌格格打电话来了，让她去洗浴城，她说她懒得去，乌格格端直来了个："不行，立马走。还要见个人呢。""什么人？""还有什么人，一个公的。"菊花笑了，就去了洗浴城。

乌格格先跟菊花泡了一会儿，菊花就问，是个什么样的人，乌格格还是那句话，就是个公的，才认识不到一个礼拜，别人介绍的，一个品牌酒的代理商，他说他才四十多岁，但看上去，恐怕都奔五望六了。然后，她自己就先笑得在水里打起了滚。

菊花嘴上挂着笑意，其实心里已有点酸溜溜的味道了。乌格格今年也三十岁了,据说她爷那一辈还是纯蒙古血统,后来就跟汉人结亲了。格格不知哪里看上去,还总是有点异族人的味道。格格只比她小三个月,但也没有相下对象,这是她感到安慰的地方。可乌格格明显比自己长得漂亮,鼻梁高高的,满脸都是棱角分明的硬线条。菊花学过化妆,知道稍一上妆,这张脸就能神采飞扬起来,可乌格格偏不喜欢涂脂抹粉,甚至连大冬天,也懒得给脸上哪怕是擦一点凡士林膏。她是跟村里的男孩子一起踢足球长大的,虽然只是钻街穿巷地胡乱踢,没踢出啥名堂,但却练出了一副好脚力,看谁不顺眼了,给一脚,当下就能把人放倒在地。乌格格就这样,踢倒过对她图谋不轨的男人,因此,在村里早就落下"女汉子"的名声。其实追求格格的男人也不少,但格格就是那么一副啥都不在乎的德行,这爱情,也就不太在意她地不断擦肩而过了。

　　这个做品牌酒的代理商,在菊花和乌格格泡完澡,穿着日式和服进入休闲大厅时,早已在一个小包厢里等候了。菊花一见这个男人,忍不住就扑哧笑了。这哪里是四十多岁的人哪,头顶谢得光板一块,是借用周边的闲散力量,才勉强给光板上单摆浮搁了一圈稀疏的草料。不巧的是,刚见她们,头一摆动,那圈浮草,就抖落成耷拉在一边的足有上尺长的一缕细麻,他赶紧用手旋了两圈,那缕细麻,才又盘旋在了寸草不生的顶盖上。菊花笑得急忙捂住了自己长得有些夸张的大嘴。

　　代理商叫谭道贵,说一口四川话,也穿了日本和服,却咋都包不住那一身米其林般不断隆起的肥肉。整个脸盘,也像是按圆规尺寸裁削过一般的浑圆,两只眼睛,更像是两只圆溜溜的灯泡,在一对呈浮肿状态的大眼泡的松弛包裹中,放射出两束热情有余的光来。菊花的第一感觉是,乌格格完了,连这样的公货也能纳入考核范围,真是已跌破底线了。

谭道贵首先夸奖了菊花一句,说感谢格格又领来一位美女。菊花知道,这是现在的男人们,见女人都要顺嘴胡诌的一句话。她看见谭道贵的贼眼睛,一直在格格大大咧咧半敞开的胸脯上胡乱搜索着,她就把眼睛移向了一边。

乌格格毫不客气地说:"哎,谭胖子,你能不能把你头上的那一撮长毛剃了,光就光了,那也是一种成熟美嘛,何必要弄得跟过桥米线似的,我一看就急。"

菊花觉得有点过分,就轻轻把乌格格的腿掐了一下。

谭道贵倒是有些幽默感:"你不是喜欢吃过桥米线嘛,我就天天给你准备着,有啥不好来。"

"你这叫欲盖弥彰,知道不?"乌格格还在调侃。

谭道贵说:"盖是盖不住了,可掩盖一下总比不盖强嘛,这就跟城市搞绿化一样,难道你喜欢到处都是裸露的洋灰水泥板吗?"

谭道贵化解尴尬与难堪的能力,倒是让菊花有些另眼相看。不过总体看,这个人实在是不靠谱,她连跟他在一起喝茶的兴趣都不大。尤其是谭道贵还用他那双贼眼,在她的大腿上睃来睃去,就让她感到像是被绿头苍蝇盯上了,委实不舒服不自在地浑身硌硬起来。尽管谭道贵在赞美乌格格的同时,也兼顾着赞美了她好几次,但她还是有些坐不住地想起身。乌格格也看出来了,就跟她提前离开了,弄得谭道贵还瞎了一桌早已点好的饭菜。

从洗浴城出来,乌格格就问怎么样,菊花说:"你要我说真话吗?"乌格格说当然。菊花就说:"你没病吧格格,一辈子不嫁,也不至于惨到这份上吧。"说真的,菊花也想过,实在不行,找个五六十岁的老男人嫁了也成,可真要面对"过桥米线"这么个现实,还是觉得太惨了点儿。何况格格的条件并不差,怎么就有了这么悲惨的动意呢?乌格格说,这人挺喜欢她的,在一起打过几次牌,还吃过几次饭,很有钱,是公的,她知道的就这多。其实她也没看上,就是叼来让菊花看看,还谈不上动意不动意的问题。菊花就说,快算了吧,跟"过桥米线",打牌吃饭都行,要谈婚论嫁,太不靠谱。"谁跟他谈婚论嫁了?"乌格格说着,飞起一脚,就把路边的一个生铁铸的垃圾桶踢得滚了几丈远。

菊花和格格刚分手,一个陌生电话就来了,她开始不想接,可连着打了两遍,还是接了。原来是"过桥米线"。"过桥米线"先是在电话里赞美了她一通,然后就说,希望他能在闺蜜面前多美言几句。还说,他给她准备了一份礼品,希望能笑纳。她回绝了。晚上,那个电话又来了,还是一通赞美,还是希望她美言,还是要见她一下,赠送那份礼品,她仍然客气地回绝了。可第二天,她正在睡觉时,有人敲门,她起来一看,是"过桥米线"站在门外,手上提了一个包装精美的礼品盒。她不能不开门,因为"过桥米线"已经从门缝看见自己了。她把门打开了,拗不过,礼品也接了,但没有让他坐。她能看出来,他是特别想坐一坐的,并且一再说她很美,说西京真是出大美女的地方。这话说得菊花不仅不动心,而且还觉得这胖子虚伪。她就那样站在大门口把他打发走了。

"过桥米线"走了以后,她打开包装盒一看,是化妆品,都是进口货,价值在一万元左右。难怪格格要说他有钱了,出手确实大方。她在想,要不要告诉乌格格?"过桥米线"一再叮咛,是不要告诉的,只让她帮忙说话而已。她想了想,也就不好给格格说了,害怕人家之间再引起什么误会。不过,她也不想给格格说什么好话,这个男人,总归是没有入她法眼的。

二十一

豫剧团唱的最后一场戏是《清风亭》，顺子特别喜欢这本戏，演的是一个因果报应的故事。这戏还有一个名字，叫《雷打张继保》，也叫《天雷报》，故事是说：一个叫张元秀的老人去赶集，无意间，在清风亭上捡了个弃婴，抱回家后，夫妻二人精心抚养长大。后来，孩子的母亲找来了，通情达理的张元秀就让这个取名叫张继保的养子，随着亲生母亲去了。老夫妻由此倚门盼子，经久成病。再后来，张继保考上状元，当了大官，途经清风亭时，养父养母喜出望外地前去看望，结果，已贵不可及的张继保咋都不认这对形同乞丐的乡野草民，气得养母触墙而死，养父张元秀扑上去评理，也被张继保一脚踏翻在地，一命归西。苍天终于震怒了，就在养父含恨死去的那一刻，突然雷电大作，一下将忘恩负义的张继保活活劈死在清风亭上。这个戏，顺子看过无数回了，秦腔的好些唱段他都能倒背如流。无论京剧、豫剧，还是晋剧、秦腔，情节都大同小异，尤其是那对老夫妻思念张继保的《盼子》一折，没有哪一次他不是看得泪流满面的。这两天，他就一直在哼哼着这段老生与老旦的对唱：

老旦：非是为娘将儿怨，

老生：你为何像流水一去不复还？

老旦：听不见娇儿把娘唤，

老生：看不见儿依父怀要吃穿。

老旦：不见你随娘受苦把磨转，

老生：不见你随父割草上南山。

老旦：放学的娃娃回家转，

老生：不见我儿蹦跳的身影和笑颜。

老旦：张继保——

老生：我的儿——

老旦：为娘声声把你唤——（晕倒）

老生：可怜她年迈苍苍倒路边。

……

豫剧团拿这本戏压轴，算是压到正穴上了。顺子早几天，就给豫剧团的团长说："拿《天雷报》压大轴，高，实在是高！"他又给人家团长夯了个大拇指，并很内行地说："世上最好的戏，就是苦情戏，《天雷报》是苦情戏里边的苦情戏，不信你看，今晚肯定爆满。"大吊在一旁插话说："不满了，你把剩下的票包圆儿了。""我包圆儿。"晚上，果然按顺子说的来了，不仅爆满，而且过道都站了人。顺子就故意到后台，蹭到团长面前，卖派了一下说："团长，我说得咋样，爆满吧，关键还是你们戏好，您团长领导得好，好团，好戏，好领导。"他又把大拇指夯起来摇了摇。团长就说："谢谢！下次来，还找你给咱装台。"顺子顺便就把名片给人家留下了。

《天雷报》顺子咋都是要看的，只要是好戏，他看一百遍都不厌烦。这天，台早早就装完了，放在平常，累成这样他会在舞台背后找一个地方眯一会儿，等戏毕拆台就是了。可今天，他必须看演出。底下没处坐，他就把素芬带到耳光槽里，两人席地而坐，一边看，他还一边不停地给素芬做着剧透，也许是太累了，加之灯光槽又暖和，素芬看了一会儿，就靠在他肩上睡着了。等素芬再醒来时，顺子已经哭得稀里哗啦了。顺子不仅把自己身上的纸擦成湿巾了，而且连素芬身上带的纸都擦完了，反正眼泪就是止不住。素芬就说:"戏是假的,咋能把你看成这样?"顺子说:"戏是假的我知道,可里边演的情都是真的啊。张继保这娃太不省心,真是伤了两个老人的心了。"素芬说:"雷真的会打不孝顺的儿女吗?"顺子说:"那是戏嘛,可父母就是再伤心,恐怕也不忍心让天雷把儿女劈了。"

戏毕了,顺子和素芬正说下去拆台呢,就听墩子喊叫说,后台打开了。他急忙下去一看,原来是刚在舞台上演出时,那个演张继保的小生演员飞起一脚,踢养父张元秀时,把假戏踢成真的了。演张元秀的老生演员把衣服脱下来,弓起腰让团长看,腰眼上,果真有一处紫乌紫乌的斑块,是小生演员拿厚底靴子踢的。团长一个劲说,回去一定处理,可那个演养父的咋都不行,就在后台大吵大闹起来。剧团这行当,不是师徒关系,就是师兄弟关系,再不就是亲戚关系,平常看着勾肩搭背,亲亲热热的,一旦起事,阵线立马就分明了,有向着老生的,也有向着小生的,这个一脚,那个一拳的,事情就闹得有点不好收拾了。顺子还钻进去阻挡了一下,挨了几脚,就赶快钻出来了。最后是团长钻进去,任他们拳脚相加,咋都不退阵,才算把事情平息下来。拆台时,顺子听他们的人讲,这事的病,并不害在今晚,说祸早在半个月前,团上评职称时就种下了。那个小生想评一级演员,那个老生是评委,在会上说了小生的坏话,结果票没过半,被拉下来,祸根也就埋下了。相互过话传话的,矛盾早就拧成麻花,把好几个人都卷进去了,本来一路上早该爆发的,可都忍着,毕竟是出省演出,得注意影响,今晚总算演完了,祸事也就忍不住穿了头。那个团长被谁一拳,打出了一个青眼窝,等演员们都走了,他还在舞台上忙活着清点东西。顺子就上前安慰说:"我知道,这摊摊难带,不过,你带得也好着哩,我看你还是高,朝中间一站,事情还能挽拢住,那就是硬扎团长。这事我也见得多了,有些根本挽拢不住,最后都是派出所上手,才了了的。反正不管咋,戏是演成了,你没听观众那掌声,西京城的观众可是不轻易出手的,你们这回是真正把西京给轰动了。"团长也没好意思抬头让他过多瞧自己那个青眼窝,就那样一直低头数着灯光、缆线,直到开始装车了才离开。

顺子他们把三车灯光、服装、道具、布景装完,已是凌晨四点多了。

账也结得很顺利,七天七夜,一共装了五本戏的台,拆了五本戏的台,来回还装卸车两次,总共给了两万块钱,团长在离开前,把字就签了,办事人直到他们装完车才付款。开始装第一个戏时,他用了十五个人,后来就减成八个了,拆台时活重,又增加了五个。等人家把车开走了,大家就跟着顺子到剧场外边一个昏暗的路灯下,按老规矩把钱分了。大吊、猴子一人拿了两千五,墩子、三皮这些干二类活儿的老人手,一人拿了两千,剩下的,还有拿一千五的,素芬给得更少些,一千二。但钱付得这样利索的也不多,就都很满意地装上钱,打着哈欠走了。顺子看见连大吊这样身体硬朗的,上三轮时腿都有些跷不上去了,确实疲乏到了顶点。顺子就喊了一句:"都别睡得太死噢,说不定明天还有活儿呢,定下来我就打电话。"十几辆三轮,就跟车队一样消失在黑夜中了。

大伙儿都走了,顺子让素芬上车,素芬让顺子上车,顺子就好奇地说:"你又不会骑。"素芬笑笑说:"试嘛。"顺子就上去了,狗还在车的拐角卧着,见顺子上来,抖了几下睡得乱糟糟的毛,一下就钻进了他怀里。素芬不慌不忙地骑上去,车头胡乱拐了几下就被她稳住了,然后脚一加力,车就顺顺当当地开走了。顺子几乎有些不相信地问:"原来你会呀?"素芬只蹬车子不说话。顺子又问:"啥时学的?""就这几天。""啊,就这几天学会的呀?""不行吗?""行行,骑得好着呢。"原来素芬看顺子太劳累,每次半夜回家还得把她带在车上,就有心想学。这次刚好剧场西边有个大场子,没人时,她就去偷偷练一会儿,好在过去骑过自行车,学起来倒不难,几次下来,就能蹬着满院子跑了。她也不想别的,就是能在每次半夜装完台,能把顺子蹬回家就成,顺子真的是太辛苦了。可今天顺子坐在上面,不仅没感到辛苦,而且还幸福地唱了起来,并且用尖嗓子,唱的是秦腔《十五贯》里那个小旦的戏:

  我爹爹贪财把我卖,
  我不愿为奴逃出来。
  高桥去把姨母拜,
  请她为我做安排。
  谁料想中途迷路巧遇客官把路带,
  忽然间后边人声呐喊原是邻里乡党紧追来。
  他说我私通奸夫把父害,
  偷了钱财逃出来。
  这真是大祸来天外,
  一祸未了又遭灾。
  大老爷详察细推解,
  查明了真情莫疑猜。
  ……

  顺子唱得跟山羊叫一样,把素芬笑得再也骑不动了。顺子还问唱得咋样,素芬说:"山羊脖子被夹在圈门上了,就是这样扯长嗓子喊叫的。"顺子说,他这一段,还是秦腔名角马老师演出时,他在灯光槽里跟着溜会的,很是有些马派的味道呢。素芬就说:"你可不敢这样说,小心人家马老师听见了掌你嘴呢。"顺子这阵儿幸福得就想唱。虽然忙了七天七夜,给大家分过后,自己也才剩下了三千二百块钱,刨去给菊花账上打的三千,只剩二百了,可他还是很高兴,高兴的是有人心疼自己了。活在这个世界上,还有人心疼"烂蹬三轮的"顺子,真是一件幸福得不唱不行的事。他就又唱起来了,这回唱的是豫剧《花木兰》:"刘大哥讲话理太偏,谁说女子享清闲,白天来种地,夜晚来纺棉……"这声音也真是有点怪异,吓得路边觅食和寻情的野狗,都嗖嗖地朝背巷子里跑。素芬笑得又快岔气了,顺子就越发唱得来劲了,在无人的街道上,留下了一串你也不能说它就不是豫剧的喊声。

　　素芬把顺子拉到家门口时,四周都是静悄悄的。顺子轻轻推了一下门,里边是反插上的。他本来想喊菊花开门,想了想,还是没喊,就让素芬给他搭了把手,勉强从院墙上翻进去了。身子骨毕竟是太困乏了,哪儿都有些吃不上力,翻过院墙,就一块板一样跌了下去,浑身都是木的,也不知哪儿摔痛了,撑了撑,就又爬起来了。他拉开铁门闩,素芬把好了抱进来了。他们就轻手轻脚地摸进了房。素芬说给他烧水烫个脚,他说眼皮睁不开了,不烫了,睡。他一躺到床上,就连身都懒得翻了。可他刚合上眼皮,楼上的音乐就响了,地板上又是那种鞋后跟的敲击声。他想发火,想站起身来发火,可实在动不了了,只是一只手弹了弹,嘴里叨咕着:"啥东西……"素芬就急忙摸过那两个棉花球,把他的耳朵塞住了。素芬的手,还没离开他的耳朵,就听他的鼾声起来了。

二十二

刚入冬不久,顺子的二女儿韩梅回来了。

韩梅明年毕业,在学校基本没有啥课了,所以今年回来得特别早。

韩梅回来时,菊花刚好在家,门是菊花给开的。菊花小时,对这个与刁家毫无干系的妹妹还是挺好的。别说韩梅,那时刁顺子娶韩梅她妈回来,菊花也是高兴的。她妈带回个韩梅来,她还觉得是多了伴,多了个妹妹,两人在一间房里住了好几年,都没闹过啥矛盾。后来渐渐大了,人都夸韩梅长得漂亮时,她的心里就不怎么好受了。尤其是韩梅上高中后,一直暗暗下力要考大学,并且刁顺子还一个劲地支持后,她就对这个有心计的"野妹子"不咋待见了。真的考上大学后,她们就几乎没有啥交流了。每年寒暑假,韩梅从商洛山回来,她也是尽量回避着,但从表面上,姐妹的脸也始终没有撕破。可这次回来,韩梅身后竟然还带了个个头在一米八左右,脸面也长得颇有几分高仓健意味的男同学后,菊花心里的五味瓶,就嘭地爆裂了。她打开门,韩梅给她把男同学还没介绍完,她鼻子一哼,就扭身上楼去了。她的房门很重地关上后,里面旋即就放起了龚琳娜的《忐忑》,声音很大,大得窗玻璃好像都有点忽闪。

韩梅把男同学急忙领进了自己房里。她这次回来,提前也没跟继父讲,所以房里到处都结满了蛛网。过去,她每次放假时,继父都是要提前好几天就给她打扫房间、晾晒被褥的。

继父一直对她很好,虽然是个蹬三轮的,她也不屑于告诉人,但心里,还是非常感念的。韩梅这次回来带的男同学,其实也就是她的男朋友,已经恋爱一年多了,好在男友家里条件也很一般,是镇安县一个叫柴家坪的乡下人,父母都是农民,所以,她也就不避讳自己这个蹬三轮的继父了。

男友叫朱满仓,人很憨厚,对她也很好,她也去过朱满仓家了,他的父母,甚至要求他们明年无论如何要把婚结了。她也挺喜欢满仓的,可有一点,又让她很是纠结。如果跟朱满仓结了婚,就只能随他去乡下过一辈子了,料朱满仓也没有啥能耐把自己再折腾到西京城来生活。她虽然也是乡下人,可毕竟是在西京城长大的,再回到乡下去,总是有些不甘心。这样一来二回地,朱满仓就有些不放心,她这次回来,朱满仓说啥都要跟着来一趟,说要见见她的继父,她也就把他领回来了。姐姐刁菊花对她的态度,她其实在考上大学后就慢慢感受到了,也在慢慢适应。但今天对她男友的这种态度,还是让她有些愤怒。可她又始终知道自己在这个家的地位,自从亲生母亲去世后,她就越来越深刻地从姐姐菊花的眼睛里读出来了,尽管继父还一再说,自己就是他的亲闺女。

继父是在下午回来的,回来时带着他新娶的老婆。没有想到,这个女人会这么年轻。继父在要结婚以前,是打电话跟她说过这事的。她的家庭地位,决定了她是咋都不能反对的,她记得她在电话里说,只要爸你觉得幸福就行。继父当时好像很感动,说话嗓子都有些哽咽。

继父和那个新娶回来的女人,对她和满仓都很热情,继父让她把那个叫素芬的女人喊姨,她和满仓就把她喊姨了。叫素芬的那个姨,忙忙活活弄了七八个菜,继父让她上楼去喊她姐,说一块儿吃顿团圆饭。她去喊了,门没叫开。继父说他去喊,他上去只喊了一声,里面的声音就突然又放大了一倍,那唱声简直是在鬼哭狼嚎了。继父好像想发火,但又很无奈地下来了,他说:"你姐说吃过了,不管她,咱们吃吧。"他们就跟继父和素芬姨坐在一起吃了一顿饭。

继父这几天很忙,好像是又接了一宗装台的活儿,迟早带着那个姨出出进进的,几乎是形影不离。断腿狗好了还是老样子,一直很乖巧地卧在三轮车上。继父对满仓很客气,还问过她一次,是不是定下来了?她回答说:"哪有这事呀,就是同学,来西京逛逛就回去了。"继父还专门问满仓晚上怎么住,她有些嗔怪地说:"当然是在外边住旅馆了,家里哪来的地方呀。"继父就到隔壁一家私人旅馆给满仓订了间房,一晚上一百块,他总共给人家交了五百块押金。韩梅说:"他自己有钱。"继父说:"人家到咱家来了就是客,咋还能让人家自己掏住店钱呢。"韩梅很感动,继父出门时,没有戴手套,她还专门赶出去给继父送了一回。继父说还不太冷,但还是很欣慰地戴上了。

韩梅这次回来,觉得家里的气氛是大不如前了。菊花姐过去也对她不冷不热的,可从来没有发展到不说话的地步,这次回来,几乎没有完整地说过一句话。她跟菊花的房门是平排着的,菊花在靠拐角的那间房里住,那间房,也比她的这间略大些,菊花出进,都要经过她门口的。过去经过时,总是会搭声腔,或进来走动一下,可现在,哪怕她把门开得再大,菊花都是目不斜视地端来直去,再不就是在房里大放音乐,震得人永远都只能心神不宁,坐立不安。过去家里是在一口锅里吃饭,这次回来,没见菊花到楼下吃过一次,要不就叫外卖,要不就是自己出去吃,明显跟那个素芬姨有些势不两立,跟她亲爸也不招嘴。连朱满仓都说:"你这个姐,人咋怪怪的。"韩梅不想让朱满仓知道家里的事太多,就说:"人都有心情不好的时候。"

　　朱满仓过去只来过西京一次,对西京城很是新鲜,她就陪着逛了一些地方,晚上他在旅馆睡,因此,回家的时候就很少。但韩梅发现,朱满仓对自己依恋得越来越深了,她自己也有几乎控制不住感情的时候。昨天晚上,从大雁塔广场回来,已经快十一点了,朱满仓还要她去旅馆房间坐坐,她也有缱绻不舍的心情,就跟着去了。谁知这个笨手笨脚的家伙,在亲吻过自己以后,竟然有往床上压的意思,她也想反抗,但内心又有继续往前探索一下的期待,反抗的力量就明显弱了一些。这家伙,也许是感觉到了这种心理暗示,就跟一条健壮的牯牛一样,嗵地把她压翻了。让她没有想到的是,这个平日呆头呆脑的家伙,竟然手脚那么快,几乎是不经意间,就把她外套的第一颗纽扣解开了,她仍在表示反抗,但反抗的力度并没有加强。紧接着,第二颗纽扣就解开了,她还是在适度地反抗着,那种适度甚至有些减弱。但当第三颗纽扣解开时,她突然猛一掌,把这条牯牛推出了老远,她觉得这一步是绝对不能迈出去的,一旦迈出,她就得跟这个乡巴佬去大山里过一辈子了,这是她截至目前,还都不能确定与朱满仓到底是同学还是男友关系的根本原因。她有些羞涩,也故意表示出某种愤怒,看着站在墙角的朱满仓,朱满仓就跟犯了严重错误的小学生一样,几乎头都不敢抬静候着老师的训斥。这就是她爱朱满仓的地方,以朱满仓的牛力气,听他自己说,他在家里能搬动门口二百多斤重的大磨盘,一顿还吃过两斤半肉饺子,要强她这四十多公斤的"轻飘羽毛"之所难,是不存在什么问题的,更何况,自己内心还有某种半推半就的东西。好就好在,他没有强她所难,他是真心爱着自己的,这也是她最终同意他跟着自己来西京玩几天的原因。

韩梅从朱满仓那里出来后,就决定还是让他明天就回去,再待几天,也许一切就都不可挽回了。她给他发了信息,让他明天就回镇安去。他说他还想再玩几天。她说不行,要玩你自己玩,她绝对不陪了。朱满仓很乖,就说明天回去。第二天一早,韩梅把朱满仓送到了车站,朱满仓说,希望她能跟他一起到镇安去玩,她说家里还有事,以后再说。在跟朱满仓分手的那一刻,她是希望朱满仓能给她一个拥抱的,这么个男人,在大庭广众场合,能给自己一个拥抱,是挺有面子的事,何况周边,还有年轻人也在这样做,甚至还有人在旁若无人地热吻着。朱满仓却提溜着两个土不拉叽的包包,就那样一步跨上了公交车,真是有些傻得冒青烟。车走了,她在向他招手,他也在向她招手,招着招着,她就感到心的一多半,好像是被这个乡下傻帽带走了。

韩梅回到家里,一切都冰冷得有些不能挨身,继父和那个姨,一连两天两夜了都没回来,菊花从昨晚出去,到现在也不见落屋,她想自己做顿饭吃,去厨房一看,什么都没有,倒是有几只老鼠,在锅台上爬来爬去的,见她进来,出哩出啦,从灶下一个新掏的窟窿里溜走了。她也不想做饭了,就去街边买了一个烤红薯,还买了一个鸡蛋灌饼,回来就着白开水一吃,然后就窝到床上了。

初冬的西京,已经特别冷了,家里又没有暖气,继父在她复习考大学的时候,倒是给她房里买了个电暖气,可那东西,只能热个局部,墙体永远都是冰森森的,只有床上,是最暖和的地方。她那几年高考复习,冬天基本都偎在床上。韩梅仔细打量着这间仅有十四平方米的小房子,这就是她作为西京人的立足之地了。她知道,自己母亲死后,在这个大城市里,就没有一个有血缘关系的亲

115

人了,虽然继父对自己不错,可人家有亲生女儿,她自己心里,就自然隔着一层了。无论如何,她都不能放弃这十四平方米的领地,一旦放弃,她就与这个城市没有任何关系了。在朱满仓离开她的一刹那间,她甚至想过,还不如跟他去镇安乡间过寒假,那里有热气腾腾的炭火,有视为掌上明珠的娇宠,有想把生命都交给自己的爱情,可越是这样,她就越是要远离,一旦亲近,她可能就永远回不来了。父亲和母亲当初带着不满周岁的自己,从乡下到西京城来寻梦,把命都搭上了,自己如果再回到那个地方,似乎也对不起死去的父母。

她得守着西京城这十四平方米属于自己的房子,这里牵连着她另外的人生希冀和梦想。有时她甚至觉得,有些像守碉堡,碉堡大概也是冰冷冰冷的,守起来很艰难,但她得守。

这次回来,她甚至感到,守碉堡是需要像战士一样,手握钢枪的。

二十三

顺子这几天接了个佛门新年祈福晚会,人家要在元旦那天晚上演出,舞台就搭在寺院中间,完全是平地而起,所以搭台任务很重。

寺院离西京城还有几十里地,说起来是个老寺院,但"文革"时都烧完了,所有房屋都是新建的。寺院住持为了扩大影响,吸引香客,今年特别搞了个新年祈福晚会,团场还不小呢。

这活儿是寇铁揽下的,寺院住持是寇铁的一个远房老舅,据说整体晚会投资好几百万元,由当地的几个私营企业老板掏钱,从节目创作到导演、灯光、舞美制作,都由寇铁一手包圆儿。

寇铁给顺子打电话那天还专门说:"顺子,这回让你挣几个轻省钱,也算是对上次那台晚会的补偿。"他说上次那台晚会让他亏了几十万,电话里还在骂那帮能说会道的晚会骗子,会死于口腔癌的。顺子以为上次他找瞿团长硬向寇铁要了那几万块下苦钱,寇铁会生气呢,没想到,又找上他了,还说要补偿,他就连忙说:"看寇大主任说的,我顺子还能不知好歹嘛,就今天能吃上这碗下苦饭,还不都是你寇大主任关照的,给多给少,咱就是个下苦的,只是个干嘛,还能给你寇大主任讲啥条件嘛。再说了,你寇大主任,还能亏了我这个烂蹬三轮车的吗?你只管吩咐啥时进场就是了。"

顺子领着他那十几号人,是一大早去寺院的,他们都蹬着三轮,顺子还是把素芬拉在车上。

郊外的空气特别好,刚露出一点头的太阳金黄金黄的,让每个人的脸上,都有了十分健康的气色,连灰蒙蒙的头发,也像焗过了油一般的温润光泽。这些很难见到天的装台人,突然见了这样的好天气,就忍不住想喊、想唱。甚至连大吊也都唱起了"妹妹你坐船头"来,笑得蔡素芬一个劲地拿拳头砸顺子的脊背。

公路很宽,车也很少,大家就都围着顺子骑。与其说是围着顺子,不如说是围着蔡素芬的。一群心闲下来的男人,突然发现阳光下的蔡素芬是那样的美丽,那样的楚楚动人,他们常年跟剧团打交道,那里有看不尽的美女,可此时的蔡素芬,跟她们哪一个比起来也都毫不逊色,长发飘飘的,简直美极了!墩子甚至点赞说:"嫂子绝对是西京城的一等美女!"他们就比赛着唱起自己会的那些爱情歌曲,让嫂子高兴,也让自己身心愉悦。

素芬乐得不停地捶顺子的背,顺子自然是最愉悦的一个了。他知道素芬有多漂亮,而这么漂亮的女人,是他顺子的老婆,这咋能让他蹬三轮车的腿脚不上劲呢?

猴子喊叫:"哥,你是领导呢,多吃多占,车上拉个美女,玩车震哩,你幸福了,你腿脚有劲了,那弟兄们都咋办呢?"

蔡素芬正心疼顺子蹬得累了,已是满头大汗了呢,就一下跳到猴子车上说:"美女归你了,想咋玩就咋玩,车别翻了就行,这下该幸福了吧。"

大家一路都快笑翻了。

他们到寺院时,住持正领着几个和尚,还有几十个居士在做早课,念经哩。顺子他们就傻愣愣站在佛堂门口朝里张望。有个小和尚过来把他们领开了,说让他们先在院子随便转转,不要影响里面诵经。顺子看佛堂门口的香炉里还冒着烟,就在香炉边捡了三炷香点燃了,然后很是恭敬地面对观音大殿磕了三个头,嘴里还念念有词的。猴子就在一边撂话说:"顺子是磕头求第四房哩。"蔡素芬脸一红,就有些不高兴。顺子说:"你狗日的猴子,在庙堂里×嘴都说不出一句人话来,我是给大家求财,求活儿哩,求四房,给你爷求四房哩。"大吊说:"你要能给猴子他爷求个四房,他爷巴不得在阴间都要给你烧高香哩。""看你们这些货,在庙里干活,还不把脏嘴都夹紧些!"顺子把话刚说完,墩子又蹦出一句来:"我咋看咋觉得这殿里的观音菩萨雕得像你家韩梅。"顺子急忙说:"可不敢胡说,小心遭报应哩。"

其实,顺子刚看一眼就发现,这个观音菩萨像他的第二个老婆赵兰香,韩梅除了比她妈赵兰香个儿高些,脸相几乎没有多大差别。在韩梅还没考上大学的时候,墩子曾经给他说过,想娶了韩梅,韩梅自是不同意了,他当然也看不上墩子。墩子为这事,还跟他置了好长时间的气呢。

顺子他们在院子转着看了一会儿,里边诵经就结束了。住持一出来,顺子就迎了上去,想开口,不知咋叫,叫团长不对,叫经理不对,叫主任不对,叫领导好像也不对,他突然想到了大师这个称号,急忙说:"大师好!我是顺子,带人来装台的,寇主任介绍的,说是这里要办祈福晚会,给您老添麻烦了。"顺子一边说,一边打躬作揖。住持未置可否地点了点头,然后给另一个年轻和尚交代了几句,就被几个和尚和居士簇拥到大殿后边去了。

年轻和尚让他们先到附近村子里去拉铁架子,说舞台设计都看过。然后他们就拉铁架子去了。等他们拉铁架子回来,寇铁还有舞台设计、导演、灯光,甚至包括音乐设计都来了。住持正在跟他们比比画画地商量着什么。顺子一看,这班底,基本都是秦腔团和歌舞团的,全熟,他就凑到跟前去了。这回寇铁完全是大拿,他那个老舅和尚,把大概意思一说完,他就在现场做了分工,除创作人员继续到偏殿开会外,装台这一部分就算开工了。顺子直到这时才听人把老和尚叫方丈,把庙叫寺院,他找了个空间,急忙把话插了进去:"方丈,您老放心,这台,绝对要给您搭得没一点麻达,您老把寺院经管得这么好的,连城里人都来烧香哩,这回祈福晚会再一办,只怕庙堂还得楞怂往大的扩哩。"他有些后悔,怎么无意间就吐出一个脏字来,好在方丈也没正眼看他一眼,就忙别的事去了。

最难装的,就是这种四周无以附着的野台子了,本来乡间也有一些现成舞台,铁架子一拼,木板一铆上,幕布一挂,就能演出了。可这个台,导演要求背景必须是大殿,上大殿的十几级台阶还要利用,说上面还有好多戏呢,装起来就特别麻烦了。主要是不规则,拉来的铁架子只能用一部分,多数都要重新拼接,头两天,基本都耗在找材料上了。顺子和大吊他们回城跑了好几趟,把几个团不同规则的铁架子都租了来,还把电焊机、切割机也拉来了,实在不行的,就当场焊接,直到第四天,舞台才出了个大样儿。这时顺子已经累得腰又弓下了。

寺院倒是管饭,可天天吃的都是素食,吃得蛮饱,不一会儿,就前胸贴住后背了,墩子他们,只好到附近集镇上去买猪蹄子啃。有一天,墩子忘了,把一个没啃完的猪蹄子带进了寺院,让那个小和尚看见了,端直去给住持告了状,住持把寇铁叫去,美美说了一顿,寇铁又把顺子叫去,骂了个狗血喷头,说谁不想挣钱了就滚,寺院里啃猪蹄,是亵渎神灵懂不?他就赶忙把十几个人叫到一块儿,千叮咛万嘱咐的,要求绝对不能把荤腥带到寺院里来吃。其实他也出去给素芬带回来过两个鸡翅,好在吃时没人看见而已。

晚上,他们就住在观音大殿里,这还是寇铁给住持反复要求后,住持才答应的。本来庙里不同意留宿,可大家回去又太远,耽误事,住持就给提供了几床被子,让在大殿里打地铺。人家咋都不同意素芬住在寺院里,最后是一个给寺院做饭的女居士把素芬带到家里去住了。

顺子一看见大殿里的观音菩萨,就有点激动,越说不敢乱想,却越发觉得这个菩萨好像就是照赵兰香的脸刻下的。晚上住在里面,月光淡淡地从窗户涂进来一抹,隐隐约约的,他看着,就像赵兰香要活着走出来了一样。

他跟赵兰香第一次见面,是在尚艺路布匹批发市场,那时装台的活儿有一下没一下的,他就经常蹬着三轮车,在各种批发市场门口等货。那天,他与赵兰香相遇,也没有什么特殊的景况,当时,他跟几个蹬三轮车的哥儿们正在摆闲话,只听有个女的叫了一声:"哎,三轮。"他们几乎是同时把脚放到了踏板上,也同时向声音发出的方向蹬出了第一步,自然,也是同时发现了目标。可那个女人,就偏偏冲他顺子说:"就你。"有人还在往前冲,但那女人很是坚定地把手中的一个包袱,先放在了他的三轮车上。其余的人,就都收住了腿脚。事后他还问过赵兰香:"你当时为啥就那么坚决地选了我?"赵兰香说:"也没啥,就是觉得你更像个蹬三轮车的,让你拉货踏实。"顺子就想,我哪就那么像个蹬三轮车的?他当时对赵兰香的印象就是矮,装好货,她跳了几下才跳上车。事后他才准确知道,赵兰香的个子还不到一米六,但脸却长得慈眉善目的,很是有些像庙里的观音菩萨。

那天赵兰香进了一车窗帘布,还有一些尼龙挂钩、子母扣什么的,另外还进了几匹布。那些东西给他的印象特别深,因为以后的日子,这些就都是他亲自来进,亲自来拉了。

赵兰香是搞缝纫的,她有一个缝纫摊子,租住在南稍门外的一条窄巷子里。巷子虽然窄,却也繁华,卖啥的都有,生活很是方便,所以这里就有不少租住户。因为这儿离内城近,房租就相对高一点,租房的大多是在附近的上班族。赵兰香从十几岁就跟人学裁缝,先在汉中的一个集镇上摆摊做衣服,有了丈夫后,就跟丈夫到县城给人做衣服。丈夫是一个技术非常好的泥瓦匠,一直跟着一个包工头干,后来这个包工头到西京城揽上了工程,她丈夫也就领着她还有不满周岁的韩梅,一起进了西京城。那几年,一切都是那么顺心,几乎是想啥成啥,她丈夫觉得是遇见她以后,运气才来的,他说她是他的福星。她也说,遇见他以后,连衣服扣子都没上错过,而过去,不是袖子上反了,就是熨斗把人家衣服烫煳了,一年总要赔好几件衣服呢。他们甚至都在商量着将来在西京城买房的事了。可突然间,晴空霹雳,她丈夫先是老流鼻血,都没在意,但流着流着,最后就查出是血癌了。把他们两人攒下的一点底子彻底咕咚完,人就走了。弄得她带着一个几岁的娃,上不挨天,下不着地的。她也想过回老家汉中,可自己的缝纫摊子还开得凑合,不管咋,养活自己和韩梅还是绰绰有余的。因此,摊子就撑下来了。

顺子与赵兰香相遇,是她丈夫去世两年以后的事。开始他也没想到最后能发展到那一步。第一次把那车货拉回去,一卸完,赵兰香连坐都没让他坐,站在门口把钱一清,就打发他走了。他还从身上掏了个纸条,那时也不好意思印名片,都是晚上写一把电话号码揣在身上,遇见合适的主顾了留一张。可他发现,赵兰香连看都没看一眼,就把那个条子随便扔在裁缝案子下了。事有凑巧的是,大概过了一个月,他又在那儿等货,赵兰香又遇见了他,并且还是说:"就你。"他就又帮着上了货,赵兰香还是跳了几下没跳上车,他就搭了一把手,赵兰香才上去的。事后,几个蹬三轮车的还笑话他说,你把那矮婆娘拉到后,是不是亲自抱下来的。

这次卸完货,赵兰香还是没让他坐,但主动要了联系电话,说以后就固定请他拉货。果然,又是一月后,电话来了,是赵兰香的声音,她说她今天要进货,问他能不能帮忙拉一下。那天他还确实有事,但为了老主顾的信任,他把那边的活儿甚至让给别人了,自己亲自来把赵兰香"客货两运"了回去。这次卸完货,赵兰香见他热得连头发都湿完了,就在隔壁那家杂货店里要了一瓶冰镇汽水,让他如饮甘霖般地一饮而尽了。他给赵兰香提了个建议,说你要进的货,我基本都知道,以后你也可以不用去了,我直接把货拉到门上，你要不相信我了，也可以货拉上门了再付钱。赵兰香还把他看了一会儿，说，以后再说吧。下次还是先打电话约，赵兰香还是亲自押运，又过了两次，才一切按顺子说的来了。

几乎每隔一个月，顺子就送一回货，有时货送到了，赵兰香要是占着手，他说声下次一回清，就走了。有几次，甚至没隔几天，赵兰香就打电话，不是说要清费用，就是说还想要一点啥货，再零碎，顺子都二话不说就屁颠屁颠地送来了。这样来往的次数多了，他就发现，这个女人有几天不见，还有点想呢。赵兰香对他也是越来越殷勤，有一次来，是下午的饭口，她端直从锅里拿出了一碗米饭扣红烧肉。他还客气了一下，赵兰香说："不吃了吧，爱饿你就饿着。"那神情，明显是有自家人埋怨自家人的意思，他就香喷喷地吃了。那个香劲儿，他还有些故意做给赵兰香看的成分。

让他们俩真正走到一起的关键人物，还是赵兰香的女儿韩梅，他们认识时，韩梅才四岁多。他每次送货过来，韩梅都要顺子抱着上三轮车玩一会儿。后来，他跟赵兰香来往多了，赵兰香也会在忙乱时，让顺子帮她去幼儿园接一下韩梅。接了几次，他也摸着规律了，就总是在幼儿园快放学时，蹬车子到那附近转悠，有活儿了接一点，没活儿了接韩梅。接着接着，也不知咋的，就把韩梅接成了自家的活儿。韩梅特别喜欢坐三轮车，赵兰香有时去接，她还不高兴。这样，顺子就越来越深地卷入了赵兰香母女的生活。

那时菊花上初中，每天他帮赵兰香把韩梅接回来，再蹬三轮车回家，把饭煮到锅里，菊花也就差不多该放学回来了。菊花回来吃饭时，他就出去干活，要么装台，要么给人家拉货，有时整夜回不来，他就总是担心着菊花的学习和安全。他给菊花配了个小灵通，有急事好给他打电话，有好几个晚上，菊花半夜做噩梦，醒来就哭着闹着要见他,他就觉得家里特别需要一个女人,赵兰香自然而然的,就成了他琢磨的对象。

可他从来没有觉得自己是配赵兰香的,虽然自己是城里人,但毕竟是个蹬三轮车的,一天到晚,都只穿着一身蓝布大褂,还脏兮兮的。人家是裁缝,迟早都穿得干干净净的,并且赵兰香里边还爱套个白领子,那领子白净得几乎从来都是一尘不染的。尤其是赵兰香那白皙的皮肤,衬着得体的、熨得四棱见线的衣裤,双肩再十分对称地搭一根白底红字的皮尺,比有些女人戴着名贵项链还让他觉得受看。他第一次见赵兰香时,觉得这个女人个头是那么矮,头顶只齐他的脖根,上三轮车都得搭一把手,可后来,他就不觉得这个女人矮了,甚至觉得还有些高不可攀。但赵兰香对他的好,韩梅对他的依赖,尤其是自己家庭对一个女人的需要,让他终于开始了向赵兰香的攀登。

那是那年的春节,他专门给自己买了一套西服,虽然才一百来块钱,但的确是打了几折的,因为货是他帮人家拉的,人家转手卖三百多块,算是搭着给他批发了一件。家里有一条领带,那还是他哥刁大军有一次从澳门给他带回来的礼物,他只在家里比画过几次,还从来没扎过。他还专门去买了一件特别白的衬衣,又花了好几十块。大年初一早上,他一应穿戴齐备,给赵兰香拿了两斤德懋功水晶饼,还买了两斤回民坊上老铁家腊牛肉,给韩梅封了一百块钱的红包,就去赵兰香家了。他没有想到,赵兰香会给他那样热情的接待,见面第一句话是:"你干啥呀,打扮得跟新女婿似的,是去哪儿相亲吗?"他跛子拜年就地一歪地说:"噢,相亲哩。""不知相的谁呀?""大年初一撞大运哩,撞上谁就是谁。"两人话里有话地说了一会儿,他就一身汗一身水地把那层窗户纸捅破了。没想到,赵兰香连一点高看自己的意思都没有,先说自己是寡妇,他都不怕晦气,又说自己还拖着"油瓶",是指女儿韩梅,还说自己是乡下人,在城里连针屁股大个立锥的地方都没有,他可不敢将来不喜欢了,就把她们母女撅了。顺子就给赵兰香表了半天忠心,事情就说妥了。

那时菊花才十二三岁,他说啥就是啥,加之赵兰香又特别贤惠,没进门,先给菊花做了几身合体的衣服,让菊花在人前突然有了体面。因此,接赵兰香和韩梅进家门那天,第一杯茶,是菊花亲手端给赵兰香的,并且心甘情愿地喊了一声妈。韩梅跟她住在一个房间,那被子也是她亲自抱上楼,并且铺得平平展展的。顺子回忆起来,那是多么幸福美满的几年好日子呀,可没想到,这个女人,真是福薄命浅的主儿,怎么就得了那么样的瞎瞎病,把一罐子蜜糖,很快就打得连碎片儿都寻不见了。

顺子一直盯着大殿里的观音像,想着想着,就睡着了。他做了一个梦,梦见赵兰香从观音像里走出来了,赵兰香还是那样慈眉善目的,却是观世音的穿着打扮,手里也托着个瓶子,走近了看,却是一个她最后一年几乎很少离开的吊瓶。双肩还搭着那个永远都干干净净的皮尺。她端直走到了顺子跟前,说:"韩梅就交给你了,娃可怜,没爹没娘的,还求你多担待着点,将来帮她成个家,有一碗饭吃也就行了。"说完,她就走了,他急忙去抓她宽大的袖口,可没抓住,他就醒了。

顺子突然感到手机在振动,一看,有条信息,是韩梅发给他的:"爸,你啥时回来呀,我是不是在这个家里待不成了?"顺子一看,是半夜一点发的,他就给韩梅回了条信息:"咋了?闺女?"过了一会儿,韩梅回了句:"没咋,你先休息吧,太晚了。爸,晚安!"顺子就再也睡不着了。

二十四

韩梅是思想斗争了好长时间,才给继父顺子发那条信息的。她也实在是有些忍无可忍了。这次回来,她就感到家里的气氛特别不对头,她也能猜到,菊花姐可能是为那个新来的女人犯病,但对她的态度,也委实有些让她不能忍受。

先说那条断腿狗,这狗,其实最早是她妈收留下来的,就在她妈查出子宫癌的那天,那条狗突然出现在门口,她继父顺子,几次把狗都撵出了巷子,狗还是一瘸一瘸地回来了。后来,她继父去东郊拉货,甚至把狗弄到三轮车上,一下撂在了东门外,可过了两天,狗又回来了。一家人就有点发呆,她母亲让留下,说这条可怜的狗,兴许跟咱家还有什么缘分呢,养着就养着吧,反正也不缺这点狗食。继父也说,兴许狗是神仙派来救你妈命的呢。那时菊花姐好像也并不反感收留这条狗,可也不咋待见,她听菊花姐说过这样一句话:还同情狗呢,都有什么资格。断腿狗并没有给母亲带来什么好运,母亲在查出子宫癌后的第二年,还是去世了。都说子宫癌只要切除得干净,百分之九十以上的都不会有问题,可她母亲,就偏偏成了这不到百分之十的倒霉蛋,扩散了,糜烂了,带着满脸的遗憾走了。母亲快去世时,断腿狗跟疯了一样,在家里狂叫了好几天,甚至用嘴扯着继父的裤脚要出门,继父说,肯定是想见你妈了。她就把狗的事说给了母亲,母亲说:"这狗可怜,不管咋,别扔了,好歹也是一条命。"母亲死在了医院。母亲死时,断腿狗不停地用头撞门,甚至撞出了血。

母亲走后,她有很长一段时间都喜欢搂着这条狗,她觉得狗是通着母亲魂灵的。她去商洛山上上大学的几年,与狗有些疏远,可每次回来,人还没到,说狗在家里就急了,不是用嘴拽继父的裤腿,就是去用爪子抓门,继父就知道是她回来了。这次她领着朱满仓回来,狗不在,可听继父说,狗在他三轮车里还是叫了好一阵,一问时间,与她进门的时候几乎不差上下,她就越发地爱怜起这条狗来了。可这条狗,不知咋的,就不招菊花姐喜欢,只要挡着她的路,保准给一脚,因此,她无论出门还是回家,狗卧在那里连吭都不敢吭一声。今天她俩的矛盾,就完全爆发在狗身上。

自她领着朱满仓回来,菊花就没跟她说一句话,这是过去不曾有过的,过去菊花好歹也会吱个声。她每次从商洛山回来,都会给菊花姐带点啥吃的,要么是山里的新鲜水果,要么是商洛核桃、镇安板栗,或者是红薯糖、柿子饼什么的,反正从来没有空过手。这次回来,她和朱满仓还特意去市场,买了好几样土特产和山里的干鲜果,可交给菊花姐的第二天,她就在垃圾桶里看见了,她害怕是过期发霉了,还特意翻着看了看,好着呢呀。她也再没说什么,就是心里一直硌硬着。她看菊花咋都不理自己,朱满仓走后,她就领着狗,在自己的小房里看书、上网,准备写论文的资料呢。

菊花也一直在她自己房里旁若无人地听音乐,有时好像还跳舞,反正啥时想干什么就干什么。很多时候,那间房里弄出的古怪响动,韩梅都觉得是针对自己的,但她都忍着,她懂得自己在这个家里的地位,人家毕竟是正出,而自己,就是一只拖过来的"油瓶",何况那根拖线,已经彻底断了,"油瓶"至今还不曾被扔出门,那都是人家发慈悲了。可忍着忍着,她与菊花之间的矛盾,还是爆发了。

先是她去给人家献殷勤,她觉得不管咋样,这种僵局得打破,不然,早不见面晚见面的,相处太难受。那天她到回民坊上去吃小吃,顺便给菊花也买了几样,那都是过去她们最爱吃的甜点,有剁糖,有南糖,有搅糖,有花生酥之类的,还有羊脸、羊杂。过去继父只要蹬三轮车路过坊上,就会买几样回来,让她们打牙祭的。那时菊花姐好像对羊脸、羊杂特别感兴趣。谁知她好心买回来,给菊花端去,菊花正做面膜,脸上只留眼睛、鼻子这三个窟窿朝着韩梅,嘴是全封闭的,但嘴里还是发出了铁锅崩豆般的利索声音:"快快快快快,端出去端出去端出去,臭死了臭死了臭死了,呸呸呸呸呸!"她就端出来了。她几乎感到脸都没地儿放了,但自己毕竟还是人家的妹妹,脸一抹,就放下了。第二天中午,她在一楼做饭,问菊花姐想吃啥,菊花没理睬。但她还是煮了几个元宵,还打了荷包蛋,这是自己母亲过去常给继父和她俩做的饭。谁知她端上楼去,又是一连声的"快端出去端出去端出去",她刚退出门,房门就在她身后哐地摔上了,她感到半边墙都在震荡。她还是忍住了,她觉得自己无论如何都不能跟菊花一般见识,自己毕竟是上过大学的人,更何况自己上大学的钱,还都是菊花亲生父亲的血汗。她记得有一次,她跟菊花姐闹矛盾,母亲曾悄悄对她说:"大小事,都得让着你姐一点,你毕竟是擀薄了你菊花姐的饼子呀!"这句话她印象很深,包括她母亲去世后,她要下狠心上大学,也都与母亲的这句话有关。

终于让她没能忍住的是,菊花踢了断腿狗,并且把好了的鼻血都踢出来了。

好了是啥时去菊花那里的,她一点都不知道,好像刚才还在她的床边卧着。她嫌房里不透气,中午太阳恍恍惚惚出来时,她给房门开了一点缝,好了可能是从门缝里钻出去的。只听好了突然"昂昂昂"地怪叫几声,明显是被重物撞击后造成的锐叫声,紧接着,就听见菊花臭骂道:"你个小骚货,再进来,看我不把你的四条腿都踢瘸了,你个小骚货!滚,滚远些!"紧接着,好了就从门缝里挤了回来。好了鼻子流着血,不是一条腿瘸着,而是有两条腿都不对劲了。它一进门,就撑不住身子地跌扑在地,打着滚地舔舐那一条新瘸的腿,肚子一鼓一鼓的,里面好像在抽筋,两只眼睛汪汪地直淌泪,看着好了浑身抖得跟筛糠一样的可怜劲儿,她心里一酸,终于忍不住上门理论去了。

韩梅气冲冲走进菊花房门的时候,菊花正在用鞋刷子擦高勒皮靴,像是准备出门的样子。韩梅一眼看见,那只尖利的皮靴头上,还残留着狗毛和血迹。

韩梅说:"姐你咋了,把好了能踢成那样?"

菊花好像有些不相信自己耳朵,说:"你说啥?"

"我说你咋能把好了踢成那样?"韩梅很坚定地重复了一句。

"噢,你说那个小骚货呀,犯贱,撞到我鞋头上了。"菊花仍擦着鞋。

"你对我有啥不满,就直说,姐,何必要欺负一条残疾狗呢。"

"刁顺子连一窝人都养不活了,还养一条断了腿的小骚母狗,还好了呢,真是出了奇了。去去去,别在我面前晃来晃去的,我嫌烦。"菊花说着,一只手还直摆。

韩梅既然开门见山了,也就不想就此打住,她说:"你也别指桑骂槐的,菊花姐,我这次回来,也不知哪儿不对了,你就一直这样刻薄我,有话说到明处,我错了也好改嘛。"韩梅还是尽量表现出彬彬有礼的样子。

"你有啥错,啥都有了,刁顺子让你把大学念了,男人也找下了,都到家里来睡上了,还想咋?"

"你少胡说,谁到家里睡上了?"韩梅的脸都快气青了。

"呸呸呸,我还嫌说了恶心。"

"你少胡说,我们是同学。"

"谁稀罕说你那些破事了,哎,这个家,也都快被你们这些外来户掏空了,既然有了男人,就跟着人家走呀,咋还舍不得,是不是还等着将来再分一扇破门烂窗啥的。"菊花终于把最恶毒的话都说出来了。

韩梅气得就不知说啥好了,嘴里直嗫嚅:"你……你咋能这样说话呢,我一直把你叫姐哩,你咋能这样说话呢……"韩梅是真的找不到词了。

"谁稀罕你把我叫姐哩,我妈就生了我一个,我从来就没有什么弟呀妹呀的。闪开,别挡路。"菊花说着,就从房里冲出来,好像是一股气,把房门嘭地自然带上了。韩梅就那样傻站着,直到菊花走出一楼大门,一阵铁皮的哐啷声,才让她缓过神来。她终于忍不住,一头打进自己房里,扑在床上,哇地哭出声来。

哭了一会儿,她就准备收拾东西离开,她一气之下甚至想着再也不回这个其实已经不属于自己的家了。她想去镇安找朱满仓,可又一想,还是不能去,去了就拔不利了。只有回学校了,学校是她现在唯一的去处。可一切都收拾好了,她又觉得不能离开,一旦离开,也许就再也走不回来了。继父毕竟对自己好着哩,这十四平方米的地方,现在毕竟还有继父保障着。她就又慢慢把行李解开了。她知道继父很忙,也很累,想给继父打个电话,也不好意思打,可等到夜深人静的时候,到底忍不住,还是发了个信息。没想到第二天一早,继父就蹬着三轮车回来了。

继父问咋回事,她就哭着把昨天的事说了一遍。好了嘴还肿着,那条被踢伤的腿,也还瘸着,继父就心疼地把好了抱了起来。菊花昨夜一直都没回来。继父那边还忙着,就说带她一起去郊外寺庙里看看,散散心,她想在家里也没法待,就抱着好了,跟着继父去了。

二十五

菊花昨天与韩梅闹翻后,就跟乌格格去铜川玉华宫滑雪去了,"过桥米线"谭道贵开的车,从乌格格与"过桥米线"的亲热程度看,好像他们最近进展很大。菊花就觉得乌格格是彻底完蛋了,到底还是让这么个"公货"俘虏了。"过桥米线"今天特意戴了一顶玫瑰红的西瓜呢帽,把头顶遮蔽得很严实。乌格格却偏要一把揭了帽子,说真实是最美丽的,谭道贵头顶的那缕"过桥米线"就又耷拉下来了。乌格格乐呵呵地把这缕"米线"编成辫子,还从菊花头上卸下个宝石蓝的蝴蝶卡子别着,关键是辫子偏在一边,另半边又极其光秃,那古怪模样儿,一下就把菊花笑岔气了。谭道贵从后视镜中,看了看自己的尊容,不仅没恼,反而笑得本来就肿泡泡的两只眯眯眼,更是严丝合缝得找不着那两条细线了。乌格格喊叫:"把你那两道细线拉开点,这可是在高速路上。"谭道贵就急忙坐正身子,努力睁大眼睛,继续开着他的路虎前进了。

菊花在想,是什么吸引了格格,竟然就这样一步步陷进去了?她甚至有些庆幸,尽管自己活得很惨,却还没惨到这个份上,谭道贵真的有点让她恶心。她突然又想到了韩梅带回来的那个像高仓健的野小子。那小子，要生在西京城，就是一流的抢手货。韩梅除了漂亮点，过去在她眼中，是个要啥没啥的主儿，就是个拖过来的"油瓶"而已，如今竟然也活成人了，大学也要毕业了，还有人追了，她一想起这些，心里就很不是滋味。不知咋的，韩梅这次回来，她是一百个眼儿见不得了，尤其是带着那个一米八九的"野种牛"在家里走来走去的，她讨厌的程度，就几乎不亚于讨厌那个叫蔡素芬的骚货了。好嘛，刁顺子领回一个骚货，你又领回一头种牛、种马、种驴之类的东西，就剩下刁菊花孤苦一人了，而这个家，分明只有刁菊花才是正宗的，如今正宗的反倒没有骚货、野种们活得好，活得滋润，这样的颠倒世事，还能让它继续存在下去吗？其实她也看不上刁顺子那点破财产、烂家当，可刁顺子就这样容留着两个与自己完全不相干的女人，让她不能理解，也无法再忍受下去了。就连那条断腿狗，过去她也没有讨厌成那样，前几年她也抱过、抚摸过，甚至还给它洗过澡，剪过趾甲，可现在，这骚货好像也只跟那两个骚货打得火热。这个家，所有活物似乎都抱成一团，在孤立她，并合伙蚕食着她的馅饼，她就不能不进行强势维权了。其实断腿狗并没有走进她的房间，即使门开着，这小骚货也是不会进去的。当时她正准备出门，谁知门打开一看，这小骚货正在她门前的栏杆旁晒太阳，四周楼房阻挡得太阳也只剩下脸盆大一块，从一个缝隙里投射下来，这小骚货就那么精明，刚好卧在那盆阳光中，滋润地享受着那点温暖。见她出门，它只睁开一只眼看了看，就闭上了，全然没有见了韩梅的那股骚情劲儿，甚至连见了蔡素芬那个骚货的热情都不如，她当下就气不打一处来地狠狠给了一脚，接着，又狠狠补了一脚。那两脚真的很重，她知道这条小骚母狗是韩梅她妈让养下的,在顷刻间就成了这个家所有外来骚货的替代品,她本来是想两脚把它从楼左踢到楼右,然后再从楼梯口踢飞到楼下的,可这小骚货在屁股、肚子挨踢,头颅撞墙的一刹那间,还清醒地瘸着双腿,挤进了韩梅的房间,算是躲过了一劫。与韩梅的那几句争吵,出门后半天她还在后悔,觉得当时的话,哪一句都不给力,她甚至想赶回去,把后来想起来的,再狠狠释放一通,可格格和谭道贵已经把车开到巷子口了,她就只好上车了。

没想到,一上车,这个名酒代理商就把她逗乐了,甚至乐了一路,比看喜剧都过瘾。车都到玉华宫了,乌格格还是不让谭道贵拆辫子,就那样进了滑雪场,弄得所有人都扭过头来看稀奇。谭道贵是南方人,并不会滑雪,乌格格就让他出尽了洋相。加之谭道贵又是一个特别喜欢表现的男人,明明技术不行,还要爬高上低,一不小心,就从山上摔了下来,人倒是没咋,却由于太胖,生生把裤子别炸开来,里面一条火红火红的毛裤,就从肥臀开始,一直开裂到堆满了脂肪的如锅一般倒扣着的小腹处,乌格格和菊花生怕把人摔坏了,急忙滑到跟前去看,谁知谭道贵还在讲笑话:"没事,只是把个浑浑的屁股,摔成了两瓣,还能用。"

滑完雪,他们就到附近宾馆登记住宿,谁知今天是周末,从西京城来滑雪的人特别多,标准间都没有了,只有一个大套房还空着,谭道贵就订下了。菊花自然是不愿意了,她咋能当这电灯泡,说啥都要到附近农家乐去住。乌格格坚决不同意,说晚上让谭胖子在外面站岗,谭道贵连忙答应行行行,他们就住进去了。先是去吃了烧烤,外面有些冷,谭胖子就要了些烤好的东西,又去车后拿了红酒、白酒,还有进口啤酒,到房里接着喝。谭胖子这个人,对女人特别耐得细烦,他看乌格格和菊花坐着不舒服,甚至要亲自起身，把几个沙发上的靠垫集中起来，让她们坐靠得舒服了，自己才安生坐下喝酒。谭胖子不仅自己喝，也不住地劝她俩喝。他说，酒是好东西，当然，必须是真的才行，他说这桌上摆的，绝对是真的。乌格格就问，莫非你平常推销的都是假的？谭胖子诡秘地一笑："胡说！都是真的。来，喝！"谭胖子喝得越来越高了，老要把两只手伸出来，搭在她们两人的大腿上。乌格格只是笑，倒是不咋反感，菊花心里就乌阴得老把腿往回缩。谭胖子确实是个热闹人，也特别会讲笑话，就是有点低级，可乌格格和菊花都爱听。谭胖子讲着还爱比画，比如讲一个和尚偷情的故事，甚至端直学和尚，拿光头去揣乌格格肥嘟嘟的胸脯，让乌格格把他那颗光秃秃的脑袋，拍打得一片乱响。讲一个老公公跟儿媳妇的"不正当爱情"，干脆连儿媳妇叫床的声音都学上了，说瓜儿子和蠢婆婆还以为是猫在喝米汤呢。弄得隔壁的房客，甚至敲起了墙壁，让他们注意别人的感受，说深更半夜的，制造出这种要命的声音来，是应该负责任的。笑得乌格格满沙发上打起滚来。为了逗谭胖子的乐，乌格格甚至把菊花的两个大耳环也卸下来，别在了谭胖子的耳朵上，菊花还有点不高兴，但也没有表现出来，反正也难得这样开心一回。后来，谭胖子就彻底喝醉了，一喝醉，那嘴就更是滔滔不绝了。关键是，他说他十年前也是个烂蹬三轮车的，菊花脸先是一红，继而就把这个烂蹬三轮车的发迹史听下去了。

谭胖子说，他十几岁就开始给人家蹬三轮车送酒，从一车十块钱，一直送到一车五十块。后来发现，蹬三轮车里边的一个伙计，蹬着蹬着不蹬了，是发了财了，发的酒财，他就多长了个心眼，结果发现了秘密，他也试着做了一车，一卖，挣了一万五。妈呀，平常拉一车是五十块，自己做一车是一万五，不做是傻瓜嘛。一直做到手头有百十万块钱的积累时,他就做起了品牌酒代理商,这个毕竟比纯造假酒安全,反正真真假假,虚虚实实的,弄到现在还没失过手……

谭胖子大概谝到快天亮的时候才睡下,酒喝得最后都尿在裤子上了,乌格格还是笑,菊花好像这次出来才发现,她这个闺蜜的笑点也太低了。谭胖子在她眼中就一个字:俗。甚至低级。可笑是可笑,但笑几下,也就笑得很是乏味了,尤其是他自己道出了蹬三轮车的出身后,菊花就更是小瞧了这个除一身意大利皮衣光鲜外,哪儿看上去都脏不兮兮的臭男人。菊花几乎见不得谁提蹬三轮车这几个字,提了,就让她立即产生一种不堪入耳、入目、入心的感觉。浑身也不自在起来,脸立即发红,耳朵立马发烫,头也抬不起来了。谭胖子在她眼中,形象本来就不雅,再说自己是个烂蹬三轮车的,她心中就把这一堆肥肉,鄙视到一个再不能缩小的墙角了。在谭胖子又是放屁,又是磨牙,又是打呼噜地溜在地毯上人事不省时,菊花用脚勾起谭胖子半边脸,硬把耳环拽了下来,甚至还拿到卫生间冲了冲,才放进手包里,要不是纯银的,她都想扔到垃圾筐去。可乌格格听见谭胖子放屁也笑,听见磨牙也笑,听见打呼噜吹气,还跟着模仿起来。菊花就说:"你真的喜欢上这个胖子了吗?"乌格格说:"挺好玩的。"菊花说:"这有啥好玩的?"乌格格说:"还不好玩吗?"

等乌格格一脚把谭胖子踢起来时,已经是中午了。谭胖子见自己尿到裤子上了,就有些不好意思,问昨晚自己是不是说了酒话,乌格格说:"你说了一夜流氓话。"谭胖子说,自己就是爱胡说,都是逗两个美女玩的,其实自己是个正经人。乌格格又说:"你过去不是说你是个品酒师吗,昨晚咋又说自己是蹬三轮车的了?"谭胖子急忙说："瞎说，那是瞎说，酒话，都是酒话，我就是个品酒师，绝对的品酒师。"乌格格又吓他说："你昨晚可是说你会造假酒噢，现在还真真假假，虚虚实实的，小心公安逮了你个死胖子。"谭胖子当下就青了脸说："可不敢胡说噢，我谭道贵绝对是守法商人，你们在我办公室，都看见过奖牌的，我们老家政府颁发的'十大诚信企业家'，哪还敢造假呀！你们肯定也喝多了，听岔了，是不是，菊花妹子？"菊花有些懒得跟他多说："我啥也没听见。""看看看，绝对没有的事，是不是？"说着，谭胖子又给乌格格做了个鬼脸，乌格格那个十分低的笑点，就又引爆了。

玉华宫最早是一个军营，后来又改成皇帝的行宫。再后来，说《西游记》里的那个唐僧，还在这里译过他从西天取回来的经文。再后来，就一直是寺院了，现在里面还住着好多和尚。他们吃完中午饭，谭道贵硬要进寺院里烧香，他说他是见佛就磕头、见庙就烧香的人。乌格格和菊花就随着他进去了。谭道贵果然是见佛倒头就拜，并且还一副念念有词的正经样子，乌格格就又发笑了。谭道贵撅着肥屁股，拜完佛起来，乌格格问他嘴里念的啥，他说："求财，求平安，求你呀！"乌格格说："求我咋的？""求你给我当堂客呀！"乌格格一阵嘎嘎的笑声后，说："我给你当妈呀当堂客。"谭胖子就说："那我就把你叫妈好了，妈！小妈！"乌格格快笑瘫下了，菊花浑身的鸡皮疙瘩都起满了。

二十六

顺子说接韩梅到郊外那个寺院散散心，韩梅就跟着走了。受重创的断腿狗,一见顺子的三轮车,几乎不顾浑身的伤痛,一下就从韩梅的怀里蹩跳了进去。

开始,韩梅坐着继父的三轮车,也没有什么特别的感觉,就是两个字:熟悉。熟悉得不用看车厢,就知道起跳的高度。可走着走着,就觉得浑身不自在起来,好像所有投来的目光,都很怪异,虽然天气很冷,但背上却有了虚汗。韩梅从四五岁的时候,就喜欢坐三轮车,在继父和母亲还没有什么关系时,送货的顺子伯伯,就把她抱到三轮车上,带着兜过风。当继父把她母亲正式娶回来后,这个三轮车,就更是成了她最重要的玩具和出行工具。她甚至至今还记得,当母亲告诉她,她们以后就要到顺子伯伯家里过日子时,她还激动得跳了起来:"噢噢噢,以后天天都能坐三轮车喽!"虽然继父的三轮车已经换过好几辆,但每一辆,哪儿碰了一个窝,哪儿缺了一块漆皮,她都了如指掌。韩梅记得才上学的时候,每天都是继父用三轮车接送她,村里还有几个孩子跟她在一个学校,继父就把他们都一起拉着,说给我梅梅也拉几个伴。那时跟继父一起蹬三轮车的人,也有用三轮车接送学生的,一车拉好几个,听说一个学生一月得付七八十块呢,可继父从来不要,说他只是给梅梅收揽伙伴哩。因为都坐着她家的车,继父又亲自蹬,因而,在很长时间里,韩梅都具有一种特别的优越感。后来继父越来越忙,她也学会骑自行车了,继父才接送得少了,只在下雨或下雪天,才用油布裹个篷,把她拉在里边,在滑溜溜的街上,趔趔趄趄地往前跑。她记得,有一次,冰天雪地里经过一个十字路口,继父大概是转得快了点,三轮车端直就翻了边,她和几个同学都被倒了出来,继父摔得满嘴是血,可他用袖口一擦,还瘸着腿呢,就急忙给娃们一个个地揉胳膊,检查腿脚,好在谁也没大伤,都还乐呵呵的,继父就翻起车,又一个个抱上去往回拉。等拉回家,去医院一检查,才发现他自己摔断了一根肋骨。韩梅清楚地记得,她上高三时,还坐过继父的三轮车,那次她重感冒,骑不了车子,又怕耽误课,继父就来回接送了好几天。直到考大学的那天早晨,还是继父用三轮车把她送到考场的,不过远远的,继父就让她下来了,说人家都是拿小汽车送,我女儿坐三轮车来,丢娃的面子了。可那时,她真的没有那种感觉,就觉得继父能拿自己的血汗钱,供自己上高中、考大学,已经让她感恩不尽了。她始终清楚,自己不是人家的亲闺女。上大学走时,是继父拿三轮车送到车站的,好几次放假回来,只要她提前给继父发信息,哪怕再忙,继父也是一定要蹬着三轮车,到车站去接她的。可不知咋的,今天再坐在这个三轮车上,穿过再熟悉不过的长安路,就觉得道路两旁的眼睛,如芒刺扎背了。她先是低下头,尽量不与路人的眼睛相遇,可走着走着,还是觉得坐不下去了,屁股也颠得有点痛,她就让继父停了下来。

"爸,拉着我走这远,让你太受累了。你说在哪儿,我坐公交去。"韩梅说。

"哎哟梅,你还不到一百斤,爸现在蹬个四五百斤,都不咋吃力,拉你就跟蹬着空车子一样,轻飘飘的,一点都不累,你坐你的,爸拉着你,还有劲些。"继父说着又要往前蹬。

韩梅到底还是跳下来了,说:"爸,不能让你太累了,我还是坐公交去。"

顺子从韩梅老想躲避路人的眼神中,似乎也读懂了一点什么,就给她说了地方,并且把坐哪一趟车,在哪儿倒车,都说得清清楚楚了才离开。

等韩梅倒了两次车,找到那个地方的时候,继父和那个叫蔡素芬的姨,已经在公交车站等她了。好了也在车厢里热情地朝她瞭望着。继父说,到寺庙还要走一里多路,叫她还是上三轮车。毕竟是郊外,人也少,她就又上车了,她一上车,好了就又扑进了她怀里。素芬姨说啥也不上车,说这儿路有点斜上坡,她在后边还能帮一把。她说也下来走,素芬姨咋都不让。继父猫起腰,蹬得飞快,素芬姨在后边是一路小跑地跟着。快到寺庙时,人渐渐多起来,她就跳下来了。素芬姨已经在她住的那个居士家里,把一切都安顿好了。

居士是个寡妇,老汉去广东打工,弄了几个钱,就跟一个女人在那边生了娃,她知道时,人家第二胎都满月了。庙离家近,她先是给庙里过会、讲经时做饭,后来就干脆做了居士,法号静安。她年龄刚过四十,人很干练,家里也很干净,常有远道女居士来降香时,住个一天半天的,因此,家里就有好几张空床位,刚好能接纳了素芬和韩梅。韩梅开始害怕人家不喜欢她带着一条残疾狗住进去,谁知静安居士看见狗伤残成那样,不仅亲自抱了抱,而且还咕咕哝哝地给狗念了一段经,说是祈福的,韩梅才放下心来。

寺院过这大的事,静安居士很忙,素芬姨和继父他们也很忙,韩梅就一人到处胡乱转着看看。她几乎是第一次发现,继父是活得如此的卑微,见谁都一副点头哈腰的样子。见谁都是"咱就是个下苦的",一脸想博得天下人同情的可怜相。韩梅小时见他的时候,可没有这种感觉,就是觉得他和蔼、可亲、好玩,别的蹬三轮车的,对大人们都是一副巴结的样子,可对小孩儿都凶得很,从来不许动他们的车子,更别说上车去玩了。可顺子伯伯不,他一来,车上就猴上去一群小孩儿,连车子弄翻了,他也不计较,最多说:"你看你们这帮娃捣的哟。"有时还拉着娃们,在巷子里跑一圈才让下来。在韩梅的记忆中,继父的腰板,一直就没挺直过,但也不像现在这样,越发地弓得没了形。一给人点头哈腰,那脏兮兮的蓝布大褂,就尤其显得前长后短了。

让韩梅万万没有想到的是,她那么老远赶来,说是散心的,却看到了那么一幕她咋都不愿看到的惨剧。继父竟然被人抽了耳光,而且还当众给人跪下了。

那是她到寺院的第二天中午,大殿前的舞台,已经有了大样儿,她远远地坐在一个石磴上晒着太阳,看着一堆残破的石雕。这些石雕都是唐代的遗迹,韩梅从寺院的碑刻上得知,这座庙建于唐代开元时期,中途几次毁坏,"文革"时,更是弄得片瓦不存,就连这些残破的石雕石刻,也都是近些年才从民间淘回来的。所有庙堂,也都是最近二十几年新建的,所以,韩梅也就没兴趣多看,只是用手机不停地拍着那些残砖断石,给朱满仓发着微信。而朱满仓也在给她发,不是家里的犍牛,就是家里的肥猪,昨天,他上山砍柴,甚至还在一个洞子里,抓住了一只狸猫,他几乎用微信直播了他们几个小伙子围堵狸猫的全过程。好玩是好玩,可在韩梅心里,总觉得那不是她要的生活。她给朱满仓发这些历史遗迹,似乎就是在提醒朱满仓,她与他是有差别的,她是文明古都西京人。

可就在她正拍发得十分有劲的时候,突然发现,在舞台上,有一个高个子男人,狠狠抽了继父两耳光,继父当下朝前打了几个跟跄,勉强站稳后,还在给人家点头哈腰。她立即站起来,想冲上去,但不知咋的,又停住了。紧接着,她看见庙里最大的那个和尚出现了,也是一脸怒相。她看见继父突然就跪在了那个和尚面前,并且磕头如捣蒜地头脸抢地。素芬姨急忙上前护着,还是让那个抽他耳光的人,又狠狠地踢了他几脚。这时,和尚又上来了几个,跟继父一起装台的,也上前了几个,两边好像就僵持住了。再然后,还是继父在磕头,在阻挡自己的人,在回话。然后,那个主事的和尚就离开了。再然后,素芬姨就把继父也搀扶开了。她几次想上前,但最终还是没有勇气走上去,直到继父被素芬姨搀到舞台侧面的一个葡萄架下。

她这次来,一直离舞台很远,不像过去那样,总爱凑到舞台上去蹦蹦跳跳。那些年,继父只要带她去装台,那就是她人生最幸福的事情,可自打上了大学,她就再也没有随继父到舞台上去过了。在她的记忆中,继父在舞台上,是还挨过一次打的,那时她大概十一二岁,那天舞台上正在排戏,继父搬着一片山岩布景往下走,一不小心,"岩石"的尖嘴,撞到了主演的腰上,那主演当下飞起一脚,就踢在了继父的肚子上,继父急忙给人家赔不是,等把景搬到后台,才窝在一个拐角,肚子痛得脸上直冒汗。韩梅本来在台下看戏,见那主演是用厚厚的靴子踢的继父,就急忙跑到后台,摸着继父汗津津的头,哭着问继父痛不痛,继父说没事,但她从此记住了那个坏蛋主演,她甚至还偷偷放了人家停在舞台后面的摩托车的气。有一次,继父在舞台上搬景,她偷偷从侧台溜下去看戏,这个主演竟然忘了词,她甚至还带头给鼓了倒掌。

但今天,她到底没有走上前去,她不希望别人知道自己是顺子的女儿,尽管继父的手下人,有好多是认识她的,甚至那个叫墩子的,还想娶自己为妻,真是笑话。但这次来,她始终没有去过舞台上,也不想在他们跟前露面。

当事情平息下来后,韩梅是悄悄从寺院里溜出来的。她故意装作什么也没看见,什么也不知道地坐公交离开了。

她给继父留短信说,学校突然让她回去有事。

二十七

　　顺子咋都没想到，会出这号倒霉事，要放在别的地方，这也算不得什么大不了的事，可在这里，那就是天大的事了。

　　原来庙里的那个小和尚告发说，墩子昨晚睡在观音菩萨像后边，半夜手淫，把污秽物射在了殿里。几个和尚去检查，果然发现了不洁物，并且还不少，这事便闹大了。开始大和尚不在，他们一直把事压着，但已认准了墩子这个亵渎者。

　　墩子是精明人，一看有人老对他指指点点的，并且还不住地在观音菩萨像背后来回穿梭，出来后，脸上都是天塌地陷的表情，他就知道是咋回事了。其实昨晚，他也隐隐约约感觉到，好像那个睡在地藏菩萨神龛前的小和尚，一直在黑暗中盯着自己，但没有引起他的注意，因为自慰这号事，大吊、猴子、三皮他们都干过，他也是睁一只眼闭一只眼的，谁还能把这事当事了。昨天他看见了韩梅，竟然漂亮得让他实在有些把持不住自己了。过去他也缠过顺子，说他喜欢韩梅，可顺子总说，做你的白日梦去吧。他就只能一次又一次地发挥可怜的想象力了。可他没想到，这是在庙里，是在神龛背后，事情可就不一样了。他从那帮和尚愤怒异常的表情看，自己大概把祸闯大了，他甚至看见，有和尚已经给门口打了招呼，门口那个立眉瞪眼的瘦和尚，眼睛从此就盯着他很少离开了。他看风头不对，就假装上茅房，偷偷从茅房旁边的院墙上，翻出去跑了。那面院墙很高，他翻下去时，一只胳膊就折断了，并且恰好是那只制造了幸福欢乐的胳膊，他甚至听到了咔嚓一声响，事后都说他是遭了报应。

告发墩子的小和尚，据说原来是个要饭的，跑到庙里有吃有喝的，咋都赶不走，后来大和尚觉得这孩子也有佛缘，就收留剃度了。刚好大殿晚上得有人续灯油，他就每晚在地藏菩萨像前，铺一床被子，垫半边盖半边的，做了大殿守夜人。由于长期睡在昏暗中，因此眼睛特别好使，据说能看清黑暗中抖动的老鼠胡须，在别人摸门不着的情况下，他突然扔出一只鞋，就能捡回一只砸伤了腿脚的老鼠来，有时甚至是两只，庙里就都把小和尚叫"猫头鹰"了。其实墩子住进来的第一晚上，他就发现这胖子不对劲儿，人家都睡在神像前，那是很吉利的事，许着愿就睡着了，他却偏要睡到神像后边，人家都打鼾了，他还在来回翻拾，后来，被子中间就鼓起来一个包，那个包还不停地闪动。黑暗中，他就看见这个胖墩子脸上，舒服得直抽抽，甚至还发出了吸吸溜溜的声音，他就知道是咋回事了。要饭那阵儿，比他年龄大的叫花子，也这样抽抽过，还说这是人间第一等美事。他也试过，一试就上瘾了。不过，到庙里后，大和尚给他交代的受戒律条中，第一条就是不许手淫，说再弄这事，就会损了功德，念经、修行都是自欺。他晚上就用皮筋勒了双手，几个月过去，也就彻底把这念想断了。没想到，这个装台的胖墩子，竟然在观音神龛背后，干起了这等勾当，护法的责任，让他睁大了本来就奇异的"神眼"。可第一晚上，那个包正鼓得起劲的时候，突然有人起夜，从他身边走过，那个包就塌下去了，好像是太困乏了，包也再没鼓起来，胖墩子很快就呼呼作鼾了。第二天晚上，那胖墩子累得跟死猪一样，回到大殿，连衣服都没脱，拉开被子，就睡死过去了。第三晚上，他终于把这个坏蛋，死死盯住，并人赃俱获了。关键是这个胖墩子，在最后时刻，为了不污染被子，还把那丑恶的家伙拽

143

出来,喷射出了数尺高的水柱,一直降落到了莲花座上,小和尚气得当下就想起来,拿刀割了胖墩子的那屌罪肉,可他忍住了,他知道这大殿住了他们十几号人,搞不好会吃亏的。因此,直到天明,他们都去装台了,他才把庙里的监事叫来看现场。因为大和尚昨天出门发请帖,晚上没回来,监事又叫来别的和尚,都看了,都没经见过,但都觉得这事情特别重大,得等大和尚回来处理。

事情在庙里都呼呼一早上了,顺子他们还连啥都不知道。他一直在舞台底下钻着,老怕舞台垮塌,就给台板不停地加撑子。突然,大吊在上边喊,说是寇铁主任来了,急着找他呢。他满脸糊得跟鬼一样爬上来,见寇铁眼睛都放着绿光,二话没说,就吼叫着他一起进了大殿。观音菩萨像背后,大白天都是黑乎乎的,庙里的监事,还专门拿手电照了照,他看见,好像是有什么东西,冲上去又落下来,这阵儿,灰蒙蒙的神像身上,只留下了一个新鲜的弧形湿印子。然后,寇铁就告诉了他真相,再然后,他就被逼着去找墩子。回到舞台上,大家才发现,墩子两个小时前,说是去上厕所,就再没回来。紧接着,大和尚就出现了,寇铁狠狠抽了顺子两耳光。顺子就扑通跪下,给大和尚磕头作揖,可说啥,大和尚都不依不饶,要求必须把那个罪孽深重的人叫回来,给菩萨烧盘头香悔罪,并且要做法事清除污秽,以净佛门。

墩子跑后,手机就关了。顺子想,咋都不敢把他找回来,找回来也许庙里这些和尚能把他打死。他嘴上说一定找,可实际上悄悄给墩子发了信息,让他赶快回老家躲躲,最近千万不要到城里露面,你狗日的手贱,这回把事惹大了。墩子自然是不会露面了,顺子就被当了罪孽深重的墩子,在当天晚上,庙里做法事,清除秽物时,他被第一个叫了进去。叫他的四个和尚,都是寺里魁壮的汉子,有个脸上长满了瘩子的和尚甚至还推了顺子一掌。

顺子十几岁的时候,也看见村里有人做过法事,那家连住死了三个人,先是七十多岁的老汉病死了,没过半月,老伴也走了,紧接着,孙子又出了车祸,这家就请了一堆和尚来做法事。顺子一边给人家帮忙打火纸,就是用钱模子在火纸上制冥钞,一边看和尚们念经、驱鬼、辟邪。那阵仗也够大的了,锣鼓家伙一响,甚至把半条街的人都吸引来看热闹了。可热闹是热闹,却没有今天这样隆重严肃,大和尚为了不让事态扩大,让全寺的和尚进来后,就把大殿的门关上了。在吱吱扭扭关上殿门的一刹那间,顺子的心里也美美咯噔了一下,还不知今天佛门要上啥家法呢。

大吊和猴子他们害怕和尚们打顺子,请求无论如何,都要让他们进去两个人,并且答应都跟着跪香,可大和尚到底没允许。素芬急得在大殿外团团转着,她个女流之辈,就更是不让进去了。素芬甚至给寇铁跪下了,求他一定要救救顺子。寇铁说:"没那么严重,这是在庙里,谁还敢把人往死里打呀。"不过,从他脸上看,也没啥底,在素芬、大吊、猴子、三皮他们不时从大殿门缝朝里窥探时,他也扯长了耳朵,在听里边的动静。

顺子被四个和尚弄到菩萨前,不知谁从后腿弯踢了一脚,他就跪倒在地了。有和尚扑簌簌给他头上放了个香炉,他试着有四斤重。他的头,也是能称东西的,多年给人拉惯了货物,无论双手,双脚,还是脊背,也包括这个长成了菱形的头颅,都能准确无误地掂出货物的斤两来,误差基本在半两左右。有一次,上海一家剧团来西京演出,装台时,人家听说他的脑袋、双手、双脚、脊背都能当秤使,就打赌说要见识见识,结果,左手让他掂了一下灯光箱子,右手让他掂了一下服装箱子,都是一两不差。后来又让用左脚掂一圈缆线,用右脚掂一圈铁丝,只有左脚的误差了半两。再后来,又让用脊背试一个装锣、钹、板鼓的箱子,误差也只有半两。最后让他用头顶一个装官帽的软包袱,又是半两不差。那上海人虽然小气,但还是给所有装台人一人买了一瓶啤酒、一个猪脚,外加一个烧饼。顺子觉得,这个香炉虽然不重,可要顶的时间长了,也是一件要命的事。果不其然,一个和尚拿来了"盘头香",这东西,顺子也是见过的,是专门用来顶在头上烧的。顶在头上的香,如果太高太长,就无法顶住,所以有人发明了这种"盘头香",香是用九曲十八弯的回转,把长度与高度,都控制在头顶可以平衡的范围内了,看似不高大,却特别能烧,顺子估计,恐怕得整整烧一夜了。

  大和尚先敲了三下磬,然后就带头跪在菩萨面前说:"大慈大悲观世音菩萨,原谅弟子缘浅德薄,侍奉不善,让乡野狂徒,佛头着粪,玷污了菩萨至洁圣体与至尊声名哪……(哽咽无声)今滤尽恒河沙,也淘磨不掉混账尘世涂抹给您的肮脏秽臭;纵滗干恒河水,也冲洗不净轮回畜生亵渎于您的不齿罪恶;吾等残生恐难以修复此番德损,九死不足以悔过自新……现将猪狗不如之狂徒败类,押至佛门净地,上香超度,以求宽慰。六道轮回,畜生只配地狱悔罪,永世不享升天福报,阿弥陀佛!善哉善哉!……"后来,大和尚再诵些什么,顺子就听不懂了。不过他大概知道的意思是,大和尚没有给他念什么好经,为了让菩萨解气,他甚至要让他永世只在六畜道轮回,也该,谁叫他的手下人玷污了菩萨呢。在他心中,菩萨也是圣洁的,狗日的墩子犯了这号事,下辈子变成让人把鞭割了上餐桌的阉驴都不亏。他顺子弄个连带罪自是活该了。

  想着想着,他悔罪的眼泪,还真给下来了,他突然不管不顾地痛哭流涕起来,那哭声甚至盖过了诵经声。他再三再四地给菩萨禀告道:"我刁顺子有罪呀,菩萨老爷,我没管好我的手下哪,那个畜生,他要不改这万恶的毛病,迟早那吊肉,是要烂成一包蛆的呀……这个活该千刀万剐的货呀,你竟敢在菩萨背后动邪念,你今生孤老一辈子,来世生娃也没尻门子呀,你个砍脑壳死的东西,咋不把那吊臭肉,让狗叼去,让你还祸害起神仙来了,你不得好死呀……"虽然那些禀告,甚至把一个离得近些的和尚惹得差点笑出声来,可在顺子的脸上,还真是一副真诚得不能再真诚的表情,那大和尚的气,也就比开始消了许多。

  大和尚又诵了一会儿经,那个监事就过来,让他顶着盘头香,慢慢走到菩萨背后,开始清洗墩子留下的秽物了。有和尚早就准备好了一大铜盆清水,还有擦洗的红布,还有梯子,监事就让他上去清洗。他怕香炉掉下来,想暂时把香炉取下放在一边,谁知监事吼道:"香得顶着洗。"他就跟耍杂技一样,慢慢爬上梯子,开始了一套艰难的洗污动作。狗日的墩子,到底年轻,竟然污染了这大的面积,他一边清洗,心里一边骂着,该死的东西,啥地方舒服不得,偏要在这里舒服,真是瞎了一双狗眼。

  在他清洗的过程中,和尚们一直在前边大声诵经,诵得整个大殿都有些天摇地动的,顺子连一个字都没听懂。监事和那个小和尚,一直监督着他干活儿,那小和尚甚至能把喷射得很远的星星点点找出来,这样他大概擦洗了半个多小时,监事才请大和尚过来检查,直到大和尚点头后,他才从梯子上下来。监事说:"还回去跪着。"他就又慢慢回到原位跪下了。大和尚又领着大家诵了一段像唱一样的经文后,才离开。接着,其他和尚也陆续走了,但大殿里还留着那个小和尚,顺子听见监事在给小和尚交代,让他一直盯着他,不许偷懒,并且要求,每过一个时辰,敲三下磬,到明早香尽,再敲九下磬收场。

人都走完后,小和尚就把大殿门又关上了。顺子他们刚开始进寺院时,这个小和尚对他们还算客气,自墩子的事发生后,他就变得比寺院里所有和尚都更不友善了。他看顺子,甚至一直都是一种十分敌对的目光。关上殿门的小和尚,先是吹灭了几根蜡烛,然后又给菩萨正对着的那个铜油盆里,咕咕嘟嘟添了半盆油,再然后,就打坐在一个蒲团上,闭目念起经来。顺子看小和尚眼睛闭上了,就轻轻活动了一下僵硬的双腿,谁知那双小眼睛连睁都没有睁一下,就喊叫:"不许动!"他就再没敢动了。

他想,这事也得亏有个寇铁,要不然,还不知怎么才能结果呢。虽然寇铁抽了他两耳光,还踹了他几脚,但他知道,那都是为了把事情往平里摆哩。大和尚开始好像不想把这事轻轻放下,可后来寇铁反复讲,晚会的请帖都发出去了,舞台上又离不开这帮人,寇铁甚至强调,撇过他们,西京城再也找不到这样一帮能干的装台人了。大和尚迫不得已,也再不说让把墩子找回来的话,就同意他来做替罪羊了。

韩梅离开寺院,还给他发了个信息,可他那阵儿什么也顾不上了,就只能任由她去。也不知韩梅看没看见他挨耳光的事,他觉得如果娃看见了,那是很伤娃面子的事。他都有些后悔,不该让娃来这里散心。韩梅已经成为他人生的骄傲,在他心中,可从来没有是不是亲生的界限,自韩梅考上大学以后,他甚至老想带着她到人前显摆一下:看,这是我刁顺子的二闺女。可韩梅这次来,几乎就没到舞台上走动过,只在寺院周围到处拍照,咋都不到人多的地方闪面,他也就知道娃的心思了。不闪面就不闪面吧,只要娃玩得高兴就行,可娃突然走了,又让他心里结起了疙瘩。

"不许动!"

顺子的确是动了一下,不仅双腿麻得不行,而且脖子也酸痛得有点撑不住了,他见那个小和尚,好像是睡着了的样子,就把身子轻微地朝两边晃了晃,谁知小和尚仍是眼都不睁地发话制止了。他就急忙稳住了身子。

突然,他听见大殿外,素芬和大吊他们在说话。

"这咋行,这样跪一晚上,还不把人命要了。"是素芬在嘤嘤哭着说。

大吊说:"没法子了,我刚还给寇铁说了,人家说再别瞎折腾了,这都是最轻的处罚了。"

猴子说:"没事,嫂子,农村给老人过事,谁不是一跪一夜的。"

"可他头上,还顶了那么大一个铜香炉哇。"素芬说。

"咱们那儿孝子也一样,头上有时也顶灰盆呢。"猴子说。

"悄悄给那个小和尚商量商量,看咱们能不能进去,换着顶一下。"这是三皮的声音。

这时,小和尚就起身朝大殿门口走了。他狠劲拉开一扇大殿门,完全是一副大人口气地说:"干啥干啥,你们想干啥?这是在做法事懂不懂?惊动了观音菩萨,小心都遭报应。"

"小师父,你看我们的意思是……"还不等大吊说完,小和尚就一连声地说:"去去去,想得倒美,都让你们舒服了,那菩萨在这个庙里还能显灵吗?"说着,小和尚就要关门。有人就伸进一条腿别着门了,只听小和尚说:"你出不出去,不出去我可喊人了。"

顺子是背对着大殿门的,他就急忙大声说:"你们都去休息吧,我没事,这里挺暖和的,我给菩萨顶一夜香炉也是应该的。你们快去,明早活还重着哩。"

"把你的腿收回去！还有你的，收，你收不收？快，收！"是小和尚命令的声音。

又过了一会儿，大殿门就又关上了。

素芬还在外面哭，就听大吊他们把人哄走了。自墩子这事出来以后，庙里已经不许他们进所有殿堂了，晚上是在舞台底下，用幕布围一个场子打地铺睡觉。顺子听见外面好像有风，这样的冬夜，舞台底下的日子，肯定也是不好受的。

小和尚灵醒的程度，确实让顺子惊讶。就在他顶着香炉，渐渐有点犯迷糊的时候，突然传来一阵窸窸窣窣的声音，他看见小和尚闭着眼睛，慢慢脱下了一只鞋，停了一会儿，猛地朝大殿的一个角落砸去，只听老鼠唧溜尖叫一声，小和尚立即双手合十，祷告道："阿弥陀佛，善哉善哉！"很快，他就从那个黑暗的墙角里，捡回一只死老鼠。顺子这几天，也听说了小和尚一些神奇的故事，他甚至有点不相信，可自打小和尚"神眼"抓住了半夜在黑暗中玩鸡巴的墩子，还有这只死老鼠后，他是信了，服了。他想跟小和尚套一下近乎，他说："小师父这么神的！""不许说话。"又过了一会儿，他又献殷勤地说："小师父将来恐怕要成大气候呀！""不许说话，听见没有？"他就不好再说什么了，这小子，闭目养神的样子，装得比大和尚还老成。

顺子再也睡不着了，怕真睡着了，香炉会砸下来。他就抬眼向上看，想看看菩萨的脸。墩子来的那一天，就说这尊菩萨长得像韩梅，确实有点像，但更像她妈赵兰香。赵兰香就长了这么一副慈眉善目的样子。他自从把赵兰香接回家后，那个"乱猪窝"才算有了彻底的改变。她是把家里打理得利利朗朗的，几乎把他和菊花原来穿得变了形的衣服，全淘汰了。他蹬三轮车，常年穿着灰不溜秋的劳动布大褂,也是在赵兰香进家门后,才换成了能吸汗的蓝布大褂。她一次就给他做了三件,只要一脏,一出汗,就立马要他换。过去有时他真的不敢往人前站,他知道自己浑身都是一股汗臭味儿,他一到人跟前,人家客气的,把身子趄一下,不客气的,干脆就让他站远些。可自赵兰香到家后,他就再没穿过那种满身都结着汗霜的臭衣服了。第一年过年,她甚至还给他做了一件米色风衣,他说穿不出去,一个烂蹬三轮车的,穿出去,别人会笑掉大牙的。可她偏在大年初一早上,硬逼着他穿上,并由韩梅和菊花一边搀着一只胳膊,出去兜了一圈风,感觉好极了。她不仅对自己好,而且对菊花也特别好,自她进门后,就把菊花打扮得像个姑娘了,娃虽然长得丑些,可人凭衣裳马靠鞍,一打扮出来,就是另一副模样了。他总觉得,那几年,菊花还是被赵兰香打扮得出了彩的,她就那么会给娃选布料花色,并且那么会给娃做时新而又好看的衣裳样子。他觉得,菊花在赵兰香死后,就越发丑了,主要丑在打扮上,啥新穿啥,啥露穿啥,有时穿得他都不敢正经瞅一眼。迟早浑身都是片片拉拉、吊吊絮絮的,不是胸口遮不住,就是后背光脊梁,要么就是裤腰短得露着贴了花的肚脐窝。都三十岁的人了,还是十几岁姑娘娃儿的打扮,再加上见天把脸抹得蓝一道紫一道的,气得他简直一点办法都没有。想那几年,赵兰香把家里捯饬得多么顺溜呀,到现在,他最好最合身最舍不得穿的衣服,还都是那几年她亲手做的。那时家里也特别和顺,菊花和韩梅好得就跟亲姊妹一样,可赵兰香突然就得了癌症,这个家很快就乱成一锅粥了……

赵兰香突然回来了,是穿着她第一次进刁家的那身玫瑰色套装,似红非红,似紫非紫,似蓝非蓝,似黑非黑的,无论小西服领子,

151

还是套裙的周边,都熨得那样妥帖平展。她手里牵着打扮得跟花朵一样的六岁的韩梅。顺子穿着赵兰香特意给他做的藏蓝西服,是打着红色领带,与十四岁的菊花站在门口迎接的。周边有村里人在议论说,狗日顺子是走狗屎运了,娶了这么精干的女人回来,能守得住吗……赵兰香在玫瑰红套装的胸前,还别着一朵用衣服下脚料做的玫瑰花,做那朵玫瑰花时,顺子是在场的……不知咋的,顺子眼中的赵兰香,好像是从半空飘下来的,落地后,走得特别的轻快、精神,她把韩梅交给自己,然后又拉过菊花的手,像佛一样慈眉善目地对他说:"顺子,我既然来了,就得把咱家里的日子往好地过,从今后,你的菊花就是我的亲闺女,我的韩梅也是你的亲闺女,只要我们有这双手在,我们的日子,就过不到西京人的后边去……"

嘭的一声,顺子被吓醒了,原来是香炉跌在了地上。那小和尚,拿起一把云帚,就快步走到了他面前。小和尚二话没说,踢了他几脚,又用云帚在他背上狠劲抽了几下嘴里不停地"阿弥陀佛"着。这时,顺子已拾起香炉,再往头上顶。那盘燃了一半的香,已断成几截,埋在了倒出来的灰里。顺子不停地给小和尚赔着小心。小和尚说:"关我屁事,这是在敬菩萨,你是对菩萨大不敬,你当是啥,小心遭报应着。"大概大殿里也无盘头香了,小和尚就从神龛上找了三根最粗的草香,又给顺子在头顶点燃了。"小心着,再瞌睡,明晚还得重烧。"他就再不敢合眼皮了。

后半夜,大殿很冷,每隔一个时辰,小和尚就敲几下磬,敲完磬,还会趴在地上,给菩萨深深地磕三个头。顺子看见,小和尚对佛是绝对虔诚的。其实他无论走到哪里,见了佛,也是要磕头烧香的,他磕头的原因就是,喜欢佛那种慈眉善目的样子。佛要人向善,不做瞎事,他就觉得佛好。

小和尚对他的跪姿一直要求很严,到了后半夜,他实在跪不下去了,甚至有一种生不如死的感觉。小和尚就说:"你不好好跪,迟早要遭报应的。这菩萨灵得很。我是看你人好,才想让你得到好的福报,要是瞎人来烧香,我才不管他咋跪呢。瞎人再跪也白跪。"顺子听了这话,内里来了精神,也就真的觉得跪得不咋累了。实在痛得不行,酸、麻、僵、胀得撑不住,就拼命往好处想,跪好了,家庭就和睦了,素芬就能待下来了;跪好了,菊花就能找个好婆家了;跪好了,韩梅毕业也能找下好工作了;他甚至想到自己今夜跪好了,也能给那条断腿狗好了积点福,让它不再跛了,这样踮着跛着的,毕竟可怜……最后,他的身子是真的不能动了,浑身就跟一截朽木桩子一样,戳在那里,大概一指头就能点倒在地,但他强撑着,撑着,不敢对神有二心。

终于,天亮了,大殿外的光线,越来越强地从高大的窗户中射了进来。顺子感觉,头顶上甚至有了跳动的光环。他再次抬眼看了看高耸的菩萨像,那菩萨好像是在低头向他注视着,眼睛似睁非睁,似闭非闭的,他突然感到,那是一副很宽容的表情,全然一种啥都不计较的神态,笑得那样舒展,那样不藏苛刻、阴谋、祸心、毒计,他就在心里默念:菩萨保佑,墩子绝对不是故意的,他是个没心没肺的人,绝对没有跟神仙较劲的胆量,二十六七的人了,还找不下媳妇,狗日的是憋不住,水枪自动爆裂了,还请菩萨大人莫要计较小人的过错……

他好像看见菩萨点头了,在阳光的照射下,菩萨比他第一天看见时,笑得更灿烂了。不过,也更像他的第二个老婆赵兰香了,但他不敢说,甚至也不敢这样想,这样想,岂不是在加重自己的罪孽?

"好了,香烧完了,你可以起来了。"

他听见小和尚说完,就扑通一声倒在地上了。

二十八

蔡素芬昨晚一夜都没睡着,她在想着顺子昨天中午突然挨耳光、下跪、遭人拳打脚踢时的那副模样,当时几乎吓蒙了,她一点都不知道是发生了什么事。可顺子完全一副逆来顺受的样子,还没打,他就倒,还没骂,他就磕头如捣蒜,直到晚上,又顶上香炉,缩得跟乌龟孙子一样,给菩萨跪了一夜。她同情,她叹息,她甚至想替他跪一会儿,可庙里不让,她想坐在大殿外,陪陪自己可怜的丈夫,最后,还是被大伙儿劝走了。

她回到静安居士家的时候,静安还在床上,盘腿打坐着,嘴里念念有词。她不想打扰她,就到对面那间房里躺下了。刚躺下,静安居士却过来了。静安居士说:"别担心,能给菩萨跪一夜,那是好事,消灾避祸的,平常想跪,人家还不让到大殿里跪呢。"这事刚出来的时候,素芬曾经找过静安居士,想让她去大和尚那里,帮顺子说说话,可那阵儿,静安比大和尚的气还大,说干出这种亵渎佛祖的事来,就该遭大劈、下油锅。她甚至说,男人那不洁物,其实生下来,就应该切了喂狗,也免得满世界惹祸生事。她看静安这么愤怒,就再不当着她的面提说这事了。谁知静安这阵儿来,偏还要说,还是骂那个给菩萨身上泄秽的人,她老要问,那个人有多大年龄,有媳妇没有,平常人坏不坏,素芬问咋样坏,她说:"就是爱不爱说脏话,爱不爱在别的女人身上捏捏揣揣的那种?"素芬说她不知道。静安就说:"男人哪,只要腰上别的那吊肉没死,出了门,你就别想他能安生了。"她就又说起了她的那个男人,说平常就爱说脏话,见了女人,腿走不动,并且特别好动手,不是摸人家的奶子,就是揪人家的大腿、屁股,果不其然,出门打工才一年,就给别人把娃种下了。听说现在又跟别的女人搞上了,你说遇上这号万货,谁有啥办法?为了证明她对男人这种动物总体评价的准确,她又讲了附近村里一些男人伤风败俗的事,最终得出的结论是,女人只有出家,远离这些脏货,才能少生是非,少怄闷气。

  静安居士走了,她翻来覆去的,咋都睡不着。她倒是不担心顺子跟哪个女人有勾搭,就只是觉得,作为男人,他也活得太可怜太窝囊了。她一直深深埋藏着自己的身世,顺子问过几次,她觉得咋都不能讲,也就只好留着自己独自回味了。

  她是甘肃人,生在一个远离城市的地方,可她天生丽质,成了那儿远近闻名的一朵花。甚至几个村有点脸面的男人,都争她抢她。她高中毕业后,在村上还当过一年代课老师,另一个老师,为了爱她,竟然让人拿刀削去了半只耳朵。后来,她到底还是让村里最要强的男人死死箍住了,连她也不知是怎么箍住的,反正一天到晚,死乞白赖的,就没离开过她身边,再后来,他就把她带到城里了。她跟这个叫孙武元的男人,在城里待了八年,一直没生娃,后来一检查,是她的问题。吃了好多药,也没啥效果,他家里人就说她是个幺蛾子,让把她休了。可他一直没休,还是找人不停地给她看。孙武元是个性子特别刚烈,眼睛揉不得半点沙子的人,先后跟几个老板都闹翻了,仗着自己体质好,能熬夜,并且还有一身好泥瓦工的手艺,也就不怕折腾,这家干不成了那家干,反正一直都不缺活儿。挣的钱，养活她绰绰有余，就咋都不让她出去干活了，说是不放心。他总觉得，好像天下的男人，都特别稀罕他的女人似的，这让她很是憋屈，不过也让她感到幸福、踏实。她一天就翻翻书，看看电视，再到菜市场买点菜啥的，一门心思过着城里人说的所谓全职太太的日子。谁知后来还真遇上了个孽障，竟然把孙武元的命都断送了。

　　那是他们邻村的一个人，靠贩药材起家，姓蒋，原来也打过她的主意，甚至还动过咸猪手，把她的胸脯生生捏出一块紫乌来，让她很是骂过几回。谁知这家伙先是倒腾药材，攒下了底子，然后就趸摸到城里，在医院和制药厂之间倒腾起了大生意，说是跟好多医院里拿事的都是哥们儿。那一天，她跟武元是在一个老乡开的特色小吃店遇上蒋老板的。还没说几句话，蒋老板就叫武元把手头的活儿辞了，说泥瓦匠红汗淌黑汗流的，撅起尻子干，也挣不下几个钱。他让武元跟他跑药品、跑医药器材推销，吃香的喝辣的，一月少说也在一两万上说话，搞得好，挣个三五万都是有可能的。说话间，蒋老板的眼睛，就一直在她的脸上、身上胡摩挲。武元那几天刚好跟盖房的老板有过节儿，特别想离开，当下二话没说，就应承下了。她虽然从蒋老板的眼神里，读出的全是坏水，可又不好对武元明讲，只用脚在桌子底下踩了武元几下，人在事中迷，武元到底没被踩灵醒，就答应明天去公司上班了。

　　祸事很快就来了。

　　素芬觉得这事自己确实有责任，如果自己定力好一些，也不至于最后弄到那步田地。蒋老板明明没安好心，她还是让武元去了。武元一去，蒋老板就天天让他去很远的地方谈生意、运药品，一去几个礼拜不让回来。这边，蒋老板就天天来纠缠她，开始，甚至想玩生吞活剥,她很是扇过他几回耳光,也没少踢他的要命处。蒋老板见硬上不行,就又变成软磨,说他这一生,什么都有了,什么都享受了,就是没得到她,想不过,这成他一生的心病了。他赌咒发誓说,这一生不把她揽到怀里,他死不瞑目。她也不敢跟他硬来,毕竟自己男人在他手里,并且收入也确实不错,比干泥瓦匠强多了,她也不想打击武元的积极性。她想,只要自己守住自己就行了。谁知到底没能守住,他不是请吃饭,就是请唱歌,还答应找好医生给她看病。病也确实看了,并且还给她吃了进口药,虽然还是没啥效果,可她在不知不觉中,就觉得欠蒋老板的人情太多,后来,在一次喝了太多的红酒后,就上了人家的床。再后来,就被平素好猜疑的武元发现了,再后来,刚烈如刀的孙武元,就把蒋老板杀死在他办公室了。法院在最后判决孙武元时说:孙犯灭绝人性,手段极其残忍,用一尺五寸长的杀猪刀,将蒋某连捅二十四刀,并凶狠地割下蒋某的头颅和生殖器,挂在蒋某办公室门头后,扬长而去……

她也被刑拘了几天,但很快释放了。她没有立即离开,一直等着法院把孙武元执行死刑后,她弄去火化了,埋了,才隐名埋姓,来西京城打工的。她在尚艺路劳务市场,找天天工做,又混了半年多。一个单身女人,尽管有时故意不收拾,弄得邋里邋遢的,可还是有人要打自己的馊主意。她觉得不管怎样都得有个男人,并且这个男人咋都不能太刚烈,甚至窝囊些最好,反正她这一生,是不想再惹事了。这样,过来过去蹬着三轮车的顺子,就进入了她的视野。她先后观察了好几个月,甚至还跟踪过几次,后来把他家里的情况也都摸透了,才开始在顺子来去必经的路口,给顺子有意地抛了几次媚眼。说实话,自打男人被枪毙后,她从来都不刻意打扮自己,就怕引起是非,可自从盯上顺子后,她还是有意打扮了打扮自己,然后就有了那次雨中撞车,再然后,就被顺子拉到家中,生米做成熟饭了。

她开始对顺子真的是特别满意,即使菊花那样侮辱她、收拾她,她也都能忍着、受着,她觉得活着,是那样的安全。可慢慢地,她也在怀疑,找顺子是不是一个错误?自己从那样刚烈的男人的怀抱,坠入到如此孱弱的男人怀里,这种落差,甚至让她每每半夜醒来,都怀疑自己还是不是蔡素芬,还是不是真的活在人间?有几次,梦中惊醒她甚至还掐了自己几下,以证明自己是真的活着。顺子并不是不喜欢她,可他就是那么一副松松垮垮的身板,连搂着抱着,也是一种拉乏力了的松紧带状,当然,他也确实太累。可孙武元也累,但再乏再累,他都能如钢箍般地钳制着自己,连出气,也是不深呼吸就要毙命的。昨天,她看见寇铁打他、踢他,她眼前就突然出现了前男人的影子,要是放在孙武元,早就热血涌顶,出拳就得让对方满地找牙了。可顺子,竟然就那样窝窝囊囊连滚带爬,连磕头带作揖地跪在地上,让人家当软泥团似的捏来踢去了。本来墩子跑了,他也完全不必要替墩子去受什么过,可他好像是有受虐待的癖好似的,就那样自告奋勇地,进大殿顶香炉去了。要是放在武元,这个钱宁愿不挣,也是不会受这等屈辱的。两个男人,就这样一直在她面前来回缠绕着,本来很是平静的心情,就有些不大平静了。

刁菊花绝对跟她是势不两立了,她也做了好多努力,不仅毫无效果,而且有些适得其反,她也只好想方设法地躲着、避着。韩梅倒是懂些礼貌,跟她表面上也算过得去,可心里总还是隔着一层,几乎没有多少体己话可说。韩梅这次在家里跟菊花闹崩了,顺子把她接来,她们一同住在静安居士家里时,韩梅的话倒是多了些,可她又不能多接,那毕竟都是些气话,接得多了,一来跟长辈的身份不符,虽然她心里清楚,她们都没有把她当成什么长辈,可她毕竟是顺子的老婆。二来哪一句话说不好,将来都可能成是非。这种事,她在她们这个年龄段经见得多了,今天突然反目成仇,明天又会好得割头换颈,都是常事,不敢当真,更何况她们还有好多年不是姐妹的姐妹情分。她也从韩梅的话中听出,她是想跟自己结成统一战线的,说实话,那真是求之不得的事,可她又不能说,也不能做,一旦露出这种迎合的意思,家里矛盾就会闹得更大更凶,她是再也不愿看到有什么不测降临到她的头上了。因此,韩梅再咋说,她都是劝解、疏导,韩梅见从她这里,也得不到什么实质性的支持与帮助,话就少了,总是抱着一本书,你问一句,她答半句地应付着而已。顺子挨打的时候,她远远地是看见了韩梅的,可转眼之间,韩梅就溜出大门了,过了很久,她收到了韩梅的一条短信:"姨,学校突然让我回去有事,我走了。"

那阵儿,顺子刚被大和尚弄去教训完,答应晚上做法事时,由他代替墩子顶一夜香炉。她一直在大和尚教训顺子的那个偏殿门口站着,她害怕和尚们打顺子。顺子是从偏殿大门里退出来的,一边退,一边还在给殿里的大和尚作揖,嘴里千恩万谢着:"谢谢方丈开恩,谢谢方丈开恩,谢谢方丈开恩了!"顺子退出来后,一屁股坐在偏殿旁边的水泥地上,半天没起来。她问:"不咋吧?""没事,就只顶一夜香炉了事。"他突然从兜里拿出手机来看了看,说:"韩梅回学校去了?"她说:"她给我也发了信息,说学校有事,叫她回去。"停了一会儿,顺子问:"今天这事,韩梅该不知道吧?"她看了看远处的白云,说:"不知道知道不,可能不知道吧。"

"唉,狗日的墩子。"顺子想起这事就直摇头。

舞台总算装好了，晚会也如期举行了。

没想到，会有那么多人，来这么偏僻的寺院看演出。大和尚今天特别披上了崭新的袈裟，出门迎了一拨又一拨的客人，一是各山长老，二是地方官员与官太太们。在素芬看来，大和尚一直都是不苟言笑的人，可今天，面对那些有头有脸的人物，就露出了跟顺子完全没有两样的点头哈腰相。那个小和尚，今天被安排在门口，指挥停放车辆。一辆跟昔日蒋老板开的一模一样的大奔呼啸而来，小和尚硬是拦住不让进，僵持了好半天，小和尚就一副山门神圣、不能擅入的样子，那老板就暴躁得想抽他的耳光。车里还坐着两个美艳无比的小姐，其中一个急忙下来，拦了拦老板，却在小和尚头上弹了一个脑瓜崩，并在那张十分可人的脸颊上，印了个红嘴唇说："真是个可爱的小家伙，让姐进好不？"小和尚愤然把脸一擦，更是表现出一副声色不动、规矩难变的神情。这时大和尚就出来了，小和尚自是有理八分地指着那个老板和小姐，说他们的不是，他大概是想着大和尚要表扬自己几句的，谁知那和尚二话没说，就啪地掴了他一个嘴掌："瞎了狗眼，滚！"小和尚就被打得一个跟跄让出了门道。旁边有人悄声说："这是煤老板，大和尚的朋友，这回过事，人家拿了二百万呢。"素芬一直站在一旁看热闹，见庙里也是这等眉高眼低的世事，也就失去了仰望的兴致。

晚会开头，自是大和尚致辞，企业家讲话，其他山头长老恭贺之类的，再后来，就由和尚们诵经开场了。素芬知道，这都是演员们扮演的和尚，她还听导演在后台说，按艺术要求，这些扮演和尚的演员都是要剃头的，可演员们提出，剃头可以，必须一人另加五百块剃头费，否则，这大冬天的，谁也不会把头剃成光葫芦。寇铁他们算了一笔账，一百二十人的阵容，即使减成六十人，也还得另加三万块,咋都不划算,更何况导演不同意减人,说人少了没气势,诵经缺乏震撼力。商量来商量去,最后还是决定一人头上戴一只尼龙丝袜,头发实在遮不住的,可以戴两只,一双丝袜才一块钱,成本一下就降下来了。如果为这个节目,专门找一百二十个男的,成本也会上去,最后,他们就让一些伴舞的女演员也上,这样又能省下一笔开支。为了让演员们不穿帮,导演要求把灯光调得很暗,模模糊糊的,更有一种神秘感。果然,和尚们在灯光中一亮相,底下就掌声雷动了。谁知这个节目创新是创新,震撼也震撼了,却因上台的人太多,刚开始一会儿,只听台中咯吧一声响,站在侧台伺候着的顺子立马就反应道:"坏了,台子有麻达了。"

顺子和大吊急忙猫腰钻到台下去看,果不其然,他们给舞台底下搭的三角铁掌,让一些在下边钻来钻去的娃娃们,刚好把最中间的几根绊翻在地,有两根干脆寻不见了。顺子和大吊就端直扎了马步,用脊背顶住了活摇活动的舞台,上边"和尚们"诵念祈福经文与双脚走动的声音,如天庭滚过炸雷一样,震得他们耳朵嗡嗡直响。素芬就急忙到处去找那两个撑子,三皮也帮着找,最后到底只找到一根,撑上去,还是不稳当,顺子和大吊就只好一直留在舞台下面,应付紧急情况了。

素芬在后台待了一会儿,也看不出啥名堂,就见演员们跑来跑去地串场,再就是换衣服,演了和尚下来,又扮操琴的古代乐人,扮了乐人,下来又换成穿连衣裙的伴舞人。节目就是开头与结尾有几个与佛有关的,其余也都是《让我一次爱个够》《爱你一万年不算久》之类的歌儿。来的歌星,都是十几岁娃娃们追捧的对象,甚至连西京城的中学生都来了好几拨,不是抢着合影,就是一切都不管不顾地扑上去拥抱热吻,甚至还有泪流满面的,说得名气再大,素芬连一个也不熟悉。后台拥得水泄不通,舞台前边也是人山人海的,有的观众,就干脆站在板凳上看了。素芬已经见过不少这种热闹了,也不咋稀罕了,加之院子里空气也不好,她就独自一人从大门出来,顺着麦田往前走着。突然,她发现后边跟着一个人,走近一看,才发现是三皮。

三皮也是快三十岁的人了,媳妇在乡下,他一年能回去一趟。由于心细,一直被顺子安排着干些杂七杂八的活儿。顺子第一次带素芬来装台,就是让她跟三皮在一起收拾道具的,因为那活儿轻省。上次搞《金秋田野颂歌》晚会时,顺子又安排她跟三皮一起做饭。顺子说三皮体质弱一些,干重活儿吃不上力,但心细,想事情周全,这个摊子也还离不开这样一个人。三皮一直把她叫嫂子,对她很客气,干活儿也很照顾她,但眼神有时也有些让她不敢正视,他说他眼睛不好使,老戴着一副眼镜,可她总感觉这双眼睛,还是挺灵活的。就在那次《金秋田野颂歌》晚会做饭时,厨房四周没有女厕所,她每次都得到一个沟坎底下去小解。谁知有一次,她刚站起来,迎面就直戳戳地站着三皮,并且眼睛像钩子一样还盯着她的那个地方移不动。她当下呼地搂起裤子,就有些发臊,可三皮说他什么也看不见,是来捡拾柴火生火的,说灶里埋的煤渣熄了。这事她也没跟顺子说,她觉得她是有能力处理好这些事情的。生活告诉她,有些事情,不让男人知道比知道了好。后来她观察,三皮还真是挺老实的,也可能真的是啥都没看见。三皮对她一直还是那样特别关照,她甚至把这个眼睛不太好使的男人,几乎不当成是需要防范的男人了。可让她万万没有想到的是,这个眼睛不太好使的男人,竟然具有那么大的进攻性。

素芬见三皮跟了上来,就说:"你看得见吗?这么黑的,还往外跑。"

"你不是也出来了嘛。"

"我出来,我能看见哪。"

"那借嫂子的手,把兄弟搀一把,兄弟不也就能看见了嘛。"

"再别胡说了,快回去。"

"闷得很,你就让我跟你走走吧。"

素芬看他说得挺真诚的,加之平常又那么照顾自己,就把他的手牵上了。

开始倒也牵得自自然然的,素芬觉得,就是牵着一个眼睛不太好使的熟人的手而已。谁知三皮开口就说墩子的事,他说:"嫂子你知道不,墩子有一回在后台……玩牛牛,我还见过一回。"

"再别说那事了,看恶心的。"素芬急忙制止了。

"其实平常……也不止墩子一个人,大吊、猴子都玩,我也玩过,有啥办法呢……"

"你再说,我就把你掀到沟里去了噢。"素芬说着,已松开了牵他的手。

三皮这时浑身已颤抖得不行了,端直说:"我喜欢你……"就又一把抓住了她的手,并且抓得跟钳子一样,让素芬咋都挣不开。

素芬气得就用另一只手抠他:"你放不放,我喊人了。"

"喊也没用,这阵儿外面没人。"

寺院里面"妹娃子要过河,哪个来背我嘛……"的互动声,正让观众拼命地大呼小叫着,素芬与三皮就在院墙背后的位置,那里面刚好放着音箱,震得他们脚下的麦田都在抖动。任素芬再喊,也无济于事了。

三皮乘势而上,一把抱住素芬,跟一匹饿狼一样,就把素芬扑倒在麦田中了。这家伙全然不像平日那种蔫不唧唧的状态,连她也没想到,一头蔫驴,竟然还有如此的血性。她想,硬挣扎,凭自己的力量,大概也能挣扎得脱,但她不想挣扎了,她突然十分平静地撒开手,平躺在了他的身下,她问:"我是谁,三皮?"

"你是……嫂子。"

"谁的嫂子?"

"大伙儿……都叫嫂子。"

"为啥都叫嫂子?"

"顺子……年龄大。"

"还有呢?"

"顺子……是……老大。"

"你平常把顺子叫啥?"

"叫……叫哥。"

"你顺子哥对你好不?"

"一码……是一码的事。"

"你只回答,顺子哥对你好不?"

"……好……可……一码是一码的事。"

"不,这是一码事。我是你嫂子,是你顺子哥的媳妇,你顺子哥是你们的头儿。你顺子哥对你很好,看你眼睛不好使,平常那样照顾你,你这样做,对不起你顺子哥,知道不?下来!下来!下来!"

三皮身子一软,就从素芬身上滚下来了。

二十九

从郊外寺院装台回来,顺子在家美美睡了一天。本来还有两车货要拉，素芬看顺子累得又喊叫痔疮犯了，她就干脆把顺子的手机关了，咋都不让去。顺子蒙头睡觉，她就把两人脱下来的脏衣服，一回泡着洗了。

韩梅知道继父今天早上回来，她中午也回来了。其实她根本就没回学校去，只是去中学同学那儿住了两天。那位同学知道她家里的情况，给她出主意说，绝对不能退让，在西京，哪怕占下几平方米的地方，将来一拆迁，都能换回一套房子呢。你一撤退，就啥都没有了。受点窝囊气，与得一套房子相比，当然是得一套房子划算了。韩梅没有那么精确地计算过，她只是觉得在西京城，不能没有个落脚的地方，不能失去了根，至于将来得一套房子的事，还真没想得那么明白。经同学一点拨，她的脑子一下给清晰了，再回家，那持守的信心与勇气，就自然增添了许多。本来她每次回家，都是轻手轻脚地开门、关门，生怕惊扰了菊花姐，一副寄人篱下的神情。今天回来，她突然有了点胆量，竟然把门锁转得咯咯嚓嚓一片响。她一进大门，素芬姨给她打招呼，她就声音很是响亮地应答着，好了扑上来，她也是"哟哟哟哟，看把你亲热的"地高调嬉戏着，进了自家小房，用脚一反蹬，门锁碰上的声音，更是清脆响亮得像是一种叫板。

蔡素芬在楼下，看着韩梅今天回来的一系列神态动作，心里自是明白了几分。不过她还是希望一家人相安无事为好。本来顺子的蓝布大褂，穿得脏的，是需要用棒槌狠劲捶几下，才能洗干净的，可她硬是没敢捶，就那样一个劲儿地用手干搓着。

一大早，菊花就听见顺子和那个骚货回来了，是轻手轻脚回来的。她昨晚跟乌格格还有谭道贵一起打牌，也是天快亮了才回来，这阵儿睡意刚来，也就懒得理谁地睡了。第二个骚货回来时，又是高声说话,又是逗狗,又是把门弄得一片响的,就把她吵得睡不成了。她的瞌睡本来还没醒,眼睛咋都睁不开,实在是想再睡一会儿,可这个小贱货,自打进门后,就折腾得没停。大冬天的,进了房,竟然大开着窗户,还放起了如急火攻心般的黑人摇滚。虽然没有音箱,可从电脑里直播出的那个吱吱啦啦的声音,高一下低一下的,尤其刺耳。大概是电脑太破旧的原因,那声音,一会儿像是被谁捏住了脖子似的气息奄奄,一会儿又像是下水道被突然疏通般的急流直下,就把她的睡意彻底败坏了。特别令她不能容忍的是,这个小贱人,最后竟然自己也跟着唱上了,耍的还是英语范儿,那声音不说像电锯那般穿耳剜心,起码也是夜猫叫春般的令她恶心。她先是顺手操起高跟鞋,朝着小贱人的那面墙,狠狠砸了几下,看没什么效果,就穿着睡衣,端直去踢小贱人的房门了。

"哎哎哎,能不能给人一条活路。"

"谁不让你活了?"

"这样驴喊猫叫的,人能活吗?"

"谁驴喊猫叫的了?"

"你这还不叫驴喊猫叫?人能发出这样的声音吗?"

"你……你欺人太甚了,我没把你咋。我……我好歹把你叫了这么多年姐……"

"打住,打住,你少叫,我已告诉过你,我从来就没有什么妹子不妹子的,叫着让我恶心。"

"你……"韩梅实在想跟菊花交一次火,可当真交上了,又说不出太狠毒的话来,只有好了在汪汪地帮着腔。

菊花先是踢门,韩梅咋都不开,她就站在窗口喊叫:"你立即把这条骚母狗给我扔出去,要不然,我今天非宰了它不可。"

好了还冲她汪汪叫着。

菊花就要破窗而入。

韩梅护着好了说:"你跟狗置什么气呀,你不喊,它还能喊了。"

"我叫它喊,我叫它冲我喊,看我怎么把这些骚货一个个灭了、宰了。"菊花说着,还真的把纱窗呼啦一下撕了,只一纵身,就跃上窗台,嗵的一声,跳进了韩梅房里。两人争夺起了断腿狗。

韩梅发出了声嘶力竭的声音。

正在洗衣服的素芬,急忙跑到房里,把睡得呼呼打鼾的顺子摇醒,说楼上打起来了。

顺子一听,韩梅果然喊得撕心裂肺的,狗也叫得十分瘆人。他胡乱穿起线衣线裤,就跑了出来。顺子刚跑到院子,就听半空中狗在"昂昂昂"地哭叫着,他抬头一看,好了正挣扎着往下掉,他就朝前扑着去接,地上一滑,让他摔了个仰板,但好了却正好落在了他的怀里。好了紧紧伏在他的胸口上,一动不动,只是浑身还在抽搐着,他急忙用手搂住了。紧接着,他就听见了韩梅和菊花的厮打声。他想站起来,只觉得整个脊背僵硬得无法动弹,素芬急忙来把他往起搀。勉强搀起来了,他一只手还抱着惊魂未定的好了。素芬接过好了,他就试着顺楼梯向上爬。他想爬快一点,他听见那姊妹俩正打得不可开交,这是过去从来没有发生过的事。可他腰上似乎连一点力气都给不上,腿稍一动,整个脊背都痛得要命,但再痛,他还是坚持着爬上去了。

菊花抢着把狗从楼上扔下去后,韩梅就像一头小母狮子一样发怒了,本来在抢狗时,菊花就有意无意地在她胸前擂了几拳,当可怜的好了被抢走,并扔下楼去后,韩梅胸中的怒火,就彻底燃烧起来了。她一把揪住菊花的领子,就像菊花刚才从窗户里跳进来

167

时一样,整个眼珠子都发红、发烫起来,她怒斥道:"你凭什么进我的房子?还从窗户跳进来,凭什么?你凭什么?"

"嗨嗨,你把事情搞清楚吧,这是刁家的房子,它姓刁,不姓韩,你'拖油瓶'过来前,这房早都建好了,与你屁相干。"菊花说着,抬起胳膊肘,把韩梅抓领口的手,狠狠拐了一下,但韩梅的手始终未松开。

"就算是姓刁,现在我住着,你也不能从窗户往进跳。"韩梅气呼呼地说。

"既然姓刁,那么我想怎么进就怎么进,我可以从窗户往进跳,还可以从顶上打洞,由天而降,你知道不?这是我刁菊花的权利,你韩梅管不着。"菊花一副咄咄逼人的气势,并且故意把"刁菊花"与"韩梅"这两个人名咬得特别重。

韩梅气得不知说啥好了,但她还在声嘶力竭地怒喊着:"就算是你的财产,在我没有搬出去以前,你也无权侵犯我的私人空间。"

"好,既然你知道这是我的财产了,那么请你立即搬出去!立即!快!滚!"

说着又狠狠拐了韩梅一胳膊肘,韩梅的手还是没有松开。

菊花看着眼前这头暴怒的小母狮子,内心的无名火也跟着愈蹿愈高。她已有很久没有这么近距离地瞅过韩梅了,这个小骚货的鼻梁,竟然是这样的高挑,一副饱满的瓜子脸,弄得还真有些像奥黛丽·赫本呢,真他娘的见了鬼了。皮肤也是这样的细嫩白皙,几乎每一个毛孔,都在散发着掩藏不住的青春气息。她是学过化妆的,在这样一张脸上,几乎不需做任何特意修饰,甚至连粉都不用薄施,就能似三月的鲜花一样,招蜂引蝶了。一个破裁缝的女儿,一只拖过来的烂"油瓶",竟然出脱得这样让自己自惭形秽,无地自容,这阵儿,她就想用一块明城墙上的老砖,狠劲拍下去,让那张棱角分明的骚脸,变成一块溜溜平的搓衣板。

菊花终于一拳砸在了韩梅的脸上,顿时,韩梅的鼻腔就血流如注了。韩梅眼前一阵飞花,什么也看不见了,但她的双手还紧紧抓着菊花的领口。菊花在挣脱过程中,又用膝盖狠狠顶了几下韩梅的小腹,韩梅想用膝盖还击,却怎么也抬不起腿来,她的个头毕竟没有菊花高,她就一下把抓领口的手,倒换到了头发上,她终于薅住了刁菊花足有两尺长的披肩发,只使劲撸了一下,刁菊花便跟杀猪一般号叫起来。紧接着,刁菊花也薅住了韩梅的头发,下手更狠地连连撸着不放。这时,顺子已来到门口。顺子大喊一声:"都干啥,都想干啥呢?松手,都松手!"

谁也不会为顺子的这声喊松开手来,顺子只好上前去,把四只如钳子一般的手,往开掰,但任他如何掰,四只钳子都是越钳越紧,怎么也掰不开。他帮哪一方松手,都只能加重另一方的痛苦,万般无奈,他只好扑通一声,跪在两个女儿面前了:"都松松手吧,娃呀,就是路人,也不至于弄到这个份上呀,何况你们还有十几年的姐妹情分哪!爸求你们了,就相互让让吧!爸求你们了,求你们了!"顺子甚至把头磕在地上,发出了嘭嘭的响声,但菊花和韩梅,还是都没有松手的意思。顺子就只好从平日特别听话的韩梅处下手了,他说:"韩梅,你是妹妹,你先松手,爸没有啥事求过你,今天算爸求你了,你先松,好不好,松开,松。"韩梅的手终于松开了,菊花又将手中薅着的头发,狠命拽了一下,才松开离去。

这时蔡素芬刚好进门,菊花就又回过身来撂了一句:"所有骚货,都必须从刁家滚出去,必须!立马!"

"放你妈的屁!"顺子终于忍无可忍地骂了一句。他从地上站了起来。

菊花也毫不示弱回敬了一句:"我就是放我妈的屁,咋了?滚,所有骚货都得滚!"

"谁是骚货,谁是骚货?你让谁滚?"顺子就要冲出门去理论,被素芬一把抱住了。

只听门外菊花喊:"连那只母狗都是骚货,谁是骚货?哼!"随后,就听见那边的门嘭地摔上了。

素芬急忙用纸给韩梅擦着鼻血。

地上,散乱地盘曲着一堆头发,菊花的头发是烫成大波浪形的,而韩梅是直板形的,地上的头发,明显直板的要比波浪的多。

韩梅号啕大哭起来。

"心也太狠了点儿。"顺子安慰韩梅说,"别理她,这个家有你一份,你放心住你的,有爸呢。"顺子知道,菊花刚才话里,其实把素芬也是捎带着的,他就又补了一句:"只要我在,就是好了,也都算是家里的一口子,谁也别想往出撵,谁就是撵出去,我也是要找回来的。哼,真个还没王法了。"他故意把声音喊得很大。

素芬就说:"没那降虎的哨棒,就别瞎缭乱,看缭乱起来了,你能制伏住不?"

"哼,看她真个还能翻了天了?"

顺子站在门背后,还干号着。

那边音乐声就起来了,仍是龚琳娜的《忐忑》,那种锐叫声,一下就把顺子的号叫声淹没了。

这天晚上,家里又发现了蚂蚁搬家。

蚂蚁是从西边那个窄洞里,往东搬,它们也不知怎么选择的路线,竟然要绕上二楼,然后从二楼的一个豁口翻墙出去。大概是有蚂蚁钻进了菊花的房里,气得菊花起来,烧了一铁壶开水,一路淋下来,制造出了成千上万只蚂蚁尸体。第二天早晨,顺子起来,看见蚂蚁那尸横遍野的样子,心里直打寒噤。他一边扫着蚁尸,一边叹息说:"这娃心太毒了! 太毒了!"

三十

韩梅真的是需要很好地打理一下自己的生活了,到底该怎么走,她得给自己定出一个方向了。她首先想到了律师,必须从法律上给自己找到一个依据。这在过去,是从来没有想过的事。她五六岁时,跟着母亲来到这个家,由不适应,到适应,再到忘记过去,彻底只记得这个家,这个唯一的家。十五六年过去了,怎么就突然又被严正告知,这不是自己的家,那个租住的裁缝铺,才是自己的家,自己只是个拖来的"油瓶",甚至跟断腿狗一样,是个必须滚蛋的骚货。

她知道继父并无赶自己走的意思,继父甚至是爱自己的,尽管爱的方式粗放了些,但他在自己与菊花的天平上,是没有轻重之分的,有时甚至还更加偏向自己,这是她心里非常清楚的一点。可继父在这个家里,又明显害怕着菊花几分,尤其是在娶回蔡素芬后,就理亏得几乎完全说不起话了。她甚至想,要是蔡素芬不来这个家,也许她与菊花还闹不到这种程度,可问题是蔡素芬来了,并且比自己关系更特殊地搠进了这个家庭的心脏,人家与男主人,是心心相印、相濡以沫、如胶似漆的日同茶食夜同眠的关系,而自己越来越像个胆囊、赘瘤甚至指甲壳,切了也就切了,剪了也就剪了,消除了,蒸发了,也丝毫要不了这个家庭的命。

韩梅是跟菊花撕抓完后出门的,那时鼻血还没有完全止住,鼻子明显肿着,蔡素芬要领着她一块儿到医院拍片子,害怕鼻骨打折了,可她没让,她坚持要自己去。继父就硬给她口袋塞了一千块钱。

出了门,她先去医院看了看,大夫检查后说,是软组织损伤,给里面清洗了一下,又开了点药,她就离开了。

她突然强烈地思念起乡下的朱满仓来。最近朱满仓老给她打电话、发信息,她都没好好接,也没好好回,还是怕陷得太深。其实她心里还是蛮想朱满仓的,这阵儿尤其想。

她想起在学校时,有一天,她和朱满仓跟另外几个同学,一起到二龙山水库去玩,大家都下水游泳时,她和不会游泳的朱满仓就在岸上给大家看衣服、看行李。她看见别人嘴里在吃黄澄澄的杏,就说自己嘴也酸了。朱满仓二话没说,就跑到两里路外的水果摊子上买去了。谁知她被三个刚上岸的油皮小子盯上了,他们一人只穿着一个三角裤头,都一副雄性威猛的样子,却讪皮讪脸的,硬纠缠着要一人抱她一下,说还没见过这么漂亮的妞,并且一再保证说,就抱一下,谁抱两下都是猪,还说谁有邪念了,谁下辈子也托生猪,或是被人劁了做太监。其中一个个头矮些的,还油腔滑调地说,只要是人,他就无法忍受这种与人间至美擦肩而过的悲痛。吓得她一边拼命喊叫,一边往后退,但他们还是嬉皮笑脸地硬贴了上来。这时朱满仓跑回来了,一下护住自己,那种毫无畏惧的神情,至今都还深深铭刻在她的脑海中。虽然那三个人也并没再做出任何非礼的举动,只是其中一个浑身文满了龙爪的高猛小子,拍了拍朱满仓的肩头说:"看你瓜瓜的,艳福还不浅哪!"然后三个人就笑着走了。韩梅在那一刻突然觉得,朱满仓就是自己的守护神。今天刁菊花从窗口跳进来那阵儿,她第一个想到能保护自己的,不是继父,而是朱满仓,唯有朱满仓在场,她才可能得到真正的保护。

她给朱满仓拨通了电话。朱满仓自然是兴奋得有些快哭的感觉了,他说他在给牛栏出粪,就是把牛粪从牛栏铲出来,然后拉到地里,等来年春上点苞谷时好用。朱满仓问她在干啥,她竟然脱口而出,说了声:"想你了!"她可从来都没有给他说过这种暧昧的话。朱满仓那边语言就有些哽咽了,他说:"那你来我们这儿吧,可好玩了,这儿昨天下了一场雪,漫山遍野都是一片银白,美极了。"他还说,他立马来接她。她没有表态。他又说,她要是不来乡下了,他问他来西京城行不。她还是没有表态。那边信号实在太弱,朱满仓说,他都上到家门口的核桃树顶上了,但通话还是不时地中断,她就把电话挂了。

韩梅找到了一家律师事务所,那位中年律师很热情。她咨询了一下自己家里的这种情况,谁知律师回答得很干脆,说:"你有与你姐相同的财产继承权。法律上规定,亲生子女、养子女有抚养关系的继子女,都享有父母财产的继承权。"律师还特别说:"你五六岁就来到这个家里,是继父把你抚养大的,这就叫抚养关系。如果十八岁以后,再来这个家里,就不具有抚养关系了。"他还问:"你要打官司吗?我替你打,只要像你说的那样,就绝对是赢官司。"

韩梅说,现在还不需要,但以后也许会来找他。

韩梅从律师事务所出来以后,又接到了朱满仓的电话。朱满仓说,他咋觉得她情绪有些不正常,他说他连夜就来西京城看她。她阻止了,她说她好着呢,但朱满仓说,他已经把衣服都换了,准备去车站呢。她十分坚决地说:"不许这样。"她说她有好多事要办,很忙,没时间接待老同学,然后就把电话挂了。

挂了电话后,韩梅就信心满满地回家去了,那是刁菊花的家,也是她韩梅的家,她在法律上,终于找到了支持的依据。

三十一

顺子越来越感觉到了自己对这个家掌控能力的欠缺。当然,最难伺候的还是菊花了。他也知道,只要菊花不拧巴着,素芬和韩梅就不会拧巴,可菊花越拧越厉害,这两位也就跟着不太顺溜了。先是韩梅有了一种跟人置气的犟劲儿,这娃过去总是给人示弱,现在不了,迟早都是一副针尖对麦芒的架势。素芬看姊妹俩僵成这样,就有些怪顺子,嫌顺子不该只顾在外边揽活儿,遇见事了,也只是干号几句,屁不顶,她怕这样拖着,会拖出啥事来。可顺子实在也是没办法,一大家人,见天要吃要喝,一天口袋进不了银子,他就急得直挠头。也不知村里其他人家的日子都是咋过的,他的日子咋就过得这样苦焦,这样窝囊呢?越劳越挣,越是娘嫌女不爱的,有时把命都快搭上了,日子也还是过不展拓、过不舒服,这倒是个尿日子嘛!

好在挣钱的路数倒是有,只要舍得下苦,半夜也有叫三轮的。

尤其是他的名声出去了,整个西京城的装台活儿,几乎都会找上门来。那天寺庙的活儿刚干完,北关一个村委会主任的老爹死了,硬要唱几天大戏,并且要求把台子搭得像模像样一些。几台大戏都是一个叫耕升的"穴头"揽下的,演员也是他私下叫的,装台自然就找了顺子。顺子带着大吊和猴子去看了一下,台的确不好装,楼房一家挨一家的,选来选去,就只有村里的一条街道还算合适。但这是一条主街,他们还怕搭不成,谁知报上去,村主任很快就传出话来:哪儿合适搭哪儿,用不着商量。他们就把一条街道给封堵了。

台子搭得很顺利,几乎是逢山开道,遇水架桥,没有办不成的事。要下几根台柱子,连街道洋灰板都让撬了;要拉两根横穿梁,街两边单位的墙壁,都同意凿出脸盆大的窟窿;最后,有人说电压不够,村主任一个电话,立马就有人把装载着变压器的车都开来了。

就在台子搭得快好时,狗日的墩子回来了。

墩子一只胳膊用一条已经分不清颜色的脏纱布挎着,说是打了石膏。大吊问他咋了,他没好说那是从寺院高墙上栽下去摔断的,而是说走路不小心,一个屁股蹲下去,手一撑,骨裂了。猴子就问,那晚玩牛牛是不是用的这只手,墩子光笑,骂了声"日你妈"。顺子第一眼看见这个货时,就想上去踹一脚,真是把他害惨了,到现在两个膝盖上跪破的皮,还没好利索,轻轻往下一蹲,还痛得他两股眼泪直往出蹿。给寺庙装台的钱,到现在寇铁也没给,他也不好意思去要,毕竟给人家惹了那么大的祸,人家最后顺利放大伙走,都算是万幸了。可这个货,回来还嬉皮笑脸的,好像是做了啥赢人的事。眼睛本来就小,这下更笑成了仅仅能绷进一条细线的肉缝。顺子劈头盖脸地就臭骂了一顿:"你个烂鸡巴头子的货哟,咋还没死,还有脸到这儿来晃悠,你狗日的差点没把人害死,你知道不?只图你受活呢,你没看把我害成啥了。"顺子说着,就把裤腿往上撸,两个膝盖上没结好的痂,果然还在渗血。墩子就不笑了,墩子想帮着把顺子的裤腿往下放,顺子到底还是给了他一脚:

175

"滚!"墩子就又笑,看着大家笑,笑得眼睛睁不开。

大伙儿想着,顺子这次是咋都不会留墩子了,谁知墩子就是不走,前后跟大伙儿一块儿黏糊着,有时还伸出一只手来,帮着穿铁丝,绑幕布啥的。顺子开始懒得理,后来大吊问咋办,顺子就说:"能咋办?这个死皮货,家里还有一个瘫子娘,等着他每月寄钱呢。能咋办?"不过,顺子要大吊再吓唬他几句,免得以后惹其他麻烦。大吊自然就把这事放大了。大吊故意把声音弄得很大地问:"哎,墩子,你顺子哥问你,是真想留呢还是假想留呢?"

"当然是真想留嘛。"

"真想留,你顺子哥就有一个条件呢。"

"啥条件,大吊哥你说。"

"你顺子哥让你把鸡巴切下来,由那条断腿狗先看管着,等你把瞎瞎毛病改了,再去狗那儿领回来。"

"我日你妈,大吊哥。"

墩子就又归队了。

三皮自那晚与素芬有了那场事后,见了素芬总是不好意思,见顺子哥,更是不敢正眼瞅一下。开始,他一直害怕蔡素芬把事情给顺子说了,结果,几天过去了,也不见顺子对自己有啥变化。有一天,他见顺子突然气呼呼地向他走来,吓得他撒腿就跑,谁知顺子还是为家里的事情生气,说是菊花又打电话向他要钱了,气得他逢人就说,好像自己是开了银行了。最后,是素芬让顺子别见人就说家里的那点破事,顺子才止住了这种不由自主的嘟囔。

素芬还是一直给三皮打下手。其实那事发生后,素芬也有点不好意思,并且不想跟三皮在一起装台,害怕再惹麻烦。可装台这活儿,各干一行,素芬自打进来,就给三皮打下手,其他地方也插不进去,不跟他干还不行。这次装台,顺子吩咐,还是由他俩打理伙食,办交涉,兼打零碎。所谓办交涉,就是跟主东借东借西的,打零碎的活儿就多了,反正哪儿忙,朝哪儿插手就是了,眼色活而已。本来家里办这大的丧事,流水席就吃着不断,加之主东家又是有头有脸的人,来的客又多,按说每顿给他们装台的开两桌饭,也不算个啥事,可穴头跟人家不知咋谈的,人家管事的说,装台的不管饭。为这事,顺子还去跟人家大总管交涉了一次,人家还是那句话,钱都跟唱戏的一起算过了,没有管饭这一说。大家吃饭的事,也就只好由素芬和三皮去打理了。晚上,大吊他们说想吃点热乎的,素芬就跟三皮到另一条街上,去弄红豆稀饭和蒸包子。三皮见跟前没人,就又问了素芬一句:"那事……你该没跟顺子哥说吧?"

"什么事?"素芬故意问。

"就是……那事。"

"嫂子早都忘了。"素芬故意把"嫂子"两个字咬得很重。

三皮过了半天又哀叹说:"唉,嫂子。不知你听过没有,嫂子的尻蛋子,兄弟的一半子呢。"

"别瞎胡说,连兄嫂都敢胡思乱想,那不成畜生了。"

三皮还想说什么,素芬买了稀饭、包子,就跟他用铁桶抬着往回跑,三皮想慢一点,素芬直催说:"快一点,外面太冷,都想吃点煎火的呢。"两人就一路小跑着回去了。

舞台整整装了一天一夜,第二天中午,穴头耕升就带着演员和乐队来了。总共有三十几个人,中午要唱四个折子戏,晚上是名家清唱。顺子跟大家都熟悉,就上去打招呼,并把耕升带到舞台上,四处检查了一遍,耕升直表扬说,舞台搭得好,一看就是顺子干的活儿,漂亮!耕升招呼说,让大家都过来吃饭。主家已经把几桌饭菜都摆好了。顺子还提醒了一句:"人家恐怕不让装台的吃。"耕升说:"操你的心,这大的丧事,还能缺了你们几顶孝帽子。吃,放开肚皮吃。"顺子就把弟兄们全都吆上桌了。谁知大家刚动筷子,就有人跑出来骂人了:"谁让你们吃的?谁让你们上桌子的?这是给礼客准备的,谁说让你们吃了?"穴头耕升,把一蛋子卤猪蹄刚啃了一口,差点没让那人的吼声吓得跌下来。顺子倒是眼尖手快,给嘴里塞了一疙瘩牛腿上的键子肉,说不让吃,先一口滑了下去。耕升不紧不慢地啃着猪蹄说:"你是干啥的?"那人恶狠狠地说:"你先把猪蹄子放下,谁让你们吃的?合同上说管饭了吗?"耕升就气不打一处来地说:"他妈的,都啥年月了,还为吃一顿饭,在这儿给你费口舌,磨闲牙,把你管事的叫来。"那人说:"我就是管事的。"耕升见的事多了,就把桌子一拍:"你能管你妈的×事,吃,我说了算。"这时,大总管就出来了,声音虽然不高,但话的分量却不轻:"不能吃,请都放下筷子,礼客都到了。你们要吃,也得到那边廊下,跟吹龟子的一起吃臊子面,这是席面,得有规矩。"耕升就恼怒了:"这是什么屁规矩,连饭都不让吃?"总管说:"合同上签得清清楚楚,没有说管饭的事。你们要吃也行,这一桌两千块,吃几桌,从演出费里扣。"大家就再没话了,都看穴头耕升怎么办。耕升知道这儿的人难缠,要真扣了演出费,还不如不吃这脏脏饭。他就先把筷子一板,嘟哝了一句:"一帮抠雀×的货!"就带头离席了。那些见惯了大世面的演员们,自是有些面子下不来,直说要走,不给这些下三烂唱了。耕升就说,合同都签了,惹不起官司,还是将就唱了算了,毕竟戏价还是谈得不错的。名演有一万的,有八千的,有五千的,有三千的,给白事唱戏,最少也不能少于两千块。连乐队打下手的,也在八百、一千上说话。大家说是说,到底还是有些舍不得眼看要到手的银子。顺子也怕这些人一躁，拍屁股走了人，舞台搞不好就白装了。他也帮着耕升做工作，说离城一丈都是乡棒，别跟这些乡下人一般见识，最后总算把人都留下来了。

有趣的是，有一个姗姗来迟的名演，自驾车到场后，按惯例，先问："不知在哪儿用膳？"顺子知道，这些人都爱用戏里的词说话。有那好事的，就故意日弄那个名演说："主人吩咐过了，说您老来，请端直到上房正厅用膳，酒菜都已齐备，早有丫鬟院子在那儿伺候着呢。"这位名演，就大大咧咧地端着自带的大茶杯，嘴里"咿咿呀呀"地热着嗓子，迈着八字步，去上房正厅了。另有两个好事的，乐得跟去看热闹。那名演一进大厅，端直朝沙发上一坐，用两根指头，朝站在旁边的人轻轻点了两下，示意让人家把耳朵附上来。那人根本没有听指挥的意思，就问他要干啥，他非常简单地说出了要求："去给管事的说一下，就说剧团的陈老师来了，叫不要太麻烦，切二两牛肉，用生蒜拌一个猪耳朵，拍一个黄瓜，再来一个烤饼就行了，把饼烤黄一点，脆一点，酒啥的，先都不要上了，老师一会儿要唱《下河东》，唱毕了再喝。不过先来一瓶啤酒也行，要常温的。"谁知那人端直来了个："对不起管事的说了，唱戏的不管饭，要吃了，到廊下吃臊子面去。"这时，跟来看笑话的那两个货，早就忍不住扑哧哧笑出了声。名演看这里面好像有啥圈套似的，就起身出来问咋回事。两人就把刚才的一幕说了一遍，名演二话没说，就直接上车扬长而去了。任耕升再打电话，名演还是说，这钱他不挣，耕升说给他加钱，他说就是给座金山，他也不给这号王八蛋唱戏。耕升说，虽然是咱私下组织的，可也是为人民服务哩，名演说，这号王八蛋也配叫人民？我给孙子服务都不给他服务。弄得耕升没法，只好临时又从城里调了另一位名演来补台。

看演出的观众倒也不少，几乎把堵起来的一条街都拥满了。顺子他们搭好舞台，人家主东又安排他们把一道道黑帐子挂上去，他们就跟挂幕布一样，在舞台上挂了好几道幔帐。一街两行都摆满了花圈，顺子随便看了一下，不仅有省上市上这厅那局的头头脑脑，而且还有挂中国×××单位的花圈挽幛，甚至还有驻外使节的花圈，顺子听身边人议论说，别看是个小小的村干部，门道大着呢，北京都有人哩，这儿的地皮已是寸土寸金了，巴结的人多着呢。那人还神秘兮兮地说："你没见这几天，村主任只接待局长以上领导和他们的夫人，处级都要看是啥处级了，不拿事的处级，把礼金一上，大总管接待一下，就算是把面子给足了。"顺子听得直咋舌头。他是城中村的老户，并且还是城市白菜心的老门老户，一个城市郊区的村委会主任，都能把谱摆成这样，真的把他听得目瞪口呆了。本来顺子有个习惯，就是无论给谁装台，他都会找准机会凑上去，跟最高主管、首长搭个话，表表决心什么的，他觉得这是他这个装台负责人的责任，也是顺利开展工作的必要方法和手段。可在这里，他始终没能跟村主任搭上腔。人家迟早都有一堆人包裹着，外人咋都近不了阵仗，因此，顺子就总觉得心里不是很瓷实。

第一场戏开演前，村主任终于被一堆人拥上了舞台，他是代表亲属讲话，答谢来宾的。村里一位长者，据说也是村主任的表舅，戴着一副老铜腿眼镜，那铜腿是缺了一段，生生补了一截新的，红铜与黄铜混杂，虽然看上去十分鲜明，但仍然不失那一派有了历史年代的深意。老者穿着一身紫红唐装，被人搀上台来，宣读了一篇祭文，又是"呜呼哀哉"，又是"尚飨"的，中间还用了几个狠词，什么"南天柱倾""北海干涸"，什么"日月痛悼""长风呜咽"之类的，把个村主任的爹，歌颂得比毛主席还伟大。紧接着，话锋一转，由老爹的教子有方，联系到村主任的丰功伟绩上，什么"沧海桑田""日月增辉""泽被生灵""德隆八方"之类的，全上来了。村主任带头鼓掌，表示感谢，底下在村主任目力所及的范围，都掌声雷动了。把村主任送下台后，大总管又说了半天，无非是主家怎么好，怎么伟大，主家能让自己总管这么大一摊事，自己感觉能力如何不逮之类的话，然后又代表主家，开始感谢吊唁的来宾，再又宣布了几十页来宾名单，直到口干舌燥，还对着麦克风，骂了一句抄名单的："抄你妈的×抄，抄的屁名单！"说把谁谁谁几个要紧人都抄掉了，他一再表示对不起，才宣布唱戏开始。

第一折戏，自然是《祭灵》了，男丧唱《大报仇》中的《刘备祭灵》，女丧唱《河湾洗衣》，也叫《女祭灵》，这是整个关中道丧事唱戏的风俗，顺子几岁时就听过这些戏，台上还没开口，琴师把那"苦音慢板"的过门一拉，他就在舞台侧面蹲下，闭起眼睛哼哼开了：

满营中三军齐挂孝，
旌旗招展雪花飘。
白人白马白旗号，
银弓玉箭白翎毛。
文臣头戴三尺孝，
武将身穿白战袍……

主家连着唱了三天大戏，为了满足青年人的口味，最后一场是歌舞晚会。穴头还是耕升，他不知从哪里弄了几十红男绿女来，多数穿得露而又露，背上一纱不挂，奶遮半匝，肚脐全亮，一跳舞，里面的粉红裤头还忽隐忽现的。看倒是都看得津津有味，也不见有一个退场的，结果看完，还是有老者提出批评，说这样的戏多少有点跟祭灵不搭杠，怕扰害得亡灵西去不安生。旁边又有老者发话了,说:"操你的闲心,主任他爹一辈辈就好这一口,前年还跟村里年轻人一起去偷偷看过艳舞呢,这最后一场戏,才算是请对路了,八成他老大人,已心满意足地驾鹤西去了。"把站在一旁的顺子都惹笑了。

顺子、素芬还有三皮、墩子,他们几个一直留着看台,其余人,在台装好以后就都离开了。顺子又给他们联系好了其他的活儿。事情就有那么凑巧,主家请的念经班子,据说是东南西北四面四家寺庙的和尚,里面竟然就有顺子他们刚刚装过台的那家寺院。连那个收拾过顺子的老住持都"御驾亲征"了,也可见事情的重要性。这事是墩子先发现的,墩子现在一看见和尚,就本能地想拔腿逃跑,何况这里面,还有那帮准备跟他算账而没算成的和尚,墩子一见,差点没尿湿了裤子,吓得连跟顺子招呼都没打一声,就拔腿跑掉了。好在,念经超度的和尚,是围着棺材转,而唱戏,离灵堂还有两三百米远,井水不犯河水,顺子他们也尽量不到灵堂那边去,也就避免了与那帮人见面的麻烦。

五天五夜终于熬完了,顺子他们把台也拆了,可穴头耕升说,因为第一天跑了一个名演,换了一个唱《下河东》的,人家说跟合同上说的人不符,到底还是扣了一万块钱。耕升跟总管吵了半天,最后甚至还找到了那个村委会主任,他说他是孝子,管不了那么多,既然请人家主事,就得听主事的。耕升看这家伙势太大,一个村干部,比他见的那些大得不得了的官还牛,也就不好再理论了。

城门失火,殃及池鱼,其他人的钱,耕升不好扣,最后就跟顺子商量,硬把跟他谈好的价,扣了五千,说是他赔了,让顺子帮他分担一点。还说以后有机会再补。顺子知道,这种补,永远都是一句空话,他装了这么多年台,这种话听了无数遍,还没见过谁真补的。

顺子也不急也不躁的,就那样跟他慢慢磨着,大概磨了有一个多小时,前后就是"都是下苦的,不好亏人家"那句话。最后耕升把大腿一拍:"不说了,再给你两千,我这回就权当是陪皇上他妈拾麦穗——图散心了。"到底还是扣了三千。当顺子把钱发到每个人手上时,都是骂骂咧咧的。

顺子把村主任家的台还没拆完,就接到刁大军的电话,说他从澳门回来了。

三十二

刁大军回一趟村子,那可是一件大事,几乎家家都在传说刁大军回来了。

刁大军上一次回来,还是好几年前的事,大家记得,他开着价值六百多万的加长宾利,还带了一个新老婆,可把一村人羡慕死了。尤其是年轻人,都觉得做人就要做大军叔这样的人。

这次回来,刁大军倒没有开车,是坐飞机回来的,不过又带了一个比上次还新的老婆,大概只有二十几岁,而刁大军此时已是五十七八的人了。飞机降落在咸阳机场后,他才给弟弟顺子拨了个电话,说他回来了,是回来过年的,好几年都没在西京过年了。顺子问他住不住家里,刁大军说你甭管,就把电话挂了。刁大军自然是不会住在弟弟的家里了,他是在克林顿当年来西京下榻的宾馆登记了总统豪华套房,等一应收拾停当后,才由小媳妇挽着左胳膊,由侄女刁菊花挽着右胳膊,回了一趟村子。

菊花是接了她爸的电话,才知道大伯回来了。这不免有些令

183

她兴奋,因为在她眼中,大伯还是很给了她人生面子的人。她时常想,怎么亲亲的两弟兄,活的差距就那么大,一个吞金吐银的,一个就蹬了破三轮,真是邪了门了。

菊花赶到大伯下榻的酒店时,大伯说让她在大堂先等一会儿,他们马上就下来。菊花以为这个"他们",还是前几年回来的那个"他们"呢,谁知一见面,才知早已不是昔日的"他们"了。菊花本来是准备扑上去,给大伯一个热烈拥抱的,结果一看眼前勾着大伯胳膊的,是一个比自己还小的女孩子,就尴尬得不知如何是好了。大伯倒是洒脱,端直用标准的西京腔给她介绍说:"这是你的新伯娘,哈哈哈,咋样?漂亮不?"两个女人都愣住了。刁大军就急忙笑着说:"我看就不用叫伯娘了,叫马蒂就行,骑马的马,蒂,草字头底下一个美帝国主义的帝,可不是咱老陕的'妈的',哈哈哈。这就是我给你说的菊花,咱的侄女。"马蒂好像对这个侄女有些失望,连头都没点一下,只毫无表情地朝刁大军怀里靠了靠,意思好像是说:我只认你,什么侄女不侄女的。菊花就陪着他们一起出了宾馆门。

他们是打出租回村的。回村后,刁大军先满村走了一圈,菊花在快进村的时候,就把马蒂无法挽住的另一只胳膊,紧紧抱在了自己怀里。

刁大军带了一些纪念品,随手让菊花发了发,当一村人被搅动起来,都唬唬着传说:刁大军回来了!刁大军从澳门回来了!他才随着菊花,踏进了弟弟家的破铁门里。

刁大军进门就嚷嚷:"看你爸把日子咋过的,铁门都朽成这样了,也不换一个。"菊花就没好气地说:"哼,人家可把女人换得勤嘛。"

菊花把这话说完,看了看马蒂,又觉得说得有些不合适。

"咋,你爸又找人了?"刁大军问。

"他没给你说?大伯?"

"没有哇。"

菊花鼻子一哼:"看他有脸说。"

"嗨,看你这娃,你爸找个女人,也是应该的嘛,咋说这话呢?漂亮吗?"刁大军又问。

"你自己看吧。"菊花就有些不高兴了。

这时,顺子就蹬着三轮,拉着素芬,急急乎乎回来了。

虽然是大冬天,但顺子还是蹬了满头的汗,本来拆台就弄了一身灰,加之汗水又一道道地侵袭,整个人,就弄成了花脸猫。

顺子见了刁大军,很是亲热地喊了一声:"哥!"

刁大军看着怯生生的蔡素芬就问:"这是弟媳妇吧?好,找个媳妇是对的,要不然,看你这生活都咋弄呀!很好,找得很好,很漂亮嘛。"他还专门用了一句老陕土语:"嫽扎咧!"

顺子自是很高兴了,急忙对素芬说:"叫哥!"

"哥!"蔡素芬倒是对这个大哥第一印象不坏,不仅个子大,人气派,说话弄啥的也挺入心入耳。

刁大军又介绍说:"这是你新嫂子,叫马蒂。"

顺子和素芬都有些不知如何是好地看着这个娇小的女娃,有点发呆。

刁大军急忙说:"就叫马蒂,叫嫂子还怪别扭的。兵马俑的马,皇帝的帝字,加个草字头,可不是咱老陕的'他妈的'。"大家都被惹笑了。

"哎,你不是还有一个女儿吗,叫……叫个啥来着?"

"哦,梅梅,韩梅。"

185

"人呢?"

"应该在家吧,梅,韩梅,韩梅。"顺子就急忙张罗着把韩梅往下叫。

过了一会儿,韩梅才开门走出来。

顺子说:"你大伯回来了,快下来。"

韩梅先在上边叫了一声"大伯",然后才不紧不慢地朝下走。

刁大军倒是没有啥亲疏之分,见了韩梅,还反倒把娃亲热地拥抱了一下。菊花自是看得心里有些泛酸。尤其是大伯对那个女人的态度,让她心里很是不爽,她看大伯要进她爸的房间,就独自上楼去了。

在顺子房里坐了一会儿,刁大军把弟弟埋怨了一通,嫌不该结婚这么大的事,都没给他说一声。顺子就说:"都老夫老妻的了,凑合到一起,能过日子就行了,给谁也没说。"

闲谝了一会儿,顺子就说:"哥回来一趟也不容易,要不嫌弃了,就在家里弄几个菜,也算是吃顿团圆饭。"

刁大军说:"今天要吃羊肉泡,我这嘴都快馋得流哈喇子了。到同盛祥去吃,我请客。"

顺子说,他在外面忙了五天五夜,浑身发臭,都出不去门了。

刁大军说,给你们一个小时洗澡时间,他说他刚好还想到尚艺路上转转看看,五年没回来,好多老门脸都不见了。

顺子就喊叫菊花下来,陪大伯出去走走。

这事菊花倒是很乐意干的,她就和马蒂又搀着刁大军的胳膊出门了。

顺子和素芬在房里搓澡的时候,素芬说,吃饭她绝对不去。但顺子说,一定要给大哥这个面子。他说他大哥是个大大咧咧的人,

186

也没啥心眼,就是贪玩,十一二岁打麻将,就成了村里的高手。一辈子就好这一口,赢得来了,金山银山的,输得来了,也是光屁股坐砖的,反正没个正形。但总的来说,人家命好,赌了一辈子,玩了一辈子,不出力,不流汗的,到老了,还有这好的财运,竟然混到澳门去发大财了。顺子说,在这世上,他也就这一个亲兄弟了,能看得起他这个蹬三轮的弟弟,咱咋都得把人家的面子顾到位。

　　素芬答应去了,可韩梅咋都不想去。顺子又去做韩梅的工作。好在韩梅也对这个刁大军并不反感,就是觉得跟自己太没关系,加之菊花又是那样一副德行,好像生怕谁把她陪刁大军的风头抢走了似的,就有些不愿意去掺和。顺子最后是有些下命令的意思了,她才别别扭扭地跟着去了。

　　当一家人都围在一张大圆桌上后,顺子心里甚至有些激动,他没想到,一个几乎是四分五裂的家,竟然在大哥刁大军回来后,这样轻松地就扭和到一块儿了,他甚至在暗中祈求,想让大哥在家里多待一阵儿,等帮着把这个烂摊子彻底捯饬好了再离开。

三十三

　　眼看不到一个月就是年关了,秦腔团正在加班加点地赶着排新戏,春节要上演呢。团上把制景的活儿,几乎全套交给了顺子。顺子开始只图揽活儿,剧务主任寇铁说啥他都答应,把事情应承下来了,才发现这活儿有多粘牙。一个大平台,上边最少要站四十个人,导演要求站人后还能前后运动。六道画幕,三天画一道都得十八天才能画完,可导演要求腊月二十必须装台,算来算去,有效时间只有十五天。另外还要粘五道网子景，做两棵直径一米五的桃树，桃树的上半部分，要扭结起来，连成一体，桃枝要铺满全台，并且要变换出三个季节：枯枝时期、含苞待放时期和盛开时期。导演说，盛开的时候，灯光一亮，观众必须鼓掌，如果没有鼓掌，说明这桃花制作就不成功。墩子悄悄对顺子说："哥你放心，到时我到观众席里，偷偷领掌去，那些观众，不拍才怪呢。"顺子轻轻踩了墩子一下，生怕让剧团的人听见。

  顺子把自己的几十号人马，也做了详细分工，大吊和猴子负责平台制作这一块，刚好大吊手下就有几个木工，也有焊工，而平台要运动需要安电机，猴子在这方面比谁都精。三皮和素芬负责网子景这一块。他自己负责画幕这一块，墩子给他打下手。

  最麻烦的要数画幕这一块了，六个画幕，顺子找了三台缝纫机，没明没黑地缝了三天三夜。人家都不喜欢接这活儿，看起来简单，就是把一捆又一捆白布，缝成九米高、十六米宽的浑幕布，可一是团场大，不好转置；二是难度高，不易平整。而画幕又特别要求布面要平服，如果有点抽扯、皱褶，一上灯光，就会把缺点放得很大很大，因此，返工率极高。凡缝过幕布的人，都特别讨厌接这活儿。顺子是因为第二个老婆跟这些缝纫师傅熟，才好说歹说的，硬呛着人家把活儿接了。但在缉幕布的过程中，顺子也没少看这些师傅的脸。现在年关将近，人家的活儿都多的是，缉幕布实在是出力不讨好的事，人家就干着骂着，让顺子的耳朵不停地发着烧。顺子几乎连眼皮都没敢眨，一直在三台缝纫机跟前转来转去，把轧过的地方，检查一遍又一遍，生怕出了岔子，一旦需要返工，叫爷叫奶都来不及了。墩子跑伙食，打啰唆，搞采买，晚上说是帮顺子监工，却早早就在工棚角落的一堆烂布景上睡死过去了，顺子拿脚踢都踢不醒。三个缝纫师傅，也都是四五十岁的老婆娘了，说话一个比一个冲，一个比一个骚，干到最后一晚上，实在干不动了，都说要回去睡一觉，哪怕不回去，就地在幕布上躺一会儿都行。可这间大工棚，天亮就要腾出来用于画布景，干不完，就得再掏钱租另外的地方干，那麻烦可就太大了。顺子为了让几个婆娘保持清醒状态，就想着法儿地，把平常从演员们那里听来的骚故事，讲了一个又一个，最后把几个婆娘忽悠得，竟然生扑上去，端直扒了他的裤子，从窗户扔出去了。顺子拿一块幕布把下身一围，跑到院子里，才发现裤子是扔在桂花树梢上了。狗日的墩子，光在一旁笑便宜，他就只好光着屁股爬到树上，把裤子扯下来，穿裤子时，他才发现，痔疮又开始犯了。但这一趟活儿还才刚开始，他在告诫自己，无论如何还得悠着点。等天亮把几个婆娘送走后，趁上班时间没到，画布景的师傅没来，他也学墩子，钻到一堆破布里，美美撸了一觉。

顺子是被寇铁拿脚踢醒的，一看时间，睡了差不多有两小时，他很满足地从破布絮里钻出来，惹得几个画布景的，扑哧扑哧笑了，他不知笑啥，一个画布景的说，你自己照照镜子看。他朝镜子跟前一看，原来是破布的颜料，染了他一脸的湖蓝，刚好在嘴角的地方，涎水又氤氲了半边紫红，跟个青面獠牙鬼似的，连自己也忍不住扑哧笑了出来。

寇铁说："抓紧噢，这次时间可是没有一点回旋余地，哪个环节出岔，都会影响合成。春节新戏要是出不来，瞿团骂娘事小，你这一大疙瘩钱，恐怕也领不利索。"

"看寇主任说的，你以为我这回能挣一疙瘩，可账不敢细算，一算，囊不进去，也就算万幸了。"

还没等顺子把话说完，寇铁就把话顶回去了："行了行了，你个刁顺子,每次就是嫌钱少,钱少你还死守着装台这活儿不丢,钱少你还娶了几房老婆,狗贼,看你没谁混得好,我一辈子也才守了一个歪婆娘嘛。"寇铁的话把大家都惹笑了。

顺子也嘿嘿笑着说:"寇主任可笑话我哩,咱个下苦的,养不住婆娘嘛,要能养住,还能一次次地砌墙垒灶,我也想好好守一个哩,可没这命嘛,哪像寇主任这样的大富大贵相。"

"好了好了,不跟你贫嘴了,快干活儿,平台和网子景那边也都要抓紧,导演下午还要求看平台设计改进图呢。"寇铁说着就要离开。

顺子急忙跟了上去,说:"寇主任,你放心,我顺子做事,绝对是有十分劲不使九分力,是拿心在给你干哩,就是吃屎喝尿,都会把事朝最好的干。只是……只是……"

"只是咋,又说给庙里干活那钱的事吧?你个挨尿的,看你底下都是一帮啥尿人,给我惹下那么大的乱子,还想要钱,给你个锤子。"

"哎哎哎,寇主任,我那底下确实有不是尿的货,可事情已经到这了,几十号人哩,总不能让大家都跟着带灾嘛,那大多数人民群众,还是好的嘛。"

"好个辣子。不说了,我也是看在你顺子的面子上,这几天准备再去要,你可得给我把活儿干漂亮了。"

"这个你老放心,应承的事,绝不马虎,要弄不好,你朝我脸上唾。"

寇铁笑了:"你这张嘴,就是能掰掰得很。好好干活儿吧。"

寇铁走了,顺子觉得屁股里边不舒服,在墙拐角没人的地方,用手托了托,就赶紧进工棚,给人家画师铺幕布去了。

画师也不是剧团的,剧团原来的画师,早都不干这个了,有的专门画画挣钱去了,那叫职业画家,名声好听,要有人真认卯了,也的确挣钱。那些靠画画挣不了钱的,也改行去搞装修,或者跟电影、电视剧组当美工去了,最见不得谁说自己是剧团画布景的,那无异于说,自己是剥葱捣蒜择菜的,而舞美设计才是大厨。现在还在画布景这行猫着的,多是些上了年岁的老头儿,当职业画家,画没人能看上,搞装修,缺时尚新潮的眼光,跟影视剧组,又没有身体的本钱,就只好画布景了。画布景也是一门十分难掌握的技术,要把设计人员尺幅大的画稿,落实在九乘十六七米大的幕布上,没有几把刷子,也是不敢把那五颜六色,浑浑地朝一块白布上胡涂乱抹的。关键在于打初稿那一招,一旦打好,剩下的活儿,有人说,连傻子都能干了。顺子就帮着画过好多布景,因此,这次六道画幕,寇铁才敢一下扣到他的头上。他是包的"葫芦头",连画师都由他请,一道画幕,连工带料七千块,白布、铁环、绑带、加工费加起来,得一千五,画师要三千五,人家还说得明白,就是只画个"大样儿",最后再"扫个尾",中间的敷色过程,基本都是他带着自己的弟兄干,画师就到另一个工棚,去画另一个样稿去了,不时来指导指导,纠纠偏就是了。这活儿,看起来轻省,其实累人得要命,要是连住画几天,到最后,人连腰都抬不起来。好在顺子他们已经摸住了窍道,都给刷子上绑根长长的木棍,站着画,不时抬起头,转转僵硬酸痛的脖颈就是了。可一直站着,他的痔疮又难受得不行,他就不停地想着挣钱的事,无论咋说,这回几样活儿包下来,弟兄们也都不少赚,平常一人一天能赚一百五六,就算好活儿了,可这回是年关,又催得急,他就给弟兄们没少要,二十几天算下来,一人平均一天大概在二百五六,都高兴得把×嘴夹得紧紧的只干活儿。他估摸着,这个圆儿要是包得好,自己能净落一万二三,加上素芬的那份,总共拿个一万七八不成问题,也算是能过个肥年了。最让他放心的是,这是在给瞿团干活,瞿团这个人,绝对不会亏他们这帮下苦的。可痔疮好像对他挣这大一笔钱不太买账,顺子算得再高兴,它还是在背后胡捣鬼,直整得顺子干脆去买了一包卫生巾回来,不停地去厕所换着一摊摊血红。有一次还让墩子给发现了,直嚷嚷说:"顺子哥咋还来例假哩。"气得顺子说:"你爸才来例假呢。"

就在顺子刚完成第一个画幕的那天晚上,他正卧在画幕旁的一个烂排椅上,闭起一只眼睛,很是有些成就感地品味着自己画的那堆乱石青草时,手机突然响了,是刁大军打来的。他哥啥话没说,端直来了个癞蛤蟆打哈欠——口气大得吓人地吩咐道:"顺子,你立马给哥找几万块钱拿过来,哥在村里疤子叔家打牌,现在没法回宾馆取,应个急,要快噢,都要得小,拿个三五万就行了,不说了,五万吧。"说完,电话就挂了。顺子当下没吓得从排椅上滚下来。天哪,说得那么轻省,三五万,还要得小,他刁大军难道不知道,自己这个臭屁无用的弟弟,是靠挣分分钱,抠雀×过日子的人?他是不是以为,这个靠给别人装台过活的弟弟突然开了银行了?五万,这黑更半夜的,就是偷,也得先踅摸个地方呀!他气得就想给刁大军打电话,如实告诉他:没有。可想了想,他哥毕竟有好几年没回来了,何况又是在村里疤子叔家打牌,肯定拥了一村的人,自己要完全不给哥一点面子,还让别人以为他们兄弟之间,活得太生分。好在自己身上还有一万多块钱,都是这几天采购材料的费用,是他打条子从剧团财务室领出来的,见天都得花,明天就还要去买颜料和一些细末零碎。但不管咋样,他都得去应一下他哥的卯,到底拿多少,他蹲在厕所里,整整犯了二十几分钟的难。

钱都在他腰带上缠着，他拿出来数了几个来回，一共是一万三千二百四十块，一不小心，把一个一元的钢镚，还滚到下水道去了。他急忙去找来两根细棍夹了夹，日他妈，还干脆夹得看不见了。他想拿五千，又觉得太小气，还不如不拿，搞不好让人笑话，把哥还得罪了。拿一万，他又舍不得，哥能还给他吗？要是不还，那不惨透了？拿六千？拿八千？好像都不合适。他哥那开口就是三五万的要法，恐怕不在万字上说话，也交代不过去。他想，他哥那么有钱的样子，拿了他上万块钱，恐怕说啥也是要还的，拿个几千块的零头，还反倒不好说还钱的话了。想来想去，他觉得还是拿一万合适。他给屁股换了卫生巾，就出门勉强骑上三轮车，回村子去了。

三十四

疤子叔家的赌场，已经开了三十多年了，用疤子叔自己的话说，他的赌博事业，见证了改革开放全过程。

顺子蹬着三轮，到疤子叔家的时候，疤子叔家的客厅，已经乌烟瘴气得连眼睛都睁不开了。顺子敲开门，适应了半天，才看清了几个赌徒的脸面。首先是疤子叔，坐在面朝门的位置上，嘴里叼着大拇指粗的雪茄，顺子一直把这种烟叫"黑棒"，那功夫就在于，似乎只是用嘴唇衔了一点边皮，可无论上下左右怎么错动，都不会跌下来的粘连牢靠。在顺子的印象中，疤子叔嘴里的这根黑棒，已经噙了三十多年了，几乎成五官的一部分了。之所以叫疤子叔，是因为，疤子叔在十几岁的时候，为家里分红薯，短了一斤四两，而与生产队过秤的会计，美美打过一架，会计失去了一颗门牙，而他被会计用大秤杆,狠狠撸了几秤,那秤杆丁头上的铜包皮,烂了一个豁口,当下划破了他的脸,那划开的伤口很深,甚至连白花花的骨头都露了出来,由此,便留下了这道从眉骨到上嘴唇,牵连不断线的终生疤痕。会计死那年,疤子叔还去灵堂骂了几句:"你这条老狗,总算死了,可咱这孽债还没了,等我到了那边,也会撸你几秤杆,让你狗日的在阴曹地府都甭想出门见人。"疤子叔真的一辈子都没正儿八经地出过村子,最多在晚上出来遛遛弯,也就只遛到村口的牌坊下,就转回去了。当然,为赌博,疤子叔也进过几回派出所,但每次出来,也都是在更深夜静的时候,走时坐的警车,回来是老赌友们用车去接,即使早上放的人,他也会熬到晚上才回来,反正就是不想在村外见日头。顺子记得,疤子叔开始在家里开赌场的时候,也就是小打小闹,他还去玩过。有一回,一夜输了六十多块,那是他三天蹬三轮挣的血汗钱,心疼得他回去后用铁锤自己砸了自己的手,由此再没进过这场子。人常说,十个赌徒九个空,还有一个逃债中。疤子叔之所以能坚持这么多年,家里没被掏空,人还活得由"死疤子""烂疤子""臭疤子""狗日的疤子",而成为村里的"疤子叔""疤子爷",除了年龄以外,就是他的赌风好,技术天下一流,但却从不暗算人,眼里也揉不得沙子。他瘦得仙风道骨的,迟早穿一身黑绸子衣裤,用他的话说,是图舒服,可在外人看来,那就是疤子叔的风格,那就是疤子爷不称老大而自成其大的独特做派。

　　顺子知道疤子叔也看不起自己,嫌他活得不洒脱,几次当他面说:"人到这个世上来,就是享受个过程,你一天到晚蹬个破三轮,累死累活的,给人装台,连个日头都看不见,这不把人活成裤裆里的屎了吗?"活成屎了就活成屎了,反正自己既没财运,也没赌命,吃了上顿想有下顿,就得蹬三轮,就得给人家装台。何况你疤子叔

194

不是也活成屎了吗,你不是白天也不露头露脸吗?还笑话我呢。当然,这话他只敢在心里想,心里说,以人家疤子叔的名望,他刁顺子还没资格说三道四。

顺子看见他哥是背对自己坐着的,那个叫马蒂的女子,猴在他的背上,双手还搂着他的脖子。旁边坐了几位,有村上的熟人,也有外边的生人,反正都把一双眼睛,如探照灯一般,光束十分专注地投射在桌上不断翻出的"奇迹"上,他进来站了好一阵儿,都没人发现是有一个人进来了。

他已经有好多年没到这个场合来了,当年他来时,这里还是用麻将交易,后来据说都嫌"搬砖"太累,交易的速度也太慢,就改为耍扑克牌了。顺子没想到,这种赌法,几乎就跟风掀油毡棚顶一样利索。他十几岁时看菜地,菜地中间搭的油毛毡棚,好多次就是这样被一阵风把顶盖掀得无影无踪的。有一局牌,他哥甚至揭起来刚搓出花边,看了针线大一点缝缝,就把牌撂进了"锅底",门口一堆筹码,呼啦一声,就推到了别人名下。

疤子叔说:"大军,顺子给你送钱来了,都来半天了。"没想到,疤子叔连斜都没斜他一眼,却是知道他已来半天了。

刁大军回过身,看了顺子一眼,随意得就跟顺子给他送了一杯凉茶来那么简单,说:"搁这儿吧。"只点了一下下巴,就继续搓起牌来。那牌,其实是用两根指头就能轻易搓开的,可每个人,却偏像是扛着千斤重的铁闸,要一头发丝一头发丝地往开揭启,直到彻底看清牌角的那点花纹与数字时,才把铁闸又合上,直等时机成熟了,再癫狂翻起,或黯然抛掷。那筹码,便在这种无常的变数中,移来推去,或堆成小山,或片子儿不存。顺子知道,这些塑料片片,在最后,都是要变成一捆捆钱的。

顺子的手,已经伸进了装钱的口袋,可咋都掏不出来,他知道,这一万块钱,在这个桌上,也就是一两把牌的事,可在他,却是几个月的血汗钱。掏出来,转眼不仅不是他的了,也可能就不是他哥刁大军的了。但他哥几年不见,回来过节,也就是冲着他这一个亲人来的,算是没忘兄弟情分,既然张了口,他还真不好不把钱往出拿。他知道这点钱,在这个桌面上围的人肯定都瞧不上,何况大军哥打电话说的是三五万,并且最后肯定的是要五万,他是无论如何也拿不出五万块的。即使有,他也板不了这个响屁,他是真的舍不得,都说他顺子是"抠雀×的货",他也承认,就这一万,都已然是快要他的命了。他到底还是战战兢兢地,把钱从蓝布大褂里面的腰带上,硬抠了出来,用手把那几张卷得不平服的,还抹了抹,然后双手有点颤抖地,把钱摆放在了他哥用下巴点过的地方。这一系列复杂动作,没有引起桌上任何人的注意,但当一万块钱,定定落在桌面上时,几乎所有人的眼睛,都唰地瞅向了刁大军,他们大概是想看刁大军的反应。

刁大军先回头看了顺子一眼,顺子喉头一阵哽动,结结巴巴地说:"二……二半夜了,我……我没弄下钱,就这……还是公款。"

"你行呀顺子,还玩起公款了。既然是公款,才这一点,这也叫玩公款?"坐在刁大军上手的一个胖子轻蔑地说。他面前的牌子,已经码得跟小山一样了。

"咱个下苦的,给人家装台,人家给提前支点钱,是为了让我们跑腿,买点细末零碎的,方便。"顺子说。

"你都是当老板的人了,还给人家跑腿哩?听说你手下,还雇几十号人着哩,那不就是老板嘛。哪个老板,手头不放个十万八万的活钱?你哥开一回口,你就给拿一万,这不是埋汰你哥吗?你哥是缺一万块钱的主儿吗？本来问你要的就不多嘛，我就不信，你连五万都拿不出来，这不是扫你哥的兴吗？"另一个正洗牌的人，边洗边嘟哝着顺子。

顺子急忙解释说："我就是个蹬三轮的，哪是啥子老板不老板的，人都是有事了，才凑到一块儿的。钱，也都是小钱，挣下了，也基本都打平伙分了。手头捏个万儿八千的，手心都冒汗哩，还能有十万八万的活钱，只怕撅起沟子干一年，也落不下这个数噢，你这不是瓤我嘛。"

这时，刁大军说话了："不怪顺子，这半夜了，让他找钱也难为他了。是我想着，都耍得小，晚上出来只拿了十万，没想到手这么臭。不说了，马蒂，你回宾馆取去。"

一直猴在刁大军背上，连乜斜都懒得乜斜顺子一眼的马蒂，端直给刁大军来了个对不起："我才懒得去哪，要去你自己去。"说完，还糖一样黏糊在他背上。

刁大军抬起手，轻轻拍了拍马蒂的脸蛋儿，像哄小孩儿一样地说："越惯越没样子了噢。这样吧，我先把这一万打完，再打干了，立马回宾馆取去。"说完，左边屁股一抬，嗵嗵嗵地放了几声响屁。马蒂用两只手，把刁大军的耳朵狠狠向两边拽了拽，刁大军又抬起右边屁股，嗵嗵嗵地号炮三声。

疤子叔哈哈大笑起来道："顺子，你也学学你哥，看人家把人活的，一辈子吃喝玩乐得利朗撒脱的，连放屁，都是嗵嗵嗵的春雷震天声。你倒是活了个屄嘛，蹬个破三轮，把咱村子人的脸都丢尽了，好歹祖辈也都是西京城里人嘛，他妈的，城里人，谁去给人干这下三烂职业。你还给人家唱戏的装台，亏你刁家的先人哩。"顺子气得就想说，你个烂赌徒，凭啥瞧不起我装台的？但他到底没好直

197

接说出口,就问:"那疤子叔你说,赌博就比蹬三轮、装台贵气,洋活?"疤子叔几乎不假思索地说:"那当然,城里人嘛,要做事,那也是去贩卖飞机、大炮、军火,最次也是弄个冰毒、摇头丸啥的,不做事了,那就喝喝茶,打打牌,遛遛鸟,聊聊天。伺候人?歇着吧你。先学你大军哥,把屁放响了再说。"

"好了好了,忙你的去吧。"刁大军可能也觉得疤子叔话说得有点过,就回过身,要弟弟顺子离开这个没有人能够正眼瞧他一下的地方。顺子嘴里还想再叨咕点什么,看看疤子叔那没有一点血色的白脸,还有那双只见骨头和凸起的血管,而不见一点肌肉的手爪子,突然也不想再说啥了。他觉得,这就是个死了没人埋的货,与他论理,晦气。

顺子刚走出门,就听身后又是一阵响屁,静了一会儿,屋里发出了热油呛菜般的哄笑声。顺子的脸,已经不知不觉发烧了。被人瞧不起,早已是他生命的一部分了。不过今天,是当着他哥的面,尤其是当着他哥才领回来的那个小嫂子的面,是让他哥太没面子了。他突然也想放个屁,他想努力放响一些,可最终还是放塌火了。也得亏放塌火了,要不然,那要命的痔疮,又会疼得他直不起身子了。

西京城的冬夜,总有干烈烈的劲风穿街而过,今夜风尤其大,把街面一些没有钉稳当的牌匾和广告牌,都刮得满地乱跑。顺子出来时,还只是风,回去时,天上就在飘雪花了,那雪花是顺着风越舞越高,不见一片落地的。顺子屁股疼得实在骑不成三轮了,就又下来推着走。他的双腿突然有些稀软,这儿离他家很近,他就想一屁股坐在家门口,再也不起来了。顺子不是不会玩,前些年,他家里也跟别人一样养过鸟,养过鸣虫啥的,可不知咋的,这几年越来越忙，忙得有时连一口热饭都吃不上，可日子还是过得这样没个头绪。他真的是活得连屁都放不响了。他从来没有觉得西京城的冬夜有这么冷，几乎领口、袖口、裤脚，都在朝身子里灌风，由于要干活，他冬天从来都没穿过棉衣棉裤啥的，里面就是一套线衣线裤，线衣线裤外面，再套一条一个冬天都不用洗的牛仔裤。上身是一件赵兰香给他织的毛衣，过去好几处都用麻线绾着绑着，是蔡素芬来，才给他拿针线重新缝了一下，反正外面永远都用蓝布大褂裹着，里面穿啥也就无所谓了。可今夜穿着这身永远不变的行头，就觉得那么冷，几乎冷得他上下牙磕磕得差点要捣碎舌尖了。他是一步都不想再朝前走了，就想回家，回家捂住被子，美美睡一觉，明早再去弄那些该死的画幕。可他刚把三轮车勉强推回门口，就听见自家楼上的两个小姐，把各自房里的声音都弄得很大很大，好像是都住在无人的旷野里。他一看表，已经是半夜两点多了。他知道隔壁邻舍的人都十分讨厌他家，一是嫌自己蹬三轮、装台，既没出息，迟早还弄得一身脏。另外就是菊花常常深更半夜的，突然大放音乐，有时简直是鬼哭狼嚎的，有人为此还给他家扔过砖头，给门上抹过屎，可菊花再说都不听，他也毫无办法，有时连他也是故意躲着。平常见了邻居，让人家骂几句，也就只好不停地给人家抱拳作揖了。

顺子也常想，不知咋搞的，自己从十几岁就撅起尻子干活，干了几十年了，日子也过不前去。村里大概就数自己最下苦，但也就数自己活人最下作。人家也都养娃，不知咋养的，就能养成器，养顺溜，养漂亮，养孝顺了。而自己，也没少花钱，也没少操心，娃咋就养成这样了，连亲生老子都瞧不起，也不知是哪根大筋拧了，反正好歹死活都把人拽不到辙里去。他想着，哪怕自己挣死，只要菊花能给自己赏个好脸就成,可不行嘛,好像连他挣的钱,也都和别的父母挣的钱不一样似的,让人家花着,心里都犯硌硬。看来靠下苦挣钱,真的是很丢人现眼的事了,连这钱,也都跟着没了光彩了。可让他别样地挣,他又学不会,也不敢,当然,也不想。不过,想了也白想。自己的命,大概也就只能这样苦下去了。

雪越下越大,顺子在门口站了一会儿,还是准备骑三轮去剧团工棚算了。那风刮的,把好多雪花都端直刮进他脖子里了,他不停地打着冷噤。车轮一滑一滑地向前运动着,整个尚艺路大街上,也似乎只有他一个人的神经,还在瑟瑟抖动着。

三十五

菊花在她刁大军伯伯回来时,也前后跟了好几天,可她发现那个马蒂,并不怎么喜欢她前后跟着,就懒得跟了,何况跟了,多数时候还得自己掏腰包。大军伯回来无非就是打牌、睡觉,再就是领着马蒂,到处品尝西京城的名小吃,开始都是她抢着开钱,后来有时大军伯干脆喊叫她开:"菊花,把单买了,伯把钱包落在宾馆了。"吃个樊记腊汁肉夹馍、贾三灌汤包子、坊上回民粉蒸肉、羊杂、羊脑壳啥的,都花不了几个钱,可要是吃一顿老孙家或同盛祥的羊肉泡,再点几个诸如红烧牛尾、牛舌、花肚、鹿肉之类的特色菜,还叫几个多年不见的赌友,喝上几瓶西凤酒,那可就不是一点小钱的事了。大军伯几乎每次都喝得要几个人往回搀,马蒂好像压根儿就没有买单的习惯,她就好像成他们的大总管了。有一天,大军伯又要去吃铁锅炖羊肉,又是吆喝了十几个小学同学,说是要叙旧呢,一到店里,端直把一斤八十多块钱的横山羊肉,一下点了十五斤,一个个谝得天花乱坠,大块大块的羊肉,填塞得腮帮子都胀多大。有一个同学夸大军伯手表上档次,大军伯把表一抹,直接跟那个同学换了,差价好几万呢,搞得一桌人,都对大军兄的"高端大气上档次"赞赏有加。十三个人,喝了十六瓶西凤酒,还有两捆啤酒。十五斤羊肉没够吃,后来还加了五斤,结束时,也仅剩一点锅底汤了。另外还点了几十首陕北民歌,把人家店里的歌手,男男女女都弄进来唱了个遍,听说一首歌也十好几块呢。菊花看弄得不好收场,就早早借故溜了,可还不等她到家,又被别人打电话喊了回去,说大军伯哭了。她返回去,果然见大军伯是痛哭流涕的样子。大军伯说,自己的兄弟顺子活得可怜,蹬了一辈子三轮,给唱戏的拉了几十年的道具,装了几十年的舞台,干的都是进城农民工都不干的事,枉做了一辈子城里人。他说再过几年,等顺子蹬不动三轮了,他就准备接顺子去澳门安度晚年。菊花最怕别人说自己的父亲,可听大军伯对父亲晚年有这样的考虑,还是有些感动。大军伯又是烂醉如泥的,被几个兄弟搀着回了宾馆,单自然又是菊花买了,一下开了五千多块。气得她端直就给刁顺子打电话要钱,说为陪他哥,把自己上万块钱都搭进去了。谁知刁顺子在电话里温不吞吞地说:"你爱掏嘛,人家活得好得跟啥一样,都是天堂的日子,吃个饭还需要你掏钱,你不掏,看人家饿死了不成。"气得她在电话里把这个混蛋老子,又美美操治了一顿:"哎哎哎,刁顺子,你有没有搞错,这是你的哥咂,关我屁事。让他死去吧,我再陪,就是他妈有病呢。"说完,把电话一关,再懒得理这个刁大军了。

可第二天一早,大军伯又来找她了,说是要她陪他们一块儿,到秦岭南边,一个叫镇安县的地方,吃豆酱条子肉去。他说他二十几年前去吃过一次,到现在,还记得这一口。菊花实在不想再粘扯这赔本的买卖了,可谁知大军伯啪地从腰里抽出两板子钱来,说:"伯有时好喝酒,一喝就把买单的事给忘了,你给咱把伙食管上,还有啥好吃好喝的去处,都给咱翻腾出来,挨个去吃去喝走,伯伯这次回来,有的是时间。你马蒂小姨,也喜欢吃,你就给咱变着花样地安排就是了。"菊花一看,那是两万没有乱号码的新钱,看来大军伯的高端大气上档次,是绝对的名副其实了。她一下又高兴得抓起手提包,准备去镇安了。

刁大军看韩梅的房门也开着,就说把韩梅也叫上。菊花坚决地说:"不叫,她算哪路货色。"

出了门,刁大军还批评她说:"以后别这样,既然走进一家门了,那就是缘分,别过得别别扭扭的。咋那么生分。"任刁大军怎么说,菊花在这个问题上,都是不会让步的。

刁大军无论做什么事,总是喜欢有很多人陪着,这样热闹。白吃白喝,还能去山里逛一遭,何况又是跟从澳门回来的刁大军一起逛,自然是不缺追随者了。菊花甚至连乌格格和"过桥米线"都叫上了,刚好,"过桥米线"开一辆车,村里另外一个赌友开一辆车,八九个人就去了镇安。

刁大军没想到,镇安现在离西安这么近,钻过秦岭隧道不久,就有人喊叫说:到了。用了还不到一小时。

刁大军说,他在二十几岁的时候,来过一回镇安。"你们猜为啥?"刁大军很神秘地看了一下大家,又看了一眼马蒂。村里跟他年龄差不多的那个赌友说:"大军哥还能有啥俗务,不是吃喝,就是赌博,再不就是,咯(把舌头弹得美美响了一下),忙那点事嘛,还能有啥事?"刁大军也不避讳,端直说:"算你说对了,就是为追一个女娃,硬跑到山里来了。那时火车不通,更没有高速路,坐汽车,得翻两道大岭,一道秦岭,一道黄花岭。一早从西京城出发,天快黑时,才能到县城,几乎把人骨头都坐散架了。""少废话,人追到了没?"老赌友急问。刁大军又是神秘地一笑,说:"你就操心那一下,俗。这样给你说吧,吃了喝了,最后走,还背了一个腊猪屁股回去。""哥还稀罕那物?""嗨,你可记住噢,二十世纪八十年代初,一个十几斤重的腊猪屁股,可不算太轻的礼物哦。"老赌友仍是急着问:"猪屁股倒是个腿事,到底得手了没有?"刁大军叹了声气说:"实话告诉你,没有。但这一回,让我记住了镇安的豆酱条子肉,好吃,香,几十年过去了,还记得那味儿。""原来大军叔带着我们一起来,是为回味这个呀,那女娃,后来还见过吗?"连乌格格也急着发问起来。刁大军说:"没有,老说来找,可不知道都忙些啥,就再没来过。那个形象啊,真是太完美了。""你是咋发现的呀,大军叔?"乌格格又问。刁大军说:"那个娃呀,是我在回民坊上一家烤肉摊子上发现的,摊主是镇安西口的老回民,他们从家乡雇来了几个刷盘子洗碗的女娃,这个娃,就是其中的一个。我老去吃烤肉,喝啤酒,就跟娃挂搭上了。后来娃不见了,说回老家了,但我已记下了她说的地址。我二话没说,就去找了。可娃在家里有个相好的,我去那几天,她那相好的腰上一直别着砍柴的弯刀,大概有一尺多长,四五寸宽,我只要朝那女娃家里一走,这家伙就开始在门口磨刀。女娃她妈就让我快些离开,免得惹祸,后来,那个家伙的爹,也拿着一把弯刀,到那女娃家门口来磨。我听说,女娃就是被这父子俩,别着弯刀进城硬找回来的。我看事态不对,才不得不撤退了。那猪屁股,就是她妈打发我的。"刁大军说完,似乎还有些伤感。乌格格笑着说:"大军叔,这大概就叫热脸贴了人家的冷屁股吧。"大家一阵哄笑。让菊花有些不理解的是,她本以为马蒂会吃醋,谁知就数马蒂听得津津有味,刁大军都不说了,她还在问:"那你为啥不再去找人家呢?"刁大军说:"再没找。"她又问:"你这么优秀的,那人家为啥就不跟你走呢?""走得了吗?要能走得了,她还有不跟哥走的理?你说呢?"刁大军不无得意地把马蒂的高鼻梁美美刮了一下。马蒂向他怀里钻了钻:"讨厌!"

到了县城,大家就急着要刁大军带大伙儿去看那个二十年前的美女,可刁大军说,还在一个叫云盖寺的地方,远着呢。大家非闹着现在要去见不可,并且说,今天的豆酱条子肉,必须到那美女家吃去,就又发动车,轰轰着去了云盖寺。到了云盖寺,刁大军又说,是在一个叫黑窑沟的地方,他们又钻山穿沟地,跑了二十多里地,刁大军才说,好像是到了。没心没肺的乌格格就说:"大军叔,你当年采花的贼劲够大的呀,到现在,这里也还是不曾开发的处女地呀!""呵呵,那时真的很疯狂,没见过那么漂亮单纯的女娃,真的很单纯、很漂亮,也就是现在说的那种,纯绿色食品。"刁大军还没说完,马蒂这回是有点吃醋了,就说:"赶快找,现在找到,弄回去吃还不晚。"刁大军呵呵一笑,把马蒂朝胸前一搂,马蒂立马就乖了。

在菊花看来,她大军伯一米八八的个头,身材是一流的挺拔伟岸,五官也是棱角分明的周正大气,尤其是鼻梁,饱满、坚挺、高耸、光洁,加之大背头,迟早梳理得纹丝不乱,平常又爱穿一身洁白的衣服,束一根白皮带,蹬一双白皮鞋,戴一副白边墨镜,所以,打年轻时,就是少女、少妇的共同杀手。据说,大军伯那些年,无论是去看足球,还是去看什么明星演唱会,从来都是不用买票的,每次都是前边弄几个弟兄开路,连警察都能让他们用手刨开,并且嘴里直喊叫:"让一下,让一下,说你呢,叫你让一下。"然后,大军伯从夹道中,面带微笑,镇定自若地走过来,还要跟收票的、警员们拍拍肩膀、握握手,然后才大摇大摆地走进去。人们永远也不知道,进去的是什么要员,反正那势头,从来没人质疑过,并且还能带进去一窝窝闲人。据说有一回,看齐秦演唱会,他一下就带进去二十一个,有人怕蒙不过关,都到门口了,想往回缩,还被刁大军臭骂了一顿:"跟着走你的,别贼眉鼠眼,探头探脑就成。"最后还真一个不剩地让他带进去了。有人说,刁大军那心理素质,就是干大事的料。菊花老不能理解的是,她爸刁顺子,与大军伯是一个爹、一个娘生的,差距咋就那么大呢?看来遗传基因也是靠不住的。

刁大军终于找到了那户人家,并且在那家猪栏旁,见到了那个八十年代初的大美女,不仅刁大军不敢相认了,而且连所有来的人,都不相信,这就是刁大军半生眠尽花柳,而最终不能忘怀的那个"绿色食品"。那女人看上去,已是五十开外的人了,头上苫着一个黑帕子,穿着黑色棉袄棉裤,脚上却蹬着一双说不清是白色还是黑色的劣质旅游鞋,上面有缝补过的针线。脸冻得青一块紫一块的,虽然从骨架看,也能想象到昔日汁水饱足时的脸应该不会难看,但现在毕竟已有多条曲线上缠下绕,并且法令纹深切如刀切,也就完全与刁大军描述的那个形象风马牛不相及了。她手里提着一个猪食桶,正在"唠唠唠唠"地唤着一群猪来吃食。一条白色猪把一双脚端直插进了猪槽,身子横别着,不让别的猪进食,那老婆就用手中的木瓢照猪脑壳狠狠咣了三下,嘟哝道:"发瘟死的,抢抢抢,就爱跟人抢,我叫你抢,好的都让你一个人吃了,让别人都甭吃了,就吃死你吧,发瘟死的货。"那白猪被打得实在受不住了,才把身子摆正,双腿蜷缩了回去。

大伙儿都跟刁大军一起,围在了猪栏旁。

那老婆怯生生地看着大家。

乌格格先没高没低地撂了一句:"哎,大美女,你还认识他不?"

乌格格指了指刁大军。

那老婆有些不好意思地看了一眼刁大军,好像是没认出来。

刁大军就搭话了:"桃花儿,杨桃花儿,不记得我了?"

那个叫杨桃花的老婆,又抬头把刁大军看了一眼,竟然是倒吸一口冷气地:"啊,你……"

大家就鼓起了掌。

看来杨桃花对刁大军当年的印象,也是十分深刻的。她脸上,甚至立即显出了一种少女才有的羞赧。

老赌友大声说:"这才真正叫老情人相会哩。"

谭道贵为了看到一对老情人的眼神,半个身子都探到了猪圈里,脚下冰溜子一滑,差点没一个倒栽葱,栽进猪槽。

又惹来大家一片笑声。

刁大军说:"还喂着猪哩,我记得当时你家喂了两条,现在咋喂这么多?"

"也不多,就七八条,家里现在全靠这个了。"杨桃花说,"来了这多稀客,都到屋里坐吧。"

"我还记得当年你妈给我煮的腊肉,蒸的豆酱条子肉哩,他们都是冲着这肉来的。"

杨桃花淡淡一笑说:"想吃了有,不过我妈不在了。"

"你妈咋了?"

"去年春上死了。坐,都到屋里坐。"

大家就随着刁大军一起,进了杨桃花的家。

家里到处都是黑黢黢的。在刁大军的印象中,还是没咋变,房是老房,甚至连家里的一应摆设,也都还是老样子。刁大军就领着大家,熟门熟路地,前后院子参观着。最后,还领着大伙儿,从木楼梯上到二楼,让大家看腊肉。那腊肉果然在厨房的上边,整整吊了半边楼,都汪汪地在往下滴油呢。有去年的,有前年的,甚至还有八年、十年前的。据说肉是越陈越香,年代久远的腊肉,甚至都不用煮,那瘦肉,是直接能撕下来吃的。镇安人特别会做腊肉,都清一色地用柏树叶子熏炙,下锅一煮,十里八乡的就都知道谁家又在吃肉了。乌格格和菊花仰头数了一下,楼上有二百多吊腊肉,楼下灶头还有几十吊鲜肉,大概是腊月才杀的猪,正在烟熏火燎着。让大伙儿特别感兴趣的是,还有十好几个腊猪屁股,黑得跟上过漆一般,都挂在墙上。刁大军说,这是腊肉里边最好的,都舍不得吃。他说当初桃花她妈给他用棍挑走的那个猪屁股,比这几个都大多了。

在他们参观楼上楼下、房前屋后的时候,杨桃花把一个猪屁股,已经洗好,炖在堂屋的吊罐里了。吊罐是个瓦罐,常年四季就吊在堂屋。刁大军介绍说,山里人一进入深秋,就开始在堂屋烧柴火取暖,一边取暖,一边用吊罐烧开水。富裕家的,就用吊罐炖一罐肉,随时从罐里捞出来,用手撕了吃,叫滚水肉;用刀切了吃,叫砧板肉。豆酱条子肉,就是把煮好的腊肉,切成一筷子厚,跟碗口直径一样长的条块,然后,纹路细密地一排排扣到炒好的豆酱上,下锅蒸一两小时,再出锅时,油浸进了豆酱里,而肉柔滑得落口即消,故又名"落口销"。乌格格说:"没看出,大军叔对这里的生活记忆犹新呀!""呵呵,那次住了好几天,算是知道一点皮毛。"老赌友说:"我总怀疑你那次得手了。""没有,真的没有。娃太单纯了,下不了手。真的,我跟这位连手都没拉过。有天在堂屋烤火,她爸妈不在,我试着拉了一下,差点让娃把我推进火炉,烤了肉了。"大家又被惹得稀里哗啦地笑了半天。连杨桃花,都被这些莫名的怪笑,弄得躲在灶房,半天不敢出来了。

大家把滚水肉吃了,把砧板肉吃了,把豆酱条子肉也吃了。那个昔日在门口磨弯刀的男主人,是在饭快好时回来的,他在后山砍柴,回来一见屋里来了这么多人,还不知是咋回事,后来是杨桃花把他叫进灶房,说了半天,他才出来给大伙儿续茶递烟的。老赌友故意开玩笑说,这就是当年来跟你抢媳妇的那个山外"瞎家货",他今天来,是跟你决斗的,你那弯刀还在不?惹得男主人直憨笑,笑时明显看到有两颗牙都没了。男主人看上去,有六十多岁的样子,但实际年龄还不到五十,没有任何人能把这个小老头,与当年磨刀霍霍,吓走刁大军的那个小伙子联系起来。这个小老头,是在自己父亲去山西挖煤塌死后,来当了上门女婿。结果,他和杨桃花生的儿子,前年去山西挖煤,又把腰塌断了,二十一二岁的人,现在还睡在偏厦房里起不来,用男主人的话说,一年喂七八条猪,都不够给一个瘫子看病的。他说他也想出去打工,可年龄大了,人家都不要,这个家,硬是让一个病人给拖垮了。

吃了喝了,在大家要走时,刁大军给堂屋的大桌子上,撒了两万块钱。所有人都觉得那很自然,这就是刁大军的风格,高端大气上档次,可不是闹着玩的,人家真的是啥时都能把屁放响了。菊花看见,那还是两摞没乱号的新钱。这样的伯伯,能让人不喜欢不尊敬吗?每每至此,菊花脑子里立刻就蹦出了刁顺子的窝囊相。越比,她越觉得老天是把她的胎投错了。

这天晚上,他们住在县城的花果山上,一人一间房子。大概半夜一点多的时候,"过桥米线"突然来敲菊花的门,菊花不想开,可他缠死缠活的,说有重要事,都快急哭了,她就把门打开了。谁知他一进门,就扑通跪在地上说:"菊花妹子,求你了,我不该强人硬下手啊,刚才趁格格睡着了,我用身份证……捅……捅开了她的房门,我不要脸,我该死……"说着,哭着,还扇起了自己的脸,这一扇,把那缕盘旋在头顶的"过桥米线",一下全都呼啦了下来,恶心得让菊花几乎不敢正眼瞅一下。

"你把人家咋了吗?"菊花问。

"也没咋,就是……爬上去了一下,就……就让她掀翻到地上了。我该死,我鬼迷心窍了,我该死!"谭道贵还在使劲扇着自己洗脸盆一般大小的脸面。

"你真的该死。人家不同意嘛,你咋能去干这事呢?"

"鬼迷心窍,真的是鬼迷心窍。我住在你大军伯隔壁,听他们在里面翻拾哩,第一起我都忍住了,可第二起……那个叫啥子'妈的',在里面朝死地喊叫,我就……我就……收揽不住自己了……我该死,我该死!格格她……她给……给110都……报警了……"

"活该。滚,滚,滚,快给我滚出去!还好意思来跟我说这恶心事,你就应该去死,臭流氓!滚!"

菊花连推带揉地把谭道贵推了出去。然后就给乌格格房里打电话,问是咋回事。乌格格在里面笑得都快岔气了,又把刚才谭道贵偷偷摸摸进房的过程,细说了一遍。菊花就说,踢他几脚算了,何必报警呢,这不是给自己惹麻烦吗?乌格格就笑着说:"我是吓他的,这个臭葫芦,还当真了。"

紧接着,菊花就听见院子有汽车发动的声音,她掀开窗帘一看,是"过桥米线"慌不择路地紧急逃窜了。

三十六

　　顺子没想到，这次承包的活儿会这样难干。画师越画脾气越大，人家知道现在这是独门生意，没人能抢得了，再加上又是年关，也没人愿意来接这手，就不停地嘟哝，嫌钱少，活也就做得不细。第一个画幕完稿时，就让舞美设计把顺子美美骂了一顿，说他是来"混菜的"。顺子解释了几句，设计端直给他来了个对不起："有本事你给靳导说去，只要靳导同意，我没意见。"他也知道靳导那一关难过，那个胖女人，排戏时，搞不好都能把臭鞋扔上台去砸名演呢，何况他一个烂装台的。他就又给画师说好话，并且答应，给一个画幕再加二百块，才又把画师勉强哄上了修改的画架。

　　让他没想到的是，大吊和猴子负责的平台制作这一块问题更多，聒乱得大吊甚至都不想弄了，说这帮爷，他伺候不起。先是不停地改图纸，他们刚把十二米长、四米宽的平台底座焊起来，寇铁就来传话说导演让把平台改为十三米长、五米五宽。料都下了，这样一改，会浪费很多材料。可寇铁说还不给加钱，因为本来预算时，就是按这个尺寸下的，中间是导演怕平台太大，影响表演，临时改了的，现在改回去就是了。他们刚把平台加长、加宽了，寇铁又来传话说，导演让把整个平台三十五度的斜坡，改为四十五度，还要求平台既能整体运动，又能分组运动，并且只加几个分组运动的电机钱，工钱不变。大吊和猴子就躁了，端直喊来顺子，说弟兄们把活儿已经摆下了，都要回家过年呢。顺子从画画幕的工棚，来到制作平台的地方，见弟兄们也确实可怜，制作平台是在院子的一个角落,只是给顶上苫了块幕布,四周雪花直接飘了进来。他们开始还给中间架了一堆柴火,锯掉、刨掉的木头、刨花、边皮板子很多,不愁火烧不旺,可这炉火刚点起来,就被管安全的副团长来骂了个狗血喷头,说他们疯了,想坐监狱了,让都直接朝劳改场走,可别在院子中间纵一堆火来祸害他。因此,这儿就冷得每个人都是嘴脸乌青的。有的一边干,还在一边小跑。大吊确实感冒了,还有些发烧。顺子就让他到工棚领人画画幕去,那儿毕竟在室内,这一摊子他来弄。他又给大伙儿说了些不能停摆的话,说咱们平常就靠给秦腔团装台吃饭,人家现在排过年戏哩,到了急煞火的时候,咱们给人家撂挑子,不够意思,以后也就别想再混人家这碗饭了。名演员打着灯笼难找,这烂装台的可遍地都是,光尚艺路劳务市场,一天就能叫来上千号人呢,大伙儿有这么个固定饭碗不容易,一旦打了,可就箍不起来了。顺子说着,就伸手开始钉起台板来,大伙见顺子这样,也就都把手从袖笼里伸出来,继续干活了。

其实顺子的痔疮,这几天已经犯得又快成上次那样了。他还悄悄去医院看了一回,医生说除了吃药,就是卧床休息,另外就是动手术,再没别的好办法。可眼下这一摊子,他是咋都不能歇下的,就自己买了些纱布,把那一块由前到后,紧紧往上撸着缠着,生怕又犯了脱肛的毛病。狗日的墩子就笑话说,老板交裆好像夹了个足球。他也懒得给大伙儿说,说了,这阵儿也走不开。其实他知道,这一伙哪个不是浑身的毛病,猴子的胃病,严重得经常吐酸水,脸迟早都是挤尽了最后一滴血的惨白,有时实在痛得不行了,他会把胃顶在一个硬物上,压一压,磨一磨,来缓解里面的绞痛。大吊是腰椎间盘突出,厉害时,连路都走不得,但即使在走不得路的时候,他也不愿意不来装台,他总是说没事,一个大男人,还能活得这不经事的。其实顺子明白,这些乡下进城打工的人,谁愿意干吃白睡地养病哪,一天没有进项,一天就等于损失好几十块哩,即使只吃两碗面,也是坐吃山空的破败日子,何况还有房租钱,再要开点药,那这一天的挠心账,就还不如硬撑着去挣几个,更有益于病痛的缓解了。好在大家也都有一种默契,那就是看谁不舒服了,就都照顾着点,比如大吊要是弯不下腰的时候,大伙儿就绝不会互相干盯着,眼看属于他那一堆该运的箱子留在原地动不了。其实每次装台,干啥不干啥,干多还是干少,都糊弄不了人的。大眼一看,多少只箱子需要装卸,一共有多少人挣钱,摊到每人头上是多少,那是哑巴吃饺子——个个心里都有数的事。帮忙是帮忙,要是有人故意偷懒或者装病了,那也对不起,你该干的那份,绝没有人给你老盯着、扛着。包括那些真"病秧子",在这里也是干不长久的,毕竟都是靠力气吃饭,没了力气,就是再可怜,也没人能长期替你背亏。这样的人,从顺子队伍被淘汰出去的,也好几个。顺子知道,他要是歇下来,是绝没人跟他计较、理论的,因为这些活儿,毕竟都是他揽的,人情礼往都是他的,他要真的扎起老板势来,光指手画脚的,而不背箱子、扛灯光、刷布景、钉平台,该拿的那份钱,照拿不误。因为他真的拿得不多,平常要是主家给得少了,他就比大家多拿一份的钱,要是给得多了,他也会再多拿一点,那是在大家都多得的基础上往上翻涨的,账都是明的,因此,跟他一干十几年的人,都才不离开他。他想,自己要是跟寇铁那样心重,见干一回事,都恨不得在别人的脊背上挖出几道血渠来,那这个摊摊,恐怕就早散伙了。无论猴子还是大吊,人都比他精明,人家大吊在乡下,都是当过村干部的人,凭能力,在城里弄个小摊摊,领个十几号人马,也绝对是能顾弄浑全的,可他们还都愿意跟自己干,到底为了啥?有一次，他无意中听到猴子跟新来的人说，跟顺子干，还行，这人心不黑，能背亏。后来，装台队伍里，还来过一个借暑假打工的大学生，走时给别人说，别看顺子这人不起眼，但在他身上，还有一种叫责任的东西。瞿团也说过这样的话。开始他不明白，时间一长，他也似乎有些懂得这话的意思了，就是说他能把事当事，把别人当人哩。仔细一想，这倒算个啥事，要是这事都成了事了，那人家那些能干人，还不把天戳出一个大窟窿来。

顺子边钉台板，边想着自己十几岁时晚上看菜地的事。那时夏天倒好办，除了蚊子多，住在野地比在家里还好受些，风凉飕飕的，晚上还能逮蛐蛐，捉萤火虫玩。可到了冬天看大棚菜的季节，那日子就不怎么好过了。西京城外的寒风比刀子还利，他每晚除了穿着棉衣外，每次从油毛毡棚里提棍出去巡查，都是要把被子披在身上的，即便如此，回来浑身还是冻成硬棍了，揉搓半天，腿脚都不听使唤。村里的菜地，本来是轮流看的，守夜人，每晚一块五毛钱夜餐费，那时一块钱，能买两个烧鸡腿，可到最后，就剩他一个人了。都嫌活儿太苦，尤其是冬天，有人宁愿多掏几毛钱，都不愿来遭这号罪。他倒是有些偷着乐，还生怕谁看上了这一块五，抢了自己的生意。大概也就是那几年，养成了顺子这种耐寒的习性，所以，当大伙儿都觉得冷得撑不住时，他就说："你不要老想着冷，要想着还行，不冷，暖和着哩，人哪，只要这心里不觉得冷，身子也就不咋冷了。"猴子就说："你这是阿Q的精神胜利法呀。"顺子说："不管啥法，反正我过去晚上看菜地，就是这样熬过来的。"猴子又说："你看菜地是啥年月，那时都不咋暖和，就是回到家里，也没暖气吧？可现在，别人那么暖和，而我们冻成这样，不冷才怪呢。"顺子就说："你个猴子，嘴就是能掰掰，我掰掰不过你，反正你老想着冷,就能把你狗日的冻死了。"

好在离他们露天工棚不远的地方,有一个暖气管道口,那口,是用一个铸铁盖子盖着的,圆圆的一块,雪一落下,就嗞的一声了无痕迹了。而旁边的积雪,已经有上寸厚了,白花花地围着井盖。在井盖与井口的缝隙处,甚至还有热腾腾的蒸汽,一股股地往上冲打着。大伙儿就不时地会朝这个好去处望一望。到了后半夜,他们就轮流着到铁盖子上取暖,一人半小时。有些睡得死的,就活活被下一个拖到雪地里才激醒。轮到顺子时,他像僵蚕一样蜷缩到上面,铁盖子刚好把他整个身子都能包揽住,那蒸汽从周边袅袅升腾上去,活像是泡在澡堂里一般。猴子就喊叫说:"你们看,像不像杨贵妃洗澡哩。要是让顺子哥脱成精尻子,就更像了。"墩子说:"顺子哥的尻子能看吗?杨贵妃要是长成顺子哥那样,唐明皇恐怕气得早上吊了。"惹得大伙儿一阵哄笑。那高楼上,就有人打开窗子,给这边扔下一只臭鞋来,骂道:"笑你妈的×哩,深更半夜的,还让人休息不?一群猪!"猴子捡起臭鞋,就朝高楼上细瞅,看是从哪个窗户扔出来的,大有要扔回去的架势。顺子怕惹事,就急忙爬起来,把猴子手上的鞋夺了下来,并压住他的火气,让千万别惹事。猴子到底还是回骂了一句:"猪把你妈日了!"再后边的脏话,就被顺子拿手捂住了,顺子感到,这是两片冻得跟冰块一样的硬嘴唇。顺子还是那句老话:"把烂嘴夹紧,都少给我惹事。"就又去铁盖上享受去了。

顺子刚躺上去一会儿,寇铁就来了,寇铁从来都没有笑得像今天这样灿烂过,甚至还有些巴结他的意思,说:"刁经理,刁总,你还有心在这沐浴哩,光今天就有几十家剧场要装台,价钱都由你定,你看先给哪家装。"寇铁背后,果然站了一大堆人,都说自己的演出重要,都想请顺子先装自己的台。顺子看这阵仗,自是有点拿玩人的意思了,就慢腾腾地说:"我们装可以,但剧场必须放暖气,没有暖气,我们不干。另外,我们晚上只加班到十二点,连轴转的事,我们不干。再另外,开始必须先付百分之三十定金,不付定金,我们不干。装完台,导演和剧务验收完工,立马把剩下的钱全部结清,否则,我们不干。还有,中午和晚餐,要保证每个人有两个鸡腿,再带一碗鸡蛋汤,少了汤,我们不干。"他提出的条件,人家竟然全部都答应了,甚至让他都感到有些意外。寇铁又说:"刁总,你恐怕得扩大经营了,尚艺路要建成美国'百老汇'了,你得适应市场需求啊。我愿意给你当马仔,只要你承这个头。"很快,"顺子舞台装置责任有限公司"就成立了,一成立就是几千号人的大公司。大吊、猴子都当了副总,蔡素芬是办公室主任。墩子、三皮也都当了市场开发部、布景道具研发部经理。寇铁几次送礼上门央求,顺子也就不计前嫌,封了他个办公室副主任,给素芬打下手。不知啥时,又有了"顺子装台总部",总部大楼就矗立在尚艺路最繁华的地方,楼形怎么有些像CCTV失火的那个"大裤衩",大裤衩就大裤衩吧,反正它是西京城的地标建筑。菊花、韩梅包括韩梅的男朋友都在总部管事了。天老爷呀,怎么整个西京城都在发展演艺事业了,大街小巷都是剧场,顺子成立了好多子公司,就像快捷酒店一样随处可见,但还是忙得团团转,甚至不断有国外演出团来,要找他走后门安排装台的。给谁装,不给谁装,都是要批好几道条子的,先是底下批,然后是菊花批,最后才是他批。关键是西京城所有人都在演出了,连过去电视上见的那些头面人物,都上了妆,登了台。演艺、装台,成了西京城最火、最高贵的职业了……

他觉着屁股上,有一个硬东西顶了几下,醒来一看,是寇铁正用大头皮鞋踢他的屁股:"哎哎哎,你还会睡得很,这暖气井盖刚好给你弄了个暖床,你没看都啥时候了,导演今早要看平台运动系统呢。"顺子一看表,都早晨七点半了。他问猴子他们,咋不叫他呢?大家都不说话。他就知道,自己昨晚比别人多睡了两个多小时的热井盖,没人叫他,那不就是心疼老板嘛,他就觉得浑身有一股暖融融的东西从头流到脚后跟了。

好在导演对平台运动系统的设计还算满意,这都是猴子的功劳,猴子的精明能干,连靳导都给竖了大拇指。靳导一走,顺子就给瞿团诉起苦来,也只有面对瞿团,他才敢诉这些苦,要是对寇铁,你一说,他就会上硬的:"嫌苦了别干呀,想来干的有的是。"所以顺子从来也不给寇铁说这些。瞿团这个人心软,还没等顺子说完,就说:"今天必须用幕布把露天工棚全部围起来,起码不要让风雪直接灌进来。"另外,他还要求寇铁,给工棚里多弄几个电暖器,说起码让人有个暖手的地方。寇铁嘴上答应着,到了晚上,一共才弄了两个来,其中一个还不会摇头,两根暖管,也有一根不见红。好在围了幕布,不直接见风、见雪,人就算能待住了。

可这天晚上,顺子刚上了趟厕所,给屁股里上了些马应龙药膏,用纱布缠了半截,他哥刁大军就来电话说让他赶紧到凯旋门洗浴中心帮他结一下账,他说钱包忘在马蒂身上了。气得他把手机嗙地摔了。

三十七

顺子把屁股包好,又把手机捡了起来,发现后盖摔在尿池子底下的铁管子上,捡起来时,缺了一豁。电池蹦在了尿槽里,顺子拿水冲了冲,用蓝布大褂擦了擦,就赶紧拿到电暖器上去烘烤。显示屏本来就布满了划痕、裂纹,这下好像又增加了几道口子。猴子就说:"你还不把这烂货撇了,随便到黑市买个二三百块钱的,都比你这破烂儿强。"顺子说:"你说尿话呢,还能用嘛,为啥要花那二三百呢。"这手机都用十一二年了,还是菊花给他买的,花了一千多块,要放在自己,就是杀了剐了,也是不舍得掏钱买这贵的玩意儿的。菊花那时懂事,也心疼他。他给的零钱,舍不得花,攒到过年,就给他买了这个。当时他要菊花退了,菊花死活不退,他才拿上用的。那一阵,他可是没少拿出来炫耀,一两年过去了,他还要强调,这是闺女给他买的。嘴里在骂闺女不省事,乱花钱,心里却美得跟啥似的。电池烤干了,他装上一试,还能打,就是显示屏一明一灭的,数字也是缺胳膊少腿的,但不影响通话,他就又把手机揣上,开始干活了。干着干着,又觉得不去给他哥结账,到底还是有些不合适,刚好要出去买钉子,买三角铁啥的,他就蹬着三轮出去了。

凯旋门洗浴中心离这儿倒是很近,拐过一个街巷就到,顺子端直就把三轮蹬到洗浴中心跟前了。门口虽然有停车场,但都停的是奔驰、宝马、路虎、凯迪拉克这类高档车,三轮死活不让放,他只好蹬到远处一个窄巷子口停着。洗浴中心虽然离自己家不远,但他从来没进去过,到了门口,见七八个女保安,都是清一色的宝石蓝服装,那大衣,特别像"二战"电影里的"党卫军"制服,蹬着高勒皮靴,腰上也扎着宽宽的皮带,只缺一把手枪了,威武得他都有些不敢近身。那七八个美女,都是足有一米七八往上的个头,她们夹成一道,又是立正,又是敬礼的,弄得他远远的就不知道是该先迈左腿,还是先出右脚了。虽然他知道,人家不是给他立正,不是给他敬礼,是给走在他前边的那几个人敬礼呢,他是跟着人家往进溜的,可那本来就有些拖拉、就没有伸直过的双腿,这下更显得成了两根扶不起的猪大肠,咋走都绷不出个正形来。他就想,自己也是城墙根下长大的,啥世面没见过,在这尚艺路,都走了五十多年了,咋就突然不会走路了呢。他努力挺直腰杆,绷着双腿,往前挺进着,扑通一下,竟然让自己的左腿,把自己的右腿绊了个趔趄。几个庄严女性,到底还是忍不住,相互抿嘴笑了一下,就有人伸出手,挡住了他的去路,问干啥的。他说,给人结账的。这话倒是说得有点气强。几个人相互看了一下,这年月,啥高深莫测的事都会发生,也就稀里糊涂地让他进去了。

顺子进到里面才知道,原来洗澡也洗出了这大的世事。过去在尚艺路,有好几家澡堂子,哪家澡堂子顺子也都进去洗过,那就是泡澡、搓澡、洗澡,尤其是大冬天,要能消闲地泡个热水澡,让人搓出一身垢痂来,把整个皮肤搓成酱红色,再扑通跌进水里,抖搂个一身清爽出来,那就是天堂般的日子。他跟他哥刁大军,十几二十岁的时候就没少享过这样的清福。洗一次澡,从村里福利澡堂的五分钱,到五毛钱,再涨到五块钱,他都洗过。他觉得那就是城乡差别,那就是城里人不同于乡下人的文明生活。这几年,尚艺路这种澡堂子,一个都没了,他洗澡,夏天就是一桶水,从头上往下一浇,冬天也是在家里烧盆热水,用毛巾一擦,几乎都没正经洗过了。尤其是这阵儿,他那冰冷的屁股、冰冷的双腿、生铁板一样的脊背,还有长满了冻疮的双脚、双手、耳朵,多么需要往时那热气腾腾的几分、几毛、几块钱洗一次的澡堂来浸泡、温润一下呀,可一切都没了,他听说这里面泡一回澡,少说也得个百儿八十的,要是有其他想法,那就是长虫尻子没深浅的事了。所以他也从来没敢进来过。

洗一回澡,就是百儿八十的,他顺子还没生下这金贵的身子。

顺子找到他哥刁大军的包间时,把他吓了一跳,他哥刁大军,正趴在一个按摩床上,四脚拉叉的,把个按摩床占得满满当当的不说,背上还猴了一个外国女人,正在叽里呱啦地给他跪背呢。后来顺子才听说,这是俄罗斯姑娘。顺子也不知道他哥浑身是不是光着的,反正脊背和大腿,都露在外面,屁股那块儿,是用一个浴巾苫着。小时候,他哥刁大军就是个子大,但有一阵,瘦得跟麻秆一样,几乎风一吹就能倒了。进入中年后,他大军哥就开始发胖了,虽然胖,但由于个子大,看上去就是威风凛凛的样子,却显不出胖子的臃肿来。可今天剥光了一看,几乎把顺子吓得有些不敢相认了,他大军哥的脊背,简直就跟剧团录音棚那扇包了真皮的门板一样,一疙瘩一块的,厚墩墩、肉乎乎、油汪汪地塌在按摩床上,那一嘟噜一嘟噜的肥肉,都在按摩小姐的运动中,一忽闪一忽闪地错位、复位着。他那两条裸露的大腿,粗得几乎跟大象的腿没有区别,从膝盖到脚脖子,粗细也是一样的,顺子甚至觉得,是不是有些浮肿。硕大的肥屁股,是用一条浴巾苫着,那外国女人从背上一路跪下来,就端直坐在了他的屁股上。她用她的全臀,也只坐住了他那肥屁股的一半,只好先在那半扇屁股上用力墩、晃、揉、搓,另一半,还闲置在那里,成了她双手的支撑点。嗵嗵嗵,那屁股中间,突然传出三声炮响,按摩女郎把鼻子一捏,头一转,想忍,终于忍不住还是笑得从屁股上溜下来了。

刁大军见顺子进来了,就解释说,马蒂跟菊花到美容店做美容去了,他说来泡个澡,刚才说给人家付小费呢,才想起来,钱包还在马蒂身上。就解释这些,以刁大军的性格,都已经有些多余了。顺子就问,得多少钱。刁大军说,你放个三五千就行了。顺子浑身的

219

肉就直往下垮,刁大军说啥话都总是那么轻松,说三五千,就跟说三五分钱差不多。可顺子一听到这大的数字,第一感觉就是要割他的肉、放他的血了。

顺子说:"泡个澡要这多。"

刁大军看了他一眼,又看了俄罗斯姑娘一眼,那俄罗斯姑娘明显是听不懂他们兄弟之间对话的。刁大军就有些不太愉快地说:"你放下吧,我知道你挣钱也不容易,回头我都会给你的。你知道,这事我让马蒂来送钱也不方便。"

顺子到底还是嘟哝了一句:"就是有钱,也不能都烧到这号地方吧。"这是顺子活了五十多岁,对他哥说的最重的一句话。小时候,大军哥即使踢他、打他、骂他,他都没还过手,也没还过嘴。因为那是他哥。后来,人家混得比自己好,自己蹬三轮,装台,没给人家少丢脸,也就更是说不起话了。过去,他也知道,他哥好这一口,爱弄这些没名堂的事,大家都当笑话讲呢,他也不好问,不便管,可今天,眼看着他哥一次澡,就要洗出三五千块钱来,他这张嘴,就有些失去控制地嘟哝开了。

刁大军说:"忙你的去吧,没有了也不要紧,我让汉堡或者腊肠来结都行。"汉堡和腊肠都是他的赌友。

他哥这样一说,还反倒把他弄得没意思了。尤其是他哥刚才好像还有点小不愉快,这阵儿突然又变得那样的不计较起来,就让他越发难堪了。好像他就那么不通情理似的,人家能从澳门回来过年,毕竟是念记着西京城,还有这么个没用的弟弟。要不是这个弟弟,人家有钱,哪里不能洗澡,哪里不能赌博,哪里不能过年,还非得回这个寒冷的北方城市来冻一个月,用那个"妈的"的话说,一出门耳朵就冻飞了。可顺子身上也确实没有五千块钱,满打满算,

220

只有两千五,何况还要买点杂七杂八的东西。他就说:"我没带那么多,以为就洗个澡,要不了那么多呢。"

"带了多少?"刁大军问。

"满共有两千多一点。"

"那就都放下吧。"

顺子放了两千二,偷偷还给裤兜里留了三张。

顺子说:"要实在不够了,我……我再去取点?"

刁大军说:"行了行了,我少做两个项目就是了。你忙你的去吧。"

顺子准备出门走呢,又回过身说:"对不起哥,我这几天给人家制景装台,到了紧煞火的时候,也没顾上陪你,等忙过这阵儿了,我再……"

"好了好了,你忙你的,我知道。我在家还待一阵呢,有的是时间。你去吧。"

顺子就出门走了。

顺子还没走出门,只听身后那张按摩床咯叽一声,几乎是床板要断裂的声音,顺子好奇地回头一看,原来那按摩女郎又飞身坐在他大军哥的另一扇肥屁股上了。

顺子从洗浴中心出来,心里有种说不清的堵得慌的感觉。上三轮,是那么的艰难。雪还在下着,路也滑,他就骑得很慢地,在尚艺路上来回扭动着。突然,一辆小车"刺啦"一声,停在他的不远处,一个女人伸出头来大喊:"你找死吧!"天色晚,路灯也有些昏暗,他有点看不清那个女人的脸,还以为是在骂别人呢,也失脚慌忙地朝四周看,那女人就冲他喊叫:"你个臭蹬三轮的,说你呢,看破三轮咋蹬的。"他以为是三轮剐蹭了人家的好车,吓得一下清醒过来,呼地就把三轮拐到旁边的窄巷子去了。他听到身后那个女人还在臭骂。这是他们所有蹬三轮人总结出的诀窍,只要遇见这号事,就抓紧加一把脚力,朝汽车钻不进的巷子里溜,溜得越深越好。要不然让人家把你赖上了,耽误工夫磨闲牙不说,关键是你赔得起吗?

在窄巷子里三弯四拐的,就到了素芬和三皮他们粘网子景的地方,他和素芬也有好几天没见面了,他就停了车,准备进去看看。

三十八

秦腔团这次搞的这个新戏,团场确实大。网子景这一摊,是租了一个职业技术学校的大教室在粘贴。就这,还是看了寇铁的面子。寇铁的一个同学在这个技校当头儿,是趁人家放寒假,教室空了,队伍才拉进来的。

素芬和三皮负责这一摊,三皮过去粘过网子景,有经验。素芬开始还有些怯场,害怕弄不好,当设计人员把粘桃花的要求示范了一下后,大家就开始干活了。其实很简单,就是把一卷一卷的桃红纱,先剪成桃花瓣状,然后又把桃花瓣,粘成一朵一朵的立体桃花,再把这些桃花,粘到尼龙网子上,工序就算完成了。但工作量确实很大,网子都是跟幕布一样大小的,九乘十八米的面积,一道网子上,至少要粘一两千朵桃花,并且要求疏密合理,层次分明,最密集的地方,甚至要求一层摞一层地往上粘。三皮对网子景的粘花、粘树枝、树叶有经验,到了最密处,他干脆去买一些棉花回来,给上面染了色,然后整片整片地往上铺,最后再在棉花上戳些洞,戳完洞,再粘些桃花瓣,那层次感就出来了。第一个网子粘好时,三皮甚至还得到了舞美监制的表扬,说行,效果不错。不过这道景,只能朝后放,离观众近的两道,绝对不能偷工减料,因为观众看得太清楚,一假就穿帮了。他们只好一道更比一道精细地制作着。剪花,粘花,开始倒也新鲜,尤其是那几个新雇来的婆娘,一直粘得嘻嘻哈哈的,一会儿说你剪的像南瓜花,她剪的像狗尾巴花,想着跟玩一样,有人管饭,一天还能挣一百好几十块钱,岂不是打着灯笼都难找的美差。可干着干着,就觉得不对劲了,手上一天就剪起了泡不说,头一勾,就是十几个小时。教室的暖气放假也停了,不仅手一直冻僵着,浑身都冻得硬翘翘的。剪花还能坐着,粘花就得蹲下了,一蹲半天起来,没有不觉得晕天黑地的。关键是胶水味儿还特别大,刺激得人老想反胃,连素芬都晕得出去吐过好几次。

　　三皮一直特别关心着素芬,只要见素芬一恶心,立马就把卫生纸递上去了。素芬一出去吐,他也连忙跟出去一把搀着,素芬感到,所有人的眼睛里看她和三皮,都有些怪模怪样的。没人的时候,她还提醒过三皮,可三皮就是那样一副不管不顾的样子,甚至连吃饭,都能把他碗里的西红柿炒鸡蛋一回刨到她碗里,因为他听素芬说过,西红柿炒鸡蛋是她的最爱。三皮这样弄得她实在有些待不下去了,昨天甚至还给顺子打过电话,想从这里调换开。可顺子说,还就粘网子景的活儿轻省些,其他活儿比这更难干,她也不好把事往明里挑,就只能先将就着了。

　　顺子来的时候,她正在用一根烧红的针扎着手上的泡放水呢,放了水,泡能好得快些。讨厌的三皮,偏要上来帮忙,她把水泡刚一扎破,他就端直把嘴戳上来,抢着要帮忙吸,素芬躲都没躲过,就让他的厚嘴唇把指头给咬上了。素芬听见立马就有人在一旁说诳话:"那可不是奶头,看把你轻狂的。"这时,顺子刚好进来。素芬一见顺子,想把手抽回来,可咋都抽不动,三皮是用两只手在逮着吸。顺子有些弄不明白是咋回事地看了看,素芬就急忙解释说:"水泡……刚用针扎破……"这时,三皮也抬头看见了顺子,有点尴尬,但手还是没有松开,顺子就说:"吸你的,帮你嫂子好好吸,吸干净了,好得快。"大家就都笑了。顺子也不知笑啥,那三皮直到这时,才把素芬的手松开。

顺子问了问粘网子景的情况,这个说几句,那个说几句,他就听明白了。并且还翻开粘好的网子景,看了看说:"活儿做得还算细发,好着呢。人家这回可是搞创作剧目,搞精品力作哩,过年演了,明年还要参加全国比赛呢,活儿可得给人家做精心些。"有人就喊叫说,要精心,得拿工钱精哩嘛,这腊月荒天的,哪个家里不是一摊子事催着回去办哩。这话一出来,七嘴八舌地就接上了。有的说家里还等着自己回去给娃订婚呢。有婆娘干脆说,一家老小的铺盖都没顾上洗呢。大家七嘴八舌地就嘈嘈成一笼蜂了。总之一句话,就是嫌工钱太少。顺子就说,人心不足蛇吞象哩,人家这回给得算可以了,别冲着年关,就给人家乱加码子,吃了上顿,还得考虑下顿人家给不给吃哩。

顺子知道剪花肯定都要打水泡的,来时还专门买了两瓶碘伏,要大家扎破水泡后擦点碘伏不容易感染。他说着,就走到素芬跟前,把碘伏盖拧开,要给素芬擦上。在顺子拉起素芬手的那一刻,他突然有点心酸,这双手,在跟自己第一次拉住的时候,是多么的细嫩绵软哪,那是跟城里不做活的女人一样白嫩柔和的手,可跟自己才半年多光景,就糙成这样了,拉起来,甚至有点像粗砂纸。他顺子靠蹬三轮、装台,不是养不起一个女人,可家里这情况,也就只能让她跟装台的男人们一起受委屈了。素芬的手上,不仅磨出了好几个血泡,而且手背上还长满了冻疮,顺子在擦碘伏时,心里难过得眼圈都有些发红。而在顺子给素芬擦碘伏时,素芬也在静静地观察着顺子的手,几个指头短粗短粗的,茧子一层摞一层,冻疮也是一个接一个的,那红彤彤的冻疮皮肤上,结着抓破了的白痂,白痂又连着白痂,就有些像牛皮癣了。她知道顺子是地地道道的城里人,可城里人,把苦下成这样的,恐怕还真不多见。

她说:"你咋也不戴手套?"

顺子说:"要干的都是细活儿,就戴不成嘛。没事,一立春,立马就好,每年都这样。"顺子说着,把素芬叫到一旁,悄悄给她两个裤兜里塞了十几颗巧克力。他发现她爱吃这东西,并且他知道,巧克力是增加热量的。素芬让他自己留几个,他说他不爱吃这玩意儿。其实他小时最爱吃这东西了,有一次,他跟村里几个娃,为偷吃人家小卖部的巧克力,还挨过老板的嘴掌。但现在放开了吃,他确实还舍不得,他给素芬买的这一盒就四十五块钱呢,他是把盒子在外面拆了,光装了巧克力回来的,毕竟是太贵的东西,打平伙吃了可惜,只能偷偷塞给她了。

顺子临走临走了,见三皮老朝他这儿看,就索性大声跟三皮说:"把你嫂子招呼好噢。"大家的笑声就更大了,也更粗野了,那里面,分明含着许多贼昫兮兮的意思。素芬的脸,一下红到了脖根,连三皮也有些难为情地低下了头。但顺子好像觉得一切都很正常似的跟大伙儿笑了笑才离开。

素芬也知道,顺子心里绝对没有起任何猜疑,半年多了,三皮始终跟自己在一起,并且都是他安排的,如果他心里有点疑惑,恐怕早把他们拆散了。三皮看顺子没有起疑心,大概也发现她没有告发的意思,就越发地胆大了。到后半夜时,他们轮流到教室外面一个堆杂物的储藏室去休息,三皮甚至又一次趁跟前没人,一把搂住她,要亲嘴。她终于给他来了个对不起,端直抽了一耳光,当下就把三皮打蒙了。她想,这下总算要起作用了,谁知这家伙彻底陷进去了,她不让献殷勤,他甚至连饭都不吃了。她想着不吃就不吃吧,看他能撑到啥时候,结果三皮还真的一连两天没吃饭,她被吓着了,大伙儿也都知道是咋回事,她怕把事惹大了,就又亲自把饭端到三皮手中,并且又接受了他从碗里刨给她的西红柿炒鸡蛋。

素芬在男女感情上,是经历过大挫折的人,她隐隐觉得,这事的麻烦可能有点大了。

三十九

菊花这一段时间,把大军伯跟出来跟进去的,确实有点累,也有些烦了。大军伯是绝对的"高大上",但又是绝对的"胡拉海"。所谓"胡拉海",就是西京人说的做事没个准头,随意性大,不太考虑结果,董的摊子自然也大,至于怎么收拾,似乎从来不在考虑范围内。那天,大军伯一次给菊花撇了两万没乱码的票子,然后,他们出门消费,就都是菊花结账了。很快,两万块钱就所剩无几了,她相信大军伯还会给的。但大军伯不是在酒场上,就是在赌场上,要不就是让她领着马蒂做美容,而自己又去消费一些没名堂的项目,她就害怕大军伯把拿回来的钱彻底董完了,最后让自己做了冤大头。所以,这几天大军伯再喊她出去吃饭啥的,她就老推说有事,看着到了饭口,干脆把手机一关,有时要是大军伯找上门来,实在没办法了,才跟着出去跑一趟。

另外还有一件让菊花不高兴的事是,乌格格撺掇她,让她跟刁大军讲,看能不能把她带到澳门去发展。这也是她思谋好久的事了,过去大军伯曾经也说过要带她去澳门,可那时顺子不同意,说大军伯靠赌博为生,那不是个啥正经营生,跟着去,要是最后弄得没了根基咋办?加之大军伯总是说说,又没正经办过,过去也就过去了。这几年,大军伯基本没跟家里联系过,要联系,也只是跟他弟刁顺子单线联系,他弟要反过来联系他,就联系不上了,要么关机,要么给个号码,打过去,里面说得叽里呱啦的,谁也听不懂。尤其是刁顺子把蔡素芬娶回来后,菊花甚至都曾经想过,要到澳门去找刁大军,可咋都联系不上,她才打消了这个念头。这次大军伯回来,她几次都想开口,又觉得不合适,尤其是身边有个马蒂,好像说啥都不方便。一天,他们一块儿去吃老机场的烤肉,她才找机会把这事说了出来。

大军伯说,他是吃着老机场的烤肉长大的。这话可能有点玄乎,据说老机场的烤肉也才三十年历史,而大军伯已是五十七八的人了。虽然变化很大,但大军伯还是保持着昔日的记忆。那天出租车司机是个新手,有点不熟悉路,大军伯就如数家珍地一路报着地名,很快便找到了。老机场烤肉现在已是西京城的名吃了,几乎好多烤肉摊子上,都写着"老机场"的字样。菊花也吃烤肉,但从来没有这么讲究过,谁还跑这远来吃几串烤肉呢。可大军伯说,他们那时晚上打完牌,要吃烤肉,就一定会奔老机场,一吃就是一夜到天亮。他说只有老机场的烤肉,那才叫烤肉,肉好、嫩、鲜,不日鬼。火候掌握到位,孜然味儿馪香,芝麻油、辣椒面、独头蒜,都是一等一的正经东西。菊花看大军伯今天这么兴奋,就趁马蒂去洗手间的机会,把自己想去澳门发展的想法,和盘端了出来。令她特别失望的是,大军伯开始好像装作没听见,这里也的确嘈杂,但菊花觉得他也不至于听不见吧,就重复了一遍,不过重复时,就说得有些不自信了。大军伯这回大概是不能再装作听不见了,就大大咧咧地点了几下头,也没说行,也没说不行,那点头,又似乎像是给烤肉师傅点的,但整个神情,并没有失去"高大上"的气派。再然后,马蒂就回来了。大军伯一边吃烤肉,喝啤酒,一边对烤肉师傅说着他对这一块地方的深刻记忆:……七七三部队撤走了没?这个延光厂,你知道过去是干什么的吗?军工企业,那时火得很,内部没人,你连大门口看都甭想看一眼,最早是造飞机马达的,后来不行了,又造过洗衣机,再后来又造电风扇……说到最后,大军伯就醉了,人一醉,菊花和马蒂两个人都把他弄不走。挡了几辆出租,人家都不愿意拉醉鬼,没办法,她只好给"过桥米线"谭道贵打电话,最后还是谭道贵来把人拉回去的。

第二天,大军伯见了菊花,再没提说昨晚的事,菊花就有些不高兴了,大军伯再叫出去,她就故意躲着。

本来"过桥米线"在镇安宾馆夜半突袭乌格格的事,让菊花心里很是恶心着这个谭胖子了,可从镇安回来后,乌格格对谭胖子也并没有多么反感,该吃该玩了,谭胖子一叫,还是跟着走,并且还是要叫上她,那事好像就跟没发生过一样。她就有些越来越不能理解自己的这个闺蜜了,乌格格对谭胖子到底是啥态度,咋都让她捉摸不透,要是格格最后真的跟了这样一个货色,那可就爆了冷门了。不过,她心里有时也有点贼,面对自己一塌糊涂的生活,她甚至希望乌格格就烂在谭胖子手上算了。乌格格这么好的条件,最终都烂在谭胖子怀里了,她再找不下对象,甚至终身不找对象,也就有十分充足的理由了。懒得陪刁大军了,她也故意不去给格格和谭胖子做"电灯泡",她甚至希望给他们腾出更多的空间来,让他们陷进去,陷得越深越好。

于是她又把精力放在了收拾韩梅上头。

韩梅这一段时间,始终窝在家里看书,有时也出去查点资料什么的,她在着手写毕业论文,这是菊花偶尔在她给同学打电话的时候听到的。菊花每天出出进进的,也会竖起耳朵,听听里面的动静。韩梅现在基本把电脑音乐都放得很小,那条断腿狗,偶尔也会叫唤两声,但总体房里几乎没有太大响动,只是人宅在里面而已。这样平静地宅着,在菊花看来,就是一种十分危险的对抗,不是说静水深流吗?这让菊花心里很不舒服,尤其是在她大军伯没有明确答复她想去澳门的想法后,再回到这个家里,这个不能不斗争的情绪就又十分突出地涌上了她的心头。她必须把一切都搅动起来,只有搅动起来了,事情才可能有变化,总之,刁菊花的卧榻旁岂容他人酣睡。这天一大早起来,她就把晒太阳的断腿狗又踢到楼下抽起筋来了。狗听到她开门,就吓得一个趔趄,拉了一泡稀,朝一边跑,跑着跑着,还是被她撵上了。踢狗的理由很充分,就是给她门口拉了粪便。她说这是故意的,因为狗在这个家里,拉粪是有固定地方的,这条狗,只有韩梅和刁顺子才能指挥得动,可刁顺子今天不在,那是谁指挥狗,拉在自己门口了呢?这岂不是秃子头上的虱,明摆着的事吗?

又一场战斗,就这样即将打响了。

菊花既然惹下这事,自然是有充分的精神准备了,甚至她还把胳膊活动了活动。她觉得自己虽然比韩梅大些,可她相信自己的劲头并不比韩梅弱,韩梅毕竟太注意"娇小玲珑型"的身材管理了,在她看来,这小妖精,风都能刮倒。加之上次交过手了,只要打有准备之仗,是不愁胜利不了的,何况自己还是正义之师,是这个破家的正出。刁顺子挣下的那几个可怜钱,怎么能眼看着这么多女人来刮、来铲、来分呢？在这个村子,兄弟姐妹们为分家财,为继承遗产,多有大打出手的事发生。有些事,光说,光顾了面子,是说不清也顾不住的。最后,谁强势,谁就分得多,谁弱势,谁就躲得远。软弱,在她眼里的现实看来,是没有任何好处的。用赌神疤子叔的话说,人得横一点,人一旦横起来,连美帝国主义也是能吓跑的。可菊花在做好了所有横的准备时,韩梅却死不接招。

韩梅跑下去,一把抱起好了,只恶狠狠地朝楼上的她盯了那么几秒钟,然后甩了一句:"真邪恶！"就趿拉着鞋,朝大门外面跑去了。

菊花也学习大军的神气,明明听见了,偏装作没听见地斥问道:"你嚷嚷啥？"但韩梅好像已经跑得很远了。她气得立马下去,就把铁门哐哐当当反锁上了。

锈蚀的铁门,在她狠劲哐当的过程中,甚至还掉下了几块烂铁皮来。

菊花回到楼上,本来准备直接进自己房的,可在经过韩梅门口时,又有些好奇,想发现点什么打击的线索。但进去看来看去,也没啥像样的东西,除了电脑,就是破书,再就是床铺、被褥,还有一个电暖器。电暖器还开着,她用脚踢了一下开关,那两根红彤彤的管子就灭了。不过墙上贴的那一溜溜照片,让她很是有些嫉妒了。这碎婊子,竟然还照得跟奥黛丽·赫本似的,明明是近期照的,还偏洗成了黑白的,发式也是赫本的发式,眼神也是模仿赫本那有些勾人魂魄的眼神,鼻梁高得有些放光。她就想拿起桌上的剪刀,把那双骚眼睛,戳两个窟窿,然后再把鼻梁剜掉,做成一个骷髅头留在那里。但她到底还是没有那样做,那碎婊子,今天毕竟没有向她示强。她对山寨版的赫本啐了一口,又把烂电暖器踢亮了,然后才回到自己房里。她有些无奈地朝床上狠命一躺,双脚把鞋端直踢上了天花板。她也不知道自己要干什么,也真的无事可干,桌上倒是有瓶红酒,她先拿起高脚杯,想学电影里"高大上"们的品法,结果,还没喝一口,就又放下杯子,拿瓶子咕咕嘟嘟灌了半瓶,然后躺下了。她现在越来越得靠这个入眠了。

也不知啥时,楼下传来铁门的哐当声,她醒来了,第一感觉是可能是那碎婊子回来了。可听声音,又有些不对,好像是刁大军的声音。她就起来朝下一看,是刁大军带着人,正在换她家的铁门哩。她就喊:"哎,大军伯,干啥呢?""看你睡得死的,真正是门让人背去了都不得灵醒。还干啥呢,看你家的铁门都烂成啥了,恐怕连羊都拦不住了,还防盗呢。我给你们换一个西京城最好的门。"菊花说:"这破家,有啥盗可防嘛,还要最好的呢。"大军伯就说:"嗨,看这娃说的,你爷过去常说,破家值万贯哩。"放在别人说这话,好像还有些严肃性,这话从大军伯嘴里出来,就把菊花惹笑了。刁大军说:"你笑啥哩,在你爸眼中,这就是苏联的克里姆林宫,英国的白金汉宫,葡萄牙的贝伦宫,美国的白宫,你知道不?真有钱,他可能还要装防盗网、安警报器、买大狼狗、雇贴身保镖哩。"这本来是一串笑话,把安防盗门的人都惹笑了,可菊花一听谁说刁顺子,就不想接话了。

原来的破门,直接让安新防盗门的人推倒在地了。新门的尺寸,是刁大军几天前就告诉人家了的,大小正合适,安起来也方便。刁大军在安门的时候,又跟菊花聊了聊。菊花对这个伯父已经没有多少好感了,反正你再"高大上",跟我刁菊花也没关系。菊花甚至也没给刁大军泡茶,刁大军从身上抽出一百块钱来,让一个安门的工人去门口提了一箱子矿泉水回来。大冬天的,也没人喝,就他咕咕嘟嘟喝了好几瓶。突然,是刁大军又提起了那天菊花说去澳门的事,他说:"哎,你不是要去澳门吗?过了年,就跟伯伯走。"

"啊,真的?"菊花几乎有些不相信自己的耳朵。

"这还能有假了。"

菊花好像突然小了二十几岁似的,一下蹦跳到刁大军面前,双手拉住大军伯的手说:"让我去干啥?"

"想干啥干啥。不想干了,大军伯就把你养着。"

"真的吗?我给你理财,当经纪人,还能做饭,咋样?"

"干啥都行。"大军伯答应得那个爽快、撒脱,让菊花几乎激动得要飞起来了。她已完全忘记了自己的年龄与长相,顿时学起了幼稚园里那些"小天鹅"们半蹲半斜的表演姿态,就地扑扑棱棱转了一个圈,两只手还弄成了小时在剧团学的兰花指,拍手也是学贵小姐的姿态,不见手掌相互挨上地矫揉造作着,看得安门的工人都有些无法忍受这种装嫩表演,耷拉下了眼皮。

就在这时,韩梅抱着那只狗回来了,脸上还是那副痛恨的表情,要不是看见刁大军还有安门的几个工人在,也许这阵儿,双方就会猛烈交火了。但菊花突然柔软了下来,就在她大军伯答应她去澳门的一刹那间,她板结的心肠,就悄然松动了。她突然有了一种要告别这个让她丢人现眼的"破蹬三轮的"窝囊家庭的感觉了。当然,在几十分钟前,她还那么纠结着这个破家的一切,因为,离开这个破家,她就寸步难行了。但现在,有了大军伯那宽大的脊背做依靠,这个破家的一切,也就迅速变得一钱不值了。爱争,就让那两个可怜女人争去吧。

韩梅就是在这个时候,抱着好了回来的。一切的一切,突然间,就变得不敢相认了。菊花甚至主动上来,把好了的头扑簌了一下,还不能说不是一种很真诚的爱怜:"小东西,叫你给我门口胡拉,叫你随地大小便,我轻轻动了一下,就把你吓成这样,就把你吓成这样,就把你吓成这样。"那一声高过一声的"就把你吓成这样",还配合着刮鼻子、弹脑瓜崩、捏长嘴巴筒儿的动作,弄得好了有些烦躁地突然昂起头,要咬她,要不是她手抽得快,几根指头,恐怕早咬进它的长嘴筒里了。菊花也不生气,仍表现出一副爱意十足的样子,继续弹着好了的脑瓜崩说:"你还凶得很,我叫你凶,我叫你凶,我叫你凶。"这一番表演,委实把韩梅弄蒙了。她只能理解为这是面对客人的一种做戏,不过这戏,也做得太过了点,从来就不是刁菊花的风格。韩梅也懒得理,只跟刁大军打了个招呼,就独自上楼去了。

韩梅上楼后,刁大军问:"好像你妹今天不高兴?"

菊花说:"别看人碎,脾气大着呢。"

这时,门已经安好了。几个工人走了。菊花就说要请大军伯吃饭。刁大军让把韩梅也叫上。菊花就拿着一把新钥匙,上楼来叫韩梅了。

韩梅见这个疯子姐,平常都是一副要把自己赶在门外的样子,她甚至预感,今天抱着好了出去,都未必再能进这个家门了呢。谁知这阵儿,换了新门,好像连人也给一起换了,她竟然还亲自把钥匙送上门来,真是太阳从西边出来了。不过,她到底还是没去吃饭。她知道,自己毕竟不是人家家的人,去了生分。刁大军甚至还亲自上楼叫了一趟,韩梅都没去,说是身子不舒服。

菊花又热情备至地陪起了她大军伯。她把刁大军的胳膊,挽得比初回来时更紧了,她觉得她大军伯好有风度,好有力量的,这样款在街上,满是回头率。她干脆把头牢牢靠在了她大军伯的肩膀上,甚至比马蒂靠得都紧些,刁大军突然说:"靠轻些,靠轻些,伯的胳膊有些抽筋。"说着,刁大军的胳膊,已经抽得跟鸡爪子一样地缩回去了。

四十

顺子一边干活,一边还在跟寇铁磨牙,要给寺院装台的那笔劳务费。跟寇铁说话,还得讲方式方法,太软不行,太硬更不行。眼看再有十来天就要过年了,娃们都在到处放炮玩了,人心就慌乱得跟棍戳了一样。给秦腔团制景、装台的钱,他倒是不愁,有瞿团哩,可寺院那笔装台费,就成了他一块心病。大吊、猴子也都急着催他,让他不要再在这里制景了,得把寇铁跟上,看他还撒啥谎,说大家还都靠这几个钱回去过年哩。顺子尻子难受得走路都一翘一翘的,还到处撵着寇铁,寇铁就骂他丧眼,说以后再休想揽活儿了。寇铁可能也确实没要到钱,就吓唬他说:"庙里的和尚们,还在到处找墩子算账哩,你让我咋催?有本事你让墩子去要嘛。"气得他见了墩子,就又照他尻门子狠狠踢了几脚,踢得墩子没头没脑地刚跳起来乱嗞哇。

眼看制景工作就要扫尾了,他从财务上领出来的制作费,有一万二千二百块钱,是花在他哥刁大军那儿了。刁大军也说要给他的,可他一直没时间见。照说,这一万二,他挨了也就挨了,毕竟是花在自己亲哥身上了。可一想,他哥一辈子啥时把钱当过数,与其让他把钱都撂在疤子叔那里,撂在洗浴中心,还不如去把自己的那几个血汗钱要回来。一万二千二百块,可不是小数目,那是自己要挣出大肠头头才能换回来的硬通货。

顺子觉得也不好明要,就给他哥打了个电话,问他在哪里。刁大军说在宾馆,还没起床呢。顺子就说,哥回来这长时间,也没去看过,他说他想去坐坐。刁大军说你来,顺子就去了。顺子去之前,还专门回去换了一身衣服。回去才发现,大门已经换成新的了。是韩梅给他开的门,韩梅说是大军伯换的。他心里就流过了一股暖洋洋的东西,毕竟是自己的哥,才能这样关心自家的门户。顺子蹬着三轮,到了他哥住的阿房宫宾馆附近,先找一个停自行车的地方,把三轮停了,又去花二百多块钱,买了几样好水果。这些水果,都是他平常舍不得吃的,就是吃,也都是人家快收摊时,去专拣那破了相的、蔫巴的、硌碎的拿,哪还买过这样的抢眼货呢。可谁叫他看的是从澳门回来的哥呢,人家活人就这档次,你还能把自己的活法,硬扣到人家头上去?

顺子战战兢兢地进了宾馆,到了他哥说的房间,把门敲了半天,他哥才把门打开。他哥穿着睡衣,明显还没洗脸,两条白晃晃的粗腿,也是精光精光的。这是一个大套间房,外面是会客厅,里面的房门紧闭着,大概是那个"妈的"还睡着。顺子把水果朝桌上一摆,想着他哥会说一句客气话,谁知刁大军说:"一会儿你都拿走,马蒂不吃这个,她只吃进口水果,放这儿,也是让打扫房间的拿走了。"顺子心里就有些不畅快。

房里特别热,顺子进来一会儿,就是满头大汗。他哥让他把外套脱了,他就把那件韩梅她妈给他做的,到过年才舍得拿出来穿几天的西服脱了,可汗还是流个不住。房里实在太热了,他一看温度显示表,是二十六摄氏度。而室外现在是零下七摄氏度。

他跟他哥坐在一起,好像也没话了,不过小时候,他们在一起话就少。他哥是个玩家,总要想着法儿去玩。而他不太会玩,人家在灞河里用铁丝打鱼,吩咐他在岸上看鞋、看衣服;人家"叠罗汉",偷着爬墙摘苹果、摘梨、摘杏,让他当"底座",吃人家啃了一半的,或有虫眼的;人家躲在菜地里亲嘴、"压摞摞",让他在远处望风,叫他有人来了立马打口哨。反正跟他们浪,没咋沾过光,所以后来就不太在一起玩了,即使大军哥再哄、再叫,他都懒得去。再后来,都越长越大了,就更是玩不到一块儿了,甚至话也少得可怜,经常都是大军哥说,他只听就是了。

不过今天,他还是先说了一句:"你咋还给安了个门?"

"噢,我看你那门也太烂了,铁皮朽得一脚都能踹个窟窿。"刁大军给顺子泡了一杯茶。

"家里也没啥,谁踹烂了,进去还弄不够补鞋的钱。"

刁大军笑了,说:"啥时也变得爱哭穷了。我看你过去光蹬个三轮,也没天天喊穷嘛。现在都当老板了,还哭穷。"

"啥老板呢,就是个下苦的,给人家那些唱戏的拾鞋带都不好好要哩。"

刁大军理解"拾鞋带"的意思,大概就是过去伺候主人的小厮、丫鬟所干的那些事。顺子是说,装台人在唱戏这行当里,连小厮、丫鬟的地位都不如。刁大军给自己的杯子里倒了半杯矿泉水,然后又从冰柜里,倒腾了几个冰块出来,朝里一放,说:"看把你热的,要不要来杯冰水?"

"我不要,大冬天的,喝了肚子痛。"

刁大军一笑说："你这不是也活金贵了吗？咱小时，冬天啥时还喝过热水，不都是拿嘴对着水龙头，直接咕咚哩嘛。"他说着，呷了一口冰水，在顺子对面坐下了。

"那是冷水，可不是冰水。"其实顺子他们现在有时渴急了，也经常对着自来水龙头，直接灌哩。

半天又没话了，只听里边房里传来了一个娇滴滴的声音："Mr，我要喝水。"顺子上小学时学过英语，"先生"这个单词，到现在还是记得的。

他哥急忙起身给那个"妈的"，也弄了一杯冰水端进去了。

顺子看见，他哥由于太胖，在起身时，是起了两下才站起来的。

"太热了，你把温度调低点。""妈的"在里边说。

"好的。"他听见他哥调温度显示屏的声音。"还不起来吗？"

"嗯，我再睡会儿。"

顺子看了下表，都快中午十二点了。

然后，他哥出来，把房门关上，又坐在他对面了。往下坐时，还是有些艰难的样子。

顺子就说："哥，你恐怕也得减点肥了。多少斤了？"

"二百三。减不下来，老坐着，又熬夜。"

"恐怕还是得减，胖了不好。"

"减，这回回去，就想办法减。你的身体怎么样？"

"还行吧，反正就这样子。"顺子说着，挪了挪屁股，这阵儿浑身出汗，屁股那儿蜇痛蜇痛的。

"是不是有点太瘦了。平常吃肉吗？"

"啥都吃，就是不长膘。"

"哥是想瘦都瘦不下来呀。哎，我看你现在娶的这个老婆，蛮不错的嘛。叫什么来着?"

"蔡素芬。人倒是挺好的,也能下苦。"

"我看你找的几个媳妇,还都长得不赖嘛。漂亮就好,女人就要漂亮哩。"

"唉,再漂亮,跟了我,都抹得灰头土脸的了。"

"菊花是不是有些不太待见,这个叫啥子来着?"

顺子说:"蔡素芬。唉,慢慢磨吧,反正已成这样了。人家到家里来,也没吃闲饭。"

"我啥时说说这孩子,这可不行,还能不让自己的爸找老婆?只要觉得幸福,你就好好过你的。"刁大军这句话,强调得很严肃。

"唉,啥子幸福不幸福的,都是冒碰上的,谁知人家将来嫌弃不。"

"那个叫啥子来着,就是你那个,那个二房的女子?"

"韩梅。"

"这娃不错嘛,挺漂亮的。"

"娃也乖。都上大学了。"

"关键是得找个好老公,不过这娃有资本,给娃多提供条件,让娃到高端地方多走走,多转转。"

"咱这条件,到哪儿去高端呀。"

"你放心,娃们都知道。让她多恋爱几次,就懂得人生和社会是咋回事了。"

顺子听这话,就有些硌硬,咋能让娃多恋爱几次呢,那不是让娃找罪遭吗?自己几次婚姻不幸,都够受折磨的了,难道还要娃也这样瞎折腾吗?他哥真是鸡肚子不知鸭肚子的事了。他想说两句,想了想,还是没说。

他哥又接着说："这样吧，等娃毕业了，让她到澳门来，我给她重新设计设计生活。"

顺子的第一反应就是：咋能让好好的娃，去跟一个赌徒胡逛荡呢。他哥就是挣再多的钱，过再好的日子，他都不羡慕。在他看来，就是跟个蹬三轮的，也比让他哥带到澳门去胡逛荡踏实。他还是没有答话。

刁大军看顺子没话了，又抿了两口冰水说："菊花就是长得太那个了点，到现在还没找下对象吧？"

"没有。"

"小时候，我看娃也不是很难看嘛，咋搞的，给越长越没名堂了。"

"哥你可甭说这话，菊花就嫌跟我没福，说人家哪个哪个当官的，当大老板的，女子原来长得咋不如她，现在都长成大美女了，她却越长越丑了，怨我说都怪破三轮蹬的来。你还说这话。"

"我就是跟你说说，咋还能当娃面说她丑嘛。你还是要多操心，不要光顾装台挣钱了，得给娃找个合适的婆家，一个人老在家宅着，心理容易出毛病的。"

"我也托了不少人，可确实不好找。"

顿了一会儿，刁大军说："菊花想到澳门去，头里跟我说了，我没回话。看娃不高兴，我又答应了，可反复想了想，她去那里，还未必有在西京好混。"

他哥把话没说完，顺子就接过话说："哥你甭管了，不让她去，我慢慢转腾着，车到山前必有路，说不定哪天，这一河水就开了。"顺子想，不管咋，也不能让菊花跟着他哥走，在他心里，他哥一辈子干的就不是正经营生嘛。

"那好。不过,你也五十好几的人了,三轮还蹬到啥时候呀,再蹬几年,跟我到那边安度晚年去。咱就亲弟兄俩老了一块儿过。"

他哥说这话的时候,他鼻子突然酸了一下。虽然这话他哥过去也说过,那是还没去澳门的时候,说等他将来赢大钱了,在终南山脚下,盖一个大house,他弟兄俩一人占半边,共用一个游泳池,还要搞一个能停四辆车的车库,还说了些啥,顺子都忘了,反正他也没想过那些事,就是他哥迟早心里都有着他,让他感到挺温暖的。

他哥突然抓住了他的手,摸了摸他手背上一撅又一撅的冻疮,和那炸得直一道横一道的裂口,还有那手掌上,能划破别人皮肤的老茧说:"你咋能把手整成这样?"那确实是一双不能让人细看、细摸的手了,十个指头再怎么伸,都只能是弓形,努力伸开来,也像是还在握着什么,甚至还有点微微发颤。刁大军用自己的双手,轻轻把这双手捏了捏,搓了搓。顺子感到,那是一双软绵得跟棉花包一样的大手,没有骨头,只有上好丝绸一般的滑溜细肉,把自己的手紧紧包裹着。他想往出抽,但他哥又揉了一会儿才放开。

刁大军准备站起来,还是起了两下。他走到一个保险柜面前,按了几下密码,把保险柜拉开了。顺子斜眼看了一下,里面是一撅一撅的钱。顺子心里直扑腾。本来他是为要那一万二千二百块钱来的,可跟他哥坐了一会儿后,又觉得自己活得太小气,太不近情理,哥回来一趟不容易,用自己这点钱,自己还好意思上门来讨。他本来是不想再提这事,就起身走了,谁知他哥竟然自己把钱亮出来了。

刁大军从保险柜里取出五撅钱来,在弯腰取钱的时候,又是嗵嗵嗵的三声炮响,干脆、朗然、敞亮。

"给,哥回来也没给你买啥,这是五万块钱,贴补点家用,也算是我给你和弟媳妇的一点贺礼。"刁大军没有说到那一万二千二百块钱的事,但给的又远远超过了那数字,顺子就越发地觉得自己今天来这趟,是小气了。他甚至脸红得都不敢抬头看他哥一眼。他觉得,无论如何,都是不能要他哥这钱的,他在极力推托着,并且西服都忘带了,就往门外跑。但他毕竟招架不住他哥的撕拽,他哥甚至都有些生气了,埋怨说:"你把哥还当外人是吧?这点钱算个啥,还不够哥一晚上输赢的零头,看你挣那几个可怜巴巴的钱,多不容易,快拿上,再不拿,我就撒在门外了。"顺子实在没法,答应说拿一万。刁大军哪由分说,就硬是把五摞钱,一回都塞在他怀里,端直把他从门里推出去,嘭地把门关上了。

顺子听见房里,又响了几声炮。

他在门口站了好一会儿,才揣好钱,慢慢离开了。

出了宾馆门,有一个没腿的残疾人,伸出一个碗来,向他要钱,他先掏了一块,都转过身了,见那残疾人确实可怜,是真的没腿了,就又掏了五块给他。都走好几步远了,回过身一看,那残疾人正在给他的背影磕头呢,他就又返回去,掏了个十元的票子,弯下腰,平平展展地搁在了那个脏碗里。放在平常,至多掏个三毛五毛的,也就行了。可今天,自己突然有了这么多没下苦就拿回来的钱,他觉得撒出去一点,心里舒坦些。

四十一

顺子他们搞的这个戏叫《人面桃花》,剧本是秦腔团在外面买的,据说掏了好几十万呢。顺子他们天天卷在这一行里,也知道

241

"剧本剧本,一剧之本"的行话了。听瞿团说,现在最数好剧本难搞了,全国都在闹剧本荒,就这个《人面桃花》,还是瞿团托了好多熟人,在南方一个剧作家手里买下的。故事倒是说的唐代长安的事,顺子虽然只上了个初中,但也知道崔护的那首诗,因为根据这首诗搞出来的碗碗腔《金琬钗》,他在十几岁就看过了。这几年老腔唱得风风火火,老腔里那帮拍砖砸板凳的老艺人,也没少唱过这诗,据说还唱到国外去了。靳导那天讲话说,还有根据这首诗拍的电影、电视剧,反正就四句话,由着人去编就是了。顺子一生最佩服的就是编戏的人了,尤其是"苦情"戏,他最喜欢,什么《铡美案》《窦娥冤》《赵氏孤儿》《雷打张继保》,他是百看不厌,并且每次看,眼泪还都滴滴答答擦不干,猴子就笑话他是"眼列腺肥大"。据说这回的《人面桃花》就是一个大"苦情"戏。有人传出话来,说在排练场排练时,演员都哭得老"跳戏",顺子一边制景,一边还真有些期待呢。

底幕画得只剩下一道"冰雪桃树坡"了,网子还剩下一个"寒冬枯枝",一粘就完了,平台也都拼到一块儿了。虽然技术上没有达到靳导的要求,几块平台,开合移动起来总是不利索,速度要快时快不起来,要慢时又慢不下来,但时间已经不允许再实验了,寇铁就骂骂咧咧地喊叫开始装台了。

顺子他们已经熬了好多天了,他用土办法,已经止不住屁股上的肿痛了,就到医院去清洗了几次,大夫说再不好好休息,就要化脓了。可化脓也得让它化去,舞台上的事,这阵儿就跟掀了下坡的碌碡,不让它滚,也是停不下来的。他都忙得一只烂皮鞋让平台挂掉了后跟,也没顾上去修一下,一高一低,一走一跛的,寇铁老嫌慢,就说他是"吃了摇头丸"了,还滋润得一走三摇晃的。顺子知道，戏弄到这阵儿，舞美、演员、乐队要"三结合"了，是一个比一个脾气大，凡大小拿点事的，动不动就凶人。他已经给大伙儿打了好几次招呼，说谁骂、谁凶，都别当回事，反正就是皇上他妈死了，再纷扰乱糟得没个头绪，那事也都是要过去的，只要人家没动刀砍人，咱就好好伺候着，谁叫咱是装台的，装台人就这命。

整个装台又进行了三天三夜，谁实在累得不行了，就到后台那几个排椅上躺一会儿，有几块搭戏箱的幕布，就做了盖被。人家团上的剧务、设计、监督都是两班倒，好歹都有几个小时的休息时间，就顺子他们，是一竿子插到底的，连大吊这样的强劳力，都累得两条腿拖拉着，一晚上连半句话都没有。顺子见素芬两个眼窝眍得多深，头发也是乱蓬蓬的，就让她回家休息一晚上。素芬到底没回去，也跟男人们一样，累得实在不行了，就在后台排椅上倒一会儿。他给素芬盖了一回幕布，转过身，他到后台背灯光箱子，又见三皮在给素芬身上盖他那件油腻腻的军大衣，顺子心里就觉得挺受用的，这家伙，啥时也知道心疼他嫂子了。

瞿团最后一晚上是跟大家一起熬的，毕竟要过年了，团上人牢骚也很大，寇铁根本降不住那些人，瞿团就端着一杯茶，来蹲守了一晚上。其实平常排戏，到了紧要时，瞿团也是会来熬夜的，不过不会熬一晚上，都是在半夜两三点的时候，就被大伙儿劝走了。可这天晚上，谁劝他都不走，就一直熬到大天亮了。

顺子自然没少了给瞿团请安，请了安，关键还是要说这回活儿咋累，咋不划算的话，其核心还是马上要过年了，怕劳务费开不出来，让他没法给大伙儿交代。这几天，顺子也听团上人说，为这个戏，团里也没少花钱，问上边要的经费远远不够，好多人还担心自己的年终奖受影响呢。有人一听说年终奖要受影响，对排新戏的气就来了，舞美队一个管鞋帽的，甚至一脚踢在桃花网子景下面的树兜子上骂："排锤子呢排新戏！"顺子他们一看，内部都这阵仗了，心里就有些发毛，害怕团里因经费紧张，而先压住他们的劳务费不发，这在过去也是常有的事。他们就撺掇顺子，早点给瞿团打招呼，并要他把话放硬些。都说瞿团是顺子的靠山，顺子心里这点底还是有的，他就给瞿团说了自己的担心。谁知瞿团今天也有些躁，业务科长刚来说，那个B组演崔护的有意见，嫌不该只给A组排戏了，到头来，还让他代替跑龙套，他不干，要请假。B组演女一号的桃花也不串"丫鬟"，嫌丢不起那人。这眼看"四龙套"和"四丫鬟"都成"三条腿"了，问瞿团咋办，瞿团没好气地说："是要我上是吧？以后凡不想当配角的，主角也别给安排。就说我说的，不行！"顺子就是在这个根节儿上，把话插进去的，瞿团端直给他来了句："谁给你说不给你们发劳务费了？"顺子拭着正好喷在他嘴唇上的瞿团的冰凉冰凉的唾沫星子，急忙解释说："没……没人说，我就是……随便说说。"虽然瞿团今天脾气不好，但对他们劳务费的事，态度是明朗的，这就让他心里踏实了许多。转过身，他就对大吊和猴子几个说："把臭嘴都夹紧，干你的活就是了。"大家就明白，瞿团是给顺子放了话了。

《人》剧的"三结合"终于开始了。

这样的事，顺子他们经历得多了，可到底是要过年了，再排这样的大戏，就有些矛盾百出。先是丁灯光师跟靳导干上了，靳导昨晚在对光时，对开场的灯光不满意，嫌面光少了，桃花景不绚烂，结果丁大师到底没改，只是给侧面加了两个流动光而已。其实大家都知道，丁大师一直对团里分配制度有意见，他在外面搞一个戏，价码是十五万，但在本团搞一个戏，也就拿那点干工资，一耗就是几个月，干着半点劲气都没有。尤其是这次搞《人面桃花》，据说耽误了他在外面的一个好活儿，是一个大型企业的新年晚会，少说能挣二三十万，可能中间跟瞿团协商过时间，没协商到一块儿，工作起来就头不是头脸不是脸的，吓得顺子只好让大伙儿把烂嘴夹紧。虽然寇铁他们剧务部门，也按丁大师的习惯，晚上又是给他准备炒黄豆，又是买啤酒的，可到底解决不了根本问题，事情绊打得连瞿团都气得脸色青一阵白一阵的没脾气。可靳导不吃这一套，她就是要质量，灯光不到位，她咋都不排戏，弄得瞿团又不停地去给丁大师说好话。顺子在旁边听见，瞿团好像给丁大师许愿说，上边再有突出贡献专家指标下来了，一定给他，并且保证说话算数。随后，丁大师才吊着驴脸，让猴子他们把面光和顶光都做了相应调整，直到靳导喊"好"才完事。谁知灯光这一块儿弄好了，乐队指挥也到位了，弦都定好了，后台却喊："主演没来，排锤子呢。"正坐在靳导旁边的瞿团就问是咋回事，台上一群伴舞的演员，都趴在地上做桃花含苞待放状了，又坐起来，朝四面盯着看，看领导咋办呢。演员队长上来说："崔护感冒了，在门口诊所打吊瓶呢。"靳导就说："这一早打的啥吊瓶呢？"队长说："人家要打，我还能把人家拦住？""他不知道今早'三结合'吗？"靳导又问。那队长说："咋能不知道，不知道还能这一早去打针？"大家就笑了。然后所有的目光，就集中到了瞿团身上。瞿团突然把脸定得很平地说："让他立马来。"队长说："人家挂着吊瓶咋来？"瞿团倒是很干脆："让他挂着吊瓶来。"大家就突然觉得有好戏看了。那些散落在后台角角落落谝诫传的，还有乐池里的，都突然来了精神，三三两两地悄声摸到舞台下，看这出戏咋往下唱哩。

连顺子都有些兴奋，大家对角儿的摆谱，是早都不满意得劲大了,可谁也拿人家没办法。顺子在文艺团体混了这些年,算是把啥都搞明白了,不是领导不想管,实在是没法管,好多事,只能是睁一只眼闭一只眼的,能糊弄过去就行。"角儿"之所以是"角儿",是因为人家有不可替代性。旧社会有"玩班子不玩独旦"这一说,就是无论谁领戏班,如果这个班子里没有"双生双旦",那是不敢玩的。所谓"双生双旦",就是一个戏班子里,得有两个唱生角,两个唱旦角的,离了谁,还都能玩转,这个配不齐,谁玩谁栽。现在虽然也兴搞A、B制,有时甚至连C角都安上了,但真正依靠的,还得是A角,大凡开始要把戏搞红火、打出去,那是一定得挑最好的先上。人一旦混到离了肉馅就包不成饺子的地步,那谱不摆,好像也都不由自己。职称高,房子分得大,社会荣誉多,有时再多拿点奖金,走穴也是头牌的红包,自然也遭人羡慕嫉妒恨。加之这些角儿又都没念过多少书,不懂得低调,不知道收敛,有时苦点累点,或没照顾好,气上心来,眼里就彻底没人了:"你都吃谁的、喝谁的呢?"惹的人自然就多。因此,角儿们在团上大小闹点事,那就是大事,大家都等着,看领导能不能拉一疙瘩硬屎出来。但顺子把自己画到瞿团的线上了,自然也就替瞿团捏着一把汗。

　　大家都静静地等着,等着主角的到来,其实要放在平常,导演趁这会儿,也可以给别的演员说说戏,或解决一些其他舞台问题,可今天,靳导也定定地坐着,好像在故意营造一种等待主角隆重出场的氛围。几乎每个人,都在偷看瞿团的脸色,坐在顺子旁边的几个人,甚至十分放肆地议论着:"看老瞿今天咋对待他这个'爷'呀!"有人说:"唉,按摩嘛,咋对待,连蛋都得揉舒服了,要不然人家给他演屎哩。"终于,有人跑进来,给池子里所有人都使了眼色,并用嘴朝外努了努,意思是说:爷来了!

池子里顿时鸦雀无声了。

果然,"角儿"出场了,他左手上是扎着吊瓶的,米色大衣,半边穿着,扎针那半边是披着的,头上还包了一个花头巾。顺子咋看,都觉得他拾掇得有些像孕妇。"角儿"的两个徒弟,一边一个,一个用铁架子把吊瓶架着,一个把胳膊搀着。"角儿"进门谁也不看,就端直朝门口的椅子上一坐,美美咳嗽了几声,搀胳膊的徒弟,赶紧帮他捶了几下背,然后,立马就有人把那扇开着的太平门关上了。

大家再次唰地把目光全都集中到了瞿团身上。连顺子的心口都跳得怦怦怦的。顺子想,要自己是这个团长,这下只有寻个地缝钻进去算了。可瞿团不紧不慢地顿了顿,然后才慢慢起身向"角儿"走去。顺子就听旁边那几个人笑话说:"看见没,老瞿给他爷揉蛋去了。"顺子真想上去听听,看瞿团都是咋把这一帮鬼捏弄圆的。可他又不好起身往上贴,就干着急地,一直用眼睛把瞿团死盯着。他看见瞿团先用手背试了试"角儿"的额头,然后又站在"角儿"背后,用两只手狠劲掐了掐"角儿"的太阳穴、百会穴,顺子就听旁边那几个家伙笑出了声:"咋样?是不是开始揉蛋了。"一个人就笑得溜到椅子下边去了。瞿团一边给"角儿"搓着、揉着,一边把头勾得很低地跟他说话。顺子心里就有些难过,瞿团也是快退休的人了,而这个"角儿"才三十刚出头的年岁,瞿团却要这样低三下四地给人家下话,他心里咋都觉得不是滋味。一百多号人,就这样等着,等瞿团"刀下见菜"。乐池里不时发出乐器弄出的不和谐音,逗得大家阵阵怪笑着。

顺子见寇铁坐在一个角落玩手机,就起身到后台,倒了两杯开水,一杯假装是拿给自己的,一杯就拿给了寇铁。寇铁倒也哼哼了一声,算是谢谢的意思吧。他就殷勤地坐在寇铁一边闲扯开了。

当然,话很快就扯到了给寺庙搞晚会的那笔劳务费上。寇铁狠狠白了他一眼说:"你再催,你再催我就彻底懒得要了,你以为去要钱,是给人家庙上布施呢,那么容易?何况你们干的是屁事嘛。"顺子就悄悄拿手扇起了自己的脸,又把不是赔了一地。寇铁有些不耐烦了,说:"好了好了,少来你那一套。"顺子就不好再说什么了。也许是池子今天突然开了暖气,他觉得自己身上有一股馊味蒸发出来了,寇铁明显把头扭向了一边,他就赶忙起身离开了。

顺子看见素芬坐在池子的最后一排,一直有些不明就里地四处张望着,他就朝素芬走去。

素芬见他来,就悄声问:"那'角儿',连团长都不怕?"

"你当是。在剧团当'角儿',那就是爷哩,比团长牛多了。"顺子说。

"你那痔疮好些了吗?"

"好些了。"其实哪里是好些了,顺子知道是越来越严重了,可他又不想让素芬着急。加之这几天,好像忙得也顾不上难受了。

"这戏还能排成吗?"素芬看着满池子乱糟糟的人群,有些着急。

"你放心,有瞿团在,没有过不去的事。"其实顺子嘴上这样说,心里也在熬煎,关键是时间耗不起,年前戏要是彩排不了,那劳务费人家不给也是自然的事了,活都没干完嘛。不过,他跟秦腔团打交道多了,没有瞿团摆不平的事。果然,瞿团突然大声向靳导喊了一声:"准备开始。"紧接着,顺子就见"角儿"手上的针管,被他徒弟拔掉了。

池子里响起了一阵热烈的掌声。

顺子正有些激动,准备到瞿团跟前,给瞿团爹个大拇指呢,谁知菊花电话来了,并且在里面哭,说她大军伯不辞而别了,并且是欠了一屁股赌债跑的,连手机都关了。

四十二

菊花也没想到,那么"高大上"的刁大军,说走,还真不打一声招呼就走了,总共给了她两万块,让她应对一些零星开销,结果这一段时间的消费花去了近三万,她贴了快一万了。她想,过了年,就要去澳门生活,还愁钱花吗?就把自己的那点老底,心甘情愿地贡献了出来,谁知刁大军干了这事,不仅让她贴进去近一万,而且还欠了疤子叔他们的赌债,是疤子叔派人到家里来找人,菊花才知道刁大军跑了。她只能给刁顺子打电话,因为刁大军是刁顺子的哥,他得为此负全责。

顺子在菊花打电话后不久,就赶回家了。问是咋回事,菊花又连哭带诉地,把刁大军痛批了一顿,虽然说的可能也都是事实,但刁大军毕竟是自己亲亲的哥,这样说着、批着,甚至骂着,就如同是在揭自己身上的皮,浑身上下都有些刺痛起来,他就让菊花不要说了。菊花哪里能忍得住,由十分欣赏大军伯的"高端大气上档次",到愤怒斥责刁大军"好吃懒做大骗子",几乎没有任何过渡,就把一个"时代英雄",一下钉到"时代小丑"的耻辱柱上了。她几乎是一连声地骂"骗子骗子骗子,西京城的头号骗子",就好像是刁顺子骗了她一样,那眼中带血的怒火,特别像老电影里的火焰喷射器,顺子感到,是端直喷在了自己的脸上心上。顺子就打圆场说,说不定人家没走,只是换了宾馆呢。菊花就说,那为啥要关机,并且两个人都关了。菊花到酒店问过,说两人前天一大早去的机场。顺子刚才接到菊花电话的时候,就连住拨了几次他哥的手机,果然是关着的。但他不信他哥会弄这事,那就不是他哥的风格嘛。当菊花说,听疤子叔他们那一帮赌徒讲,刁大军这几天输了上百万,都是在现场借的高利贷时,顺子也就不得不相信可能是真的了。他本来还想再在家里安慰安慰菊花,可大吊打电话说寇铁找不到他,正在后台骂人哩,他就又吓得赶快从家里出来了。他都出门了,菊花还在家里喊:"我可不管,你哥骗我的钱你必须还。都啥玩意儿。"顺子就听见楼上的一个花盆,被掀翻到楼下了,那一声闷响,过去他是听过的,不过这回声音更大些,他料定是把那盆养了十几年的酸石榴盆景给整下来了。

顺子心里说不清的一阵惶惑,他哥这一走,这个年就不好过了。这几天再忙,一想到有他哥在,兄弟难得团圆一次,加之菊花又特别买她伯的账,他就觉得这个乱纷纷的家,也许在这个年节,还有些和睦的希望。一想到这些,他甚至还有些莫名的激动。可今天这一下,就把他这份儿好心情端直送到冰窖里了。

那天去宾馆看他哥,他本来是想着把那一万二千块钱公款要回来就行了,没想到,他哥大方地直接给了五万。他从内心是咋都不想接受的,可他哥就那么大气,端直把他推到门外,再不让进去了。他拿着这个钱,这几天一直在思量,过年到底给他哥和那个小嫂子买点啥,他甚至还跟素芬商量了,素芬也不知买啥好,说人家生活那么高的档次,买啥人家可能都看不上。两人还正发愁呢,就出了这事。他从家里出来,又给他哥拨了电话,还是关机。紧接着,疤子叔的电话就来了。疤子叔说:"顺子,你哥这厮人,真是太不够意思了,看着大大气气的,咋能做出这号失巴欸事来。本来赌场借债，都是犯忌讳的事，可你疤子叔我这老脸，总还值两个钱吧，担保让人家把款放给了他，他输干抖尽后，竟然拍屁股走人了，你说你哥这人尻不尻？你们都是疤子叔我从小看着长大的嘛，你哥出去混几年，咋混成这号烂杆货了呢，还不起款了，也有句话嘛。屁倒是放得挺响，嗵嗵嗵地吓人，好像是世界银行行长的底气，可最后就给人留下这么个蔫屁，溜了，窜了，啥货嘛！疤子叔可给你说，他跑了也是白跑，不还有你这兄弟在吗，腊月荒天的，人都急着用钱呢，你就抓紧给我想办法了，要么把你哥找到，要么你把钱还上，要是不还，可别说我疤子叔不讲义气。你疤子叔在村里混了快七十年了，还没砸过锅，倒过灶呢，今天刚好是小年，你可不敢让你叔把锅灶倒了。"顺子就急忙回话说，他一定帮忙找，但他始终没敢应承还债的事，只是说帮忙找人。他知道这世上，好像还没有兄债弟还的道理。不过，他知道，谁要是把疤子叔惹下了，恐怕日子也难过得安生。他就觉得自己是倒霉透了，本来家里好多事情，已经是稀泥抹不上墙了，他哥回来，又给他惹了这样一摊子烂事，他一下连蹬三轮的力气都没有了。

刚晴起来的天，又飘起了雪，不是雪花，而是比白米还大一点的颗粒，抽得人脸上火辣辣的疼。

顺子回到剧场，刚进后台，就被寇铁骂了一顿："你狗日的也成角儿了，还给我摆谱是不？今天'三结合'你都敢窜了，真是混成人了噢。靳导刚批评说第一、第二道桃花网子的花瓣都太密了，说疏密关系不对，让你们下午赶快往下减花，你死到哪去了找不见？"顺子就急忙给寇铁回话，说出去办了点事。寇铁又接着骂："'三结合'就是大决战，你还出去办事，办你妈的个×事，让靳导楞日诀我呢。"顺子还是作着揖地给寇铁回话。大吊说，刚才靳导确实脾气发得很大，嫌网子景没粘好，说底幕景也画得粗糙，是县剧团的制景水平。但大伙心里都清楚，是冲着"角儿"来的，角儿排戏始终"不来电"，靳导只要说这个地方再来一遍，"角儿"就摔摔打打地不配合，气得靳导就指桑骂槐开了。顺子想起，昨晚对光时，靳导还表扬过这次景绘得好嘛，咋转眼就变卦了呢？大吊就说："是杀鸡给猴看呢。"大家都明白，这时是咋都不敢惹主演的，把谁惹下了都不咋，唯独把主演惹下了，麻烦就大了，就是再牛×的导演，这时也都只能拿配角和装台人撒气。

顺子觉得，自己必须要到靳导跟前去走动走动了，一来是要告诉靳导，自己没有远离，一直就在附近伺候着，不敢让人家靳导说自己在这么大的事面前，没个严肃认真的态度，还敢擅离职守。二来让靳导出出气，也不是啥坏事，他知道，靳导这个女人，就是个大炮筒子，只要炮弹一发出来，人还是怪好的，尤其爱帮着他们这些装台人说话，总是建议让团上给大家多发一点，虽然这些话也没人落实，可总还是让人心里挺暖和的。他找了一个舞台上换景的空隙，戳到靳导面前，先是请罪一番，撒了个谎，说自己刚上了趟厕所，肚子不舒服，蹲得有点久，没听到靳导的批评，这会儿是专门来领罪的。靳导就大声喊了他几句，顺子明显感到，靳导也是喊给舞台上的人听的，要不然不需要这大的声音："你顺子也活成人了，啊，'三结合'都敢窜了，这是搞艺术，你懂不？是在进行艺术创作，你懂不？不是跑杂货市场，啊，你懂不？""我懂靳导，我懂。都怪我，都怪我，你靳导就是唾到我脸上，都应该，谁叫我错了呢。我也是有点骄傲，昨晚您表扬说景绘得好，我可能就有些飘了。我认错，我检讨。"顺子突然把话拐到昨晚的表扬上，绝对是有目的的，他是害怕靳导再说这事，寇铁就有了扣他们工钱的理由。谁知靳导今天偏不那么厚道了,炮弹专拣那杀伤力大的往出发:"这景绘得还真不咋的,昨晚没结合演员和服装看,今天一结合,才发现景绘得太呆板,和前区的景不搭调,我还正说要让团上扣你们的工钱呢。老瞿,你听见没,顺子他们这几片景绘得可是不咋的,不能把工钱全付给他们了,得好好修改了再说。"顺子当时差点气得一屁股坐在了地上。这时,靳导把手一拍,下一场戏就开始了。他在靳导旁边站了半天,靳导一进入戏,就啥都不知道了,想抽烟,却把签字笔塞进嘴了,拿打火机点了半天。顺子急忙递上一支烟,她又把烟当签字笔,在剧本上记起了什么。顺子怕再跟靳导擦枪走火,就灰溜溜地离开了。他看瞿团坐在靳导的后面,就又到瞿团面前,说了靳导昨晚表扬的事,谁知瞿团今天心情也不好,让他别说了,他就把嘴闭起来了。他坐在一个拐角,还在骂自己,嫌自己烂嘴贱,刚才不该去给靳导献殷勤。

舞台上在过戏,他心里在过事,并且都是些大事。要是真的把绘景钱扣了,过年他就给弟兄们发不全工资了。他甚至想过,拿他哥给的那几万块钱先发,可疤子叔他们那边的窟窿,还不知咋捂呢。给寺院装台的劳务费也没动静,眼看再有三天,戏一彩排,就都要领钱走人了,他还真不知这一切咋了结呢。

顺子觉得池子里特别热,热得浑身一个劲地冒汗。要放在平常,他这会儿也会静静地看一下戏,可今天,实在没有一点心情。他就想到太平门外透透风,甚至想到雪地里站站。可他刚钻出门,就听里面人喊叫说猴子的手让电机轧断了。

253

四十三

猴子这次除在灯光组帮忙外,还负责着平台的移动部分,导演要求平台要多次移动,并且要分组移动,谁知电机老出问题。寇铁干脆把猴子从灯光组抽下来,专门负责管控平台。在戏进行到第三场的时候,戏中的崔护和桃花,要在一个平台上追逐嬉戏,谁知平台动着动着死机了,惯性差点没把演桃花的演员摔下来。猴子为了救场,就急忙钻到平台下,端直拿手去扳电机皮带,结果平台突然一动,就把他的一只手转在齿轮里了,只听一声尖叫,猴子就晕倒在平台下了。

大吊他们把血糊淋荡的猴子,用三轮带到医院去一检查,四个指头都骨折了,但中指最严重,已经无法复位,大夫说只能切了。征求猴子意见,猴子就同意把那个指头切了。猴子还说,幸好中指用处不大。在送猴子去医院的时候,瞿团也来了,并让团里的财务人员也跟着。猴子疼得满头大汗淋漓,却始终没叫唤一声,见了人还咧嘴笑呢,但那笑,真的是一种比哭更让人难受的表情。顺子心里,一阵阵就跟锥子扎着一样的疼。尤其是在猴子那截被截掉的手指头,由护士拿盘子托出来,让他们看了以后,他整个身子就站立不住,顺墙靠了下去。

顺子抱着头,在医院手术室外的墙角蹲了许久,直到瞿团来叫他,他才缓过神来。瞿团拍着他的肩膀说:"对不起,咋出了这事。"顺子就紧紧拉着瞿团的手说:"弟兄们可怜哪,为挣几个下苦钱,把老本都舍了。你想想,下苦人,就凭的一双手嘛,手指头没了,那可就是唱戏的把嗓子给打了呀！猴子上有老下有小的,这以后倒咋办哪!"顺子也知道,他这话,说得也有些严重了,就在他的队伍里,也还有残了大拇指,截了食指的,照样蹬三轮,照样装台。下苦人,哪有个不伤肌肤筋骨的,猴子就算不幸中的万幸了。尽管如此,瞿团还是紧紧握着他的手,一再表示道歉,并说,会按相关政策,用最高限赔偿的。

顺子说要给猴子家里打电话,猴子不让,说没啥,打了反倒让一家人不得安生。顺子就安排素芬在医院伺候猴子。三皮说素芬一个女的,伺候猴子不方便,尤其是上厕所,总不能让素芬提着吊瓶,看着他尿,看着他拉吧,尿完拉完,也不能让素芬给他提裤子吧？顺子觉得说得有理,就把三皮也留下了。素芬见三皮留下了,就跟顺子说,这里不需要这么多人,她还是去舞台上帮忙。可顺子执意要把她留下,说快过年了,猴子受了这大的伤痛,心里会不舒服的,你得伺候他,吃好一天三顿饭,不行了就到家里做去,反正不敢让人家觉得,咱这个老板只认钱不认人。素芬就笑了,你不是说你不是老板吗,咋这阵儿又自称老板了？顺子一叹气说："唉,你承头把人家招呼来的,人家手指头没了,你还能当缩头乌龟？"

顺子还没从医院出来,寇铁就在电话里喊叫,说他们不该去医院的人太多,那边'三结合'都几乎进行不下去了。还说乐队好多人都是借的,一人排练一天二百块,借了二十多个人,一天光乐队的成本就好几千。加上装台的,还有几个设计部门外请的人,买的干冰,租的下雪机,一天'三结合'的成本就好几万。导演不停地要修改舞台装置,修改演员调度,修改了调度,就得调换布景位置,甚至要把布景改大改小的,反正没完没了。寇铁最后干脆骂他说："你们都死在医院里,舞台这边尻心不操,就留下我在这儿挨骂受气,你还催钱要款的,美死你了刁顺子,你狗日的不立马来,我就锚子儿不给你,不信咱走着瞧。"顺子直说来了来了,寇铁就把电话挂了。猴子把手都轧成这样,好像与他寇铁无关似的,顺子一路往回蹬着三轮,一边就在想着寇铁的可憎。

　　街上已经充满了年节气氛,尽管天上还在飘着雪花,可似乎并没有阻挡住行人的脚步,有的打着伞,有的干脆就在享受着飞雪的亲吻。人们都大包包、小蛋蛋地提着、挎着、扛着各种东西,穿梭在大街小巷中。顺子的三轮车,在有些地方几乎骑不过去,他把那个朽铃铛拉得闷础础地响,只招来怨怼的眼光,却不能劈出一条路缝来。几个娃娃,故意把一个"地老鼠"放在他的空车厢里点燃,哧哧溜溜飞转起来,本来是恶作剧,反倒吓得跟前人都东倒西歪地避之唯恐不及,他才杀出重围来。

　　回到舞台上,鸦雀无声的,只听到靳导在话筒里讲话,顺子没敢往前走,先跟寇铁照了个面,本来想说,猴子可怜得把一个指头都截了。可寇铁好像没有要听的意思,只是低声说:"导演正在发飙呢,你扯起你那死猪耳朵听好了。"他就在侧台的一个角落站住了,只听靳导在话筒里喊:"……几乎所有部门,都还没有完全理解这个剧本的意思。不是我要批评剧务部门,工作做得太粗心、太潦草啦!要是早能认真对待,能出现这种流血事故吗?我一再讲,绘景、制景,都要带着感情,不要应付差事,可你们看看这景,有些地方连比例都不对,是怎么监制的?光想挣钱是吧,如果想挣钱,就不要搞艺术,搞艺术就不要老想着挣钱,那是两码事,艺术家不是商人,商人成不了艺术家。刁顺子在吗?"怎么靳导突然点到自己的名字了,吓得他双腿一发软,差点没跪在后台了。这时,舞台上所有的眼睛,都盯到了他的身上,寇铁急忙说:"还不快到前台去。"

他就拖拉着双腿,朝舞台上走去。他刚一出现在舞台口,就有人把追光打给他了,那是专门给崔护和桃花用的德国进口追光灯,这次装台,还是他小心翼翼背到面光槽上去的。乐池也有那凑热闹的,还学电视谈话节目里的即兴奏乐,给他来了一段"鬼子进村"的伴奏,顿时,台上台下都哄堂大笑起来。他被追光照射得啥都看不清地伸手搭了个遮篷,规规矩矩地说:"靳导,我在。"还没等他说完"在"字,池子里的扩音器又"嗞儿"地啸叫了一声,吓得他浑身一弹,又给一池子人爆了个笑料。"顺子,不是我批评你,你在这个行当里也混了一二十年了,说你不懂艺术吧,我看你比谁都懂,还动不动给我建议,哪个地方不美,哪个地方节奏有些拖。说你懂吧,你又只盯着几个小钱,啥时见了,都是怕把你那几个下苦钱克扣了,或者没按时发了,这样的心态还能搞艺术?"顺子就急忙点头说:"是是,靳导批评得很对,我的毛病,就是有时爱说钱的事,以后一定改正。"大家就又哄堂大笑起来。顺子实在有些忍受不了这种难堪的聚焦,就急忙退下去了,在他退下的时候,追光一直跟进了侧幕条,音乐也是一直把他送到看不见的地方,不过音乐已改成"我真的还想再活五百年"了。

　　本来整个剧场被导演弄得跟原子弹快要爆炸似的,空气都快凝固了,可让顺子这一精彩的上场、下场迅速就化解得蜂飞蝶舞起来。顺子心里就跟让人拿刀戳了一样难受。说来说去,还是景没绘好的事,出这大的力,受这大的罪,不为钱,那人是疯了,是有病呢?你们搞艺术哩,当艺术家哩,分房子、评职称、当代表、当委员哩,那我们图啥?再说了,要不是你们逼得这样紧,这景也许还能搞得更细发些,可你们逼得人连个放屁的空闲都不给,二十几天了,连一个囫囵觉都没睡过,到头来,还挨这样的剋受这样的训,他心里就凉得迅速结成冰疙瘩了。他甚至想,难道还非得死在装台这一条路上不可吗？不让挣这钱,不挣就是了嘛。

靳导还在话筒里训人:"我一再讲,你们要看看唐朝的相关书籍,了解唐长安的物质生活和精神生活,可谁做这样的功课了？这个戏是写大诗人崔护的爱情生活,我们是要通过这个戏,让观众了解唐朝人的精神高度、广度与深度,而你们呢,看看演得跟宋代、明代、清代的公子、小姐的爱情生活有什么区别？我一再讲,唐长安就是今天的美国纽约,那时光长安就住着三百多个国家的人,占人口比例的百分之十五还要多。而且不是来旅游观光的,他们是在这里找老婆、嫁老公、生孩子的,他们可以在这里搞房地产,也可以开办歌舞团、杂技团、乐团,甚至还可以参加科举考试。当中国的官员,那是怎样一种开放的气度哇,在那样一种自由、浪漫、奔放的社会中,人的创造力、想象力,当是一种什么状况啊！可惜,看看你们演得跟缩头乌龟似的,我只有用两个字来总结:悲哀！的确悲哀……"靳导说到这里,演崔护的"角儿"突然起身,愤然离开舞台了,演员队长拦都没拦住,"角儿"走时只放下一串话来:"看谁有本事谁演去,老子还不伺候了！"

"角儿"一走,这舞台上就乱黄子了。靳导大概还不知道"角儿"是走了,还在进行着关于唐朝那些事的语言狂欢。

顺子也有些气呼呼地走出了剧场,他也不想伺候了,真的,这回是伤了心了。刚出剧场东侧门,他就听见寇铁在跟瞿团说:"瞿团,你不能这样心软,咱们是有合同的,出了工伤事故,一律是他们的,咱们概不负责,至多开个医药费就是了。要不然以后这事就没法干了。"

瞿团看顺子出来了,就没接寇铁的话。

顺子也不想再说什么,就端直往前走了。

寇铁就喊叫说:"你还跑,小心一会儿靳导又骂哩。"

"'角儿'都走了,还排锤子呢。"顺子骂完这句粗话,就头也不回地走到雪地中了。

瞿团和寇铁都愣在了那里。

四十四

菊花自刁大军不辞而别后,精神几乎崩溃了。因为她在这个伯伯身上,寄予了太多太大的希望。几年前,听说大军伯在澳门混得好时,村里好多人就煽惑她到澳门去找他,她也试着打过电话,可总是打不通。不过,关于刁大军的传言倒是不少,一会儿说他被抓了,一会儿又说他发了,有人甚至说,在澳门看见刁大军坐的是玛莎拉蒂,搂的是洋妞,上下车还都有人开门关门地伺候呢。总之,刁大军成了村里在外面混得最好的人了。这次回来,菊花一看,果然是派头十足,用钱也是一掷千金的大方,她提出去澳门的事,虽然开始没有搭理,可后来也算是主动回应,干脆利落。菊花满以为,从此就要脱离苦海,尤其是脱离刁顺子蹬三轮给她带来的难堪人生呢。谁知最后竟然是这样一场骗局,不仅澳门没去成,而且还让自己贴进去那么多钱,她就把所有仇恨,都记到刁顺子头上了。本来她对蔡素芬和韩梅的厌恶已经有所减弱,因为自己是要去澳门发展的人了,已不屑于跟这两个土鳖计较了。可澳门的事,竟然黄了汤了,这边的矛盾,自然就又一次急剧上升起来。

蔡素芬倒是精明,一天到晚跟着刁顺子,就像一条哈巴狗一样,老躲在刁顺子屁股后边摇尾巴,想收拾都逮不着机会。可韩梅一天到晚,就宅在家里,俨然一副跟她享有同等权利、平起平坐的刁家姊妹的神情,不是念英语单词,就是听音乐、看电影、看电视剧的,有时一个人还笑得满屋的银铃声。呸,那也配叫银铃声。音乐都是软绵得就想躺到谁怀里的那些东西,尤其是那个破电脑,嗞嗞啦啦的播放声,让她痛苦得只想冲过去,把里面那些制造噪音者的脖子扭断。她在想着一切可以实施的方案,总之,必须把这两个女人赶出去。她似乎也不是为了这点破家产,因为这点破家当还不值得她去费这样的脑子。她就是眼里揉不进这两粒沙子,见不得她们在眼前晃来晃去,乌阴人得很。反正自己这一生是越活越悲催了,也就见不得别人那阳光灿烂的日子。她记得好像是谁说过"他人即地狱",这句话的意思她没搞太明白,但对象倒是很明确的,她的"他人",就是她俩;她的"地狱",也是她俩。别人虽然她也都不咋待见,可也不咋够得着。但她俩,却是能让她把心中所有不快都尽情发泄出来的。不发泄出来,她就觉得活着没劲。让所有快活着的人,都跟她一样悲催起来,这就是她心里特别需要的平衡。

她突然准备跟韩梅摊牌了,事情不闹到极致,这个小女人,是不会从这个家里撤离的。她必须霸王硬上弓。她想好了一个方案,然后就把她一个搞装修的同学叫来了。

菊花敲响了韩梅的门,敲得理直气壮,那是主人敲拖欠房租已久的房客门的声音。

韩梅把门打开了。因为菊花姐最近对自己还算友好,所以,她打开门时,脸上是带着笑意的:"姐,有事吗?"

菊花是一副完全不容商量的神气,带着那个搞装修的同学,就走进了韩梅的房间,并且指手画脚地比画开了:"这儿开个门,我那边房做卧室,这边做客厅,电视机放这儿,搞个底座,这儿再搞一个壁橱,鞋柜放那儿。我的意思吊顶不要方形的,圆形的好看。还有这个门,能不能开大一点,上边也包成半圆的……"

一直跟在韩梅身后的好了,见刁菊花有些来者不善,就把屁股塞进床下,留着一个头,机警地在外面观望着。

面对这种如入无人之境的凛然侵犯,韩梅气得眼睛都快冒出血来了。可刁菊花仍然是一副自由行走在自己领地上的神情,要离开时,甚至还故意"随手关灯"地把房顶灯啪地摁灭了。

韩梅终于忍无可忍地发话了:"你啥意思嘛?"

菊花轻蔑地看看她说:"我要结婚了,得收拾房子,你可以住到正月十五,以后我可就没法让你再住了。"

"你啥意思嘛?"韩梅又问了一句。

"啥意思?这还看不明白,我要结婚,得用房子,你不能再住了,得腾地方,说明白了吧?"

韩梅气得嘴脸乌青的,还是那句话:"你啥意思嘛?"

"你别揣着明白装糊涂哦,给你二十天时间,找地方足够了。"菊花说完,就砰地把门带上了。

菊花把她同学送走后,韩梅从房里出来了。

这次是韩梅先说话,明显也是做了准备的,但还是那句:"你到底啥意思嘛?"

"看你有意思没意思,就这句破话,我就不信你能问一千遍。啥意思?这房,你也白住了这么多年了,该挪窝了,意思该清楚了吧。"刁菊花把话茬子搭得很硬。

韩梅也不示弱地问:"凭什么?"

261

"凭什么,就凭你跟这个家半毛钱的关系都没有。我得维权了!"

"你懂不懂法?这房我是合理合法该住的,你凭什么这样?"

"真是说得比唱得都好听,你还合理合法了?当初,也就是刁顺子看你可怜,才收揽了你这个破'油瓶',你妈早死了,所有关系都两清了。要说法,把你养到十八,也就算刁家做了慈善事业了。你从六岁混到二十一二岁了,这个家的奶水,也快让你咂干淴尽了,该是卷起铺盖走人的时候了,脸皮也别太厚了。"

韩梅大概没想到,刁菊花会把话说得这么难听,本来鼓起的一点勇气,也被完全击溃了,就结结巴巴地说:"你……你凭啥骂人,你……你凭啥让我卷铺盖走人……"

"我已经说清楚了,不想再重复了,就只给你一个期限,可以混到正月十五,十六必须滚蛋!"刁菊花反正已经豁出去了,就什么话刺激人,上什么话。

韩梅气急败坏地憋出一句她以为是最恶毒的话来:"你……你变态!"

"我就变态了咋,这是刁家的房子,我想咋变态就咋变态,我哪怕给脸上粘上胡子,给屁股上安个狐狸尾巴,你也管不着。咋咋咋?"菊花说着,还故意像狐狸一样,扭摆了几个令人作呕的动作。

气得韩梅砰地把门摔上了:"有病呢!"

"我就有病,咋了?我还病得不轻,咋了?你要再敢拿嘴胡掰掰,我让你连年三十在这个家里都过不成,你信不?我可是说一不二,让滚蛋就必须滚蛋,必须的。"菊花在说"必须的"三个字时,还用双手在韩梅的门上,砰砰砰砸了三捶。她听见韩梅在里面,捂着被子嘤嘤哭出了声,就又在外面补了一句:"少拿猫尿哄人,我可不

262

是刁顺子,不吃你那一套。"

断腿狗冲外面汪汪汪地叫了几声。

"寻死呢。"菊花又骂了一声狗。

就在这时,铁门响了,菊花一看,是蔡素芬回来了,并且是一个人。大概蔡素芬在门外,已经听到了里面的响动,进门来,一个劲地朝楼上张望着。菊花就气不打一处来地说:"看什么看,做贼呀!"

蔡素芬就急忙把头低着进房去了。

菊花觉得把韩梅整治得还算有效,就想趁势把蔡素芬也修理修理。修理这个,敲击那个;敲击那个,威吓这个,想起来都有些让人兴奋。尤其是刁顺子不在,修理起这两个女人来,就更是一种既得心应手,又幸福无比的事了。她甚至都有点激动,她知道,收拾起这个女人来,那更是跟切菜、下面一样轻省容易了。每每想到蔡素芬面对自己时,那副唯恐避之不及的土鳖相,她就独自笑得能喷饭。她听蔡素芬进厨房去了,还故意等了一会儿,看她到底弄啥呢。紧接着,下面有了炒菜声,她才端着一摞没洗的碗筷下楼了。

菊花走进厨房,把一摞碗筷,哐啷一声,撇在了洗碗池子里,几支筷子和两个勺子飞到了洗碗池外,一个勺子立马摔得粉碎。正在炒西红柿鸡蛋的蔡素芬放下锅铲,急忙弯腰捡起了跌在地上的筷子和勺子,她正要捡拾另一个勺子的碎片时,菊花用脚一下把碎片划拉到一边去了:"贱!"

蔡素芬把手收回来了,这一声"贱"字,立马骂得她面红耳热起来。她什么也没说,还继续低头炒她的菜。

"咋,回来偷吃来了,刁顺子呢?"

蔡素芬已经习惯了菊花对她父亲的这种大不敬,说:"装台呢。

有人手指头轧断了,在医院里,你爸让我回来给弄些饭。"不管刁菊花什么态度,蔡素芬还都是一副很正常的样子。

菊花觉得自己已经是在连续刺激她了,还是如此正常的反应,她就有些按捺不住性子地升级了:"哎,你还真个在这个家里给住上了?"

蔡素芬没有答话。

"跟你说话呢,你听见没有?你住到我家里,我不高兴,你知道不?我很不高兴,你知道不?刁顺子娶你已经是第三房了,第一个跑了,说死在外面了,第二个也死了,你都不怕给你带灾吗?那个女人可是得癌症死的。都说刁顺子是女人的克星,你就不怕死在他手里吗?"

任菊花再说,蔡素芬就只顾炒菜,一句话都不接。

菊花终于气得拿起菜刀,在案板上哪哪当当摔了起来:"你脸皮就真的有这么厚吗?我都把话说到这份上了,你还不走,还赖在这儿混吃混喝的,真个不怕我给你下耗子药吗?"

蔡素芬还是没有接话,不过,本来准备炒两个菜的,那一个菜就没再炒,急忙提着饭盒走了。在蔡素芬出门时,菊花又撵上去补了一句:"哎,早做打算噢,可别弄得赶出门了还找不着方向。"

四十五

顺子已经接到韩梅的电话了,可他这边又无法脱身,他要韩梅别理那个"疯子",安生在家看书,他说他再忙几天,就彻底结束了,一切等他回去了再说。并且,他还特别强调了一句:"放心,梅,你就是爸的亲闺女,谁也翻不了天的。"

"角儿"闹情绪走了,顺子本来也一肚子火,想发泄,既怨恨靳导,不该当众给他出丑,更怨恨寇铁,不该在瞿团面前胡说,企图推脱对猴子的责任。可这火,到底还是没发出来,在外面雪地转了几圈,瞿团一喊,就又回来了。他们还得在舞台上翻腾那些景,在靳导眼里,这阵儿,几乎没有一个景是合格的,啥都不是艺术了,是"操蛋",是"臭虱",是"狗屎"。连他买回来的一把扫帚,都被靳导骂了个狗血喷头,说不该把生活中的东西,端直拿上了舞台。他就拿着扫帚,下到池子,问靳导咋弄才是艺术,这话里面也是有气的。靳导拿过扫帚,只把其中的稻黍掐掉几根,左看看,右看看,就说行了。他拿过扫帚,看来看去,还是那把扫帚,还是那个模样嘛,可靳导说,那就是艺术品了。他气得也轻轻骂了一声:"狗屎,艺术。"

这边舞台上完善景和灯光,还有服装、道具,那边瞿团去"角儿"的家里做思想政治工作去了。团上不停地有人说,都是惯的来,越惯越没样儿了,得有强硬的制度,治这些瞎瞎毛病呢。有人说,制度还少吗?咱团各种制度装订起来,可能都是一部《三国演义》了,顶屁用。你试试,让老瞿今天给咱的"角儿"上个硬的试试,看不把他的老腰闪了才怪呢。有人说,唱戏这行,你就是把阎王爷聘来当团长,也没治。还别说拽不上套,就是拽上套了,人家说嗓子眼儿坏了,上去给你出不来声,你仍是尿治没有。但有人还是反复强调,说一切都是惯的来,有人甚至还拽文说,老瞿把这个团已搞成"破窗效应"了。这时剧场看大门的,也把扁脑袋插进来说:"顺子不用惯,你不叫他来装台,他还寻情钻眼地要来装呢,见人还都叫爷哩。"大家就笑了。顺子本来心里就瞀乱得跟刀戳一样,又遇见这号货,就在心里骂:我是把你祖坟挖了,拿我开涮呢。

265

晚上总算把"角儿"又请来了,"角儿"是跟瞿团一起进来的。任你怎么议论,怎么谩骂,只要"角儿"一到场,立即就鸦雀无声了。

有人以为靳导早上生了气,晚上起码会借题发挥,把"角儿"的臭毛病旁敲侧击一下,顺子甚至已做好精神准备,等待着靳导拿他开刀,以敲山震虎哩。谁知靳导今晚上,也表现出了从未有过的涵养,在等待"角儿"到来的那半个小时,始终在用指头叩击着桌面,一句话没说。要放在平常,顺子是一定会上去请安,或找个由头,把靳导歌颂一下,以引发靳导的好感和重视的。可今天没有,他觉得这个女人有些翻脸不认人,前后找他的碴,这没弄好,那不是艺术,好像整个戏都会砸在他刁顺子手里似的,让他在自己的"团队"面前抬不起面子,在人家剧团人面前,更是悖晦得像是满脸都抹了锅底灰似的见不得人。他甚至都想了,今晚靳导要是再拿他当炮灰了,他也得学点"角儿"的屁不甩劲儿,给她来个不应卯,看她能把刁顺子咋。反正刁顺子也不想干装台这行了,蹬三轮照样挣钱,何必要在装台这棵树上吊死呢?

谁知他正想着,靳导就喊开了:"顺子!"他几乎是下意识地就嗵地站了起来:"到!"这声"到"字,也许回应得有点过于军事化,甚至把一些人都逗笑了。这行里的人,笑点都很低,啥事到他们那里,就都有了喜剧效果。顺子立即就有些后悔,还是那股骚情劲儿,要是有尾巴,这阵儿兴许都快摇断了,可不给人家摇尾巴,似乎又不由他刁顺子。靳导说:"你没看看第二道平台都跑到哪里去了。"顺子打眼一看,二道平台在指定位置呀,可仔细一看,还真有点跑线,他上舞台一看,果然偏离了好几厘米,他就说:"就一点点。""一点点是多少啊?"靳导追问。"三厘米左右。"顺子回答。"到底是左还是右哇?"靳导还问。顺子就说:"三点五厘米。"靳导斩钉截铁地说:"必须做到分毫不差,这是搞艺术,不是孩子过家家。"他心里就明白,靳导这一招,还是在杀鸡给猴看的,他就是那只付出最小代价,而能换回最大排练场秩序的鸡。

排练终于开始了,顺子拖着沉重的身子,到厕所里,把那块带着脓血的纱布换了,然后又给屁股里面夹了块新的,当下舒服了许多。他回到池子,一屁股塌在离靳导不远不近的地方,随时等待着这个母夜叉的吩咐召唤。

都忙活这长时间了,他还不知道剧情到底是啥,开始他咋都看不进去,想着他哥刁大军,想着菊花,想着韩梅,想着素芬,他都不知道今年这个年,该咋往过过呀。又想着猴子,想着咋为猴子索赔,想着寺院里的那笔欠款,还想着眼下这笔装台费,那颗心就毛搅得想抓出来,捋个头绪再放回去。

想着想着,他又为自己团队制作的这些景小得意起来。虽然靳导不满意,但他看着,咋都是有成就感的。他之所以能干上装台这行,也就因为从小爱看戏,那时离戏园子近,没票都是翻墙、钻下水道进去看哩。没想到,后来自己竟然直接参与打扮起戏来了,心里对这行自是很珍重的。"角儿"耍大牌,他也是有些讨厌的,可"角儿"真的扮起来,出场一亮相,一表演,一唱,那你不鼓掌,还真的不由人。尽管"角儿"才三十一二的年龄,还真演成"老戏骨"了,要不是内部"三结合"连排,今晚顺子把手早拍痛了,并且是要喊叫的。小时他在附近这几个剧场钻出钻进地看戏,可是没少喊叫,没少打口哨。有时让人揪住耳朵拎出去,再偷着溜回来,还是忍不住要喊破嗓子的。"角儿"扮演的崔护,还就是潇洒、漂亮,一开口,一动脚,甚至一个眼神,那还就是精细、悦耳、耐品、耐看,狗日的,还真拿他没办法。连"角儿"自己喝高了,也给戏迷吹嘘说:"你不管他……他手在啥地方藏着、掖着,只要老师(唱戏这行,都爱自称老师)一出场……你就甭管了,那手都会自动抽到胸前来,啪啪啪地发出响声,那个经久不息呀……也只有毛主席……他老人家讲话……才有那场面呢。"顺子知道,"角儿"说得也不算太夸张,狗日的还就有这"台缘儿",他的戏迷,上有大官大款,下有平头百姓,一演出,前后台都拥的是人,争着要合影的、签名的,他脑袋不热胀冷缩,也不由他。

顺子心里搁了那么多事,可这"角儿"一来电,他就全忘了,甚至很快进入了剧情。

戏演的是,崔护一天到长安郊区去春游,在赏桃花的时候,无意间被一个倚靠在柴门上的女娃吸引住了,这个女娃就叫桃花。崔护一见倾心,回去就找人前来提亲。谁知女娃不愿意,因为女娃已经跟村里一个小伙子好上了。但后来,崔护还是打动了女娃的心,把女娃娶到长安城去了。女娃是山野人家的孩子,没啥文化,而崔护家是豪门大宅,在制作那些景时,舞美设计和靳导一再强调,砖雕要做得细发些,门楼子和照壁,也是放大了几回尺寸的。顺子就知道了这个家户的分量。女娃进这个家门,崔护的父母本来就不同意,勉强迎进来,自然就让家里人都不待见。加之桃花人小,性子又野,全是乡里人生活的那套习惯,不仅闹了很多笑话,而且也给崔家丢了人,终于惹恼了崔护的父母,最后,硬逼着把娃休了。崔护自始至终都喜欢这个娃,但家里毕竟家法太大,也拿父母奈何不得,在父母的威逼下,他也不得不同意让十六岁的桃花含恨离开了崔府。桃花自然是没脸再回家了,也是爱崔护、恨崔护,又听说自己那个青梅竹马的相好已经成亲,她就在村口那片桃花林中上吊自杀了。崔护赶来,去年那个破柴门还在,桃花开得更艳了,但那个漂亮、活泼的小女娃,却永远也见不上了。崔护在满桃林寻找着,先用秦腔"滚白",然后又用"老龙哭海"整整唱了五十句,顺子觉得这一块,绝对能把戏迷的瘾过足过扎实。最后,崔护提起毛笔,泪流满面地在柴门上,写下了那首有名的诗:

> 去年今日此门中,
> 人面桃花相映红。
> 人面不知何处去,
> 桃花依旧笑春风。

顺子突然听到身后有窸窸窣窣的哭声,回头一看,竟然是素芬,并且已经哭得两眼红肿了。他正准备把自己擦眼泪的纸递给素芬,就听靳导喊:"顺子,刁顺子,第四块平台怎么没有运动,怎么回事?怎么回事?停停停!"

音乐戛然而止。

转动的舞台也停了下来。

顺子吓得一蹦站起来,跑上舞台去了。

第四块平台又是因为电机问题,转一下又不转一下的,靳导就又在下面发火。顺子和大吊钻进平台底部,用背把平台朝起顶了一下,电机的承重轻了一些,就又呼呼地转了起来。顺子和大吊在下面听见,台上的人都快笑翻了。

只听靳导喊:"怎么回事?叫转时不转,叫停时却呼呼地乱转,停下,停下!"顺子和大吊朝地上一趴,平台又立马停下了。

"到底怎么回事?"靳导问。

顺子在平台底下回答说:"平台上人上得太多,电机带不动。"

只听靳导说:"原来就说上三十六个花女,人数也没增加,怎么就带不动了?"

顺子嘟哝说:"那就是带不动嘛。"

台面上的人又笑了,有人叩击着台板说:"顺子,你把屁声放大些,靳导听不见。"

顺子就再没话了。

靳导说:"剧务部门要注意,明天必须彻底解决平台电机问题,要不然,这戏就砸在电机上了。"

再然后,就听说"角儿"又提前走了,走时,还是瞿团亲自给披的大衣。说是"角儿"今天咳嗽得不行。顺子也发现,刚才在排练过程中,"角儿"几次背过身清嗓子。

尽管"角儿"走了,但靳导还是坚持把"尾声"又结合了两遍,电机带不动,就让花女少上了一组,那平台就正常转动了起来。

就在靳导进行最后结合和停下来讲问题时,顺子手机不停地振动起来。是疤子叔打来的。疤子叔不依不饶地要他尽快联系他哥刁大军,并且说,要是找不到刁大军,他刁顺子必须帮他哥把钱还上,否则,休想把年过安然了。他不停地接电话,终于把靳导惹躁了:"刁顺子,你到底是来装台的,还是来打电话的,我看你咋比联合国秘书长都忙,把手机关了,听我说。"他就把手机关了。

四十六

蔡素芬还没有这么感动地看过戏,虽然看《雷打张继保》也哭过,但是都不像今晚这样伤感。她其实才看了戏的后半截,是桃花进府以后,她才从医院回来的。看着小小的桃花在崔府受的那个窝囊气,她就联想到自己。虽然自己比桃花大许多,也见过一些世事,但桃花在崔府所受的气,她还是能体味得出的。她甚至觉得,刁菊花比桃花的那个婆婆更刁毒、更过分,桃花在崔府,逼得急了,还反抗,甚至故意搞些小破坏,但她在刁顺子家里,几乎连蚂蚁都没踩死过,仍然得不到刁菊花的认同,并且还在变本加厉地伤害自己。想着中午回家时给猴子做饭的那一幕,她到现在还心有余悸。那是在公开撵自己了,就像戏里那个婆婆,把桃花堵到一个地窖里,强逼她离开崔府一样,她觉得自己再赖下去,真的是会遭暗算的,刁菊花可是什么事都能干出来的。

尽管如此,她心里还是记着顺子的好,自己在那么艰难的时候,来到举目无亲的西京城,是顺子收留了自己。她理解顺子的难处,但这种日子的忍耐是有限度的。开始她觉得什么样的羞辱、痛苦都是能承受的,可一年四季都这样,并且越来越厉害,她心里就在犯嘀咕,有些想打退堂鼓了。刁菊花中午对自己的态度,她没有告诉顺子,告诉了也没用,何况顺子这一段时间也是焦头烂额的。戏里那个能写诗的崔护,虽然比顺子学问大些,人也混得鲜亮,但性子却是一样的窝囊,家里人欺负起桃花来,他也只是生闷气,却不能为桃花公开做任何事情。直到眼睁睁看着把人撵走,上吊,就是哭天抢地,也不能让爱着的人起死回生了。素芬就想到了自己先前的那个男人,为了尊严,竟然能拿刀,把仇敌一刀刀片了、剜了,那是怎样一种男人的气概呀?那时她还觉得那个男人太狭隘、太粗野、太莽撞了,可与顺子一比,又觉得顺子是太窝囊、太瘪三、太扶不起的猪大肠了。

更让她纠结的是与三皮那剪不断、理还乱的关系。这家伙真能缠,把她是朝死里缠哩。说实话,她真的很讨厌这个始终喜欢待在阴暗拐角干活的男人,但他对素芬又是真的好。顺子一进入装台状态,就好像自己成了领导,只操心与上边的关系,操心与所有拿事的人的关系,操心看钱能不能领到手,看主家能不能提高一下盒饭的标准,给里面多放一颗煮鸡蛋,或者多弄一个鸡腿什么的,常常把她的存在就彻底忘了。而三皮始终只注意着她,关心着她,哪怕天塌下来了,也先看压着蔡素芬没有,要是没压着蔡素芬,那就让它塌去。顺子曾经对她说过,三皮人也好着哩,就是太自私,油瓶子倒了都不扶。可她要是倒了,三皮绝对能趴到地上,把她撑持起来。这两天经管猴子,都是因为顺子派了她,要不是派了她,三皮才懒得去经管什么人呢。先前,每每在没人的时候,三皮要在她跟前动手动脚的,她一提顺子,他还有点收敛,毕竟他还是记着顺子一点好的,尤其是他眼睛不好使,顺子对他从来都是有所照顾的。可现在已经不行了,再说顺子,他还是要摸、要动,几乎拿他一点办法都没有。她既不能喊,也不想告诉顺子,这事就愈演愈烈了。

前一段时间,在外面租地方粘桃花网子景,顺子离得远,三皮的胆子就越发大了。有一天,他甚至强着要跟素芬亲嘴,还让素芬打了一耳光,可打归打,缠归缠,最后硬死乞白赖着,到底还是把素芬的奶摸了。素芬也是看着他挨了耳光后,情绪低落,不干活儿,也不吃饭了,没办法才让他摸的,并且摸了好久,把两个奶捏了又捏,揉了又揉,最后他甚至激动得眼泪都下来了,说:"我都有几年没沾过女人了。"素芬说:"你家里不是有女人吗?"三皮说:"不怕你笑话,早跟别人跑了,我不想让人知道,知道了都笑话我呢。"三皮摸了、揉了、捏了,还死不丢手,还要把嘴伸进去,素芬就把他的头一掌推开了。她也知道,这个先例没开好,有了初一,就会有十五,可当时那情绪,她自己也没控制住,就半推半就地让他捏了好半

272

天。她跟顺子,就是开始见面时,还有过比较密集的柔情生活,后来一忙,两人勉强回家睡一次,顺子累得一进门便扑倒在床上,连衣服都没力气脱,就呼呼睡着了。她毕竟才是三十几岁的女人,何况过去那个男人,把这事看得比吃饭都重要,一天不忙活一回,就好像饿得慌。与那时的日子比起来,现在就几乎是出家人的生活了。那天,三皮也是把她勾引到技术学院一个最黑暗的拐角里动的手,放了寒假的学校,好多地方都是空荡荡的,一个人走着都害怕。三皮摸了奶,还想做其他事,被她断然拒绝了。三皮有些硬下手,她把三皮的胳膊都差点扭脱臼了,并且警告说:"到此打住,听见没有?"三皮没答话。

在医院看护猴子,晚上电梯里没人,三皮甚至在电梯里就把手伸进她的脖项了,还没等她缓过神来,那手就已经探到了胸脯。她恼了,并且还踢了他一脚,踢的就是他那不老实的地方,她是想让他记住教训。可踢归踢,三皮还是死缠着不放,她就觉得这样下去不是个路数。刚才到剧场来,也是没办法故意来躲的。中途三皮甚至也来剧场了,是她骂了几句,他才返回医院去看护猴子的。可手机里信息就发个不停,不知哪里学来的那些歌词,都是些爱得要死要活的句子,素芬就觉得怕要出事。她也不知道该咋办,不知道该不该给顺子说,想来想去,还是觉得不能说,也不好说,说了是给顺子出难题。顺子已经够难的了。

戏排结束了,那个靳导又讲了半天话,多数都跟顺子有关。有几片景,要求连夜弄下来修改,说明天一早连排就要用改过的。蔡素芬看见顺子瓜不唧唧地站在舞台中间,一句话没说,就跟大吊他们一起开始下景了。从半空先降下来的是崔府的寿堂,靳导嫌颜色红得不正,要求连夜再敷一次色。布景下得急了,把在下面接景的顺子一下砸得坐在了地上。蔡素芬看见,顺子开始是坐着的,紧接着,就躺倒了。她急忙跑上台,看是咋回事。顺子气得低声跟她说:"你猜我这会儿想干啥?"素芬摇摇头,顺子说:"我就想把靳导那个母夜叉宰了。"

四十七

《人面桃花》终于要彩排了。

顺子他们直到彩排前几分钟,还在收拾景,收拾舞台。靳导这个母夜叉,完全疯了,这也不对,那也不对,几乎见人就喊叫、就骂。连瞿团都不敢朝她跟前走,一走到跟前,她就胡乱训斥道:"老瞿,看看你带的这团,还搞艺术,还想争创国家一流名团,我看连个业余戏班子都不如,看看下午演练搬景那素质,真是该解散了。我现在就担心,晚上彩排,搞不好就要砸在你这支搬景的破队伍上。"瞿团连连回话说:"你放心,我一会儿还要强调,绝对误不了事。""行了行了,老瞿,我看这队伍都是你给惯坏的,是时候了,你也该下个硬壳蛋了。"靳导把话都说到这份上了,瞿团还是赔着笑脸。顺子就有些看不惯了,低声说:"哎,瞿团,这婆娘是不是疯了,见谁都咬呢?"瞿团还是笑着说:"靳导啊,就这大炮筒子脾气,她也是为艺术哩。"顺子就说不成了。

瞿团根据靳导的要求,终于在彩排快要开始前,下了个硬壳蛋。

业务部门把所有搬景的都叫到了舞台上,瞿团训话说:"不是我要发脾气,实在是太不像话了。下午搬景时,那牛曳马不曳的样子,谁看了不生气?啊?大家凭良心说,团里平常对大家怎么样?啊?虽然是乙聘,工资少点,可平常既不要求大家参加点名,也不要求大家坐班,有事了来一下,没事都放了羊了,还要团上咋样嘛?啊?一年十二个月,剩几天就完了,有些人就让来搬了几片景,都这样抽扯,那你自己也捂着胸口想一想,看哪个星球还有比这更美的差事,你就到哪个星球上去得了。"

有人嘟哝说:"谁又不是不想甲聘,你不聘嘛,把人都分成三六九等了,你还嫌疏的不亲。"

有人端直就喊开了:"哎,瞿团,你这话大伙儿可不爱听,谁又不是不想干事,你不安排嘛,那主演又不是谁演不了,可这口热腾腾的屎尖尖,只能让一两条狗独吞嘛,那其他狗就只能干瞪眼嘛。"

大伙儿都笑了。顺子也跟着笑了,他就爱听剧团这伙人说话,啥话从他们嘴里出来,味道就变了。

又有人接着说:"谁又不是没吞过那屎尖尖,狗老了嘛,现在兴让小的吞嘛,不待见了,可以一脚踢了嘛,何必体罚来搬景。"

瞿团还真把话给上硬了:"这样吧,谁不搬了,给业务部门打声招呼,换人。但我也把话说清楚,如果一年到头,连一件工作任务都不愿意接受,那明年就只能拿基本生活费了。现在就说,立马换,咱不强求。实在不行了,我们雇人干。"

瞿团把话说到这份上了,也没有一个人提出来不干。要放在过去,顺子巴不得团上所有人都别干,把搬景的活儿全都留给他们。可这几天,他真的有些生气,都不想再干下去了,更何况是年关,谁都靠不住,所以,当瞿团说出"雇人干"这几个字时,吓得他赶忙从侧幕条旁边,溜到耳光槽去了。

瞿团又说了些什么,就听有人在喊顺子。他本来不想答应,可毕竟到了最后一两天，一切都得从能顺利领到钱这个大局出发，他就又从耳光槽出来了。有人就说瞿团叫。

顺子走到瞿团跟前，团里一个管鞋帽的正在跟瞿团说话："不是我要给谁摆难看，哎，瞿团，你自己说，我这些年在团里表现怎么样？可比我后来好多年的娃娃，都把二级职称评了，我还是个三级，你说这公平不公平？这次让我管《人》剧的鞋帽，你问问靳导，我是啥工作态度？所有靴子，我都重新刷了大白粉，几十双舞鞋，前边的桃花缨子都是我亲手制作，亲手拿针线缝上去的。论文我也发表了，《浅论白酒保护戏箱法》你也看到了，我还花了八百块钱，才在报上发出来的，哎，瞿团，我还有啥条件不够，今年副高又不让我过？"

"你看这阵儿说职称合适不？再说，今年职称也都评过了，这阵儿说这还有啥用处吗？"瞿团也有些不耐烦了。

"是的，我知道这阵儿说职称没用，可我等到啥时候说呀？我这儿正干着，你都看不见，要是明年评职称那阵儿，碰上我没事，你瞿团眼里就只盯着那些嫩的、小的，还能把那香饽饽记得挂到我这老黄牛的脖项上？"

"我记着哩，凡是干了的我都记着哩。快忙你的去，马上要开始了。"瞿团勉强把要职称的打发走了，就跟顺子说，"你把你的人都叫到一块儿说一下，就最后几个小时了，跟靳导配合好。"

顺子说："靳导确实疯了，但你放心，瞿团，我的人啥时候也不会给你掉链子，你是好人，我们都是冲你才下这苦哩。不过，瞿团，大家都操心劳务费的事，明天就腊月二十八了，都得回去过年不是。"

瞿团突然生硬地说："我就不爱你这个毛病，哪里紧火，就专爱在哪里提钱。"说着,就到一边忙去了。

顺子也觉得开演铃都响第二遍了,指挥也进了乐池,提钱的事确实有点不合适,可啥时候又是合适的呢?不管心里咋想,他还是按瞿团的要求,分头给弟兄们都打了招呼,让大家今晚尻子都得长眼睛着,可大伙儿还都是那句话:"钱落到实处没?"他就气得骂:"妈的个×,这阵儿说钱,你是钻钱眼儿了。"顺子故意把声音骂得很大,也是想让别人听,他肚子里有气哩。

快开演快开演了,靳导又发了脾气,嫌池子不该进了观众,说好的内部彩排,却进来这么多人,她就发难,问瞿团咋回事。瞿团说:"都是内部家属。"靳导说:"连门口卖羊血泡的都进来了,那也是家属?谁的家属?"

所有导演都不喜欢彩排进太多的人,尤其是不成熟的彩排,进来的人里,要是掺和几张"乌鸦嘴",搞不好把一台没正式上演的戏就提前黑白颠倒了。唱戏这行,口碑很重要,尤其是老戏迷的口碑,比报纸、电视上铺天盖地地吹几个版面、弄几个专题都管用,他们的嚼舌,搞不好就成了毒药,戏不死,也别想活旺。过去有好多戏,就是在仓促彩排时,让这些瞎瞎药,弄成了"死翘翘"。而那个卖羊血泡的,就是最厉害的戏迷,还是最不给人情面的,好就是好,坏就是坏,看完戏,第二天一早,那消息定从羊血泡馍馆里,准时向四周发射。

不过顺子从来不把这些人放在眼里,他也是从小翻院墙、钻狗洞进来看戏的人,啥戏没经见过,他自信,自己的眼睛比羊血泡毒,不过自己不烂嘴而已。依他的眼光看,这个戏基本成了,不过因为靳导最近老跟他过不去,他懒得说这句好话而已。

任靳导再发脾气,瞿团就是微笑,他一再解释说,人都进来了,这会儿撵谁走呀,加之又到了年关,撵谁都不好,就让靳导开始彩排算了,气得靳导又批评了瞿团一通清政府、慈禧、李鸿章之类的话后,才让开戏。

第三道铃终于响了,舞台上安静了下来。

在定音鼓密集的节奏中,一种声音轰轰隆隆地由远而近。

彩排开始了。

只听靳导轻轻对着步话机指挥:"准备开幕,听唢呐长音第四拍时启幕,启,干冰继续,背逆光弱启,面光弱启,大幕徐徐地,光徐徐地,徐徐地……"

终于,音乐大作,大幕全开。

其实只要一开戏,顺子他们就轻松了,景已移交到团上了,他们就是在旁边伺候着,谨防哪部分出漏洞,补补台而已。不过今晚,顺子轻松不下来,他还得注意自己团队制景、绘景的演出效果呢。靳导一再强调,如果大幕一拉开,观众没有冲序幕的桃花网子景热烈鼓掌,那就说明,这个景是绘得失败的。虽然顺子懂得,景好不好与灯光有很大关系,可靳导既然这样说了,他的心也就提到喉咙眼了。在第三道铃响起的时候,他的心脏比定音鼓还提前些,就嗵嗵嗵嗵地擂了起来。今晚是彩排,彩排来的观众本来就不爱鼓掌,一是进来的合法性受到质疑,坐着胆怯,二是知道剧团这阵儿还不需要掌声。可今晚的观众真他妈太给力了,大幕一拉开,哗哗啦啦,掌声就先上来了。主演没出场,一群花女还在干冰制造的云雾中没有现身呢,那掌声不就是给舞台美术、给他刁顺子鼓的吗?这他娘的还用怀疑?有人甚至端直对顺子说:"听,给你呱唧呢。"顺子浑身的血就热辣起来了,甚至热辣得有些飘飘然。难怪那些主演们要拼命用唱、念、做、打赚取掌声了,也难怪赚了掌声,眼里就没人了，顺子这阵儿眼里也没人了，甚至连寇铁都看不见了，只剩下瞿团和靳导了。他觉得，必须在这个时候，要到他俩面前去晃悠一下，展示一下，表现一下，从哪个角度考虑，这个晃悠都是必需的。

顺子从下场门专门绕到上场门，端直蹭到瞿团面前，故意惊慌失措地问了一句："我咋听音响不对，吱吱啦啦响了好一阵？"拉大幕的说："亏你那臭耳朵，是掌声。""是掌声？"他还故意重复了一下，眼睛是斜着瞿团的。瞿团就对他眨了下眼睛，意思自然是祝贺了，这个小动作让他感到，瞿团就跟自己团伙似的，依然那么坚钢、牢固、可靠。这时，角儿过来了，身后还跟着几个收拾衣服、收拾鞋帽的人。崔护自然要穿得潇洒单薄了，上场前，外面是披着羽绒衣的，到了大幕跟前，瞿团还问了一句："能坚持住不？"角儿没有明确表示能与不能，只是连连咳嗽着，表示感冒还在严重阶段。顺子就觉得瞿团这个头儿当得比自己也强不到哪儿去，眼看六十的人了，还得在三十几岁的娃娃面前低三下四的，看来谁活着，也都有自己的难怅。

顺子领受完了瞿团的祝贺眼神，就急忙想到靳导面前晃荡一下，看看她在听到掌声后，是个啥态度、啥表情。靳导指挥完开幕，就下到观众池子里去了。顺子知道，靳导这时候一般会在剧场的最后一排站着，直到戏进入正常状态，才会找个地方坐下来。顺子就从池子边上绕了一大圈，找到了靳导的位置，靳导正用步话机，在骂音响师，嫌把音乐低声部放得太大，脚下都震得在抖动。他假装看舞台效果，慢慢凑到靳导跟前，等靳导骂完音响师，正说找个由头，提说一下舞美的事呢，谁知音响又"吱"地锐叫一声，把所有观众都刺激得捂住了耳朵，靳导就对着步话机又骂开了："你的手是抽风了是吧,那音响忽高忽低的,别动来动去的好不好,还音响师,还艺术家呢,这技术,就只配到农村管高音喇叭,开批斗会,搞什么搞?"骂完,靳导好像根本没发现他的存在似的,就扭身去了灯光操作台。他也在心里骂开了:这个死疯婆娘,屁股比管篮还大,活该一辈子找不下男人。

这时,墩子悄悄走到他身边来了,悄声问:"刚听见掌声没?""听见了,咋了?""我领的掌。今晚的观众大多都是二×,根本不知道鼓掌,我就钻到人窝里,硬领起来的。"顺子一看他还用纱布绑着的手,就说:"哄鬼呢,你这断手,还能领掌?""你不信?我用一只手拍的胸脯,那阵儿,大幕刚拉开,灯光又暗,人都盯着舞台上的景致呢,我就把领口解开了。不信你看,我刚拍过的印子还在呢。"墩子说着,就要亮他的胸脯,顺子生怕别人听见,就把他的嘴挡住了。

既然是这样,顺子也就失去了再到靳导面前显摆的兴致,又蔫不出溜地上台伺候去了。

彩排中间到底停了一次,好在不是顺子他们的事,是主演咳嗽得不行,停了有十几分钟,让大夫做了一下喉喷,才又接着往下演的。顺子最担心的是平台移动部分出事。全剧一共要移动三次,每次移动时,顺子的心都怦怦直跳,好在一次次都顺利移动成功了。并且每次移动时,都是掌声雷动,顺子就知道,是墩子在底下鼓捣的,因为演员今晚从来没赢得过掌声,有些地方,照说是应该有掌声的,可观众还是特别冷静。有人就开玩笑说,今晚让顺子给火了一把。他就赶紧去找墩子,让他别鼓捣掌声了,小心穿帮。可当平台最后一次成功移动起来,让主演神采飞扬时,那掌声还是起来了,这次,顺子看见,墩子是站在侧台自己身边的,说明戏、景还有平台,都确实真正赢得了观众的掌声。

戏是在经久不息的掌声中关上大幕的,关上大幕后,观众还不离开,大幕就又拉开了。顺子看见,靳导扭着个大屁股上台了,紧接着,瞿团把团里一批老艺术家请上了台,他们都是今晚来审查节目的"正神"。随后,编剧、作曲、舞美设计人员,都被靳导一一喊了上去。只见大家都相互拥抱着,有的眼里还扑闪着泪花。顺子站在大幕后边,心里的一块石头总算落了地。他这阵儿就觉得屁股后边特别痛,痛得头上的汗都冒出来了。素芬走到他跟前,问他咋了,他说没啥,就等着最后见一下瞿团,问劳务费的事。他觉得这应该是时候了。

台上不停地有人讲话,这个讲了那个讲,顺子知道,这是戏好,要是戏不好,勉强把这些"神"请上台,也就是握个手、照个相了事。可今晚,人越急,那些人话讲得越长,尤其是一个八十多岁的老艺术家,说话都有些口齿不清了,是被女儿搀着的,但仍讲得如水龙头滑丝,咋都收不住。老先生从唐朝开始,一直说到民国,说到延安,又说到新中国成立初,说到"文革",说到改革开放,大家以为这下总算要说完了,谁知话一拐,又回到唐朝去了。尽管老先生话里也没少表扬角儿,可角儿还是经受不住这种折磨,提前一路咳嗽着,到后台卸装去了。大家以为角儿一走就该收场了,谁知老先生又从配角的艺德讲起,再一次回到了唐朝的梨园戏,扯到了元杂剧里小角色的精彩,还扯到了李渔,扯到了京剧武生盖叫天。一直站在舞台角落上的场记,记着记着就笑话说:"这是真正的'意识流'。"顺子早就听不进什么"鲤鱼""草鱼"之类的意识流了,他在缠着寇铁说话,要他们给寺院装台的那笔劳务费。寇铁一个劲地往别处挪着身子,顺子就一直跟着,可咋跟、咋缠,寇铁还是那句话:"人家没给,我还能给你把钱屙出来?"

281

老先生都讲了四十多分钟了,又扯起当年创作演出《李白》的事来。一直给老先生端着话筒的靳导,都换过无数次姿势了,开始是一种十分谦卑的表情,后来一再说,改日专门登门请教,可老先生还是不行,就要"阴雨连绵"地往下说,靳导实在撑不住了,才换上瞿团,继续操话筒,听老先生讲"艺术创作关键在精练"。几个一块儿审查节目的老艺术家,也觉得实在有些丢人,走时,还喊了他一句:"你个老话唠,还准备朝大年三十说呀!"他也回了一句:"就几句话。"大家就笑了。到最后,连跑龙套的演员都偷偷溜下去卸装了。老先生的女儿也在反复制止着,可老先生还是说:"就几句话。"这话后来都成秦腔团的口头禅了。直到管电的把所有灯都关了,仅剩舞台顶上一个工作灯,恍恍惚惚地亮着,听众也就只剩下几个实在无法走脱的人了,老先生才让瞿团和靳导明天到他家里去一趟,说服装、鞋帽、道具还存在很多问题,到时一并细说。当瞿团和靳导把老先生送出太平门的时候,所有人都松了一口气,业务团长说:"瞿团、靳导,等着吧,好戏还在明天呢,你们一人就按两个笔记本准备。"靳导说:"老瞿,你饶了我吧,明天咋都得让我睡一天,我都快崩溃了。"瞿团说:"我去,我带四个笔记本去。"

这时,顺子凑上来了,为了引起核心层的注意,顺子还是在大家都已疲劳至极的时候,又说了几句赞美的话:"戏成了,瞿团,绝对要大火的,你信不?晚上光给景就鼓了四次掌,开年这戏票又要成抢手货了。"他把给景鼓掌的那句话故意说得重了些。到了这阵儿,他必须先声夺人,也免得靳导这个母夜叉又在鸡蛋里面给他寻脆骨。

可还没等瞿团开口,靳导就先说话了:"哎老瞿,我可给你说噢,这回顺子可是立了大功的,你可得好好奖励奖励噢!"

连顺子都没想到,这个大伙儿都说已经彻底"疯掉了"的母夜叉、母狮子、母老虎,竟能替自己说出这样几句人话来。他就怕戏成了,这老娘们儿还要挑肥拣瘦的,让他那几个下苦钱领得不安生呢。可没想到,这老娘们儿能在这种关键时刻,口吐出这样比象牙还金贵、比莲花还美丽的"人话"来,他突然觉得靳导还是过去那个靳导,胖是胖了些,这回排戏,据说又坐散架了两把椅子,可胖得可亲可敬可爱。他立马就把好话顶上去了:"靳导,您是大艺术家,有您这句话,我顺子装了半辈子台,就算知足了。不是表功呢,这回弟兄们确实把苦下了,毕竟是腊月荒天的,家里事都涌到脖子上了,可给靳导、瞿团打工,那就只是个干嘛,谁还说过二话吗?猴子把指头都锯了,成残疾了,刚还发信息来问,戏咋样呢?真的,弟兄们还是够意思,很够意思的,瞿团、靳导。"

靳导就突然反回身说:"哎,刚给我的那束花呢?寇铁,帮我找一下,我要去看猴子。"

寇铁说:"都十二点了,咋看呢?明天我们代你去看吧。"

"不行不行,必须今晚去看,我得亲自去,这个你们谁也不能替代。"靳导很坚决地说。

"去找吧,我陪你一起去。顺子,这阵儿还能进病房不?"瞿团问。

顺子说:"能是能,那是大病房,里面住了十几个人。不过靳导也太累了,我跟猴子说一声就行了。猴子要是听说靳导都这样挂牵他,不定那个锯了的指头还能长出来呢。"

这话顺子说得很轻松,但却再没有一个人吭声,靳导坚持一定要去,顺子就蹬上三轮车,和素芬一道先去了医院。

医院离剧团也就两三千米的路程,他到医院门口时,团里的车还没来。他让素芬上去告诉猴子,自己就在门口等着,这毕竟是人家单位领导来看自己的下属。

猴子确实有些激动,尤其是靳导来,这是他万万没有想到的事。靳导拉起猴子的那只手,啥话都没说,竟然哽咽了起来,要不是看到其他床上的病人已经睡了,靳导也许会哭出声来的。靳导从身上几个口袋里一共搜出了两千多块钱,全部放在了猴子枕头上,然后大家从病房中退了出来。

靳导对瞿团说:"猴子是为这个戏丢了一个指头,我作为导演,有一种罪恶感,老瞿。"

"放心吧,靳导,我们会处理好这件事的。"瞿团说。

顺子就急忙接过话了:"感谢靳导,感谢瞿团,感谢团上各位领导,这就算把我们下苦的高看了。你们都是大好人,我也相信,瞿团不会亏待下苦的,不过,马上就是年关了,还请你们无论如何,先给猴子安顿一点,要不然,大过年的回去,少了一个指头,还没拿下钱,给老婆娃还有老娘、老爹都没法交代。"

瞿团长说:"我们已经商量过了,先给猴子拿三万块钱,其他事年后再说。"

管财务的副团长说:"团上现在也确实没钱,最近瞿团把钱都借遍了,差大伙儿几个月的绩效工资,都还没想下办法呢。"

顺子急忙说:"我们的劳务费,瞿团可是说好了的,戏一彩排就结清,大伙儿还都等着领了过年呢。"

瞿团看看管财务的副团长说:"明天给顺子他们先把钱付了。"

"账上真的就只有一万来块钱了。"

顺子一听这话,心里立马凉了半截,就急忙上前,说是帮瞿团开车门,实际是想堵着不让瞿团上车,说:"瞿团,这钱可不敢不给呀,要是不给,那他们可就没法回去了。"

这时靳导也说话了:"老瞿,这你可得想办法,不要拖欠了顺子他们的钱。"

"好吧,你明天来,先从私人那里借点,给顺子他们把账结了。"瞿团给副团长下了硬话。

顺子还想再靠实一下,寇铁大概是生怕顺子说出其他话来,就急忙把顺子抓在车门上的手掰开了:"少不了你的,快让领导上车,这大的风,是说话的地方吗?"说着,就用手护着车门的上方,把团领导让进车,砰地关上了车门。

团领导们走了,寇铁是开自己车来的,顺子就又把住寇铁的车门,死要寺院那笔钱。他也多了个心眼,知道素芬跟寺院里那个叫静安的居士有来往,就让静安居士这几天帮忙打听了一下,其实寺院早把钱给寇铁了。顺子说:"寇主任,你要不要我给你跪下?弟兄们真的很可怜,那都是保命钱,可不敢再拖了,你也总得让我给大伙儿有个交代吧!"顺子看寇铁还是那副躁乎乎的样子,就真的给他跪下了。素芬在一旁看着,一下惊呆了。

寇铁也大概是害怕引起人围观,虽然都快一点了,可医院门口还是有来来去去的身影,寇铁就无奈地说:"好吧好吧,我明天先给你借一点,得成?"说完,呼地就把车开走了。

顺子被车的惯性差点忽悠得趴在了地上。

四十八

顺子回到家里,稀泥一样瘫在床上,素芬烧了热水,说烫个脚,他都没力气从床上坐起来了。素芬帮他脱了衣服,说用热毛巾把身上擦一下,当擦到屁股那儿时,他就死活不让擦了。他要自己接过毛巾擦,结果擦出来的都是带着脓液的东西。素芬要看那儿,他到底没让看,就拉过被子盖上了,不一会儿就打起了鼾。

顺子一觉睡到第二天早上,是被邻家孩子放爆竹吵醒的。他睁开眼睛,身子却不得动,好像还被什么东西捆扎着,又活动了活动手指才发现,整个身子还是肿胀着的。他试着准备轻轻下床,是想让素芬再睡一会儿。

"再躺会儿吧。"原来素芬是醒的。

"不了。我还得去团上要钱呢,都等着哩。"顺子就穿起来了。

"结了账,还是要到医院去看看,我看好像都化脓了。"

"没事,老毛病了。"

"可不敢大意,小毛病搞不好都拖成大毛病了。"

"我知道。"

顺子又在屋角窸窸窣窣给屁股那儿抹了些药,捆了块纱布,就出门了。

明天就是年三十了,街上赶早市的人明显多了起来,顺子骑着三轮车,从人群中走过,看着人家都大包包、小蛋蛋地置办年货,就觉得自己家里的年还没动头呢。他想今天无论如何都得把所有人打发走,在他的队伍中,路最远的也就四五个小时的车程,只要钱在中午发下去,当晚也就都能到家了。

顺子昨晚给大伙儿就发了信息,说让今早九点都到剧团院子里等着,他蹬车子进院门时,二十几双眼睛早就火辣辣地黏上自己了。

他端直去了办公楼,先找瞿团。瞿团把他又领到了管财务的副团长那里,副团长把他领到财会室,钱就领出来了。钱用一个报纸包着,明显不是从银行提出来的,出纳就说:"顺子,你面子真大,这钱是瞿团他们从私人家里凑的,说无论如何都要先给你们把工钱付了。给,这是给那个截了手指的三万元,手续节后再完善。团里都放假了。"顺子就一连声地谢着。

领了《人》剧的钱,他就给寇铁打电话,结果寇铁关机着,他就知道寇铁这儿不会顺当。他先去给大伙儿把《人》剧的劳务费发了,并不住地夸着瞿团,也夸靳导,还有那个副团长,要大家记住人家的好。然后就让大伙儿跟他一起,到家属楼底下等着,他去寇铁家要钱。二十几个人从办公楼走到家属楼,那阵仗,让明眼人一看,就是有些火药味的。顺子也是没办法了,他平常对寇铁够客气的了,昨晚在医院门口,甚至都给他跪下了,还要人怎么样呢?他把所有人都布置在寇铁家窗户能看见的地方,然后自己上楼去了。

顺子敲了几下门,里面没动静,他就再敲,反正今天也是豁出去了,他寇铁高兴不高兴,这门都得敲开。他甚至都想过了,寇铁以后再为难自己,不干他的活儿就是了,反正跟他弄事,钱就没付利索过。在他敲第四遍门的时候,里面终于有一个女人答话了:"敲啥呢敲敲敲的,谁呀?"是寇铁的老婆,那个演小旦的女花腔。顺子到底还是有些胆怯,就低声说:"顺子,我是顺子,卢名演。"顺子知道寇铁老婆姓卢,他们把团里所有上过角色的演员,都统称"×名演",那就跟叫瞿团长一样,是尊称。卢名演就问:"干啥呀?"顺子说:"是寇主任让我来的。""寇主任没在。"顺子就把话茬搭得硬些了:"寇主任说好让我来的。我也不想来,可二十几号人要回去过年,不来不成嘛。不信,你朝窗外瞅瞅,把我都逼得快跳楼了。"里面立马没了动静。过了一会儿,门咯噔开了一条缝,睡得肿眼皮泡的寇铁恶狠狠地说:"你狗日的顺子,是给我难堪是不?你立马叫你的人滚开,再说钱的事。"

"你说让我咋说?明天就三十了,人还不得回去,拿不上钱,你叫我让人家朝哪里滚?"

"我管你朝哪里滚,反正搞这号暴动手段,你就休想从我这拿走一分钱。"

这时,小旦也把脸夹在门缝里说:"你们人不要脸,在人家庙里欻鸡巴,还有脸跟我寇铁要钱呢。让我们把膘子都倒尽了。呸!"

寇铁把小旦的头挖抓了回去,接着说:"你立马把人弄走,弄走了再来说钱的事。"

"我弄不走,真的,我也没办法,都快把我分着吃了,你信不,我再说没要下钱,他们就上来了,这两天,个个眼睛都急红了,手都痒着哩。"顺子觉得再不上几句硬话,这钱还真要不出来了。

"咋,你还威胁人咋的?你打呀,有本事你组织人上来打呀!"

那小旦又把脑袋别到门缝里说:"借你刁顺子十个胆,看你敢动我们寇铁一指头。一群不要脸的货!"

"卢名演,你也别把话说得那么难听,我们咋是一群不要脸的货了?"

"在人家庙里干那事,还要了脸了……"小旦把话没说完,又被寇铁用手挡到一边去了。寇铁说:"你看着办吧,反正人不滚,休想拿到钱。钱也是我从家里拿呢,人家没罚款都是万幸了。"

顺子说:"人家给没给钱,你心里清楚。庙里的钱是昧不得的。"

寇铁被顺子这种似乎知道内情的冷静表达,一下给镇住了。

只听小旦在里面喊:"不给,让他们欻尿挣钱去。"

门就关上了。

顺子就又敲门,这次声音敲得更大更响了,完全是一副豁出去的神情。顺子听见,房里边寇铁和小旦在争吵,好像也是为钱的事。争着争着,门又开了一条缝,寇铁把几万块钱扔了出来。顺子看见,寇铁扔钱的手还被小旦狠狠打了一拖把。寇铁说:"快滚,你刁顺子记着,从今往后,休想再在我这儿挣一分钱。"门关上了。

顺子捡起钱一看,是五万块,离当时说的劳务费总数还差两万多。他觉得事情都弄到这份上了,也不好再要了,就拿着钱下楼来,把人都叫到一个僻静的地方,把钱分了。本来他是要拿双份,并且还要抽一点头子钱的,这也都是老规矩,可既然钱不够数,他也就只拿了本分。分完钱,他照着墩子的尻子狠狠踢了一脚说:"都是你狗贼惹的祸。"

顺子去了医院,把猴子该拿的钱也都给了猴子,然后用三轮车把猴子送到了车站。还没进车站门呢,素芬就打来电话说:"你快回来,菊花把韩梅的狗杀了,这阵儿,姊妹俩正闹得不可开交呢。"

顺子把猴子急忙送上车,就又转过身往回蹬。

四十九

顺子赶回家的时候,好了已经血淋淋地吊在二楼的栏杆上了。

顺子看到这幅景象,瘆得一屁股瘫在地上,咋都站不起来了。

他见过各种被宰杀的动物,也见过非正常死亡的人,前些年,他甚至还帮警察下护城河捞过死尸,大夏天膨腐的尸体,是连鉴定的法医都有些畏惧下手的,可那惨象也都远没有眼前这一幕更让他心惊胆寒。一条可怜的伤残狗,怎么能激起下手者这样的仇恨,而这个下手者竟然是自己的亲生闺女,他心里一下凄凉得像跌进十八层地狱一般,咋都找不见返回的路径。

他听见楼上还有动静,素芬似乎还在楼上阻止着什么,他就往起爬,勉强爬起来,手摸到了那摊狗血凝成的黑冰上,又坐了下去。这时,他听见素芬喊:"顺子,你还不快上来。"他到底还是硬撑着爬起来,上楼去了。

他能想到楼上这一幕的乱糟,但没想到,已经被整得乱糟成这样。两个人的房里几乎没有一件浑全的器物了,连被子、单子都被剪刀剪成了几块。从房里到过道,滴满了踏乱的血迹和一缕缕、一蓬蓬散乱的长发。菊花这阵儿是和韩梅扭打在自己的榻榻米上,韩梅手中拿着一把菜刀,被素芬用双手把刀口部分死死地按在了被子里,而她自己的身上、脸上,已经被血迹抹得失了人样儿。菊花是操的钢管折叠椅,也被素芬用屁股死命压着。房顶上被击碎的吊灯线头,还在刺刺地冒着火花、青烟。顺子只在电影、电视里看到过这种场面,咋都想不到,这种血淋淋的景象会在自己家里出现。他也知道姊妹俩有矛盾,可没想到,能整到这样你死我活的地步,他觉得这个家是要完蛋了。

他在做最后的努力,他没有任何拿人的武器,这么多年来,他就是用自己的低下、可怜,甚至装孙子,化解了很多矛盾,解决了一个又一个不好解决的问题。面对越来越强势的菊花,甚至今年也突然变得不听话了的韩梅,他也只能使出这一招来,企图挽救这种他已明显感觉撑持不住的危局。他跪下了,就跟给寇铁跪下一样,他觉得给自己两个女儿跪下,也并不是太没面子的事。人家有脸面的家庭,父亲一个眼神,就可能阻止不想发生的事情,而他,挣得屁股后边的大肠脱出几厘米来,在女儿面前,也还是没有做父亲的尊严。没尊严,他也认了,只要都安安生生的,能好好活着也行,可偏偏都不想好好活了,这麻烦也就大了。再活得不如人,也不能从家里拖几个死尸出去。他没办法用训斥的话语跟她们对话,因为,在菊花看来,这个年代,你刁顺子是不配为人父母的,想训谁,那更是一件十分可笑的事。他就还是拣最软的话说:"我求求你们了,别闹了好不好?有啥事过不去的?是没吃没喝的了,还是咋的?要这样你死我活地打、闹?明天就是年三十了,你姊妹俩有啥深仇大恨,不能等过了年再说吗?非要闹得鸡飞狗跳的!我求求你们了,都忍一忍,让一让吧,我求你们了!"顺子说着,把头就磕到地上去了。

韩梅号啕大哭起来,握菜刀的手,素芬压都压不住,切进了被子深处。

菊花也号叫起来:"刁顺子,你这个窝囊废,你这个臭流氓,你要不把这屋里的野女人们都赶出去,我就跟你没完。"

顺子在亲生女儿喊出自己是窝囊废、臭流氓时,他真想操起身边的茶几,把这个忤逆不孝的东西结果了算了。他都不敢回想,为了这个家,也为了这个女儿,自己所受的屈辱和淌下的血泪,但毕竟没让她过上她想过的日子,到现在还连对象都找不下,他也就生着一份深深的歉疚了。况且,她现在这个样子,也不敢刺激,他就没有操起茶几,也没有说出比刚才分量更重的话语,而是说:"我知道我活得窝囊,可你有啥容不下你妹、容不下你姨的理由吗?"

"呸,妹!呸,姨!"菊花疯狂的程度,让顺子彻底绝望了。

"我走,我走,行了吧!"韩梅终于愤怒异常地喊出了这句话。

291

五十

韩梅再也无法忍受这种折磨了,如果说在几天前,她还想对抗下去,那么自打刁菊花把断腿狗残忍地杀死后,她的强烈对抗,其实已表现为虚张声势的恐惧反应了。她能拿起菜刀跟刁菊花拼命,也是看蔡素芬在身边,才表现出的决绝行动。如果不是看见继父刁顺子在这种大是大非面前态度暧昧,尤其是扑通一跪,那简直就是对刁菊花实施恐怖暴力行径的公然服软甚至纵容,兴许她还不会做出撤离的决定,可看着继父那连连磕头作揖的熊样儿,她绝望了,这种对一家之主的绝望,才是压垮她这个骆驼的最后一根稻草。

韩梅也没想到,刁菊花会来这一招,她是用虐狗的方式,向她发出警告和挑战的。当她从外面买早点回来,看见好了已血淋淋地挂在二楼栏杆上时,她的第一反应就是,虐死的不是断腿狗,而是自己,甚至还有她那已经死去的母亲。因为这条狗是母亲收留下来的流浪狗,在母亲弥留之际,好了是一直卧在母亲身边,舔着母亲的眼泪,自己也流着眼泪的灵物。并且母亲在生命的最后时刻,给继父交代的就两件事,一个是可怜的女儿,一个是这条断腿狗。继父当时是紧紧抓着母亲的手说:"你绝对放心,梅梅和好了,我都会经管好的。"可好了被继父的亲生女儿虐死时,他竟然还给她跪下了,这样的窝囊废,还能有什么指靠呢?

她在愤怒地收拾东西的时候,蔡素芬进来了,蔡素芬在努力把她正收拾的东西往外拉扯,拉出来的,又被她装了进去。从内心来讲,她对这个女人并不反感,人还算大气,也挺关心她的,有一段时间,她甚至还想跟她联合起来,共同对付刁菊花这个敌人。可蔡素芬似乎没有这个愿望,而且老是尽量躲着刁菊花,几乎很少回家,因此,这个联盟就始终无法结成。不过,她又一想,刁菊花对她的敌视态度,也都是在蔡素芬走进这个家门以后的事,如果没有蔡素芬的介入,也许她跟刁菊花还闹不到这种程度。因此,她对蔡素芬也就有了一种厌恶情绪。尤其是蔡素芬在虐杀断腿狗这件事上,立场跟继父完全相同,似乎生怕得罪了刁菊花,在拉架过程中,甚至还或多或少地露出一些惧怕刁菊花淫威的偏斜,这就让她更是对这个女人不存好感了。当蔡素芬强行把她皮箱的拉杆紧紧拽在手里不丢时,她终于说出了心里最想说的狠话:"你别以为我走了,你就安全了,她今天能把好了杀了,把我赶了,明天就能把你杀了,这就是继父迁就的恶果,这也是你这个继母躲着、避着甚至吓破了胆地讨好巴结的结果。你信不,你再待下去,绝不会比好了的命运好到哪里去,我能看到这一天的,你等着。"说完,她抢过拉杆箱,从自己房里走了出去。

蔡素芬急忙喊:"顺子。"

顺子还在隔壁房里跟菊花说着什么,其实刁菊花已经用耳麦阻塞住了一切声音。顺子还想多说几句,刁菊花就把床头柜一脚蹬翻了。这时蔡素芬喊他,他就从房里探出头来,发现韩梅是真的拖着皮箱下楼了。

韩梅在下楼的那一刻,又看见了那只可怜的狗,她终于哇的一声大哭起来。她喊了一声:"妈!"几岁时,她就跟母亲走进了这个家,几年后,母亲死在了这里,今天,自己又无依无靠地从这里被赶了出来,连一只可怜的残疾狗都没有得到保护,死得如此的惊恐万状、惨不忍睹。她心中此时的悲凉,就如同死狗鼻尖和四肢上的血冰凌一样,寒光闪闪地垂吊在自己的心尖上。在冲出大门的那一刻,她觉得自己是这个世界上最可怜、最悲惨的那个人了。

她听见继父和继母都撵出来了,她也听见继父和蔡素芬的喊声,但她没有回头,刚好有个出租车路过巷口,她就端直上去了。当继父和蔡素芬赶到跟前时,车已呼地开出了好远。

司机问她是不是跟家里人吵架了,还说:"大过年的,还是跟父母在一起的好。"

她没好气地说:"开你的车,哪来那么多废话?"

她连手机都关了。

司机就把她端直拉到了车站。

她只有一条出路了,那就是去镇安一个叫塔云山的地方,找朱满仓。这是她最不愿意走的一条路,一走出去,就再也回不到西京城了。可西京城与自己又有什么相干呢?除了那十四平方米的破房,还有谁跟自己有一丝一毫的关系呢?也只有到了此时,她才真正懂得血缘的价值与意义。难怪母亲在去世前,要那么叮咛继父,甚至还从床上爬起来,给继父磕了三个头,就是托付自己,还捎带着托付了那条狗。

她只能去找朱满仓了,那是这个世界上,她唯一能感到温暖的人。即使从此彻底嫁到山里,她也认命了。

就在汽车要开动的时候,他看见继父刁顺子满头大汗地跑到车站来了。他的嘴张开着,既是在大口呼吸,也是一种始终都不知道掩饰的傻相。过去也许她还没有这种感觉,自十五六岁上高中以后,就慢慢觉得继父的这种憨态是十分不雅的。有同学观察说,只有傻子嘴才是时常大张着的。难道自己的继父就算傻子了?她甚至还给他纠正过,说让他平常一定要把嘴闭上,不说话时,千万不要随便张开。可继父似乎已经习惯这样了,纠正的效果始终不明显。只是在见她的时候,会偶尔闭合一下,转过身,那嘴就又傻乎乎地张开了。她是咋都不希望继父在这个时候找见自己的,其实他已经在自己乘坐的车跟前走过几个来回了,可每当他走过时,她就会闪躲一下,因此,他就咋都找不见自己了。

车终于开动了,可就在客车驶出车站大门时,傻乎乎站在大门口的继父,还是与自己的目光相遇了。继父拼命用手拍着车门,但这里已不是可以停车的地方,她看见继父用乞求的目光看着自己,并且突然意识到什么似的,紧紧闭住了张开的嘴,但车还是离他而去了。她看见,汽车轮子扬起的肮脏冰碴儿溅了他一身一脸,他的嘴又张开了。

客车的前后玻璃上,都有"西京—镇安"的字样,她想,他应该知道她的去处了,也就不用再找来找去的,或者到派出所报案了。

客车很快驶出了城区,她回头看了一眼自己生活了二十多年的地方,一股说不清是酸楚还是感伤的泪水,哗哗涌上来,她知道,此一别,自己与这个城市,就算彻底割断了连接的脐带。

西京是别人的了。

五十一

菊花自刁大军不辞而别后,心里那股无名火,就不知道对谁发。这几天,乌格格又给她爆了个冷门,竟然跟着一个真正的"高大上",闪电式地到澳洲旅行结婚去了。而此前,作为乌格格的闺蜜,自己竟然毫不知情。她觉得不仅受了蒙蔽,而且也受了侮辱,尤其是由此产生的嫉妒,太刻骨铭心了。她努力想不嫉妒,可眼睛既不敢睁,也不敢闭,睁着,好像看见每个人都用怪异的表情,在嘲笑自己而闭着,就看见乌格格和那个"高大上",躺在一个电影里才见过的黄金海岸上,享受着她还不知道是啥滋味的美妙爱情。她只想骂人。

其实那个"高大上",菊花过去是见过一面的,那是一个地产商,才三十一二岁,但已有过亿的身家,还有个留洋博士的头衔。个头其实算不得高大,最多有一米七的样子,但运动型身板,加上韩国明星的脸形、气质、做派,所以对于他来讲,个头高大反倒是一种累赘了。菊花倒是记得,他说过这么一句话:"我喜欢大个子女人,有一种安全感。"她虽然当时也开过一句玩笑说:"格格个子大,你就娶格格当老婆兼保镖吧。"但她心里知道,那个"高大上"是咋都不会看上格格的,因为乌格格她太了解了,几乎没有什么让男人喜欢的优点。前几年,臭男人们把女人分成了两大类型:一类是娇小玲珑特的,也就是大家都喜欢的那种小鸟依人型;还有一类是高大肥美魁的,其实就是被嘲弄、被厌弃的那种女汉子型。而乌格格恰恰就包揽了这种类型的全部特征。这两年,对女人又时兴"白富美"的标准,乌格格可以说一样都占不上,她就是个傻大个儿,就是个脑子不够用、笑点很低的毛冬瓜。说实话,"过桥米线"谭道贵死追活追的,她倒是觉得有点戏,可要跟那个"高大上"走到一起,是让她咋都不能相信的奇事怪事。但这奇怪事,还真就发生了,并且人已到了澳大利亚的黄金海岸,而且还用微信发回了两人穿着泳装的照片,乌格格的屁股肥,大得简直跟农村的老磨盘一样,可那个瘦小子,偏就要趴在磨盘上,幸福地眺望大海。进一步证明其在澳洲真实性的,还有漫天遍野的企鹅以及在森林里奔跑的袋鼠,还有乌格格抱在怀里,又是亲又是吻的袋熊考拉。她被这些活生生的物证彻底击溃了。

来给她报丧的,正是谭道贵。他真像个报丧的,见她时,两只肿泡泡的眼睛已经哭得像两扇贝壳扣在了那里,悬在头上的那一缕"过桥米线"耷拉下来,在半边脖子上晃悠着。他极力在说话前,想把那缕头发旋转上去,可精神的不支,似乎让头发也没有了定力,即使用十个指头旋上去,还是自动转了下来,犹如干旱时的瀑布,稀稀落落的流水是咋都遮挡不住山体干涸的泪痕了。

"真的走了,是游行结婚去了。"谭道贵气得甚至把"旅游"错说成了"游行"。

"你事前一点都不知道?"菊花问。

"不知道,一点都不知道。"

"你们不是一直在一起吗？没谈恋爱吗？"

"我……说过,可她……她光笑,没……没正经回答过。"

菊花回忆,在他们的接触中,乌格格也确实没说过对谭道贵的任何印象,就是光笑、光玩、光吃、光乐,再没有过任何出格的行动。现在这种女孩儿多了去了,只玩,只消费你的物质、金钱、时间,但不谈婚论嫁。那晚在镇安绣屏山宾馆,谭道贵偷偷摸进乌格格的房里,乌格格也是明确反抗了的,并且还以报警相威胁,虽然菊花知道是开玩笑的,可但凡乌格格对谭道贵有点意思,又怎会让他吓得连夜慌不择路地滚蛋呢？从一切迹象看,乌格格还真没有对谭道贵有过任何爱的示意。由此看来,乌格格还真不是一个表面看上去的傻大个、毛冬瓜,而是一个心深似海的老狐狸,是《潜伏》里的那个余则成。

谭道贵还想在她这儿得到一些疗伤的药膏,谁知她的内心已经被突如其来的开水烫得抽在一起,痉挛不止了。谭道贵是被她轰走的。

轰走了谭道贵的这天晚上,她几乎一夜没合眼。也就在半夜的时候,乌格格给她来了信息,一再道歉说,事情定得太急,也走得太急,没来得及打招呼,觉得对不起闺蜜,然后就发来了一连串的艳照,大有幸福得直想脱光脱净的感觉,她连一个信息都没回。她觉得跟乌格格这只老狐狸、这个女余则成的友谊,已经走到尽头了。

这个鬼城市,为什么不把烟花爆竹禁了,简直放得她的头都快爆炸了,尤其可憎的是,她在遭受了一连串的打击后,那天还住在她隔壁的韩梅,突然一遍又一遍地放起了越剧《黛玉葬花》,她甚至听见韩梅在电话里对谁说,她最喜欢林黛玉了,每次听《黛玉葬花》,都有一种想流泪的感觉,而每流一次泪,她心里便会释然许多。她就觉得十分可笑,一个烂裁缝家的破丫头片子,还自比林黛玉,她真想"呸"一口唾在她的脸上。你在刁家混吃混喝这么多年,不说感恩戴德,心里还"拔凉拔凉"得跟林黛玉似的,刁顺子还以为他养了个比她还亲的亲闺女呢。她本来就有一肚子无名火想发泄,又实在找不到合适的机会,刚好这天早晨,韩梅又哼着五音不全的嗓子,在房里唱起了《黛玉葬花》,她就用韩梅放在窗户上的一个烂衣架,把窗玻璃狠狠敲了几下,警告说:"别再猫叫春了,这附近没有公猫。"韩梅没理睬,不仅唱的声音更大了,而且在下楼买早点时,还故意把电脑声音也放得最大留在那里。她端直冲进她房间,本来是想扔那台破电脑的,却被断腿狗咬住裤脚死不松口,她便顺手操起韩梅桌上的水果刀,一下从狗背上扎了进去。背上被扎了刀的狗,还挣扎着咬了她一口,她就飞起一脚把狗踢翻,并在它身上狠狠踩了几下,那只叫好了的狗就毙命了。她看见那条断腿被她踩出了白花花的骨茬。

其实小时候,她就看见过村里人虐狗。那时但凡跑到村里来的流浪狗,都有人朝死里打,打死了好剥皮吃狗肉。有的也不是为了吃肉,就是为了打,拿石头打,拿砖头打,拿锨把打,拿铁丝打,拿撬杠打,拿钢管椅子打,拿自行车、三轮车锁链打,反正逮着啥拿啥打,狗跑得再快、逃得再远,也终是一残或一死。尤其是两条狗连着的时候,他们追打的兴趣会更大,双双被打死了,还能详细参观讨论它们是怎么紧密相连的。这样打死的狗,留下的话题多,记忆也长,有时都过很久了,还有人兴奋地说起,当时是自己从中给了那最致命的一铁棍。那时她每每看到这种场景,就吓得朝死里哭,有时晚上还做噩梦。可不知咋的,今天自己在处死这条断腿狗时,心里竟然连一点害怕的感觉都没有了,并且还觉得很快活、很过瘾、很兴奋。就像当初村里那些闲人虐狗一样快活、过瘾、兴奋。

她没有就此收手。她知道楼下那个骚货也在家里,她就突然想起了一折叫《杀狗劝妻》的秦腔戏。一不做二不休,干脆借杀狗,把那骚货也吓吓。

她没有想到,效果会这么好,就在她吊死狗的时候,底下那个蔡素芬,正在朝楼上张望着,当她看清吊出来的是那条断腿狗时,当下就"妈呀"一声,晕靠在灶房门口了,手里端的一盆水端直扣在地上,全部用来浸泡了自己的毛裤、棉鞋。再然后,那韩梅就回来了,她一手拿煎饼果子,一手拿着热豆浆,嘴里还哼哼着吴侬软语《黛玉葬花》。当她从滴血处抬起头看见那吊死鬼时,惊恐万状得

"呀——"的一声,端直把热豆浆浇在了自己的头上,煎饼果子也散成一地的油条、鸡蛋碎渣。她先是惊悸、颤抖,继而像一头暴怒的母狮子一样,进厨房操起一把菜刀,就朝楼上冲去。

蔡素芬紧跟着也跑上来了。

菊花从来就不怕这种愚蠢的拼杀,小时候在村里,这种游戏玩得多了,连那些男生也是要对她和乌格格告饶服软的,何况是韩梅这个小骚货,她一指头就能把她拨几个转身。可今天似乎有些不大一样,这个小骚货浑身聚集了冲决一切的力量,她自卫还击时,竟然还需要付出不小的努力。

再后来,刁顺子就回来了。让她恶心的是,这个窝囊废见了这阵仗,竟然双腿一软就跪下了。他这明显是给自己跪下的,因为大骚货和小骚货都听他的,何用下跪?唯独刁菊花跟他背扭着,他就是想用老子跪儿子的办法,给她难堪呢。村里过去好多吸毒的,娘和老子就经常使这招破棋,也不见有浪子回头的。

看着几弯折耷拉在地上的刁顺子,她突然又想起了"他人即地狱"那句话来,她想起来了,这话就是乌格格现在这个博士男人说的。话很形象,她越想也越觉得生活中地狱无处不在。尤其是这个家,不仅两个外来女人是她的地狱,刁顺子又何尝不是她最大的地狱呢?仔细想想,干脆就是地狱总部了。

爱跪你只管跪去,她才不吃那一套呢。跪到最后,她也没让他起来,刁顺子还不是自己就灰溜溜地起来了。

小骚货终于拉着她的破箱子走了,好像是一种大江东去不复回的架势,也早该滚了。自打刁顺子让她念大学那阵儿,她心里就不舒服起来,现在竟然闹到野的比家的都有能耐,都吃香了,连亲生父亲刁顺子好像也彻底偏向了这个"心眼好""人漂亮""有出

300

息"的大学生,她眼里自然就再也不能容下这粒沙子了。前几天,她正在前边走着,有人硬拉着要给她算命,她说不算,算命先生就端直戳出了这样一句话:"美女,你得注意呢,你本来是好命相,可家里进了邪风,把你的上风给抢了,你得收拾呢。"然后就卖给她一张三百块钱的符,让她回家,悄悄用刀扎在自己卧室的门头上,她就回来扎上了。虽然她从不相信这些东西,多少年来,为找男人,可没少花算命卜卦钱,到头来还是怀抱空空,可算命先生说她家里是进了邪风,她就有些信了,今天邪风终于刮走了一股,她甚至觉得,这道符是起作用了。

小骚货走后,她知道刁顺子还去往回找了,没找回来。晚上,刁顺子收拾着去埋死狗时,还站在她门口叨咕了几句:"真是丧德呀!我刁家丧了德了!"

她本来想着,杀狗这件事对蔡素芬是有震动的,谁知这娘们儿,晚上竟然还在水池子边洗了一夜的被褥、衣服,甚至还上楼把屋里那些血糊淋荡的东西都一股脑儿卷下去,拆了、洗了,大有飓风都撼不动的定力。

这一夜,她也咋都睡不着,断腿狗那死模样,让她闭起眼睛时也有些害怕。她想着断腿狗,想着乌格格,想着自己,想着可憎的刁大军,想着窝囊透顶的刁顺子,还有那两个骚货,越想越觉得活着也没啥意思,她突然就想到了自杀。听人说,有自杀网站,专门讲各种自杀心理与方法的,她就好奇地浏览了半夜,而且还进聊天室,跟正在徘徊状态和即将坚定地告别人世的人聊了聊,最终觉得,活着没啥意思,死去其实也没多大意思,倒是楼下蔡素芬洗衣服的豁浪声,让她心烦得直想发疯。这个主意正得要死的女人还没死呢,自己咋能就先她而去呢?

快天亮的时候,也就是大年三十早上,鞭炮声终于把她又是毫无意义的一年中的最后一天,给噼啪作响地迎来了,她快烦透了。翻来覆去地,脑子里结合昨晚的网络印象,就突然产生了一个想法,死一回,给刁顺子和蔡素芬看看。

当然,不是真死,真死,暂时还想不出有啥必要性来。

她在蔡素芬上厕所的时候,用一根尼龙绳从二楼半空的一个吊环里套下来,这个吊环平常是用来插铁管晒衣服的。今天,她故意穿了一身白绸睡衣,给脚下搭个凳子,把脖子套了进去。这个地方,从厕所出来,是能看得清清楚楚的。她一脚踹了凳子,想着蔡素芬是该出来了,可蔡素芬今天蹲的时间特别长,她就后悔把凳子踹得有点早。凳子倒地的声音,难道她没听见?怎么可能呢?也许这个骚货一切都看见了,是故意不出来救她的。完了,她双腿踹了几下,咋都踹不动,好像自己浑身都变成棉花条了。她觉得这个奇思妙想好像不是太妙,可能是完了,这样完了,意义好像不大。

五十二

顺子一早就出去买菜了,昨晚素芬整整把家里清洗了一夜,今天是除夕,无论如何,都得弄点年货,把年过过去。年是个什么东西?有人说,是个很凶猛的动物,家家准备好吃的,是祭祀,而放鞭炮,是驱赶。这个怪物,他过了五十多年了,好像还没赶走,并且是越来越难过了。小时候天天盼过年,那是盼好吃的,还能穿一身新衣服。后来爹娘死了,这年就是自己过了,也不愁吃的,也不缺穿的,可年总是过得没啥滋味了。尤其是这几年,几乎年年这个时候,菊花都要捣蛋,不是哭就是闹的,去年酒喝多了,甚至把家里的铁锅都用砖头砸了,弄得他和韩梅包的饺子都没地方下。今年韩梅早早被撵走了,可毕竟还多了一个素芬,从这几天的阵势看,要想安安生生地捂弄到一起,也是不大可能的了。可年毕竟得过,饺子还得包,爆竹也得买一点,到哪一步说哪一步的话,总不能人家都过,自己家里却是冰锅凉灶的。他买了大葱,买了瘦肉,还买了些拌凉菜的猪耳朵、猪肚子、莲菜、西红柿什么的,本来还想买些黄瓜,可突然想起了好了死的那一幕,就又把黄瓜放下了。

这时,疤子叔又打来了电话,他也不能不接,人就在一个村子住着,你也跑不到哪里去。疤子叔还是要钱的,他也还是那句话,说他哥走后,到现在也没跟家里联系过,他就是个烂蹬三轮车的,也还不起那么多赌债,就是吃了自己,也没办法。疤子叔就说:"你多少也得给一点,大过年的,别弄得我跟黄世仁似的,到三十晚上了,还上门逼债。"顺子就说:"疤子叔你要来尽管来,我给你包好饺子等着,可要钱真的没有,我下苦挣的那几个毛毛钱,恐怕你也看不上。""别跟我来这一套,你现在都是手下有几十号人的大老板了,不信还拿不出几个钱来。你等着瞧。"疤子叔说完,就把电话挂了。气得他又给刁大军拨了电话,还是拨不通,他就骂了一句:"真是个祸害瘟!"

本来他还想买点回民坊上的腊牛肉、德懋恭水晶饼啥的,让疤子叔一个电话打得啥情绪都没有了,只觉得屁股后边,一阵阵针刺刀割一样的疼痛,他就想,干脆顺便到医院去看看,也免得年都过不安然。可就在这时,素芬像吓得快死了一般地打来电话说:"你快回来,菊花她……她上吊了……"他再问,电话就挂了。

菊花怎么会上吊呢?

顺子跨上三轮车就朝回赶,好在离得近,只七八分钟就到了。进门一看,二楼果然还吊着绳子。素芬正在大声呼唤着她的名字。顺子三步并作两步地跑上楼梯,一个跟头,差点没栽在最后一道水泥坎上,他勉强踉跄到菊花跟前,一看,菊花人已昏迷,素芬是骑在她身上,用力压着她的胸部,并做着人工呼吸的。菊花脖子上,绳子勒过的血印子已经变得有些乌青了。他就急忙掐住人中,大声呼喊起来:"花,花,我的花咘——!"喊着喊着,眼泪就扑簌簌滚落下来,素芬还没见过一个老男人能发出这样瘆人的哭声。终于,菊花嘴角微微动了一下,他就立即背起菊花说:"赶快上医院!"然后就连滚带爬地把人背下楼了。

　　顺子在豁出老命蹬三轮车的时候,蔡素芬一直在车上拍打菊花的胸脯,掐菊花的人中,并且继续做着人工呼吸。当他们把菊花送到医院急救室,护士扎上急救针时,菊花其实已经慢慢醒过来了,但她坚决拒绝治疗,而且还破口大骂,要刁顺子让她去死。任医生和护士再劝,仍是打翻了人家的仪器,还踢了护士一脚。顺子问医生,不治疗行不?医生说最好检查一下,因为她是停止了呼吸的人,害怕会有危险。闹得没办法,最后是强行打了镇静剂,菊花才安宁睡下了。

　　菊花睡下后,素芬让顺子自己也去检查一下,顺子不想去,素芬硬逼着他去了。一检查,医生说他必须住院治疗,他到底没同意,还是要了些药,说等过了年再来。他想,家里这乱糟糟的,还住的什么院哟。

　　当菊花再次醒来时,一眼看见蔡素芬在身边,就又闹腾起来,蔡素芬就急忙起身离开了。

　　蔡素芬一离开,菊花又安静了一阵,等打完吊瓶,到底还是闹着要下床。顺子问她想干啥，菊花还是那句火药冲子一样的话："去死！"顺子问医生能出院不，医生说要走也行，但得注意观察。其实顺子能看出来，医院这阵儿也是巴不得人都赶紧离开，连医生护士也都是急着要下班回去过年的样子，他就追着菊花离开了医院。

西京城这会儿已经完全进入了年节气氛，爆竹声此起彼伏，几乎不敢深吸气，一吸就是满嘴、满鼻腔的火药味儿。街道上已经很少有行人了，有些单位的灯笼甚至已经提前亮了。不过还有一些三轮车在满街胡乱跑着，骑车人还在东张西望地收揽着那些直到最后一刻才准备回家的人。

他一直远远地跟着菊花，走近了，害怕她不高兴，走远了，又害怕她转过背，不见了人影儿。菊花先是顺着护城河走，他生怕她又一头扑进河里。这河水已是扔一个小石头下去都会漂在面上的烂泥糊，人一旦扑下去，基本就没救。他就走得离菊花近了些。菊花一看他跟了上来，就加快脚步，朝更远的地方走了。

这时，起风了，那风把一城的垃圾都从地上旋了起来，好像也是在做一年的最后打扫，不过扫来扫去，只是把各种垃圾袋扫到树梢上挂着了。一个空塑料袋甚至端直吸附在顺子的脸上，咋都揭不下来，他勉强把烂塑料袋从脸上扯下来，就再也看不见菊花了。他又胡乱跑了一阵，实在找不见了，才怏怏地朝家里走。那风大得无法面对，他就用背顶着风倒走，不知谁家的灯笼被吹得满地乱滚，他随手捡了两个，谁知还没走几步，又被旋风卷得无影无踪了。

等他回到家里时，天已经完全黑下来了。他刚打开门，走进去，身后就跟进一个黑影来。他扭头一看，是疤子叔。疤子叔永远都是在黑夜才从家里走出来。他还以为疤子叔只是说说，没想到，三十晚上,还真上门讨债来了。他把疤子叔让进了房里。

疤子叔左右看了看,觉得也找不下个能坐的地方,房里凡能搭东西的地方,都搭晾着洗了没干的被褥衣物,顺子把沙发上的东西捡了捡,沙发背却是潮的,疤子叔就站在屋当中说话了:"本来吧,年三十晚上,来说这事也不合适,可大正月的,恐怕也更不是催讨账目的时候吧,人都图个吉利嘛,何况你也是做生意的人。你哥真的太不像话,欠了我那么多钱,一拍屁股就走人了。这哪像是在场面上混的人?你是村上的老住户了,你也知道疤子叔的为人,知道疤子叔的赌品、赌德。人无论干啥,都得讲个信用,连信用都没有的人,你就别想在这个世界上混下去了。你哥这人,这次回来,就算在村里把人彻底混倒灶了。你去问问,你疤子叔这几十年在村里欠过人一分钱赌债没有?我这样一张烂疤子脸,之所以还能在村里有点名望,那就是靠'说一不二',靠'诚信'这两个字。我说借谁的钱,今天中午一点还,绝不会拖到一点零一分,别人借我的也一样,错过时辰,在信用上就要大打折扣的。你哥这回不是大打折扣的问题,而是从此在我的圈子里,就算封门灭户了。好在还有你这个兄弟在,他也说过,钱有些是放在你这里的。我也有一家老小要过年的。都不容易,今天不拿这个钱,你家的灯笼也是亮不到初一早上的。哦,你家今年咋还没挂灯,真是想黑灯瞎火地赖账啊?"

顺子也懒得跟他说家里的事,就把他哥给他的钱拿了出来,不过,他是提前从里边抽了两万的,其中一万二是他垫进去的公款,已经早给人家剧团还账了。还有八千给了菊花,菊花那一天在家里闹腾,就是因为她大军伯多花了她七八千块钱,他就抽了八千给她了。这另外三万,他也是想过要给人家疤子叔还的。即使不还,他觉得不是自己挣来的,一分都花得不踏实。可疤子叔咋都不行,说欠了他好几十万,这几个毛毛钱,是拿来打发叫花子的。任疤子叔再说、再骂、再讽刺、再斥责、再威逼,他还是没再多拿出一分钱来。气得疤子叔最后一脚踢翻了破茶几,说:"那你就等着我正月十五《火烧草料场》吧。"才骂骂咧咧地走了。顺子知道,《火烧草料场》是一折戏,那是《逼上梁山》里面一个叫陆谦的坏人企图烧死好汉林冲的戏,刁顺子不是林冲,他倒自比陆谦了。烧就烧吧,看他还真敢把这房子点了。

在疤子叔来闹腾的时候,素芬一直在厨房做饭。疤子叔走了,顺子到厨房来说:"我还得出去找菊花,她从医院跑了,我没跟上,大过年的,把人不找到,总是个事。"

"先吃一口再去吧。"

"吃不下。你先吃吧。"

"你去吧!"

他都出门了,素芬喊:"等一会儿。"

顺子停了下来。

素芬从房里给他拿了个围巾,帮他围上,并护住了耳朵、鼻子和嘴。

风还在呼呼地刮着,不知谁家的一个灯笼,竟然刮到他家院子里了。

素芬又扣了扣他上衣一颗没扣上的纽扣说:"去吧!"

他就走了。

五十三

蔡素芬做好饭,自己也没吃,用各种碗碟扣了起来,然后下了一饭盒饺子,拿着出去了。

蔡素芬不是去找菊花,而是去找三皮的。

三皮过年竟然没有回去,他给蔡素芬的理由是,老婆跟人跑了,自己没脸回村里去晃悠。再说,钱已经给娘寄回去了,家里还有一个弟弟在老人身边,他过年回不回去无所谓。其实素芬心里清楚,他不回去,是冲自己来的。

这家伙简直快疯了,有点像当初那个死缠着自己不放的蒋老板,但三皮不是蒋老板,他是顺子的手下人,可他偏把她爱得死去活来的。如果说那个蒋老板主要是想占有自己,满足一下早先不曾得手的遗憾,那么三皮似乎跟蒋老板有着本质的不同,那就是,他一直是真心体贴关心着自己的。在一起装台的日子,他对她的呵护照顾,要远远多过顺子,因为他有时间、有机会,并且是体贴入微的。她一直害怕这种感情的延续,因为她懂得这种感情的后果,她是眼睁睁看着自己的丈夫把情敌用刀砍死的。虽然顺子不似前任丈夫那么凶悍、要强,但他毕竟也是男人,蔫驴有时也是会踢死人的。她阻止过三皮多少次,但越来越没有效果,她都有些不理解,这么一个蔫不唧唧的小男人,在感情上怎么会有那么长久的耐力,击不垮、摧不毁地要一个劲头走到黑。尤其是最近这一个月,发展得让她自己都觉得不知道该咋收场了,她已经到了半推半就的程度,而这个程度,在男女事情上是最危险的。她当初跟那个搞医药生意的蒋老板半推半就,的确是因为沾人家的太多,不好意思再往下硬气,最后就任由人家摆布、玩弄了。而与三皮的半推半就,那里面,还真是有了许多的感情因素,有时甚至一会儿见不到他,心里都会有些空落,这是让她感到已经立在危崖边上的真正惶恐。

自从大吊、猴子、墩子他们昨天离开西京城后,三皮就一直在发信息,要她无论如何去一趟他住的地方,说一个二百多平方米的地下室就剩下他一个人了。她回信息说,这是不可能的,她有家,必须陪自己的老公过年,要他还是回老家陪爹娘去。他回信息说:"你看着办吧,反正我就一直在地下室里。"过一会儿发一个:"想你!"过一会儿又发一条:"爱你!等你!"甚至还发信息说:"我好孤独!"在三十夜快来临的时候,干脆发了一条:"我哭了,真的,好难过哟!"蔡素芬就准备去看他了。

蔡素芬拿着一饭盒饺子走进三皮住的地下室时,三皮还真的在哭,并且是号啕大哭,有点像一头老牛号叫。这是一座建筑比较老的地下室,几十根立柱,把二百多平方米切割得支离破碎的。三皮他们是在立柱与立柱之间,用各种废布景片子,扎成了一间间小房的。房门几乎都没锁,有的就用一根铁丝拴着,有的门虚掩着。一群老鼠在昏暗的地方胡乱跑着,素芬还差点踩着一只。她一直听顺子和三皮他们说,大伙儿是租了这么一个地方,租金也不贵,但阴暗、潮湿,常年不见光,人都不敢在里面待久了,待久了憋气,出来浑身都一股霉味儿。她是循着哭声找见三皮那间房的,房门关着,她轻轻一推就开了。三皮给身上压了三床被子,是趴在床上做老牛声的。他大概咋都没想到,蔡素芬会来,尤其是在这个时候来,这阵儿,正是千家万户吃团圆饭的时候。尽管在地下室,可外面的爆竹声还是能从门口传进来,因为地下室的门不能闭上,一闭上,里面的人就有要断气的感觉。

"你咋盖了这么多被子?"素芬问。

"冷。"

"都是你的被子呀?"

"还有大吊和墩子的。"

蔡素芬看见这些被子的被头,都盖出厚厚的油垢了。她把装饺子的塑料盒打开说:"吃了吧,趁热。"

三皮就那样傻傻地看着素芬,咋都不起来。

"咋的,还想让我喂呀?"

三皮又停了一会儿,蔡素芬明显感到呼吸是急促起来了,她就要离开床边,三皮呼的一下,从被子里钻出来,一把薅住她的腰部,就把她往床上拖,她发现,他的下身是硬朗朗的一丝不挂。她立即变了脸,让他立即把裤子穿起来,不然,她就马上离开。她听见,他是极不情愿地窸窸窣窣地穿起来了。穿完衣服,三皮到底还是抱住了她,并且呜呜地又哭起来。

她从身上掏出纸来,让他擦眼泪,他咋都不擦,好像就要那样,让眼泪汪涌着舒服。

"你还是快回去过年吧,这样你会更伤心的。"素芬说。

"不,我就要在这儿,这儿离你近。"

"我是顺子的老婆。"

"我知道你是顺子的老婆。"

"知道你还这样?"

"我喜欢你、爱你,没有办法。"

"这是绝对不行的。"

"咋不行了?"

"我是顺子的老婆,顺子是你的头儿,你不该这样。"

"你说的那些跟这都没关系。"

"咋没关系?"

"一码是一码。"

"看,你又来了。这本来就是一码事。"

"不,一码是一码。"三皮说着,手就又往素芬怀里伸。素芬挡开了,但三皮还是快速从素芬的腰间直接插到胸前去了。他像饿极了突然抓住两个热腾腾的馒头一样,紧紧抓住了素芬胸前挺起的部分,这时素芬若强行拒绝,他几乎能把那两块丰隆的肌肉从她胸前揪下来。她无奈地摇摇头,任由他摸了一会儿,在他一只手又要往其他更敏感的区域探索时,她终于毅然决然地站起来了,说:"绝对不行,我是顺子的老婆,顺子对你们那么好,你们是应该尊重他的。"

"那,那,那就不是一码事嘛。"

"那绝对是一码事。"

任三皮怎么纠缠,蔡素芬都没有突破这个底线,直到离开地下室。

蔡素芬从地下室走出来后,回家取了自己的东西,然后就离开西京城了。

其实在她来看三皮以前,就做好了这个决定。更准确地说,这一个月来,她一直都在做着这个决定,但真正下决心,还是在韩梅走了以后。尤其是大年三十早上,面对菊花上吊的那一幕,这个决定更是雷打不动地确定了,甚至提前了。

她始终都不敢回想这几天家里发生的事,自打断腿狗被刁菊花虐杀那一刻起,她的心里就在颤抖,那种颤抖的感觉,几乎不亚于当初自己丈夫孙武元杀死蒋老板的感觉,因为孙武元杀死他的老板是最后的疯狂,而刁菊花虐杀残疾狗,才是疯狂的开始。从虐杀的手段看,这个女人的心地已经冷酷到无法探测的程度了。尤其让她恐惧的是,难以判定下一个目标会是谁。是韩梅,是她,还是刁顺子?

　　腊月二十九晚上,她整整洗了一夜的东西,最后甚至连院子、厨房、厕所都冲洗了个遍,在对这个家庭进行最彻底的清洗时,她始终在思考,是不是得离开了?她甚至不敢把自己的脊背对着空荡处,无论清洗打扫什么,都要把背对着实实在在的墙壁或物体,因为那里不会突然冒出一个人,或者突然冒出一把刀来。她感到了从未有过的恐惧。她觉得自己真的得离开了,过了三十走,过了初一走?还是过了十五走?反正自己是真的不能再待下去了。虽然顺子对自己很好,但再待下去,那最终也是害了顺子。她尽量地多清、多洗、多擦,好像是要把顺子一辈子要穿、要垫、要盖、要用的东西,都一次清洗完似的,一直清洗了整整一个晚上。大年三十早上,在爆竹声越来越密集的时候,她擦完了最后一双筷子,然后腰痛背胀地进厕所蹲了一会儿,蹲下去,几乎站不起来了,但她听见楼上有动静,就硬撑着往起站,出来一看,刁菊花已经吊在楼板上了,两只脚还在僵硬地蹬着、踹着,但明显是没有了力气。她吓得尖叫了一声,腿都软了,但第一反应还是上楼去救人。在上楼梯的时候,她的膝盖软得两次跪在水泥梯坎上,最终爬上去了,可面对那么粗的吊绳和比平常似乎加长了很多的刁菊花的身体,她又毫无解救之法。她大声向邻家求救,可鞭炮声在一家又一家院子里乱炸着,再灵敏的耳朵也听不清这种嘶哑的喊叫了。她突然想到了菜刀,又连爬带滚地下楼,从厨房取出菜刀,上楼来把吊绳割断,才把刁菊花解救下来。刁菊花像一座山一样垮塌下来时,她一手拿着菜刀,一手扶着人,那已失去所有意识的人砸向她时,她努力扶着、抱着,以免让她受到突然倒地时的损伤。可那堆比她的体积明显肥大的骨肉毕竟太重太沉,把她先砸倒在地,然后才软着陆在她的上面。她试着后脑勺、脊椎、尾巴骨,都经受了从未有过的撞击,但她已经顾不得这些地方的麻木和疼痛了,因为怀里躺着一个快死的人,她必须呼唤、必须解救。她在乡村当过代课教师,给学生教过一点急救常识,一是呼唤,二是压击胸部,三是人工呼吸,还有掐几个重要穴位。她都做了,也给顺子打了电话。好在,人是救过来了。虽然救过来的人对她也并没有产生任何好感,甚至还在变本加厉地歇斯底里,但她觉得,自己已经完成了自己该做的所有事情,问心无愧地准备撤退了。

如果说昨天晚上她还在考虑,是不是过了正月十五再走,可自刁菊花上吊后,她就做出了救活刁菊花就立马撤退的决定。要撤退前,她准备最后再去看一个人,那就是三皮,这个一直纠缠着自己的男人。这个男人是真的爱着自己的,并且爱得那么自私,那么不管不顾。他在半个月前,甚至把自己的一点积蓄全部拿出来,给她买了一条白金项链,价值一万五千多块,他说剧团演桃花的主演就戴的这种项链,可漂亮了。她死活不要,可三皮硬塞给她就跑了。她一直在找机会还给他,因为她觉得这礼物太贵重了,当初死缠她的那个蒋老板,如果给她买这样一件礼物,她并不觉得稀奇,也不咋心动,因为他有时一天就能赚几十万,他去一趟香港回来,能买十几个名牌包、几十块名牌表,送给不同的女人和不同的掌握着他经济命脉的男人。而三皮与他不同,一万五千块钱,几乎是他全部的积蓄,这是真正拿心在跟她贴近,她不能不受感动。虽然金钱并不能证明爱情的温度、深度,但当一个人为一份感情倾囊而出时,那种真诚,就把金钱转换成另一种无法衡量的价值了,蔡素芬不能不为这份感情有所回馈。

她去见三皮,是做好了充分准备的,一是要把那个贵重礼品还给他,二是在撤离西京以前,把他想要的给他。她甚至在出门前还冲洗了一下。但当她真的面对三皮时,又断然拒绝了。她觉得她不能对不起顺子。从心里讲,顺子并不是她中意的男人,在自己第一个男人杀了人以后,她只身逃到西京,只想找一个一生再也不会惹祸的男人过一辈子,因此,就那么坚定地选了顺子。可生活毕竟不是那么回事,在跟顺子过了快一年的日子里,她又觉得顺子窝囊得连个家都治不好,终不是可以携手到老的人。但顺子绝对是一个善良人,是一个好人,是一个连蚂蚁都不愿意踩死的人。毕竟是在自己最困难的时候,他硬着头皮,扛着跟菊花的矛盾,收留了自己,并且一直真心待着自己。给这样的好男人扣一顶绿帽子,她觉得她的良心过不去。顺子毕竟是三皮的领导,她得给顺子留一点做人的脸面。她拒绝三皮后,偷偷把那个白金项链放在三皮吃饭的碗里,就离开了地下室。

再回到家里,顺子找人还没回来,她就给顺子把饺子煮好,然后又捞起来,用油煎了,放在锅里温着。再然后,给顺子留了一封信,就拉着自己来时的那个箱子,出门了。

大年三十晚上,西京城闹腾得没有一处安静的地方,蔡素芬是顺着七弯八拐的窄巷子,悄悄离开西京城的,她是奔着一块真正安静的地方去的。

五十四

顺子一直找到后半夜,也没找到菊花。他拖着疲惫的身子回到家时,又不见了素芬,当他在床头柜上看见素芬留下的那封信时,终于号啕大哭起来。

顺子:

对不起,我走了。我知道你对我好,本来是不该这样做的,可我也是没办法,再不能眼看着你为我遭罪了。我一离开,也许一切都会好起来的,要不是我来这个家,也许一切还都不会闹成今天这个样子。这几天,我突然想起小时候一个瞎子给我算命,说我命硬,会给家里人带灾,我娘甚至还让我到庙里住过一段时间,说是能消除灾祸,可我后来嫁了人,竟然还是害得人家为我把命都丢了。你不嫌弃我,在我最可怜的时候收留了我,并拿真心待我,我很知足,但我不能把自己不好的命运再转嫁到你的头上,你是一个好人,我要害你,那是会遭报应的。我走了以后,你尽快把消息告诉菊花,兴许她不用找就回来了,你要好好安慰安慰她、关心关心她,也许她会安生下来的,因为她毕竟是你的亲生闺女。

顺子,真的对不起你,可这也是没有办法的办法,我老害怕血光之灾,最近几乎连白天做梦都会梦见死人,见血,我是真的不能跟你过下去了,害怕给一个好人带来灾难,就请原谅我的不辞而别。我会永远记住你的,我觉得你是这个世界上最好的好人,你会有好报的。我无论走多远,都会为你祈福的。

菊花找回来后,你就赶快到医院去住院看病,痔疮虽然不是啥大毛病,可你老是劳累,老是拖着不看,时间长了,也是会熬成大病的。

再就是装台这活儿太辛苦,没明没黑的,你的年龄也不小了,再装几年,就别装了,我看就开个自动三轮车,拉点杂货,或拉个短途客人啥的，都比装台强。虽然装台能多挣点，可那是拿命在挣哩，不值得，有条命比啥都强，更何况装台钱都那么难要，何苦呢？

顺子，今天是年三十夜，我走了，我也知道你会难过的，可从长远看，我走比不走好，就请你原谅我。你也不要到处找我，找不到的，我会走得很远很远的。不过你要放心的一点就是，我会活下去的，我不会去死，是因为我觉得世上还有你这一份感情，还会温暖我好多年的。

我给你煎了饺子，在锅里温着，醋水都给你调好了，千万别吃辣子，也别吃蒜了，尤其要少吃豆腐乳，那不是啥好东西，对你身体不好，实在来不及吃热乎饭了，用咸菜夹馍，都比用豆腐乳强。实在对不起，让你一个人吃团年饺子了。给菊花发个信息吧，你哪里也别找了，就在家里等着，她一定会回来的。

永远都会记着你这个好人的蔡素芬

顺子在一刹那，像是被谁当头给了一棒似的，彻底打蒙了，他立即给素芬拨电话，已是关机状态。他的泪水就止不住涌下来，腿也软得跟稀泥一样，紧接着，就失声痛哭起来。尽管素芬写得那么坚决，不让找，但他还是去火车站、去汽车站，一直找到初一早上。当所有希望都一点点变成失望时，他勉强撑持着身子回到家里，一下趴在床上，痛苦得自己咬破了自己的嘴唇。

外面的爆竹声，响得让顺子感觉把一个城市都快炸飞了。不知是谁发明了年，这个莫名其妙的东西，顺子是一点都不喜欢，年让他先后失去了三个老婆，这个狗日的日子，让他记忆尤其深刻。第一个老婆，也就是菊花她妈，是在腊月初八跑的，他也很痛苦，但更多的是觉得丢人,连老婆都守不住,竟然跟人跑了。菊花那时才六岁,她可不管她妈是什么样的人,没有了这个人,就一天到晚哭哭啼啼的,脸都哭肿了、哭皱了,那个年,可是让顺子过伤了心了。

又过了几年,韩梅她妈得子宫癌,病是头一年腊月二十八查出来的,人是第二年腊月二十九去世的,整整一年零一天。打那以后,他就有些害怕年关了,在他看来,年关就是鬼门关。赵兰香得病的那一年,她的裁缝生意红火得简直了得,本来她计划着把活儿只接到腊月二十五,她说咋都得留几天,把家里收拾一下,消消停停过个年,谁知活儿还是拖到二十七晚上的后半夜了,当活儿做完时,人也累得溜到地上起不来了。他连夜用三轮车把她拉到医院,一检查,子宫癌,并且是中晚期了。其实提前她早有感觉,就是没说,一直垮血,她还以为是累的、坐的来,加之活儿多,也顾不上,病就耽搁了。下来这一年就是看病,家里所有的积蓄都贴进去了,病还是扳不回来,赵兰香给他交代了一回后事,就偷偷地喝敌敌畏,准备走了。是那条断腿狗发现得及时,叫得特别不正常,嘴角都叫出血了,邻居才把他从舞台上打电话叫回来。他用三轮车把赵兰香拉到医院,洗胃、灌肠,人倒是救过来了,可三个月后,也就是腊月二十九晚上,她还是走了。他一直盼望着能熬过正月十五,一来他能多招呼几天,刚好这个时间段也没装台的活儿。二来人家都在过年,死了人都觉得晦气,也没人愿意帮忙。为这事,他还专门花了一百多块钱,到八仙庵烧了高香,可还是没顶事,腊月二十九早上,赵兰香硬让他把她从医院接回家,那天晚上,眼看着赵兰香不行了,他就起身用三轮车把人朝医院送,刚送到医院不久,人就咽气了。那个年过的,真是连牙缝都让冰水渗透了。

这个年倒好,从腊月二十九就没安生过,先是杀狗,后是上吊,再就是素芬出走,用啥词都形容不出他内心这阵儿的窝火、挠搅和痛楚。当初赵兰香死,他就觉得自己是把福分彻底丢了,今生再也碰不上这样好的老婆了,勤劳、贤惠、体贴、不多事,真是一把过日子的好手。她一年挣的甚至比自己挣的还要多,对菊花也很好,一家四口,和睦得就跟从来没有过任何缝隙的浑鸡蛋一样。他甚至估摸着,再奋斗几年,就能在尚艺路买一套一百二十平方米的住房了。谁知老天爷就那么无情,一年间,就把这一切都毁灭得干干净净了,火化了赵兰香,他的账上,甚至出现了负数,还借了别人一万多块。

自赵兰香死后,他是发过誓,一辈子再不找女人的,好好把两个闺女养大,再好好给她们一人找上一个好婆家,自己这一辈子的任务就算完成了。可不知咋阴差阳错的,又来了个蔡素芬,把他人生的算盘珠子就给彻底拨乱了。也怪自己意志不坚定,面对女人的诱惑,就那么轻而易举地缴械投降了,甚至不是缴械投降,而是干柴遇见烈火、瞌睡遇见枕头的一拍即合。事后,他甚至想得好笑,自己要是一个地下党,肯定经不住女特务的色情诱惑,一"上菜",就把啥组织、啥名单、啥密电码都交出去了。要是领导干部,也绝对是个贪色的赃官,有美女送上门来,肯定就无原则地把土地、官帽或者啥项目或者啥更值钱的东西,大笔一挥"同意",都给人家批出去了。总之,他当时还是特别后悔睡了蔡素芬的。首先他觉得这个女人太漂亮,靠不住;再就是这女人比自己有文化,说啥跟人都不太一样;尤其是不知她的来路底细,害怕上当受骗。所以在开始的时候,他也是防着一手的。可时间长了,他发现,这个女人还真是个好女人,能下苦,能背亏,不计较,不是非,甚至比赵兰香都活得大气洒脱,菊花那样收拾她、埋汰她、公开挤对她、撺她，她都能忍气吞声地跟着自己往下过，他心里就踏实了下来。特别是在知道了她的身份底细以后，他就完全放心地把这个女人当作自己准备终生依靠的女人了。当然，有时他也会产生一些幻觉，总不相信这么好个女人会是自己的，就像老戏里总会有一些狐仙要变成美女的模样，到人世来，把一个男人死去活来地爱上一阵，然后又偷偷走了，留下一天一地的悲剧，唱得观众眼泪汪汪的。素芬在他心中就常常扮演着那些狐仙女一类的角色。他总害怕素芬跟菊花她妈一样，半道上让人勾引跑了，谁知最后，不是被勾引跑的，而是气跑的、吓跑的，他心里就觉得特别难过。那是自己没把菊花管教好，才把事情弄到这步田地的。

蔡素芬走，竟然没拿多余的钱，只是把前天分给她的那几千块工钱拿走了。过去分给她的钱，她都贴补家用了，这个账，他是一清二楚的。他本来想把家里的钱都让素芬管上，可素芬说，她不喜欢管钱，没接受。他知道，她是觉得这个家庭复杂，不想管，不想管他也就没再攀扯。素芬走，真是连家里一草一木都没动，就拿走了她的换洗衣服和洗漱用具。他越想越觉得对不起这个女人，这么好个女人，跟自己在一起，过了大半年的日子，吃了一生可能都没吃过的苦，有时简直是当牲口使了，可她连一句哀叹的话都没有，他只觉得太亏欠了，自己是把这个好女人心疼得太少太少了。总以为日子长着哩，谁知竟是这样的短促，短得连一个发卡还都没来得及给她买，夫妻情分就油干捻子尽了。不哭哪里由得人呢？

他在看到素芬那封信时，就给菊花发了信息，告诉她，蔡素芬已经离开这个家了，他本来是不想把这个信息发给菊花的，可又怕菊花再寻死觅活的，就照素芬信里的意思做了。他在出去找素芬时，其实也是在找菊花，可火车站、汽车站、护城河等，凡是他能想到的地方都找遍了，直到初一早上回到家里，菊花的手机还都是关着的。这一夜，他把手机的两块电池都耗完了，一会儿拨菊花，一会儿拨素芬，中途甚至还拨了韩梅，可韩梅的手机都停机了，看来是与这个家庭彻底掰了。

外面的鞭炮声一直响到早上八九点的时候，顺子的手机来了一个电话，他连号码都没来得及看就接通了。原来是他哥刁大军的。他就想给他哥发几句火，可毕竟是大过年的，他就气呼呼地听他哥说，他哥是问候他新年好的。他到底还是硬撅撅地呛了一句："好着呢，还没死。"他哥就笑了，说："是不是为疤子叔要钱的事生气呢？我昨晚已经给他打过电话了，让他再不许问你要了，我回来会还给他的，几个毛毛钱嘛，还值得年三十夜扮黄世仁哩。"顺子气得又呛了一句："再别大话连天了，哥，好我的哥了，几个毛毛钱？你要真有钱，跑啥呢嘛，害得一家人都跟你带灾。"他哥又嘻嘻哈哈地笑了一阵，就把电话挂了。

顺子又试着拨了素芬的电话，仍然关机。拨菊花的电话，却开机了，就是死不接。

五十五

菊花大年三十下午从医院跑出来后，胡乱到大雁塔、钟楼附近逛了一阵，也不好到同学家去，唯一的亲戚——娘舅家更是不想去，那一家人也都势利，不仅从骨子里根本瞧不起她这个靠父亲蹬三轮车活人的外甥女，而且每次去，拿的东西少了，都是要看舅娘脸色的。最后，她干脆住进了刁大军住过的那家五星级酒店，既然是过年，那就好好过一回，反正钱这东西，自己不花，刁顺子还是要让其他女人花完的。

高级酒店真的很美、很舒服，她住进去，先把温度调到二十六度，然后泡到池子里，直到大汗淋漓。外面的风在高楼的玻璃窗上碰撞、敲击、抽打个不住，并且是发着厉鬼一般的怪叫声，加之不停升空的烟花爆竹，从落地窗投射进室内各种玻璃器皿和镜片上的，便是十分光怪陆离的奇异魅影了。她躺在浴盆中，用水轻轻拂去脸上的灰尘，她甚至感到那灰尘是颗粒状的，连嘴里也被沙化了，她对着龙头漱了一下口，吐出来的水竟然跟黄河一般浑浊，足见今夜西京城的寒风是裹挟着怎样复杂的物质，在满城无孔不入的。而现在，这一切都被严严实实地阻挡在外面了，室内，已是温暖润泽的春天了。

她静静地端详着自己的身体，几乎连每一个关节都不放过，她要找出自己与别人的不同，除了这张脸长得实在令她奈何不得外，这身上的哪一寸、哪一厘米，又比她乌格格差了多少？怎么乌格格就有了"高大上"，而自己还是这等落魄的模样呢？她在一点点揉搓着身体的各个部位，揉着搓着，就发现了自己与别人的不同，尤其是皮肤的质地，几乎完全随了刁顺子，胳膊上、腿上、甚至屁股上，毛囊都呈颗粒状，用手抚摸过去，甚至有滑过砂纸一般的感觉。人家乌格格就不是这样，虽然粗胳膊粗腿，甚至大骨节、大屁股的，可她们在一起洗澡时，她抚摸过，那是如绸缎一般光滑润泽的白皮肤，而自己粗糙的皮肤还呈褐红色，特别像刁顺子刚扛过箱子的肩头。自己虽然个头不低，可腿多少有点O形，那也是完全随了刁顺子，也许都怪那些年，跟他一起去装台，喜欢帮人家搬道具、搬戏箱的缘故，搬着搬着，这腿就跟那些装台人的腿十分相似了。越看她越是恨着刁顺子,最后,干脆打上很多浴液,将一盆水变成泡沫,把不想再看的身体全部淹没了。

泡完澡,她就一丝不挂地躺在床上,用酒店的护肤霜给全身一点点涂抹着,尤其是那些粗糙的地方,她几乎是刷漆、打蜡般地层层覆盖了。电视里好多台都在播放春节晚会,她早不喜欢看这些东西了,里面所有人都在做着一种今日真高兴的表情,而她已经有好几年,一到过年,就越发地不高兴,越发地上火,越发地想号啕大哭一场了。她把一百多个台来回搜索了好几遍,最后停在了一个讲美容的台上。美容竟然那么神奇,把那么丑的女人几乎变成天使了,可那不是神话,有些已实实在在出现在自己身边了。她打听过,一个想彻底改变自己面貌的美容手术,高的甚至需要花数百万,少的也得几十万,那也就永远是富人的游戏了。给刁顺子做女儿,哼,你就认命做一辈子丑八怪吧。

过了零点,当电视里新年钟声敲响的时候,外面的鞭炮声就如同电影电视里某场战争的总攻打响了一样,几乎是万炮齐发的阵仗,菊花觉得自己脚下的大楼都在抖动。有射向天空的连发炮,竟然炸响在窗外的玻璃上,虽然玻璃没有震碎,却留下了焦煳的炸痕。这种狂轰滥炸很是进行了一阵,西京城才在逐渐显得零星的乱"枪"声中,慢慢归于宁静。

她突然觉得有点饿了,就爬起来打开冰箱,看有什么好吃好喝的,里面有薯片,有进口饼干,有巧克力,有酸奶,有果汁,还有几小瓶洋酒和听装啤酒。她知道宾馆里的这些东西都很贵,但她还是把洋酒打开了一瓶,就着薯片、饼干、巧克力、果汁,细细品了起来。她几次想打开手机,但到底没有开,她不想跟这个世界上的任何一个人联系,也不想这个世界上的任何一个人跟她联系,她觉得,她不需要他们，他们也都不怎么需要她，就让自己与这个世界彻彻底底地隔绝了吧。

突然，电话铃响了，她的第一反应是刁顺子，但又一想，刁顺子怎么会知道自己住在这里呢？她接了，不过没有先开口，等对方先说话："Excuse me!"不是刁顺子，她回答了一句："请讲！""对不起，打扰了，我们总经理为您准备了新年饺子，需要享用吗？我们可以送到您的房间。"她突然有点小激动，真是太需要，太幸福了，宾馆竟然想得这么周到，就说："谢谢！给我送一点。""不客气，新年快乐！""新年快乐！"

她一骨碌爬起来，穿上睡衣，把茶几还整理了整理，准备好放饺子。过了一会儿，门铃响了，她打开门，服务生竟然是用推车把饺子送来的，推车本身就是一个小餐桌，餐桌上酱油、醋、辣椒，甚至蒜瓣、饺子汤什么都配好了，她说了声谢谢，服务生说："小姐用完餐，把餐车推到门外就行了，谢谢！晚安！""谢谢！晚安！"

服务生一出去，她"耶"的一声扑到床上，从床头柜上拿过洋酒和那些吃喝，就着饺子，过了一个十分想唱起来、还想跳起来的年三十夜。

外面的风一直很大，但室内暖和极了，连睡衣都穿不住，她就那样赤条条地喝了两小瓶洋酒，吃完了一小碗水饺，还吃完了一筒薯片、一盒饼干，喝了一听果汁，笑一阵、哭一阵的，稀里糊涂卧在沙发上，睡到正月初一早上的。

她醒来时，身上还是一丝不挂的，觉得有些冷，鼻子甚至有些感冒的症状，就从沙发上又滚到床上，盖了被子，想继续睡。可怎么都睡不着了，她就打开手机，想看看这个世界在她关机后都发生了些什么。

嘭嘭嘭,一连串蹦进来上百条信息,有同学祝新年快乐的,刁顺子好像发了不少条,她都懒得看,无非是找她回家的。她先翻看了别人发的,看有没有啥重要信息遗漏了。乌格格竟然从澳大利亚发来了上百张照片,说她是炫耀吧,她又把那个"高大上"女婿游完泳换裤头时一不小心暴露在外面的屁股蛋拍了下来,那副站立不稳的狼狈相,任谁看了都是会喷饭的。可这条女汉子,这个女大炮,这个外号也叫生红苕、毛冬瓜的乌格格,就这样大大咧咧地把自己老公的不雅照,端直发给了闺蜜,也足见她有多二了。想计较,你都跟她没法计较。

还有就是"过桥米线"发来的,有问新年好的,有问她为啥不开机的,还有说他正月初三就回西京的。真是乏味透顶了,你正月初几回来跟我有什么关系,反正她对这个人咋都没有好感,就端直把信息删了。

把其他同学朋友的信息都看完了,她才返回来看刁顺子的,突然,她咋发现刁顺子说,蔡素芬走了,去哪儿了?她就急忙好奇地把信息倒到前边,按时间顺序一条条翻看起来:

花,你在哪里?

花,爸在外面找你,你在哪里,给爸个准信儿能行不?

花,今夜风特别大,你可不敢在(再)在外边乱跑了,会感冒的。

花,爸在找你,你在哪里?

娃,今晚有人放炮,二得很,有人把手指头都炸掉了,你可要当心那些放炮的呀,离远些。

花,不管在哪里,一定要离放炮的远些。

花,有啥想不开的,回来跟爸说,可千万别干傻事呀!

装　台

花,你就是跑,也不敢顺着街边跑,风大得很,刚有广告牌砸下来,都差点砸着爸了。

你回来吧,蔡素芬走了,她说永远都不回来了。

你回来吧,花,爸实在是找不动了。

你快回来吧,家里在(再)没有外人了,就我们父女两个了。

……

她突然从床上坐了起来,难道蔡素芬是真的走了?也许是刁顺子为了让她回家的计谋呢?

她就又翻看起了剩下的那些陌生手机的信息,大多是群发来祝贺新年的"串串烧",本来想翻翻就删了,谁知里面竟然有一条是蔡素芬发来的:

菊花,我本来不该给你发这条信息,可看你爸可怜,还是想给你说几句话。我知道你不喜欢我,我本来也不该来打扰你们的生活,可我当时的确是没地方去了,我的处境,你爸以后也许会告诉你的。感谢你爸和你收留了我大半年,今晚离开这个家,心里还是很难过的。你爸是个好人,他靠装台养活着一家人,很不容易,他有很严重的痔瘘病、脱肛病,可能都没告诉过你们,啥事都是在他肚子里咽着的,再苦再累,都没给你们吭过一声,但你得知道体贴你爸的苦处呀!别瞧不起他,真的,要不是因为家里这个现状,也因为我个人不好的命运,我是愿意一辈子跟着他的,他实诚,他可靠,跟着他,不用担心半夜谁来敲门,不用担心他会给家里闯下什么灾祸。可惜我没有这个福分,更不想因为我的命运而连累你们,就不得不中途离开了。你是他的亲闺女,他爱你,是胜过这个家中任何人

325

的,当看到你上吊后,他浑身一下就垮塌下来的样子,让我一下就明白了"儿女是父母身上落下的肉"这句话的真正含意,父母永远是这个世界上最心疼自己儿女的人。你赶快回去吧,别让他再满世界找你了,外面风很大,温度也很低,你爸不仅痔疮严重得必须住院了,而且今天为你又感冒了,回去吧菊花,韩梅走了,我也走了,你就好好跟你爸在一起生活吧,他是个好人,你应该好好爱你爸!我可能有些话说得不好听,但我没有任何恶意,就是希望你能对你爸好些。对不起,我手机没电了,以后也再不会用这个号了,我要永远离开西京城了,祝你们父女永远幸福平安!也祝你早日找个好婆家!

蔡素芬

这年月,菊花是没有被什么打动过的,可蔡素芬这个短信,还是令她有些感动了。她试着回拨了一下电话,是在关机状态。很快,刁顺子就把电话打进来了。她想接,但没有接,她想,电话通了,就算已经告诉他,自己是平安的了。后来又打了几次,她才不得不回了三个字:"知道了。"她本来是想在这个宾馆好好住几天的,把那几千块钱花完了再说。可看了父亲和蔡素芬的短信,就觉得住不下去了,也说不清是哪个地方不舒服,反正住着,心里就觉得有点忐忑。勉强磨到十二点,退了房,离开酒店,她也没有立即回家,而是到一个咖啡屋,要了一杯咖啡,玩着手机游戏,直到天黑才回去的。

这一天,"过桥米线"给她打过无数次电话,她一直都没接,要到家门口了,讨厌的电话又来了,她才接了,只冷冷地问了一声:"什么事?""过桥米线"嫌她不该一天都不接他电话,她也懒得解释,就等他说,他只好说,他正月初四就回来了,回来就来找她,说有重要事想跟她说。她没说行,也没说不行,问他还有什么事,"过桥米线"说没有了,她就把电话挂了。喊,重要事,一个烂酒贩子,还能有什么重要事,更何况她对他所有的事,从来都是不感兴趣的。

五十六

这个年过的,真他娘的,是倒了八辈子血霉了。顺子到底没撑住,浑身发烧,还打摆子,正月初一晚上,等菊花回来后,就独自一人去医院了。

烧得稀里糊涂的,他一头扎进医院,就栽倒在前厅了。后来觉得有人把他抬进了房里,弄到手术台上,再后来他就什么都不知道了。等他彻底醒来,已经是第二天早晨了,他躺在病床上,挂着吊瓶,鼻子插着氧气管,身边还摆了几样仪器,这些仪器的管子都连在自己的头上、胸脯上和手腕、脚腕上,他知道,这都是病情很重的人才用的。韩梅她妈临死前,浑身就插满了这些东西。难道自己也不行了?他突然想,其实死了也不是啥坏事,就这样死了,也许老天爷给他选择的还是最好的时候、最好的死法。

病房里有十几张病床,只住了他,还有一个孩子,那孩子身边围了有二十几号人,他就是被这些声音吵醒的。有人见他醒来,就都朝这边张望着,一个孩子跑到外面去喊护士阿姨,说病人醒了。护士是和医生一起进来的。医生问了一下他的感觉,他说:"还行。"但嘴里特别干,嘴唇打不开,说的话医生可能没听见,又问了第二次,他就使劲把那两个字又说了一遍。医生说他二得很,肛门都化脓这么长时间了,不好好治疗,还问家里怎么没来人,他轻轻摇了摇头。医生说,饿了可以喝点稀饭啥的。他也没摇头,也没点头,不知稀饭从哪里来。饿倒是真的有点饿了。

　　围坐在那孩子身边的一位老人,问医生能不能让病人喝点鸡汤。医生问放没放辣椒、葱姜啥的,老人说没有,医生说可以。那老人就把鸡汤端到他身边来了,他还以为人家是问自己的孩子能不能喝呢。老人说:"你把这钵鸡汤喝了吧,我孙子昨晚放炮,把手炸了,给他熬些鸡汤还不喝,只闹着要吃肯德基呢,你说这孩子,唉。"他觉得不好意思,直摇头说不喝,但老人还是把鸡汤端到他床头,用勺子给他喂了起来。一边喂,一边也是问家里咋没来人,还问他是哪里人,他都没好回答,但再喂的时候,他眼角的泪水就滚下来了,老人也就不再问了,只一个劲地给他喂,他就把一钵鸡汤喝完了。

　　那一家人看他把鸡汤连鸡肉吃完了,还都挺高兴的,反倒把他弄得不好意思起来。从他们的相互称呼中,他听出,这里面有爷爷奶奶、爸爸妈妈、叔叔婶婶,还有舅舅姥姥的,反正能来的亲戚都来了,都围着孩子在这里过年了。那种温馨、和睦、团圆的气氛,让他又想到了素芬、韩梅和菊花,甚至还有死去的第二个女人赵兰香、跑得无影无踪的第一个媳妇田苗。

　　这个家,怎么就过得散架成这样了呢?他记得他爸说过,人在做,天在看呢,刁顺子到底是做了啥坏事,要遭这样的报应,几乎所有人都离自己而去了呢?躺在病床上,他又给素芬和韩梅拨了好多次电话,希望有一次是侥幸能通的,可那两部手机就跟舞台上散了戏的大幕一样,直到人尽灯灭,似乎都再不会打开了。

　　他勉强住到正月初五下午,打完吊瓶,到底还是不顾医生护士劝阻,悄悄出去给人拜年去了。有一个人,每年正月初一,雷打不动都是要去看的,那就是他的小学老师,他都看了快三十年了。

老师姓朱,就住在端履门里文庙背后的一个窄巷子里,西京城最有名的碑林博物馆的后门,就对着老师家的窗户。离老师家不远,还有一个叫下马陵的地方,那里有一个董仲舒墓园,是老师经常去的地方,有好几年他去拜年,师娘都说老师到墓园走路去了。老师无儿无女,有人说是师娘的原因,师娘前年也走了,家里就剩下老师一个人了。

老师家的门很窄,但门上年年都会贴上老师亲手写的对联,自前年师娘走后,这对联就再没贴了,别人家门口都贴了大红对联,挂了大红灯笼,老师家门口就显得特别的冷清凄凉。

老师家的木板门是虚掩着的,别人家都换铁门了,但老师依然坚持着这个老木门,他都帮着修了几回了,木门背后的几道铁条,还都是他用螺丝铆上去的。

这是一间半老房子,老师说,自打他记事起,就住这儿了。住在他家隔壁邻舍的,这些年都"腾笼换鸟"出去住上了大房,但他始终舍不得这个地方,因为他的那个小鸽子楼上,刚好能看见碑林里的一切,他喜欢这种感觉,他时常就是在那个鸽子楼上读书写字的。

他一进门,老师就知道是谁来了:"顺子。"

老师是在鸽子楼上搭腔的。

"老师,学生给你拜年,都来晚了。"顺子说着,就顺着木楼梯上楼了。木楼梯也不稳当,中间有一块横板都掉了。

顺子爬上小楼的时候,老师正卧在床上看书。小楼有四五平方米左右,刚好能放一张窄窄的书桌,书桌旁放了一张床,床里边摞着一摞又一摞的书,老师瘦弱的身体,刚够在这些书边躺下来。

老师大概有好久没有理发了,头发是用指头梳理过的那种自然状态,粗粗的发丝,翘起来的地方都很坚硬,硬得好像刚刚切断的钢丝,虽然是七十三岁的年纪了,但并没有谢顶,只是花白得逐渐难以找见那些青丝了。老师宽额、方脸、大下巴、厚嘴唇,总之,一切看上去,都是周周正正的样子。

老师见他上来,就坐了起来。

他急忙说:"老师,你躺你的。"

老师说:"都躺一天了,也该起来坐坐了。"

顺子把给老师拜年的几样礼物放在了书桌上。那是老四样:德懋恭水晶饼、老铁家腊牛肉、坊上油焖花生米,还有一瓶老红西凤,都是老师特别爱的几样东西。几十年前,他就给老师送的这几样,从几块钱,到几十块钱,再到现在的一百多块钱,反正每次送来,师娘都要还点礼,总是不让空手回去的。

顺子还是先检讨,说初一不该没来,老师就问:"是有啥事吧?"顺子就一五一十地把家里发生的事给老师说了。过去第一个老婆跑了,他是告诉过老师和师娘的,娶第二个老婆,也是跟老师和师娘商量过的,第二个老婆死,老师和师娘还去殡仪馆送葬了。娶素芬,确实没跟老师说过,那时师娘刚走没几个月,他觉得不好跟老师说这事,现在素芬走了,才跟老师说,都觉得有点对不住老师。

老师听他说完家里的这些事后,轻轻叹了口气说:"慢慢往前磨吧,有啥办法,好在你总是没亏过人的。来,我们喝两口。"

过去每次来拜年,师娘总是要炒两个菜,让他们喝一顿酒的,前年师娘走了,去年来拜年就没喝。顺子说:"真想陪老师喝两盅,可我……都不好意思说,痔疮犯了,还打吊针着……"

"那就不要喝了,身体要紧。"

"不,老师,我看你喝。"顺子说着,就把自己拿来的腊牛肉、油焖花生米和红西凤打开,老师说,把德懋恭水晶饼也打开,他一直都喜欢吃这个,这是西京城最老最传统的食品了。现在年轻人都不爱吃这些东西了,但他和老师都还特别喜欢。顺子记得他上小学时,第一次到老师家,师娘就给他发了一个水晶饼,吃得他香的,到现在还记得那个水晶饼的样子,是掉了半圈酥皮的,而那酥皮就掉在盒子里,师娘再没舍得给他们往出拿,而是小心翼翼地把酥皮和剩下的点心包了起来,并用一根纸绳子捆了又扎。

老师没有先吃腊牛肉、花生米,而是先拿起一个水晶饼吃了起来,老师说:"这个你能吃吧?"

"能。"

顺子没有直接拿水晶饼,而是把老师刚拿起的那个水晶饼掉下来的半圈酥皮,先拿过来慢慢咽了下去,然后才拿起一个完整的来。

老师说:"真好吃。"

"嗯,好吃。"

"我看街上都很少有卖的了。"

"少了,我还是到回民坊上买的。"

"老师今年七十三了,牙都快咬不动了。"

"没事,我看老师还硬朗着的。"

"七十三,八十四,阎王叫去商量事啊。"

"你放心,老师,阎王不会叫你的,我看你最少也是一百往上的寿数。"

"你师娘在,老师倒是想厚颜无耻地活着,可你师娘一走,实在是孤单哪!"说着,老师轻轻抿了一口酒。

"老师,你要再是厚颜无耻地活着,那我简直就是死不要脸地活着了。"

"没有,顺子,你没有,你是钢梆硬正地活着。你靠你的脊梁,撑持了一大家子人口,该你养的,不该你养的,你都养了,你活得比他谁都硬朗周正。"

顺子突然就有一种想哭的感觉,说:"连亲生闺女都瞧不起自己,我活得还硬朗周正个屁。"

"那是另一码事。多跟娃沟通沟通,菊花婚姻不顺,也是她脾气越来越古怪的原因。你还得花时间多陪陪她。"

"她根本就瞧不起我,一句话都不想跟我说,我也想跟她说来着,可还不等我说一句,人家就叫我出去,你说我把人活成啥了?唉,这年月,人没用了,真是儿女都不把你当人哪!"顺子说着勾下了头。

"我最不喜欢你说你没用的话,顺子,你不比他谁差。"

"老师总是不嫌弃我,年年来,年年都给我说好听的话,其实学生活得窝囊得很,有时真的连狗都不如。都给你丢人了,老师,哪还有这样没出息的学生。"

"不怕你笑话,老师教了四十多年书,学生少说也几千号人了,可还记得朱老师的,也就你顺子一个了。"

"还有吧?"

"没有了,真的没有了,自打退休,来看老师的就稀疏了。今年,就来了你一个。"

"都没良心。"顺子都有些为老师不平了。

可老师却很淡然地说:"不能这样说,顺子,这很正常,一个人,总是会记着当下对自己最重要最有用的人,小学老师,就像大雁塔那埋在土里的底座,你不能埋怨人家塔尖看不见自己。"

"老师,听说你教过的学生,还有到北京去当了部长的。"

"我不记得了,只听他们说,我记不起是谁了。"

"这里边,可能就数我刁顺子活得最没名堂了,一个破蹬三轮车的,可你还从来没嫌弃过。我记得我上小学的时候,放暑假,到学校里给菜地担大粪,在厕所遇见你,吓得把粪桶摔了就跑,生怕你看不起我这个学生,可你把我喊回去,把粪挑子弄好,放到我肩上让我走,后来也没瞧不起我。"

"我都忘了,啥时候的事呀?"

"我上小学五年级的时候。后来还有一次,我上初中的时候,还是放暑假,弄了一辆三轮车,拉人挣钱哩,在端履门里边,遇见你和师娘,吓得我用帽子把半个脸都捂严了,可师娘还是认出了我,把人丢的,都想撞到城墙上算了。可你和师娘,还专门要坐我的车,跑了一趟小东门,硬塞给我五块钱,你记得不?那时候,五块钱恐怕要顶现在五十块哩。"

"不记得了。你咋尽记着这些事?"

"都是给老师丢人的事,可老师没嫌弃,就记得深。"

老师一粒一粒地细嚼慢咽着油焖花生米,一口一口地品着老西凤,说:"老师为什么要嫌弃你呢?人都不容易,老师从来不喜欢,什么'不想当将军的士兵,就不是好士兵'这句话,都去当将军了,谁当士兵呢?关键是人咋样。人不行了,挑个大粪,蹬个三轮车也不行。挑大粪,他会把大粪故意泼得满街都是;蹬三轮车,他会偷鸡摸狗、顺手牵羊,那才叫活得没名堂了呢。孔子有七十二个学生,哪个学生能做啥,孔子是要因材施教的。有个叫子路的学生,明明没有当将军的能力和智慧,偏要去当将军,孔子觉得他是不会善终的,果然,子路就死于非命,让人剁成肉酱了。孔子才是真正的教育家呀!前几天我看报纸,说一个大学老师,认自己学生的唯一标准,就是看他一年能挣多少钱,这不混账吗?还老师呢。"

"能挣钱毕竟是本事。这年月,没钱亲爹也不成爹,有钱瞎怂都放光芒。老师,你不知道,人有时被钱逼得,唉,要不是抢银行得挨枪子,我可能都抢银行去了。"顺子说着,也抿了一口酒。

老师突然把酒瓶子一蹾,一股酒端直从瓶口冲出来,溅得满桌都是,顺子正抿在嘴里的酒都没敢再往下咽地怔住了。

老师极其严肃地说:"什么话?这是什么话?你还准备抢银行啊?啊?这像你说的话吗?我跟你交往几十年了,最不喜欢听的就是你这句话了,要不得,这可要不得,这是想都不能想的事。"

顺子急忙转圜说:"我就是打个比方。"

"比方都不能打,听了让我瘆得慌。"

"就是打个比方,老师。"

"行了,再没啥比方打了,你必须把你脑子里这些东西清理干净,我的学生刁顺子,是一个靠自己双手吃饭,活得干干净净堂堂正正的人,不比他谁低贱……"老师一口气说完这句话,就一连声地咳嗽了起来。

顺子急忙给老师捶着背,边捶还一边赔不是:"我错了老师,我就是说说,还真没那个贼胆呢。"

"说多了就会有的。即使你没有,常跟别人说,那也是会撩拨起别人的贼胆的,要是把别人的歹心撩拨起来,你也是有责任的。"

师娘老说老师是一根筋,好多学生和家长就是不喜欢他这一根筋的毛病,才不来看他的。不过,老师对他还是第一次这么凶。

难怪他老让菊花来看望老师,菊花死都不来了。韩梅也来看过几年,后来也不来了,今天他才看出来,老师是这么爱认死理的一个人。

他看老师是有些不高兴了,就说:"老师说得对,我一定改正。"就准备起身走了。

老师也没留,只是在他出门的时候,又说了他一句:"腰又猴下了,我就不信,你还不如我的腰了,挺起来,再挺直些,这不就行了嘛。"

他就挺着腰杆出门了。

每次从老师这儿出门,老师和师娘都是这句话,叫他把腰板挺起来,说人的腰,你坚持往直挺,就挺起来了,说往下猴,也就彻底猴下去了。他每次从这里出来,腰都会挺得比过去直些,可今天挺了挺,就觉得特别的酸痛,背过老师,他还是猴下来了。

五十七

菊花回到家里,也没跟刁顺子进行任何交流。刁顺子还看了她几眼,而她却连刁顺子正眼都没瞧过。她知道,无论韩梅走,还是蔡素芬走,都并非是刁顺子情愿的事,她们都是因为在这个家里实在待不下去了,才无可奈何,拎包走人的。

蔡素芬发的那个短信够长的了,说实话,她在开始看的时候,还真有些动心,可一旦回到这个家,一旦看到家里这副寒酸样,尤其是看到刁顺子那副窝囊相,心底的那种人生挫败、失望、无助感,便又油然袭上心头了。本来就可怜、可悲、可叹,前前后后还招惹了这多女人回来，这也是这个家活得不如人的重要原因，虽然都走了，可这股气却还在菊花心头萦绕着，而这股恶气、臭气的总脓根子，就是刁顺子。

刁顺子三道弯地站在她面前，好像想说话，她连理都没理，就上楼去了。后来，她听门响，好像是刁顺子出去了，这一晚上他都没回来。她想，不定还是找蔡素芬去了。她有一种直觉，蔡素芬这种女人，可不是一般的贱货，如果不是因为特殊原因落难，那是咋都看不上刁顺子的。这种女人一旦说走，那也一定是会彻底离开的，刁顺子就是再舍不得，恐怕也就只能是四处找找而已了。她突然觉得这个家是冷清了下来，她把音乐声放得很大很大，连自己的耳膜都震得有些发麻，可楼上楼下，再也没有了任何反应。她突然又觉得寂寞起来。这阵儿，她真希望韩梅能突然跳出来，跟她较量一番，虽然那种较量，韩梅注定是一个失败者，但在较量过程中，她那种自不量力的反抗勇气和精神，还是值得仔细回味的。有时她甚至就想逗这只小母狗发怒，甚至发疯。可惜这种战争再也不能继续了，韩梅在大山深处的某个农家小院，也许已经上炕做了人家的事实老婆了。

蔡素芬这个女人，真的是太精明了，当她离开这个家后，菊花才发现，这个女人如果不走，才是真正能控制住这个家的"电脑"。她多次向她发出挑战，但这个女人始终没有接招，她开始以为是她害怕自己，现在看来，是这个女人内心有某种十分强大的东西，在死死控制着自己的情绪引而不发，一旦爆发，那一定是会有无穷的力量，让人无从防范，并无坚不摧的，这才是最危险的女人，相比起来，韩梅就只是一发太好擦枪走火的鸟枪子弹了。她甚至还有些遗憾，没有最终激怒蔡素芬，与她较量较量，也好跟她学几招，可惜已是人去巢空了。她真的觉得很寂寞、很空旷、很无聊、跟刁顺子两人生活在这个破屋檐下,破地狱里,真是太没生机,太没滋味了。她甚至觉得自己迟早是会疯掉的。

她在家里蜷缩了一晚上带一天,谁也不想见,哪里也不想去,到初二晚上,见刁顺子还没回来,就觉得有些不对劲。她也不想给刁顺子直接打电话问,就想着蔡素芬短信里说的,他的痔瘘很严重,需要立马住院,他是不是已经住到医院去了?

刁顺子看病,每次只会在离家最近的那家医院,不会去别处的。她去一打听,果然是住院了。她想到病房去看看,可又不想让更多人知道,她就是那个蹬三轮车的刁顺子的女儿。别看刁顺子不起眼,可在尚艺路这一带,名声大得去了,自己也特别好显摆,生怕别人不知道自己是刁顺子似的。可笑的是,这几年还印了名片,上面装台、送货、接站、搬家、疏通管道,写了一长串,好像比联合国秘书长的事情都多,动不动就掏出来给人发一张,哪怕转身被人家扔进垃圾桶,也是忍不住要发的,好像发了就生意兴隆、财源滚滚了。她相信,住院也是少不了要发几张的,自然也一定会逗得人家好乐好笑的,所以她就特别不愿意到这种地方去亮相。加之她也不想给刁顺子低这个头,已经有好长时间了,她都没正经跟他说过一句话,尤其是蔡素芬回来以后,只要说,就是吵架,现在虽然这些货色都走了,可要一时半会儿塌下身子来跟他搭话,好像还舍不下这面子。可刁顺子毕竟是自己的父亲,毕竟是住院了,不看一下总是不合适的。因此,在初二晚上很晚的时候,她还是戴了一顶连眉毛和耳朵都遮全了的绒线帽,捂了口罩,去探视了一下。

病房很大,但只住了刁顺子一个人,他蜷缩着,不停地咳嗽。她给他买了一些吃的,还有牛奶。她问他咋了,他只吱了声:"没事。"她在床边坐了一会儿,也没话。他就说:"大过年的,也没人做饭,你就将就着自己做着吃。"她说:"你甭管。"她看他脚冷得有些发抖,就出去买了一个暖水袋,灌了热水给他煨着。他说家里有,又花这冤枉钱。她也没说啥,就走了。

　　菊花走了,顺子用脚够了够暖水袋,觉得脚底下暖和了许多,咳嗽也好些了,腿也慢慢伸直了,从这如春天般的温暖中,他体味到了一种由心头流淌过的幸福。女儿已经有好久不跟自己说话了,除了要钱会发个信息,平时几乎是一搭腔就走火的状态。今天总算是在关心自己,甚至是体贴自己了,这在连续走失了韩梅和素芬后,也算是一点让他十分上心的安慰了。

　　病房一到晚上几乎没人,就他一个人在这里躺着,本来他也想回家去睡,可大夫反复交代说,他跟别人的病情不一样,搞不好会再次引发高烧的。

　　就在菊花走后不久,三皮突然神神秘秘地来了。

　　顺子问他过年咋没回去,他支支吾吾地说:"回……回去了,又来了。"顺子问他来这早干啥,又问他是不是跟老婆干仗了,他就胡乱地点着头。顺子问他是咋知道自己在这里住院的,三皮说刚听菊花说的。顺子还想问什么,就被三皮打断了:"你住院,嫂……嫂子咋不来伺候?"

　　顺子半天没话说。

　　三皮又催着问:"嫂……嫂子呢,嫂子人呢?"

　　"走了。"顺子很平静地说。

　　"走了,到哪去了?"三皮非常急慌地问。

　　"不知道。"

　　三皮更急了:"嫂子到哪去了,你咋会不知道呢?"

"就是不知道嘛。"

三皮急得就差要拿爪子伸进顺子的喉咙里,直接去把最真实的消息往出掏了:"你骗谁呢,她……她还能长翅膀飞了不成?"

"她还就是长翅膀飞了。"

三皮虽然戴着眼镜,平日也露出一些斯文相来,可这阵儿,那点斯文已不翼而飞了,双眼涨得通红,一副想跟人拼命的样子说:"不可能,你……你到底把嫂子藏到哪儿了?"

"那么大个人,我能藏住?是真的走了,不瞒你说,腊月三十晚上走的,说她再不回来了。"顺子一五一十地给他说着。

三皮听着听着,突然号啕大哭起来,像是谁抽了他的筋一样,哭得溜下去抱住了头。

顺子就觉得奇怪,自己的老婆跑了,他怎么这样上心?

平日他也听到有人开过三皮和素芬的玩笑,可他觉得那就是玩笑而已,这一伙贼怪,一天不拿女人说事,好像就活不到头似的,没什么好奇怪的。可今天三皮这副德行,就不能不让他产生怀疑了。

他有些不高兴地问:"你咋了?"

三皮好像突然意识到了点什么似的,急忙转弯子说:"我老婆……也跑了。"其实他的老婆早都跑了。

"你老婆也跑了?为啥?"

"谁知道为啥,反正是跑了。"三皮说着哭着,一把抱住了顺子,两个跑了女人的男人,就这样抱成一团,放声哭了起来。

其实他们哭的是一个人,说的也是一个人,但顺子还以为是各自在哭各自的老婆呢。三皮不停地夸嫂子,说她是个好女人,是打着灯笼满世界都再也寻找不下的精品、极品、绝品女人。顺子当然

339

是乐意别人夸赞蔡素芬了,不过这样的夸赞,让自己本来一直隐忍着的感情,也就稀里哗啦地涌流得一塌糊涂了。

三皮咋都不走,说要留下来伺候他。两人刚好有共同语言,也就在不停地诉说素芬中,打发走了各自最难以忍耐的那些痛苦和寂寞。

连护士都说,三皮是最会伺候病人的人,因为他能用自己的眼泪帮病人疗伤,这是最根本的身心治疗。不过,三皮在伺候顺子的过程中,也很快消瘦下来,他几乎一连几天吃不下饭、睡不着觉,眼眶瘦得眍多深。害得顺子又不停地反过来开导他,让他想开些,说天要下雨娘要嫁人,也都是没办法的事。慢慢地,两个男人就又说开了笑话。

三皮说:"我要再能找一个像嫂子那样的女人就好了。"

"你要把你嫂子能找回来,一半归你。"

"真的?"

"装台时不是一直跟你在一起吗?那还不够一半吗?"

"一码是一码的事。"

"啥一码事?"

"我说的是另一码事。"

"行,只要你嫂子情愿,我都没意见。"顺子说得很自信。

三皮就不说话了。

五十八

菊花觉得一切彻底没意思了,没想到,没有了韩梅和蔡素芬的日子,会是这样的寂寞无聊。过去收拾了韩梅,骂了蔡素芬,就会胃口大开,有时甚至一顿能啃四个酱猪蹄,据说那东西既不长胖,还美容。可这几天,她买了四个酱猪蹄回来,啃了三天竟然还剩两个,实在是活得乏味透顶了。她把电视遥控器翻来覆去地摁着,一个键甚至压下去,再也弹不起来了。这时候,她真想家里再有一只狗,或一只猫,能让她无所事事的生命有所发泄。她躺在床上,磨来磨去的,最后把头搭到床沿下,而双腿高高跷在墙上,几乎是倒立状地睡着。根本睡不着,她就躺在床上发傻、发呆。突然,她想起了那个曾经夺去了自己初夜的叫树生的家伙,虽然在她的人生中,就那么几分钟,可她几乎要时常想起这个家伙,并且是随着时间的流逝,那脸庞反而变得越来越清晰了。那小子是陕北人,鼻梁高高的,嘴唇厚厚的,一身汗味,但也一身的虎狼之气。开始他是那么胆怯、那么腼腆,大概是自己的暗示给了他胆子,到了最后时刻,竟然是那么勇武蛮力,真是有些回味无穷的意思了。后来好多次,在她最无聊的时刻,都希望再有那么一个人,突然闯到家里来,让她再回味一次那种暴力,可再也没有了,再来过家里的男人,就是"过桥米线"谭道贵了,想让她跟谭道贵玩那游戏,她倒是宁愿在这种暴力反抗中死去。

　　就在她想着谭道贵那缕头发的可笑时,谭道贵的电话竟然就来了。她本来懒得接,可谭道贵还十分执着,一连打了三次,她就接了。谭道贵还用了一句"蜜丝刁,过年好",她也回了一句"过年好"。然后谭道贵告诉她,他已回到西京了。她只是随便应了一句:"怎么现在就回来了?"他说:"今天正月初四呀,我不是说过,初四一定回来吗?"她还真的忘了他是说过这句话的。然后,谭道贵就说要见她,虽然她真的没有任何兴趣跟这个男人去见面,可宅在家里也是无聊透顶了,就答应见面了。

　　谭道贵把见面的地方竟然选在她三十晚上住过的那家大酒店,她本来不想去,但谭道贵说这儿吃饭、游泳、喝茶都方便,她也就半推半就地去了,毕竟她还是喜欢那里的感觉。谭道贵先安排到游泳池游泳,在游泳的过程,谭道贵那双眯缝眼就一直在盯她的大腿,尤其是在水里浸泡着的时候,谭道贵胖乎乎的身体,就尤其显得囊膪十足,那种白,几乎像是被漂过的一样没有血色。他几次还故意在水中放松下来,让身体自然下沉,沉着沉着,就只剩下那一缕头发漂在水面了,水下面呈现出的是一个白乎乎矮墩墩的肉坛子,她光想笑,就有点理解了过去乌格格爱笑的原因。游完泳,谭道贵又把她领到咖啡屋喝咖啡。在这里,谭道贵终于说出了一个让菊花当下都有些目瞪口呆的重大决定。

　　谭道贵准备娶她。

　　这让她太没有心理准备了。照说她是会一口回绝的,可谭道贵更绝,在做出这个决定的同时,还做出了另一个更加重大的决定,要带她去韩国做美容,想做成什么样儿就做成什么样,并且还说:"你不是喜欢美国电影明星奥黛丽·赫本吗?咱就弄成赫本那样儿,让她乌格格好好看看,看看谭道贵是咋样舍得给自己女人花钱的,并且必须弄得比她乌格格好看十倍。"

　　她的心一下就给说毛了,没想到谭道贵会来这一招,虽然她也明白,这一切还都是冲乌格格来的,可去韩国做美容,已经是她十几年的梦想了,只是没敢说出来而已。作为刁顺子的女儿,能让你有一碗饱饭吃,能让你有几套一年可以倒换过四季的衣服穿,那就已经是该满足得睡着了要笑醒的日子,怎么还敢有做美容甚至换脸的希望呢?她被谭道贵彻底击倒了。她甚至嘴唇都有些颤抖,不知该说什么好了。她无法把自己跟这样一个男人联系到一起,可她又绝对不能放弃,不能放弃这次能彻底改变自己面貌的机会。从此以后,她就彻底由着谭道贵摆布了。而在这以前,一直都是由她摆布谭道贵的。叫他站着,他是绝对不会坐下的。

尽管她不想跟谭道贵一起到他的房间里去,可谭道贵那么殷切地希望她去,她还是极不情愿地去了。

谭道贵上了趟厕所,出来把衣服就换成了睡衣,再然后,就要拥抱她,她是真的不愿意,可谭道贵那么愿意、那么需要,她也就让他抱了。谭道贵自然不是能抱抱就算了的主,她能感到他呼吸的逐渐急促以及身体某些部位的变化,再然后,他就把她压倒在床上了,那缕悬在头顶的长发耷拉下来,正好盖住了她的眼睛。她还是奋力挣扎了起来,可谭道贵一副快急疯的样子,并且嘴里直表决心:"我一定要让你漂亮过乌格格十倍、二十倍、三十倍……"她就无法抗拒地,让那缕"过桥米线"一直在她脸上越来越有节奏地扫来荡去了。

谭道贵还真的说到做到,在与她完事后,躺在床上,就跟一个长期做韩国旅游生意的朋友通了电话,问办到韩国旅游最快需要多久,朋友说,刚好有个团,正月十五要走,可以特事特办。

在办证过程中,她一直没敢离开过谭道贵,她甚至都有些后悔,不该初四那晚太顺了他,咋都应该坚守到做完美容后,最起码也是到了韩国以后的。据说男人这个动物,当他开始对你感兴趣时,你越是能守住自己,就越能吊起他的胃口,他的胃口吊得越高,你也就越显得有价值。可惜自己毕竟是新手,在那一瞬间,没有很好地把握住自己。既然已经错了,那就按错的往下做,她甚至干脆就彻底住到了谭道贵身边,几乎形影不离,直到拿到护照,登上飞机那天,她才松下一口气来。

五十九

顺子从医院出来,就没见过菊花,他打电话问,菊花倒是不像以前那样凶巴巴了,说她在朋友家有事,这几天就不回来了。这样的日子,他也习惯了,只要人有着落,他也就放心了。

仔细想,他觉得挺对不起菊花的,人家都有一个有用的爸,衣食无忧,还过得体面,而自己真的活得拿不出手,给娃没带上一点面子,加之日夜不得消停,更没陪娃过过一天浑全日子。尤其是这几年,村里好多家都有了小汽车,动不动一家人就开着逛去了,有的还逛到北京、上海、广州、拉萨去了,回来满村地显摆。而他,凭一辆三轮车,最远也就只能把娃拉到郊外遛一趟,何况人家早就看不上这"掉价""跌份""丢人现眼"的破玩法了。当然,他最操心的,还是菊花找婆家的事,年龄越来越大了,说一家不成,说一家不成,还真成了一件大得不得了的事。初五晚上,他去给老师拜年,本来也想让老师帮帮忙,老师毕竟有好多学生,不信里面就没有一个合适的。可看老师那样子,自师娘走后,好像连自己都顾不住了,也就没好提说。

正月初六晚上,他又去给瞿团拜了年,感谢瞿团一年来对他和大伙儿的照顾,关键是想替猴子说说话,那根指头赔偿的事还没定呢。瞿团对他还是那么客气,让他放心,说剧团毕竟是国家正规单位,弄啥都是按下数来的。他本来想把菊花的婚事跟瞿团说说,想了想,还是没张开口,人家瞿团熟悉的,都是什么样的层次、什么样的人,那里面咋会有他刁顺子的女婿呢?他每次给瞿团拿点礼,人家总是要还点啥,这次他趁瞿团上厕所的空,准备提前溜了,谁知到底没溜掉,硬把他叫了回来。瞿团把一只羊腿塞在了他手里,那是他家亲戚年前从陕北捎来的,家里人少,吃不动,瞿团说再不吃就坏了。他咋都推托不掉,只好拿上了。

这天晚上,他还去给一个人拜了年,那就是靳导。这个女人,他平常其实并不多打交道,就是每逢她排的戏装台时,在一起搅和那么十几天。都说这婆娘是个疯子,因而跟她打交道,他总是十分小心着,生怕惹恼了她,让她骂得狗血喷头、脸面全无。尤其是这次搞《人面桃花》,这个女人开始对自己可不友好了,几乎没有啥不挑刺的,气得他也在背后跟团里人一样,没少骂她"母夜叉""肥猪婆""臭婆娘"的。可猴子的事,最后还确实让他和所有装台人都感动了,没想到靳导还这样把下苦人当回事。他想无论如何,都是要替大伙儿给靳导拜个年的。

给靳导买点啥,还确实让他为难了,后来想起靳导是爱吃小食品的,他就去超市,把各种小食品给靳导弄了两大塑料袋,还提了一箱牛奶,总共花了不到二百块钱,反正就是个心。当他把靳导的门敲开时,靳导甚至有些疑惑,问他是不是把门敲错了。他说他就是来给靳导拜年的,靳导才让他进去。

他见过懒婆娘的家,但没有见过这么懒的婆娘,家里乱得几乎下不去脚。到处都是翻开的书页、剧本,还有各种胡乱堆放着的碟片、照片,电视里正在放着一个碟,是川剧,顺子一听就熟悉,他是给好几个川剧团装过台的。在沙发前的茶几上,摆了好多撕开了口的小食品,无非是蚕豆、锅巴、干馍片、苏打饼干一类的,顺子看见,有好几个方便面空碗,胡乱扔在茶几下的垃圾桶里。房子里弥漫着的就是这股方便面味儿，这是他们这些装台人再也熟悉不过的气味。更让他感到震惊的是，靳导家的几面墙上，贴满了各种纸条、图表，仔细看，全是《人》剧的舞台调度图，还有布景道具设计图，还有工作进度表，足有好几百张，从这些纸条和图表上看，戏早就烂熟在她的肚子里了。连各种桃花舞的调度，都是提前在家里弄好了的，难怪都要叫她"女拼命三郎"了。靳导是个口无遮拦的女人，啥话都敢讲，有些话，连男人都说不出口的，她也敢说，比如说，她一排戏，就忙得连一条干净裤头都找不见了，是她自己说出来的，最后就流传成：靳导没穿裤衩了。只有走进这个家里的人才知道，这个女人就只是个"戏虫""戏疯子"，除了戏，她的生活能力大概连一个弱智女人都不如。也难怪有三任丈夫要离她而去了，用她自己的话说："这三个男人都是弃暗投明了。"在这一点上，他甚至还有点与靳导同病相怜的意思，自己也是有三个女人相继离去，每走一个女人，都让他痛苦得就差寻绳上吊了，可人家靳导说起这事，总是谈笑风生的，像是在说别人家的事一样，他就觉得这个女人了不起，耐性和肚量大得比男人还男人。

靳导说："顺子，你咋还来这个？我以为你是把门走错了呢。"

"我就是专门来看靳导的。"

"你看，连个坐的地方都没有，就坐这儿吧。"靳导把沙发上的东西扒拉扒拉，弄出一个空来，让顺子坐下了。

"靳导不愧是大导，一进这屋，就知道你为啥是大导了。"

"你说为啥？"

"把事当事弄嘛。你没看现在有几个人把事当事嘛。"

"可不敢这样说，我是懒，不会做女人。戏一彩排，我就回我妈家，睡到今天下午才回来。你看这屋里，还是年前的样子。"

"你是累得来。太辛苦了,也该好好歇歇了。"

"你也辛苦了,我看装台就是这个世界上最苦最累的活儿了,一到关键时候就连轴转,体力不行,还真撑不下来呢。我看你顺子就行,脑子也好使,都算半个艺术家了,舞台上的事,没有你不懂的,要是评职称,我觉得你拿个舞台主任技师,副教授级,比现在有些拿了这职称的人还称职。"

顺子见不得谁替自己说几句好话,一说,就感动得想起身给人作揖。何况这是靳导说的,靳导是啥人?靳导是"打飞的"到全国吃排戏饭的人。人哪,出啥力气都不怕,就怕把力出了,还落不下好,只要能落下好,就是把啥闷力舍了,也觉得值乎。

顺子一连声地感谢着靳导对他的理解,大概是被靳导说得有点高,就跟靳导谈了几句艺术上的问题,甚至还比画了几个动作,跟靳导探讨,看能不能把《人》剧里的几个舞台调度改一改。比画完,觉得好像没说到靳导心上,他又急忙把话题一转,说让靳导要注意身体:"靳导,你的身体可是全国人民的,成天光吃这小吃、方便面可不行哪!那会把人吃坏的。你吃坏了,全国人民可就没好戏看了。"

靳导就笑了,说:"你甭操心全国人民的事。说,你来还有啥事吗?"

"真的没事,就是来给你拜年的,感谢你替我们这些下苦人说话。你给猴子还拿了那么多钱,真的把下苦的当人了,就是来感谢的。也没啥,就一点心意。"

靳导也有些感动地说:"好,我收下了,感谢你顺子。咱们也算是黄金搭档了,我排戏,没你制景装台,还真不行呢。"

"谢谢靳导高看了。"顺子是给靳导一连鞠了几个躬才出门的。

347

如果说他对装台这行已失去了信心,那么今天,在连着给瞿团和靳导拜了年后,这点信心好像又拾回来了。苦是苦,可毕竟还是有人理解,更何况一家人还不都是靠装台养活了这么多年吗?这毕竟还是一门一般人都无法来抢的手艺啊!

出了靳导门,他才想起还有一件事忘了请教,靳导每次排戏时,把人的感情说得那么细腻,尤其是把爱情说得天花乱坠的,咋引起人注意,咋抛媚眼,咋让人一见钟情,咋让感情天长地久,好像是有一肚子爱情婚姻技巧似的,他就想着,能不能让菊花来,请靳导过过方子,开开窍。刚才说话时,他几次想张口,又没张开,他觉得跟靳导的关系毕竟还没处到啥话都能说的份上。不过出了门,也不觉得后悔,想那靳导,跟她过活的三个男人都先后弃暗投明了,恐怕她那些爱情婚姻技巧,也终究是只能入戏的。

从靳导那里出来,他还想着要去看一个人,年年都去给他拜年的,可今年他咋都不想去了,他觉得这个人把他们这些下苦的太不当人了。阎王好见,小鬼难缠,寇铁就是这样的人。说不去拜年,又害怕人家给自己穿小鞋,毕竟平常装台,都是只跟寇铁打交道的。他都把拜年的东西买了几样,可到底还是决定不去,实在装不成台,不装就是了。即使不装,也不想再吃寇铁的下眼食了。

谁知第二天,寇铁的电话就来了,说今晚《人》剧首演,里面扮演狗的那个演员突然发烧,演不成了,让他去顶替。他说他不会演狗,寇铁说,就让人牵上台,转几圈,然后就毒死了。顺子知道,那是戏中桃花从乡下硬要带进城里的一条土狗,崔护倒是向着桃花,让带进城了,可刚进城不几天,就让不喜欢桃花的婆婆盼咐下人,偷偷把狗药死了。寇铁说,演狗给三十块,另外再搬几场景,一晚上一共给六十,问他干不,闲着总是闲着,他就答应了。

348

六十

　　顺子原来也帮剧团应过不少急，跑过龙套。好几年前，团上演《窦娥冤》，开演前才发现，一个穿衙役的小角色，下午跟老婆吵架后喝醉了，勉强撑到后台，嘡的一声倒在化妆间，就再扶不起来了。实在找不下人，有人就想到了顺子。

　　那天晚上，刚好团里雇顺子当道具死人，也就是窦娥的替身，严格讲，是扮演窦娥的尸体。本来尸体是由演窦娥的演员自己装，可那几天，演员腰肌扭伤，卧不下去，就只好找替身了。虽然不需要啥表演，但动作也要麻利、干净，从后台冲到前台，倒下，再盖好白绸子，就五秒钟时间，这是导演和音乐、灯光、雷电、雪机、风声以及换景人员掐死了的，任何一个部门，或者一个人，在五秒钟内不到位，就意味着戏穿帮了。关键"斩窦娥"是这个戏的最高潮，任何穿帮都将减弱悲剧的气氛和效果。顺子为此在演出前，拿着白绸子，朝前台冲、卧了几十次，把胳膊肘、膝盖都磨破了，终于，第一场演出大获成功，以至于演出完后，大家都说，今晚演得最好的是顺子，那真是一具"演活了的死尸"，纹丝不动，只见绸子在雪中、风中飘荡。

　　就因为窦娥的替身演得好，缺一个衙役，大家第一个也就想到了他。刚好，扮演衙役跟扮演尸体也不冲突，衙役在杀窦娥的前一场，是四个人，拿着衙棍，出场"挖门"后，一直站到赃官判了窦娥死刑，宣布退堂为止。顺子把戏看得多了，跑龙套的那几下清清楚楚，"挖门"就是四个人出场后，向两个方向转身回撤，有点把门打开的意思。这活儿不说简单得跟——样,起码也到不了二的份上。顺子在后台跟另外三个衙役走了一遍,就进化妆室了。帮他化装的是另一个衙役,先给他画了两个吊眼堂,眼堂两角,还画了两堆白眼粪,再画了一张翻嘴唇,左脸还粘了一撮毛,然后就让他藏在一个角落不要暴露,直到拿着衙棍上了场,大家才发现了他那独特的造型,几乎把后台人全笑翻了,连乐池里的乐手都打乱了手上的铜器节奏。但他却十分严肃、认真,越严肃认真,喜剧效果越强烈,最后连演窦娥的演员,双手被衙役用竹扦夹着拶着,也扑哧笑出声来,好在她那时是背对着观众的。演出结束后,瞿团就狠狠批评了帮他化装的那个衙役,说他不严肃,拿艺术开玩笑。但顺子的演艺生涯,却从此正式开启了。

这些年,他也帮剧团顶过不少小角色,救过不少场,多是过场死尸,或者上场即被砍死、击毙的坏蛋以及空中飞人之类的。前年搞一个大型纪念晚会,有一个《白毛女》片段,他还扮演过白毛女。那是白毛女在山间采野果、攀藤拽蔓、越溪过涧的一瞬间,因为有危险性,女演员自然是不敢上了,最后有人想到了顺子,谈好二百块飞一次,他就穿了白毛女的衣服,戴了乱蓬蓬的假发头套,从舞台上边的二道天桥,背对观众,一声"二百块",斗胆飞了下去。

而演狗,这是第一次。

狗在舞台上也是常出现的动物,就顺子知道有狗的戏,都不下十几本,《赵氏孤儿》里的灵獒,一般人是演不了的,那得有技巧,还要翻跟头。像《游龟山》里的赛虎犬,戏里就比较多了,那基本是游手好闲的公子哥们手中少不了的玩物,咬穷人,害百姓,无恶不作,但大多也就是翻滚几下,就被戏中的英雄豪杰打得呜呼哀哉了。《杀狗劝妻》里的狗,就比较简单了,只是汪汪汪地出来叫几下,就被曹庄一刀劈死,滚一个"抢背",下场了事。而《人面桃花》里的狗,虽然也算文戏,动作简单,但在舞台上待的时间却长,毕竟是要爬行的,所以相对就比较难受了。好在这条狗,导演要求要温顺,几乎没有啥技巧,能跟着主人跑就是了,高兴了,至多打几个滚。这狗始终只吃桃花喂的东西,可最后,还是让桃花亲手喂的食物给毒死了,因为那食物是婆婆做了手脚的。毒死后,桃花抱着狗痛哭流涕,还唱了二十四句戏词,然后才把狗埋了的。

顺子接到任务后,下午就到舞台上去练习狗走路了,那真是一种非常艰难的走法,看着简单,可走一阵,就发现那不是人干的事。不仅腰痛背胀,而且头还发晕,尤其是跟桃花在桃林里奔跑的那几圈,几乎把人的命都能要了,但顺子训练得很认真,虽然屁股上的伤还未全好,趴在地上,那里始终有一种撕裂的疼痛感,但他还是忍着、坚持着,直到开演前,还在反复练习。

《人》剧终于拉开了首演的大幕。

顺子是穿着狗服,趴在舞台中间的一个土坡下,等待出场的。

不过今天,他首先还是关心拉开大幕的那一瞬间,观众是不是给布景鼓了掌,因为靳导说过,如果大幕拉开,没人为绚烂的桃花鼓掌,那就说明他们把景搞砸了。尽管彩排那天已鼓过掌,可那毕竟是彩排,这是首演。何况彩排那天的掌声,还是墩子硬鼓捣出来的,今天才是关键呢。当大幕开启的时候,他甚至把两只狗爪子很自然地抽到了胸前,他真想带头拍响第一掌,可他知道,这是在舞台上,他是扮成一条狗卧在这里,一动,就算舞台事故了。就在他感到有些失望的时候,舞台下突然响起了一种潮涌般的声音,甚至还有口哨声,把音乐几乎都遮盖了。是给景鼓掌了吗?但他又担心,是不是舞台上出了啥纰漏,观众鼓倒掌呢?尽管他戴着狗头,看周边的一切都很不方便,但他还是在尽力寻找着所有侧台人的表情,当他终于判断那是一种兴奋和激动时,才明白戏是赢得碰头彩了,而这个碰头彩是给景的,因为主演还没出场。这个碰头彩,甚至让他对今晚扮演狗都产生了很大的信心。

狗终于要出场了,连顺子也没想到,"它"一出场,就又赢得了暴风雨般的掌声,那肯定是给自己拍的,因为"它"从土坡后边一露头,那掌声和笑声,就溃坝一般涌上舞台了。人真是个无师自通的家伙,没有任何人要求,"它"竟然在土坡上,还晃了几下脑袋,因为他觉得,那一定是一个十分讨好的举动。那掌声果然就又雷鸣般响了起来。在一刹那间,他甚至突然悟出了靳导常说的"把握角色""创造角色"这些话的含义了。他一下就把狗这个角色的感觉找到了,竟然演得那么乖巧、那么温顺、那么自如,以至于在死的时候,桃花抱着"它"哭,他的内心也在流泪了。

演完死狗下来,所有人都给他竖起了大拇指,连靳导都表扬说:"顺子,演得好,恰到好处!"也给他夯了个大拇指。他还特别说了一句:"靳导,今晚观众可是给景鼓掌了噢。"

"鼓了,我知道,很好!"靳导很兴奋。

寇铁也表扬他了,不过那话让他听了很不舒服:"真是一条好狗,没想到你还这么适合扮演狗的,好!"

这天晚上,首演十分成功,最后谢幕时,一连关了三次大幕,观众都不走。一些戏迷甚至拥上台,与扮演崔护和桃花的主演合影留念到很晚都不离去,直到角儿由不耐烦到彻底发火,这红火场面才散了。

顺子一直扶着舞台上的一片桃花景片,那是尾声时抢场抢上去的,因为没有用铁墩子支撑的时间,只能用手扶着。这片景后边是一个升降台,死去的桃花要在升降台上起舞,戏里也就三分钟的时间,可谢幕后,上台的观众都要在这片桃花景前合影,顺子就站在景后,整整扶了半个多小时。他几次探出头来,看影合得咋样了,都被人呵斥了回去,甚至有那粗俗的要他把裤带扎紧,说别把不该露的东西露出来了,惹得大家哄堂大笑起来。

折腾到很晚,舞台灯才灭了。他从后台走出来时,竟然碰到了墩子。顺子问他咋这早就来了,他神秘地说:"专门来给咱景鼓掌的。靳导不是说,大幕一拉开,没人鼓掌,咱的景就算搞砸了吗?"顺子被感动了,就问他胳膊怎么样了,他说还行,说着还把那只受伤的胳膊动了动。墩子问他,狗是不是他演的?他还有些发愣:"你怎么知道的?"墩子说:"我看出来了,人家原来演狗的那个人,是小伙子,出场灵便得很,你出来笨得哟,跟熊瞎子一样。你猜我是咋看出你来的?""咋看出的?""原来那条狗,屁股扭得可欢了,而你每次一扭就停,一扭就停,我就知道,这是一条沟门子有痔疮的狗。""去你娘的蛋哟。"

这天晚上,顺子回家,还把狗研究了半夜,弄啥就得把啥事弄得像回事嘛。第二天晚上,墩子就表扬他说,比前一晚上明显演得活泛多了。他回家还是研究,几乎每晚演出完,在家里都要学狗走几个来回,继续琢磨动作和细节。观众对这部戏几乎一连声地说好,场场爆满,他激动得甚至还用三轮车把他的老师也接来看了一场,老师看完,倒是不以为然。在送老师回去的路上,老师说:"戏太闹了,太花哨了,景也喧宾夺主,太浮华了。崔护心里要是这样闹腾,就写不出那样好的诗了。"那么多观众都说好,就老师一个人说不好,他就觉得老师是真的老了,是不是跟不上时代了。

就在他把狗演得正有点味道的时候,他听说,演狗的演员发烧好了,明晚就要来上班了,今晚他是最后一次扮演狗了。他突然觉得需要很好地画个句号。由于演出红火,几乎所有演员都在放大表演尺度,都想让自己的台词、动作、唱腔赢得更多的掌声和叫好声,顺子剩下最后一次表现机会了,自是不想黯然收场。这天晚上,从出场,"它"就有些癫狂,不该摇头的地方摇头,不该扭屁股的地方扭屁股,跟着主人"跑圆场",到了观众面前,"它"甚至还专门给观众做了个鬼脸。这些倒也罢了,关键是在"它"死了以后,听桃花思念"它"如何忠诚的唱腔时,"它"躺在主人公怀里,随着音乐的凄美抒情,身子竟然也有些飘荡起来。"它"可能是完全进入戏了,演桃花的演员,还把"它"撞了一下,意思是提醒别动,可"它"还是止不住要飘然摇荡。他从来没有在如此温暖的怀抱里,享受过这样的赞美,二十多句唱呢,全是给"它"的,还是秦腔慢板,放在平常,谁还给过他这么大的篇幅交流说话呢,大多是:"顺子你把那个啥弄一下。"或者是:"顺子,你长眼睛是出气的呀,你看那个啥弄成啥了。"就是表扬,也很简单:"顺子,那个事弄得不错嘛,下次还让你弄。"用这样的戏份、这样的爱怜,这样撕肝裂肺的思念来总结、歌唱一个生命的意义,五十多岁了,他还是借着狗,才美美享受了一次。这一生,只有被人贱看、呵斥的份儿,从来没有如此高尚、重要、有尊严地活过一天。他在充分享受这种高尚、这种重要、这种尊严。享受的过程是有音乐伴奏的,而这种伴奏,是让人要情不自禁地用手打拍子的。他突然觉得,有一种笑炸了堂的东西,在耳旁连续闪爆,忽然,他想起这是在舞台上演戏,自己扮演的是一条狗,"它"的屁股特别不舒服,是不是刚才扭动时把尾巴摇掉了,要不然底下人怎么会笑成这样呢?"它"把手伸去摸尾巴了,就在摸着尾巴的那一刻,他才想起来,自己已经是一条死狗了,可一切都来不及了,他知道,戏比天大,今天他是把天大的乱子惹下了。

他刚下场,就被寇铁照屁股踹了三脚:"你狗日的是找死,找死,找死呢。你疯了是吧,你这条疯狗。"寇铁还要踢他,就被瞿团挡了。但后台所有人明显对他都是一种同仇敌忾的感觉。

瞿团问他是咋回事,他直说是恍惚了,一个劲地赔不是,说自己该死。他一直希望看到靳导,哪怕是劈头盖脸骂一顿,也比见不着人强。他听说,靳导是在看"它"满台胡来时,气得踢飞了凳子走的。他想去找靳导赔个不是,可舞台上又要换景,走不开,就直等到戏毕,寇铁通知全体开会,靳导才从后台冲了出来。靳导眼珠子都是红的,头发好像也倒竖了起来,完全是一副猛虎下山的感觉。

音响部门早给靳导准备好了话筒,但靳导拿着话筒,半天没说话,整个舞台和池子里,真是掉下一根针都能听见。顺子是见过剧团演出完开这种处理事故的紧急会议的,可这么严肃,他还是第一次见。他甚至觉得要是有枪,靳导能现场把他崩了。他一直躲在那片桃花景后边,尽量不让更多人看见,他浑身一直在颤抖,抖得连身体挨着的景片都在颤动。这阵儿要是有地缝,他绝对想一头钻进去,哪怕再不让出来都行。

安静了许久,靳导终于开腔了:"大家不要觉得今晚演出是个偶然事故,不是的,不是的,它是必然现象,不出这样那样的事故都不由人了。因为这几天,掌声太多了,所有人都疯了,不是一条死狗疯了的问题。刁顺子呢?刁顺子!"吓得他从景片后站了起来,站起来的身子要比平常矮了许多,那几个弯折,倒是越来越大了。

有人见他这样子,就哧哧地笑起来。终于,大家忍不住哄堂大笑了。

顺子也不知道大家都在笑什么,莫非身上哪儿又不对劲了?

他又下意识地摸了摸屁股,大家就笑得更放肆了。

"没想到你刁顺子还有演喜剧的天分,真是让人开了眼界了。我就不明白,你不是不懂舞台的人,你不是街道闲人,你怎么会犯这样低级的错误,让人无法容忍。我只能以为你是突然疯了,精神分裂了,要不然无法让今天这场世界上最糟糕、最丑陋、最无耻、最恶心的演出,有个更合理的解释。你连演一条狗的自控能力都没有,真是太悲哀了,太悲哀了……"靳导把这个世界上最恶毒的语言都给他用上了,他开始在听,后来脑子就一片轰鸣,再也不知道这个大嘴婆娘在说啥了,只见两片厚嘴唇在一张一合的,是一种失控的开合,好像也在发颤。

演狗,给自己带来了这大的羞辱和悲哀,他一生是再也不准备演狗了。

狗日的狗。

这天晚上,他都不知道自己是怎么回家的,可回到家里,又遇上了一件更让他挠心的事,菊花正式告诉他,她明天就要跟人到韩国去了,会去两三个月。他问干啥?她说去做美容。在她旁边,就站着一个头顶只剩下一缕头发在盘旋的男人,看上去,年龄不会比自己小多少,只是保养得好,松泡泡的皮肤泛着油光而已。他就有些明白是咋回事了。

他日夜做梦都希望菊花身边有个男人,可身边真正站着一个男人,又让他有些说不出话来。

他不好多问,也不敢多问,只喃喃着说,要注意安全。

菊花和那个男人就出门了。

他心里,这阵儿好像把底掉了似的,在房里转了一圈,又追出门来问:"需要钱吗?"

356

那个男人答了一句："不用。你放心。"

菊花还故意向他肩头靠了靠,两人就走了。

顺子回到家里,木木地关上铁门后,就从门背后溜下去了。其实在剧场开会时,双腿就是要溜下去的,可他一直撑着,直撑到现在,到底还是撑不住,溜下去了。

六十一

正月十五一大早,三皮就来敲顺子的门,好像是哪儿失火了一样,门竟然敲得那样急。他裹着被子把门打开,三皮进来说,他昨晚梦见素芬了,是出家当尼姑去了。顺子脑子立即就想到了南郊那家寺院的静安居士,他把啥都想到了,怎么就没有想到这一茬呢?他立马穿好衣服,跟三皮一道坐公交车,去了那家寺院。他们找到了寺院旁边静安居士的家里,这个女人开始还吞吞吐吐的,后来就如实说了,说素芬是年三十晚上半夜时分到她家里来的,但住到初三就走了。问到哪里去了,静安居士说,肯定是很远的地方,并且出家的可能性很大。因为她跟她聊了几天,都是有关出家的事,她说她罪孽深重,今生活着,就是给自己赎罪了。静安说她还劝了很久,劝她出家是很苦的事,真要赎罪,做居士也行的。可她好像很坚决,并且想走得很远很远,至于具体去哪里,直到她离开时,也没吐露一句,只是要静安居士替她保密,要有人来打问了,就说她没来过。可她见两个男人这样心急火燎的样子,忍不住还是说了。

这一说,反倒让他们更茫然了。到很远很远的地方出家,那到底是哪里呢？南方？北方？东方？西方？他们还跟静安居士探讨了半天，也没探讨个眉眼出来。静安居士只是说，随缘吧，真有缘分了，即使到了天涯海角，也是会回来的。缘分尽了，就是住在隔壁邻舍，也是再不得相见的。

从静安居士家里出来，三皮又哭得呜呜的，顺子就觉得特别怪异，自己的老婆跑了，不知道他伤心啥呢？十几天前，他就这样怀疑过，今天的举动，就更是让他有些莫名其妙了。他还是十几天前的那句发问："你咋了？"三皮说："多好的嫂子，就这样不见了，我……以后就再也没有好帮手了。"他也再没说啥，两人就那样一路沉闷着回来了。三皮想跟着到他家里坐坐，他说还有事，没让去，三皮就走了。

回到家时，天已经快黑了，他们早上出门时，还飘的是时有时无的小雪花，晚上回来，漫天大雪，就把西京城厚厚地覆盖严了。一片银白中，元宵节的灯火慢慢升腾起来，很快，西京城又被照耀得一片火红了。烟花在城市的许多角落冲向天空，然后炸裂成无尽的绚烂才消失。在消失了的地方，还会有更多的绚烂升起，升起的绚烂，最终还是归于沉寂与黑暗了。

放在往常，顺子是最爱赶这些热闹的，有好几个元宵夜，他甚至是上到城墙上去看这绚烂的。可今晚，他哪里也不想去，就想窝在家里，甚至还想捂了耳朵、捂了眼睛。

他想起自己一天都还水米没进，肚子也确实有些饿，就到厨房准备弄点吃的，可水管子不知啥时已经冻死了。冰锅凉灶的样子，看了看，也就失去了烧火做饭的兴致。他到门口去买了几个白吉馍，还有几盒方便面，本来还想买几根火腿肠的，可发现，几家铺面都趁着过年，把价涨了，一根能多要好几毛钱，咋都没舍得，就回来在面里泡了馍,再添些咸菜,将就着吃了一顿。吃完又有些后悔,毕竟是正月十五,也该好好吃一顿的,却还是平常装台的吃法,他想,人说刁顺子活得窝囊,大概也就窝囊在这些地方了。

吃了饭,他又到楼上看了一下,看看菊花和韩梅的房子,韩梅的房,走时是连门都没锁的,完全一副再不回来的样子。他从窗户看见,菊花把被子卷了起来,而且被子上面还盖了塑料布,明显是长久出门的样子。他站在二楼阳台上,又给韩梅打了个电话,这也不知道是韩梅走后,他第几十次给她拨电话了,前些天是关机,而现在是停机。他觉得跟这娃的缘分,兴许是彻底尽了。他真的舍不得,虽然不是亲生的,可养了这么多年,在他心里,是早已没有了亲生不亲生的概念的。可娃有,没有,她是不会这样撒脱走了的。他又给素芬拨,还是停机。他的眼泪就哗哗流出来了,好在没人看见,他就索性让它流着,直流到领口都结成了冰凌。

他进到自己房里,真正有一种冰窖的感觉,尤其是双腿双脚,简直冻得都快失去知觉了。他打开电暖器,把腿和脚几乎是贴在暖气片上烘烤的,烤的地方发烫了,没烤到的地方,却冷得发瘆,加之电暖器特别耗电,他又有些舍不得,烤了一会儿,就又关了。他到底还是点燃了几张废纸壳子,把水管里的水解了冻,然后烧了些开水,灌了暖水袋,就偎到床上去了。

也不知道是啥时候睡着的,就做了一个梦,竟然梦见蔡素芬在一片大海上漂流。他急忙找了一块板浮上去,去追。那板好像是一块床板。他打小就想去看海,可活到五十多岁了,还没出过西京城呢。但此时,他分明是在大海上追着蔡素芬了。海开始是风平浪静的,蔡素芬笑眯眯的,好像也有意让他追上似的,可很快就起风了,浪大得涌过了头顶,蔡素芬眼看就离他越来越远了,他拼命往前划,可那床板怎么都不听使唤,划不动。他一口一口地呛着水,海水是那么的苦涩,苦得让人直想吐。眼看素芬就消失在浪里了,这时,怎么三皮突然出现了,也是划着一块床板,也划不动。好在三皮手里拿了一根很长很长的竹竿,竹竿前边还有一个钩子,他们就把竹竿朝素芬的船沿上伸,素芬的小船在浪里时隐时现的。终于,竹竿钩住了船沿,素芬离他们越来越近了,就在他伸手即将抓住素芬时,又一个大浪打来,就把他和素芬彻底分开了。大浪很快吞没了素芬和她的小船,再也看不见了,海面上,只有他和三皮的两块床板在晃荡。他突然号啕大哭起来,他听见,三皮也在另一块床板上,也老牛一样地哭喊着,两个哭声混合起来,把浪涛声都盖过了……

素芬彻底没了。

他吓醒了。

怎么身子底下全是湿的。难道是尿床了?不可能,自己打十一二岁后,就再没干过这丢人事了。他打开灯,把被子掀起来一看,原来是暖水袋渗水,满满一袋水,都快渗完了,不仅垫的盖的湿透了,连他穿的线衣线裤,也都湿漉漉地贴在了身上。他傻眼了,气得就想骂人,可又不知道该骂谁。他起来才发现这房里温度有多低,连昨晚上灌暖水袋时漏在洗脸盆里的水都结成冰了。他换了衣服,想上楼去把韩梅或者菊花的被子拿下来,可又觉得不妥,要是娃们又回来了呢?她们好像都说,自己身上有股啥气味不好闻,有一次突然变天,他帮菊花收了晾在栏杆上的被子,菊花回来后,就端直把那床被子拆洗了,这些娃们的鼻子都特别灵,再加之,他觉得他这个父亲,是无论如何,都不能动两个大姑娘的被子的。

他就把湿被褥搭在电暖器前烘烤起来,然后自己在房里转起圈圈跑步取暖。

　　这是一个非常管用的办法，装台总是跟夜晚打交道，即使春秋天的后半夜，有时也是冷得要人命的，原地打转转跑一跑，不仅产生热量，而且也灵醒脑子。他在房里跑了一会儿，冻僵的身子就慢慢开始活泛了，身子活泛了，脑子也跟着提高了转速，他在想自己的人生了。前边的，已经理不出个头绪了，反正人说窝囊就窝囊吧，后边的日子，恐怕也真得好好盘整盘整了，光是这样没明没黑地装台、拆台、讨债、怄气，也不是个长法，自己毕竟已是五十开外的人了。他突然想到了儿时的理想，那还是上小学三年级的时候，有一天，朱老师突然问每个人这个问题，当问到他时，他扯起嗓子喊了一句："当退休干部！"惹得大家一阵好笑。朱老师就问他，为啥要当退休干部呢？他说村里有一个退休干部，每天一大早，别人都下地干活的时候，人家提一对鸟笼子，到护城河边，一边遛鸟，一边用脊背一下一下地靠树，锻炼身体。锻炼完身体回来，就搬一把躺椅，坐到太阳地里，一杯茶、一张报纸地品咂，有滋有味得像是啃坊上的烧羊蹄子。下午了，又拿一个马扎，到护城河边听戏、钓鱼，或者逮鸣虫。晚上回来，先是要拿着收音机听新闻，听完新闻，才把自己在护城河边逮回来的鸣虫放在身旁，静静地听它们叫唤。然后和一些虫友探讨哪个虫叫得脆，哪个虫可能是"笨口"，就是哑巴。关键是，人家啥都知道，人家说林彪跑了，摔死在一个叫啥子都啥子汗的地方了，果然，没过几天，老师就把教室墙上挂的毛主席和他的亲密战友林副主席的像，悄悄揭下来了。连顺子他爸都说，人家退休干部的日子才叫日子呢。所以，他的理想就是当退休干部了。当时，确实惹得大家笑了好半天，到现在，他还记得身边同学的表情，人家都是要当科学家，要当作家，最差的，也是要去当兵,打美帝苏修的,可他就脱口而出了那么个不伦不类的理想。好在朱老师并没有批评他,只是笑着说:"刁顺子同学这个理想啊,就是太现实了些,其实也没有啥可笑的,那个退休干部的生活,也还算是一种优雅的生活,不过那毕竟是老人的生活,年轻人的理想就另当别论了。"他记得,后来朱老师还专门又问过一次他的理想,他说:"能让我爸过上退休干部的日子就行,我爸比人家年纪还大,可还要领我一起到人家单位挑大粪、浇菜地哩。"朱老师就再没说啥,只是轻轻拍了拍他的脑袋。

现在想起来,那个退休干部的日子,还真是好日子,人家那才活得像个城里人呢。自己这生活、这日子,跟大吊、猴子、墩子、三皮这些乡下进城打工的,又有啥区别呢?听他爹说,刁家祖祖辈辈都是西京城人,早先,还是住在城中心的,后来慢慢挪到了城圈外,好在现在的西京城,不是以老城墙划分的,尚艺路已是城市白菜心的白菜心了。他这个城里的老住户,自然是得有些城里人的活法了,连他爹过去一边忙着挑大粪、浇菜地,一边也是要养两只画眉鸟的,自己怎么就活得只剩下挣钱的三轮车了呢?

他觉得,他也该有点城里人的生活品位了,挣钱为了啥?过去是为了自立,自己挣自己吃,后来还为养活爹娘,再后来为了成家立业,再后来,又为了给韩梅她妈看病,再再后来,又为韩梅上学,为菊花能跟村里其他女孩子家一样,过得敞亮幸福,还得考虑姊妹俩将来出嫁时的陪嫁。再再后来,又加了个素芬,反正钱总是紧巴,总得拼命去挣,才能柜里有粮不心慌。现在这种拼命挣的弄法,似乎能歇一歇了,人都走光了,好像是都不需要自己了,这让他拼命挣钱的劲头也就稀松了。他其实也还是攒了一点底子的,这是他人生的最高机密,就他一个人知道,虽然不多,也就十几万块钱,将来真不得动了,防老总还是可以的。

他真的觉得太累了,也不想再吃装台这碗饭了,单跑个三轮车,要么拉货,要么拉人,撇撇脱脱、利利朗朗地挣几个小钱就行了,何必再去淘那么大的神,费那么大的力,跟神神道道的艺术家打什么交道呢?那些人都是疯子,冷一下的热一下,笑一下的哭一下,好人都能被他们整神经了,有啥必要再去热脸煟他们的冷屁股呢?他这样一想、一决定,浑身突然就轻松下来了。到快天亮的时候,他实在跑得有些困乏,就蜷在沙发里,盖上大衣睡到天亮了。再然后,就上街买报纸、买茶,还买了一副老花镜,又到回民街的鸟市,买了一只一百五十块钱的画眉鸟回来,实现了儿时的理想,正式过起了"退休干部"的生活。

家里过去其实是有个躺椅的,那还是他爹留下的,一个长方形木框架子,中间绷了一块白帆布,他找出来,支起来一试,扑通一下,就坐垮塌了。他又去了一趟竹笆市,刚好有卖竹躺椅的,买了一把回来。沏了茶,茶具是盖碗状的,那还是有一年,北京一个剧团来演完戏,人都走了,他打扫后台时拾下的。打开报纸,鼻梁上架上眼镜,还跷起了二郎腿,就从"华商报"三个字读起了。他读报开始是出声的,后来想起,那位退休干部读报,从来就没出过声,只是静静地看、静静地翻,有时还会把报纸合起来,闭起眼睛思考一会儿,再打开报纸,再读,再来回翻。他就完全学着人家的样子,来享受这种朱老师说的优雅生活了。

过了几天,大吊和猴子他们就来了。大吊这次来,还带着老婆孩子,说是想让顺子给他老婆也安排个装台的活儿,还说素芬能干的,她都能干。顺子戴着老花镜,把眼睛是从眼镜片上边鼓出来看大吊的,几十年过去了,顺子还清楚地记得,那位老干部看人就是这样看的，可有派了。顺子说得一板一眼的，也像那个老干部的口吻和神情："我也得好好休息休息了，干一辈辈了，也该让让贤了，台嘛，要装你们装去，我这，就算退下来了。"

大吊开始以为顺子是在演戏，后来才发现，还是真的，看把他假的。

六十二

大吊本来是不想带老婆和孩子来的，可老婆周桂荣闹着不行，说在家里守着，靠一天母鸡生几个鸡蛋，一年养两头猪，再在地里刨点瓜菜，打几百斤麦子，收点绿豆、黄豆啥的，也就是个能勉强顾住柴米油盐的日子。可他们家是一处烧火、八处冒烟，整单钱，也都让四处八下的日子零敲碎打完了。公爹公婆一摊子，靠大吊这点打工费接济，她和女儿丽丽一摊子，不仅要吃要喝，而且还得攒钱给她动手术。

女儿丽丽两岁的时候，在火炉边烤火，一不小心栽了进去，脸和脖子烧得连在了一起，他们一直说给娃攒钱动手术，可钱咋都攒不够，就拖到现在了。为了给娃攒钱，他们都没敢要第二个孩子，想着给丽丽整好容后，再生第二胎。可一年一年过去了，就把丽丽拖到了十四岁。这期间，大吊他爹和他娘也都劝过他们，叫把丽丽放弃了算了，让火烫了，那也是命，一个女娃家，要花几十万块钱美容，据说也只是变得不怪相而已，人是咋都不可能变好看了，又何必呢。重打鼓，另升堂，不定老天爷还送个美男子呢。就是再生个女娃娃，那也是好的，往大拉扯的费用，咋都不会比给丽丽做美容的钱多,何苦要一根筋走到黑呢。可无论公爹公婆怎么劝,甚至连大吊都动摇过,但周桂荣始终不改初衷,她觉得,人活在世上,不能造孽,丽丽两岁栽进火炉,咋都是自己没看管好造成的。那阵大吊在外打工,家里就她一个人,她在猪圈喂猪,听到哭声就往回跑,可把人从火炉拉起来,就烧得没形了。当时她的心就跟过了绞肉机一样,碎得没一块是浑全的。从此她也后怕要娃了,有一年,无意中也坐过一次胎的,可半夜被噩梦惊醒时,胎就自然流了。

丽丽长到五六岁以后,几乎天天问她:"娘娘,啥时给我美脸哪?"她就哽咽着,总说快了,可快了这么多年,还是没美,今年,她觉得无论如何,都得给娃把心愿了了。所以过年的时候,她咋都闹着要跟大吊一起进城,一是打工挣钱,二是催着给娃美容。娃再耽误不起了,人越来越大了,知道自己的脸丑得吓死人,一个人老偷着哭呢。好多回,娃都不想活了,年前有一天,村里几个娃娃害怕她,远远地就喊叫"臭疤子滚远些,臭疤子滚远些",还用石头和泥巴疙瘩打她,气得她回家来,就一直站在水井边,想往下跳呢,要不是她突然心慌意乱地觉得有啥事要发生,急忙从地里赶回来,娃恐怕就一头栽进井里了。

这个年任谁劝说都不行,她甚至给大吊翻了脸,不带她和丽丽进城,她就跟丽丽单另过了,反正不给娃看脸,她就闹,正月十五还闹了一场,大吊没法,只好带她们母女来了。

丽丽是包着一个花头巾跟爹娘来的,周桂荣还给娃戴了口罩,几乎只有两只眼睛露在外面。大吊是个要强人,从来没有对任何人讲过丽丽的情况。自然,这次带进城,也是不想让人知道底细的。好在年前,周桂荣就打电话闹过,让他早点在城里找房,反正年后她是一定要带丽丽来的。大吊也不是不想给丽丽看脸,为这事，他也好多次去医院咨询过，要整出形来，起码得二三十万，而他现在满打满算，也就攒了七八万块钱。在他心里，也是有个谱的，想着赶娃十八岁前，整出了样儿来，不耽误娃将来出嫁就行，可周桂荣这几年是越催越紧了，这个年过的，就差拿菜刀跟他拼命了。其实年前离开西京时，他也是打问过租房的，就怕周桂荣闹得不行，一家人突然来了，搞得措手不及。他找的房子，在离尚艺路比较近的一个村子，为了不让更多人看见丽丽，大惊小怪的，他还专门找了一个眼睛几乎看不太清的孤老房东太太，家里一共只有一间半房要出租，就是阴暗潮湿些，价钱也贵了点，一月得八百块，但为了不跟别人搅和，他还是跟老太太订了口头协议。老太太硬要让先交一个月定金，他想着，回去还是先做周桂荣的工作，能不来尽量不来。当他带着周桂荣和丽丽进村时，还生怕房已让别人占了呢，幸好还空着，周桂荣和丽丽也都觉得挺好的，这家就算安顿下来了。

让大吊没想到的是，顺子咋突然变得让他几乎不认识了，见他还拿文做武的。以他跟顺子打的这十几年交道看，顺子是不会不让他媳妇周桂荣进来搭伙装台的。顺子最大的缺点就是心软，软得这些年让他们少挣了不少钱。但没有了顺子，这个摊摊也撑不起来，活儿也没有这么多。好多人都想另起炉灶呢，可一旦离开顺子，就没人认卯了，活儿也揽不下，最后还都乖乖地回到顺子名下来吃饭。

鼻子上突然架了眼镜，手上拿了报纸，身边放了盖碗茶的顺子，口口声声还说自己"退下来了"，在大吊看来，这家伙好像神经是有些不太正常了。

他跟猴子、墩子、三皮他们联系上后，才知道，顺子是真的受了大刺激,年三十晚上,蔡素芬从家里跑了。在他们住的地下室里,三皮一提起蔡素芬,还哭得呜呜呜的。猴子就说:"该不是你狗日的,把人家家里搅散伙的吧?"三皮赌咒发誓说不是的,他说蔡素芬是个正经女人,心里只有顺子,跑了可能是为家里的事,跟他一点关系都没有。其实三皮死缠蔡素芬,大家也都能感觉到,大吊还骂过三皮,说他没良心,咋能打自己老板的主意,可三皮忍不住,还是要死缠着。他们一边喝酒,一边又仔细审问了三皮一通,直到三皮赌咒说,他要是真把蔡素芬咋了,他的下半身就烂成一包蛆。大家还不行,觉得这咒赌得还不狠,三皮就把自己亲爹的下半身也搭上了,大家才算了的。后来墩子提供情况说,可能与正月十四晚上的演出有关,顺子那晚扮演狗,结果犯神经,狗死了,还胡乱动弹,让寇铁还有靳导,差点没把顺子吃了。那天晚上,他们分析商量了半夜,觉得装台这活儿要往下干,还得顺子承头,顺子不承头,这事没法干。商量到最后,决定还是由大吊和猴子出面,跟顺子好好谈谈,如果他们两个的面子谈不下来,那谁也就都没办法了。

第二天一早,大吊和猴子就去顺子家了,谁知门锁着,他们打电话一问,顺子说他在坊上赶集市呢。大吊问集市在哪一块儿,他们也想去看看,顺子有些不想见他们,说集市大了,来了也找不见。他们执意要去,顺子大概是没办法,就说了坊上的一家鸣虫店,他们很快就去了。

他们在西京也都是混了十几年的人了,可在城市的白菜心,还有这么大个卖虫鱼花鸟的集市,他们还是没听说过。这个地方叫西仓,据说清朝时就是一个大仓储,储粮食的。现在也都住了单位,住了人家。两条十字交叉的大街上,摆满了各种活物,光鸟的品类就有好几十种,有些他们在乡间也是没见过没听说过的。那些会说话的八哥、鹦鹉,开价都在好几千,有的干脆上万了。还有卖宠物狗、宠物蛇、宠物猪的,真是让他们大开眼界了。尤其是那些喂鸟、喂鱼的活虫,密密麻麻,一屉笼一屉笼地在里面拱动,都不知道是咋养出来的。他们挨家挨户地走着看着,好多卖核桃的,一对就几千块,他们平常只见城里人拿在手里搓着、转着,却不知道是这么大的价钱,还有一万、一万五甚至两万的把玩核桃,看得他们直咂舌头。

终于,他们找到了顺子说的那家鸣虫店。远远的,他们就听见了乡野村道上夜晚发出的那些虫鸣声。一排过去,有好几家铺面,门脸都是窄窄的,门口都摆了大小不同的箱子,箱子里放着各种会叫唤的虫子。有些虫子他们也是认识的,有土狗,有蚂蚱,还有一些见过但叫不上名字的,一只也都是好几十块,甚至还有上百块的。他们进了顺子说的那个店,店里很暗,没有开灯,但里面的世事还真不小,不仅卖各种虫子,而且还卖各种装虫的罐罐。店里有不少人,但就是不见顺子。突然,猴子用胳膊肘撞了一下大吊,示意他看看身边那个挑罐罐的。

大吊一看,是一个穿着米色风衣、戴着黑色礼帽、蹬着三接头皮鞋的人,正在一溜罐罐中细挑细拣着。大吊还没弄明白是咋回事,猴子就轻声说:"顺子。"这是顺子?大吊还有些不相信,就把头伸到柜台里,朝回看,果然还真是顺子,还穿上了白衬衣,脖子上还勒了红领带。大吊扑哧笑了:"把他假的,还武装上了。"

大吊端直走到他身后,伸出两只冰乎乎的手,把他两只眼睛一蒙,顺子就知道是谁来了,他头一筛,说:"脏爪子!"就把大吊两只手筛掉了。然后,他继续挑他的罐罐,细细地品着、看着,甚至还眯起一只眼睛,跟打枪一样地"单眼吊线"起来。那个专注,那种不跟他们玩儿了的神情,让他们突然觉得,这家伙跟过去那个家伙是咋都联系不起来了,他们之间是有了很大的距离了。

人家是在玩城里人的范儿了。

猴子干声没气地问了一句:"咋,准备玩虫子呀?"

间隔了许久,顺子只哼了一下:"嗯。"

"这有啥好玩的,你要真喜欢,还用花钱在这儿买,我们回去给你逮一些来就是了。"猴子又说。

"那你回去逮嘛。"顺子有些不屑地说。

"咋,你还不信,以为给你逮不来?"

"你逮嘛。"顺子还是那句话,还端详着他的罐罐。

"你真要哇?要了我马上回去逮。"

"你家可能提前过夏天了,要不然咋会有鸣虫呢?"顺子有些得意地乜斜了猴子一眼。猴子才想起,这些虫子,还真是春夏之交才慢慢有的。他就问:"那这些虫子是咋回事?"

"人都能克隆了,冬天还弄不出几个夏天的虫子来?真是太可笑了。没了,城里人咋要瞧不起你们这些乡棒了。"

顺子突然说出这样的话来,气得大吊和猴子的喉结都一鼓一鼓的。

猴子就说:"这都是啥人玩的嘛,你还有心思玩这?"

"真是笑话,你说啥人玩的,能玩这的,在西京城里连教授、大干部都多了去了,你以为都是城中村的闲人,是吧?"顺子还在来回倒腾着,翻看那些瓷瓶陶罐。

大吊说:"你真有心思玩这个呀?"

顺子问:"咋没心思了?我过去就玩过,这些年,是没时间了。"

"你现在就有时间了?"猴子问。

"咋没时间？我退了，现在有的是时间。"

"你再甭拽了，又不是干部，还退了。"大吊急了，话就有些冲起来。

"你懂个屁，咱城里，哪怕是从村办厂退了，都叫退了，你懂不？乡棒。"

"好好好，你退了你退了。真不装台了？"大吊又问。

"不装了。"

"到底是为啥嘛？"大吊还追问。

"不为啥，就是不装了。"

"大伙儿都来了，你能不装了？"大吊甚至有些威胁的口吻。

"我又没叫你们来。"

"哎，你咋说这话呢，年前你发话，说让大伙儿年后不来了吗？"

顺子的嗓门也提高了："我年前发过话，说叫你们年后来了吗？"

仔细想，顺子还真没发过这样的话，每年这阵儿，都是自己就心急火燎地来了。

"真不装了？"

"废话。要装你们自己装去，以后少来找我。"

"你到底咋了嘛？"

"没咋，反正我今天把话撂在这儿，我要再装台，我就是王八蛋。"

顺子说得很坚决，连一点缝隙都没留。大吊与猴子相互看了看，觉得这里也不是说话的地方，又陪了一会儿，顺子也是待理不理的，他们就无趣地转身走了。

六十三

顺子这回是真的准备死心塌地地过城里人的日子了，村里就自己起早贪黑，就自己过得最没脸没皮，连赌博了一辈子的疤子叔都不如，还别说那些成天钓鱼、遛鸟、下棋、瞎逛荡的主儿了。就说人家大宝吧，跟自己一样大，一起上的小学，还一起给菜地挑过大粪，可后来，人家也没蹬三轮车，也没下过苦，也不看谁的脸，一辈子就守了八间房，吃租金，还活得连村主任都不尿。人家整天就圪蹴在门口看人下棋，一年收一次房租，一月再动手收一回水电费，其余时间，永远都是看棋、说棋、下棋、骂棋，有时骂着骂着，不是被人把棋砸到他脸上，就是他把棋砸到人家脸上。关键是人家还拾掇了个漂亮老婆，成天把饭端到棋摊子上，举案齐眉地请人家咥哩。虽说是乡下女人，可烫了头，文了眉，画了嘴，挂了核桃大的耳环出来，也不比城里人差，那日子，大宝说了，给个省长都不干，嫌他妈婆烦。

其实自己家里的房，原来跟大宝一样多，上边有话，说是不让加盖，他就吓得没敢动。可人家大宝，管你谁说的，偏就给房上又摞了几层，摞了就摞了，有人来皮干，大宝端直拿把斧头，哗地揳在门上，就吓得再没人敢上门过问了。人家就这样，净白比他多出八间房来，租金一年也能多收上十万。这回他也准备学大宝啊，要是韩梅真叫不回来了，菊花也真出嫁了，他也给房上再硬摞几层，他家里也有斧子，来人寻事了，他也会朝门上砍。反正这回，他是准备彻底撇掉三轮车，全面开始钓鱼、遛鸟、养虫、看棋、打牌、听戏的悠闲生活了。弄这些事，他就不信他还比谁蠢笨了。

鸣虫这东西还真是好玩，顺子一次买回来了七八样，有蛐蛐、蝈蝈、金钟、金铃、银铃、塔铃、马铃。他过去是养过蛐蛐、蝈蝈的，那都是在菜地里逮的，摆些菜叶，喝些水就行了。而这些从鸣虫店买回来的家伙，店主说最好多喂苹果、香蕉、梨之类的东西。说这些家伙都喜欢暖和，温度越高，叫得越欢实，所以他一回来，就先搭起了炉子。炉子早都不用了，好在几根铁皮管子还在，墙角也还有几十块煤，几下鼓捣起来，房里就暖烘烘的了。他拉上窗帘，关了灯，让房里暗了下来，这些家伙大概是以为天黑了，就试火叫了起来。顺子得意地仰在沙发上，闭起眼睛，听这些家伙争着给自己演唱呢。他用耳朵仔细辨别着它们的声音，那叫得明亮、通透、长久，尤其是高音能拔得不让人鼓几下掌就歇不下来的，是蛐蛐；那闷声闷气的，似乎一直在走直音，明显嗓子不如蛐蛐敞亮的，是蝈蝈；那像敲钟一样稳健、厚实、做金属声的，是金钟；那个一叫起来就往下塌音、塌腔、塌板、塌气的，叫塔铃。卖鸣虫的非要叫塔铃，其实他以为叫塌铃才合适呢。金铃、银铃，叫声区别倒不大，都是一种清脆、透亮得让人耳朵想扯长了听的小铃铛摇动声，但它们的身子，却是一个金黄、一个银白的，可金铃比银铃整整贵了二十块钱呢。店主说，那就是一个皇后、一个贵妃的关系，买了它俩，你就皇后、贵妃都有了。经不住诱惑，他就把俩宝贝一回整回来了。最数马铃叫得特别，丁零当啷、要紧不慢、要死不活的，就好像真的是骡马过来了一样。他小时候可没少跟骡马屁股走过，那时进菜地拉东西，就全靠的马车，这种声音，端直就把他带到儿时看守过的菜地里去了。他一直听它们给他演唱到很晚很晚，才从沙发挪到床上睡下了。这天晚上，顺子觉得他是在田野上躺着的，中途醒来，甚至吓一跳,好像是谁把他撂到昔日的黄瓜棚架下了。

第二天早上起来,出去买了豆浆油条和一个鸡蛋灌饼,另外还买了一张报。报是已经订过的,但得下月一号才能正式送,不过门口的报箱都已安上了,连赌徒疤子叔门口都是有报箱的。看报时,他还是喜欢坐躺椅,按村里那个退休干部的弄法弄,那样子才叫看报。他就一边喝豆浆,一边又架起眼镜,躺在躺椅上看起报来。没想到,猴子一大早就跑到家里来了。

他也没让猴子坐,猴子自己就把瘦屁股架在他的沙发棱棱上了,他没让猴子吃,猴子也是自己把那个鸡蛋灌饼,脸厚地塞到自己嘴里去的。

他从镜片上边,朝猴子那根截了的指头处看了看,还真的连根锯了,那地方明显豁出一块来。

猴子看他在看自己的截指,就说:"再想用这根中指骂人,恐怕是骂不成了。"

"还有那根中指在嘛,你还能'责'。"顺子说。

猴子觉得顺子跟过去完全不一样了。要放在过去,无论谁开别人残疾或者啥地方缺陷的玩笑,顺子都是不接茬的,可今天,突然开起他截指的玩笑了,他心里就有些犯硌硬。他今天来,其实还是昨晚他们几个商量好的,让他再来请顺子出山的。他的撒手锏就是这根截了的指头。

猴子说:"这根指头,他们还没赔完呢。"

"你去要嘛。"

"你不出面,咋要?"

"我不出面,你还不吃不拉了?"顺子好像完全在说与他不相干的事,边说还边翻着报纸。

"你真不管了？"

"真不管了。"

"你凭啥就不管了？"

"凭我不想管就不管了。"

"世上哪有这轻松的事，说不管就不管了。"

"哎，我是谁发了文件任命的，还是你们投票选举的，我凭啥管？"

顺子一句话还把猴子给呛住了。

"你快忙你的去。再说你指头的事，年前都是跟瞿团说好了的，你不去要，还等着谁朝你嘴里屙呀！"

猴子看搭不上茬，尴尬地坐了一会儿只好走了。

在猴子出门的一刹那间，顺子心里突然有了"无官一身轻"的痛快，虽然自己不是个啥官，可手下猴猴了几十号人，那也是日夜不得安生的事，这下好了，就是谁把腿锯了，跟他也没有一毛钱的关系了。他突然唱了起来，还是用小花旦的嗓子：

　　我爹爹贪财把我卖，
　　我不愿为奴逃出来……

唱着唱着，他突然想起了他的那些收藏。几十年跟剧团打交道，收藏下了好几纸箱演出说明书，开始就是觉得那些剧照好看，满地撒着可惜了，收着收着，就成了习惯，见演出就要弄一本回来，有的还请名演签了名的。那年葛优来西京演话剧《西望长安》，他们装的台，叼空，他就请葛优把名签上了。陈佩斯来演《阳台》，他也是请他在说明书上签了字的。还有濮存昕、宋丹丹他们来演话剧，他都借装台、搬景的机会，在说明书上，让人家留了大名的。他觉得这下是有时间了，该翻出来好好整理整理了。虫在房里鸣着，

374

鸟在院里叫着,他嘴里哼哼着,就把几大箱子说明书,都倒腾出来了。有些粘到一块儿,连撕都撕不开了。他就慢慢撕,慢慢翻着,几乎每一本说明书都能让他回忆起当时装台、拆台、演员走台,他在侧台、灯光槽看戏、打追光、搬景,以及跟名演擦肩而过的情景。几个小时过去了,他才翻看了十几本,他不想翻得太快,他已经有的是时间了,得慢慢翻、慢慢品、慢慢整理、慢慢回味,他好像突然懂得了收藏的意义。这大概也是他这个城里人,跟大吊、猴子、墩子、三皮们的区别,他们就从来不待见这些东西,墩子见他捡说明书,还笑话他说,这纸擦沟子都硬了点。

他有滋有味地把说明书弄到天黑,觉得腰痛背胀的,就起身出门到村里看下棋去了。村里有一个长年不歇的棋摊子,是在一个路灯下圈着。在他印象中,无论刮风下雨,还是下雪,这摊子好像都没散过。有时他装台到天亮回来,有人还在那里把棋子板得爆爆响。他平常很少在村里待,日子基本上都是在舞台上打发完的,所以他来,那些老棋篓子觉得还有些稀罕。他知道大宝是真正看了一辈子棋的人,就凑在大宝旁边,看人家大宝咋观棋呢。其实大宝看了一辈子棋,也是吃了一辈子亏的人,咋都管不住嘴,爱说,爱出手,动不动就抢着把人家的棋子杀过河去了,好了好说,不好了,有那性子焦火的,就会拿棋子砸他的头。他眉骨上、鼻梁上,都留过人家愤怒后的疤痕,可他还是爱看,还是爱说,还是爱动,用他的话说,这一辈子,也就好这一口了。他在大宝跟前蹲了一会儿,就见人家骂了大宝好几次:"把你的×嘴夹紧!""你那是嘴吗还是×?给我夹住了!""你再动,再动我就把你的猪蹄子剁了。"可大宝就是把嘴夹不紧,把手管不住嘛,有啥办法。

顺子看了一会儿,觉得也没啥意思,加之晚上天也冷,就站起来了。他想跟大宝拉拉家常,问问他家加盖那几层楼的事,可又觉得伸不进嘴,正说准备走呢,一盘棋和了,在别人摆棋子时,大宝主动跟他搭讪起来了:"哎,顺子老兄,你这些年给人家唱戏的装台,没少挣钱吧?看把你忙的,一年四季都见不上人,发了财,也没说请哥洗个脚,打个炮啥的。"一窝窝人都笑了。顺子就借汤下面地说:"那行,我请你洗脚,走。""走就走。"大宝起身就跟他来了。

他说的洗脚,可大宝觉得他好像是有啥事要请教似的,就提出要洗浴了。既然把人家叫来了,他也不好说不去,就跟大宝进了洗浴城。谁知大宝是个得寸进尺的主儿,顺子问他的话,他老是说半句留半句的,留下那半句,就坑着顺子要按摩女,并且说这儿有俄罗斯的,要个外国妞,嚼几口,换换口味。顺子不答应,大宝就说他"活得抻不展",抻不展就抻不展,反正顺子是绝对不嫖不赌的。大宝就说他倒算个屌,还不嫖不赌的,好像还准备竞选总统啊。算个屌就算个屌,反正顺子觉得让他弄这事,他弄不下去。大宝还骂他说:你都搞了好几个女人了,还在乎再多搞一个。顺子说不一样,这是嫖,他不嫖。两人磨了好半天牙,最后顺子没办法,给大宝硬撇了三百块钱,才自己走了的。

这一趟澡洗得真有点窝囊,不过他还是把大宝加盖房的事问了个大概。

他看大学都开学了,估摸着韩梅也该去学校了,就去商洛走了一趟。他内心还是想韩梅回来,这毕竟是自己从她五六岁抚养大的女儿,说走就走了,心里咋都搁不下。要是她还回来,那房咋都还是要给她留着的。可到学校见了韩梅,就让他心里凉了半截。尽管他来时,是故意捯饬过的,还穿着好些年前韩梅她妈给他做的那件米色风衣,还有那套藏蓝西服,不过出门前都是花钱专门熨烫了的,三接头皮鞋也是擦得锃光瓦亮的,可韩梅还是把他叫到学校外边跟他说的话,好像是生怕让人看见了似的。并且话很强硬,说绝不再踏进刁家半步,虽然都是冲着菊花来的,但那种前情一笔勾销的生硬感,还是把他的心深深刺痛了。他问她跟那个同学朱满仓的事,韩梅端直说,他们都结婚了。顺子惊呆了,说这么快?她说大年三十被逼得走投无路了,就是投靠人贩子,投靠黄世仁,也得投啊。她还说,他们是正月十五在他们家乡办的结婚登记。反正所有话都含着刀,带着刺,尖溜溜,硬邦邦的,扎得他整个身心,只能一个劲地往后退让。他感到这回是彻底把娃的心伤了。同时,他觉得自己的心也被伤透了。他来时,身上是给韩梅揣了几千块钱的,他掏给她,但她拒绝了,拒绝的态度,也是没有丝毫回旋余地的那种,让他觉得拿钱的手,都没法往回收。

他走了,为了韩梅,他来过好几次商洛山,过去留下的印象都那么好,这一次,却阴沉沉,灰蒙蒙的,连路边的山石也多了几分看不清面目的乖张和尖利。

在过秦岭隧道的时候,寇铁一连来了几个电话,他本来不想接,可寇铁不住地打,连身边的乘客都有些烦了,他才接的。寇铁还是那副居高临下的语调,生硬地吩咐他说:"明天有个晚会要装台,得上二十几个人,一共给六千块,你一早就带人到剧场去,晚了别人可就去了。"要放在平常,他自然是要说出一串感恩不尽的好话的,可今天,他嘴里蹦出的,却是硬得比寇铁的话还要硬十分的两个字:"没空。"

然后就狠狠地把电话挂断了。

六十四

眼看正月都过了大半了,他们这一摊子人马,还都干耗着。大吊他们商量来商量去,觉得这个摊摊没有顺子还是不行,看着是一个没啥眉眼、没啥架骨的散摊子,可一旦离了顺子,这个摊摊,还真就散马无笼头了。寇铁打电话找顺子装台,顺子给他对了个干的,说没空。寇铁就把电话打给了大吊,先是把顺子美美骂了一顿,什么玩意儿,还给他摆谱,说从今往后,装台这事,就找你大吊了,他刁顺子哪里娃不打他,他到哪里玩去吧。可大吊想来想去,还是没敢接这活儿,一来寇铁这人不好缠,二来他也不能这么做,顺子不答应的事,自己一把揽到手上,算是做人不地道。更何况,自己是真的挑不起这样一个摊子,麻烦事儿多着呢,光成天给人下话、求情、服软这一套,他就拿不起。看起来,顺子有时是多拿了两个钱,可有不少,也都用在人情往来上了,那钱,就是给他大吊,他也不敢拿,拿了,把事推不前去,岂不还得吐出多的来。

大吊也不是不想自己弄个摊摊,多挣两个钱,这事几年前就偷偷想过,可咋想,还都是不敢承头的事。装台这行,跟其他的不一样,啥都没个准头,永远都没个固定的样样、行行,那些艺人、艺术家,你不知道他到底想弄啥,你觉得一棵树,苑子自然是应该朝下的,可他看来看去,却让把苑子朝上吊着,还说效果出来了。明早来一看,又说树干得打横了,斜吊在半空更美,反正不把装台的折腾死,他是不会把那树正正经经栽到地上的。要不是顺子性子糇瓢,放在他,都不知跟这些难缠的疯子们打过多少架了。单说那个剧务主任寇铁，有好多次，他都是想扑上去，捏碎了他那两颗蛋的，可顺子宁愿让人家把他的蛋捏碎了，也是不许他们上去捏人家蛋的，这真需要很好的韧性、柔术，需要道行，顺子有，而他没有。他也撺掇过猴子出来承头，可猴子说，他就是个猴子，只适合在杆子上爬高上低，不适合在人前走来走去的。他觉得，人这玩意儿，猴子还是交不过。平常看起来，一个个能得一根指头都能剥了葱，说起硬气话来，个赛个的像千斤顶、金刚钻，可一旦到了要拿肩膀承重的时候，也都只会下颗软蛋。他跟猴子在这个摊摊里，也算是二把手和三把手了，平常装台，总少不了要相互掐几下，以显示自己的重要性和不可替代性，可真遇事了，也都是上不了台面的尿包。墩子甚至还拣了一句瞿团评价靳导的话，说顺子哥是咱们这个团队的"灵魂式人物"。顺子不在，这个摊摊，还真给丢了魂了。

说来说去，还是得去请顺子，还得求他出山。猴子去请过了，请不回来，墩子和三皮，恐怕更指望不上了，想来想去，大吊觉得还是得自己去。这次去，他没有说装台的事，只是说，他把孩子也接来了，住在旅馆村，想请他到家里去看看。说到孩子，顺子也不好推辞，就让大吊把娃领到他家来玩，大吊说没法领，顺子问为啥，大吊说，你去一看就知道了，弄得顺子不去还不行了，就放下手中正鼓捣着的演出说明书，跟他去了。

顺子讲客气，进门前硬要买些水果，大吊不让破费，顺子说是看弟妹和侄女哩，又不是看他，还开玩笑说，要看他，随便捡一个烂胡萝卜，塞到他嘴里就行了。

其实今天一早，大吊在出门前，就跟老婆周桂荣说，中午可能要请顺子来家里吃顿饭。他走后，周桂荣就去买菜、割肉，做了些准备。

顺子提着水果进门时,周桂荣还在用水给头上抿头发,这是她们乡间女人家里来客时,都会顺手做的一件事,这样不仅头发不乱糟,而且美观,受看。

周桂荣过去一直听大吊说顺子,就知道顺子是他们的头儿,还说他们这个头儿,是西京城里人,挺好的,能打交道,但跟着他,也弄不出啥大的世事,至多能挣几个下苦钱而已。今天总算把真人见了,要不是大吊说,她还真的把他和城里人联系不起来呢。虽然裹着风衣,穿着西服,扎着领带,戴着礼帽,这行头,他们村上的二狗子、黑眼圈也都有,并且人家的礼帽还是电影里美国西部牛仔式的,帽檐都往上翘着,而顺子的帽檐,还是朝下耷拉着的。

顺子见了她,甚至还有些害羞,进门都半天了,也没敢正经瞅过她一下,两只大而无神的眼睛,就只盯着大吊说话。

大吊没有急于让顺子见到女儿,说实话,只要能不让人知道,他都是不愿意对人提起丽丽的事的,他不想让人笑话自己,也不想招人同情,实在是没法了,才想了这一招。这也是他想了好几天,才想到的招数,他自以为,还算个绝招,因为顺子为人心软,他就专朝他这个软肋上砍。看能不能感化了顺子,让他再承起头来,好让自己继续挣那几个现成钱,兴许老婆入伙的事,他也能答应了,两个人挣钱,丽丽美容的事,也就有着落了。

"侄女呢?"顺子问。

大吊说:"等一会儿就会来见她伯的。"

顺子又问:"这房租多少钱?"

"一月八百块。"大吊说。

"这贵的?"

大吊说:"就是贵。"

"贵你还租?"

"不租不行嘛。"

"咋不行了?"

大吊也不说咋不行,就说不行。

又拉了些闲话,大吊看是火候了,就把丽丽的事端出来了,他说:"说了也不怕你笑话,娃可怜,就没脸见人,只能租这样的地方了。"

"娃咋没脸见人了?"

大吊就让周桂荣去隔壁房把丽丽叫过来。

丽丽咋都不来,周桂荣说:"丽,你爸找人来,就是为了给你美脸哩,你总得让人家看一眼吧。"

丽丽听说来人是为给她美脸的,才同意过来让人家看看。但她还是坚持用头巾把脸包着,直到在陌生伯伯面前,拧来拧去好半天,才羞答答地掀开了一个角,客人大概还没看清,她就又把头巾拉下来,遮盖住了。

周桂荣看娃实在抹不下面子,才强行把头巾拉开,让顺子看见了孩子的整个脸面。

顺子没忍住"啊呀"了一声,紧接着,娃就拉下头巾跑出房了。

"咋回事?"顺子急忙问。

大吊就把来龙去脉,给顺子说了一遍,周桂荣先去安慰了安慰孩子,然后也过来,一把鼻涕一把泪的,把娃的情况,又再详细说了一遍,他们就看见顺子在偷偷抹眼泪。

但顺子始终没说再承头装台的事,直到离开他家,都没说。

望着顺子双手插在风衣口袋里,一步步慢慢离开旅馆村的身影,大吊心里就越发地纠结了起来。

381

六十五

从旅馆村回来,顺子心里就一直不舒服。他脑子里,始终是大吊女儿那副烧得没了人形的丑脸,在晃悠。他也见过一些烧伤的疤子娃,但还没见过烧成这样的。关键还是个女娃。不管咋说,他还是被大吊和他媳妇的行为感动了。夫妻俩挣钱,就为了给女儿整容,好让她有个能见人的脸面,这让他整个下午和晚上,都再也不能安静下来听蛐蛐、蝈蝈叫,翻那些花花绿绿的说明书了。他出门胡乱走了一通,后来无意间听说,今晚城墙向市民开放,说上面有灯展呢,他就随着人流上去了。人多得啥也看不清,就是被人推人地往前推着,磨着,拥着,从端履门上去,又被从南门拥下来了,拥下来时,把一只鞋也拥没了,他是跛着一只脚回到家的。

六十六

顺子又被弟兄们拽上套了。

他是经不住大伙煽乎,一煽乎,浑身上下的血脉就流得咕咕作响。尽管呼呼进家来的这一伙,把他过年买的瓜子、花生、糖果、德懋功水晶饼,一扫而空,甚至为抢最后一个水晶饼,还把一个盘子咣当打碎在了地上,人走后,屋里也像蚂蚁搬家走过的一样,残渣剩末铺了一地,可他还是有些得意扬扬。

他一边打扫,一边就像戏里诸葛亮,被刘备三顾茅庐后一样,

一咏三叹地唱了起来,不过诸葛亮是轻摇着鹅毛扇,而他却是划拉着扫帚,一拍、两拍、三拍、四拍地,拉长了秦腔欢音慢板:

　　有、诸、葛、打、坐、在——卧龙——山冈——

　　看、天、下、蚁、排、兵——闹闹——嚷嚷——

　　刀光来——剑影去——谁来收场——谁能收场——谁堪收场——

　　不出山——违天意——我——我——我罪责——难当——

　　……

也怪,顺子一答应出山,活儿立马就来了,还是一个县剧团的戏,但请的都是全国的大腕,据说花了一千多万,光布景、道具、灯光就拉了八卡车,顺子他们二十几个人,整整把布景、道具卸了一晚上。

到第二天装台时,顺子才发现,整个导演、舞美、灯光,还都是上次搞《金秋田野颂歌》的那个班底,不过总导演去年来,是头顶光光,胡子从鬓角以下连成一片的。而今年来,从头顶到下巴,都光溜得像是抹过油一般,只是在鼻梁上架了一副古铜色硬腿眼镜,那眼镜腿还折了一截,是用麻绳拴在了脑后的。他穿着唐装,看上去,连人也有些像清朝以前的古董了。去年他说话,给顺子的印象是,声音高、硬、狠,也快,今年却是低、柔、慢地婉转起来,好像完全变成了另一个人似的。尽管如此,顺子还是一眼认出了他,大吊、猴子、墩子、三皮也都说,就是这个货。他们眼前为之一亮,这一伙,去年还欠他们几万块钱着的。顺子尽管不想理寇铁,但还是给寇铁打了电话,把这帮人又来了的信息传达给了他。寇铁好像也表示出了极大的兴趣,说不要打草惊蛇,他过来看看。寇铁一来,认定就是他,寇铁就把他叫到了一边,顺子、大吊、猴子、墩子、三皮也一起跟到了舞台一侧。

寇铁开门见山地说:"冯导,还记得我不?"

那个叫冯导的总导演,用手扶了扶眼镜,看了看寇铁,表示十分陌生地摇了摇头。

"那我就告诉你吧,去年,咱们一起办的晚会,你总导演,我剧务。"寇铁提醒说。

"我搞的晚会多了,不知你说的是……"

"《金秋田野颂歌》,就在这西京办的。你去年修的大胡子,穿的军大衣。"

那个叫冯导的家伙,好像是有些掩藏不过了的样子,连连拍了三下脑袋说:"哦哦哦,想起来了,想起来了,有这么个晚会,记得那个晚会很成功啊。"

"成功倒是成功,可你们最后走时有些不够意思呀,欠了那么多劳务费,就开溜了,这哪像圈里人干的事呀?"

冯导突然也一反常态地激动起来:"你不说这事我还不来气,你一说这事,我还一肚子火呢。你知道不,我也被人骗了,我该拿的劳务费,也只拿了一半多一点,我还想骂人呢。"

"那你到底替谁干的呢?"寇铁问。

"就那个总剧务呀,你不记得了?那个矮矮的,胖胖的。"

"他人呢?"顺子终于憋不住插上嘴了。

"办完晚会就不见了。"

猴子说:"你哄鬼呢,你们是一伙的。"

"你怎么能这么讲话呢?我跟你们一样,都是给人打工的,也是受害者。"他把"受害者"三个字,还故意强调得很重很重。

寇铁就说:"那你当天晚上为啥也跑了?"

384

"什么跑了？"

"办完晚会，你们就都不见人了。"顺子说。

"管事的都不见了，我们这些打工的还留着干吗？我们不得去追他吗？听说他还欠着你们地方的钱，我们等着挨揍吗？"这家伙说得滴水不漏，并且还委屈得比谁都委屈地说："欠你们几个钱，你知道欠我多少吗？一百万哪！我就权当是为你们西京的精神文明建设做贡献啦，知道不？不过这骗子还得找，咱们共同找，不管谁先找到，相互通个气，不能让坏人得利、好人受气呀！"

为这事，寇铁还专门去找了出资办晚会的那个企业，希望他们能出面，通过公安机关，把这个冯导好好盘查盘查，结果企业的头儿说，你别小看了这伙人，都是有来头的，关系盘根错节，他们也不想再纠缠这事了，弄得寇铁也没了主意，只好作罢。顺子他们，就更是只能把这伙人白瞅两眼半了。

关键的关键是，这次再不能上当受骗了。

小剧团虽然请了几个大腕，但具体事情，还是那个团长拿着的。团长在剧组中，也就是个小剧务，被外请来的导演、舞美、灯光师们喝来唤去的，好像也有了一肚子的委屈。团长姓蓝，顺子就叫他蓝团长。在装台到半夜时，他借机给蓝团长聊了几句。

他说："你们这次世事弄得大呀，我看省上剧团也搞不起这大的团场。"

"唉，谁知是个啥德行，反正钱没少花。"蓝团长说。

"恐怕少不了一千万吧？"

蓝团长惊异地把他瞅了一眼，"你怎么看出来的？"

"我都装了快二十年台了，一台戏的阵仗，朝那儿一摆，我就能估摸个八九不离十。你们是咋和这帮人联系上的？"

"谁知道,我都是具体干活的。反正有人联系,有人出钱,我们只把戏排好就是了。"

"是个啥戏呢?"顺子问。

"又是开矿,又是致富,又是唱民歌的,反正我都看不明白人家想说啥,就是场面大,人多,布景拥得实,灯光特花哨。"

他们整整装了七天台。后边的钢架子通天接地,前边的台口,端直延伸到了观众池座。顶上的吊幕,也全都升了上去,一个大盖板,从后台一直盖到前台,可以电动开合,合起来,是一个煤矿隧道拱顶,裂开来,是一道峡谷的天缝,中间发生瓦斯爆炸,那个盖板竟然粉碎成若干小块,变成七零八落的碎石了。看着也确实让人惊悚震撼。

舞台上,上的人委实多,光演员足有二百多,最多时,后区的钢架子上,就站了上百人,一层一层地往上排,最高一层,观众只能看到他们的脚。前边还分了好几批人,在舞台上过场。顺子问这些演员都从哪里来的,蓝团长说,都是当地雇的,一人一天一百二十块,管吃管住,导演就要的这种原生态效果。第一次排练时,竟然还有一个腿有点毛病的,也参加了过场,导演就喊停,问是咋回事,并把蓝团长美美骂了一顿,嫌挑演员不严肃,说这是搞艺术,不是逛自由市场。蓝团长就急忙解释说,一天一百二,男演员不好雇,人头实在凑不够。导演就只好把那位调到后区当"站桩"去了。但几个主要演员,都是从外地雇来的名家,听说排练一天,一人要五千,演出一场,有要十万的,八万的,最少也得五万块,蓝团长就希望赶紧演,一演,好把这些"瘟神"送走算了。

在演出的前一天下午,剧团就把票都送出去了,并且在西京城打了好多广告,都是"国家一流创作团队,全球倾情震撼上演"的字样。为了池子能满座，他们还跟剧场协商，硬在一千二百个座位的基础上，多发出去了五百张票，但到第二天真正开演时，还是只坐了小半池子人。

大幕拉开的一刹那间，声光电与舞台装置的别开生面，也确实赢得了观众长时间的热烈鼓掌，但当第一场戏演完，就有人在慢慢退场了。顺子装完台，虽然累得够呛，可还是坚持窝在后边看戏，一来，他想看看他们装的台，到底能玩出多少花样来，二来也想看看，花这么多钱搞的戏，到底图了个啥？装台人都把那些特殊能动的布景，叫"机关布景"，由于所有的"机关"部分，自己都是清楚的，因此在演出变化过程中，也给自己带来不了多少新鲜感。他发现，就连观众，似乎对那些变幻多端的舞台装置，看着看着，也失去了兴趣，"瓦斯爆炸"，把舞台顶端炸得千疮百孔时，也再听不见掌声了，当戏演到三分之二的时候，又有一些观众起身离席了。

戏不叫戏，人家叫民歌剧，唱腔都是请京城大腕设计的，音也是在京城录的。顺子还是叫戏，戏情是说一个地方穷，最后终于找到了矿，找到矿的人，是一个领导，群众都叫他"王救星"。里面还写了一个矿工，和一个能唱民歌的女人的爱情故事，那个矿工在"瓦斯爆炸"时，跟一群男人埋在了里面，硬是让这个女人和一群能唱民歌的女人，把他们唱醒过来了。这场救人活动，是"王救星"亲自指挥的，最后"王救星"也参加了民歌大合唱，人就都被救出来了。舞台上用声光电，制造了煤浪向外滚滚，钱浪向回滔滔的效果，最后，大家都富起来了，就开始打腰鼓，二百多人的腰鼓阵仗，从台上打到台下，直打到人耳朵阵阵嗡响时，戏才结束。那腰鼓阵势，倒是又引来了一些掌声。顺子还故意朝几个西京城的老戏迷跟前凑了凑，看他们都是啥评价，结果一个比一个骂得凶，有的说

387

是"钱烧的来"。有一个戴眼镜的说啥子:"这就是最典型的空壳戏剧。"还有一个说:"崽花爷钱不心疼。"顺子就再没往下听了,他最担心的,还是劳务费不敢黄了。

那个蓝团长,倒也不像是奸狡百出的人,装台费,第一部分已经顺利拿到手了,第二部分说好的,拆完台就给。他们领导定的要演三场,可在顺子看来,明晚再演一场恐怕都够呛。演完戏,他就跑到后台,前后跟着蓝团长,看明晚的事咋定,当然,也是想看看那些全国大腕,都咋给人解释,咋收场。让顺子想不到的是,那些人好像获得了多大成功似的,正在后台,又是给人浑身喷香槟酒,又是相互热泪盈眶地拥抱着,祝贺着,连蓝团长也被稀里糊涂地抱起来,打了几个转圈。只听导演说:"你们就准备着进国家大剧院演出吧,一个县的文化发展,就要创造奇迹了。"大概是县上的一个什么人物问导演,那好多观众咋提前走了呢?冯导说:"这就是观众层次问题了,进了国家大剧院,一切都迎刃而解了,您就相信我们的艺术判断吧,成了,作品绝对是成了!"那些雇来的群众演员,倒是不太关心他在说啥,只是扎堆地抢着肉夹馍夜餐。随后,就听冯导跟蓝团长说,他们的任务就算完成了,明天还得到外省去,那边的另一个大戏正等着呢。再随后,顺子就听见冯导问,在哪里结最后一笔账。蓝团长就蔫着脑袋,领他们走了。

这回顺子抓的是蓝团长,倒不怕那帮人溜了,反正舞台上还有八卡车东西没拆呢。

凡长期跟他装台的弟兄,都说这戏肯定不行,明晚观众都成问题,县上是被这一伙骗子给涮了。唯独大吊的媳妇周桂荣,激动得不得了,说她连想都想不到,戏是这样演的,能有这好看的,还说,明晚一定要让丽丽也来看一场。大吊就骂周桂荣,眼皮子浅,没见过好戏的,让她把嘴夹紧,免得闹笑话。

顺子答应再领头装台时,第一个就给大吊说,让周桂荣也来,周桂荣就来了。

周桂荣特别感谢顺子,剧团发肉夹馍,后台抢成了一窝蜂,周桂荣一把伸进去抓了三个,一个给顺子,一个给大吊,还有一个捏在自己手上没舍得吃。顺子累得有些吃不下,到底还是把那个肉夹馍又给了周桂荣,说让她拿回去给丽丽吃。周桂荣就感激得鼻子都有点酸酸的。

第二天晚上,观众果然少得可怜,听蓝团长说,他们整整发出去了两千张票,可开演铃响了,底下还坐了不到一百人,据说还基本都是他们的老乡。在戏演到一半的时候,蓝团长和县上来的领导,就做出了果断决定,明晚停演,少演一场,至少要节省几十万。这个结果,顺子是早料到的,因此,在下午的时候,他就分头给几个人发了信息,要他们晚上待命。戏一开演,他就知道今晚得加班了,等蓝团长告诉他,晚上连夜拆台时,他的人马都已经聚集在剧场附近,把夜餐都吃过了。

他十分担心,剧团把戏演得惨到这个份上,蓝团长会不会也赖他的账。一般情况是,戏演好了,团长手就大方一些,要是演塌台了,该给的都会克扣了去,你还不好多找他说啥,因为他的火气比谁都大。好在蓝团长这个人,心态倒算平和,自始至终对他也很客气,装台时,蓝团长身先士卒,拆台时,他也始终没离开过现场。顺子不仅自己一双眼睛始终盯着他,而且还让墩子、猴子、大吊他们,也都把蓝团长紧紧盯着。舞台整整拆了一天一夜,当八辆卡车把景快装好时,顺子就寸步不离蓝团长了。蓝团长也看出他这点心思了,就对他说:"你放心吧,刁老板,咱们这回是牛都跌到井里了,抓个尾巴也没多大意思,不会在乎你这点下苦钱的,绝对少不了你的。"

蓝团长还真的说到做到,在最后一辆车捆好帆布篷后,就让会计来把账结了。不仅一分没少,而且还多给了一千块。他说:"与那些黑心大腕比起来,你们已经亏得不像啥了,你们前后忙了十几天,一人还挣了不到两千块,人家排练一上午,也比你们挣的多一倍不止。这一千块,就算是请大伙儿吃个夜宵吧。"

顺子的鼻涕冻得吊多长,但还是被蓝团长温暖了,感动了,他让大吊再把所有车的煞绳,都好好紧了一遍,说人家回去的路长。

六十七

说是开始干了,就有干不完的活儿。那天,刚好又给秦腔团装台,猴子就催顺子,看能不能给瞿团说,把他截指的赔偿费尽快了了。顺子骂骂咧咧地,把猴子说了几句,说你平常能得像是尾巴都能敲大锣,咋这会儿熊得连拳头都擂不响牛皮鼓了,看来也只是个门背后的霸王。猴子一连声地承认是是是,直撺掇着顺子快去,顺子就去了。

不过这次顺子回秦腔团干活,是老想着朱老师和师娘那句话的:不管啥时都得把腰杆挺直了,腰杆这东西,说挺直也就挺直了,说猴下去,也就彻底猴下去了。他这回是准备挺直了。

顺子当然还是先找的瞿团长。

他进瞿团办公室的时候,一个女名演正在拍瞿团的桌子:"凭什么?凭什么给她排戏不给我排?凭什么?老瞿你说凭什么?"

这个名演,顺子知道姓邓,前些年演过《逼上梁山》里的林冲媳妇,这些年基本很少上台了。

只听瞿团不紧不慢地说:"别激动,给谁排戏不给谁排戏,也不是我一个人能说了算的,有导演,有业务科,有艺委会,还有团委会,那是要层层研究的。你想排戏是好事,可也得有适合的角色才行嘛。"

还不等瞿团说完,邓名演就把瞿团的桌子又是拍得一片响:"够了够了够了,老瞿,别给我演戏了,什么导演,什么业务科,什么艺委会,什么团委会,你团长是干啥吃的,就任他们胡作非为?把主演老是分给那个卖×的,还让其他人活不?"

"哎哎哎,说归说,不要乱骂人嘛,人家演主角,也是在为团里做贡献嘛,一天红汗淌黑汗流的,没有功劳也有苦劳嘛。"

"行了行了行了,老瞿,我看你就是总脓根子,难怪都说你跟那个骚货有一腿,看来还是真的呀!"

瞿团咧嘴笑了笑说:"你要说真的,那可能就是真的吧。"

"这可是你自己承认的哦,老瞿,可是你自己承认和那个骚货有一腿的哦。"

"你不是说,都这样说吗,要都说了,我不承认还能行?你不敢这样信口开河,想演戏就是想演戏,不敢逮谁骂谁,谁都看不惯,那别人就能看惯你吗?"

"他爱看惯不看惯,老娘就这脾气,咋了?老娘当初也红过,老娘要想跟别人上床,我把那些狗屁导演、科长、艺委会、团委会成员,都能上遍了,就你老瞿,恐怕也成不了许云峰、李玉和吧。"

"我是甫志高、我是王连举,该行了吧。"

"你以为呢。"邓名演好像又扑哧笑了。

391

顺子进门时,瞿团是看见了的,顺子见里面有人,就退出来,一直站在门口。门是大开着的,瞿团的办公室,大冬天都不关窗户不关门的,里面谁来说啥,外面人都能听得清清楚楚。据说"文革"后期,团上来过一个很"过硬"的领导,就是爱关起门窗,给人做思想政治工作,后来就背着一个生活作风问题的处分,灰溜溜地走了。再后来的领导,就都喜欢"开门见山"了。

瞿团大概是想早早把那个邓名演打发走,就喊叫顺子进来,问他有啥事。

顺子说事时,邓名演也不走,就一屁股坐在沙发上,跷起二郎腿,摇晃个不停。关键是香水味儿,刺激得顺子有些吸不上气来。桌上不知谁撂下的一包结婚喜糖,还有瓜子啥的,邓名演端直打开就嗑了起来。

顺子在说事情的过程中,她还不断地插话:"都赔了三万还嫌少哇?你以为咱团是银行啊!不就一根指头吗。"气得顺子就想把她那只摇摇晃晃的短腿,狠劲踢两脚。

瞿团当下就打电话叫寇铁,说这事还得跟寇铁先协商。顺子一听说要跟寇铁商量,心里就毛了三分,可电话一打完不几分钟,寇铁还就来了。寇铁一进门,先跟邓名演打情骂俏了一番:"哟,邓姐也在这儿呀,今天这妆,可化得够血腥的。"

"老娘不使劲化两下,不给脸上搪几层,还能踏进你们这些领导的门吗?"

"这不都已经坐在瞿团的沙发上了吗,莫非还想坐到团长的办公桌上。"

"我还想坐到老瞿的大腿上哩,可惜人老珠黄,没人待见了。"

瞿团说:"好了好了,我们还得开个小会,你的事我知道了。"

邓名演偏摆出了一副不走的架势,说:"不就是说一根破指头的事吗?好像是研究啥子中南海的人事变动啊。你说你的,说完了我再说,我的事还没完呢。"

瞿团也不好把人再朝走的赶,就跟寇铁和顺子商量起来。先问顺子:"你们的意思是赔多少合适?"顺子说:"猴子也打问过好多人,他的意思是,希望团上能赔个十万块钱就行了。"瞿团还没发话,邓名演先暴躁得一下从沙发上别了起来:"还成了精了,一个烂装台的,为给自己挣钱,废了一根指头,就要讹诈团上十万块钱,只怕你们想钱是想疯了是吧?你是不是那个叫个啥子来着,哦,顺子,刁顺子,真个是姓刁呀,刁到俺团上来了,阎王不嫌鬼瘦是吧,你以为剧团是财政厅,是国税局,瞿团长是油老板、煤老板是吧?门儿都没有,你再敢胡闹,全团人都跟你没完。"

这种油里没她、盐里没她的事,竟然还弄得她先拍案而起了,气得顺子上下牙直打磕绊,不知如何说她是好。

这时,寇铁把话就接上了:"不管干啥都得有个章法,有个王法,不是你们想要多少就能给多少的,我也咨询过律师了,人家觉得,赔三万也就可以了。"

"已经可以得很了,一个指头就三万,十个指头得三十万,大拇指是不是还得加倍要?那还有十个脚趾呢,再要三十万?其他地方还没算,鼻子得多少钱?一个眼珠子得多少钱?要是一只手,一条腿残了瘸了,又得要多少钱?死一个人才赔多少吗?从飞机上掉下来的,也不到一百万嘛,你这账敢算吗?你叫个刁啥子来着,哦,刁顺子,可以了,可以得很了,可以得很了,人不敢得寸进尺嘛。再别胡闹了,快忙你的去吧,瞿团的大事多得很着呢,再别在这儿胡缠了。"

邓名演说着就把他往出掀,就像掀一个要饭的,顺子是从舞台上直接来的,身上穿的蓝布大褂,确实脏得有些像捡破烂的,不过他今天腰杆是挺着的,面对这个把满脸化得比上台演出,还更要血糊淋荡些的矮胖女人,他煞是大胆地表示出了一种鄙夷和反抗:"别动我,我跟瞿团说哩,和你有一毛钱的关系没有?"

顺子肩膀一筛,把邓名演筛出了老远。这女人本来就有一股无名火无处发泄,这下就更是躁上加躁了,"你想咋你想咋,把你个烂装台的还想咋?真个老娘是混背了,连阴沟里的蛆虫蚂蚁都敢欺负老娘了,你再欺负一下试试,你再欺负老娘一下试试。"说着,就朝顺子身上扑,并且抬手就要打顺子,瞿团急忙上前一把拦住了。

这时,刚好靳导走了进来:"咋回事,还上全武行了?"没等靳导把话说完,邓名演到底还是插着空子,把顺子美美踢了一脚,并且那一脚正好踢在顺子的交裆处,顺子呼地捂住那个地方,就窝下去了。靳导当下把脸变了:"哎,邓九红,你咋了?你咋能随便踢人家顺子呢?"

邓九红,顺子终于把这个过了气的名演的名字想起来了,她叫邓九红。

"你问他自己是咋犯到老娘手上的。哎,你说可气不可气,老娘跟老瞿在这儿谈话哩,他一个烂装台的,闯进来就要讹诈团上十万块钱,你说老娘能不挺身而出?不为团上说几句话吗?你没看社会都成啥了,老娘能睁一只眼闭一只眼吗?真是世风日下,刁民横行哪!"邓九红还义正词严的,不过最后那两句,明显是哪个戏里的台词,她说时还带着浓浓的韵腔。

靳导说:"别一口一个老娘老娘的,你好像比我还小一岁吧,怎么就老娘起来了。"

"我就要称老娘,咋了?老娘要不是老了,还在世上受这份窝囊气,连个破装台的都敢来推推搡搡的,要放在过去,这号臭大粪,给我拾鞋带我都是不要的,你说,你说现在这,这还叫个世道吗……"不知咋的,邓九红还先委屈地号啕大哭起来了。

瞿团说:"好了好了,人家顺子也没把你咋,相反倒是你踢了人家一脚,你还要咋嘛?"

顺子那个地方还抽搐着,眼泪都痛出来了,他看见邓九红今天是穿了一双前边尖得跟锥子一样的红皮鞋,他见过尖头皮鞋,但还没见过这么尖的,而那个最尖的地方,就钉子一样钉在了他的要命处。

邓九红哭着闹着,不知咋的,还有些咽不上气来,瞿团就赶忙安排人把邓九红背回家去了。

顺子还在那里蹲着,那阵要命的疼痛总算过去了。倒是靳导还在开他的玩笑:"顺子,检查一下蛋,看散黄了没。"这个不男不女的家伙,本来他还是很尊敬的,可自打正月那场扮狗的演出,被她臭骂一顿后,他就彻底不想再理这个疯婆娘了。

他慢慢站了起来,还想跟瞿团继续商量给猴子要钱的事。

他们还在说邓九红,说邓九红这几年也可怜,老汉跟她离婚了,老娘还瘫在床上,关键是女儿也被人家抛弃了,三个女人在家里过得很是恓惶。

顺子咳嗽了一声,瞿团终于把话题又扯到了给猴子的赔偿上。让顺子喜出望外的是,靳导一屁股坐在了他和猴子这边,一再说,这是人的一根手指头,是鲜活生命的一部分,更何况,这是一个靠手艺吃饭的人的指头,她说三万块钱是绝对打发不了的。寇铁说,他咨询过律师，觉得赔到这个数已经可以了。靳导说，谁说这个数可以了那都是胡说，如果团上执意只赔三万，那么她个人会拿出一点钱来作为补偿，因为戏是她导的，她说她负有不可推卸的责任。

这些话让顺子听了特别感动，这个女人在他看来，跟疯子真的没有两样，无非是没被送进疯人院而已。一上舞台，一开始排戏，几乎六亲不认，好像艺术就是她爷，她婆，她爸，她妈，她娃，谁哪怕是无意间伤害了一根头发丝，她都会像一头暴怒的母狮子一样，跟人拼命的。那晚上顺子扮演狗出了岔子，这头母狮子立马就疯掉了，当时那震怒，恐怕也只有捆绑、电击，才能使她平复、安定下来。可今天，这头母狮子又可爱得跟庙里的菩萨一样，前后替猴子说话，替他说话，甚至还跟寇铁针锋相对地干了起来，他心里，就迅速恢复了昔日对靳导的崇敬与爱戴，靳导说到激动处，嗓子干咳起来，他甚至立马把腰猴下来，双手将热茶递了上去。

其实靳导还不是为这事来的，她是来说《人面桃花》剧修改排练的，遇上说猴子的指头赔偿了，就插进话来，跟寇铁说得不依不饶的。瞿团就那样静静地听着，这是他的领导风格，也是秦腔团的风格，无论啥时开会，门都敞着，有人来找他，听上一头半句的，就敢插话，插了也就插了，用瞿团的话说，剧团么，有啥大不了的秘密，听听群众意见也没啥坏处，所以，进他办公室的人，浑身就都长满了嘴巴。只有评职称会议，不在团里开，那是因为有好几年都开不下去，一开会，就有人端直坐在会场不走，后来才只好拉到外面去开的。就连顺子进瞿团的办公室，也是有些随意的，有时还顺手捏一撮茶叶啥的，反正瞿团总是笑眯眯的，好打交道，好说话。但今天，靳导跟寇铁说翻脸了，瞿团也就没有让他们再说下去，寇铁把门一摔，说看谁还不会当李鸿章了，就先走了。瞿团让顺子也先走,说这事回头再商量。他就出来了。

顺子走出门,还听见靳导在说:"老瞿,给人家赔三万确实不合适,人家是靠手吃饭的,那一根指头,可咋都不止三万块,咱不敢亏了人家下苦人……"

又过了一段时间,瞿团就找顺子去商量,说看五万块行不。顺子其实也跟猴子他们商量了,觉得瞿团还有靳导这些人,对大伙儿都不错,加上长年还得在人家单位干活,有个差不多就行了。就这,顺子还是故意挺直了腰,以谈判代表的身份,坐到瞿团的沙发上,跟瞿团扳了扳秤,又狠劲要了一万:"看给个六万咋样?""六万就六万。"瞿团答应了,看来这个数,他们提前也是商量过的。猴子领钱那天,寇铁还说了几句难听话,说:"想办法把鸡巴也截了,不定还能讹个六十万呢。"气得猴子回来,说:"我都想把寇铁的牙敲几颗下来。"

就在一切都按部就班往前走着的时候,顺子家里又出了一件大事,刁大军回来了,二百多斤重的刁大军,是瘦成一把麻秆,病得快水米不进的时候被接回来的。

六十八

那是清明节前的几天,顺子突然接到一个电话,说是珠海一个啥子派出所的,问他是不是叫刁顺子。他说他叫刁顺子。又问他是不是有个哥叫刁大军,他说有个哥叫刁大军。对方就说,你能不能立即到珠海来一趟,你哥得胰腺癌,已经晚期了,没人照顾,希望你能来看一看。顺子就去了。

顺子平生,这还是第一次出远门。当他按派出所说的那个地方,找到他哥刁大军时,刁大军已经彻底失去人形了。他甚至都有些不敢相认了,年前才在一起的,怎么转眼就变成了这副模样,头发长得像一蓬深秋的蒿草,把脸面荒得只剩下了巴掌大一块。"巴掌"中间那个"地标"建构——刁大军引以为自豪的高鼻梁,已经歪向了一边。这是刁大军最吸引女孩子的地方,有些女孩子,竟然十分露骨地说:"军哥,你猜我为啥上你的道吗?就因为你的鼻子,太坚挺,太性感,太有魅力了!"顺子已经不止一次地眼看着那些女娃娃,当着人多广众的面,去亲吻刁大军的大鼻子。就是这个华山西峰一般高耸挺拔、棱角分明的鼻梁,竟然塌陷成一堆无人照看的破败老坟模样了,歪向一边的峰基,如同抽去了骨架撑持的松弛薄皮,又皱皱巴巴地,牵向同样凹陷了的嘴角。由嘴角到整个脸庞,都彻底沦陷了,尤其是那对眼眶,深陷得犹如两个无底黑洞,洞中微微泛起的那点弱光,无力地在他脸上扫射着,让他觉得有些毛发倒竖。怎么成这样了?刁大军怎么会成这样了?

他俯下身子喊了一声:"哥!"

那两个黑洞中的微弱光线,就被泪光慢慢淹没了。

顺子想找一块干净纸,给他哥擦擦眼泪,可床边什么也没有,最后勉强在床头找到一片,还是用过的,那痰迹已经干成硬痂了。

"哥,你这是咋了?"

刁大军什么话也没说,只是轻轻摇了摇头,叹了声气。

顺子就哭了,哭得呜呜的,停不下来。

刁大军终于说话了:"别哭了,哥……能见一下你,就行了。这个世上……哥就……你这一个亲人了……"

刁大军虽然没有哭出声来,但眼泪还是从眼角不住地往出溢着。在顺子的印象中,他大军哥一辈子就没流过眼泪。小时候,大军哥在菜地害人,把别人家修的头号种西瓜,用刀挖开一个口子,一勺勺掏出瓜瓢,跟他一起享用后,又给空心瓜里,拉了一泡稀粪,然后盖上盖,说让它继续长去。这瓜自然很快就烂了,因为两家有矛盾,那家人老在他家地畔子上做文章,甚至还偷偷摘过他家的辣椒、茄子、西红柿。这烂西瓜的事,自然很快就成了两家新的矛盾点。他爹不愿把事再往大的闹,当人家把臭西瓜嘭地砸到他家门上时,他爹就随手抽了一根铁锨把,将他和刁大军押跪在了庭院中,他当下就吓得尿到裤子上了。可大军哥,人家竟然把瞎事一包袱揽了,说那都是他一人干的,与顺子毫不相干。他爹就逼问顺子到底参与没,大军哥急忙又补了一句,说他知道个辣子,那晚他吃西瓜时,顺子早睡得跟死猪一样了。他爹就又问顺子是不是的,顺子看着那扬在半空的铁锨把,就点了点头,他爹就叫他站起来了。然后,他爹就开始暴打刁大军,打得特别狠,有时一锨把过去,能把他打得朝前跟跄好几步,可刁大军不仅不躲,而且还要退回原地,等着继续打。顺子那时已经上到小学三年级了,他对"奋不顾身""宁折不弯""宁死不屈""视死如归"这些词的理解,都是从大军哥身上开始的。

他从来没见大军哥哭过,因此,大军哥眼角的那股泪水,就让他特别心酸、难过。

直到这时,顺子才知道,刁大军这些年,其实根本没在澳门住,房是租在珠海这边一个叫湾仔的地方,听房东说,他很少在这里住,多数时候都在澳门那边赌博。是最近病了,才晃晃悠悠地回来,再没有出门的。顺子问房东,他的老婆呢?房东说不知道哪个是他老婆,反正带回来过不少女人。顺子就说有个叫"妈的"的,房东还是摇头说不知道,她只清楚地知道,刁大军还欠着她四个月零十七天的房租费。房东强烈要求顺子,必须把人尽快转走,要是死在这里,她以后的房就租不出去了。条件是,如果一两天内转走,房租可以免掉那十七天的零头。

顺子就决定把他哥往回接了。

可刁大军咋都不回去,说能见兄弟一面就行了,并且死死地抓着床沿不丢手,房东帮忙把他的手往下抠,一片指甲都抠折了。

顺子到底还是在房东的帮助下,勉强把他背上出租车,坐火车回西京了。

顺子把刁大军背回家时,村里有人看见了,这事很快就传开了。疤子叔甚至还有些不相信,那么雄健强悍的一个男人,怎么才三四个月时间,说病就病得"离死不远"了呢。晚上,他就来敲开了顺子的铁门,因为刁大军还欠着他几十万赌债着的。可当他看见刁大军那副萎蔫干瘪的样子时,还是吓了一跳。

刁大军一句话都没有,就那样平躺着。

疤子叔也一直干坐着,不过,他的眼睛,却一直在刁大军的脖子、手腕、手指头上游移着。

刁大军脖子上,戴着一个项链,右手一根指头上,箍了一个镶玉的金戒指,左手腕上,还套着一个玉镯子。

疤子叔就把那几样东西往死里盯,几乎都能盯出血来了。

大概是盯的时间实在太久了,刁大军都有些不好意思了,他无奈地叹了口气,然后把手伸进脖子里,窸窸窣窣地摸出了那条项链。项链上还有一个坠子。顺子过去听菊花说过,她大军伯光脖子上的东西,就值好几十万呢。刁大军就把这个值好几十万的东西,交给了疤子叔,并且断断续续说了一句话:"两清……两清了,别再找顺子……麻烦了……"

疤子叔收了项链,却并没有离开的意思,而是把眼睛,又追光灯似的,集中到了刁大军戴戒指和玉镯子的左右手上。

刁大军说:"我总得……给顺子……留点念想吧……"

顺子急忙说:"我不要,哥,既然欠人家的,就都给人家。"说完顺子就难过地出去了。

刁大军终于被疤子叔盯得闭上了眼睛,不过在闭眼睛的同时,把手也颤巍巍地交给了疤子叔,疤子叔就先把玉镯卸了。

左手上的玉镯倒是好卸,几乎一抹就下来了,因为那胖手已瘦得自己就缩成了鸡爪子状。可右手上的戒指,还是很让疤子叔费了一番工夫的。

虽然刁大军浑身都走失了水分,像一个霜杀的萝卜一样萎蔫在那里,但指关节并没有变小,套戒指的那个骨节,甚至还有点增大。疤子叔为卸它,连汗都挣出来了,最终是把那块松肉皮,用随身带着的挖耳勺,一点点别着、拨着,才勉强退下来的。当戒指退下来后,那根没有血色的指头,甚至还出现了一片软组织受损后的瘀癜。

退下戒指后,疤子叔那白石灰一样不见阳光的脸面,也并没有露出哪怕是一丝半点的满意神色,只拍了拍刁大军的胸脯说:"你好好休息,叔走了。"然后起身就扬长而去了。

疤子叔走后好久,刁大军眼睛都闭着,不过牙齿始终有错动声。

顺子是把刁大军安排在自己床上躺着的,在往回接的路上,刁大军就说,回去绝对不进医院,他不能再花弟弟的冤枉钱,他知道弟弟挣的每一个钱都不容易。顺子答应了,但回来还是四处打问老中医,在做最后的努力,他不能眼睁睁看着他哥在床上等死。

一个据说看肝癌、胰腺癌特别厉害的"老中医",就被他从华山脚下接来了。这还是听剧团一个名演说的,说大医院看不好的,人家都"扳"回来了。抱着一线希望,他就坐了一个多小时的公交车,去华阴县把人接了来。所谓老中医,只是一个称谓,人其实只有三十几岁,话很少,显得很老成。人家光号脉就号了半个多小时,然后开药方子,又用了半个多小时,每开一样药,还都要计算半天,那种认真负责的态度,倒是让顺子心里产生了不少希望。他几次问,人还有救没有?"老中医"都没有正面回答,只是问病情,问饮食,问大小便,最后又说了说药的熬法、喝法之类的,顺子怕记不住,还专门一样样记在了一个装台用的记事本上。直到"老中医"临出门了,他还在问,病人到底有救没救?"老中医"才回答了一句模棱两可的话:"那要看他的造化了。"他给人家付了两千块钱的出诊费,把人千恩万谢地打发走了。

就在他把他哥接回来的第四天,菊花也突然回来了。

菊花是那个叫谭道贵的名酒代理商陪着回来的。

当时顺子刚好给他哥抓药回来,一个女的叫了他一声爸,他回过头看了看,一男一女,是挽着胳膊站在他身后的。他完全没有把人认出来,以为是人家把人叫错了,就继续回头往家里走。那女的又叫了一声,他才确认是菊花,可回过头再看,仍然没有菊花的影子。那女的就笑了,不过笑时,是用双手托着脸颊的,好像生怕把脸笑扯了似的。在一刹那间,他突然明白这就是菊花了,菊花是跟人去韩国做美容了,这副模样,大概就是美容的结果了。

他仔细把面前的这个女人看了看,果然就是菊花了,变化之大,真的是让他大吃一惊。没想到,美容还真的能把一个人的面貌,甚至脸形都彻底改变了。首先是鼻子给隆起来了,隆得跟他大军伯过去的鼻子一样,高得有些假,不过,大概是皮绷得有点紧,那鼻子整体是发着亮光的。菊花原来额头窄,下巴也窄,脸长,有些像织布梭子状,这下先从发型变起,窄额头,被齐眉短发全覆盖了。脸形也做了大改观,成鹅蛋形了,真有点像菊花平常最喜欢的美国电影明星奥黛丽·赫本了,顺子毕竟是城里人,从小到大也没少看过电影,对国内国际大牌明星还是不陌生的。加之赫本的许多照片,菊花一直都是贴在墙上、别在钱包里的。不过为啥要把脸都弄成外国人的,他还是不理解。咋看咋都有些怪。何况毕竟还是不像。还反倒让菊花不成菊花了。

好在菊花的脾气是有些变了,见了他,再不是过去那种待理不理的神情了,甚至又恢复把他叫爸了,这让他还是欣慰了许多。就在他们要进门的时候,他先把她大军伯的事说了一遍,他害怕菊花对她大军伯还生着气呢。谁知菊花好像把一切不愉快的事都忘了似的,说:"得亏没跟他去澳门,要去了澳门,我可就错过天下最好的老公了。"说着,她还把谭道贵的胖脸啵了一下,弄得顺子都有些转不过向。

菊花去看了大军伯,刁大军面对这个突然蛹化蝶了的侄女,有些羞愧难当。菊花大大气气地安慰了他一番,然后告诉父亲说,她这几天就要离开西京,跟老公到东北开公司,推销名酒去了。还说这美容才是第一步,老公还安排要给她做第二、第三次呢,直到完全像赫本为止。顺子笑着说:"那完全像人家了,我的闺女呢?"菊花就说:"你的闺女像赫本了还不好哇。"顺子说:"我的闺女像人家了,还好吗?"菊花说:"俺老公可是一心要把俺塑造成第二个奥黛丽·赫本,气死她乌格格,你说是不是,老公?""气人家乌格格干啥?"顺子问。菊花说:"你不懂,爸。是不是呀我的老公?"菊花说着,又啵了谭道贵一下,顺子就有些发晕,他看菊花一口一个老公老公的,又悄声问她:"把证领了?"菊花就笑他老旧,说都啥年月了,还要那玩意儿。顺子说,还是领一个好。菊花说,他们在大连把房都买了。顺子问:"再不回来住了?"菊花说:"不住了,爸,你也要保重,等将来干不动了,我就接你去大连,那儿是海边,空气环境好极了。"

菊花说完,就挎着谭道贵的胳膊走了,走时还给他了一万块钱,他不要,菊花硬是塞在了他的口袋里。

他一直把菊花送到大门外,眼里有一种东西咋都抽不回去,就慢慢流出来了。在菊花走到看不见的时候,他还把双手合在胸前,说了一声"老天保佑",才慢慢转过身。

就在顺子出门接他哥,回来又四处张罗找医生看病的这几天,先后有好几家外地剧团来西京城演出,几个剧场都先后给顺子打电话,要他准备接活儿。他把事情都安排给了大吊和猴子,谁知他一不在,大吊和猴子他们就弄不到一块儿,动不动就吵起来了,安排事情也没人听,气得大吊就来给顺子告状,并想叫他赶紧上班。顺子家里是明显走不开了,病人得伺候,关键是熬药有特别大的讲究,二十四小时关不了火,离不了人。大吊就说让他媳妇周桂荣来,说周桂荣伺候病人绝对是一把好手,在家里,他爷他奶都是周桂荣养老送终的。还真是没有再好的办法了,他就答应让周桂荣来了。

六十九

周桂荣开始是早去晚归,可顺子那里实在太忙,晚上回不来,周桂荣就只好歇在顺子家了。

顺子让周桂荣暂时住在韩梅的房里。女儿丽丽那边没人照顾,大吊给顺子说,顺子也同意接了来。那边的租房没人去住,加之房租又贵,大吊就悄悄把租房退了,一家人算是暂时落脚在了顺子的家里。

周桂荣把刁大军伺候得很好,刁大军是顺子他哥,而顺子是自己老公的老板,何况自己现在也算是人家的手下了。她常听大吊说,顺子是个能长久打交道的人。所以,她伺候起刁大军来,就特别上心。给刁大军擦澡时,刁大军都还有些不好意思,可她就像当初伺候自己的瘫子公爹一样,一天连屁股也是要用热毛巾擦两遍的。也不知是药的原因,还是伺候得好的原因,刁大军就比回来时活泛了许多,有一天,甚至还让周桂荣搀扶着,下地走了几步。

但人毕竟是不行了,比周桂荣高一头大一膀子的个子,耷拉在她身上,就跟一床晒绵软了的被子一样,哪一处不扶住,哪一处就拖拉到地上了。她悉心伺候着伺候着,人还是再说不出一句话了,眼神也恍惚了,那个"老中医"被再接来时,就说不用吃药了,造化如此,神仙也无力回天,恐怕得准备后事了,说兴许都熬不过一礼拜了。不过这次出诊费只要了一千块。

顺子那几天特别忙,可再忙,他还是坚决不到舞台上去了,他说,无论如何,都得把他哥陪几天。他先去给他哥置办好了上路的衣帽、鞋袜,然后就一直坐在刁大军身边,接尿接粪,看着他,抚摸着他,无奈地等待着一个人的油尽灯灭。

他在想着他哥这个人的一生,那也真是占尽了风光的一生。很小的时候,就跟他有很大的不同,他总是在闷呼呼地出着劳力,撅起沟子都有干不完的活儿。而他哥呢,迟早嘴里吹着口哨,沟门子里嗵嗵嗵地响着炮,脑子里的环环就那么多,力气都让别人出了,自己还吃香的喝辣的。他也想学他哥来着,可那一套,又总是学不会,也就只好一辈子都这样瓜不唧唧地,朝前傻过着算了。

这几天,他老想着自己小时跟大军哥看菜地的事。那时他爹还在,他爹总怕他一个人看菜地出事。过去看菜地不是没出过事,有那偷菜的,拿着刀,端直把看菜人眼睛剜了的都有。所以他爹,就老要让刁大军晚上去给他做伴。刁大军倒是满口答应,落了个每晚可以不回家的自由自在,但大军哥哪是规规矩矩守夜的主儿,就跟顺子商量说,每晚放他出去打牌,保证一月给他六十块钱,等于一晚上两块。顺子自然是满口答应了。一来每晚还能多挣两块钱,并且这两块钱是不用给家里上交的。另外,他哥不来做伴有不来做伴的好处,他哥个子大,身体重,油毛毡棚里架在半空的窄床,也承受不起这样的分量。何况他哥一躺下,就睡得跟死人一样,别说巡夜了,就是被人背走,也会人事不知的。那时他就养着一条狗,那条狗,咋都见不得刁大军来菜棚里睡觉,因为他一来睡,就呼哧打鼾、磨牙放屁,那声音惊动得狗整夜整夜都无法安睡。刁大军倒也讲信用,每月准时给他六十块,有时高兴了,还给他撇出八十、一百的来,反正他在他爹面前,也给他哥捏得严实。可后来有一天,顺子记得也是个大雪纷飞的夜晚,半夜时分,刁大军突然急急乎乎地来找他,说让顺子立马给他找五百块钱,他赌博弄了个大窟窿，今晚无论如何得把窟窿补上。刁大军知道，他的私房钱，是偷偷塞在棉衣棉裤里的，他塞时，有一次他哥是看见了的。顺子本来不想给，可见他哥连手表、大衣都让人剥去押着，是让他出来找钱往回赎的，他心一软，就把棉衣棉裤的缝子扒开了。刁大军一边用手在膝盖上抹着皱皱巴巴的票子，一边让他放心，说回头哥一定会加倍偿还的。顺子一算，他哥半年一共给了他四百二十块钱，结果一次又从他怀里掏去了五百，算是一个彻头彻尾的赔本买卖。可谁叫刁大军是自己的哥呢。小时他受人欺负，他大军哥只要一闪面，就是有再多的野孩子，也都吓得抱头鼠窜了，今夜大军哥整得跟杨白劳似的，他能不伸出救援的手吗？当然，后来刁大军也给过他钱，甚至不止一千块，但刁大军早忘了是对那五百块借债的加倍偿还。反正他还是赢了，赢了顺便给弟弟一个彩头，据说要是赢得多了，他连场子旁边烧水看茶的，都要撒几把出去的，更何况是自己的亲弟弟呢。顺子咋想，他哥那种大气，他都是学不来的，听说看人大方不大方，主要是看面对金钱的态度，刁大军有了钱，总喜欢一摞摞地在明处码着，朝出花时，也不太喜欢数，比画个大概，就撂出去了。而他刁顺子要是挣下钱了，那是要赶紧找个地方，美美数几个来回的，并且还要小气得把那些缺了角的，拿回去让人家换一下，然后立马藏起来，是生怕背后有贼眼盯上了。

顺子一边招呼着大军哥，一边又想起了自己已经死去的二哥，那也是个会享福的主儿，他记得那几年，他爹老让他们弟兄三个，到城里机关单位去拉大粪，不知咋的，他大军哥和二哥怀里不是有糖，就是有饼子，再不就是有零分分、零毛毛钱，反正每次都拿这些东西，换他下池子舀粪，然后又哄着他，把大粪从人家单位门口往出拉，他们嫌拉大粪出门丢人。到了菜地，人家都坐在地头玩，他又一苗一苗地去滴粪,反正人家有的是东西,让他心甘情愿地出这些力。过一段时间,集中到他身上的几块钱,又被他们找各种理由借走,他又再一点一点地往回挣。但在保护他的问题上,也倒是没说的,那些年,村里娃娃们好打群架,顺子弱些,自然少不了就成了被欺负的对象,每遇这事,他大军哥和二哥,绝对是两肋插刀,不管离多远,都会赶来,直到把对方打得跪地告饶为止。他二哥后来抽大烟,都抽成细麻秆了,有一次他蹬三轮,让一个卖牛肉的欺负了,他二哥竟然还扑上去,给了人家一嘴捶,不过自己也因用力过猛,端直趴在人家身上起不来了。

　　他想到这里,自己先扑哧笑了,周桂荣问他笑啥,他说他想起了自家弟兄过去的一些事情。周桂荣就问:"听你说你大军哥,一辈子混得吃狮子打老虎的,都没娶下个媳妇吗?"顺子说:"要成心娶,恐怕十个八个都娶下了,好日子都让自己折腾完了。"他大概说这话时,声音有点大,他哥突然睁了一下眼睛,把他和周桂荣盯了一下,但好像已经认不得人了。

　　在他印象中,他大军哥长到十七八岁的时候,那真叫一表人才,每晚看菜地,不是去赌博,就是领着村里村外的女娃娃到野地来鬼混。开始,顺子不懂这些,以为是他哥欺负人家女娃呢,深更半夜的,在菜地里,把人家女娃整得怪叫唤,有一次,他还去收拾过他哥,硬把压在人家女娃身上的刁大军往起拉,还让人家女娃骂了他一顿:"你有病吧!"后来他才懂得这是咋回事。他也不喜欢他大军哥今天换一个,明天换一个的,但毕竟是他哥,也不好说啥,连刁大军跟村里玩过的那些女娃,他至今还都保密着。除非她们自己说出去,从他刁顺子嘴里,是休想套出他哥这些事情的。他觉得那都是些烂事、脏事、破事,说了还脏他的嘴呢。

终于不能动了,活得那么风光的刁大军,说是不行,就彻底不行了。他过去老说,他一辈子没见他哥流过泪,可自打这次去接刁大军,到现在,一个多月时间,他已不止十几次地看他流泪了。他觉得他哥就像一个硬柿子,突然变得又绵又软了下来。接回来后,他埋怨过那个叫"妈的"的小女人,他哥摇摇头说:"不要说了……也不容易,我都对不住人家娃,走了……也是应该的……我都没给……没给人家留下一分钱……"他甚至为这事还号啕大哭起来。

顺子觉得他哥完全不行的时候,就准备提前给他把老衣穿了,人一死,浑身就会僵硬,那时老衣就不好穿了。前些年,他也曾给死人穿过衣服,挣过不少丧葬钱的。就在他翻腾着给刁大军穿衣服的时候,刁大军突然又醒过来了,不仅认识他了,而且连周桂荣也认出来了。周桂荣说,这叫回光返照。大军哥竟然断断续续地交代了一件事情,当然,如果不知道前因后果,是鬼都听不懂的事。好在那事,顺子是知道一些影影的。三十几年前,刁大军为了南山里的一个女娃,从家里跑出去半个多月,回来差点没让他爹把他的狗腿打折。但刁大军反复给顺子说,值,把狗腿打折了都值。他说那个女娃太漂亮了,反正西京城里没见过那么嫩,那么水灵的人儿,他一会儿形容说她像清泉,一会儿又形容说像水蜜桃,反正把啥都形容了,说还是没有形容出那个娃的味道。所以刁大军一说镇安县,三十几年前,他就知道是咋回事了。顺子知道,刁大军年前回来,还专门去看过这女人一次,在他看来,他大军哥一辈子寻花问柳惯了,去看一个女人,也没有啥值得大惊小怪的。可没想到,他还真的为这个女人上了心,竟然在临离开人世时,最后提到了这个女人,虽然他把话说不清晰,但顺子还是听明白了,他说那个女人现在很可怜,儿子挖煤,把腰塌断了,家里没指望了,让他想办法帮一帮,一再说,那个女人在镇安黑窑沟里住,人叫杨桃花……

刁大军是这天晚上后半夜去世的,去世时,是躺在顺子怀里的。当时他好像觉得浑身发冷,直朝顺子身边抽搐。

顺子这几天一直就睡在他哥身边,一有动静,立马就起身伺候。

可这次刁大军既不是想喝水,也不是哪里难受想翻身,好像就是想朝他身上靠一靠。顺子就主动靠上去了,并且嘴里不住地喊着:"哥,哥,你想咋了,你说。"但刁大军已经说不出任何话来了,只是底下走了一股气,那股气,再没有形成平日那种洒脱不羁的嘀嘀炮声,气体是蔫蔫地出溜出去的。

刁大军再次将自己的身子,朝弟弟怀里靠了靠,大概是觉得已经靠实在了,就嘴一歪,走了。

七十

处理完刁大军的后事,顺子在家整整躺了三天。周桂荣还是像伺候刁大军一样,细心伺候着顺子。顺子就有些不好意思,说自己还能动,不需要这样伺候,另外,顺子也隐隐约约地告诉周桂荣,说他哥一走,这里就不需要人了,该忙啥就忙你的去。周桂荣也没好再说啥,这天晚上,大吊就来找顺子了。

大吊开门见山,说那边房租太贵,他已退了,周桂荣和丽丽暂时没地方去了,看能不能就住在这里,他掏房租就是了。

这事还把顺子弄了个措手不及,他想过把房租出去的事,可一切还都没想好,其实家里就三间房,自己住一间,剩下两间是菊花和韩梅的,虽然两个女儿都离开家了,可把人家的房租出去,到底合适不,还需要不需要跟人家商量,都是个事。本来两个娃对自己就有意见,再不打招呼,把人家的房朝出一租,会不会让两个娃觉得,自己是在撵人家出门哩。可这个大吊,就敢这样先斩后奏,把那边房都退了,才来说,他又不能把母女俩立即赶出门外,不答应都是不得行的事,也只好勉强答应了。不过他也告诉大吊,只是暂时的,等找下合适地方了,还是搬出去住的好,他明说,这个家里情况特殊,搞不好你们也住不安生。大吊自然是满口答应了下来,这天晚上,连大吊自己也堂而皇之地住了进来。

事情也真是有些蹊跷,刁大军刚走,那边朱老师又不行了。顺子接到朱老师电话,就朝朱老师家里赶,赶到时,朱老师已经咳嗽得上气不接下气了。朱老师是哮喘病,据说是出生时受冻造成的,那时西京城正在经历抗战,飞机不停地来轰炸,朱老师就是在防空洞里出生的。他自己戏称为"月子病",几乎年年都在冬病夏治,可治了七十多年,也没能治断根,没想到,最后还就要死在这个老病根上。

朱老师对自己的病有很深的了解,对自己的生命,似乎也有很准确的把握,在顺子来以前,其实他已经把一切都准备好了,甚至连老衣都买了,就放在床头柜上。顺子把他往出背的时候,他让把老衣也带上,顺子说:"老师,这是去医院,你又没啥大病,看看就好了。"朱老师说:"这回好不了了,我知道,阎王这回……是非叫我走不可了,已经饶了我……好几回了。我已经是满……满七十三的人了,孔子也才……也才活了这个数,我还有啥德能……比孔子活得更长呢。够了……我活够本了……"

朱老师到医院,果然只住了十几天,就一口气上不来,憋着一口痰走了。

住进去头两天,是顺子一直伺候着,到第三天时,有些好转,大吊就建议还是让周桂荣帮忙伺候,把顺子腾出来,去装台。可到第七天的时候,朱老师的病情突然又加重了,嘴里不停地喊着"顺子,顺子……"顺子就又亲自来伺候了。

这天晚上,朱老师拉着顺子的手说:"有一件事,非常对不起你……顺子。"

"看老师,说啥话来着,只有学生对不起你的事,哪有你对不起我的事。"

朱老师就慢慢道清了原委。

朱老师说,他死后,家里就再没亲人了,他那点房产,师娘在的时候,他们就一直在商量,看将来给谁。他们有过两种意见,一是给他们任教的小学,他们两人都在那个学校当了几十年老师。还有一种意见,就是给顺子,直到师娘去世,这两种意见,还都在各自心里打着来回。师娘去世后,他也一直在想,到底给谁?如果顺子的日子确实过得不行,他就会毫不犹豫地给顺子算了。可顺子每次到家里来,都说钱有的挣,还领着几十号人着呢,也算是一个老板了。朱老师就又不想做这种锦上添花的事了,他甚至觉得,把房产赠给一个老板,是一种很可耻的行为。一个人要那么多钱干什么,够吃够花就行了,钱多了,顺子还能继续他那以诚实劳动安身立命的正道人生吗?直到生命弥留之际,朱老师其实还没拿定主意,到底给谁合适。其实那点房产,也就只值几十万块钱,因为没有门面,是一条窄巷子通进去的,整个鸽子楼加起来,还不到三十平方米,估来估去,也就四五十万块钱的市值。要是给学校,他和老伴过去都想过,希望把这点钱,用于贴补进城务工的农民工子女的学费,也还想盖一个小图书馆,可一打听,说四五十万块钱,连图书馆的地基都打不起来,国家也不可能给两个普通小学教师的捐赠,再配套一些资金,搞不好,这笔钱在他们死后,就会踪影全无的。前一段时间,听说学校管钱的校长都让抓了,就是因为贪污公款。他这点捐赠,能保证不让别的校长装进自己腰包吗?要是那样,岂不是不如给顺子,更叫人心安理得?想来想去,他觉得这事,是到了非决断不可的时候了,他就把自己和老伴过去的想法,以及现在的担忧,一股脑儿都给顺子说出来了,并且倾向很明确,要是顺子觉得特别需要钱,他就找律师来医院签字画押,把这点房产过户到顺子名下得了。

顺子不是不想要,四五十万块钱的家当,对他来讲,也不是一笔小数目,要是老师端直决定给自己了,他大概也不会推辞,老师毕竟是没有后人的人了,自己跟钱财也没仇怨,为啥不要呢?可老师既然把话说到这份上了,自己又不是靠双手挣不来钱的人,咋能就这样精白落人家一套房子呢,那可真就是老师说的,成一件很可耻的事情了。

他回答得很干脆,说他不要。

老师说:"感谢你这么些年,招呼我和你师娘,照说嘛,这房给你,也是理所应当的。"

他急忙说:"招呼老师、师娘,也是一个学生应尽的本分,如果最后把老师的房产落了,那我成啥人了?落一地的闲话,不值乎。"

他越是这样说,朱老师还越是想给他,可他到底还是谢绝了。并且,他亲自到学校,找到校长,把朱老师的意思说了,学校也立即找了律师,到医院办理了相关手续。朱老师在手续上还要求加了一句话：

　　刁顺子有权过问这笔钱的详细开支。

　　在办完手续后的当天晚上，朱老师就去世了。

　　顺子一直后悔，不该让医生又在朱老师的脖子上开一刀。当时，朱老师痰出不来，医生说要把喉管切开，朱老师直摆手，表示不同意，可他听说，打开了喉管，兴许还有救，就硬让打开了，谁知打开不久，朱老师就咽气了。他就一直痛悔着自己，临走了临走了，还让老师挨一刀，这真是一个十分巨大的错误决定，好长时间过去了，他还都纠结着这件事。

　　老师这份捐赠，在学校自然引起了不小的注意，甚至连区教育局都来了人，告别仪式一应俱事，自然就不用顺子操心了。

　　他只跟着老师的遗体，这个倒是没人操心。从前天晚上最后穿老衣，到连夜送进太平间，再到从太平间取出来，送火葬场，入冰柜，都是他一手经办的。

　　遗体告别仪式时，他特地来了个老早，早早把老师的遗体找到，一直号在手上，直到八点准时推到告别厅里。这是因为，他哥火化时，还出了个差错，殡仪馆的人竟然让他把别人的遗体推了出来，等安放稳当，把盖脸的红布揭开时，才发现不是刁大军。他连忙把人又推了回去。他说错了，殡仪馆人还说，怎么会错呢？他说就是错了，管理员就让他挨个找。这天早晨，一共有二十几具遗体，都已化好妆了，在排队等着火化。每个人都盖着一样的大红被子，脸也都是用一块红布遮着。本来刁大军的个子大，是容易辨认的，可那场大病，让他哥最后只剩下四五十公斤了，因此，他先后掀开几个盖帘，都不是的。有一个个子特别大的，掀开一看还是个女的，嘴画得血红血红的，吓得他当下就冒出一身冷汗来。他不停地拍着胸口说:"哥,你在哪里,可别吓我噢,我胆小。"所以在朱老师火化这天,他就来得特别早,他知道,老师今天的葬礼,可能比较隆重,由他经管遗体,绝对不能出岔子。

可当他准时把朱老师的遗体,十分庄重地推进告别厅时,他心里还是凉了半截。大厅里,一共只站了十几个人,有学校领导,还是个副的,学生也只来了四五个人。在朱老师去世的时候,他还给好几个同学发了信息,他以为,今天会来不少人呢,没想到大厅里会是这么一幅凄凉景象。他看着老师瘦得只剩下二指宽的脸颊,还有那满头白发,就哭得有些难以自持。

告别仪式完了,人都走了,他又把老师推到火化炉前,把老师送进炉子,张着嘴,看着人家浇了一汪油,嘭的一下,就把老师燃烧成一个大火球了。那天火化他大军哥,他还听见里面烧得哔哔剥剥直响,他身上的肉,也随着直朝下垮。

过了许久,老师成一堆灰了,他又铲出来,装进骨灰盒里,有几根骨头棒翘着,他还动手码了码,然后拿到郊外师娘的墓地,把老师送了进去。

他哥刁大军的后事,也都是他这样处理的,不过,朱老师在师娘死时,墓已固好了,而他大军哥是在死后才来置办的。他把他哥埋在了他父母身旁。父母左边睡着刁大军,右边睡着他二哥刁福生。他二哥抽大烟死后,也是他一手经办的。那是一个夏天,从村里一个废仓库里发现时,二哥都臭了,公安验完尸,他就进去,用一块塑料布把人一包,背了出来。他记得火化那天,没一个人来,连大军哥也在澳门,没联系上。他还记得,那天下着特别大的雨,他是穿着雨衣,把骨灰盒抱到这里,埋了的。

他把朱老师的骨灰安顿好后,磕了三个头,又把面值一亿元的冥币烧了好几百张,他在心里默想,老师和师娘在那边,就是办一座大学也够了。

那天他给他大军哥,还捎带着给他福生哥,也是烧了好几百张亿元大钞的,不过他禀告说:大哥,二哥,喜欢赌,喜欢抽了,你就赌,就抽吧,没有了,给弟托个梦,弟再给你们烧,这钱来得容易。

七十一

周桂荣先是帮着顺子,把他哥伺候了一个多月,然后又把他老师伺候了十几天,顺子一共开了三千块钱,周桂荣死活不要,但顺子还是硬把钱塞在了周桂荣手上。大吊就有些生气,说:"你这是臊我脸呢,我一家人,都住你的房,一月才要三百块钱房租,给你帮这点小忙,还要拿钱臊我们的脸皮,合适吗顺子?"但无论大吊咋样说,顺子还是坚持要给这钱,顺子说:"你们也不容易,还要给丽丽看脸,需要钱的地方多着呢,这钱,就权当是我给娃的。"周桂荣和大吊也就只好收下了。

周桂荣把丽丽领进城,也快半年了,先后已经给丽丽做了两次手术,在外人看来,几乎还没有多大变化,但丽丽从镜子里边,还是看到了希望。丽丽觉得她妈就是这个世上最漂亮的人,因而,老要医生把自己整成她妈的脸形。她在镜子旁边,就贴着她妈十五岁时的照片。

周桂荣说,丽丽长这大,还从来没有听她唱过歌,但这几天,丽丽在低声唱歌了,唱的是"村里有个姑娘叫小芳,长得温柔又大方,一双美丽的大眼睛,辫子粗又长……"

周桂荣知道,每次手术,都十分痛苦,要从腿上取皮,然后再一点点植到脸上,据大夫说,丽丽要彻底改变模样,至少得进行十几次手术。她一听,心里都痛出一阵冷汗来,可丽丽却说,再做二十三十次都行,她说手术一点也不痛,就跟让蚂蚁夹了一下一样,没啥感觉。周桂荣每每听到这里,就想流泪,但她不能当着丽丽的面流,她对丽丽永远都只能平静、微笑甚至欣赏地看着,要不然,她的任何眼神,都会引起丽丽轻生的念头。

丽丽在十一岁时,因为她说了几句重话,而用绳子套住细脖项,就上吊过一次。她记得那次是县剧团来村上唱戏,丽丽也跟其他孩子一起,挤到舞台口坐着,就有好多人不再看戏了,而只看丽丽吓人的脸,并且对她指指戳戳的,羞得她揪住丽丽的耳朵就回家了,她恼羞成怒地吼了几句:"你不知道你有多难看哪,叫你别去别去,你还偏要往人多的地方凑,你不嫌丢人,我还嫌丢人呢。"晚上,丽丽就上吊了。要不是她发现及时,娃在十一岁时就没了。

自打她带着丽丽进城以后,她明显感到丽丽的心情是好了许多,尤其是做了第一次手术以后,丽丽就跟变了个人一样,在家里做饭、洗衣,几乎样样都干得利利朗朗,菜总是切得很细,连稀饭也熬得很黏糊,很好吃。虽然家里为节省钱,几乎连肉都舍不得吃,可她还是变着花样,给爸妈尽量把饭菜调整得好一些。周桂荣看大吊辛苦,有时买了肉,总是舍不得吃,想放在大吊一个人碗里,因为大吊是这个家的顶梁柱。可大吊又坚决不让这样做,有时为几片肉,夹来夹去的,就都掉到地上了。丽丽就把肉扎成肉末,给爸拌在饭里,给妈饭里也拌一些,就是不给自己拌,她知道,爸妈省钱,都是为了给自己美脸哩,所以自己再也不能多吃多占了。

自把家搬到顺子伯伯这里以后,丽丽的心情就更好些了。尽管顺子伯伯第一次看到自己时的惊讶表情，她到现在还记得，因为那是她见到的，第一个西京城里人对她的表情。那个房东直到她离开，都是没见过她真正面貌的。真搬到顺子伯伯这里以后，顺子伯伯就把她始终当一个正常女孩儿对待了，看着她，既不吃惊，也不表示出任何同情的样子，就像爸妈看自己一样，让她能够忘记自己是这个世界上最丑最可怕的人。在伺候顺子伯伯他哥的那些日子，其实好多饭菜，都是她帮着做的，尿布、床单，好多也都是她帮着洗的，但她没有进过那个房间，她觉得，自己不能去吓唬一个病人。顺子伯伯养的那些能叫唤的虫子，也都是她在喂食喂水，一天楼上楼下地打扫擦洗，让她过得忙忙碌碌的，老想笑，老想唱。周桂荣见女儿有了这样的好心情，也就放心大胆地跟大吊他们一起装台去了。

周桂荣过去听大吊说过，装台很苦，但没有想到会这样苦。他们村里人常说，人生三大苦：撑船、打铁、做豆腐。但在周桂荣看来，这些苦处，比装台都差远了。装台首先是没明没黑地连轴转，另外，活儿也很重，那些铁皮箱子里装的灯光、皮线、铜器、服装，没有一件是少过一百斤的，有的甚至还在二百斤往上。何况爬高上低的也很危险。她被分配着跟三皮一起收拾服装道具，活儿还算轻省一些。大吊就不同了，几乎最重的箱子，都是他在带头扛。有一次，她看着大吊扛着两台电脑灯上灯光楼，就差点从梯子上跌下来。她原来一直想着，顺子是老板，老板是不会干活的，没想到，顺子并不比别人干得少，也是五十好几的人了，上灯光楼，跟大吊一样，背一个提一个的，上到半空，两腿直打闪，她在下面看着，心都能揪到喉管里。

关键是人还不好伺候，那些舞美师、灯光师、导演啥的，动不动就凶人,骂人,顺子基本就像人家的下饭菜一样,搓成圆的,就是圆的,切成方的,就是方的,用农村话说,干得下作得很。

不过也有快乐的时候,那就是装台装到后半夜了,那些人都休息去了,只剩下他们这些下苦的了,话就多了起来。当然,一边是憋的时间长了,想释放一下,另外,也是通过说笑话,提振精神,免得干着干着,就睡着了。

周桂荣第一次来,还有些不适应这种玩笑,因为大吊离开村子毕竟好多年了,她一般不跟男人开玩笑,有些人你一给好脸,他就得寸进尺,把手就端直伸上来了。但在这里,大伙儿开玩笑,她也不能恼,好在大吊在跟前。其实开着开着,自己也就放开了。她心里知道,别人都叫她男人"大吊"是咋回事。早先在村里,就有人这样叫,把她还弄得怪不好意思的。她还问过大吊,是不是像人家说的那样,大吊说,就是的,村里小伙子们在一起比过,他的比别人的都大,并且大一半都不止。这瞎瞎名声,不知咋就传到这里了,她一来,就有人喊大吊大吊的,她还骂过大吊,说不嫌不要脸,把啥事都往出抖。大吊说,夏天在一起睡着,热得一根纱都挂不住,你还能独独把那货,用腿夹起来,不让人看,不让人说?

周桂荣跟大伙儿一混熟,大伙儿就老拿大吊的那货说事。周桂荣开始还羞得遮遮掩掩的,后来也就索性放开了,加之最近心情又好,他们爱听啥,她也就故意朝那儿放几句狠话。

比如猴子说:"嫂子好福气呀,把人世间最好的东西都咥了。"

"不服气了,我让给你也咥一口。"

整得猴子还毫无脾气。

连墩子这货,也要上来骚扰一番:"哎嫂子嫂子,我们量大吊哥的那根藤条,是五根半火柴长,听说你一量,就成七根半火柴长了,

419

那是咋回事?"

周桂荣不紧不慢地说:"就跟你的头一样,冬天戴的帽子,夏天就不一定能戴进去,热胀冷缩嘛。"

大吊听着光笑,有时也会说不清是欣赏还是埋怨地嘟哝周桂荣一句:"看你个二蛋货!"

顺子光笑便宜,但不说,因为周桂荣比自己小了十几岁,又是自己的房客,玩笑开不出口。

有一天,装台到后半夜的时候,大家又围绕着周桂荣开起了酸玩笑,周桂荣是以更加热辣、火爆、荤腥的回答,把全场人立即都笑翻在地了。就在大家笑得上气不接下气的时候,都想看看大吊的反应,结果大吊躺在地上一动不动了。墩子就说"装死呢",上去一摸,咋发现大吊手脚冰凉,满头虚汗,就喊了一声"大吊哥"。大伙儿围拢来一看,大吊就跟死了一样,已经人事不知了。周桂荣吓得当下就软瘫在地上了。好在顺子伺候过好几个临死的病人,有经验,就急忙上去掐住大吊的人中,大声喊起大吊来。很快,大吊就醒过来了,还不知是发生了什么事。顺子就说要送到医院去看看,可大吊咋都不去,说没事,刚只是迷瞪了一会儿。周桂荣也坚持要送大吊去医院,大吊就站起来走动了走动,说好好的,去医院干啥。顺子就不让大吊再干重活了,只让他在下面指挥上灯具、挂画幕啥的。

这事过了时间不长,秦腔团要到北京去参加全国戏剧调演,人家把《人面桃花》选上了。这个戏,团场大,装台任务重,加之那边调演的戏多,舞台紧张,给的装台时间就一天两夜,咋算都不够。如果在北京临时雇人,什么都不熟悉,人也不好调配,搞不好就要误事。最后团上不得不决定,让顺子带十个精兵强将,一起赴京。

这在顺子他们,可是破天荒的头一次。有一次去上海演出,顺子就给瞿团建议过,说靠团上那些人,牛拽马不拽的,去了只顾逛街道,搞不好会误事的。他说他带几个人去,工钱给不给都行,关键是得给你瞿团把脸撑住,把事干洋货了。但瞿团没有同意,毕竟是去上海,机会不多,连正式工都安排不过来呢,哪里还能轮到他们这些临时装台人。可这次不一样,是去打硬仗,咋算,没有顺子他们都不行,靳导也一再坚持,顺子团队随团晋京的事,就算成行了。

十个人顺子是挑了又挑的,本来他是不打算让大吊去的,大吊那天晚上晕过去的事,确实把他吓了一跳,可大吊坚持要去,加之装台也确实离不开,他就还是把大吊安排上了。

在大吊和他离开西京城的那天半夜,他们装完车,周桂荣送大吊时,都有些眼泪汪汪的,并且一再叮咛顺子说:"顺子哥,我怕他是有啥毛病没检查出来,反正犟得要命,就不检查,还请哥多担待着点。"

顺子说:"你放心吧,我尽量不让他干重活。"

在他们坐进驾驶室,离开的那一瞬间,顺子从反光镜里看见,周桂荣是紧跟着汽车,朝前很跑了一段路的。

七十二

顺子真的有些兴奋,大吊也很兴奋。北京他们都没去过,何况这是去调演,用瞿团的话说,是代表西京人民,去给首都人民献礼哩,要丢人,那可就丢大了。顺子觉得这肩上的责任,是沉甸甸的。

这次进京,一共一百六十多人,顺子他们十个人,也是上了出行手册的,并且还专门给他们编了一个组,叫舞美二组,他自然是组长了。他给大吊安了个副组长,为这事,猴子还有些不愉快,当着墩子和三皮的面说,那就让大吊一个人干好了。

大部队都坐的是火车,而他们十个人,押着四辆康明斯进京。尽管坐汽车累点,可大家还都希望坐汽车,毕竟路上还能多看一些景致,听说要经过好几个省呢。

从西京城出发时,已经是后半夜了。他和大吊、三皮在一辆车上坐着,驾驶室有两排座位,前排连司机能坐三人,后排还能睡一个。他怕大吊身体再出麻达,一出西京城,就让大吊躺下了。

景车走得很慢,路上还不停地堵,加之重车不让走市区,一路上,除了公路,就是田野,再就是牵连不断线的汽车,大家想看景致的念想很快就破灭了。昨晚上装车时,寇铁还在说:"这次等于给了你们一个公款旅游的机会,你十个人,都没去过首都吧?"大家相互看了看,都摇了摇头。寇铁又说:"一人一天伙食补贴八十块,一路让你们看了风景,还给一人押车费五十块,装台另算。你看天底下,还有比这更好的买卖吗?这叫吃了逛了还落了。"大家也都确实很满意,虽然一路上,只看见风景名胜的牌子,不是说离此十五里,就是说离此五十里,甚至还有一百五十里的,但总是出了远门了,一辈子给别人也算有个说道了,是跑过好几个省的人了。

第一天晚上,他们是歇在河南与河北交界的一个地方,车到那里已经是晚上十点多了。顺子也弄不清是哪里,只听司机说叫邯郸,他想起上小学时,是学过"邯郸学步"这个成语的。三皮还兴奋地把成语故事又给大家讲了一遍。

司机们有固定的地方休息吃饭,顺子就招呼大家到一个夜市摊子上吃东西。他先主动给瞿团报了平安,说四辆大车,还有舞美二组的十个人,全都安全到达邯郸市了,得在这里住一晚上。他一再表示,让瞿团放心,他会准时把景车和人都安全带进北京的。

无论坐车还是休息、吃饭,他都特别照看着大吊,大吊还像平常一样,没有任何不适的样子,他还问过几次,大吊都说好着哩。大家也都在开着大吊的玩笑,把大吊叫"吊组"。墩子说:叫"吊组"不好,那不是在骂咱们自己嘛,一个组的人都成"屌"了,还是叫"吊组副",或者"吊副组"的好。猴子说就叫个"吊副"简单明了,后来大家就叫"吊副"了。你叫啥,大吊都只是个笑,好像自那天半夜晕倒过一次后,大吊就变了个人似的,变得不爱说话,但却特别爱跟大伙儿凑在一起,即使平常爱跟他死掐的猴子,他也喜欢了三分,吃饭时,还硬把分到自己名下的二十串烤肉,给猴子撂过去几串,因为猴子特别爱吃这东西。

天气热得哪里都跟蒸笼一样,坐了一天车,屁股都起痱子了,好在顺子过去屁股老有毛病,带着痱子粉,晚上大家冲了澡,他就到每个房里,给一人捏一撮,让给屁股凉爽凉爽。

顺子还是安排大吊跟自己睡,晚上他还几次醒来,听大吊的动静,见这家伙,一直鼾声雷动的,他才放下心来睡自己的觉。

第二天早上醒来,他还是先看大吊,结果大吊床上没人了,他就急忙起来出去找,怕大吊哪里不舒服。

谁知大吊在停车场检查那几辆景车着哩,他说昨晚做了个梦,梦着四辆景车让人家全偷去了,献演彻底失败,把全团人脸都气歪了,算是给西京人丢了大脸。他们回去以后,就让西京城遣散回老家了,并且宣布,永世不能再进西京装台。关键是丽丽的脸看不成了,娃和老婆,都哭得死去活来的,他就吓醒了。

423

顺子一拍大腿说:"这是好事呀,梦都是反的,说明这回献演成功了,你知道不?"

吃了早饭,他们又上路了。顺子还是让大吊在后边躺着,有时三皮会跟大吊换一换,但他始终坚持坐在前边,把他该躺的时间,都留给大吊了。一来怕大吊犯病,二来也是想让大吊休息好了,去装台时身板硬朗,指挥得力。其实他感觉自己的痔疮好像又要犯了,但在大吊让他也躺一会儿的时候,他还是说,他想饱眼福,看景致哩。他就那样磕头虫一样地一路坐着瞌睡着。

终于到北京城了,那是在快黄昏的时候,司机说到了,但必须在五环外一个停车场等着,只能到晚上十二点后,才能进市区。

他们就坐在一个大停车场里,等候夜半十二点的到来。

这个时候,大家虽然很累,但也很兴奋,毕竟到首都了,尤其是大吊,竟然还兴奋得跟猴子、墩子在路灯下,下起了象棋。这副棋,是大吊置办的,有时装台闲下来,他们也会杀几盘。

顺子把四辆景车还有舞美二组全体人员,已经在北京五环外停车场待命的消息,以信息的方式发给了寇铁,结果寇铁啥也没回。顺子还有些不舒服,想这大的事,任务完成得这样出色,竟然连个回音都没有。不过想了想,觉得自己还是有些犯贱,给他寇铁汇报啥呢?他爱理不理。我把自己的队伍带好就行了,还看他的脸哩。一想到这里,他就又把腰杆往起抬了抬。

直到这时他才感到,痔疮是真的又犯了。他想这次回去,无论如何都得把这个手术做了。他去厕所,给屁股后边抹了些爽身粉,然后回来,要求大家都眯瞪一会儿,说晚上进城就是一场恶战。

大家也都有经验,这时是最需要美美"撸一觉"的。他们把需要美美睡一觉,常常叫"撸一觉",那个"撸"字,是要说得咬牙切齿的,像是准备咬美味的猪蹄髈、牛蹄筋。

常年装台,最需要准备的东西就两样:冬天的大衣,夏天的凉席。凉席都是一尺宽的一个小卷儿,随时随地可以铺开躺下的那种。停车场看着大,其实留给人的空间很小,车来车往的,站着有时都避不过,还别说躺下了。而最好最安全的地方,就是车底下了。别人的车,自然是不能钻的,你不知道他啥时走,而自己那四辆大康明斯,肚子底下十分宽敞,走与不走,又是他们自己能说了算的,他们就都钻进去,享受人生那个"撸"字的无比美妙去了。唯有顺子看大家都"撸"得有些过分,就从车底下钻出来,靠在车外的驾驶楼旁眯瞪着,他毕竟还是有些担心,怕司机突然来动了车,把轮子底下的弟兄们轧成肉饼。

在晚上十二点半左右,顺子接到了团部前站人员的指令:"可以进城了。"

大家立即再次兴奋起来。

顺子叫来司机,当四辆康明斯同时发动起来以后,顺子甚至真像某个电影里的大首长一样,庄严地对四辆车挥了挥手:"出发!"

来自西京的《人面桃花》剧组的舞美二组,在刁顺子的亲自率领下,信心满怀地开进首都了。

七十三

一切都不是他们想象的那么炫目。当他们夜半三更,摸进首都心脏的时候,这颗心脏正进入午夜休眠期,虽然有路灯,甚至也有一些眨动的彩色灯火,但总体已是车少人稀、楼影幢幢的静寂状态了。当他们七弯八拐地找到那个演出剧场时,里面正在拆台,后台口也停着好几辆康明斯。他们的车暂时进不来,就只好停在马路边等候了。

顺子他们算是碰见同行了,就想上去看看,谁知刚走到后台口,就被两个抬布景的人挡住了:"干吗哪干吗哪?"顺子见人家说的是普通话,就也用夹生普通话回答说:"我们是来接台的,《人面桃花》剧组,西京的。""嘛剧组,嘛剧组?""《人面桃花》剧组。"顺子又说了一遍。另一个抬布景的,还给那个问顺子的解释了一遍:"就是人脸像桃花。"那个人还嘟哝了一句:"嘛不叫'人脸月季'呢,咱北京,市花可是月季。"接着,那人倒是比较友好地问了一句:"你们需要装台吗?"顺子说:"不需要,我们自带啦,自带啦。"那两个人就不再搭理他们了。他们想进后台去看看,那两个人就很不客气地挡在门口,一个说:"哎哎哎,你以为你是中南海警卫局的,什么地儿都可以去看,什么地儿都可以去查是吧?这是首都喂,你什么都得讲规矩。人家天津的戏还没走呢,你想干吗呀你?"顺子说:"我们想看看舞台,看一会儿怎么装。""你算干吗的呀你?"那人还是那副神情。墩子就急忙上前解释说:"这是我们的领导,头儿,想进去看看台子。"另一个抬布景的就发话了:"嘛嘛,你说嘛,领导?头儿?在北京这地儿,你还敢说你是领导?头儿?什么级别?就部长在这剧场里,一晚上一把能抓仨。你还头儿呢,一边儿歇着去吧您哪。"他们就再不好往里闯了。墩子还说:"狗日的牛×呀,连装台的都说普通话呢。"猴子说:"看你这瓜坎样子,普通话就是北京话,人家不说普通话,还说你秦腔啊。"墩子就笑了,说:"广播电视里说普通话能听懂,可他们说普通话,就跟嘴里含了颗枣核一样,舌头在里面打不过转圈嘛。"顺子就说:"出远门了,都把烂嘴夹紧,免得给我惹祸。"

原本定的是凌晨夜两点进舞台,可上一家到现在连台都没拆完,据办公室的人说,恐怕只能到凌晨四点接台了。顺子就又让大家原地休息。到四点又说得到四点半,他们真正进到舞台里边,已是早晨五点钟了。

进了舞台他们才知道,这是一个工厂的俱乐部,也能演出,但更适合开会、搞活动,装台难度特别大。

寇铁这时也来了,就骂团里办公室的人,说他们一个月前就来抽签,抽的这号破舞台,手是让大粪淹了。

本来舞台就差,加之又被上一家剧团占去了好几个小时,装台就真正成一场恶仗了。

顺子他们五点开始卸车,到八点,才把第一部分装台急用的东西卸完,团上另外派来装台的,还有几十个人,他们是早上八点才到剧场的。所有主要部位,都由顺子的人把持。顺子还专门给他的特别小组开了会,要求所有人都不能掉链子,他还用了老电影里常用的一句话:考验我们的时候到了!

他最担心的还是大吊的身体,这一路上注意着,倒是没发现任何问题,现在开始恶战了,他还是提醒大吊:不敢大意,要趁摸着来。他开始给大吊安排的,是比较轻省的活儿,可大吊不同意,说那是三皮和娘们儿干的事,他还是喜欢上高空作业。加之猴子爱跟他较劲,他也不想示弱,就扛着灯,上了二道天桥。顺子也一直在观察着大吊,他还安排了墩子,要多注意着点大吊的身体。

这个舞台本身虽然有几十个灯,但基本都是开会用的照明光,团上的灯光师丁白来一看,说一个都不能用,必须全用自己带来的。团上一共带了近三百个灯具,需要全部装上去,这个工作量,大得几乎有些惊人。但无论量再大，装起来再困难，顺子还是让大伙儿咬牙往上装，他说，这毕竟是跟全国打擂台来了。由于整个舞台设施不是一个合格的剧场装备，所以装灯、装景都缺乏必要条件，连他们团上舞美队的专业人员都喊叫没法干，但顺子他们，还是在想办法朝上装着。

十点多的时候，瞿团和靳导他们大部队坐火车也到了，瞿团和靳导就急忙到舞台上来看情况。寇铁汇报的结果，基本就是装不成，更别说明晚参赛演出了。

瞿团就喊叫顺子。

其实在瞿团和靳导进剧场的时候，顺子就从前灯光槽里下来了，见寇铁一直在前后汇报着情况，就没朝跟前凑，他现在不太想像过去那样，太主动地四处献殷勤了。过去献着献着，有时就热脸煨了人家的冷屁股。再不献了，把活儿干好就行了，尤其是得把腰杆挺直了。不过瞿团叫，他还是得去，并且步子不能慢，瞿团毕竟一直对咱好着哩。他还是穿着那身蓝布大褂，虽然已经热得褂子的前胸后背都汗津津地贴在肉上了，但他还是习惯这样穿着。用他的话说，这就是咱的戏服，其实穿着，也是为了防止皮肉划伤，毕竟都是跟丁头拐脑的铁器、木材打交道。

瞿团说："辛苦了，顺子！"

"咱就下苦的，哪有瞿团、靳导辛苦，坐了一夜火车，一到，就亲自到舞台上指挥来了。"话都说完了，顺子又有些后悔，咋就这样由不得自己地要给人家献媚呢。

靳导笑着拍了拍他的肩膀说："哎顺子，别拍马屁了，你就说这台，能按时装好不？"顺子本来想说几句硬话，给瞿团和靳导表一表决心，可见寇铁瞪了他一眼，就转了话锋，说："寇主任都说了，这台确实难装,演个晚会啥的还可以,但演戏,尤其是演靳导的精品力作,麻达确实比较大。"

靳导是个急性子,端直说:"行了,你不说这些絮子话了,你只说赶明早八点,能不能交出舞台来,好让演员过戏?"

"那要看咋装,要是要得细发、要得精致了,恐怕装不到位。"

顺子还没说完,寇铁就把话接过去了:"不是细发不细发、精致不精致的问题,是连大形都根本装不出来的问题。"

靳导还是把眼睛盯着顺子:"顺子说能不能行,现在换舞台不可能,明晚不参赛演出更不可能,只能是看你们啥时交舞台的问题。"

顺子不想得罪寇铁,但他觉得更要对得起瞿团和靳导,因为自己毕竟是瞿团叫来的,据说靳导也建议过,他得为他们负责。

瞿团说:"顺子,这回团上专门把你们叫来,就是觉得时间紧,装台难度大,要不然,团上人自己就干了。你是行家,舞台情况大概一看,就能知道需要多少时间。你就给靳导一个准话,啥时能交台,这牵扯到团上的整体安排。"

顺子终于没有再看寇铁的眼色,而是有些立军令状的神情:"给二十四个小时吧,明早这个时候,准时交台。"

靳导带头鼓起掌来,说:"顺子就是顺子,老瞿,这回演出要是成功了,可要给顺子记头功。"

顺子说:"啥头功不头功的,只要不挨靳导的板子,就阿弥陀佛了。"

顺子看见寇铁美美剜了他一眼。他知道寇铁跟团里办公室有矛盾,这一切,也都是在给办公室找难堪哩。再加上,困难说多了,瞿团和靳导都会不停地给他下话,求他赶进度,也好显示他的组织才能和关键时刻能打硬仗的本领。没想到,瞿团和靳导都只跟他顺子说,并且叫他顺子立了军令状,出了风头,这自然是要让寇铁十分恼火的事了。

瞿团和靳导一走,寇铁立即就把火发了出来:"刁顺子,你倒算个做尿的,把你个烂装台的也活成人了,还跑到领导跟前骚情、献媚、点炮呢,看你那一副奴才相,小心把腰闪了。啥货嘛,吹你妈的腿哩,二十四小时你能行,我看你狗日的一个人把台装了,二十四小时要是交不了台,看我不把你狗腿卸了。"

顺子当下就想发火,他发誓了,这次回来装台,决不再给人当孙子了。尤其是寇铁,他甚至都想过,这龟孙子要再欺负人了,他都敢当着全团人的面,给他一个嘴捶。但这阵儿他还是把火压下了,毕竟是出门了,尤其还是在首都,人家管剧场的人都盯着哩,咋都得注意影响,他尽量不急不躁地说:"寇主任,你也甭骂了,咱就是个下苦的,来也是给你们团上帮忙干事哩。虽不是外请的专家,那也是人嘛。事情赶到这一步了,只有二十四小时嘛,不行能行吗?我也想多给一些时间哩,多给一天时间,我们还能多挣一天钱哩,可事不由人嘛。你要嫌我多嘴了,这活儿,我们也可以不往出赶,只要你给瞿团和靳导能交代过去,咱下苦的,大不了不挣这个钱,走人完了嘛。"

寇铁见顺子把话茬搭得这么硬,也就没敢再把事往下僵,真僵到那里了,他也负不起这个责任,就又骂了一句:"哎你能,你刁顺子能,你一个指头都能剥葱哩。你赶紧,二十四小时交不了台,我不卸腿,总有人卸你的狗腿。"

顺子也懒得跟他理论,就分头跟大吊、猴子、墩子、三皮等人说了说,要他们加紧进度;所有人都悄声向顺子保证:放心,我这一块儿没麻达。

让顺子最感到安慰的,就是他的这个队伍。虽然平常也有磕磕绊绊,他们相互之间也会有些过节儿,但在大事情上,绝对都不糊涂。他顺子说话,虽然不像戏里的皇帝那样一言九鼎,但也没人乱犟。尤其是到了急煞火时,一般不会有人掉链子。他带队伍的诀窍,几十年了,就是那老三样:一是带头干,啥活苦,啥活重,他就干啥。不多说话,不多指挥,别人干不好的,他再捡起来干一遍就是了,几次过去,也就没有人再敢把事不当事了。二是体贴人,把弟兄们当人看。谁有个大事小情的,他会跑前忙后;谁有个头疼脑热的,他也会有所表示,哪怕是一根冰棍、几片去疼药、一个肉夹馍。起痱子了,给一人沟子里哪怕塞点爽身粉,反正让你感到,瓜子不饱暖人心得很。三是不贪心。当头的,多拿一点也在情理之中,但多拿得有个分寸、下数,不是乱拿,不是一爪子挖下去,把别人的脊背能挖出几道渠来,这个连亲兄弟也是会受不了的。西京城的装台活儿很多,好多人之所以组织不起来这个摊子,就是因为私心太重,太黑,干一两回,大家就散伙了。所以,每到关键时刻,顺子团队的凝聚力、向心力就能发挥出来。瞿团和靳导,也都是看到了这一点,所以才在危难关头,把希望寄托在他身上的。

顺子知道他肩上的压力,但表面并看不出来,就是比平常跑得更快些了而已。平常上面光槽,如果装台时间长一些,他可能一次只提一只灯上去,任务要是紧些了,就会提两只;现在不仅提着三只灯,而且还给脖子上套了一捆电缆线,爬梯子爬得两腿直打闪,但他还是艰难地往上爬着。弟兄们看顺子这样干,自然也都把力努圆了。

大吊也在朝舞台顶上的二道天桥运灯具,并且都是电脑灯,有的一只就上百斤重,大吊也是背上背着电脑灯,脖子上还挂着一捆几十斤重的电缆线,嘴上还叼着一卷铁丝。顺子就让墩子招呼着点。大吊说,他的身体这次绝对没麻达,相反倒是提醒顺子,要注意痔疮的老毛病。

大吊不知咋的,这次装台还特别兴奋,不仅自己干得欢实,而且也没忘了跟猴子打嘴仗。猴子一直站在五六米高的云梯上绑顶灯,两条腿死死夹在云梯的钢管上,大吊就在二道天桥上喊:"猴子,跳钢管舞呢。"猴子说:"给'吊组'表现哩嘛。"大吊说:"你是用尾巴缠着钢管,还是用那家伙缠着,要是用那家伙,可得多缠几圈,小心溜脱了。"把大家都惹笑了。猴子就说:"我要有'吊组'的本钱,就端直把那货,吊在舞台顶的横梁上,荡着秋千作业了。"把大家又惹得哄笑了一阵。剧团来的那帮装台人,还不明白"吊组"是什么意思,墩子嘴长,就学说了一遍,从此舞台上就把大吊喊叫"屌组",把顺子团队的所有成员都叫"屌员"了。

剧团来的那帮装台人,有几个一开始就有情绪,不是跟着寇铁怨办公室是吃干饭的,抓阄就抓了这么个烂舞台,再就是怨主演们坐着软卧、坐着飞机来,还嫌房子没安排好,看老瞿把这一伙"万货"惯的,干脆都住到花椒树上,让一个个都品麻死得了。有人议论说,比赛还不都是给他们比哩,结果是人家拿了大奖,回去又增添了闹情绪的本钱、闹待遇的砝码。人家高级职称有了,房有了,荣誉拿火车皮拉,咱们有什么呀,永远都是"垫蒸碗"的红苕、土豆、萝卜丁。在这么恶劣的条件下,给人家装台,让人家表演,让人家获得鲜花掌声,人家还不领咱的情,动不动还说,给人家拾鞋带都看不上,你说咱们落了个啥?图了啥?有几个人,还越说越激动,最后就干脆躺倒在地毯上,不干了。

可顺子他们,不能不干,并且还得拼命地干,有牢骚也没处发去。

墩子嘴长,背了个进口的新追光灯上楼呢,累得呼哧呼哧的,还追问了顺子一句:"哎,顺子哥,你说,那咱们图啥哩?"

"图你妈的个×哩,快干你的活。"顺子骂。

七十四

北京的夏天好像比西京热,特别是没有空调的剧场,就尤其显得热了。大概还不到中午时分,四十多个装台人,几乎全脱成了精赤膊,肩上都只搭一条湿毛巾。开始还有人叽叽喳喳,说东道西的,到后来,就只干活,再没人吱声了。

其实团上那些好说怪话的"刺儿头",发泄完了,真正干起来,也还是蛮像回事的,平常就是嘴不饶人,尤其是不饶领导。大小领导都是批评对象,当然瞿团自是主要对象了。批评领导,是团上的一种风气、风尚,甚至是一种做人的风度,好像谁不批评领导,谁就没才华、没骨气、没能耐似的。老戏里的谏官、言官的台词,多是他们进行当下包装后发射出的炮弹。好在大家都习惯了这种批评姿态和方式,批评者也就只是批评批评而已,只要嘴舒服了,释放了,出了滑稽幽默的效果,引来了哄堂大笑,也就算是达到批评目的了,该干吗还干吗去。当顺子他们那十个"硬扎人"各把一口,豁出命地朝前拽着干时,他们也就慢慢跟着干上了,整个舞台上,只见湿溜溜的光脊背晃动,只听灯具、道具、布景、老虎钳子响,不见人吭声,眼看一个空壳舞台,就装出了大样儿。连管剧场的人都议论说:"这确实是一帮西北愣娃,能玩儿硬的,这号破舞台,这点破时间,明明干不成的事,还真给铆上劲儿了,难怪那地方出李自成了。"

瞿团长是凌晨一点多到剧场的,他没想到,台会装得这么快,以他的估计,这阵儿台上可能还很凌乱,灯光能吊上去一半就不错了,没想到,该挂的全都挂上去了,画幕也在朝吊杆上绑了,连大平台也都在安装了。这一块儿,他心里倒是有了底了。

不过,还有更麻烦的事挠搅着他的心,明晚演得成演不成,恐怕还是两讲呢。

他也没想到,这次来遇到的麻烦事会是这么多,不仅舞台不行,大部队住的地方条件也差。先是人都到了,房腾不出来,有六十多人,是在中午两点以后入住的。那些人意见很大,但团上又毫无办法,为了节省开支,又不能昨天就去登记房。可火车又偏是在今天一早就到了,咋都衔接不上,最后一个入住的,已是下午两点十分了。由于价格低,房子老,没有中央空调,都是靠单个制冷,几乎有一半房间,机器只发出突突突的响声,不出冷气。宾馆是拿了一些老电扇来解决问题的,但天气太热,电扇吹的都是热风。一些主演害怕嗓子出问题,靳导就建议,一定要把有唱腔的演员都照顾好。男女主角昨天就到了,办公室按瞿团的意思,已经安排在条件比较好的宾馆了。可今早几位次主演一来,看宾馆这样破,还急忙进不了房,就闹起了情绪,瞿团就让把他们也都一起安排到好一些的宾馆算了,财务上怕超支,他就学顺子的一句话说:"牛都跌到井里了,拽下一撮尾巴毛来,意义也不大。"演戏这行当,玩的就是演员的嗓子、演员的情绪,演员一旦没了嗓子,没了情绪,再好的戏都能演砸了。不管谁有什么意见,首先得考虑演员的感受,该吃的

"偏碗饭"就得让吃,这是行业特点所决定的,他当了这么多年团长,觉得最硬的道理,就是要把演员轻轻拍着"哄睡着"了。所以他也落了许多外号,什么"李鸿章"、什么"瞿软骨"、什么"瞿缺钙"、什么"磕头虫"、什么"老妈子"的,反正说啥都行,但该让的还得让,该哄的还得哄,天底下就这行特殊,你不把演员当爷当婆敬,你就哭都没眼泪。可演员安顿好了,乐队的意见又来了,司鼓的也要求换房,说在戏剧行当里,司鼓就相当于大乐团的指挥,在国外演出,指挥是要享受比主演都更加特殊的待遇的,在后台,是要安排一间独立休息室的。后台没休息室了,睡觉的地方保证个单间,房里保证空调能正常运转,要求总不过分吧。"不过分,安排!"紧跟着,拉板胡的、拉第一小提琴的,也都提出了换房的要求,理由也都很充分,哪一个爷不伺候到位都不行。当一个个问题解决妥帖时,已是晚上七八点了。办公室人又领着他,去拜会了几个常年支持团里的老专家,给他们送了请柬、戏票,一一邀请他们明晚来赏光看戏。

一切都安排完了,他本来那时就准备上舞台来的,谁知靳导打来电话说:"老瞿,你快回来吧,你的爷你的婆,我都伺候不起了。"靳导本来晚上安排给两个主演再说说戏的,谁知说崩了,看样子崩得很厉害,他就又急忙起身回到了宾馆。

原来一对男女主演,为戏份的轻重,已经闹得不可开交了。

这个矛盾,其实在《人面桃花》初次排练时就已经发生了。按常理,这个戏自然崔护应该是第一主角,谁知编剧给桃花写的戏却更饱满一些,自打开始对词,剧组就为谁到底是第一主人公,议论纷纷起来。编剧在开始,也卖了关子,故意不写人物表,说将来戏立起来了,看谁戏份重谁就排第一。戏排着排着矛盾就捂不住了,更有那好事之徒,一时煽惑演崔护的,一时又煽惑演桃花的,戏在彩排前就差点流产了。虽然男女主演都没好明说,但心里的病害在什么地方,瞿团和靳导都是十分清楚的。春节前这个戏"三结合"排练时,那天一早演崔护的去打吊瓶,闹腾的正是这件事。瞿团那天走上去,跟崔护耳语了几句,崔护就拔了针头上了场,很多人都不知道瞿团到底是给他上了什么药,就那么奏效,连顺子下来也问过,他只是笑笑,却从来没露过底。要说剧团有什么秘密,那这就是最大的秘密,这些秘密守不住,无论排练还是演出,当下就都能停摆了。其实他当时就说了一句:"我和靳导研究过了,两人同时领衔主演,但出字幕时,崔护排第一。"这当然是最关键的一招了,"病"当下就治好了。但这事并没搁下,演桃花的演员,他是答应了给解决另外的问题:她有一个小保姆没地方住,想在筒子楼要一间房,瞿团就违规点头了,但给她做工作说,这个戏恐怕还是得把崔护排第一。他说:其实戏份都一样重,两人并列领衔主演,名字先出后出意思也并不大,希望她以大局为重,不要在小事上斤斤计较。演桃花的,当时为了那间房,在这件事上也就既没点头、也没摇头地默许了。可这次进京演出,有人说主角排名是大事,不是小事,是大得不得了的事,一般一本戏就给一个主演奖,你排在第二,光这排名就吃老鼻子亏了。加之两人又都十分看重这个奖,这个奖圈内圈外都承认含金量高,矛盾自然就难以调和了。但瞿团总想着,进京调演这么大的事,他们还敢为这事闹腾不成,可靳导电话里那么愤怒,他也就知道,这事恐怕也没他想的那么简单了。

他回到宾馆时,靳导正在收拾东西,准备回西京哩。她说这事没法干了,谁她都伺候不起了,名利已经把世道人心熏黑完了,没一寸地方适合搞艺术了。她说她准备回去卖葫芦头泡馍呀,跟艺术彻底拜拜了。她骂艺术现在就是个婊子,除了臭气熏天,没有啥值得去审美了,完了蛋了,只丢下审丑了,她要拜拜了。

瞿团就笑了,说:"靳导,你先休息你的,准备明早过戏就行了,这事我来处理。"说完,他还安排人给靳导买了些小食品,让人把靳导陪着,自己就去找两个主演谈话了。

他给一人谈了一个多小时。演崔护的,强烈要求把演桃花的唱词先删掉八句,他说那八句戏词,绕得他不仅无法表演,而且还老忘台词。其实,桃花那八句戏词,正是全剧最精彩的地方之一,桃花每唱一句,都会赢得满堂彩。这自然让演崔护的心里很不舒服了。另外,他还强烈要求导演,必须把过去删了他的那十二句戏词全部恢复,要不然他就坚决"不伺候了"。他正挂着吊瓶,嗓子也确实在发炎。而演桃花的,也在房里打吊瓶,说喉咙都化脓了。她坚持,必须把她排在第一主演位置,理由是:全剧三百八十二句唱词,她一人就唱了一百三十四句,而崔护才唱了一百一十六句。她反复数了,全剧一共两万八千一百四十六个字,经她口念的、唱的,是九千四百二十五个字,而崔护差七个字才九千,从戏份上讲,她咋都应该排第一。瞿团就说:"这个戏都知道是因崔护的四句诗引发的,把崔护不排在第一,恐怕不合适。"可她强调:"戏叫《人面桃花》,不叫《人面崔护》啊,搞懂没?桃花都出现在剧名里了,还不是第一主演,这能给广大观众交代过去吗?"整得瞿团还没脾气。他只好提了提多给她那间房的事,本来是想堵堵嘴,谁知人家端直来了个对不起:"不要了,回去就把那间破房退了。瞿老,里面还漏雨呢,你是打发叫花子呢。"气得瞿团把手指关节都扳得咯吧直响。但他忍住了,还是谈,还是动之以情,晓之以理。可任他的思想工作咋春风满面,咋细致入微,都各自坚持着自己的要价,死不退让。

终于,瞿团,瞿养正,瞿团叫瞿养正,平生第一次发了大脾气,那脾气大得连他自己都有些不相信是真的。可他真的是把脾气发了,并且把人家宾馆一个茶杯都摔了。那个杯子是什么时候摔的,后来传说不一,有的说是开始摔的,有的说是最后摔的,有的说中间摔的,反正是摔了,碎了。还有人说,杯子碎片把瞿养正的手都扎出血了。反正几天后结账,办公室的确是给人家宾馆多开了五十块钱茶杯赔偿费的。

团部几个人,一直在楼道站着,但他们听见了瞿团最后那些调门很高的话:"(有人说,是先摔了杯子,然后才开始批评的。)……闹,你们闹吧,就为这点个人名利,什么都不管不顾地闹去吧。但今天,我瞿养正也把态度挑明了讲,作为一团之长,我的决定是:一、词,一字不动;二、唱,一句不加不减;三、戏,一切维持原貌;四、明早十点半准时过戏,谁都不许迟到早退;五、明晚上七点半演出,必须保质保量,完美呈现。当然,你们要闹了,就大胆闹去,放开闹去,有本事了,还可以到天安门闹去,但利害,我得给你们讲清楚了:这一百多号人出来,给国家造成的损失,你们必须一分不少地给予全部赔偿。并且我会给你们很重的处分,信不信?直至除名,让你们快二十年的青春奋斗,名利双毁,鸡飞蛋打!(有人说,杯子是在这个时候摔的。)还争奖呢,我要让你们的饭碗都彻底砸了!(也有人说是在这个地方砸的。)我瞿养正绝对说到做到。你们也都知道,我也就只剩下三百来天就要退休了,瞿养正就要滚蛋了,和稀泥也和这么多年了,不想再和了,也不敢再和了,再和,我瞿养正把人家这摊子就和垮完了。你们看着办吧!(还有人说,是在这个地方摔的。)"

说完,瞿养正是背起手从主演房里出来的。

他平常是从来不背手的,但那阵儿,似乎需要这么个外部动作,来强调一下自己的权威与决心。

他出门不一会儿,消息就传到靳导那里了,靳导还给他发了一条短信:老瞿,听说你终于拉了一撅硬的啊!

啥事一旦逼到南墙上,一旦彻底摊开牌,反倒还好解决了。他突然感到一阵轻快,是当团长以来从未有过的轻快。大不了不演了,打道回府了事。要真那样,他还真的想好好开一回杀戒,把几十年窝在心底的那股无名火全都发泄出来呢。

他到剧场,朝池子一坐,看装台人都这样卖力、攒劲,那乱糟糟的心绪才慢慢平复了一些。

一直在太平门外抽烟的寇铁,听说瞿团来了,就急忙掐灭烟头,走了进来。寇铁还是先汇报难度,说这个戏一共要用四十三道吊杆,可剧场满打满算,只有三十五道,并且还有两道坏的不能用。他唠叨说,没想到堂堂首都,还有这么差劲的剧场。他还是埋怨办公室人不懂业务,弄下这破舞台,就没法收拾。说吊杆竟然还是手动的,有七道景不能往上挂。瞿团一句话也没说,只问顺子在哪里。有人就冲面光槽喊了一声:"顺子,你瞿伯叫你。"

把一台子累得没了兴致的人都惹笑了。

没过一会儿,顺子就来了。他已经没有穿那件蓝布大褂了,只穿着一条短裤,汗水是从身上所有能产生的褶痕、沟壑中,油润润地往下滚淌的。他的双腿平常本来就往后拖拉着,这阵儿,拖拉得更厉害了,像是有人在他脚后跟上拴了绳,硬朝后拽着的。他见瞿团,还有些不好意思,用手把光溜溜的胸脯捂了捂,有人就开玩笑说:"刁总,把你的手放开,瞿团不关心你的瘪奶。"

连瞿团都被惹得刺啦笑了一下。

顺子走到瞿团面前,瞿团发现,顺子连头发都像是刚从水里捞

439

起来的一样,把满脸灰尘冲洗得黑一道白一道的。再近距离看,他脸上、胳膊上、胸口上、腿上,到处都划着细小的血口子,一个脚指头,还用一些卫生纸缠着,血迹已渗到外边了。瞿团问咋了,顺子很轻松地说:"一个趾甲盖,刚上楼时,给踢翻起来了。"瞿团心里咯噔一下,就问要紧不,顺子还是很轻松地说:"没事,就一个趾甲盖翻了,我压下去绑着哩。"瞿团要看,顺子没让,一再说没事。

瞿团就问顺子:"还有七道景吊不上去,怎么解决?"顺子这回没有看寇铁,真不把他当回事,也就那么回事了。他觉得瞿团这次给自己的信任,是太大太大了,他必须替瞿团把一切困难都解决掉。他想,士为知己者死,大概就是这个意思了。他说:"瞿团,你放心,那七道景,我已经都想好了,等灯光全部到位后,我和大吊专门来解决,一道都不会少的,这是全国打擂台呢,我懂的。你老休息去吧,明早十点半,一准给你交舞台。"

寇铁还是插了句话:"刁顺子,你可不敢这阵儿只图嘴快活,死表现噢,明早十点半交不了台,看靳导不把你的老皮揭了。"

顺子还是压着火,一句话没接。

瞿团说:"都不说了,就按顺子的意见办吧。"

寇铁一脸怪相地看了一眼顺子,顺子急忙把脸转向一边,他到底还是缺了一点看寇铁笑话的勇气。瞿团当着这么多人的面,这么坚定地支持自己,他突然想到了那个叫啥子责任重于泰山的词。

那个踢翻了趾甲盖的脚趾,肿痛得有些挨不得地。挨不得,他还是坚定地踩下去了。舞台天桥上最热最闷最危险,他就在那个最危险的地方悬挂着。

瞿团没有离开舞台,他觉得这阵儿坐在这里,比回到宾馆心里舒坦。其实每遇重大演出,他都是要在舞台上熬更守夜的,这几年老了些,熬夜觉得体力不支了,所以也就熬得少了。但今晚,无论如何是得陪大家一起熬的。加之他也不想回宾馆去闷着,不管明晚演得成演不成,台都是要先装起来的。搞了这么多年戏,参加了这么多年会演、调演,他清楚,台装得好不好,到位不到位,几乎成了演出成功与否的死穴。有时一个小事故,就把一台戏给砸了。人家说你呈现不完整,任戏再好也白搭。

有瞿团坐镇,连寇铁都顺溜了许多,顺子和大吊的许多想法,很自然就得到了落实。三十三道有用的吊杆,硬是绑上去了四十三道景,顺子和大吊用各种办法,智慧地解决了景的错换、升降,尤其是承重问题。连管剧场的人都有些惊讶,顺子的"眼秤""手秤""头秤"就那么准,他说哪道景有多重,用眼一量,用手一掂,用头一支,几乎斤两不差,这种特殊的技能,让剧场管理人员大开了眼界。他们还从来没见过对舞台装置技术如此谙熟的队伍,所有的装台作业过程,都有了艺术创造的含量。只见安一排顶光,从灯具布位,到上螺丝,到布线、插线,再到平衡灯头,完全是机器一般的流水线作业速度与水平,但又分明是人在用手操作。尤其是高空作业,几乎跟杂技演员一样升降翻转自如,但却不用任何安全保护措施,难怪有人老喊猴子猴子的。当他们知道,这并不是剧团的专业舞美队,而是一群常年以装台为生的普通农民工时,他们就更是表示出了一种特别的优待,他们甚至破例,让这支队伍在吊杆上进行了许多违规探索,硬是让极其简陋的设备在最短的时间,既安全又满负荷地超常运转起来。连寇铁也不得不暗暗承认:狗日的顺子这一伙,装台都快装成精了。

到上午十点半的时候,装台组准时把已装好的舞台,交到了靳导手中。

顺子还专门到靳导面前汇报了几句说:"靳导,没误事吧。你想,人家瞿团亲自坐镇,还能误了您靳导的事嘛!不过这狗日的台子确实难装,是我一辈子装得最难的一个台子。好在领导重视,瞿团整整熬了一夜,这领导一重视,啥事就都好办了,咱们干就是了。"他本来是想表扬表扬自己的,结果,一搭话,就又把领导歌颂上了。没办法,就这毛病,好像还不容易改。好在歌颂的不是狗日的寇铁,而是瞿团,他情愿。

靳导当时正忙着跟瞿团商量两个主演的事,只哦哦地应付了两声。他就有些尴尬地退到后边去了。

瞿团和靳导这阵儿最操心的,还是两个主演的问题,十点半,如果人来了,一切都好说;如果不来,麻烦可就大了。

瞿团一再要求自己要保持镇定,但心里还是有点慌乱,毕竟这事有点大。不过他终是已有了思想准备,一旦罢演,他甚至连给全团怎么宣布、怎么讲话的腹稿都打好了。脓包要烂,就彻底让它烂去,烂穿头了,也好下猛药彻底治一回,免得总是让人这样作难。

十点半过了,十点四十都过了,两尊神还没来,全场所有人都拿眼睛在盯他,看他今天这戏咋朝下唱哩。昨晚他"发飙"的事,半夜时分就已传遍全团了,有人在微信上说:老瞿这回一来首都,就先补钙了,硬着呢。

可顺子听说,瞿团倒是硬了,但今天这戏,可不一定能唱成呢。

瞿团的头发,几年前就花白了,也许是光线的原因,今天看上去,显得更是白得不见一点青丝了。有人感叹说,老瞿真的是老了,老得有些太快,快得真的像那句成语说的:白驹过隙。那蓬白发很乱,但很有味道,蓬蓬松松,自自然然的,更像是某张老照片里,那些已经远去的老艺术家的头颅。

这个头,这张脸,现在正聚焦着一百多双眼睛哩。

顺子老是为这个白花花的头颅,捏着一把汗。

瞿团连住看了几下表,时间已指向十点五十五分了,他想再等等,再等五分钟,如果十一点整人还不来,并且确定人再不来了,他就要发布重大决定了。

就在他都觉得快彻底绝望的时候,突然,那两尊神来了,他俩是从两个不同的太平门进来的,头都仰得很高,进来谁也不看,就独自坐下了。

全场立即傻眼了。有些眼光里,明显还有觉得戏是有些不够劲道的成分。

虽然迟到了,但瞿团还是有一种千斤巨石突然落地的感觉。来了好,来了就好,他心里,甚至突然对两个娃,还产生了一种几乎是迅速要发起烫来的感情,他甚至都想哭。两个娃娃,毕竟是来了,算是没把他的那点老面子彻底剥掉。啥叫顾全大局?这就是顾全大局了。演崔护的,刚过而立之年;演桃花的,也才二十七八岁,社会上捧的人多,两只脚找不着地,搁谁,也都是在所难免的事。试想,一个人,整天面对着千人捧、万人忽悠的场面,要清醒,要冷静,要自控,要弄清自己的半斤八两,那是多么难的事呀。就连历史上的伟大人物,不是也有被"万众欢呼"得昏了头的时候吗?更何况,这是两个唱戏唱红了的年轻娃娃。这些年,他们也的确把力出了,当主演的辛苦,做团长的是比谁心里都清楚的,真的很不容易!遭嫉恨,不宽容,恨不得他们出个事,连根把他们薅了去……这些心态,包括那些可恶的做法,他都是清清楚楚、明明白白的。但他在这一行干得长了,见得多了,就对特殊人才有了一份特别的爱怜与珍惜。不包容,不善待,大小有个事就一棍子打死,连小人物也成长不起来,还别说参天大树、艺术大师了,啥好摊摊也都能被打散伙了。他们闹了,但最终来了,就说明他们做人做事,还是有尺度、有底线的。娃们只要来了,那老瞿就还是他们的"保护伞",还是他们的"黑后台"。他不怕别人说他缺钙,说他没原则,说他是"清政府""李鸿章"。娃们只要来了,那他瞿养正就还做这个无能的"清政府"。娃们不犯错误,让谁犯错误去?来了,就是认识到错了,那他就还得把娃们往起促。

过戏刚开始,他就悄悄吩咐办公室:"中午弄些稀饭,再弄点清淡一些的菜,蒸两份鸡蛋糕,稍嫩一点,给两个娃端到后台去,两人都还打吊瓶着哩。"

办公室主任就笑着说:"可按摩呀,瞿团。"

他没言喘。

七十五

让顺子他们激动的是,在排戏前,靳导到底还是让演员们给舞美组的同志鼓了掌,靳导尤其强调,要给舞美二组鼓掌。顺子急忙站起来说,都是瞿团领导得好,我们就是下苦的。

大家都哄笑说:"刁总政治上很成熟哇!"

开始过戏了,顺子他们并没有停下来,还有许多工作要完善。有些景磕碰了,要修补;有些景掉色了,要敷色;有些景装的位置靳导不满意,边过戏,他们还得边调整位置。

跟他们一起装台的剧团人,这会儿都瞌睡得在侧台丢盹,但他们也许是熬惯了,舞台上锣鼓家伙一响,还反倒兴奋起来了。

最让顺子感到高兴的是，大吊这次出来，身体状况一直很平稳，昨晚熬了一夜，始终跟他一样，站在最难处，干在最前边，不管谁叫他"屌组"，他都是笑眯眯的，不仅不生气，而且好像还含了一份责任似的。

不过顺子自己的痔疮倒确实很严重了，每次痔疮一犯，还连带着脱肛的毛病，弄得他老要进厕所去，用卫生纸朝上托。好在这个毛病别人看不出来，他也不想让人看出来，都忙成这样，弟兄们知道了更是麻烦。他就那样咬牙忍着，走路也尽量往正常里走，把腿不叉得太开，磨就让他磨去，好歹也就三几天的煎熬了，他已下过决心，这次回去，无论如何都得把这痔疮连根剜了。

在前台过戏时，后台为分景又闹腾了一阵。由于吊杆全部需要手动，搬景、换景人根本忙不过来。在西京演出时，四十三道吊杆，两个人按电钮就全部操控了，而在这里，却需要八个人同时手动，并且还缺乏保障。所有地面硬片景和道具的上下位置，也因舞台的结构性变化而发生了不小的改动，几乎所有人都不适应，问题是每个人还都增加了搬景的次数，因此，后台就出现了一片反对剧务主任寇铁的声音。可寇铁也毫无办法，前后左右地将就着人，但还是有好多活儿派不下去。倒也不是大家不愿干，而是真的忙不过来，加之重要演出，责任特别重大，有些人怕出事故，也有避重就轻的意思，因而，好多难干的活儿，也就都分给顺子他们了。

顺子特别生气，觉得狗日的寇铁是柿子专拣软的捏，可有两项活儿，竟然是靳导亲自点兵点将的，他就又觉得有了一份信任和光荣在里面。

一是追光，这是最难干的活儿。首先灯光楼里特别热，大概在五六十度以上，灯光全面开启时，可能温度还会更高些。昨天下午,他在上面绑灯,热到最后是连裤头都脱了的,好在那里没人上去,就他一个人,咋舒服咋来。这个戏的追光特别重要,重场戏是两只追光同时工作的。原来打追光的两个人,那个打得最好最认真的,昨天一来就中暑了,说高烧到三十九度,满嘴说胡话,现在还在医院躺着呢;另一个靳导压根儿就看不上,说打得老是抖动晃悠个不住,扰乱戏的情绪。因此,靳导临时决定,由顺子和大吊两人打。他们过去都打过追光,靳导也表扬过。顺子倒是没问题,可让大吊上去,他还是有些不放心,那上面的温度,一般人毕竟还是有些吃不消,关键是憋气得很。可还没等顺子开口,大吊就把顺子挡了,说他能行。顺子也没办法,本来他是想让猴子和大吊换一下,猴子打追光,绝对是一把好手,可猴子这回被灯光师丁白派上了更大的用场,端直上了主操作台,整个演出的灯光总控都是猴子"一手摇"了。在顺子看来,这也是自己和"舞美二组"的光荣。墩子和三皮要盯着那三十三道手动吊杆,那些吊杆的不确定性,让他不能换了墩子、三皮任何一个人,这两个家伙,在这方面的机灵程度,他和大吊又是咋都比不上的,也就只好由他和大吊上去打追光了。

　　上午走台过戏,只挑重点的过,拣与换景有关的接口过,到了用追光的那场戏,靳导还让演员认真走了一遍,就是为了让他和大吊熟悉舞台熟悉戏的。好在戏他们从排练开始,已经看过好多遍了,算是比较熟的,很快靳导就在下面喊叫"OK"了。不过,靳导还是朝他们上边喊了一句:"顺子,我希望晚上,不仅看到的是你们对舞台和戏的熟悉,而是要看到追光的呼吸、追光的生命。懂吗?"顺子回答了一句:"懂了靳导。"然后顺子对大吊说:"把这两个死铁疙瘩要弄活,除非是鬼魂附体了,还要呼吸呢。"

　　靳导分给他们的另一个任务,是推铁架子,在全剧最后桃花变成鬼魂的那段戏里用。变成了鬼魂的桃花，像一片美丽的桃瓣一样，在空中飘来荡去，崔护怎么也追不上，直到天空桃花纷飞，悲歌咽咽，大幕徐落。

观众看到鬼魂飘来荡去的，其实是一个铁架子来回运动的结果。这个铁架子，是藏在一个黑色无缝纱幕背后的。铁架子有些像拍电影用的那个大摇臂，可长可短，可伸可缩，演桃花的演员，就固定在铁架子的顶端，几只电脑灯紧紧追着她，而她穿的是酷似一瓣桃花的美丽服装，当铁架子运动起来时，那瓣桃花就飘飘欲仙了。这个铁架子十分笨重，由于需要太多变化，因此操作起来特别麻烦。过去顺子他们也操作过，但平常演出，团上尽量不雇外人，字幕上就打着："舞台特殊动效：本团舞美队"的字样了。可这次演出，靳导指名道姓地要他顺子团队操作，他就感到了很大的压力。

这玩意儿确实不好弄，玩的是劳力，是配合，也玩的是艺术感觉。本身铁架子有两吨多重，因为自重太轻，快速运转起来，上面的演员会很危险。本来也可以用发动机来解决问题，可发动机声音太大，有一段戏，又是连音乐都没有的大静场，用靳导的话说，此处无声胜有声，要有观众池子里针落下来，都能听到响声的那种静寂。有几处，又要随着音乐节奏的变化，大起大落，大开大合，那电动机，咋都不懂艺术家那些该死的要求，最后就只好改用可操可控的人工运动了。

每次排练到这里，靳导都会要求下面运动铁架子的人，要像艺术家，不要像运铁架子的搬运工。要有呼吸，靳导反复强调，舞台上所有搬景、下景、升景、动景、开光、收光的人，都要有呼吸感，她说懂得了呼吸，就懂得了艺术，艺术的最高境界，就是呼吸，呼吸，你懂吗，刁顺子？这话顺子每次听到，都想笑，谁还不会呼吸了，搞艺术的就爱说鬼话。让八九个人,推拉着那么蠢笨的铁架子,要是连呼吸都不会,还不把人憋死了。

尽管如此,顺子他们还是训练了再三。开始是带着演员训练,后来演桃花的演员被绑在上面,有些不耐烦,靳导就让演员们都休息去了。他们就把三皮绑上去训练。直训练到三皮喊叫晕得要吐了,他们才放下来。

当顺子他们把舞台上彻底收拾好,舞台监督检查过后,说一切人都不许再上舞台时,已经是下午六点钟了,离开演还有一个半小时。顺子让他们的人都去休息一会儿,说要保证体力,好钢就给人家用到刀刃上去。

顺子自己找了一片包灯具的纸壳子,到耳光槽上铺开来,静静躺了一会儿,可咋都睡不着,真正是一种要打大仗前的兴奋和不安。他把自己和"舞美二组"要干的事,在脑子里又过了一遍电影,想着还有哪些薄弱环节得解决,得给大伙儿反复提醒,反正"舞美二组"不能给人家抹黑、撒气、掉链子。他又把大吊叫来,斗了一下情况,直到觉得一切都没有啥漏洞时,才说眯一会儿。大吊说不敢在这儿眯,这会儿一眯,就醒不来了。要眯,也得到舞台侧面坐着眯,旁边一有动静就能醒来。他想也是,就跟大吊一起,把他们的人都叫到侧台坐着眯瞪了。

他大概刚眯瞪了一会儿,就梦见戏演到最后了,怎么铁架子上绑的是大吊,底下观众的口哨声、倒掌声,就跟潮水一样涌上了舞台,吓得他冷汗直扑,毛发倒竖。这时就有人摇他的胳膊,醒来一看是大吊,大吊说:马上要开演了,瞿团都在后台动员讲话了。

七十六

开演的铃声终于响了,响了很长时间,为的是让观众都静下来。顺子和大吊正紧紧抓着一片房景,这是全剧最大的一片景,是崔家大院的照壁墙,整个代表着唐朝的建筑风格,由于高大笨重,寇铁就分给他俩了。戏的开场,是五分钟的序幕,序幕完,第一场景必须在十五秒钟内搞定,十五秒后,舞台就要在音乐中升光,那时他们如果撤不下来,就叫"穿帮了",那就是舞台事故,并且算重大事故。是会直接影响评奖的,那叫舞台作风不严谨,缺乏专业素养,属业余范儿。顺子抓着景,等候在上场口,不停地目测着暗场时要经过的路线,怎么绕开柱子,怎么绕过平台拐角,然后将景一步抬到位,拿铁墩子压住景脚的三角铁,再然后迅速转身撤离。但必须注意呼吸,靳导要求换景是要讲呼吸的。他在调整情绪,在寻找呼吸的感觉,尽管他觉得这很可笑,但还是在努力寻找着。顺子突然看见,瞿团也在侧幕边上抓着一片景,并且抓景的手,还在微微颤动,他就想,他都紧张成这样,瞿团和靳导的心里,恐怕都快要爆炸了。

终于,序幕完了,灯光暗了下来,舞台监督轻轻指挥了一声:"一场景上!"他和大吊就摸黑抬着景上去了。尽管舞台已是漆黑一片,上面布满了高低不平的台阶、道具,但他们还是如履平地一般地把景送到位了,并且一切都显得那么随心、流畅,就跟吃饭、睡觉一样平常自然。当灯光再升起时,他和大吊刚好撤进侧幕条,舞台监督还给他们奓了一个大拇指,因为这片高晃晃的景,太难搬动了。他突然觉得，自己是找到了一种感觉，就是靳导所反复强调的那种呼吸的感觉。

除了上场的演员外，其余人几乎都守在侧幕条边上，静静地看着舞台上的演出，听池子里观众的反应，顺子发现，所有人几乎都是屏住了呼吸，在期待着首都的认可。

顺子在这一行干得长了，已完全掌握了这一行人的特点，别看平常自由散漫，有时连皇帝老子都不认，可一旦遇上大事，那可真是连呼吸都能调整到一起的。就连那些平日爱说怪话、爱讽刺、爱挖苦、爱挑三拣四的人，到这阵儿，也会口吐莲花，眼见生勤，就像完全变了一个人似的，让你认他不出。这个时候，再没人骂老瞿，骂导演、骂办公室、骂业务科、骂戏霸、骂职称、骂代表、骂委员、骂房子、骂梅花奖、骂各种荣誉了，好像这时的一切个人恩怨、利益，都自动跑到九霄云外去了。一切的一切，都归结到一点上，那就是集体荣誉，谁要在这时胆敢给集体脸上抹一点黑、掺一粒沙子，那他就算是把全团都得罪下了，绝对是得吃不了兜着走的。顺子他们，自然就更是害怕自己负责的那点事出事了，在侧台走路都是小心谨慎地踮着脚尖的。第一场景，终于被他和大吊在黑暗中，用艺术的呼吸，完美无缺地搬了下来，然后，他们就轻手轻脚地登上面光槽，准备打追光去了。

其实追光是在第四场才用的，照说他们还可以在下边磨蹭一会儿再上去，可看到上百号人，都在如此全神贯注地为艺术献身，就觉得自己连到后台外面透一下风，都是一种可耻的行为。他们是急忙打湿了毛巾，然后一人拿了两瓶矿泉水，就猫到面光槽里待命去了。

面光槽在观众池座的前顶棚上，正规舞台的面光槽，会很大，

450

很开阔,面光槽里,有时会装上好几十只灯具。可这是俱乐部,虽然有面光槽,却很小,很窄便,上面装了十几只灯,另外的面光,是通过吊绳,吊到槽子以外发光的。而两只追光灯,就十分挤卡地安置在面光槽的中央。面光槽有八米长,但高不过一米五,宽不过一米五,人进去是得始终弯着腰行走的。顺子倒还好受些,个头一米八几的大吊,就窝蜷得有些像虾米。关键是温度太高,高得人出不来气。中午那阵儿上来,只过戏,灯光没开全,还好受些,这阵儿,不仅光开全了,而且顶棚下午也晒烫了,热气捂着挥发不出去,连一个透气孔都没有,两人就都感到呼吸特别局促了。

　　顺子还是有些担心大吊,但大吊说他能行,卧着不胡折腾就是了。大吊是真的侧卧着,在等待着有追光那场戏的到来。很快,两人身上的汗就出圆了。晚上演出,舞美队都是统一穿着一身黑布衣服上台搬景的。黑布吸光,暗场时,观众只看到景移动,就看不见人,但布料有些厚,不透气,上到灯光槽里,就热得咋都穿不住了。顺子先脱了,脱下来一拧,直滴水,就说:"你赶快脱了拧干晾着,小心一会儿下去水溜溜的,到舞台上反光呢。"大吊也就脱了,拧干放在一旁晾着,最后一场戏还要上台送桃花飞天呢。他们都只穿了个裤头,可裤头也湿完了,顺子屁股那里实在不舒服,就连裤头都脱了,并对着一个灯屁股烤了起来,大吊一惊:"天哪,你屁股咋成这样了?"顺子说:"没事。老毛病了。"大吊说:"得赶紧治呢。"顺子说:"这回回去就剜了。"顺子让大吊也脱了,说这上边又没人,脱了能舒服一点,大吊就脱了,把裤头也拧了拧,水溅到灯具上,还发出了嗞嗞的响声。两人相互都看了看那儿,笑了。

　　顺子说:"你果然厉害,难怪人家都叫你大屌。"

　　大吊说:"个子大,尺寸比例自然大。不过你那也太恓惶了点。"

"就剩尿尿了,要那么大的铺排干啥。"

"不再打算找老婆了?"

顺子说:"不找了。"

"你才五十多岁,就不找了?"

"不找了,太劳神。"

"咋劳神了?"

"找老婆还不劳神?反正不要了。"

"要是有送上门的呢?"大吊又问。

"谁眼睛又没瞎,能送到咱的门上。"

"蔡素芬不就是送到你门上的吗?"

顺子说:"再甭提了。以后送到门上的,也不要了。坚决不要了,一个人的日子,多省心。"

"要是有合适的,恐怕还是得要上。人世间的男男女女,就这事,你不要,可能就把谁单下了,瞎人要了谁,就是害了谁,好人要了谁,兴许就积了德了。"

这话在当时并没有引起顺子的注意,可几个月后,顺子想起这话来,就觉得大吊当时说话怪怪的,似乎是一种预兆。顺子就是一个不要,那是真心的不要,前三个老婆,把自己的心都伤透了,再伤不起了。他甚至觉得,自己就是克妇的命,找谁谁倒霉,再不能害人了。

楼底下的戏演得很火爆,掌声不停地传到楼上来,让他们也有了一份不小的光荣。在第三场戏刚开始以后,他们就再没说话了,他们得看戏,得酝酿情绪。这场戏很长,他们甚至几次起来做准备,可发现戏还有老长一节唱不完。好像今天演员都特别卖力,道白也慢,唱腔节奏也拖,他们就急忙等不到自己表现的那个时机了。终于,这场戏在雷鸣般的掌声中暗转了,顺子和大吊的戏来了。

其实他们把追光灯的把手,早已握出汗来了,当舞台上慢慢染出幽蓝的底衬光,把淡淡的月色,一点点糅合到唐朝那诗一般美丽的夜晚时,他们的腰已经猫得开始发酸了。可这时,他们脑海里只充满了靳导排练时的所有舞台提示:

……终于,注意,终于,桃花要从那个高墙中逃出来了,第一只追光请注意,在音乐的第四小节,那个长长的4处,由第三道幕条背后,用由小变大的光圈,把这个惨遭大家贵族欺侮的民间女子,深情地迎接……不,是拥抱出来,跟住,紧紧地跟住,她要奔跑,她在奔跑,圆场,整整一圈,由慢变快,请追光像裹着自己的女儿一样紧紧裹着这个孩子,平稳,再平稳,冲刺,跟着这个无依无靠的可怜女子冲向前去,啪,跪倒,是突然跪倒,是猛跳崖,收住。将光圈缩小,缩小,再缩小,缩到最小,只留下我们可怜的桃花女那一张无助的瘦脸。注意,第二只追光注意,请把灯头提前对准刚才桃花出场的地方,崔护内喊:"桃花——"音乐大作,注意,在5555的第四拍5字奏出时,开光,是强烈的投射,让急急出场的崔护,带上一种惊慌失措感,他的心上人桃花,因为不守大家族的陈腐规矩,而被他狠心的母亲赶走了,他在追赶。跟上,紧紧跟上崔护,一个"硬壳子"翻转,喊"桃花——"再跟上。发现桃花,都退,退,向后退,再退,再退,把光收好,稳住,两人向前冲,放大光圈,拥抱,紧紧拥抱。注意,注意,两只追光的光圈要完全重合,不许有一丝错开的影子。定住,定住,绝对不能有一丝一毫的晃动,就像美丽的死亡。然后慢慢的,慢慢的,在凄厉的二胡声中,随着男女主人公的慢慢撕开,舒缓分离,分离,呼吸,分离,再呼吸,再分离,要像湖面一样平静得能映月……流动起来,追光随着主人公的表演流动起来,呼吸,追光要呼吸起来,就像锦缎一样,柔和地展开,展开,再展开,这是两匹没有丝毫瑕疵的锦缎,美得让人陶醉、窒息……呼吸,再呼吸……

顺子和大吊整个都是按靳导排练时的要求,走完全过程的。这场戏,足足有二十八分钟,他和大吊就那样紧紧地抓着追光,直到将男女主人公,送到靳导提示的"开放的大唐、国际的大唐、诗人的大唐、青年的大唐"的"万国不夜城"。当楼下的掌声,犹如破堤般潮涌上来时,他俩捶了捶腰,静静地躺下了。太完美了,真的打得太完美了,他们自己把自己都服了,完全合乎靳导所要求的"两匹锦缎"的艺术效果,可以说打得"毫无瑕疵",只能给艺术加分,而绝对是减不了分的。他们有这个自信,因为他们今晚是真的有了艺术呼吸的。他们像两个从水里捞起来的人一样,在那里静静地躺了许久,因为离戏的尾声,大概还有四十分钟,他们还可以充分享受一下他们的艺术成就。

顺子问:"没有啥不舒服的感觉吧?"

"还行。"

"你知道我这趟出来,就担心你狗贼的身体。"

"我知道没事。兴许比你还强呢。"

"没事就好。哎,大吊,这美的戏,底下人,要是知道上面有两个精沟子打追光的,会是啥感觉?"

大吊说:"当下就不想看了,闹退票去了。"

"咱的裸体就这难看吗?"

"你那沟子要是让人看了,一辈子都不想吃饭了。"

"那倒也是。你那屌也大得太瘆人,像驴鞭。咱赶紧穿,下去候场走,后面还有恶战呢。"

七十七

戏演到这一阵儿,就算胜券在握了。尽管如此,台前台后的人,还是保持着高度的紧张状态。大家相互很少说话,都在做着自己的准备。顺子和大吊从灯光槽下来时,只见舞台监督又给他们竖了个大拇指,并悄声说:"靳导很满意,说这两个家伙可以算艺术家了。"顺子和大吊心里,就跟喝了蜜一样,连两个嘴角,好像都有东西在往出溢。但他们一点都不敢骄傲,不敢松懈,得谦虚,得沉住气,舞台这活儿,你稍一骄傲,一大意,就会惹大乱子。他和大吊到后台,美美喝了些水,然后就跟墩子、三皮他们一起,比画起了尾声那三分钟的铁架子大运动来。

终于,舞台监督喊他们候场了。

戏接近尾声了。

桃花在崔护离开长安,跟一帮诗人出去游历的时候,终于还是被婆婆赶出门外了,崔护回来,又被母亲强逼着写下一纸休书,桃花绝望至极,在返回桃花庄的路上,一袭白绫,挂在桃树上,自尽了。

崔护再返桃花庄,面对序幕时桃花家的那扇窄门,泪流满面地写下了那首传诵千古的爱情诗:

去年今日此门中,

人面桃花相映红。

人面不知何处去，

桃花依旧笑春风。

演崔护的"角儿"，为在舞台上书写这首诗，专门拜书法大师为师，从剧本策划开始，就猛练这二十八个字的草书，竟然已练得像模像样，每演到此时，观众都会为他的绝技，疯狂地呼喊起来，今晚更是一搭笔就呼号不止，那种潇洒，那种老到，那种表演韵律，连站在侧台的瞿团，竟然也忘乎所以地大喊了一声："好！"侧台所有人，便都跟着鼓起掌来。

就在崔护运笔咏叹时，大铁架子上的桃花魂灵也飘动了起来。早已候在铁架子下面的顺子团队，按靳导的舞台提示，开始了最重要的艺术创作：

准备，这首诗是要唱三遍的，第一遍由崔护唱，第二遍由男低音小合唱唱，第三遍的前两句是男女声二重唱，从第三句进入大合唱。运动铁架子的哥们儿注意了，当崔护唱到第三句的时候，你们开始吸气，注意，憋住气，等第四句"桃花依旧笑春风"的"风"字唱完，停顿，出光，注意，电脑灯请从演员的脸上，不，是鼻尖开始，一点点放大，放大，放大，直放到把演员的桃花瓣服饰全部包住为止，开始运动，运动，桃花瓣在空中飘浮，飘浮，向近处飘，长摇臂向前推，推，直推到崔护的眼前，注意，近，近，再近，当摇臂离崔护还有一米距离的时候，崔护伸手去牵桃花，在手指即将挨上的时候，猛地拉摇臂，要猛，要快，要狠，对，狠狠地，狠狠地将美丽的桃花从崔护眼前拉开，直拉到崔护遥不可及的地方……

这是尾声的第一个回合，除了猴子在灯光操作台上，"舞美二

456

组"的其余九人,全部都在铁架子上号着。这个大铁架子,其实就运用的是最朴素的杠杆原理,中间一个支点,绑在摇臂最顶端的演员,是靠另一个平衡点上的人力压起来的。根据导演需要的高度,给平衡点上增加力量。为了铁架子的稳当安全,整个铁架子,由六个人进行保护并来回运动,平衡点上有两个人作为筹码,不停地加减,大吊作为托举手,在摇臂中端控制着升降。顶端的演员,即使很小的一点飘动,下面九个人,都要使出浑身的力气,才能配合到位。他们有时像百米赛跑,有时又像云中漫步,这时整个纱幕后边已经全部腾空,就留下他们在前后左右地来回奔跑了。为了减少脚步与舞台的摩擦声,他们九个人都脱成了赤脚片,听到的,似乎像羊群出栏或归栏的声音,轻巧,但会成一片,就有了能震动地心的声音。

靳导的指示始终言犹在耳:

……注意,运铁架子的弟兄们,你们是艺术家,不是搬家公司,不是装台的刁顺子啦,是行为艺术家,呼吸,深呼吸,冲决,冲决,把愤怒的桃花送上天空……好,缓下来,再缓一点,这一段运动要像绸舞,懂吗,绸舞,是飘动的感觉,是舒展的感觉,是挣脱了封建枷锁,进入自由王国的感觉,飘,飘起来,再往起飘,再飘得高一点,飘飘欲仙,让我们美丽的天使飘起来,好,往下沉,沉,吸气,往起飘,飘,旋转起来,再转一圈,再转一圈,好,落下,升起,落下,升起,再落下,再升起……

在黑区中,运动大铁架子的九个人,活儿最重的还要算大吊了,因为他个子高,别人替代不了。自大吊那次发病后,顺子也有一个备用人选,那人也有近一米八的个子,可缺乏大吊对舞台的熟悉程度,人也显得蠢笨些,大吊就说,还是自己上,保险。顺子看这几天大吊也没啥事,就让他上了。大吊的任务就是,每到摇臂要升高的时候,他就钻到摇臂下,先用肩膀往起扛,然后再用双手向上托,他一共要在不同的音乐节奏中,向上、向左、向右、向前、向后托举九次,而每一次托举,又都有轻重缓急的不同,有时猛如"向天裂帛",有时轻如"鸿毛飘散",有时又如"春风扑面",有时又似"天仙下凡",当然,这都是靳导的话。反正一切变化,都在大吊的肩膀上、手臂上、脊梁上、腰上、扭动的屁股上和踮起来旋转如陀螺的双脚上。顺子看着大吊真的就像一座吊塔,把主演,硬是一次次送上高处,赢得阵阵叫好后,又再一次送上更加绝妙的境地,用靳导的话说,让艺术在无比惊艳与震撼中,戛然而止,从而造成余音绕梁三日不去的审美效果。

终于,大合唱的最后一句:"桃花依旧笑春风",也反复到第三次了,合唱演员们,把嗓子眼已经提到无法再高的高度了,再高就破了,炸了。掌声起来了,像爆豆,像暴雨,像炸雷,紧接着,雷声变得沉闷了,顺子知道,幕已落下,雷声是隔在幕外了。他们至此才停止了艺术呼吸,停止了运动,所有人都就地趴下,或者躺下,等待着演员们谢幕完成后,才能起身离开舞台。

顺子趴在地上直喘粗气,这三分钟的前后左右奔跑,绝不亚于百米赛跑,真正叫累得命如游丝,咽气断肠了。可他内心最强烈的感受,仍是四个字:完美无缺!真的是完美无缺。他想,他可以给瞿团和靳导交差了,西京赴京演出团的舞美二组,没有给西京人丢脸。

前台的谢幕进行了三次,大幕合上又拉开,拉开又合上,掌声与叫好声不断,顺子跟剧团这么多年了,像这样火爆的谢幕场面,还是第一次听到。虽然他们趴着,无法朝前看,但观众那种依依不舍的热情,他能感觉到。瞎瞎戏,没演完,观众就能走去大半,还别说等着演员谢幕了。只有好戏,尤其是特别打动了观众的戏,才可能一谢幕、再谢幕地台上台下互动成一片。

他们是直到有观众轰上舞台来,跟主演合影时,才从地上爬起来的。都爬起来了,怎么大吊还趴着不动,他心里咯噔一下,就急忙去摇大吊,可大吊还是没动,他就大喊了一声:"大吊!"大吊还是不动,他的腿就瘫软了下来。墩子、三皮他们见大吊不动,也围过来,摇大吊,喊大吊,就在顺子觉得大吊可能是死了时,大吊却突然动了一下。听到大家那样紧张地呼喊大吊,团上好多人就围过来了,可大吊就在人围得越来越多时,却自己翻过身来了,看看四周,然后说:"没事,好着呢,是睡着了。"大家才一哄而散。

后来顺子就一直在骂大吊,死都不会死,与其真要死,为啥不在那天晚上,戏推到高潮后死掉呢,却偏要等到第二天才死。

这个死大吊,真是个连死都不会死的人。

七十八

大吊那天晚上,到底是休克,还是睡着了,直到好久以后,大家还在议论,但他自己明明说是睡着了,并且有那么多人听见,就不能拿累休克了来说事。

那天晚上演出成功到那个份上,自是让剧团人狂欢了半夜。第二天还有一场演出,大家就不用担心了,戏是口碑活儿,有开台戏的成功垫底,后边的戏,就咋演咋顺了。在演员们卸装的时候,瞿团专门来拍了拍顺子的肩膀说:"完美无缺!"靳导过来也是这话。不过顺子后来发现,团里所有人,今晚见面都在说这四个字。

晚上团里都在喝小酒、打牌、谝闲传,这是剧团人的习惯,都是夜猫子,演完戏,尤其兴奋,何况是取得了如此大的成功,据说好几个专家讲,这台戏是这次调演最棒的戏,就等着拿大奖吧!顺子他们听了,也自然兴奋得了得,他们本来也想出去买些鸡爪子、花生米什么的,回来喝点酒,解解乏,可还没等墩子买回来,就都躺下,再也叫不起来了。

第二天整个休息,但团上要求都不能出去闲逛,得养精蓄锐,搞好最后一场演出。猴子、墩子、三皮和大吊他们早上起来一看,团上好多人都溜出去了,有些五点多就跑到天安门看升国旗去了。他们商量说,也出去看看,毕竟都没来过北京。顺子就同意去看看。看了天安门,大吊又说要到大栅栏,给周桂荣和丽丽买点东西,听剧团人说那儿货便宜。猴子嫌大吊,一个老男人还婆婆妈妈的,就不想陪,要一个人逛,墩子和三皮就陪着大吊去了。顺子屁股难受,早早回旅馆躺下了。

大概在下午三点多的时候,墩子给顺子打来电话说,大吊死了。是死在欢乐谷的。

原来他们在大栅栏逛完后,墩子建议去逛欢乐谷,他也是听团上几个年轻人说的,说那儿好玩得很,今天有好多人都去了。大吊就陪着他们去了。在欢乐谷也没玩啥,就转了半天,看别人玩,有几个项目墩子倒是想玩,可一问价钱太贵,没舍得。然后,他们就出来了,可刚出大门不远,大吊就突然倒在地上起不来了,有些像前两次,可这次再没叫醒来,是永远睡过去了。他们把人还背到附近医院抢救了,可都是白搭,人已躺在太平间了。

顺子的头嗡地就炸了。

他急忙把事情报告给了瞿团长,瞿团就急忙带着办公室的人,和他一起朝医院赶,赶到医院,也就是处理后事了。瞿团问要不要通知家里人来。顺子跟闻讯赶来的猴子他们,商量了半天,觉得老人就不要通知了,据说身体都不好,连村子都出不了,但周桂荣必须通知,这是天大的事,他顺子是包揽不了的。

瞿团立即给家里打电话,让团里留守人员准备飞机票。然后由顺子给周桂荣打电话,先哄她说,大吊住院了,但没啥大事,这边忙得很,抽不出人来,想让她出来伺候病人呢。周桂荣还问了一句:"真的没啥大事吧?你可不要哄我,顺子哥。""我哪能哄你呢,就是病了,真的没啥大事。"周桂荣还问要不要带丽丽。顺子说:"你自己看,想带了就带上吧。"周桂荣又问了一句,"带了路费谁出?到京城,可是要花大钱的。"顺子就说:"这个你甭操心,瞿团请你来伺候病人,还能让你和丽丽自己出路费吗?"

晚上的戏票早出去了,演出一切照常,还是顺子抬那片大布景,还是顺子打追光,还是顺子他们运动铁架子,可大吊那个位置就换了别人。顺子团队所有人,心绪都极不稳定,顺子还不停地给大伙儿做工作,但做着做着,背过人,他的眼泪,还是断了线似的朝下淌。

周桂荣是在演出结束后,被从首都机场直接接到医院太平间门口的。顺子安排八个劳力,把她和丽丽看着,然后他才和瞿团把事实真相给她说了,可八个劳力还是没把两个女人按住,她们就扑跪在太平间门口,忘了这是京城,忘了这还是人世间地呼天抢地起来。

大吊是在北京八宝山火化的。

顺子在收捡大吊的骨灰时还说:"你狗贼虽然不会死,可也算死对地方了,你知道这是啥地方吗,这可是火化大人物的北京八宝山哩。"

七十九

包括回大吊老家处理后事,都是顺子、猴子、墩子、三皮他们一起去的。瞿团和剧团办公室的人也去了。

大吊家里确实可怜,两个老人,当得知自己的儿子没了,就跟天塌地陷了一样,老娘把头直朝墙上撞。老爹就破口大骂起大吊来,说狗日的忤逆不孝,走到他们前边了,把他们的路断了,把他们的桥砍了,这是损了赵家阴德的事。直到这时,大家才知道,大吊叫赵北瓜。他爹给大吊起这样一个名字,据说就因为大吊是独子,害怕绳从细处断,名字叫金贵了,容易引起鬼神的注意,叫个毫无用处的"北瓜",鬼神大概就不要了,可没想到,还是让恶鬼半路摘了去,他爹娘就大骂天地鬼神,是瞎了狗眼,连臭屎无用的北瓜都要。

他们是埋了大吊的骨灰,齐刷刷给大吊爹娘磕了头,还解下了身上所剩的"银子",才离开大吊家乡的。

顺子他们回来好久了,也还都在骂大吊,就觉得他不会死,要是死在舞台上,那就是因公殉职,顺子打听了,团上丧葬费、死亡补偿费、老人赡养费和未成年子女抚养费,最少可以赔偿到四十多万。即使那天在舞台上没死,到欢乐谷里死了,也比死在欢乐谷大门外强,可他偏偏就死在离人家大门有十几丈远的地方,跟人家半毛钱的关系都没有。医院的最后诊断是:缺血性心脏猝死。说明以前那两次症状，都不是大吊说的"睡着了"，那就是休克，那是医生说的"假性死亡"。医生还说，当发现病人有这种毛病时，就应该检查，应该卧床休息，病人是耽误了。

顺子每每想到医生这话，心里就特别难过，要说耽误了，自己就有责任，既然已经感到大吊身体不妙，就不应该听他的，北京压根儿就不该让他来。可一想到北京这趟活儿，毕竟千载难逢，要是不安排大吊来，兴许他一辈子就来不了北京了。大吊毕竟是自己的老弟兄，不安排谁来，也得安排他来呀。何况大吊家里真的是缺钱，他们都进了京，让他在家里干等几天，那可不是他愿干的事。安排来了也没错，可那天晚上，打追光和运铁架子，都实在不该用他，那可能就是压垮大吊这个骆驼的最后两根稻草。可大吊既然来了，那是谁都劝不下的，两件事都是他非干不可的，祸根大概就埋下了。

大吊死后，剧团人都表现得很好，当晚，就都捐了钱。顺子知道，这些人钱也都不多，工资老发不全，有时为一晚上的几十块钱演出补贴，都想拿刀去放了剧务主任寇铁的"黑血"，因为寇铁特别严厉，动不动就以演出事故的名义，把人一晚上的演出补助全罚没了。可当大家面对大吊这种惨景，尤其是看到大吊女儿那副惨相时，还是都哭了。特别是听说两口子挣钱，都为了给女儿整容时，慷慨解囊的人就更多了，连寇铁都拿了二百块。顺子知道，团里就是死了人，大家凑份子，也就是一人一百块，还要管一顿饭的。靳导甚至拿出了一万元，并且还反复给瞿团说，大吊的死，与劳累有关，处理后事时，不可不考虑这个重要因素。连演崔护、演桃花的演员，不仅都捐了钱，而且还跟到八宝山，给大吊深深鞠了躬，演桃花的，还大哭一声，喊叫道："大哥一路走好！"大概是因为大吊的突然死亡，而使他们再没去争那个排名，也没去争那个奖项了，结果反倒是下了主演奖的"双黄蛋"。

总之，剧团人对大吊的那份感情，那份尊重，还是使顺子他们心里得到了不少安慰。

可剧团毕竟是公家单位，公家单位，一切就得按公家的规矩办，无论从哪个条款看，大吊的死法，都不占便宜，要推，剧团也是能推卸责任的。毕竟不是死在工作现场，并且，团里反复强调，白天必须在宾馆休息，以保障晚上演出，结果身为舞美二组副组长的大吊，严重违反组织纪律，私自带领多名组员出去逛街，并且是从欢乐谷娱乐后当街猝死的。且亡者还有严重的疾患前史，在进京前，用人单位曾强行劝阻过，剧务主任寇铁反复证明，说他当时是坚决反对大吊进京的。面对寇铁的质问，连刁顺子也不得不承认确有此事，说寇铁就是对他和大吊都讲过，真要有病，就绝对不能去，这是去打仗，不是去逛庙会。要真去了，发了病，药费自己支付，死了人，单位概不负责。这些的的确确都是狗日的寇铁的原话。但这个时候，你寇铁硬要把这些原话端出来，就显得不够意思。顺子本来不想给他说好话了，一辈子都不想了，可这次还是说了，并且把他叫到没人的地方求他，让他少说几句，他说大吊家里可怜，能照顾就多照顾一点，人毕竟是没了，爹娘有病，还有一个疤子女子要看脸哩。可这个烂乌鸦嘴，偏要说，偏要喊，并且说："你的人违反规定，上街胡逛荡，逛死了，娱乐至死，咋能讹人家国家的钱呢？天理不容嘛！"他没话了，定了一会儿，他到底还是狠狠给了寇铁一嘴捶，这是好多次都想给而没敢给的，但这回他给了，并且给得很重，寇铁当下就被打蒙了。

"你个哈尿刁顺子，还敢打人呢。"

"打了,我打的就是你这个大哈尿!"

看顺子气色不对,加之跟前又没人,寇铁就急忙捂着嘴跑了。

寇铁端直跑去给瞿团告了状,瞿团把顺子叫去问,顺子却死都没承认。他说:"瞿团,你想想,我顺子是敢打寇主任的人吗?只怕给十个胆,我也不敢吧。何况我凭啥打人家寇主任嘛,人家都说得对着哩嘛。"

这事也的确没人相信,顺子连蚂蚁都不敢踩的人,还敢打了寇铁?

寇铁吃了哑巴亏,还反倒有点怯火起顺子了,怕这家伙背后下黑手,抡黑砖哩,小人尤其爱弄这号事。因此,在大吊的事情上,他就没再乱掺和。

大吊的赔偿金,在瞿团的主持下,进行了好几轮谈判,团上还请了律师,顺子、猴子代表周桂荣参加,并且也请了律师。终于由十万,涨到十五万,再涨到十八万,最终在二十万上搞定了。团上人还捐赠六万多。

大吊的爹娘,对于赔偿数目好像很满意,当拿到钱时,拉着瞿团的手,是千恩万谢的。

顺子回来就住院了,这回累得比任何一次都严重,他这次是要下决心,把那个老病根彻底剜了。

一回来就有装台的活儿,现在轮到猴子领大家去干了,不过猴子一天三五次地电话请示个不停,让顺子都有些烦。

顺子住院,猴子是安排三皮来伺候的。三皮这个家伙,还是爱跟他说蔡素芬,顺子心里就老犯嘀咕:这家伙怎么就这么爱打听蔡素芬的事呢?有一晚上,三皮又跟他说到蔡素芬,说着说着,还眼泪汪汪的,顺子心里就聚起了一个大疙瘩,让他滚!

465

这期间,顺子还办了一件事,就是他哥刁大军交代的事,他专门让墩子去了一趟镇安县的黑窑沟,把那个叫杨桃花的女人的男人接了来,也安排了装台的活儿。猴子说这人年龄有点大,顺子说:"年龄大也得要,家里有个瘫儿子,缺钱哩。"

在大吊满百天忌日后,周桂荣又来了,并且是领着丽丽一起来的。

周桂荣要顺子把她收下,说她能装台,什么苦都能吃。主要是想留在西京,给丽丽看脸。顺子不好推托,就答应了。

周桂荣还住在他家,没有走的意思,他想提醒,又怕周桂荣说自己是撵人家。可孤儿寡母的,长期住在这里,又难免别人说闲话。他就有意旁敲侧击了几次,但周桂荣好像没听懂,还是那样住着,并且还特别地关心他,体贴他,每次装台来来去去的,还偏要早早就跳到三轮车上,并且大声喊着:"顺子哥,把我捎上。"好像生怕谁听不见似的。他就觉得,这事是非得有个了断了。

他跟周桂荣正式谈了一次话,谈得很严肃,他说:"我知道,这样叫你们搬出去,不够意思,可你们长期住在这里,对你们的确不好。我们毕竟都是孤男寡女的,将来唾沫星子,都能把人淹死哩。"

"谁爱说让他说去。这地方是大吊叫住来的,你给大吊说去。"

周桂荣一搬出大吊来就哭,一哭,这事顺子就说不成了。

又过了一段时间,闲话真的来了,说顺子霸占了一个寡妇,那人还是他过去装台的手下,那男人累死了。他就又跟周桂荣谈了一次,这次话比较硬,说必须搬出去了,他还得活人哩。

周桂荣还是哭,说在西京城,她已是走投无路的人了,只有去找大吊算了。

话都说到这个份上了,顺子还能咋样呢,就又把这事搁下了。

后来,连墩子都开他的玩笑了,说:"哥,我看你就把大吊哥的摊子,一回接管了算了,嫂子也不容易,你这也算是学雷锋哩。"

"去你娘的个蛋。"他一脚把墩子踢了个狗吃屎。

后来,三皮也说,蔡素芬既然彻底不回来了,你就把周桂荣娶了算了。顺子就故意问了一句:"那要是蔡素芬回来了呢?"三皮支支吾吾地说:"回来了,回来了……我给咱帮忙照看上。"

"放你妈的狗屁。"这回顺子对三皮是真的躁了。

就连猴子也不阴不阳地说:"哥,我看可以,既然都到这份上了,你跟周嫂子,就顺水推舟算了。"

顺子就跟周桂荣摊牌了。

他让周桂荣必须在一周内搬出去,并且连房子都帮她找好了。

没想到,周桂荣把牌摊得更彻底,她说:"顺子哥,我已经失去了大吊,再不能失去你了,你是个好人,又一个人过着,我周桂荣就是当牛做马,也愿意一辈子跟着你,我想大吊,那样想方设法地要住到你家里,是一种托付,也是一种天意哩。"

任他怎么说,周桂荣就是不走,并且还让丽丽来,跪在他面前,要他帮帮她们,别把她们赶门在外。

他的心,就软得下不了驱赶的手了。

再后来,菊花就回来了。

菊花一回来,这事不了结都不行了。

八十

菊花是深秋的一个下午回来的,回来时,哭得脸上化妆油彩一道一道的。她说谭道贵出事了,制假酒贩假酒,被判了十年,他前老婆也是送他进监狱的"黑手"之一。顺子看见,菊花美过容的脸,鼻梁有些歪斜,脸颊也有些塌陷。现在这模样,是既不像赫本,也不像菊花了。如果不说她是菊花,大概谁也认不出她是谁了。

顺子就问是咋回事。

菊花说:美容针跟不上了,那针一月得几千块呢。

顺子啥也没说,就帮着菊花收拾好了房子。

菊花就"凤还巢"了。

菊花一"还巢",过去那音乐就又响起来了,声音一样,节奏一样,叫声一样,是那种永不安生的怪叫声,就是不像唱,只那样一直没头没尾地反复着。

好在顺子已经习惯了,什么他也改变不了,但他认卯。

他突然想起了《人面桃花》里的几句戏,虽然意思他也没全搞明白,但那个"无常""有常"啥的,还是让他觉得此时特别想哼哼两句:

> 花树荣枯鬼难挡,
> 命运好赖天裁量。
> 只道人世太吊诡,
> 说无常时偏有常。
> ……

他正哼哼着呢,周桂荣突然回来了。

丽丽已经在做第四次手术了,周桂荣是从医院回来给丽丽做饭的。

当周桂荣踏进门后,菊花就十分警觉地问:谁?她是谁?

顺子没说话。

菊花问是不是又找了女人。

顺子点了点头。那是一种很肯定的点头，肯定得没有留出丝毫商量的缝隙。

菊花气得扬起手，就把一个花盆掀翻在地了。

这天晚上，一队蚂蚁搬家，又从顺子家里经过，它们不知从哪里来，也不知要到哪里去，反正队伍很庞大，行进得很有秩序感。

天好像要下雨了，闷热得十分难耐，但蚂蚁们没有忙乱，没有不安，没有躁动，只有沙沙沙的行进声。顺子是听到动静，才爬起来的，他给它们的队伍旁边放了水。听说蚂蚁不耐渴，缺水时间一长，会死亡的。他还给它们撒了芝麻、米粒，因为有些蚂蚁的前螯还空着，还在四处寻找，还没有什么东西可托举。

他就坐下来，一边听鸣虫叫，一边看蚂蚁忙活。蚂蚁们，是托举着比自己身体还沉重几倍的东西，在有条不紊地行进的。

他突然觉得，它们行进得很自尊、很庄严，尤其是很坚定。要是靳导看见了，说不定还会让他顺子给它们打追光呢。

2012 年 10 月 6 日初稿于西安
2014 年 7 月 12 日二稿于西安
2014 年 11 月 22 日三稿于西安
2014 年 12 月 15 日四稿于西安

"新中国70年70部长篇小说典藏"书目

书 名	作 者	书 名	作 者
风云初记	孙 犁	白鹿原	陈忠实
铁道游击队	知 侠	长恨歌	王安忆
保卫延安	杜鹏程	马桥词典	韩少功
三里湾	赵树理	抉 择	张 平
红 日	吴 强	草房子	曹文轩
红旗谱	梁 斌	中国制造	周梅森
我们播种爱情	徐怀中	尘埃落定	阿 来
山乡巨变	周立波	突出重围	柳建伟
林海雪原	曲 波	李自成	姚雪垠
青春之歌	杨 沫	历史的天空	徐贵祥
苦菜花	冯德英	亮 剑	都 梁
野火春风斗古城	李英儒	茶人三部曲	王旭烽
上海的早晨	周而复	东藏记	宗 璞
三家巷	欧阳山	雍正皇帝	二月河
创业史	柳 青	日出东方	黄亚洲
红 岩	罗广斌 杨益言	省委书记	陆天明
艳阳天	浩 然	水乳大地	范 稳
大刀记	郭澄清	狼图腾	姜 戎
万山红遍	黎汝清	秦 腔	贾平凹
东 方	魏 巍	额尔古纳河右岸	迟子建
青春万岁	王 蒙	藏 獒	杨志军
许茂和他的女儿们	周克芹	暗 算	麦 家
冬天里的春天	李国文	笨 花	铁 凝
沉重的翅膀	张 洁	我的丁一之旅	史铁生
黄河东流去	李 準	我是我的神	邓一光
蹉跎岁月	叶 辛	三 体	刘慈欣
新 星	柯云路	推 拿	毕飞宇
钟鼓楼	刘心武	湖光山色	周大新
平凡的世界	路 遥	大江东去	阿 耐
第二个太阳	刘白羽	天行者	刘醒龙
红高粱家族	莫 言	焦裕禄	何香久
雪 城	梁晓声	生命册	李佩甫
浴血罗霄	萧 克	繁 花	金宇澄
穆斯林的葬礼	霍 达	黄雀记	苏 童
九月寓言	张 炜	装 台	陈 彦